2013年度

文艺评论工程项目

中国文联理论研究室 编

# 中青年文艺评论文选

当代中国出版社
Contemporary China Publishing House

图书在版编目(CIP)数据

中青年文艺评论文选. 2013年度/中国文联理论研究室编. —北京：当代中国出版社，2014. 3
（文艺评论工程项目）
ISBN 978-7-5154-0432-5

Ⅰ. ①中… Ⅱ. ①中… Ⅲ. ①文艺评论—中国—文集
Ⅳ. ①I206-53

中国版本图书馆CIP数据核字(2014)第042828号

CHINA LITERATURE AND ART FOUNDATION
中国文学艺术基金会
中国文学艺术发展专项基金 资助项目

出 版 人　周五一
策划编辑　胡志华
责任编辑　胡志华
责任校对　康　莹
装帧设计　志　远
出版发行　当代中国出版社
地　　址　北京市地安门西大街旌勇里8号
网　　址　http://www.ddzg.net　邮箱:ddzgcbs@sina.com
邮政编码　100009
编 辑 部　(010)66572264　66572132　66572154　66572434
市 场 部　(010)66572281 或 66572155/56/57/58/59 转
印　　刷　北京铭成印刷有限责任公司
开　　本　787×1092 毫米　1/16
印　　张　24 印张　3 插页　402 千字
版　　次　2014年4月第1版
印　　次　2014年4月第1次印刷
定　　价　55.00元

# 目录

排名以姓氏笔画为序

# 马知遥 | 冯骥才：让中国文化获得世界声誉

早在1994年始，冯骥才就发起了天津的老城保护运动。因为当时的政府并没有形成文化遗产保护的自觉，在经济大潮中旧城成批地被拆毁，作为知识分子，如果没有对文化的前瞻性认识，他会对周围的世界视而不见。他完全可以继续他的散文和小说创作，作为当时早已成名于文坛的冯骥才，仍旧会一如既往地在文学道路上继续收获他的精彩、用他的画笔创造作为中国当代文人画代表人物的辉煌。但他走出书斋，走到了大地上，他注意到了社会的变化尤其是城市的变化。如果没有人挺身而出为城市说话，很可能一夜间天津老城就成为一片废墟。是他最早地吹起了老城保护的号角，在他的积极努力下，在媒体和广大市民的参与下，天津老城部分地方得到了保护。

有了前瞻性的思想却没有任何行动是不够的。中国知识界的惰性常常体现在，习惯于从书斋中寻找文献却从来不愿意对周围的世界多一些关切的眼光。由是我们经常性地看到一些专家的主张仅仅是说说而已并不能付诸实践。冯骥才有一个最大的特点就是他的行动力。他提出并要亲力亲为。他必须将自己的想法在实践中得到检验或者实现。从历史的脉络中我们能看到过去20年前的场面，他用自己的稿费雇请专家、专业摄影师百人之众对天津老城进行了彻底的拍照和记录。他甚至为了保护某处拆迁的老街到街头演讲，发动市民们一起保护自己的历史。他编辑出版了《天津老房子·旧城遗韵》、《天津老房子·小洋楼风情》、《天津老房子·东西南北》。把思想在行动中实现，冯骥才用自己的行动证明了这一点。

随之而来的是他对中国民间文化遗产保护工程的呼吁，以及从2002年开始到2011年结束的近十年的中国木版年画抢救工程。作为中国民间文化遗产抢救工程的龙头，中国木版年画抢救工程做了一个很好的样本，为中国非物质文化遗产保护工作开路。十年的历程其中的艰难和辛酸只有冯骥才自己知道。在最困难的时候他卖画从事他热爱的事业。一个思想一个行动持续十多年地不肯更改，让他的文化遗产保护终于获得了更广泛的支持和帮助。行动支持了他的理想。承担起民间文化遗产抢救工程的那天起，他就一直在马不停蹄地工作，奔走呼喊。他从过去的单枪匹马到民间抢救工程队伍的逐渐壮大。行动是最好的证明，他用行动说服了那些过去冷眼旁观者，也带动了一批一批的民间文化保护队伍。

如果给冯骥才的十年做一个大事年表，我们将充分认识到他十年的风雨，十年的奔波和艰辛。

一个人的影响力是日积月累的过程。影响力不是明星的流星效应，一闪而过，它代表一种持续的人格的魅力和思想深度。冯骥才是作家，在广大的读者中有广大的影响力，而他这个作家之所以比一般的作家影响要大得多，有很多原因。一个原因是他有三十余篇文章被选入了中外中小学教科书。中国一代一代的中小学生们在读书期间大多读过他的作品。这是一个作家值得骄傲的事情，也因此会给广大读者产生深远的影响。此外，冯骥才作为画家和作家投入到民间文化遗产保护中，一干就是十多年，他唤起全民对文化遗产的尊重和保护意识，这也是他产生影响的一个原因。但问题是，很多比冯骥才资历更老的专家学者，他们也在从事着民间文化遗产的保护，但在公众中并不能产生影响，原因恐怕与冯先生长期以来扎根田野，将学术研究和社会现实紧密联系有关。同时他还充分利用媒体不断传递自己的思想传递自己的声音。在一个网络媒体的时代，在知识分子普遍躲进小楼成一统的时代，必须将自己的前沿思想通过更广泛的渠道传播，让更多人意识到你所从事事业的重要性。冯骥才用他的文字用他的演讲用媒体采访将他的理念传播。

当更多人意识到他所从事事业的高尚及艰巨，意识到文化遗产工作的必要和重要性后，冯骥才的影响力不是在缩小而是在不断增长。

当一个名人有了公众号召力，并且持续不断地发挥个人影响的时候，他的影响力就产生了。而有了影响力就有了话语权，有了话语权就有了更大规模的传播的能力。思想的传播成为这个时代最为可贵和艰难的行为。冯骥才一直在坚持。

冯骥才文化思想对当代中国文化政策和文化遗产保护工作的贡献是巨大的。

是他头一次提出对中国大地上的民间文化进行盘清家底的地毯式的普查，是他提出中国的民间文化是中国传统文化的一半，是他提出为传承人进行口述史访谈并为他们立传。是他通过自己长期的田野经验提出了“民间创造，精英挑选”的保护理念，提出了“把书桌扎根在田野”，提出对中国的民间美术进行分类，建立国家文化遗产日，春节假日前延到年三十，清明节放假等等倡议。不要以为这仅仅是一些建议，让这些宝贵的惠民建议成为国家法定的节日需要不断的努力。冯骥才已经前瞻性地意识到，当传统的节日得到保护的同时其中蕴含的传统文化的内容也会因此得到保护。在国家非物质文化遗产保护形成了四级保护体系，国家名录中的国家非遗项目达到近1300项时，当各级名录非遗项目达到7000多项时，冯骥才又清醒地认识到：数字不能表明非遗工作的成绩。因为大量的严峻现实表明了官员的不良政绩观以及非遗的产业化意识影响着很多地方官员，甚至一些文化保护工作者自身也对非物质文化遗产保护工作没有形成共识。一些虚假的非遗项目开始出现，一些得到非遗项目称号后完全背离传统成为适应市场的变异产品的非遗项目也开始出现，所以他提出“建立非遗红黄牌制度”，对不合格的项目进行摘牌处理；他在2011年的政协会议上又提出暂停非遗项目的审批，将非遗改为“审遗”，为的是保持国家非遗的纯正性。

此外，冯骥才对中国雕塑、民间美术、考古、敦煌学、中国画、音乐、文学等各领域的通晓，让他打通了知识的界限，让知识真的达到了为思想所用，为个人智慧和人格的完善所用。在十多年的民间文化遗产保护工作中，我们仍旧看到了一个“不一样的冯骥才”。他的视野是世界的全球性的，他的工作是全国性质的，他的足迹是遍及大江南北的，他的成果是带有典范意义的。他用知识分子的情怀，用对民间文化的一腔热爱带动了全民的文化遗产保护，用自己的参政议政获得了一个个正确的提案的落实，让全民共享自己的节日文化。他改变了过去知识分子只是将学问扎根书斋，不问天下的形象。

冯骥才用行动激发了一个民族对民间文化的沉睡，也让中国文化获得了世界尊重。在一个全球化时代，他让中国的文化精神获得了世界声誉，同时也让更多的知识分子认识到了自己的角色和任务，这还不够。当用十年时间亲自挂帅完成了中国民间文化抢救的龙头工程“中国木版年画抢救和保护工程”之后，他又转身到了中国传统村落的保护和抢救中来。中国的民间宝藏丰富，需要一代代人锲而不舍的行动，需要永远站在时代前沿的文化先觉。

传统村落是另一种文化遗产，这是冯骥才先生独立思考并带有创造性的思想。这一主张此前在世界性的文化遗产保护中还没有被专家提出，而实际上，这是一个事实。所有的非物质文化遗产生存的土壤在乡村，大量的具有浓郁文化特色的物质文化遗产也遍及乡村各地。对乡村的生态文化、文化空间进行保护就是为传统文化留住根，留下最后一道防线。而这个主张又是如此及时。如果任由城镇化大力发展下去，如果不考虑传统村落的问题，那些受到保护的或者还没有机会保护的文化遗产一定会遭到灭顶之灾。以村落为考察对象，带动的也是一种新的学风：实地调查，实物取证，整体研究，为传统村落立档，为传统文化的民间文化的搜集整理创造更为优越的条件。最为重要的是，村落的保留为今后当代人对传统文化的认识和理解提供了便捷的通道，也为中国大地上留下了宝贵的人文风景。时间会告诉我们，冯骥才关于传统村落保护的创见在今后的中国传统村落保护中的意义将越发彰显。

作者系天津大学冯骥才文学艺术研究院教研部主任、教授，
中国传统村落保护与发展中心秘书长
本文原载于《文明》杂志2013年第9期

牛寒婷

# 精神病象下的灵魂诉说
## ——评陈国峰的实验话剧《精神病患者》

我喜欢《精神病患者》这个剧，更准确地说，喜欢它的戏剧文本，因为我并没在剧场看过它的演出。它曾经的海报和剧照，让我心生向往。设计得富有创意、别具风格的海报，暗合作品的意义指向，符合它的另类气质——那黑色底纹上一只被夸张变形描绘的眼睛，如在无边暗夜中探寻真理、救赎灵魂的心灵，洞察着黑暗，也反抗着黑暗。但它的剧照却有些让我失望，除了那颇有创意的“弹坑”设计，男女主人公并不引人注目甚至有些学生气的形象，破坏了我的想象。在我的想象中，“男人”高大威武、英气十足，有宽阔方正的额头，有睿智深邃的眼睛，有浑厚洪亮的嗓音，有仪态万方的步履，他在一瞬间可以从神经质的脆弱变为激情四溢的澎湃，表演具有收放自如的戏剧张力；而“女人”则至少高挑漂亮、身材可人，即便穿着破烂的逃亡衣衫，也遮挡不住内在的光芒和动人的魅力……是的，伴随着阅读，在我的想象中，《精神病患者》已经无数次地上演。

《精神病患者》全剧只有两个角色——“男人”和“女人”。在战争背景下，两人带着各自的精神创伤出场，“女人”找不到过去的记忆，而穿着军装、自称为医生的“男人”则弄不清自己的身份。在避难中，两人开始交流。与“女人”一起探讨战争、秩序、文明、人性、宗教等话题的“男人”，呈现出自我分裂的精神病象：他时而为世界文明、社会秩序和战争辩护，时而质疑人类文明、消解历史、诅咒战争；他是虔诚的基督徒，信仰上帝，渴望得到心灵的救赎，他也质疑上帝的存在，挑战宗教的权威；他作为心理医生拯救他人的心灵，寻找心灵的解脱之道，可他自己就有精神疾患。“男人”与“女人”从一开始的互相戒备，到共同躲避战火、互相帮助，再到深入的谈话与沟通，逐渐拉近距离。在“女人”的追问下，“男人”回忆起战争中的痛苦经历，一点点恢复记忆，并以心理医生的身份，治疗“女人”，帮助她追忆不堪回首的往事。当“男人”终于恢复全部记忆，他的另一个自我苏醒，他在瞬间变身为集权、残忍、强硬的战争痴迷者，也揭开了自己的身份之谜——原来他即是发动这场世界大战，后被政变推翻政权、沦为阶下囚的一国之总统。在拥有总统、医生、基督徒、精神病人、逃难者多重身份的“男人”的胁迫下，“女人”恐怖到了极点，伺机将“男人”打倒在地，结束了这场“精神病患者”的悲剧。

有一类艺术作品，在简单的故事外壳下，以它的丰富和多义迷人。它们往往带给人丰厚的体验，让人一时看不清它的真面，以至不断产生回到作品的冲动和渴望，去探究作品之谜。《精神病患者》就属于这样的作品。它由两个人物的对话构成，通过塑造主要角色“男人”、次要角色“女人”两个人物形象，表现人物的心理活动和精神挣扎，借人物之口表达对人类文明的终极思考和深层困惑。这种思考是悖论式的，悖论也是困惑产生的来源。人类文明的发展是为了人类生存的至善至美，为了人类与世界的和谐，但人类文明的发展又无法逃离破坏文明本身的战争。从某种意义上说，战争是人类文明的产物，是人类无法摆脱的人性之恶的梦魇。正是在战争这种彰显人类文明与人性悖论的人类活动中，《精神病患者》展开了它的精神探索与灵魂追问。作品通过对政治、经济、哲学、宗教、法律、历史、科技、权力、真相等代表人类社会发展的秩序理性的大胆质疑，通过对人性的终极批判和思考，掀起一场具有强烈冲击力的头脑和精神风暴，颠覆了人们的日常观念和思维模式，带来陌生化、戏剧化的审美效果。更为重要的，这种理性思考和深度探寻紧紧附着于人物的精神形象，人物的个体经历和精神创伤所构成的形象的独特性、丰富性与形而上的思索紧密结合；人物的精神病象本身成为人类文明的一种隐喻。正是这种具有丰厚内涵的形象性所具有的意义指向，构成了“男人”这一主要人物形象的戏剧张力，使他无论在舞台上还是文本中，都闪烁着耀眼的光芒，构成了《精神病患者》的动人魅力。

《精神病患者》是严肃戏剧。如此说并不仅仅是要把它与通俗作品区分，形成一种雅与俗的分野，而是要指出它的作品层级，外化它与众不同的独特气质。

比起当下四平八稳的主旋律戏剧和那些已然成为商业弄潮儿的小剧场戏剧，《精神病患者》并不容易被命名，它的复杂性往往使它被归为先锋戏剧一类。先锋也好，小剧场也罢，甚或是其他现实主义戏剧、主旋律戏剧，等等，这些名称和分类除了便于指称外，对于认识和研究作品来说，少有实际意义。真正的艺术作品用自身说话，它可能不属于任何一类，也无法被轻易命名（分类和命名往往出于即时的短视），但它却是一种真正严肃的创作。事实上，无论是雅与俗，还是现实与先锋，都潜在地说明了一个常识性的事实：艺术作品是分层次的。在这里，我并不想讨论作品的层级与作品的优劣这个复杂和难以评判的问题，而仅仅是想指出，《精神病患者》并不是面向大众的戏剧作品，它的主题、内涵、形式和表现手段等，都对它的鉴赏者提出了“严苛”的要求。它抛开形而下的生活表象，远离琐碎凡常的生活细节，通过塑造人物的精神形象，抵达形而上的意义世界，追问生命和世界的终极答案。因此，它注定是“高端”的，是只属于“小众”的戏剧作品。也正因为如此，比起“先锋”这个已然被滥用得泛化了的标签，我宁愿用严肃戏剧来指称它。

《精神病患者》的严肃性在于它的心灵性。作品虽然塑造了“男人”和“女人”两个形象，但突破两性视角和二元惯常思维，依据作品的内在逻辑，便会发现——“男人”这一角色在剧中承载了意义建构的主要功能。作为精神病患者的“男人”有着多重身份，心理医生、基督徒、国家总统/军人，多重身份的背后是多重自我和多重人格的彼此冲突、交融。心理医生医治人类的精神疾患，治疗人类的心灵创伤，拯救的是人类文明发展下被压抑和扭曲的灵魂；基督徒是拥有宗教信仰的心灵修行者，追求梦想中的天堂，渴望通过心灵的救赎摆脱现世的苦难；总统是统治国家的独裁者和掌权者，是建立世界和社会秩序的执行者，更是发动这场世界大战的好战分子。多重自我的并存、冲突造成“男人”人格的分裂，分裂导致精神病象的产生，于是在开场，“男人”穿着军人的衣服，用医生的身份，说着战争的话语。正是凭借精神病患者“男人”丰满、立体的形象，作品表达了深刻、智性、动人又充满悖论的形而上的思考。人类精神的异常和疾患隐喻了人类文明的深重危机，而这个文明的世界是由人类一手创造的，是人类自身的投射和观照，文明的危机即人性的危机。“男人”形象的内在冲突隐喻了人类文明和人性的危机与悖论，但这一形象又以其生动、丰富的艺术性超越了这种隐喻。这里，人类文明与世界的危机、人性的危机、“男人”自身人格和存在的危机——这三重危机，以不同形式、不同层次的悖论存在，互相勾连、映照，却又各自独立，形成了一个内涵丰富、意义无限延展的精神场域；不仅突显了作品形而上哲思的戏剧性、有效性，也构成了人物形象的立体性。而作为与“男人”交谈的对象，“女人”这一形象，虽有其自身的精神病象和悲剧性，但其设置的目的主要是为了与“男人”形成对话和互动，在交流中激发“男人”形象的多面性及多重人格。伴随着人物自身的内在危机，“男人”/“女人”以个体生命的“小”悲剧，映照了整个人类生存和人类文明的“大”悲剧。

虽然是表现人性和生存不可避免的悲剧和绝望，虽然是以战争的形式和两性的对抗（“女人”最终把“男人”打倒在地）颠覆世界的秩序与和谐，虽然是以消解文明、世界、人性的方式嘲讽和揭露真相，但是，《精神病患者》却似在隐秘而执着地指引着一条灵魂救赎之路。剧中，当“男人”和“女人”共同诅咒战争、谈论宗教，希求通过信仰而自我救赎的时候；当“男人”作为心理医生医治“女人”，寻找人性的解脱之道的时候；甚至当“男人”作为偏执的独裁者企图以暴力和强权建立世界秩序的时候，心灵解脱、灵魂得救、人性救赎成为台词中跳跃的希望火光，警醒也温暖着心灵。虽然拼凑了各种文化因子和宗教元素的教堂，最终在“男人”和“女人”的面前倒塌；虽然哲人有言只有死亡和疯狂才能让人解脱；虽然人类的自我拯救也许终究需要悖论式的文明的不断发展……但是，救赎之路却最终能够在人的心中缓缓地打开。就像剧中那句闪烁着伦理智慧的台词“当你手中（心里）握着武器的时候，天堂就永远也不会出现”，还有引用的佛家的顿悟之语“一念之差，即坠入无间地狱”，它们都在一瞬间，触碰了辗转于苦难、绝望、困惑的心灵的柔软角落，激发了人性自我完善的动力。真正的天堂只存在于人的心灵中——这是《精神病患者》在刹那间带给我的透悟与净化、感动与升华，在精神病患者的“胡言乱语”中，在灾难世界的毁灭和颠覆中，这就像一种来自圣界、超越尘世的声音，一种个体生命深处的自我呢喃与灵魂诉说——它像西西弗斯的神话，像俄狄浦斯的命运，也像每一个凡常的向死而生的生命本身，绝望中透着希望，艰辛中更为执着，凭借原初的生命激情与力量，对抗世界与人性自身。在此，悖论性的表达与诉说，透过形而上的心灵追索，带来独特的审美体验。

“悖论性”是《精神病患者》自我生成、自我表达的原动力，也是它审美表现和自我标榜的密码。作品具有浓厚的思辨色彩，尤其是准确、精致、细腻、深刻、智慧的对白，拓展台词的意义空间的同时，构成一种戏剧语言的悖论性。人物心理的纠结挣扎和精神上的自我对抗，通过哲思语言准确生动地表达出来，呈现出形而上的高贵气质，人物语言也因此具有双重的意义指向——它既是戏剧层面人物间的对话与心理指涉，又是哲学和人生的意义诠释。作品对人物的精神形象即“自我”的塑造，充满了悖论，无论是“男人”还是“女人”，多重身份和多重人格的产生是人的内在自我不断冲突的结果。“女人”的记忆混乱源于逃避真相，而对真相的逃避意味着不愿面对曾经真实的自我，对她而言，虚假的记忆与自我更能被自己的情感和良知所接受，于是，真的自我被“屏蔽”。“男人”的多重人格之间则更具有“你死我活”的悖论性，心理医生、基督徒、国家总统、好战分子——这极具夸张性的身份/性格的怪异组合意味深长。在剧情上，悖论更以戏剧性的方式表现：得了精神病的“男人”，忘记了自己的总统身份，他痛恨战争，质疑文明，追问宗教，渴望救赎，俨然拥有一个再正常不过的心灵；而当他找回了自己全部记忆，精神病象消失，他却成为一个真正“疯狂”的人，一个偏执、残忍、可怕的独裁者。这种荒谬又“真实”可信的人生际遇，喻示了人类文明发展与人性的种种不可避免的矛盾冲突。在此，人的存在本身即是悖论，人性的多面与善变成为人类自我探求和追问的永恒母题。

悖论的“自我”是支撑整个作品和人物的核心元素。“自我”是人存在的根基，它属于精神和心灵范畴，具有形而上的意义，它既是哲学命题，也是艺术问题。多重“自我”的产生，究其根本，是人的欲望所致，这是人性所无法回避的。欲望与对欲望的制衡，二者的此消彼长，是生命存在的根本形态。欲望，它可以是人性中的贪婪恶魔，预示着毁灭；也可以在人性塑造中激发人的力量，构建人的生命意义，昭示着光明。就此而言，多重自我是生命本身的绚丽展示，是充满各种可能性的生命探索，是尝试探寻不同的生命意义。人生原本就是一个不断地发现自我、探寻自我、否定自我、完善自我、创造自我的过程。个体生命在面对文明与人性、道德与欲望、理性与非理性、善与恶、是与非的选择和挣扎时，感受到多重而复杂的自我，在种种选择与放弃中自我裂变、自我成长、自我救赎抑或自我毁灭。《精神病患者》中的“男人”和“女人”在自我存在的困境中，在人性挣扎与裂变中，展示了各自人生际遇下的特殊自我，伴随他们不同自我的宣泄与释放，读者/观者与他们一道追寻存在的意义和生命的价值，并从个体性经验的自我上升到人类“共同自我”的形而上层面，实现了生命的激越，也完成了自我的升华。

从作品的“自我”悖论中走出，与作品中更多的悖论相遇，会发现《精神病患者》是一个被有意设置的悖论“陷阱”。就像整个故事发生在宗教圣地“圣城”，这个原本的心灵救赎之地被残酷的战火摧毁，多文化、宗教象征的教堂在战争中坍塌——这仿佛是一场文明与文明之间的战争，人性与人性自身的争夺——这一设置本身就是富有意味的，充满了困惑与悖论。从全剧看，人物自身存在的悖论性——“男人”和“女人”各自的多重自我的彼此冲突，人物语言的悖论性——精妙的台词像一场场高深、激烈的辩论，主题的悖论性——个体生命存在、人性乃至人类文明的悖论性……像一张无限延伸、没有边界又疏而不漏的网，笼罩了触手可及的现实和精神世界，观照着每一个脆弱、敏感、困惑、犹疑、不断突围的心灵。除了悖论给作品带来的戏剧效果，悖论这一命题本身就引人深思。也许，整个宇宙和世界就由悖论构成，悖论才是人性与文明的最终“秩序”；悖论也是人类痴迷于形而上思索的动力，试图摆脱悖论的纠结和苦难终将是徒劳的——“悖论情结”是我们与生俱来的，是人性所生长的“恶之花”；我们为悖论所苦，我们也喜欢它。这也许是《精神病患者》让我着迷的原因之一。在作品中，悖论像个孤魂野鬼，四处游荡，你看不见它，却始终了解它的存在；它像影子，紧紧追随人物的精神形象，伴随人物的精神气质，也纠缠着你无尽的思索与回味。正是这种无所不在的悖论性，带来一种深层次的荒诞感，成就了作品独特的戏剧性。

戏剧终究要凭借直接而有效的戏剧性征服观者/读者。戏剧性首要的是戏剧冲突，在戏剧文本的想象世界里，在剧场的戏剧空间中，情节上的、心理层面的和精神世界里的戏剧冲突是戏剧自我表达的关键。《精神病患者》突出的悖论色彩和颠覆性表达，不仅构建了表层叙事的戏剧冲突，更激发了一种生命和世界存在的荒诞感，而这种切近生命自身的荒诞感和形而上意味，直接构成了它与众不同、气质独特的戏剧性。人物对白的准确、生动、精细与凝练，以及它的思辨性，让人感受到语言的戏剧性——语言的一种极致表达，包括语言的智性之美、对白衔接的巧妙，还有在理性思索与人物塑造之间不露痕迹的自由跳跃，展示了台词创作的深厚功力。这种质地丰厚、闪烁着理性和智慧光芒的台词语言，塑造了男女主人公身上的独特气息，赋予戏剧文本一种内在的文学性和深广的想象空间，在激发各种形而下的、狂风暴雨般的情绪和感受之后，把身心体验引向形而上的层面，带来净化与升华。观者/读者仿佛看见两个痛苦的灵魂在舞蹈，曲终人散，灵魂依旧没有停止“诉说”。此外，作品的戏剧性还体现在情绪化的语言风暴里，语言和思想的颠覆性、疏离性以情绪宣泄的极端方式表现出来，带来陌生化的审美效果，观者/读者以情绪体验的真实性认同了剧场“假定性”，领略了作品的艺术真实。

我把《精神病患者》的颠覆性看作是它的“娱乐性”，作为它的戏剧性之一种。此“娱乐”不是当下红红火火的低俗搞笑或花边新闻，而是真正的“娱人”、“寓教于乐”。事实上，现在影视文化中所泛指的“娱乐”，已经在过度使用中狭义化了这一词语；真正的“娱乐”应当具有理性精神，娱乐精神也绝不是一种游戏似的杂耍和玩笑。《精神病患者》对日常观念与思维定式的突破，对世界与秩序的质疑与批判，对人类既有文明的想象性破坏，对人性欲望的警惕与揭露，对自我人格的创造性展示，对生命价值的探索追问，对终极意义的执着思考，都具有先锋意义上的颠覆性。这种颠覆性，除了能够带来表面的陌生化的戏剧效果，使作品好看外，更在一定意义上体现了艺术的本质。艺术不是对现实的模仿，艺术也不是自我按摩式的心灵鸡汤。艺术是对现实的越界与反叛，是打破生活的规定性与秩序，打破固守的观念与思维，打破刻板与僵硬的世界和文明对人的单向塑造和潜在定义。好的艺术作品赋予人崭新的视野和眼光、感受和体验，去重新审视和发现被限定和“常规化”了的生命与世界；它不固守任何立场与思想，甚至是体验和感受本身，它追求与世界的变化同步的日新月异、常变常新，艺术因此而获得生生不息的活力和超越性的自由。《精神病患者》否定和颠覆现实世界和人类文明，是在进行一种否定式的探寻，探寻人性、文明与世界的新的出路与可能——灵魂拯救和人性救赎是它始终的关怀，它以这种方式打开心灵和精神的无限空间，也创造了自由的种种可能。颠覆既有的意义体系和世界秩序，并不是它的最终目的，对现实的超越与可能的灵魂自由，才是它的期望所在。

无论是接受上的小众，还是与生俱来的另类气质，《精神病患者》都注定是有争议的作品。具有戏剧性的是，它有争议之处也是它受青睐的地方，所谓仁者见仁、智者见智。作品受人诟病处是它的思想大于形象，思想的声音游离于形象之外；“男人”、“女人”的符号性、隐喻性、智性特征以及思想主题的说理性、思辨性过于突出；还有精神分析的知识运用等，消解了形象的情感性，等等。事实上，我们在分析问题的时候，一个常常被忽视的常识是，在理性与感性、形象与思想的问题上，二元对立的思维模式往往夸大了它们之间的对立，而使人漠视它们之间原本彼此融合和统一的一面。真正的艺术作品，带给我们的是有意义的形象，其意义是用不可替代的“形象的”方式而不是其他方式获得。就此而言，《精神病患者》充满了“意义”的诉说，而它也正是以形象诉说意义。——“男人”形象的精神性、心灵性，他的心理和精神形象，像挥之不去的影子，超越了指称的符号性和隐喻性，饱满而生动。无论是斯大林式的、还是希特勒式的性格倾向，这个总统、将军、医生、教徒的“混合体”，都在他或恐惧孤独、或悲伤绝望、或敏感脆弱、或困惑犹疑、或忧郁痛苦、或癫狂痴迷、或残忍暴躁的诉说里，激荡着人的情感，震撼着人的心灵。在一个个瞬间，你甚至无法分辨，是他的思考还是他的忧郁，是他的理性还是他的病态，是他的多变还是他的执着，是他的清醒还是他的疯狂……深深地打动了你。实际上，正是这个精神病患者的形象“整体”，征服了我们同样善感、细腻、脆弱、挣扎的心灵。所以，重要的不是思想是否大于形象，理性是否多于情感，而是思想与形象、理性与感性的完美对接、彼此融合。感受的混沌和整体性，带来深邃的无法言明的审美感受。

透过“精神病患者”的悲剧，作品呈现了世界、文明和人性的悲剧——人类生存的悲剧。如果生命本身注定是一场无法逃脱的悲剧，那么，我真希望它能像《精神病患者》一样，带来越界与反叛的力量，以及那些被激发的生命能量与超越性的自由。说到悲剧的根源，也许正像剧中“男人”与“女人”所探讨的，是人性的悖论使然，是与非、善与恶、欲望与超越、掠夺与奉献……人总是像个钟摆。就像纪德临终时的那句话：始终是介于理性与非理性之间的挣扎？这也是《精神病患者》无法超越的命题。无论如何，它的严肃性、心灵性、悖论性、颠覆性、戏剧性，都带来崭新的戏剧体验，还有如在圣洁的教堂或聆听古典音乐时一样的灵魂飞升的感觉，我知道，那是因为它通往灵魂救赎之路，人性的欲望与堕落、向善与拯救就在这路途中，无尽无休地缠绕着我们源源不断的诉说……

作者系辽宁省文艺理论研究室《艺术广角》副编审

本文原载于《文艺新观察》2013年第1期

王 迅

# 艺术灵魂的突围表演
## ——残雪小说精神形态分析

在当代中国文坛，残雪的创作无疑是一道独异的风景线。而要真正走进残雪世界，领略风景内部奇花异草的神韵，我们必先排空先入为主的阅读经验，搁置固有的传统小说观念。排空不是目空一切，而是为了更好地获取新信息；搁置不是弃之不理，而是为了更有效地反思传统。与传统叙事相比，残雪小说也是在讲故事，但不是一般意义上的讲故事，也不是在文化层次上寻找叙事资源，而是讲述人类灵魂的故事。但残雪对灵魂与灵魂之间的关系并不感兴趣（比如史铁生的写作），她的小说是对灵魂世界更深层次的勘探。残雪的好奇心驱使她把笔触探入灵魂内部，试图在缪斯现身的瞬间捕捉灵魂突围的真实图像。因此，从灵魂自身内在结构出发，让灵魂自我分裂、自我搏斗，实现对自然结构、艺术结构和哲学结构的深层洞察，就成了文学赋予残雪的使命。

在残雪看来，精神具有无限的层次，每个人物都是灵魂层次上的一个代表，“最高层次上的人物都是逻各斯（理性）”，但人物精神并不限定于某一层次，而是处于某种翻滚和流动的态势。因为残雪的人物建构所遵循的是逻各斯与努斯（原始之力）的同体化原理。其精神机制是：“逻各斯使努斯的运动成形，努斯不断打破逻各斯建构的图形。”[①]某种意义上，残雪的小说就是逻各斯与努斯之间马拉松式的角力表演。但这个机制并不表现为木偶式的机械表演，而是在一

① 卓今：《残雪访谈——新努斯的大自然》，《创作与评论》2013年第2期。

种诗性的结构中发生作用的。优秀的艺术作品往往是多种手法渗透并多种文体杂交而成的结晶。鲁迅如此，残雪亦然。残雪的小说充满诗的美感，是由“高度哲理性”与“浓缩的诗情”深度化合而成的品种。在这种诗化叙事中，作者“用奇诡的叙事将诗情浓缩，拨动心灵里面最隐秘的那些弦，将读者带进那种最新奇的、冒险性的体验”[①]。我曾将残雪的小说命名为“灵魂的诗篇”[②]，也正是基于其作品的这种诗化特征。那种灵魂直面虚无的冒险之旅，在反复曲折的折腾中最终沉淀为诗的结构，哲学的结构。那是精神冒险之旅，也是灵魂受难之途，无论对作者，还是对读者，无不如此。在残雪看来，这是“诗”与“思”在灵魂内部融合、裂变的过程，也是艺术自我走向虚无圣境的必要途径。

那么，具体操作中，作者如何能有效地拨动那些最隐秘的“弦”呢？在阅读中我们发现，人与自然的深层碰撞与强力交合是作品诗美生成的主要动力装置。长篇小说《边疆》（上海文艺出版社2008年版）就是人与自然强力交合的产物。在小说中，作者对细节的强化和对隐喻的借用服务于人物抵抗虚无的体验，而人物就在既具体又虚幻的氛围中完成精神层次的突进。边疆小石城就是实现这种虚幻体验的实验场所，正如小里说的那样，“我俩（小里和小贵）并不是到这里来找前途的，我们只是要找一种氛围，一种可以让我们不断振奋的氛围。人生活在这个小石城，总是能感到隐隐的推动力”。所以，这群异乡客来小石城的目的，某种程度上是为获得那种“隐隐的推动力”，并将其转化为心理能量，为走进终极境界做准备。终极境界在小说中被命名为“热带花园”，它本身就是一个虚空，一种无形胜有形的所在。正如废原对老石所描述的那样，那个“花园”看似很近，真的朝它走去却怎么也走不到。然而，那个“彼岸”世界像隔着云雾的灯塔，隐约地呈现在具有自我意识的人的幻觉中，成为那种“我思故我在”的精神花园。而位于小石城郊外的设计院是人摆脱世俗、抗击虚无的精神熔炉。设计院的人都来自世俗之地：烟城和云城，他们经过设计院精神机制的不断砥砺，使自己被世俗污染的心灵得以提纯。比如，年思把自己生下的女婴看作从家乡带来的一缕青烟（旧的自我），抛弃女婴的行为就意味着从内部剿灭旧的自我，以示寻求脱胎换骨的决心。当然，这种觉悟离不开院长、启明等人的开导。院长、启明等人充当了后来者精神成长的导师，先后引领着小里、小贵、

① 残雪：《一种诗小说》，《创作与评论》2013年第2期。

② 王迅：《灵魂的诗篇》，《大家》2013年第1期。

年思、胡闪，以及六瑾登上不同的精神阶梯。在残雪小说中，人物常常被作者按心理层次的高低分配为不同的角色。“那些表层人物，身上的逻各斯最少，他们是一些最活跃的分子，他们身上的潜能、可塑性更大。”①小里们属于“表层人物”。但就这个群体中，精神层次也参差不齐。由于领悟力的差异，胡闪和年思虽为夫妻，但年思的视力能进入灵魂的最深处，窥见胡闪所感受不到的事物，比如，她能从狗的眼睛里看到热带花园和忧郁的园丁，而胡闪内心则处于悬空状态，很难融入那个世界。六瑾出生后，新生婴儿的哭声成为激活周小里夫妇沉睡心灵的催化剂，使他们在经受边疆环境的浸染和洗涤后灵魂上升到更高的档次。而六瑾刚出生就显示出不凡的边疆气质，具有良好的适应能力和精神潜质，但他人的引导同样不可或缺。由于受到老石、启明和樱等人的启发，及其与细玉、小叶子、蕊、阿依等人的交往，六瑾的精神层次才得以不断提升。

要实现这种精神跨越，除了必要的指引，在主观上他们还必须经历艰难的灵魂突围。边疆地区的最大特征是，屋外的景色总是对人的情绪产生巨大的压迫。若要解救灵魂，必须反抗这种压迫。然而这种反抗是漫无止境的，因为那种意识深处的创造性的自我不断为他们疲惫的身躯注入活力，使他们主动接受接二连三的挑战。由于边疆的景物总是呈现出无限的看不透的黑洞，所以，这种反抗可能带来更大的精神压迫。比如，小贵把自己的一生都用在追逐那些没有希望的事物上，在这种暗无天日的自我搏斗中获得灵魂的自省，提升自我的境界。那么，反抗虚无的机制究竟是如何建立的呢？通过人物分析，我们发现这种内在机制是建立在严厉的自审之上的。《边疆》的人物具有直面虚无的自省气质，那是一种从生命出发的自审意识。比如，蕊在意识到自我存在危机后，便自觉地到人来人往的城里游走，从路人眼里（镜子）寻找和辨认自我的图像，并对他们发问：“你看见我了吗？”这显然是对自我存在的质疑。这种自我意识有时表现为层出不穷的缥缈思绪，或者是对那些抓不住的无形事物的执著。比如麻哥儿对“荷兰豆”的寻找，其实就是对自己文化身份的深层追问，他要通过遥不可及的神游抵抗自身存在的虚无感。我们还发现，小说中很多人物都不同程度地遭受到异物入侵的灾难。比如，在太平间的对话中，海仔在知晓院长心事秘密后，对其所造成的那种隐秘的威胁，暗示着她在死神面前的挣扎与考验。在生与死的界点，在挣脱死神追击的途中，院长倾听到彼岸的回声，那是灵魂

---

① 卓今：《残雪访谈——新努斯的大自然》，《创作与评论》2013年第2期。

出窍的时刻，也是极境求生的象征。又如，海员阿祥拦在老石家的楼下，阻难妻子元青回家，隐喻着老石夫妇过不去的那道坎，所以元青用菜刀砍掉阿祥的一只手，就成了精神突围的象征。异物的入侵尽管对人物的精神历险构成挑战，但又更利于其向新的精神层次迈进。在小说后半部，那种悲剧性底蕴渐渐浮出地表。那些由院长和园丁培育的毒蝴蝶，而今满地都是它们的尸体，这显然是对人类陷入绝境的隐喻。这种虚无感是艺术创作进入深层状态的表征，因为伟大的艺术家都能深刻感受到虚无的利齿对灵魂的啃噬。在创作中，艺术灵魂裂变轨迹表现为：从一个虚无走向另一个虚无，而这种虚无体验是一个辩证的飞升运动。灵魂在无数次涅槃中重生，并在重生中达到新的升华。

短篇小说《鲇鱼套》(《长江文艺》2012年第12期）呈现的意境与《边疆》中的小石城有着某种共同精神品质。两部小说中，人物的生存空间并不表现为某个特定的社会环境，而是由两个意义对立的意象空间组成。《边疆》的艺术世界由小石城和世俗之地在两极中所互构，而《鲇鱼套》的生存意境则是由鲇鱼套和高楼两个空间所构筑。在两个空间的相互参照中，小说中人物都处在某种临界的精神状态，因为古老的鲇鱼套即将被夷为平地，居民被迫搬进新的高楼。作者让人物在鲇鱼套这个特殊空间去表演，展示出灵魂试图挣脱和超越的态势。如果说《边疆》中的人物是为了洗尽世俗之气而投奔小石城，那么，《鲇鱼套》的人物则是为了寻求自我精神发展而越出鲇鱼套。小说中写道："她（汪妈）并不属于鲇鱼套。其实小萍的妈妈也不属于鲇鱼套，鲇鱼套太小，装不下她们的那颗心。"心灵的越轨企图，意味着精神跃进的潜在可能。云妈的行为证实了这种可能。她不停地烧毁文件意味着与旧我诀别，向着新的精神层次挺进。尽管如此，但他们内心还是表现出某种犹疑："我总是在梦里搬家的……搬过来，搬过去，搬过来，搬过去。我忙得浑身冒汗，这是何苦？总算有机会醒着时搬家了，心里又害怕。"即使是"害怕"，但也身不由己。艺术灵魂左冲右突的困境是创作中艺术家时常遭遇的，也是艺术创作进入高峰体验的征兆。那股原始的本能冲力势如破竹，欲意突破所有障碍，使你欲罢不能。这种状态如瓦工所说："我老是想留后路，但怎么也不能如愿，鲇鱼套这种地方太古老了，到处都是号角声，每个人都得拼命往前赶。"这里说的"号角声"可以看作死神逼近的信号，它催生了每个人实现精神更迭的渴望。同样的，汪妈所感受到的摇晃是精神地震的表征，她有脱离世俗的冲动，旨在实现精神的飞升。而小萍蒙住眼睛在地上的爬行游戏，则是精神突围的生动表演。小说结尾暗示，小萍的精神世界已经发生质的裂变："好多年前，女孩第一次来时，什么也不为，只为吃她（汪妈）的泡菜，汪妈此刻感到小萍就像一只羽毛丰满的小鸟一样飞到了天空里。"某种意义上，小萍几乎成了汪妈实现精神飞跃的寄托，或者说小萍推动了汪妈精神发展的步伐。因为小萍的表演指向的是汪妈幻想中要抵达的那个世界，那是距离地表五百米深的地方，散发着石英石的气味。正是基于这个标准，瓦工身上的石英石气味，使汪妈意识到他土著身份的可疑。瓦工身上所表现出的那种对无形事物的洞悉，也是汪妈的认识能力所无法企及的。某种意义上，那个世界就是鲇鱼套人不惜付出一生所要追寻的理想圣地。在创作层面上，对那个区域的掘进和探访等同于艺术家向着虚无之境的无限逼近。

从《边疆》和《鲇鱼套》的文本分析可以看出，残雪的小说叙事并不指向社会学历史学层面，而更多的是其艺术观念在文本内部的延伸。这种特殊的小说叙事模式，并不是借助符号化人物对艺术家创作观念的概念化演绎，而是作家对人的艺术生存本质的深层次探究。或者，更确切地说，残雪要探讨的对象是文化史上社会精英阶层的灵魂形构，而对文化精英的灵魂追索，无法离开创作者对艺术史精湛透彻的认识和理解。可以毫不夸张地说，艺术感悟力上，残雪在国内甚至世界文坛都达到了超一流的水准。我惊异于她能游刃有余地沉潜于艺术构造的抽象世界，又能如此深刻而熟稔地揭示出艺术家的审美创作机制。而当她把那种最尖端的现代艺术投射到小说的创作实践，就有了《阿琳娜》、《保安》、《鹿二的心事》、《涌动》、《爱思索的男子》等绝妙的中短篇精制。其中，《鹿二的心事》、《涌动》在笔者另一拙文（《走向虚无的旅程》，《南方文坛》2013年第2期）中已作解读，在此不再赘述。

残雪的作品不仅呈现了那种精神的层次感和突进态势，而且在人物身上也体现出精确而清晰的自我结构。短篇小说《阿琳娜》（《作家》2010年第1期）的篇名援引俄罗斯油画大师列德涅夫的作品《阿琳娜》，画面展示出乡村农妇的朴素纯净之美。与此相联系，这篇小说通过艺术探险的画面，向我们揭示出追寻艺术美的艰难历程。作品表明，艺术之美不在表层的浮华和艳丽，而是蕴藏在不堪忍受之丑中。主人公（艺术家的自我）要求女友阿琳娜（超我）带他到家里（本我的象征）看看，意味着对美的发源地的寻找。一路上我不堪暴力的袭击，也无法忍受那种恶心之感。后来发现阿琳娜的居所竟散发着恶臭的气息，置身其间就像闯入了"他者"的世界。这是对雨果美丑对照原则的另一种阐释，美与丑表面上对立排斥，但美却诞生于丑，象征着纯净的理念之美要从恶心的世俗中萃取。阿琳娜在小说中充当我的审美向导，她送给我的鹅卵石是赋予我欣赏现代艺术审美眼光的隐喻。随着阿琳娜的指引，主人公又来到神秘的山寨（家的延伸），那种悬浮状态，仿佛置身太空。这似乎喻示着，通过一次次冒险体验，及其所伴随的自我与本我的激烈碰撞，在层层推进的螺旋式上升运动中，灵魂逐步摆脱世俗之境，升级到一个更高的理性层次，同时也朝着艺术美的境界靠近了一步。作为残雪的小说读者，我的灵魂也随之也经历了一次特殊的洗礼。

如果说《阿琳娜》在人物追寻美的历程中凸现出自我的内在结构，那么，中篇小说《保安》（《花城》2009年第4期）则把这种结构更加深化和复杂化了。这篇小说讲述的是艺术灵魂历险和突围的故事。农村青年简元因为一场大火失去城里的工作，由于无法忍受农村沉重而单调的劳动，决定再次进城闯荡。因为城市对他来说有一种亲切感和归宿感。城市在表象上处处充满诱惑，对他产生无声的挑逗，而一旦进入城市的“心脏”，他才发现自己成了局外人。简元对身边光怪陆离的事件迷惑不解，更要命的是，保安的生活意味着时刻处在悬崖边上，未知的变数让他内心紧张而窘迫。那种氛围正如保安队长所说的：“我们做保安的，迟早得同杀手会面。”对简元父亲，虎啸是死神的符号，他借助那种飘忽不定的声音与死神会面，在无形的对话中求得灵魂的升华。而今，简元所面对的死神也是面目不清的，那种冥冥中就要出事的念头时时折磨着他。从心理状态看，他在“彩虹”首饰店的保安生涯，是艺术家灵魂历险的生动写照。进入创作就意味着紧张生活的开始，意味着一颗心紧绷如弦。“彩虹”是个大熔炉，是他精神操练的重要场所。这种特征正好契合着简元向城市求生的初衷。因为在乡下，一切都按规定发生，窒息得令人发疯。而只有到了“彩虹”，简元的内心才焕发活力。在这里，简元进行举步维艰的探索，精神层层向前突进。在“草原狼”等的启发下，简元隐约地看出了一条路，“这条路也许不通到任何地方，它只是供我行走的”。这是一条灵魂在自我探寻中追索的隐秘之路，它不关乎世俗，而指向超拔的境界，照亮自我精神突围的路线。特别是失窃事件发生后，简元被无辜隔离和关押，灵魂再次受到洗礼。蝙蝠所发出的小孩咯咯笑声，就是他灵魂重获新生的隐喻。小说这样描述他的精神状态：“生活中那条模糊的小路又出现在我眼前，这一次，比以往都要清晰，我甚至瞥见了小路旁的野麻花，山菊花。”可见，简元的内心世界逐渐达到廓清和澄明，但要彻底走出混沌，还有待他人的点拨。二苗充当了这个精神跋涉途中的暗中引导者，他是简元的同乡，可以看作简元的升级版。二苗继承了百万遗产，表面上已融入城市，但骨子里却难以转变角色。现实中二苗像一个行为艺术家，他近乎自虐自残的方式看起来不可思议，却是内心风暴的激烈展示。身份的突转使其自我产生分裂，一个是乡村的二流子“二苗”，一个是“彩虹”首饰店的老板。灵魂在这种极度反差的双重身份中煎熬，新的自我要对旧的自我实行顽强的围剿，以达成自我意识的更新。从来到“彩虹”的第一天，他就开始了一个追问：我是谁？这个现代哲学命题直指人本，不仅关乎着身份的认同，而且涉及生存的根基。而缓解矛盾的唯一途径是死亡的极限体验，这种游戏在小说中反复重演，在这种向死神示威的表演中，二苗的灵魂不断向着虚无的深渊突进，同时也使简元的生命达到某种释然和平衡。显见的是，二苗内心挣扎的苦戏表演是艺术创作中灵魂自我搏斗的隐喻，艺术家要在两个自我的搏斗中去体验向死而生的境界，在这种深层的艺术体验中实现精神的升华。自我的内在分裂是艺术家创作的起点，接着是分裂后的艺术灵魂之间你死我活的拼死厮杀。而那个看不见的董事会在艺术创作中扮演逻各斯的角色，当然，现代艺术创作中，逻各斯并不直接现身，因为它是一种缺席的制衡力量，“只能站在场外起监控作用，绝对不能跳进场内充当角色”①。而保安队竭力阻止二苗的自杀行为，则是接受了董事会的指令。换言之，艺术家创作中，灵魂的自我搏斗受到逻各斯的暗中控制。这个结构中，“努斯在发力，逻各斯在主导方向”②。自然，若没有这个逻各斯的作用，艺术家的创作就沦为毫无前途的精神流亡。

上述分析我们看到，人物的灵魂层次在自我审视的精神律动中不断攀升。那么，在自我灵魂分裂后，残雪叙事最深层的原动力来自何处呢？或者说，究竟是什么在维持这种精神的突进运动呢？这恐怕要在人物的精神特征中寻找原因了。上文提到，残雪研究的是文化精英阶层的灵魂形构，这个阶层前赴后继的艺术生存，构成了人类精神史。而这个群体最为本质的精神特征就是一种创造性的自我构造（这一点在《边疆》的分析中已涉及）。长篇小说《吕芳诗小姐》中的吕芳诗，《边疆》中的年思、蕊、六瑾，《鲇鱼套》中的小萍，《保安》中的二苗等等，皆有这种创造性的精神潜质。他们的艺术创造，也是其自我生存的转喻。在艺术生活中，他们决心在向死而生的途中接近那虚无的透明之境。更

---

① 残雪：《残雪文学观》，广西师范大学出版社2007年版，第88页。

② 卓今：《残雪访谈——新努斯的大自然》，《创作与评论》2013年第2期。

重要的，这类人物善于冥想，在冥想中穿透事物本质，接近精神真相。人物的冥想特质根植于残雪独自的写作方式。如果深究小说叙事的精神机制就会发现，残雪的写作从根本上说是在一种潜意识中推进的。叙事一旦展开，主人公便作为一个灵魂层次的代表，从作者艺术灵魂中分裂出来，穿行在神秘的冥想王国。短篇小说《爱思索的男子》（《创作与评论·原创版》2013年第2期）的主人公钟大福就是一个活在冥想中的典型。他平日生活在沉默中，少有现实中的社交活动，他与社会的联系更多表现为一种神交。这是艺术家的典型气质。某种程度上，伟大的艺术都属于沉默者。主人公的思维总是穿梭在“那些最昏暗的，最难以名状的区域”，“那些地方的物质密度很高，像是水蛇，又像是藤萝”。而这属于优秀的艺术家开掘的领地。“那些最昏暗的，最难以名状的区域”，往往也是“存在”被遮蔽的地带。艺术家的使命就是照亮这个“物质密度很高”的昏暗区域，揭示本质，发现真相。主人公尽管生活封闭，却深藏着隐秘的野心，他要“使自己脑袋随着远方呼唤的律奏同藤萝一块摆动”。这是艺术灵感启动的时刻，艺术家在久久酝酿中等待这神秘瞬间的出现。而那种“远方的呼唤”就是死神的召唤，艺术家在这种神秘召唤中获取不竭灵感，开始艺术创造。在此之前，艺术家的内心处于极度焦虑状态，犹如主人公脑海浮现的情景：“水库对于一条草鱼来说就是无边的宇宙。焦虑的女郎在堤坝上徘徊不休。”此刻的他，就是那条孤独的“草鱼”，就是那个“焦虑的女郎”。而创作开始之际，亦是灵魂分裂之时。那个民警即是主人公灵魂的分身，承担着审问深层自我的功能。这个意义上，主人公遭遇民警意味着他与灵魂里的深层自我晤面。同时，作者借助镜子的意象暗示出灵魂深处的图像。“镜子”中主人公的影子由无到有，便是灵魂从表层自我观望进入深层自我审视的隐喻。“努斯”受到“逻各斯”的潜在规约，这是艺术创造的内在规律决定的。在这里，民警代表艺术生成机制中“逻各斯”，但不是最高层次的“逻各斯”。最高层次的“逻各斯”由“姑姑”和“老先生”充当，他们是主人公精神突围的向导和激励者。“姑姑”请“老先生”教主人公下棋，意在练就其灵魂突围的本领。正是有了这段精神博弈的训练，在这场自审的戏中，“主人公”与民警（高手）对阵才显得底气十足。而对艺术家来说，这种灵魂的自我搏斗，绝不是一次性的，而是漫无止境的。所以，即使被关押在拘留室，主人公与民警的搏斗仍未结束。只不过这种搏斗变换了方式，转入冥想中进行，表现为两个惊心动魄的相互追逐的画面。而在小说结尾，当主人公从警察局回到家门口，又一次与警车不期而遇。这更表明，艺术生存中，灵魂永无安宁之日，它的内部无时不处在一种对阵的紧张状态，而这也是艺术家无法摆脱的宿命。

在残雪看来，艺术家追求的最高境界就是“死”，但“死”是无法说出的抽象概念，只能依赖于艺术体验。所以，艺术家并非是在现实中赴死，而是要在艺术生存中见证死亡。这就要求他向着那个极端拼命追求，实现灵魂的纵深突进。从上述残雪近期创作的文本来看，她所要揭示的是人的艺术生存过程，而这显然也是一种本质性的生存。这种生存的内在结构就是艺术灵魂在分裂中的突围表演。残雪的审美目标，在我看来，就是要见证艺术灵魂无限突进的过程，她认为：“过程就是本身，目的是无，因为人最终是无，生命就是一个过程，永远要找，永远要那个东西，那是一个理想。”①艺术家苦苦寻觅的就是这个“理想”，而这个“理想”又是无法实现的。“理想”是“一种最纯净的东西”，是“无”，“人只能隔着距离去追求，如果接近的话它就不存在”。②所以，艺术家的使命不在呈现死亡的表层图像（从根本上说也无法呈现），而是展示灵魂在一路拼杀中走向终极之美的过程，也就是残雪所强调的“永远要找”，在“找”的过程中逼近那个透明的虚无之境。

作者系《广西文学》杂志社编辑
本文原载于《创作与评论》2013年第2期

---

① 残雪：《残雪文学观》，广西师范大学出版社2007年版，第51页。

② 残雪：《为了报仇写小说》，湖南文艺出版社2003年版，第143页。

王 菱

# 雪山：康巴之魂与信仰之索
## ——评泽仁达娃长篇小说《雪山的话语》

泽仁达娃的长篇小说《雪山的话语》叙述了康巴地区雪域村庄的生存困境与抗争。小说诗化和饱含意象的叙述，在展现藏区壮阔美景的同时，呈现出雪域生存的残酷与沧桑，充盈其间的自然生态意象成为小说“神化”色彩的背景，在模糊了历史与年代的史诗建构中，泽仁达娃将自己文学与人学的逻辑起点放在了对苦难的精神认同与文化价值追寻之上。雪山，是藏族的圣山，是崇高的象征。虽然在连续征战胜利之后，朗吉杰布大土司认为自己发现了群山的秘密：“我们无法超越祖先的原因是把圣人供得太高了。这样后人只能匍匐在圣人的足下。”[①]这位在战争中不可一世的英雄，企图用自己的思索消解雪山的神圣性，睥睨人之所仰慕的圣山，最终却被厌倦战争的部下合谋劈死。野心和欲望注定了英雄朗吉杰布的悲剧性结局，雪山，却以圣洁无瑕之姿昭示着敬畏之心的永恒，它是康巴地区的藏人历经困苦与沧桑之后，最终的灵魂栖居与游牧之处，更是美好家园的归依。

作为一部以族群征战为主线的小说，《雪山的话语》有意重述历史：朗吉杰布和美朗多青的英雄故事，阿绒嘎的家族迁徙经历，土司和喇嘛的情谊，康巴地区族群之间的友爱……这些历史内容在作者诗化的语言中形成了对过往的重新阐释与追述，赋予了康巴人物以新的历史生命。被重述的历史是对康巴民

① 泽仁达娃：《雪山的话语》，《芳草》2012年总第545期，第80页。

族“文化创伤”的一种修复与建构。这种建构，并非纯然客观地面对民族的历史事件，而存在着主体与其对象间的相互作用、现在与过去间相互“询唤”的过程。[①]如此演绎出的民族故事，有个体鲜活的人生体验、自我意识以及创作者的道德立场和伦理思想等主观因素参与其中，不再是隐藏在历史深处的一段单薄记忆。

## 民族立场与身份认同

“康巴，这包含着人种、地理和文化等丰富内涵的响亮的名字，令多少人魂牵梦萦？康巴，青藏高原最后的秘境？！”[②]著名的横断山脉与三江一河共同酝酿了康巴这片神奇的土地，粗犷的地貌和长年的部落征战造就了康巴人剽悍的性格，康巴人的身上涌流着雪山江河般桀骜不驯的血液。藏学专家、西南民族大院教授杨嘉铭将康巴文化划分为横向和纵向两个方向：康巴文化以藏文化为主体，与卫藏和安多的外来文化，即汉、蒙、羌、纳西等发生了碰撞和融合。纵向上看，至唐代形成藏民以来，康巴地区一条线地从部落制一直到土司制，沿这条历史纵向，古老的文化一直延续并保留了下来。[③]

作为一名康巴藏族作家，延续“边地写作”的泽仁达娃选择重述“历史”并非要重返历史，重新建构“逼真”的历史拟像，而是为了在追溯民族历史、书写民族记忆的过程中，确立当下的民族立场和价值取向。“‘历史’作为‘涉及过去的知识’已不再是简单的、实际的‘过去’，对民族历史的探寻和眷顾、对民族寻根情结的认同与理解，无不含有迫切的民族自省意识和归属情结，以及对民族文化的深刻参悟和多维关照，在历史回溯中寻找并重建民族精神家园，塑造民族灵魂，历史就这样作为一种文化资本参与到族群建构与身份认同之中，成了重构民族‘集体记忆’的一种方式。”[④]

全球化的时代浪潮席卷而来的当下，康巴地区并未因其空间和文化上的边

---

① 李长中：《“重述”历史与文化民族主义——当代少数民族文学重述历史的深层机理探究》，《中央民族大学学报》2012年第2期（第39卷），第9—17页。

② 王怀林：《寻找康巴——来自香格里拉故乡的报告》，四川人民出版社2000年版。

③ 贺志富：《康巴民族文学的多元性》，《康定民族师范高等专科学校学报》2003年第4期（第12卷），第38—40页。

④ 李长中：《“重述”历史与文化民族主义——当代少数民族文学重述历史的深层机理探究》，《中央民族大学学报》2012年第2期（第39卷），第9—17页。

缘性而安然于时代巨浪之外，无可避免地被卷入了急速飞奔现代化进程中。当现代性以时间消解空间异质性，导致康巴的少数民族空间组织的持续崩溃与不确定时，他们的自我认同产生了前所未有的断裂与危机感，这种断裂和危机促使他们不断地返回过去，试图在过去的语言、文化、历史和宗教信仰中建构“想象的共同体”①，以弥补现在的心灵创伤。②当现实家园不再是康巴族群传统意义上的安身立命之处时，泽仁达娃借助神话、象征、风俗、仪式等符号性能指，想象出一个没有他者的世界，从而使小说写作摆脱了身份的混杂性。

相对于中国中部和沿海来说，小说的文化背景既不是农耕文明，也非商业文明，而是由自然环境、生产方式以及民族、宗教、文化等因素构成的独特游牧文明，《雪山的话语》因此是一部典型的边地小说。那些在阶级革命、启蒙叙事下受到压抑的“文化体验”，以“前现代”面貌在小说中复活，并在现代性反思意义上，展示出国家民族内部不同空间位所的权力关系和等级层次，以此建构“多民族统一国家”的整体性想象。③在小说中，作为“水流下来的西藏和水流下去的汉地之间”最大的土司，被野心驱使的朗吉杰布虽打退了清朝的川陕大兵，却最终敌不过藏军。康巴族群之间的权力洗牌和康藏汉地之间的权力角逐，使《雪山的话语》呈现出不同空间位所的权力关系更迭和等级层次。正是通过内部民族权力关系建构，民族国家主体，可以通过“边地”来诉说乌托邦的“反西方性”。④

## 苦难的类宗教体验

作为人类生存的一部分，难以摆脱的痛苦与难以预测的灾难，共同构成了人类苦难的绝对性。现实生存的困境和苦难永远没有尽头，命运的无常和自然的神秘都逼迫诱惑人类寻找终极归宿和救赎之路以达至解脱。苦难与灵魂直接相关，牵涉到对生命的意义评价。在一定程度上，苦难可以提升人的精神品质，增强人自我实现的能力，使个人得以有动力尽可能地摆脱生命的庸碌。但这种

① 李长中：《“重述”历史与文化民族主义——当代少数民族文学重述历史的深层机理探究》，《中央民族大学学报》2012年第2期（第39卷），第9—17页。

② 赵林云：《一部民族志式的〈边地奇书〉——评江洋才让小说〈康巴方式〉》，《小说评论》2010年第12期，第61—63页。

③ 同上。

④ 周保欣：《境遇与策略——“文革”后中国当代小说苦难叙述研究》，浙江大学2004年学位论文。

促进和转化对苦难的承担者提出了严苛的要求：即其必须具有非凡的毅力，超人的心智。《雪山的话语》在叙述因族群对领地的争夺而形成的各种苦难时，形影相随着一种对苦难的推崇和膜拜，由此而衍生的特殊认知，成为一种对苦难的类宗教体验。在这样的价值基础上，小说塑造了具有非凡毅力和超人心智的英雄人物朗吉杰布和美朗多青。作者笔下的受难者具有一种狂野的殉道色彩。在受难英雄的精神结构中，民族、活佛、头人、至亲只是他们作为人的存在的血缘载体，而信仰、勇气、尊严和荣誉才是他们作为人的存在的价值立场。小说中的亚曲亚依是英雄美朗多青的爱人，怀孕待产时，她被同住的美朗多青的傻子弟弟热辛寻开心，滑下楼来，不幸流产。深爱妻子的美朗多青发誓要为妻子修座新房子，把旧房子留给傻子弟弟。此事触怒了贡玛土司，他要美朗多青答应他不修大房子，以避免构成对他的威胁。美朗多青拒绝了土司的要求，被土司施以酷刑。哪怕接连失去双眼和左手，美朗多青也坚持要为妻子修一座大房子。贡玛土司最终无计可施，不再阻拦美朗多青。受刑后的美朗多青仰天大笑，悲怆的笑声令人群掩面悲哭。在此处，抽象意义上的苦难漫过个人事件的边界，接通了与圣洁、信仰、种族、世界的联系，披上了神性的光辉。美朗多青对爱情的信仰支撑着他以自我牺牲的方式实践生命之诺，即便在人间过上地狱里的日子也在所不惜，这种对苦难的超越性力量，既是内含在小说人物心智之中的精神内核，也是超逸、悬浮在精神上空的可仰望之物，是文学的超越性品格。

“席勒在谈及人们借助理性方式获得‘内在的或道德的安全感’时曾说：‘我们之所以毫不害怕地观看可怕的东西，是因为我们感到自己不是由于意识到我们无罪，就是想到我们本质的坚不可摧，我们感到自己摆脱了超过作为自然本质的我们的它的威力。因此这种道德的安全感，正如我们所看到的那样，要求宗教的理念，因为只有宗教但不是道德，才为我们的感性提供安心的基础。’”① 在席勒的论述中，宗教理念的超越性为人世构建了一条意义通道，帮助世人超越感性世界，舒缓此岸世界的绝望与哭泣，使人们获得望向彼岸世界的勇气、力量与自信，并由此而带来崇高的感觉和体验，获得此在的终极价值。在具体的叙事层面，小说中重要的两个英雄式人物——美朗多青和朗吉杰布的重大命运转折之处，云登喇嘛和邓登喇嘛都起到了至关重要的作用。前者救活了奄奄一

① 周保欣：《境遇与策略——“文革”后中国当代小说苦难叙述研究》，浙江大学2004年学位论文。

息、似乎必死无疑的美朗多青，后者以自己的圆寂昭示了朗吉杰布后来的悲剧性毁灭。宗教人物在类宗教的苦难体验之后出现，无疑是一种象征的圆满，在企图超越人的自然本质的英雄人物走投无路之时，宗教再次救赎地承载了崇高的最终意象，为未能顺利实现崇高目的的英雄注入终极的力量。

宗教的救赎背景同时让小说将死亡纳入积极、高尚、和人类理想相勾连的价值体系进行评判，让它指向光明、渴望、永生等价值符号，死亡因此不局限于消极的身体的消失，而是通过消解肉身实现生命的超越，进入无限和永恒。[①]在小说中，负“罪”的人因为对死亡的超脱，实现生命善与美的感性呈现，而再次获得崇高的意义，灵魂获得重生的尊严，其实质也是一种以雪山隐喻的崇高在进行价值的评判。无论是叛徒多军最后被动用古老的刑法沉入江水之际的含笑，还是匪首亚松迪果和情人央美在火光包围中迎着火焰歌舞的骄傲和愉悦，都令他们的“罪”瞬间减弱或消失于无形，从而令死亡变得圣洁和光明。所以曾经代表着正义的英雄朗吉杰布评价多军是“用含笑来点缀死亡的人，他的灵魂飞走时会像鸟儿展开双翅一样”。而感慨亚松迪果和央美时吼道：“这样的匪首和他的情人，真应该还活在世上。”

## 审美的神秘主义

神秘主义和文学具有同源性关系，两者都指涉到人类原初的心理经验和隐秘的情感体验。[②]因此小说对神秘主义的引入，为小说建立起一种深度模式。《雪山的话语》在具体实践神秘主义时，并未令读者感受到粗鄙化的倾向，而是真正地将神秘主义融入了作者自身的精神骨血与灵魂之中，其对宿命、死亡、转世、暴力、性等主题的自然书写，其实是对生命神秘的文学注解。

《雪山的话语》祛除了传统神秘文化的实用主义色彩和精神上的沉迷状态，把神秘文化作为一种观照世界和人生的文化哲学，表达了自身对外在世界和生命现象的情感体悟与哲理运思。[③]《雪山的话语》里运用的审美化的神秘主义，在成为人的基本生存状态的同时，拓展了小说的审美视域。

---

① 周保欣：《境遇与策略——“文革”后中国当代小说苦难叙述研究》，浙江大学2004年学位论文。

② 周保欣：《当代审美思潮中的神秘叙事》，《安徽师范大学学报（人文社会科学版）》2005年第9期。

③ 同上。

小说中，人的世界并非如平静的湖水一般清澈见底，而是在各种光线的折射中呈现出各种超出常规、奇异、迷蒙的神秘元素；人不再背负着简单的共时态命运，不再单纯地被性格冲突、社会悲剧等片面的悲剧元素所挟裹，而是被源自生命深层的，由人无法触碰的永恒异化力量所胁迫。这种融入作家世界观和生命观的神秘主义，为小说提供了一种超越现实和理性层面的表现视角，使小说的审美意蕴得到了很大的提升。①

《雪山的话语》在叙事上非常注重营造具有个性色彩的神秘意象体系，由此产生了一种空灵的美学风格。比如在雪域高原的古柏上盘旋的鹰、摇晃树枝的乌鸦所象征的死亡，雪山象征的崇高与宗教秩序的威严，铺满云霞的天空和云层所寓意的美好和幸福，火对光明和毁灭的双重象征意味，黑缎子一样的骏马江朗所寓意的欲望与野心，神秘的桦木皮寓意的灾祸，邓登喇嘛看到的婴童朗吉杰布后脑勺呈现出的深重罪孽堆积对英雄朗吉杰布命运的隐喻等。小说的意象体系并非一般感官经验的提取，而是用来传达“只有圣人才能看到的、隐藏于变动的世界中的、那种幽深难见的最高道理”②的心理图式。

神秘主义对未知世界的关注，令其注重描写感性世界和主体心理体验。作者在叙事中非常擅长运用各种物象词语来表达人物自我的内心独白和对超现实世界的体验与感知，以此形成了作品独特的艺术张力，即独具韵味的审美表现力和穿透力。这种依靠物象词语构建的独特审美力量，也为小说建构起一种具有深刻隐喻和奇诡象征的诗意。在小说的语言上，作者突出地运用了通感、转喻、象征等手法，来增强作品的灵魂感应力和现实感应力，多层面地融合了自然、宇宙、历史、社会、人生的充沛意蕴，打通了在此世界与原始神秘世界的深层沟通。③当美朗多青要离开贡玛土司时，土司说：“你把生命当做一碗清水来与我道别，我的挽留只好变成冰块放在肚子里了。”而当美朗多青因为母亲的决绝留下侍奉贡玛土司时，受伤后被包上草药的土司说：“我的伤口穿上了新衣裳。”最后，当美朗多青愿意担当土司的护卫队队长时，土司舒畅地说：“我心里的痛飞到云里去了。”还有匪首亚松迪果在大火中闻到同伴已被火焚烧的气味时，情人央美说：“你的朋友和我的朋友，他俩像石头一样把痛苦爆裂在体中。”小说中人物的这一类言说方式，被作者熟练地通过通感、转喻和象征表达出来，

---

① 周保欣：《当代审美思潮中的神秘叙事》，《安徽师范大学学报（人文社会科学版）》2005年第9期。

② 马明奎：《马明奎少数民族文学意象的叙事性研究》，《文艺理论研究》2011年第9期。

③ 周保欣：《当代审美思潮中的神秘叙事》，《安徽师范大学学报（人文社会科学版）》2005年第9期。

不仅充斥着叙述的灵性，在神秘主义的贯穿中，更突显出小说人物的非凡智慧。

泽仁达娃借助神秘的意象体系形成了独特的叙事感觉。他擅长调动各种知觉意象，搭配色彩、触觉和运动感以及诗意神奇的表述，发现普通事物所蕴含的生命力和爆发力。在小说表述中，听觉被“通感化”为立体性的视觉，如巫婆康珠神灵附体时，“任登喇嘛的讲解突然被巫婆飞速旋转起来的长发泼出的呼啸驱散”；视觉元素又累积在电影构图般的镜头语言之中，如美朗多青和阿朗的队伍在翻越折多山时，草坝、火蛇、帐篷、酥油灯、高僧、活佛喇嘛、扎巴、寺庙加持的护身符和护身盒、糖果酥油糌粑烟草奶酪奶渣等祭祀品、《六字经》、蟒洞鼓号钹和唢呐等草原物象构建了一个神奇的隐喻性康巴世界，这些物象铺垫了小说发生的边地背景，也勾勒出浓郁的异域风情。

《雪山的话语》沉潜于康巴生活的征途，敏锐地触及当下康巴藏族人精神生活的深处，实现了乡土主题与生命主题的对应同构、浑然一体，完成了一曲多声部的审美交响，审视并回答了民族特性、民族精神在全球化背景中的张扬、再造与重生。

作者系四川省社会科学院文学研究所副研究员

本文原载于《当代文坛》2013年第4期

王凤英

# 万里云罗群雁飞
## ——2012年军事题材中短篇小说述评

从创作的整体趋势上看，2012年的军旅文学延续了一直以来的良好势头，中短篇小说作品在加大观照当下军队现实生活时力图进入到对信息化条件下军人精神内核的反映，进入到对部队执行多样化任务中现实问题的整体性思考。越来越多的作家有意识地将笔触深入到异域空间进行拓荒式探索，抑或颇具耐心地细致表现军人感情世界的心灵航道，对人情、人性、人生进行尝试性体认。

### 异域视角的心理指认

类型化、模式化成为当下中短篇小说的创作倾向，如何重塑当代军人形象，以不凡的军人品格冲击固有的叙事惯性和想象惰性，如何以新的审美经验履行讴歌主旋律的使命任务，是相当多的军旅作家着力抵达的一种审美理想。马晓丽的《俄罗斯陆军腰带》(《西南军事文学》2012年第2期）以一次中俄两国军队联合演习为故事框架，以一根腰带为叙述视角，中俄两军之间的差异和变化在并不为人熟知的异域空间通透地呈现。这个区域充满了迷雾，而正是这团迷雾击中读者，并因其无穷的新奇带来了阅读期待：中方中校秦冲和俄军上校鲍里斯曾同为中俄边境的边防连长，同一段国境线各据一方，在中俄联合军事演习开始后意外聚合。对秦冲来说，那些过去的误解和隐痛并没有从心里真正过去，时时跳出来并快速发酵，发生过诸如种菜、打兵、拜访、交换军品等一系列事件后，两个人也在交锋中将中俄两国军人的文化、情感、生活方式诸方面的差异一一展示、碰撞、交流，从排斥、不理解到逐渐认同，摹写出了两国军人不同的气质和相同的军人本色。从秦冲对鲍里斯的恩怨纠结到鲍里斯主动向秦冲交换腰带，作品瞬间完成了友谊和相互学习的心理指认，不动声色地谱写成一曲新时代军队的高昂赞歌。作家显然采用了意识流的笔法，不同时期的故事层次清晰地交叉叙述，加之作家对军事题材良好的驾驭能力，在拓宽了读者审美边界的同时，极大超越了角度限制。

刘广雄的《瘙痒》(《西南军事文学》2012年第4期）颇有象征意味，以“我”身上无来由的瘙痒和无来由短暂消失的奇怪病痛结构全篇，小说寻找军医丁阿胡的过程不啻一次千奇百怪的心理“瘙痒”发作。丁阿胡医术只高超在找他看病的人的想象里，而那些人的病大部分来自于一种自我感觉，自我感觉其实是一种缺少病理学支撑的精神迷失，而“我”仅仅有时来时去的莫名瘙痒便将病症的可能性严重放大，乃至于引发了身心的某些同步不适，似乎惟有“包治百病”的“神医”丁阿胡才能根治，于是“我”开始寻找丁阿胡，小说在找到丁阿胡后戛然结束。这种带有精神异域的视角叙述，恰恰表明人们心理归属感和安全感的极度缺失，寻找丁阿胡就是寻找心理的皈依，揭示了军人精神在新时期军队建设中决不可漠视。

贾国祥的《来璩》(《橄榄绿》2012年第4期），从另一视角关照当下军人在事关亲情与旧的传统观念之间的左右冲突，而情感抉择发生在农村对男孩女孩的性别两难里。“我”因即将失去一份亲情着急无力，其中有单位领导的无理干预，有个人取舍的纠结等，在闻信返家途中一一回顾，如黑白电影胶片拉出过往日子，充满酸涩和温情。小说把矛盾集中指向一个极端的情境之中，使之在有限的空间碰撞出快速转移的能量，以呈现人心复杂性。

同类型的作品还有林小彬的《二十郎当岁》(《西北军事文学》2012年第5期），以军校学员梁岛的变化和“我”对爱情的态度揭示如何辩证看待年轻人所犯的错误和对部队管理方法的审视；李俊的《谁是谁的谁》(《解放军文艺》2012年第5期）以部队机关干部人事变动中存在的许多可能性，揭示了干好工作才是得到提升的惟一渠道；卢一萍的《光荣牺牲》不在直接表现高原极端环境中军人的英勇、顽强上下力气，而是用多视角展现当代军人多元的精神景观。

## 现实悖论的心灵图解

近期军旅题材中短篇小说就观照和平年代当下部队生活而言，呈现出意想不到的可喜长势，作家前所未有地低下身子调整焦距大批量对准最基层的部队现实，力求还原普通军人们生活在富于时代印迹的生存状态、生存环境、价值追求和附着其上的当代文化人格的碰撞、交融，展示出当代基层官兵虽定位渺小却有着丰沛内心世界的蕴含。这类作品时代气息浓厚，以独特的审美品质塑造出一群个性鲜明、生动的当代基层部队的军人形象。

曾剑的《饭堂哨兵》(《解放军文艺》2012年第12期）成功地呈现了一位来自基层最平凡世界中的现代士兵的心灵脉动和感人形象。小说自始至终没有出现“饭堂哨兵”的名字，他是当下基层部队士兵群像的典型。就是这样一位连名字都不用有的“饭堂哨兵”，站在饭堂前的哨位上以“挺胸、收腹、提臀”的标准军姿履行着职责使命，尽管他的军姿相当挺拔、他的相貌相当英俊、他的军礼相当标准、他的哨位相当不同，在一天三班、每班上哨一个半小时的时间里，就餐人群中的首长、机关干部在他的目光里出出进进，但没有谁注意到这些挺拔、英俊、标准和不同，也没有谁体察到他多么渴望被注意，他就像他看到的各种花朵，虽然鲜艳，却只是花园里的必需品，所以他失望了。于是，他每天盼望能早一些离开这里回到战友中去，回到具有生命意义和生活激情的连队，而不是每天一成不变地寂寞上哨、寂寞下哨，然后在内心奔腾着克制和冲动、孤寂和热情中消解青春。然而，在完成了一年时间饭堂哨兵的使命后真的要离开时，他突然发现每天用标准军姿上哨的时光和乏味的哨位是那么值得留恋。曾剑悄然隐匿了作家的评判而用细腻的笔触不无敏锐地感受这个饭堂哨兵的心灵波浪，不无真诚地抚摸年轻士兵的心灵肌理。小说用底层叙事立场将朴素的真情、明亮温暖且略带落寞的色彩细致地通过普通士兵、普通事件的叙写，传达出独特的、充满人生悖论的体验与温情。

朱旻鸢的《拉练》(《解放军文艺》2012年第1期）写一次拉练中遭遇的种种苦事、趣事和感人的事，以独特的新颖视角和作家幽默顽劣且活泼弹跳的个性化语言指涉当下军人的生活，作品没有刻意与基层锤炼官兵意志的、尚需探讨的训练方法拉开距离，相反，描写了局中人的他们面临现实悖论时仍时时绽放英雄气概的另一种可能性，其世俗理想并未遮蔽军人生命的质地和光芒。小说中“我”这个新兵惊异于老兵与新兵之间处处颠倒的人性生态，连长和指导员之间缺失通畅的隔阂，姜暴牙与王喜之间的打斗及有关老兵王喜有损名誉的传说等。“我”眼中的王喜个性鲜明、复杂，他狡黠，他质朴，他违纪，是“连里‘吊’的老兵，一天到晚惹是生非”，他捅过娄子、违过纪、爆粗口、不讲卫生等，领导觉得头疼，战友们也不待见。就是这样一个人，关键时刻作为老兵强悍的集体荣誉感改造了他，让他决然汇入拉练冲刺的队伍中。最后的冲刺画面感极强，令人动容。小说随处可见的细节描写生动传神，并不避讳表现基层部队不尽如人意之处。作家写出了军人内心深处的渺小，这源于他放低姿态的结果，这样处理其实有可能带来一定的副作用，军人非神化过滤后的世俗化表达是有一定风险的，但朱旻鸢不乏举重若轻地予以带过，写“我”偷偷珍藏军医李铁梅的发卡、王喜直愣愣地盯着李铁梅、李铁梅的头皮屑等细节，均为人性蓊郁之笔。小说中写“我”苦中作乐地唱“妹妹你坐船头”、“我”对王喜偷的羊腿垂涎三尺，在王喜的怂恿下“我”翻墙喝酒等场景或细节似乎不乏悖论与荒诞，但在连队拉练人数凑不够时，姜暴牙还是顶了“不共戴天”的王喜的空缺，齐新傻也一改窝囊、听话、不懂变通的性格说出颇有主见的话，令人刮目相看。不难看出，作家力图实现对新时代英雄主义的全新营造和对现实悖论的心灵图解。

王伏焱的《最青春》（《橄榄绿》2012年第1期）勾勒信息时代下精神心灵的变异图景，关注新一代军人的特异之处：刘亚雄体质稍弱，和新兵王小鹏一交手便颜面扫地，但他的“不服气”思维逻辑让坚信“领导的艺术就是征服的艺术”的排长肖晗大伤脑筋，在来来回回的“征服”与“反征服”拉锯战中，肖晗发现他的优长：聪明灵活、接受能力强，便想方设法发挥其长处。新兵王小鹏掌握了黑客技术却因军事不过硬被刷“出局”，一气之下攻击了师军网，结果导致师办公网、连队政工网、电子阅览学习室全面瘫痪一小时，引起全师震动。师长慨叹“已经全军阵亡，可以举白旗了”之余，给了王小鹏一个处分，立一次三等功，功过两不相抵的结局既在意料之中又在意料之外。小说传达出信息化条件下的今天，部队练兵是由传统的体能型向智能型转化的时候了，固有的带兵模式面临空前的压力，现实予以的诸多悖论应建立在心灵图解的理性层面上思考。小说着力展示信息化条件下黑客技术的出神入化，及与之带来的人才衡定标准的变化。

另外，李落落的《防空洞》打开了新兵连普通士兵们记忆中的有趣往事；唐荟的《别忘了肖翠翠》写了老实做人做事仍规避不了被转业的肖翠翠的无奈；卢一萍的《单兵帐篷》写天堂湾边防连牧马战士邵小兵和藏族姑娘德吉梅朵在远离人烟的草原放牧，纯洁美好的人性在苦难中愈见珍贵。

## 历史传奇的精神呈示

军事实践的巨大变化改变了题材，和平时期承载军人风骨的物质载体的缺席加大了这类题材的写作难度，如果离开对军队当下现实深刻变化的有力关注，创作出时代最强音的作品就是奢谈。但现实题材的反映难度在于缺失了必要沉淀，生活往往会在作家试图贴近现实时便被一同笼罩其中，无法也几乎不可能真切看清现实的真相。而要想揭示这种真相，就只能促使部分作家将目光投向历史深处，以当代人的视角对历史隔膜感进行强力穿透。显然，在考察作家心灵足够的记忆能否还原历史真相时，当代气息的介入会呈现至关重要的精神维度。

裴指海的《麦城叛》(《西南军事文学》2012年第4期) 直接将读者带入上世纪二三十年代革命历史现场，通过不同人物的塑造，作家建构起复杂的矛盾冲突，处于矛盾中的人物充满斑斓流离的多面性人格。如王大队长一出场，其训练有素的军人气质便吸人眼球，相较于农民自卫军总指挥李道胜、党代表周爱华缺乏基本军事素养、工作方法简单粗暴而言，王大队长显示出了成为正面人物甚至革命英雄人物必不可少的良好素质。就是这样一个貌似有着无限作为空间的革命军人恰恰违背了革命的信条，不惜以背叛革命为代价去爱地主女儿周之诺，而周之诺真正的身份是共产党员，她注定不能逃脱终被自己人枪杀的下场。故事至此结束并无新奇之处，限制性视角构不成历史传奇的反思意味。看似无甚作为、低素质的李道胜，毫不因此消解他革命信仰的坚定性，但他因为不懂得争取中间力量而轻率将舅舅——周子英的父亲“大义灭亲”，使周子英成为农民自卫军的死对头。小说错综复杂的人物关系建构，显示了作家以当代视野最大限度地还原革命历史复杂性的能力。

洪庆任的《祭文》(《西南军事文学》2012年第4期) 写五保户瘸子——李满仓临终前的回忆，布满了1944年国民革命军第十军衡阳抗日保卫战历史真相的暗疮。作为军队干部的“我”无法完成慰藉这位老兵一生的身份认同，更遑论证明他参加衡阳抗日保卫战的不凡经历，所以“我”在丧礼上完成李满仓交代的第一件事——执笔祭文，聊以还原抗日老兵并非英雄传奇的自豪感后匆匆归队。差不多快遗忘掉第二件交办的事时，因了女儿的异常哭闹和母亲的提示，“我”陡然惊醒，为“实现”这份无从完成的证明，“我”在百般无计下将写着“李满仓是抗日英雄"的纸盖上部队计生办的印章后，烧祭作为结尾，不无凄惶地通过这种近于敷衍的方式"证明"了李满仓作为抗日英雄九死一生的生命牵挂。小说从另一个角度悄然释放了历史状态下的精神叹息。

刘烈娃的《老子革命多年》(《上海文学》2012年第8期）在叙述中毫不隐匿作家价值判断的立场，以闪回的笔法直接走进故事并作为一个历史真实的见证者和旁听者，小说真实性诉求因此得到了丰蕴可贵的回应。在作家的笔下，舅舅宫音书是一个颇有争议的人，摆老资格、工作眼高手低、惹是生非、不靠谱，33岁才和一个名声不好的寡妇翠柳结婚……就是这样满嘴"老子革命多年"的人，和"我"内心戒备森严的母亲、他的姐姐菊红有无法释怀的隔阂。他流流转转了一生，到死才发现8岁那年目睹日本鬼子强奸中国少女张枣儿那一幕的丑陋，遮蔽了他一生的人生走向和心灵流光溢彩的可能性，而"我"到母亲和舅舅曾生活过的南盘村试图逼近历史真相时，南盘村人的善良和宽容恰是"我"直抵舅舅内心的正确通道。小说琐碎里充满人性关怀，理性中带有探究色彩，以跳跃感性的文字塑造了一个失败者的形象。

此外，周书怀、陈晓白的《红布条》(《解放军文艺》2012年第9期）通过一条缝在棉衣里的红布条引起的寻找父亲之旅，表现两代人的精神传承；周继松的《冲锋号》(《解放军文艺》2012年第3期）以两个叙述视角写了毛老三如何在战争中幸运生存下来和旱娥求生中的种种不易，战争的残酷和生命可贵的反思意味颇为浓郁；蒋新磊的《大马山的故事》(《神剑》2012年第2期）以平静的文字借助"我"的视角写出英雄背后的故事和内心涌动不息的抗日情绪。

## 文学体认的有限窥测

叙事流畅富有张力、人物内心刻画拿捏准确、细节描摹有感染力等佳作引领创作走向，得以窥见其中令人欣喜的丰富和深度并不具有普遍性，维持其良好势头的军旅文学中短篇小说创作也需要集团冲锋之势占领高地，而不尽如人意的表达和创作向度更散见于相当数量的作品中。从军旅题材中短篇小说创作来看，首先，老作家的创作热情与年轻作家相较难成比例。军队作家的职责使命决定其离不开反映与军队相关的现实生活，身份指向其视野和焦距的偏移必将带来价值观的认同变异。除马晓丽、裘山山等为数不多的作家时有令人眼亮的军旅题材中短篇小说问世，塑造出鲜活、生动的当代军人形象，其余则委身影视剧或准备委身影视剧创作，以汹涌势头放弃坚守，并转向热度颇高的地方题材小说创作，即便如此，中短篇小说创作也往往退居在长篇小说创作计划之后，偶然为之竟谓为创作长篇前的“磨刀”或“休整”，这种严重不正常的创作心理失衡很难不将之归为“不屑为”和“不愿为”的世俗性价值判断，这是军旅文学的“萧墙之祸”。

其次，小说中确立理想化人物事件而牺牲文学性的体认一直以来遭人诟病。人物和事件真实性的缺失发生在未经思想沉淀和深入思考就草率进入小说描写的过程中，写作角度的限制意味着片面或无法窥测全体，无法达到贴近心灵的温度。文学艺术一直倡导作家运用想象、虚构、象征等现实的手法逼近心灵与现实，只有在对客体的想象和虚构中，主体才能全方位地触摸到对象世界的全部含义。刘跃清的《一封没有署名的信》(《解放军文艺》2012年第2期）似乎就是周铧英雄救人真实故事的粗陋改编，用痕迹明显的新闻事件替代文学塑造和叙述，造成作者只顾卖力推介自己熟悉的真实英雄和发生在英雄身上真实的英雄事迹，但读者就是无法同步感知其中的感人成分和故事的“真”，宛如电视广告中电视主持人张牙舞爪地拼命售卖物无所值产品的一场闹剧，观众反应冷漠，或只感受到了其中的“闹”和厌烦。

再次，作家应懂得文本叙述适时收放。有所收即有所放，作家的创作意图会通过文本准确有效传达，其中作家个人的语言风格弊病往往在自我陶醉和听之任之中泛滥成灾，变成非文学语境，这是对文字的重度伤害。朱旻鸢在《拉练》中以幽默诙谐见长，俏皮活泼的语言特色使作品显示了迥然不同的叙述品格，哪怕是指导员老王和班长齐新傻这样的“闷角儿”也被作家渲染得令人哑然失笑。但这样的喜剧基调在放大王喜发着高烧汇入冲刺队伍时并没有适时收敛，反而造成读者出现一种违背创作原意的捧腹大笑，这种阅读戏谑恰恰重伤了王喜这个人物的可敬，作家意图借此情节烘托作为老兵王喜身上可贵的集体主义荣誉品质，至此功亏一篑。诙谐的自由漂移削减了庄重严肃的精神高度，弱化了其中的温暖成分，平添了不应有的江湖气。刘烈娃的《老子革命多年》也有此弊，作家对文本过多的主观介入，过多的理性推理和思考，必将远离“情感零度”的正常写作状态，历史的距离感因此呈现一种遗憾的生硬和冷峻。

作者系《武警指挥学院学报》编辑部副主任、教授

本文原载于2013年2月27日《文艺报》

# 王宏伟｜ 与其所谓“创新”不如提倡“复古”

现在的艺术创作，人人都在谈创新，画人作画，举笔求新，大势所趋，似乎不容置疑。但笔者以为，现在美术创作的诸多诟病，一个直接的原因就是理论上大提“创新”所致。笔者这样肯定，实在大不合时宜，违背某些即成的论调，但诸君稍安毋躁，且听以下分析，再做定夺不迟。

创新没有错，艺术创作如果没有创新，就失去了艺术的本来意义。但是，现在我们的情况是，相当数量的艺术创作者的所谓“创新”实际上是“花样”，缺乏功力，格调庸俗，不值一看。尤其是所谓“当代艺术”风行以来，更是变本加厉，胡涂乱抹，肆意践踏艺术创作的尊严。一些创作者聚在一起，甚至互相鼓励要玩出“花样”，搞出“名堂”，画出“意思”来，借口说是评委和观众的需求。真是不解他们所说的“名堂”是什么名堂，“意思”是什么意思，会玩弄些小情趣，搞些小花样就是创作的最终目标？从各项展览会上浏览一遍，你会发现，现在功力浅薄、格调低下，玩弄些材料、技法等花样，甚至不知所云，让人一头雾水的作品逐渐增多了，真正有功力、有修养、震撼大气的作品反而在不断减少。翻开一些“画家”的画册，或造型奇形怪状，故意唬人，或翻新花样，编造“风格”，令有识者莫名地生厌。总的来说，现在艺术创作弥漫着一股浮躁、不踏实、轻视传统、为新而新的不良风气。这样的创新，着实有愧于我们的时代。

创新是艺术创作保持生命力的不竭源泉，这是肯定的。但要命的是，现在多数艺术创作者误会了创新的本意，一味求变、求新，由此延伸出玩“花样”，不注重作品内涵的恶习，着实令人乏味。许多画家为新而新，把创作的成功与否寄希望于材料的运用或其他方面中。研究新材料、新技法本没有错，可是误将艺术创作当做实验，以为材料技术就是创作的重心而置修养、功力于次要地位，那就大错特错。加之中国几十年来对艺术创作者的“独特”培养方式，造就了一大批不读书，甚至谈书色变的所谓艺术家，更是使得这种形势雪上加霜。成群的中国画作者假“创新”之名（多是年轻作者）不尚修养，不习书法，轻视中国传统绘画（或许根本就看不懂），甚至连中国画的基本精神——写意也丢失殆尽，而着力于毫无新意的“制作”；成群的油画作者主观地追求风格，故意胡乱涂抹、标新立异，逃避或摒弃传统已成为事实。如此看来，在美术创作上，“创新”这个词提得有些不合时宜，至少说歪曲了很多人的认识，使得多数人没有在这个本来很有意义的词语上受益。创新于今日，似乎更多地变成了创作者“想点子”、“搞名堂”、“玩花样”的代名词。

古人云：以史为鉴。艺术史上，遇有需匡正时弊之时，多言古而少言新。凡是打出复古旗号进行艺术革新的，反而都取得了十分突出的成就。宋元绘画是中国美术史上不可逾越的两大高峰，而这两个时代在艺术上都举过复古的大旗。著名艺术史家陈传席在《中国山水画史》中总结：“北宋中、后期山水画的总趋势，基本上可用‘保守’、‘复古’去概括。其次还有一个‘变异’的派别，却未形成主流。……绘画中的这次复古运动也很成功，产生了一批杰出的青绿山水画，为宋代山水画增添了光辉。”唐代以前，中国的山水画以青绿山水为主，唐后期水墨画兴起，五代和北宋初期，几乎无人再画青绿山水，到北宋中期，山水画已无法超越五代及宋初。北宋后期，提倡复古，上行下效，画家转而以绘制青绿山水为风尚，由此产生了《千里江山图》（王希孟作）、《江山秋色图》（无名氏作）、《万壑松风图》（李唐作）等一批旷世杰作。

元代赵孟頫极力提倡复古，力排近世（意指南宋），他将绘画中的“古意”列为第一审美标准，他说“作画贵有古意，如无古意，虽工无益”，他说的“古意”是指北宋以前的绘画。他在《二羊图》中题道：“余尝画马，未尝画羊，因仲信求画，余故戏为写生，虽不能逼近古人，颇于气韵有得。”说明他认为“逼近古人”比“气韵”还重要。在这种倡导下，不但他本人成为元代杰出的艺术家，而且在他的影响下还产生了名满古今的“元四家”和曹知白、朱德润等杰出的画家。

明末画家陈洪绶是中国美术史上又一伟大的艺术家，他也提倡复古，他主张学习六朝和隋唐的艺术，反而创造了亘古未有的艺术面貌，史上有“明三百年无此笔墨”的说法。他的影响一直传到近现代，海派中的任熊、任伯年等都是他的传派。

清代大艺术家八大山人，虽没有直接提出复古的口号，但其一生学古，笔墨功力深厚，作画笔笔出古人，作品个人风格在艺术史上也最为强烈。他的艺术成就之巨稍有常识的习画者皆知，齐白石就深受八大影响。

中国美术史上的一些著名革新家也主张“高古”。清代石涛虽有些藐视传统，但却在画中题字曰：“画家不能高古，病在举笔只求花样，然此花样从摩诘打到至今，字经三写，乌焉成马，冤哉。”（见石涛画作《渴笔人物山水图》）石涛革新，成就突出，但他反对“花样”，反对假创新，力主高古，其实石涛也并非无视传统，他嘲讽的是当时“四王”一派的流行画风（四王是否学古？四王名为学古，实则不然，四王之首王时敏学董其昌，后三王又学二者，他们以为董就是古，是为学流行，学当代，非学古也）。

实际上，在中国不但艺术上如此，甚至思想界、文学界也是如此。孔子一生都在着力于恢复周代礼仪，其言“信而好古”、“好古敏以求之”；老子也主张复古，他希望回到“小国寡民”的时代，儒、道思想对中国形成巨大影响，而其核心人物皆倡“古”而不言“新”。唐代韩愈、柳宗元倡导古文运动，“非三代两汉之书不敢观，非圣人之志不敢存”，由此他们也成为唐代杰出的文学家；宋代欧阳修也倡导古文运动，由此宋代文学也随之有了相当的起色，宋代很多文学家都受到影响。

西方也是如此，“文艺复兴”在艺术上的表现就是一场地地道道的复古运动。美术史上说文艺复兴的意思是指“在古典的规范下，希腊、罗马古典文化的复兴”，号召艺术创作回到古希腊和古罗马的传统，毫无疑问，文艺复兴是提倡复古的。文艺复兴产生的杰出画家不但西方人奉为大师，中国画家也顶礼膜拜，文艺复兴在艺术上所取得的成就，西方至今没有一个艺术运动可以超越。反观“二战”以来西方接踵而至不断翻新的艺术运动，从“波普艺术”到所谓“激浪派”、“极简绘画”，从“达达主义”到博伊斯，其所进行的所谓艺术创作不断受到世人的诟病和厌恶至今不绝于耳，若不是靠着某种策略和经济炒作，这些“杰作”真不知该如何自处。

西方现代艺术上也有过杰出作品和优秀艺术家，但众所周知，他们都在原始艺术中吸取了很多东西，毕加索就是其中的代表，他对于非洲原始艺术的醉心似乎也有点复古的意思。他自己说：“我切望完成我的作品，并不想创立一个流派。”[①]

抑或有人担心，一味复古、摹古，陷入其中出不来怎么办？看似问的有点

① 王少春辑：《读书摘记——毕加索如是说》，《北方美术》2001年第3期，第79页。

道理，实则杞人忧天，无稽之谈。古人复古，其实是托古改制，是学习古人的精神，去除浮华之气，而不是重复先辈的形式（实际上也不可能完全重复）。所以，宋人复古则得青绿山水之大兴，元人复古则将元代绘画推向继五代之后的又一高峰；文艺复兴复古则创造举世皆叹的艺术家和作品。黄宾虹是中国20世纪最伟大的画家之一，但他一生研究古人，研究传统，反而作品更具新意（此新意非前文所述之“创新”）；傅抱石下笔磅礴大气，但他笔下人物极具古意，他的“抱石”也是在深入研究古人的基础上而内化出来的。潘天寿、张大千、黄秋园、吴湖帆、溥心畬……近现代中国画家几乎无不摹古、向传统学习，从未见其大肆宣扬创新。法国画家巴尔蒂斯在现代先锋艺术侵蚀欧洲时，一心向古典艺术学习，对古典绘画继承发扬，至今很少有人对他的艺术非议。意大利画家阿尼戈尼一生向文艺复兴的传统学习，他的功力无人不服，意大利政府为纪念他，在佛罗伦萨建立了相当规模的“阿尼戈尼绘画陈列馆”，还以阿尼戈尼的名字命名了一条街和一个广场。

再举一例似乎更能说明问题。现在很多人都在学习书法，书法的学习必须以古代经典为规范，必须让学习者“复古”，可以学先秦两汉，也可以学魏晋唐宋，可以学二王，也可就学颜柳。没有一个真正的书法家会提倡无故求新，沉溺于所谓创新的流行书风，否则一个人终其一生都无法入书法的门。

要之，“复古”是要托古改制，借古鉴今，融传统精髓，扫浮华时弊。由于时代差异，这一点也往往会在人们的探索中自觉形成。艺术创作复古，就是要以古求新，以古出新，“古到极点也就新到极点”。

故而，综合当前艺术创作存在的乱象，笔者以为，与其提倡所谓的“创新”，不如合理地引导创作者更多地“复古”。尽管这两点在内在是统一的，都是为了创作时代艺术精品，但引导的侧重点不同，产生的效应就不同。“古”到极点也就新意自出。相反一味强调创新，往往误导更多的功力、修养不够深厚的艺术创作者浮于艺事，为新而新，而使作品陷于“花样”百出，格调低俗，缺乏内涵的境地；而合理地引导更多的从业者进行“复古”，就会使更多的艺术创作者深入研究传统，领略先辈精髓，进而表现时代精神，产生更优秀的作品，使这个时代的艺术发扬光大。

作者系内蒙古自治区文联理论研究室干部
本文原载于2013年8月12日《中国艺术报》美术视点版

# 王灵均 | 程长庚舞台艺术钩沉与京剧史地位再探讨

京剧作为中国戏曲艺术之集大成者，演员的舞台表演是其核心。程长庚于1880年去世，限于当时的技术条件，没有唱片、影片等资料留传后世，这给今天研究程长庚的表演艺术带来了诸多遗憾。作为晚生后学，我们不能不对程长庚怀有深深的崇敬之情，对于其艺术成就不能广为人知也有无尽的惆怅和遗憾。拙文在粗略地描述了程长庚舞台艺术面貌的基础之上，进而探讨程长庚对于中国京剧史的巨大贡献。限于资料和个人水平，文中疏略之处，方家正之。

## 一

程长庚（1811—1880）作为京剧形成时期的最突出代表，长期以来受到戏曲界的推崇和景仰，众多京剧的论著均有其生平和艺术活动的叙述。1991年和1996年，文化部和安徽省人民政府先后两次在合肥举行“纪念程长庚诞辰180周年”和“纪念程长庚诞辰185周年”大会和学术研讨会，还在安徽省和北京进行了大型纪念演出，并且出版了3卷《程长庚研究文丛》（中国戏剧出版社），在海内外产生了重大影响。这3卷《程长庚研究文丛》凝聚了全国戏曲研究者的心血，也是100多年来关于程长庚学术研究的一次重大总结和提炼，至今为学界称道。由于条件限制，3卷本的《程长庚研究文丛》中的大半内容是相关文字资料的搜集、整理和阐释，只有少数内容涉及具体的舞台表演艺术，这是一个大缺憾。同时，各家对于程长庚的师传、表演艺术和风格也是众说纷纭乃至以讹传讹，许多人粗率地认为程长庚是卖一条大嗓子，“时尚黄腔喊似雷”（杨静亭《都门杂咏》），“唱戏”而不是“演戏”，还不是完整的舞台表演艺术。这说明我们应当加强程长庚舞台表演艺术的相关研究，对于程长庚的京剧史地位作更深层次的探讨。

京剧艺术的核心是演员的舞台表演活动，我们应当以此为中心来展开有关程长庚的学术研究。对待这一课题，我们宜运用“二重证据法”[①]，即充分利用相关音像资料来印证、阐释晚清民国以来有关程长庚的文字材料，而不能轻率地相信一些不着边际的文字记载，再以讹传讹，把错误的东西留给后人。

以前的京剧论著一般多记载程长庚嗓音高亢沉雄，吃调为乙字调，擅长剧目有《群英会》、《战樊城》、《鱼肠剑》、《文昭关》、《状元谱》、《取成都》、《华容道》、《战长沙》等。由于缺乏具体的技巧层面分析，加之又没有直接的音像资料，总给人以隔靴搔痒之感，再者程长庚的文字材料远远不及后世的梅兰芳等人丰富，人们对于程长庚艺术面貌的认识依旧模糊。

“京剧的实质是什么？说到根本还不是基本功的问题吗？不就是唱念做打翻的基本功吗？”[②]基本功等艺术技巧的训练、教育是京剧史发展中一个核心问题，可惜至今被学界所忽视。所以，师承在京剧艺术的发展过程中起着至关重要的作用，什么老师教出什么徒弟，戏曲表演口传心授的传承，会给我们提供许多戏曲史的研究信息。我们以谭鑫培、余叔岩、孟小冬三代京剧老生演员的唱片资料为例，可以看出三人虽然各有其艺术个性，但是其中共同的艺术技巧和审美趣味还是一脉相承的。故而，我们可以充分利用程长庚传

---

① 1925年，王国维在《古史新证》中首倡“二重证据法”：“吾辈生于今日，幸于纸上之材料外，更得地下之新材料。由此种材料，我辈固得据以补正纸上之材料，亦得证明古书之某部分全为实录，即百家不雅训之言亦不无表示一面之事实。此二重证据法惟在今日始得为之。”见《王国维论学集》，中国社会科学出版社1997年版，第38—39页。“二重证据法”即是运用“地下之新材料”与古文献记载相印证，以考察古代历史文化的变迁，成为20世纪中国考古学、历史学的重大革新，对于20世纪中国学术界有着深远影响。本文不过是王国维“二重证据法”在戏曲史研究领域的类推与延伸，实质是综合运用各种戏曲史料（包括书面文献与相关音像资料），力图接近戏曲史真相，进而突破学科界限，走综合协调、交叉发展的学术道路。

② 刘曾复：《京剧新序》，学苑出版社2008年版，第13—14页。

人和再传弟子的音像资料，印证有关书面文献，力求更为真实地描述程长庚舞台艺术的面貌。

## 二

程长庚的内行弟子中仅有谭鑫培（1847—1917）留有“七张半”唱片，但是老谭的唱腔艺术已是继往开来、自出机杼之作，离程长庚唱腔的本来面貌早有很大距离。孙菊仙（1841—1931）唱片又真伪难辨，并且孙菊仙的演唱艺术受奎派影响很深，有驳杂之嫌。只有汪桂芬（1860—1908），内外行公认是学程长庚最为精纯的一位，有“长庚再世”的美誉，程长庚的《文昭关》、《让成都》、《战长沙》、《群英会》等杰作也是汪桂芬的拿手好戏。汪桂芬目前虽然没有唱片存世，但是其传人王凤卿（1883—1959）的唱片却可资利用。我们可以把程长庚、汪桂芬、王凤卿三人的艺术关系类比为谭鑫培、余叔岩（1890—1943）、孟小冬（1908—1977）的传承顺序。王凤卿有百代、利喊、蓓开、物克多、大中华等公司的唱片10余张，可为我们描述程长庚的唱腔艺术提供较为可靠的依据。同时，谢宝云（1866—1917）的老生唱腔也是学程长庚，谢留有《天水关》、《让成都》、《击鼓骂曹》（简称《骂曹》）等三面1908年百代唱片，我们可以借此窥见更为原始的程派唱腔艺术的面貌。另外，票友周子衡是学程足以乱真的奇才，后来的谭鑫培、孙菊仙、汪桂芬、王凤卿都从他那里得益不少，可惜没有留下唱片。[①]周子衡传授给余叔岩四弟余胜荪程（长庚）派的唱腔，余胜荪在上个世纪20年代有过演出，刘曾复教授等人曾经观看，余胜荪晚年亦有录音。这些唱片、录音资料对于研究程长庚的唱腔艺术，以及窥探京剧艺术继承发展的轨迹，都是弥足珍贵的戏曲史料。

正如刘曾复教授所言，王凤卿所传承的汪桂芬一路的唱腔是有腔有调，富有人物感情，绝不是“喊如雷”的野台子唱法。[②]我们经常说，谭（鑫培）派以前的张二奎、程长庚、余三胜，以及同时代的汪桂芬、孙菊仙等人的唱法实大声洪，以嗓音见长；谭（鑫培）派唱腔则抑扬顿挫，富有技巧，其实

① 本文关于周子衡的资料均可见拙文《关于周子衡生卒年的几个材料》，见王元化顾问、蒋锡武主编：《艺坛》第6卷，上海书店出版社2009年版，第443—446页。

② 刘曾复：《京剧新序》，学苑出版社2008年版，第13页。

这种观点很笼统。像程长庚、汪桂芬（也包括其他老派唱腔）并非是只靠一条天赋大嗓，在技巧上也很考究。现在，我们拿王凤卿的唱片，与当今最流行的京剧老生流派——谭（鑫培）派、余（叔岩）派唱腔做一下比较，进行具体分析：

首先，王凤卿吃调很高，在正宫调以上，早年更能在乙字调以上（乙字调是程长庚、汪桂芬的标准调门），较之谭鑫培、余叔岩等人的正宫调、六字调更为高亢（当今京剧老生演员调门一般为凡半调，即E调，较之谭、余等人还低）。他的高腔也比谭、余多，他不但在一段戏里面使用很多高腔，甚至在一句唱腔里面也连续两三个小节都使用高腔。如在《鱼肠剑》（1929年蓓开公司唱片）中，反西皮后面的哭头“伍子胥，伍明辅”，他连用两个高腔；而一般的谭派唱法在此则是一高一低，映带成辉。

其次，王凤卿音域较广，高低音幅度很大。刘鸿声、高庆奎都只有高音，低音非其所长；杨宝森则没有高音，专走中、低腔；谭派、余派唱腔虽然高低都有，但是中音使用最多，而且高低音转换也有一个适当的过渡阶段，就是自高而中再转低。而王凤卿则可以在一句唱腔中连续两三个字都用嘎调，如《鱼肠剑》（1908年百代公司唱片）中“风吹（呃）云散见虹霓”中的“风吹（呃）”连续都用嘎调，而谭派、余派唱腔在此却用中音。而他的低音可以低到调底，如反西皮“落魄天涯有谁知”（1929年蓓开公司唱片）中的“谁”字。并且在同一句唱腔中，他往往从高音突然降到低音，而不经过中音，如《浣纱记》（1924年物克多公司唱片）中的“胜似那参经念弥陀”中的“弥陀”两字，而谭派的唱腔中这两个字却都用中音。

再次，王凤卿使用脑后音，咬字坚实沉着，而不像谭鑫培、余叔岩等人咬字则趋于含蓄，虽然余叔岩也有脑后音①，但是不像王凤卿那样将每个字的头、

---

① “脑后音是京剧发声的一种。又名背工音。一般发音，气从丹田而出，经过喉腔共鸣，直接发出来。脑后音虽然同样气从丹田，但发音时，喉腔稍加压缩，打开后咽壁，提高软腭，将声音送入头腔，与鼻音相聚，使声音迂回在脑后，通过头腔共鸣，发出一种含蓄浑厚的音调。脑后音发音苍劲有力，能达远闻，而近听又不觉其尖厉。老生和净角唱腔中，凡遇闭口音（如‘一七辙’）的高音，多用此种唱法。旦角唱腔用脑后音者较少，程（砚秋）派唱腔有时用之。”见吴同宾、周亚勋主编《京剧知识词典》，天津人民出版社2007年版，第15页。脑后音这一技巧在后来的老生流派特别是余派、杨派中有着明晰的继承和发展。余叔岩唱片中借鉴程、汪一派的唱法的地方尤其是脑后音技巧的地方很多。据已故京剧学者刘曾复教授说，余叔岩早年以“小小余三胜”名义灌制的《打渔杀家》、《空城计》、《李陵碑》等唱片基本上是清末的大路货，近乎程长庚一派。

腹、尾都咬得那么重，余叔岩咬字比较含蓄，字头、字尾用虚音代过，重点在字腹，吐字如同橄榄状，更趋轻灵蕴藉。同时，王凤卿演唱讲究丹田气足，遇到拔高时，不用较软的上滑唱法，而是凭借丹田气催动声音喷薄而出，富有气势。谭、余二人的拔高则往往点到即止，比较轻灵洒脱。

最后，我们应当看到王凤卿的唱片中在音韵方面与谭鑫培、余叔岩的道理比较接近。在上口、尖团方面是大体一致，最显著不同就是阳平高唱，与谭鑫培、余叔岩通常采用的阳平低出不一致，其实谭鑫培、余叔岩二人唱腔中也有高阳平的例子，比如《捉放宿店》（谭是1908年百代公司唱片，余是1930年长城公司唱片）中的"一轮明月"中的"轮"都是高阳平。由于四声不同，所以四声的三级韵①安排也就有了变化，但是基本道理是一样的，当然，谭、余两人的唱腔更趋于细致考究。比如，王凤卿的《取成都》（1908年百代公司唱片）中的"皇儿奏本欠思论"，与余叔岩的《战樊城》（1925年百代公司唱片）中的"兄长说话欠思论"中的"欠思论"三字的四声调值一致，基本旋律也相近，只是余叔岩的嗓音更为细致，润腔技巧也更丰富。

可见，汪派唱法对于嗓音要求比谭派、余派要高。王凤卿是公认的汪派第一传人，但是他的嗓音条件与汪桂芬还是有差别的。梅兰芳（1894—1961）在《悼念汪派传人王凤卿》一文中指出："我与凤卿同台甚久，因此对于他的唱、做有深刻的印象。他的嗓音高亢而略窄，闭口音胜于张嘴音，所以唱词喜用'人辰、衣欺'辙，这些韵辙的唱法，口形偏于收敛，能够发挥脑后音的作用。他的'噫'字音，得到汪的诀窍，'啊'字音却不如汪，这也是和他的天赋条件有关的。凤卿的咬字，坚实沉着，四声准确，唱腔干板垛字，不取花巧，这就掌握了汪派唱法的特点。"②

梅兰芳关于王凤卿的论述是很富有代表性和权威性的，这对于我们从王凤卿上推汪桂芬、程长庚的唱腔艺术也有启发性。结合唱片，我们可以认为，王凤卿的演唱艺术较其师有逊色，嗓音偏细，不及汪桂芬雄浑宽厚。并且，当时

① 三级韵不直接涉及音韵、发音、用嗓和行腔，它所讲的是唱念中的摆字方法……三级韵就是使唱念便于做到字正腔圆的一种白字方法。三级韵基本作用是设计唱念的基本腔调，使唱念中字与字之间在腔调上"有起伏连延、依一方向进行、有若有脉络可寻"，听起来顺溜舒服，也就是圆。见欧阳中石、欧阳启明著：《中国戏曲表演体系研究》，文化艺术出版社2012年版，第215—236页。欧阳中石的三级韵理论得自已故著名京剧学者刘曾复教授，刘氏三级韵理论详见其《京剧新序》，学苑出版社2008年版。

②《梅兰芳文集》，中国戏剧出版社1962年版，第253页。

社会舆论也认为汪桂芬比谭的嗓音还要高亢厚实。[①]所以，我们切不可以王凤卿唱片为依据就推论汪派乃至程派是一种细嗓老生的唱腔。其实，王凤卿的唱片由于录音条件限制，有些失真。据王凤卿的传人刘曾复教授回忆，舞台上王凤卿的嗓音是高而宽。[②]据盖叫天回忆当年汪桂芬的剧场演唱，能震掉屋梁上的灰。[③]而徐兰沅说，程长庚嗓音比汪桂芬还要宽厚[④]。

汪桂芬是程长庚晚年琴师，继承的是程长庚晚年的唱法，而不是程长庚盛年的唱法，周子衡就说过："汪（即汪桂芬）向长庚学到的东西实在不少，但大半是程晚年的唱法。程的唱法刚中带柔，沉着而又清灵，汪的唱法刚多柔少，清灵方面似乎稍逊一着，这如同两个围棋高手对局，所差只在咫尺之间。"

如果再听谢宝云的唱片，我们就会感到周子衡的说法很有道理。谢宝云，最初学昆旦，后改老生。其调门很高，唱法学程长庚，演唱颇有韵味。因扮相寒苦，遂专工老旦，曾与龚云甫（1862—1932）为一时瑜亮。曾多年与谭鑫培配戏，为谭所倚重，如谭演《状元谱》、《盗宗卷》、《坐楼杀惜》、《探母》、《八大锤》等剧，必由谢配饰老旦角色。谢宝云演出中多用平腔，只在全剧高潮处，倾喉一句，以博得观众掌声，故有"谢一句"之绰号。[⑤]

关于谢宝云的老生唱片，吴小如教授在《京剧唱片知见录》有过论述，主要观点如下：一、目前有几个唱腔如二黄三眼的起句，是从程长庚以来即形成的基本模式；二，在程长庚的演唱中，除了京音之外，湖广音的运用已经占很大比重。[⑥]

通过谢宝云、王凤卿的唱片（两人均有《取成都》、《骂曹》等相同唱段的唱片，互相校勘很方便）对比分析，可以看出：谢宝云在上口、尖团方面则与王凤卿大致相同，两人演唱多用脑后音。谢宝云的演唱更为古朴，吃调也在正宫

---

① 如齐如山的《谈四脚》一文，见中国人民政治协商会议北京市委员会文史资料研究委员会编：《京剧谈往录三编》，北京出版社1990年版，第111页。

② 李舒编著：《涉艺所得》，第152页，内部资料。

③ 盖叫天口述，何慢、龚义江整理：（盖叫天舞台艺术经验）《粉墨春秋》，中国戏剧出版社1980年版，第131页。

④ 徐兰沅：《从前的腔调》，《艺坛》第6卷，上海书店出版社2009年版，第290页。

⑤ 北京市艺术研究所、上海艺术研究所编著：《中国京剧史》上卷，中国戏剧出版社1999年版，第518—520页。

⑥ 见《程长庚研究文丛》编辑委员会编：《古今中外论长庚》，中国戏剧出版社1995年版，第187—193页。

调以上，但是谢宝云的唱腔更为圆润，口腔、胸腔共鸣运用也比较多，而王凤卿头腔共鸣更多。同时，谢的高、中、低音转换亦比较自如，不像王凤卿那样高低突转那样强烈。汪派主要是把程派的许多中、低音换成了高音。同时，我们可以看出，谢的唱片中京音使用更多，其实王凤卿唱片中除了高阳平徽音多以外，其余的阴平、上、去三声，多是湖广音，也有部分京音，特别是王凤卿的早期唱片，京音成分更多一些，后期唱片则进一步向湖广音靠拢。比如《取成都》（两人均为1908年百代公司唱片）中两人都有西皮原板"皇儿奏本欠思论"的唱片传世，其中首句中的"欠"字谢宝云就近乎京音，而王凤卿则是湖广音。这可以看出，程长庚唱腔中其实京音成分很多。

上述谢、王两人的相同之处无疑就是程长庚的艺术原貌，不同之处应是程、汪两派的区别。前人提及程长庚演唱多用脑后音，如"天风海涛、金钟大镛"、讲求字正腔圆，不事花哨，穿云裂石，"高亢之中又别具沉雄之致"[①]，具有一种壮美的意境，不同于谭鑫培、余叔岩云遮月唱腔的优美韵致。可以说，汪派是突出地继承了程派的脑后音这一艺术特征。这使得汪派较之程派更为慷慨激越，演唱《文昭关》、《让成都》等失意英雄的剧目较为适宜。王凤卿曾经对梅兰芳说道："汪的好处，吐字收音讲究，行腔浑厚大方，纯用丹田气和脑后音来唱。他的嗓子，高的地方如九霄鹤唳，宽的地方如万顷汪洋，低的地方如古寺晚钟……"[②]王凤卿这几句话不仅说明程、汪一派唱腔的高度技巧性，也十分精到地揭示了其独特韵味的丰富美感，我们再不应当认为程长庚这一路是一种直腔直调，旋律简单，缺少文化意蕴的野台子唱法。

最后，我们讨论一下程长庚唱腔的音韵问题。一般记述中常有程长庚演唱多用"徽音"的观点。其实，程长庚是昆曲科班出身，以"字谱昆山鉴别精"（咸丰三年芝室主人《都门竹枝词》）著称，他开办的"四箴堂"科班以昆曲为基础教育学生，昆曲比重较之乱弹还要多些。[③]据《皖优谱》记载："溥西园先生云：陈德霖尝自言，幼在三庆科班，习白蛇传，念许郎之郎字，彼辄念音若兰。程大老板出细时（出细为班中术语，即习戏已成，又请老辈作进一步之研究也），必以尺痛责之。经过月余，彼始行改正。然在此一月中，所受

---

① 吴焘：《梨园旧话》，见张次溪编纂：《清代燕都梨园史料》下册，中国戏剧出版社1988年版，第814、815页。

②《梅兰芳文集》，中国戏剧出版社1962年版，第253页。

③ 钱宝森口述，潘侠风记录：《京剧表演艺术杂谈》，北京出版社1959年版，第2页。

夏楚，痛苦不堪，几至欲觅死。由此可见程之字音之讲究，与教育后辈之严也。”[①]据齐如山（1876—1962）的《清代皮黄名脚简述》记载：程长庚的昆曲素养，正是他与出身汉班的余三胜的一个显著不同之处。而余三胜在字音方面带着湖北方言正是他为内行诟病的重要原因之一。[②]其实，戏曲音韵学中的“徽音”是指程长庚这一派的唱腔中，其字调，即四声方面具有安徽方言更具体说是安庆方言的特色；京音，是指京剧唱腔中的字调，即四声方面具有北京方言的特征；湖广音，是指京剧唱腔中的字调，即四声方面具有湖北方言的特征。目前，我们根据程长庚传人和再传弟子的唱片作为研究程长庚演唱艺术的最直接材料，可以说程长庚的演唱是以昆曲的中州音韵为基础，辅之以京音、湖广音、徽音，其中徽音比例很小，而湖广音的道理与昆曲是相通的，湖广音不过是民国时期为了更好地掌握京剧的四声而产生的一种简便方法，同时京音、湖广音、徽音的使用是以不妨碍中州音韵的基本规律为前提。[③]这种吸收京音、湖广音、徽音以丰富昆曲四声的艺术技巧，与京昆、北昆的音韵特色有着异曲同工之妙。

## 三

相对于演唱艺术，程长庚的身段表演可以借鉴的材料就更少。程长庚虽然没有可靠的照片、影片资料流传后世，但是相关的一些比较可靠的画像（如沈蓉圃的《群英会》、《镇潭州》），我们可以从中窥探出程长庚的扮相、服饰、身段的运用与后世京剧没有本质的区别，与王凤卿的舞台表演也没有本质差别。根据刘曾复教授在《京剧新序》等著作中的论述，王凤卿的舞台表演如《群英会》也是十分考究，切合人物身份，是清末民国菊坛公认的名剧。[④]

我们还可以通过研究程长庚四箴堂科班培养出来的钱金福（1862—1937）、陈德霖（1862—1930）等人的舞台表演艺术，特别是通过钱金福保存传承下来的昆曲的“身段论口诀”，从中看出程长庚的艺术追求。

梅兰芳认为谭鑫培、杨小楼（1878—1938）的身段表演与钱金福传承下

---

① 天柱外史编撰：《皖优谱》，上海世界书局1939年版，第25页。
② 齐如山：《京剧之变迁》，辽宁教育出版社2008年版，第112页。
③ 参见陈小田：《京剧音韵概说》，学林出版社1984年版。
④ 刘曾复：《京剧新序》，学苑出版社2008年版，第14页。

来的昆曲“身段论口诀”的原理是一致的。[①]其实包括陈德霖、王瑶卿（1881—1954）、梅兰芳、余叔岩、王凤卿等人应当都是这一体系的代表人物。以身段论为基础的舞台技巧的传承流变构成了京朝派京剧，也就是北京京剧的一个重要特征。而“身段论口诀”的传承与程长庚有着直接关系，是程请来南方的朱洪福来四箴堂科班教授学生，朱洪福才得以把这一绝技传给钱金福，虽然具体口诀没有教给陈德霖等人，但是陈德霖等人的身段方面也是朱洪福的嫡传。[②]有人说，程长庚也掌握这一“身段论口诀”，[③]从沈蓉圃的画像和王凤卿等人的表演是可以得到印证的。他既然花重金聘请朱洪福来教自己的后辈，本人应当是与朱洪福的艺术呼吸相通。这同谭鑫培请陈秀华（京剧老生演员、教师，以教谭派老生戏著称）为谭富英开蒙，梅兰芳请王幼卿（京剧旦行演员，王凤卿之子，王瑶卿一派传人。王瑶卿有通天教主的美誉，包括梅兰芳在内的四大名旦均受王瑶卿的指点和影响）为幼年梅葆玖说戏的事例是同一个道理。

钱宝森在《京剧表演艺术杂谈》中说过：“心一想，归于腰，奔于肋，行于肩，跟于臂”，这个口诀是身段起始动作的基础。[④]钱宝森弟子邹慧兰认为：“钱氏表演艺术与前人论点不同之处，是把肢体中腰的部分提高到一个轴心作用的地位，全身的动作都是由腰掌握。”[⑤]这一身段技巧与传统武术中太极拳的道理是一致的。以腰为轴心同传统书法艺术中笔笔中锋的艺术追求有殊途同归之处，这是中正平和的美学精神在京剧艺术中的深刻体现，而京剧艺术中的这一传统准则是由程长庚和他的“四箴堂”科班开创的（详下）。

以前不少论著常常粗率地以“唱戏”与“演戏”作为程长庚与梅兰芳两个不同时代的京剧表演艺术总体特征的概括。从上面论述看，程长庚与梅兰芳在舞台身段表演的具体技巧和整体审美理想的追求，都是一脉相承。如果“唱戏”与“演戏”的传统观点得以立论，那程长庚岂不是一位曲艺演员？

程长庚不仅唱工精湛，其身段做派也十分考究。他在舞台上演戏，身段的运用、表情的变化，均能从戏情、戏理出发，因人而异。例如，他演《群英会》鲁肃一角，其出场亮相，“则是用双手握玉带的前端，而不用双手分托玉带两侧

① 梅兰芳：《梅兰芳文集》，中国戏剧出版社1962年版，第170页。
② 刘曾复：《京剧新序》，学苑出版社2008年版，第381—389页。
③ 邹慧兰：《身段谱口诀》，甘肃人民出版社1985年版，许姬传序言，第1页。
④ 钱宝森口述，潘侠风记录：《京剧表演艺术杂谈》，北京出版社1959年版，第57页。
⑤ 邹慧兰：《身段谱口诀》，甘肃人民出版社1985年版，第10页。

的‘端带’。进大帐的身段，也绝不用抬（踢）腿撩袍，而是为符合人物性格先提袍后抬腿迈步（周信芳经王鸿寿的传授，就有这样的演法），以示鲁肃的凝重。又如他不论坐内场椅或外场椅，决不偏斜坐，都是正面坐，以示鲁肃之端庄”。再如程演《文昭关》伍子胥一角，“虽是身穿‘富贵衣’（带补丁的褶子），其台步则是高抬腿走大步，以示伍子胥身在困境，仍不失武将风范”。程长庚戏路很宽，能戏很多，堪称文武昆乱不当。凡靠把、箭衣、袍带、褶子各类老生戏，均富声色。京剧中关羽的形象也初创于程长庚。他在师承米应先的基础上有所发展。程长庚扮演关羽的特点是身段不多，然而造型端庄，唱念讲究，声形兼致，生动传神。王凤卿有《华容道》、《斩华雄》、《战长沙》等关羽戏唱片传世，并有关羽脸谱传世。不仅如此，程长庚十门角色都能拿起来，净角戏、小生戏、旦角戏都演得很好。此外，他的昆曲戏如《钗钏大审》也十分有名。[①]苏移根据现就史料所记统计程长庚擅演剧目，汰其重复，计22出：即《群英会》、《战樊城》、《鱼肠剑》、《举鼎观画》、《让成都》、《镇潭州》、《捉放曹》、《击鼓骂曹》、《风云会》、《战太平》、《法门寺》、《长亭会》、《文昭关》、《状元谱》、《庆唐虞》、《钗钏大审》、《八大锤》、《战长沙》、《临江会》、《华容道》、《安居平五路》、《天水关》。[②]这应当说这只是程长庚剧目中的一部分，根据谭鑫培等人的情形，程长庚能戏应当在300出以上。[③]

在此，我们要强调王凤卿的特殊地位，“曾有人问谭鑫培：‘老生后续，雄长谁属？’谭鑫培答：‘恐怕要算“凤二”了。’”[④]王凤卿继承程长庚、汪桂芬这一派的艺术十分全面，1908年汪桂芬去世，王凤卿接替其师的清宫内廷供奉的位置，他的嗓音虽然不如程长庚、汪桂芬高亢沉郁、实大声洪，但是他的身段好，又受到钱金福的指点，属于三庆班“身段论口诀”体系的传人，武功高于汪桂芬，戏路很宽，堪称文武昆乱不当，直追其师祖程长庚。汪桂芬剧目不多，多是唱功戏。[⑤]“程长庚的京剧演艺一直传流在北京的京剧舞台之上。北京的京剧界公认京剧老生很像汪桂芬（至少是汪的晚年），而汪桂芬很像程长庚，这就是

---

① 董维贤：《京剧流派》，中国戏剧出版社2006年版，第14—15页。

② 北京市艺术研究所、上海艺术研究所编著：《中国京剧史》上卷，中国戏剧出版社1999年版，第393页。

③ 李洪春述、刘松岩整理《京剧长谈》，中国戏剧出版社1982年版，第57页，曾记述谭鑫培自言“演戏一年不翻头”，其曾孙谭元寿也多次说到谭鑫培会戏300出以上。

④ 刘曾复：《京剧新序》，学苑出版社2008年版，第364页。

⑤《许姬传七十年见闻录》，中华书局1985年版，第162、233页。

王凤卿演戏很像程长庚了。事实上，大家公认，王凤卿自己也认可，他的《让成都》、《战长沙》、《群英会》、《文昭关》、《朱砂痣》等都是谨遵汪桂芬的演法，包括唱念做打、扮相各方面。王凤卿本人还说，清末民初，他演出当时台上久已不见的、过去程长庚所擅长的《法门寺》一戏，很受欢迎。”[①]文献记载的程长庚所擅长的基本剧目王凤卿大都能唱，并且为社会公认。刚去世的京剧学者刘曾复教授就是王凤卿的传人，刘曾复留有不少王凤卿一路的说戏录音，并且向其请教过《战长沙》关羽脸谱勾法。王凤卿关羽脸谱遵循程长庚的笔法，有七星痣，威严俊秀。[②]谢宝云是老旦名家，老生戏演出不多，不如王凤卿全面。而余胜荪受身体和功力的限制，在20世纪20年代虽然一度引起人们注意，但是并没有得到内外行的一致推崇，晚年录音时嗓子已经很坏。王凤卿的演艺生涯一直则持续到20世纪30年代，其流传下来的不少唱片灌制效果很好，我们结合刘曾复教授的生前说戏录音等资料，一定对程长庚、汪桂芬一路的艺术会有更丰富的认识。故而，王凤卿及其传人的资料对于京剧史研究有着特殊意义，这是一个至今不被学界注意的领域。

## 四

梅兰芳曾经在《悼念汪派传人王凤卿》一文中说过：“陈德霖、钱金福、李寿山……都是程长庚培养出来的。他们常对我说，大老板教导学生严肃、认真，一个字、一个身段不肯轻易放过。这几位老先生都给我说过戏，那种一丝不苟的精神，的确继承了程老先生的教学传统。他们还说，程的艺术之所以精博，是得力于昆曲，所以三庆科班的学生，都从昆曲入手。”[③]根据钱金福回忆，当年程长庚的科班中昆曲的比重还要多于皮黄。这应当是关于程长庚师承最权威公正的判断。

程长庚在早年即道光年间，他是以昆曲演出为主。[④]就是他去世的当年即光绪五年农历七月十八、十九两日，三庆班应史家胡同仁和王文恰公嫛石宅堂会，

① 刘曾复：《京剧新序》，学苑出版社2008年版，第13页。

② 同上书，第365页。

③ 梅兰芳：《梅兰芳文集》，中国戏剧出版社1962年版，第249—250页。

④ 这一材料在齐如山的著作中，数次出现，例如：《皮簧之来源及改造》一文中提及：“息道光末年，程长庚等由安徽进京，不过彼等仍以昆腔为主。有时带演一两出皮黄耳。故彼时北平有流传着的一句话，说程长庚‘净唱老头说书，不唱文昭关’。老头说书者，弹词也”。见《齐如山文论》，辽宁教育出版社2010年版，第267—268页。

程长庚的剧目为《伏虎》、《文昭关》、《钗钏大审》。[①]其中，《伏虎》、《钗钏大审》均为昆曲，可见程长庚对昆曲之重视是一以贯之，以身作则。

通过上面研究程长庚学生及再传弟子的唱念做打，可以认为程长庚的艺术是以昆曲为基础。“身段论口诀”本身就是南方昆班的朱洪福所传。而京剧的中州音韵，不仅仅是为了具有音乐美和古典意蕴，更是对古音的一种高贵的继承。这是经由《中原音韵》、《韵学骊珠》一路继承而来的，更是京剧从昆曲中继承的最为规范和最为必要的音韵遗产。至于京剧的三级韵其实和《振飞曲谱》中讲的原理一样，虽然有时具体运用有差别。我们听谢宝云、王凤卿的唱片，中州音韵方面与后世没有本质差别；至于四声也是湖广音、京音、徽音并举，三级韵具体使用与谭鑫培、余叔岩等人虽然不同，但也是安排得抑扬顿挫、富有韵致。特别是谢宝云的唱片，更为顺畅大方，堪称腔简韵高。而且谢宝云、王凤卿咬字重的特点，也是从昆曲咬字技巧演变而来。所以，我们说程长庚的唱念做打艺术是昆曲传统的具体运用和延展，应当是不为过的。上述分析也可为老艺人京剧是“昆腔的底工，皮黄的罩面”[②]的说法做一具体注脚。当然，由于时代局限，程长庚较之后世的谭鑫培、余叔岩等人的艺术，其艺术还有古朴凝重之嫌。我们把王凤卿《文昭关》唱片中的几个“我好比”的唱腔与谭派《四郎探母》中的“我好比”的唱腔做一下比较，就能管中窥豹。正如孙过庭《书谱》中说：“古今所尚不同，古质而今妍。”这是为中外艺术史多次验证的发展规律，我们在研究程长庚表演艺术的时候也无须讳言。

其实，在“老三鼎甲”中，程长庚成名没有张二奎（1814—1864）、余三胜（1802—1866）早，并且张二奎在世时名声较程长庚为大，社会地位也高，在程长庚之前担任精忠庙首。一方面，张二奎卒于1864年，余三胜卒于1866年，去世都较程长庚早，程长庚在其生命的最后十余年，得以独领风骚。同时，程长庚开办科班，较之没有办科班的余三胜影响就大了。张二奎的“双奎班”、“忠恕堂”虽然培养了杨月楼、俞菊笙这样的武生演员，但是后来的武生发展还是以谭鑫培、杨小楼开创并且发扬光大的“武戏文唱”的道路为圭臬。京剧第二代艺人的代表“新三鼎甲”汪桂芬、谭鑫培、孙菊仙也是程长庚的学生，在艺术上受

---

① 周明泰：《京剧近百年琐记》（原名《道咸以来梨园系年小录》），台湾传记文学出版社 1974年版，第54页。

② 徐兰沅口述，康吉整理：《徐兰沅操琴生活》第3集，中国戏剧出版社1998年版，第33页。

程长庚的影响也最深。所以，“老三鼎甲”中程长庚对于后世影响最大。

京剧艺术以中正平和为最高境界。在京剧形成时期，程长庚的艺术无疑更富有中和之质。在“老三鼎甲”中，余三胜由于昆曲底子差，较之另外二位有逊色，其艺术不免有粗侉之嫌。张二奎嗓音宽洪结实，尊崇洪武正韵，四声多京音，但是其风格较之程长庚更为粗犷质朴，比较适合扮演武将豪杰，这与“老三鼎甲”时期，老生和武生两个行当还没有分野有关系。扮演富有书卷气的老生，程长庚这一派显然比起奎派更合适。并且奎派艺术在后世主要保存在武生行当中，早期最有名的武生演员中杨月楼、俞菊笙就是张二奎弟子。但是后来的杨小楼的舞台艺术在唱念方面虽然保留着奎派特点，在唱念做打综合表演方面却更多地受到谭鑫培、钱金福的影响，逐渐摆脱了早期武生的剽悍猛武风格的藩篱，渐趋雍容雅致，力求更为恰当贴切地表现人物的性格，着力体现意境，追求神似，发扬光大了谭鑫培“武戏文唱”的艺术传统。所以京剧的武生方面通过谭鑫培、杨小楼又回归到程长庚“三庆班”传统。

谭鑫培在剧目上更多的是继承余三胜等人的汉派艺术，由于他又是程长庚的弟子，有良好的昆腔底子，也能表演《别母乱箭》等昆曲剧目，在演唱《空城计》、《当锏卖马》、《李陵碑》、《桑园寄子》等汉派剧目时，在字音上取法程长庚，做到“字谱昆山鉴别精”（咸丰三年芝室主人《都门竹枝词》）。至于在身段表演上，他属于程长庚体系，和钱金福、陈德霖是相得益彰、旗鼓相当的合作伙伴。至于后来的余叔岩虽然在博雅精深处发展了谭鑫培的艺术，但是基本上没有离开谭的藩篱。所以，从老生发展演变的历史来看，表面上余三胜开创的汉派是主流，但是其骨子里面还是程长庚这一派的力量比较大。

梅兰芳在艺术上则受谭鑫培、杨小楼、陈德霖、王瑶卿影响最大，如上所述，这些人与程长庚的艺术也是一个系统。梅兰芳虽然把京剧旦行艺术乃至京剧艺术推到了一个新的高度，但是其艺术依旧是对于程长庚三庆班奠定的中州音韵、四声三级韵、“身段论口诀”的继承变革，其中正平和的艺术观也和程长庚一脉相承。

刘曾复教授在《京剧新序》中指出：“从程长庚到谭鑫培，到杨、梅、余是一个京剧艺术体系，陈德霖、钱金福、王瑶卿在期间传承起关键作用。陈、钱出身于程长庚四箴堂科班，接受老昆腔基本艺术训练，包括三级韵、身段论等唱念做打的基本功法则，传授给杨、梅、余等人”，“北京京剧的精练、顺溜、含蓄、适度等特殊风格的形成，有其历史的和社会的条件。清代宫廷和民国社会的生活习俗，对它有一定的影响，但是从根本艺术上来说，还是跟北京的京剧所坚持的基本功法要求直接相关。清代老昆曲的表演艺术，在规范和风格上，对北京的京剧有着重要指导作用。程长庚对他那时的京剧界艺术发展有着重要推动功绩。他本人的表演，他对科班人才的培养，都显示着他的京剧艺术主张，对北京后来的京剧界人物，在表演风格上有着根本性影响”。[①]只有在这个意义上，我们称程长庚为“京剧鼻祖”，才能做到历史与逻辑的统一。

作者系安徽省文联文艺理论研究室干部、副研究员

本文原载于《戏曲研究》第88辑，
文化艺术出版社2013年10月出版

① 刘曾复：《京剧新序》，学苑出版社2008年版，第7、12页。

王俊虎

# 论延安文学经验的当代承传[①]
## ——以陕西文学为例

在中国现当代文学史上，延安文学虽以地域命名，但却是具有全国甚至世界意义的一种“超级文学”，其对20世纪中国文学的影响并不弱于五四新文学，尽管很多学者从文学审美本质论角度对延安文学评价并不高，但延安文学的生成自有其历史合理性和必然性，延安文学对中国当代文学不但有重大影响，而且具有深远的积极意义。陕西是延安文学的诞生地与发祥地，延安文学的萌生与发展和陕西当地的文化资源密不可分，陕西文学因为地域原因，“近水楼台先得月”，在对延安文学的传承和发展方面积累了丰富经验。陕西作家的类型生成与代际精神承传、陕西文学长期坚持现实主义的文学倾向、浓厚的乡土文化情结与强烈的底层写作以及陕西作家对《讲话》包含的“权”与“经”理念的独特感悟与实践等，均体现出延安文学对其深刻的影响，另外“陕军东征”的雄风与屡获茅盾文学奖的殊荣也向世人雄辩地展示了陕西文学骄人的实绩，总结和评估陕西文学对延安文学精神的承传与发展经验，从中汲取延安文学所包含的现代性优良质素，可以为当下文坛提供鲜活的创作经验。

① 本文系国家社科基金项目“陕西文学对延安文学的承传与发展研究”（12XZW020），陕西省高水平大学建设专项资金资助项目（2013SXT01），延安市社会科学专项资金规划项目“左翼知识分子与延安文学体制建构研究”（13BWXC30）的阶段性成果。

## 陕西作家类型生成与代际精神承传

20世纪陕西文学缘起于延安文学，陕西第一代文学作家柳青、杜鹏程、王汶石、李若冰、马健翎、胡采、柯仲平等本身就是延安文学作家群的重要成员，他们均以自己的勤奋和才智建构了延安文学的煌煌大厦。20世纪40年代，陕西第一代作家在面临抗日救亡与民族解放的危急关口，投笔从戎，在战火中淬砺，奉献出自己的青春和热情，确立了以新的战时环境为写作背景的延安文艺工作者身份。

20世纪陕西文学的领军人物与精神领袖柳青，1938年5月由西安来到延安，在陕甘宁边区文协任“海燕”诗歌社秘书，开始走上文学创作道路。柳青一生特别重视和强调生活实践经验对文学创作的巨大作用。到延安后不久，他就不辞辛苦奔赴晋西北前线体验生活，在延安与周边各根据地之间奔波往复，勤奋写作。先后创作出《误会》、《牺牲者》、《一天的伙伴》、《废物》、《被侮辱的女人》、《土地的儿子》、《三垧地的买主》等10多篇短篇小说以及中篇小说《恨透铁》和长篇小说《种谷记》、《铜墙铁壁》。建国后，柳青担任了《中国青年报》的编委和文艺副刊的主编职务，完全有机会名正言顺地在物质充裕、文化优越的首都北京工作，但是他始终关心家乡陕西父老乡亲们的农村生活，主动放弃安逸舒适的城市生活，由北京到西安，由西安到长安（县），由长安到皇甫（村），亲身躬行“文学是愚人的事业”的神圣理念，最终完成了“十七年文学”的扛鼎之作《创业史》第一、二部，“先辈柳青的这种守土创作的地域心理积淀看似寻常却奇崛，看似容易却艰难，其间蕴含了莫大的自我超越的人生选择，从而奠定了20世纪陕西地缘文学的黄土地精神史线，对后辈的潜移默化是巨大深远的”①。

陕西第二代作家中的核心成员路遥、贾平凹、陈忠实、邹志安、京夫等无不受到以柳青为代表的陕西第一代作家的精神滋养与提携栽培。他们曾经都将柳青作为自己文学道路上的榜样和标杆，从“柳青体”上寻找自己的创作道路，在对柳青文学精神的感悟中定位自己的文学立场。

路遥，这位地道的陕北汉子，把文学看作比生命还要金贵的当代著名作家，

---

① 冯肖华：《文学气象与民族精神——20世纪陕西地域文学审美形态》，中国社会科学出版社2010年版，第76—77页。

一直把柳青看作自己的精神导师和文学教父。路遥早在延川上中学时就接触到柳青的《创业史》，从此爱不释手，反复阅读体味，成为柳青的铁杆粉丝，同为陕北老乡的柳青从此成为少年路遥心中神圣的文学偶像。路遥的代表作品《人生》、《平凡的世界》都有着柳青文学的深刻印痕，“坦率地说，在中国当代老一辈作家中，我最敬爱的是两位。一位是已故的柳青，一位是健在的秦兆阳。我曾在一篇文章中称他们为我的文学‘教父’。柳青生前我接触过多次。《创业史》第二部在《延河》发表时，我还做过他的责任编辑。每次见到他，他都海阔天空地给我讲许多独到的见解。我细心地研究过他的著作、他的言论和他本人的一举一动。他帮助我提升了一个作家所必备的精神素质。……《人生》、《平凡的世界》这两部作品正是我给柳青和秦兆阳两位导师交出的一份答卷。”“在现当代中国的长篇小说中，……我比较重视柳青的《创业史》，……这次，我在中国的长卷作品中重点研读《红楼梦》和《创业史》，这是我第三次阅读《红楼梦》，第七次阅读《创业史》。”“杰出的现实主义作家柳青……他一生辛劳所创造的财富，对于今天和以后的人们都是极其宝贵的。作为晚辈，我们怀着感激的心情接受他的馈赠。”①

陈忠实曾直言不讳地讲道：“在众多作家里头，柳青对我的影响应该说是最重要的。这有种种因素，包括我对他作品的喜欢，我对他本人的喜欢，等等，所以我最初在‘文革’中间写了四个短篇后，人们为什么喊我为‘小柳青’，主要就是我那些小说的味道像柳青，包括文字的味道像柳青，柳青对当时我的文字的影响，句式的影响都是存在的。”②

陕籍著名文艺评论家李建军认为：“陕西是当代有影响的作家最多的一个省份。其中柳青对陕西作家的影响最为巨大，他至少影响了陈忠实、路遥这一代人的创作。他长期在农村生活和写作，写普通的农民，写渭河平原上五月阳光下的蒲公英。这让那些有志于从事文学创作的农村青年觉得亲切而熟悉，消除了他们对于创作的神秘感，增强了他们像柳青一样通过长期努力，把自己熟悉的人物和生活写入小说的信心。柳青也通过各种方式，向青年人介绍自己的创作经验，甚至还亲自给陈忠实密密麻麻地改过一篇小说稿子。其实，即使不这样做，他的存在本身就是一种影响。陕西的作家如路遥、陈忠实，几乎都是通

---

① 路遥：《路遥文集》，陕西人民出版社1995年版，第340、324、562页。

② 陈忠实：《陈忠实文集》（7），广州出版社2004年版，第426页。

过反复阅读、揣摩《创业史》来学习写作的。从某种程度上讲，没有柳青，就不会有陈忠实、路遥这一代作家，至少，在后来的成长过程中，他们肯定要花费更多的时间，要经过更多的摸索。”①

陕西第一代作家以他们对文学和革命的痴情和忠诚，深深影响和感化了第二代作家，他们的文学殉道精神、文学的主旋律意识、文学的现实主义写作方法、关注广大工农兵底层人群的生存状态等优良质朴作风都被后来的陕西作家所敬重和学习，也影响到风格多样化的陕西第三代作家如叶广芩、杨争光、红柯、王观胜、冯积岐、方英文、爱琴海、寇挥等。

叶广芩、杨争光就写作资历和年龄来说也可划入陕西第二代作家行列，这里把他们归入陕西第三代作家是就其创作风格和创作题材与陕西第二代作家有着巨大差异而言的。叶广芩离奇的皇室贵胄出身和系列家族题材小说使她在同类作家中备受读者关注。出生于陕西乾县的作家杨争光和传统陕西作家迥异之处在于他除了写作还长期从事影视编剧工作，担纲电影《双旗镇刀客》与电视连续剧《水浒传》编剧以及长篇电视连续剧《激情燃烧的岁月》总策划的工作让作家杨争光在社会上具有不弱于叶广芩的知名度和关注度。叶广芩和杨争光之外的其他陕西第三代作家就没有这两人那么幸运了，一度让外人和陕西评论界认为陕西第三代作家“后继无人”、“陕军断层”。关于陕西作家是否断层或者已经进入青黄不接的危险境地，评论家李建军、王仲生、李震、周燕芬、邢小利、常智奇等均有所关注和评论。表面看，陕西第三代作家确实没有出现（文学实力和知名度）足以和柳青、杜鹏程、路遥、陈忠实、贾平凹等陕西第一、二代作家相抗衡的代表作家，昭示出陕军后继乏人的冷门现象，但是，细想之下，陕西第三代作家所处文学环境与陕西第一代、第二代作家所处的文学环境确实已是今非昔比。第一代作家的创作高峰出现在20世纪50年代，第二代作家的创作高峰出现在20世纪80年代，这两个时代文学均处于社会的瞩目位置。1950年代文学继承了《讲话》精神，继续为无产阶级政治服务，文学担负着政治宣传的光荣使命，自然处于社会的中心位置；1980年代，中国社会进入“文革”后的拨乱反正与思想大解放时期，学术界此时已经开始反思和意识到“文学为政治服务”给中国文学带来的不良影响，但是，中国社会的未来走向、西方思潮的大量涌入、改革与发展、姓“资”与姓“社”、计划与市场等尖锐复杂问题首先反映在

① 李建军：《时代及其文学的敌人》，中国工人出版社2004年版，第356页。

文学领域，“文学依然神圣”，文学依然是社会瞩目的焦点。陕西第一、二代作家以他们的勤奋执着、加上可遇而不可求的文学环境，使他们中的很多人仅靠一部作品便可一夜成名，这绝非夸张之语。陕西第三代作家就没有那么幸运了，20世纪90年代后期以来，商品经济带给中国社会的冲击有目共睹，文学在社会中的地位不断走向边缘，这时候的作家很难凭借一部（篇）作品一夜成名，许多作家甚至出版过十几部作品集，甚至还是默默无名。陕西第一、二代作家之间也有很好的代际精神承传，路遥、陈忠实等陕西第二代作家都基本承传了第一代作家柳青、杜鹏程的现实主义衣钵以及文学奉献精神，陕西第三代作家在新的时代背景下，在承传陕西文学优良传统之时，往往显得力有不逮，更多的是变异与突破。现实主义、乡土题材、主旋律、奉献与殉道对他们而言，弃之可惜、食之无味，往往成为精神上的沉重包袱，但是要走一条新路，谈何容易？所以，陕西第三代作家怎样走路、走怎样的路才能重振陕西文学雄风，确实还需较长时间的探索和思考。

## 现实主义的坚守与突破

陕西是中华民族的发祥地，华夏民族的始祖黄帝与炎帝都曾经在这片神奇的土地上生活创业，以他们卓越的智慧和才能开启了源远流长的中华文明。发源于陕西境内的姜炎文化、周秦文化、汉唐文化、延安精神对陕西民众有着根深蒂固的影响和熏染。姜炎文化的代表人物神农氏炎帝本为姜水流域姜姓部落首领，后发明农具以木制耒，教民稼穑饲养、制陶纺织及使用火，以功绩显赫、以火得王，故为炎帝，并被后世尊为农业之神，姜炎文化可以说代表了中华民族农耕文明的高峰，农耕文明的核心理念包蕴着“种瓜得瓜，种豆得豆”的务实信条。周人尚礼，秦人崇武。周人作为农耕部落，生活在今陕西岐山、武功一带，相传周文王姬昌推演出《周易》，周（文王）孔（子）同为儒家文化的创始人。秦人最早生活在今甘肃天水与陕西交界地区，以狩猎为生，英勇好战，秦文化与战争有着密切的关系，“秦人好战彪悍、讲求实用、好功利”。可以见出，周秦文化的核心内涵仍然包孕了实用、功利的指向。汉唐文化是姜炎文化以及周秦文化在陕西境内的升华和高潮，汉唐气象是中国封建王朝和封建文化的集大成之作，文学上迎来了唐诗的辉煌阶段，杜甫、白居易等杰出的现实主义诗人均在这一时期生活在陕西这片沃土之上。当历史的时钟指向20世纪30年代时，陕西又迎来了文化的辉煌时期，当一群衣衫褴褛的流亡者落脚于陕西北部的延安境内的吴起镇时，谁能想到十几年后这群人建立起中国历史上亘古未有的人民共和国，建国的精神动力来源于以当地地名命名的“延安精神”。延安精神是中国共产党在延安时期培育和形成的伟大时代精神，内涵十分丰富，但最本质的思想精髓还是实事求是、理论联系实际。1930年代，以王明为代表的党内“左”倾教条主义者借共产国际之威指导中国革命，生吞活剥马克思主义经典原著字句，把马克思主义著作看成可以到处套用的僵死教条，不顾中国现实国情，对有着丰富革命实践经验的马克思主义者不屑一顾，极力排斥、反对和打击。针对“左”倾教条主义者以反马克思主义的态度对待真正的马克思主义者，毛泽东历来深恶痛绝：“直到现在，还有不少的人，把马克思列宁主义书本上的某些个别字句看作现成的灵丹妙药，似乎只要得了它，就可以不费力气地包医百病。这是一种幼稚者的蒙昧。”[①]延安整风主张共产党人不把迷信当忠诚，不受马克思列宁主义书本上的条条框框的束缚，大胆探索马列主义基本原理同中国革命具体实践相结合的具有中国特色无产阶级革命道路。实践证明，以毛泽东同志为核心的党的第一代领导人的认识和主张是正确的，以毛泽东为主要代表的中国共产党人，根据马克思列宁主义的基本原理，把中国革命实践中的一系列独创性经验作了理论概括，形成了适合中国情况的科学的指导思想——毛泽东思想。1941年3月，党的理论工作者张如新在《论布尔什维克的教育家》一文中首次使用了“毛泽东同志的思想”这一提法，1943年7月5日，刘少奇发表文章使用了“毛泽东同志的思想”和“毛泽东同志的思想体系”两个概念 。王稼祥于1943年7月5日在《解放日报》上发表的《中国共产党与中国民族解放的道路》一文中第一次提出了毛泽东思想这一概念。1945年刘少奇在中共七大所作的报告里首次对毛泽东思想做了系统论述，中共七大首次规定毛泽东思想为中国共产党的指导思想。

毛泽东思想形成于大革命后的中国各个具体革命实践历程中，但为什么毛泽东思想的提出、使用、确立均在革命圣地延安完成，这其中自然包含复杂的原因，陕西本土的文化特质提供了毛泽东思想提出、使用、确立的氛围确是不容置疑的，陕西文化包孕的勤劳务实内核确实是毛泽东思想、延安精神形成的温床。所以，任何人要研究、读透陕西地域文化，无法避开“务实”二字，可以

① 毛泽东：《整顿党的作风》，《毛泽东选集》第3卷，人民出版社1991年版，第820页。

说务实贯穿了在陕西境内形成的姜炎文化、周秦文化、汉唐文化、延安精神等诸多精神财富。

现实主义本身就是一个驳杂多义且有争议的概念，虽然现实主义的批评者和支持者经常将其视为一个统一的思想整体，但实际上，现实主义并不是一个单一或统一的理论。广义的现实主义是一种世界观，狭义的现实主义作为一种文学创作方法，这种创作方法虽然起源于1930年代的英法诸国，但是真实客观地再现社会现实，“求实”确是现实主义世界观或文学创作方法的最根本的意义，因之，现实主义这种世界观或创作方法自然最能与务实的陕西民众、陕西作家神交，以这种方法创作的艺术作品对陕西民众是那样亲切、熟悉，丝毫没有花里胡哨，流露的是稳重、大气、威严、崇高的精神余绪。远至《诗经》、《周礼》，中至《史记》、唐诗，近至延安文学，及至《创业史》、《保卫延安》、《人生》、《平凡的世界》、《白鹿原》、《农民父亲》，这中间均贯穿着强大的现实主义优良传统。可以说，现实主义的文学创作方法契合着陕西人的文化审美特质，这一审美文化特质沿着姜炎文化、周秦文化、汉唐文化、延安精神的文化流脉，已经渗透至陕西人的文化血液中。陕西文学大厦如抽掉现实主义精神与现实主义作品，那无异于釜底抽薪，只会剩下残垣断壁，随时有轰然倒坍的可能。

20世纪陕西文学长河始终贯穿着现实主义文学创作的优良传统，陕西三代作家均在现实主义这面旗帜下辛勤耕耘，付出了艰辛的努力，也获取了丰硕的成果。陕西第一代作家柳青、杜鹏程、王汶石、魏钢焰等本身就是延安文学作家群的重要力量，坚持革命现实主义优良传统，以毛泽东文艺思想为旗帜，深入基层，深入生活，创作出了反映时代精神的革命英雄人物和社会主义新人以及建设者形象，从郭凤英（《一个女英雄》）、周大勇（《保卫延安》）到王加扶（《种谷记》）、梁生宝（《创业史》），再到阎兴（《在和平的日子里》）、慕生忠（《青春路上的剪影》）、赵梦桃（《红桃是怎么开的》），这一个个鲜活的艺术形象，勾画出代表人民群众先进力量的英雄群阵。陕西第二、三代作家承传和发展了现实主义优良传统，路遥、陈忠实、贾平凹、邹志安、赵熙、冯积岐等的作品着力点在农村，关注20世纪80年代以来中国城乡农民的生活变迁与心灵颤动，体现出浓厚的乡村现实主义特色，叶广芩、杨争光对流民史、剿匪史、家族史的关注与摹写，体现出浓厚的文化现实主义特色。红柯的《西去的骑手》、高建群的《最后一个匈奴》、王观胜的《北方，我的北方》、《放马天山》等作品洋溢着西部特有的浪漫奇幻特色，往往通过虚构的带有强烈传奇色彩的故事表现出他们对人生、命运的思考，体现出浓厚诗意现实主义特色。爱琴海与寇挥的作品重在表现处于绝境中的生命样态和人的灵魂，作品多有变形夸张的艺术色调，体现出强烈的超现实主义倾向。

总之，陕西作家在继承先辈革命现实主义优良传统基础上，与时俱进，积极探索，大胆尝试，把现实主义文学精神发扬光大，大大提升、丰富、发展了陕西文学创作的现实主义传统，走出了无愧时代精神，高扬陕西地域文化特色的文学新路。

## 浓厚的乡土文化情结与强烈的底层写作

延安文学的纲领性文件——毛泽东《在延安文艺座谈会上的讲话》成功地解决了“文学为什么人服务”以及“怎样为”这两个事关文学本体的基本问题，而解决这两大问题的立足点却都体现出以毛泽东为代表的中国共产党人对农村和农民问题的极端重视。毛泽东思想的精髓在于把马克思列宁主义与中国革命实践相结合，走具有中国特色的无产阶级革命道路，而这个“中国特色”就体现在中国革命的主体是农民而不是其他，中国革命要成功必须要走农村包围城市的这样一条不同于别国的革命道路。凝聚毛泽东文艺思想光辉的延安文学必然体现出对农村和农民问题的高度重视，在延安文学的服务对象与如何服务的问题上，农民都是首要考虑的对象。“许多文艺工作者由于自己脱离群众、生活空虚，当然也就不熟悉人民的语言，因此他们的作品不但显得语言无味，而且里面常常夹着一些生造出来的和人民的语言相对立的不三不四的词句。……我们的文艺工作者的思想感情和工农兵大众的思想感情打成一片。而要打成一片，就应当认真学习群众的语言。如果连群众的语言都有许多不懂，还讲什么文艺创造呢？”“拿未曾改造的知识分子和工人农民比较，就觉得知识分子不干净了，最干净的还是工人农民，尽管他们手是黑的，脚上有牛屎，还是比资产阶级和小资产阶级知识分子都干净。”[①]不难看出，延安文学是以农民为出发点、着眼点的新型文学。《讲话》发表后不久，就涌现出了赵树理的《小二黑结婚》与《李有才板话》、孔厥的《一个女人翻身的故事》、孙犁的《荷花淀》、丁

① 毛泽东：《在延安文艺座谈会上的讲话》，《毛泽东选集》第3卷，人民出版社1991年版，第850—851页。

玲的《我在霞村的时候》和《田保霖》（报告文学）、欧阳山的《活在新社会里》（报告文学）、艾青的《吴满有》（叙事长诗），以及秧歌剧《夫妻识字》、《兄妹开荒》、歌剧《白毛女》等乡村气息浓厚颇受群众喜闻乐见的农村题材文艺作品。陕西第一代作家对此也是积极响应，柳青在《讲话》后不久就深入米脂县民丰区吕家硷乡政府担任文书，一住就是两年，写作和发表了《三垧地的买主》、《土地的儿子》，积累搜集了《种谷记》的创作素材，马健翎创作了他的代表作《血泪仇》（戏曲），毛泽东号召广大文艺工作者的思想感情和工农大众的思想感情打成一片，这对陕西作家来说并非难事，因为此前他们写作的就是农村题材的作品，他们此前的文艺活动就是围绕农民与农村展开的，陕西历来就有重农尊农的习俗和耕读传家的风尚。

前文说过，发源于陕西境内的姜炎文化、周礼文化就是我国农耕文明的代表阶段，奠定与深化了陕西乡党以农业为本的思想观念和深层乡土文化心理积淀，农业文明发展、农村社会的变迁、农民命运的演变自然成为陕西地域文学书写的重要领域。“纵观陕西三代作家的整体创作面貌，绝大部分涉猎的是关于乡土农村、农民生存、农业文明的题材，对此题材的表现都不同程度地取得了巨大的成就，形成了作家自身较为稳定的生活基地、叙事方式，以及乡土农村文明伦理价值取向的选择。”蛤蟆滩、双水村、白鹿原、清风街、古炉村这些分布在陕西不同区域的普通村落，反映出20世纪50年代以来中国农村、农民的农事更迭与心理变迁，凝聚着陕西农民的喜怒哀乐、婚丧嫁娶、茶米油盐、鸡零狗碎，寄寓着陕西作家对三秦父老乡亲的挚爱与感动。陕西作家在作品中书写的是自己儿时温馨的记忆，吐露的是自己作为农家子弟最为质朴的情怀，惟其如此，《创业史》、《平凡的世界》、《白鹿原》、《秦腔》这些书写陕西乡村的史诗巨著代表着陕西文学的最高荣誉，也体现着中国文学的最高水准，《平凡的世界》、《白鹿原》、《秦腔》分获第三、四、七届茅盾文学奖，且位列各届获奖作品之首，这在各获（茅盾文学）奖省市是绝无仅有的现象。《创业史》未获茅盾文学奖，不是作品本身的问题，而囿于第一届茅盾文学奖的评选范围限于1977—1981年发表的作品，《创业史》不在授奖时间范围，如果把十七年文学纳入中国文学最高奖的评选范围，作为十七年文学“三红一创”的标志性作品，获奖是必然的，以我的理解，力拔头筹也未尝不可。

陕西作家的乡村题材作品缘何得到茅盾文学奖的频频眷顾，来源于陕西作家对农村、农事、农民、土地的深厚感情和质朴情怀。陕西文学精神领袖柳青在这方面做出了杰出的表率。建国后，柳青完全有条件和资格留在生活条件优越的首都北京，为了写作，自愿请求回陕西农村工作，后又主动放弃陕西长安县委副书记的领导职务，开始定居皇甫村，与当地农民共同生活、共同劳动，过着陕西普通农民的生活。1960年4月，柳青将长篇小说《创业史》（第一部）稿酬16065元全部捐给长安县王曲公社做工业基建费用；1961年柳青向中国青年出版社预支《创业史》（第二部）5500元稿费，为皇甫村的农民兄弟支付高压电线及电杆费用。柳青在长安县生活期间，除了文学创作之外，还为农民兄弟撰写了《关于王曲人民公社的田间生产点》、《耕畜饲养三字经》、《怎样沤青肥》等文章。"文革"期间，柳青生命几度垂危，仍然惦念陕北的父老乡亲，在病床上给陕西省委写下了《建议改变陕北的土地经营方针》。20世纪中国文学史上，乡土文学有着深厚的文学传统，也涌现出了一大批杰出的乡土文学大师，但是像柳青这样全身心地投入农村生产，把农民兄弟的利益牵挂于心间，与农民兄弟攀谈于炕头灶间，以陕西地道农民的着装打扮、言谈举止把自己的干部身份完全消融于农民大众之间，把自己的家庭、事业、甚至生命与中国农村、农民、农业融为一体的作家是绝无仅有的。作家柳青对农村的无限眷恋情怀和痴迷状态深深影响和感动了陕西其他作家。

出生于农村的作家王汶石和柳青一样，在革命胜利后一头扎进陕西渭北农舍，出于对农民和农村的深厚感情，写作上自然"钟情于农村田野，钟情于农民"[①]，倾力塑造出赵承绪（《春节前后》）、芒芒（《黑凤》）、彦三（《新任队长彦三》）、吴淑兰（《新结识的伙伴》）、王运河（《卖菜者》）等社会主义农村新人形象。出身陕北贫穷乡村的路遥在他的作品中热情讴歌农民与土地："我本身就是农民的儿子，我在农村长大，所以我对像刘巧珍、德胜爷爷这样的农民有一种深厚的感情，通过他们寄托了对养育我的父亲、兄弟、姊妹的一种感情。"[②]"作为一个农民的儿子，我对中国农村的状况和农民命运的关注尤为深切。不用说，这是一种带着强烈感情色彩的关注。'为什么我的眼里常含泪水？因为我对这土地爱得深沉。'"[③]"土地是不会嫌我们的。是的，我们将在这亲爱的土地上，用劳动和汗水创造我们自己的幸福。""就是这山，这水，这土地，一代一代养活了我们。没有这土地，世界上就什么也不会有！"长期担任农村基层干部

① 王汶石：《王汶石文集》第4卷，陕西人民出版社2004年版，第462页。
② 路遥：《路遥中短篇小说·随笔卷》，陕西人民出版社1995年版，第446页。
③ 路遥：《生活的大树万古长青》，《路遥文集》第2卷，陕西人民出版社1993年版，第376页。

和乡村教员的陈忠实，为写出“死后能当枕头”的文学巨著，长期蜗居乡下老屋，每隔一段时间要从乡下赶到城里去背老婆擀好的面条和蒸好的馒头来充饥，过着苦行僧的艰苦生活，而唯有在乡下老屋，陈忠实才能“守住自己的心灵”，接到文学地气，寻找到属于自己的文学语言，足见农村生活对陈忠实的重要意义。贾平凹在《秦腔·后记》里直言不讳地写道：“我是个农民……我感激着故乡的水土，它使我如芦苇丛里的萤火虫，夜里自带了一盏小灯，如满山遍野的棠棣花，鲜艳的颜色是自染的。……对于农村农民和土地，我们从小接受教育，也从中生存体验，形成了固有的观念，即我们是农业国家，土地供养了我们一切，农民善良和勤劳。……现在我为故乡写这本书，却是为了忘却的回忆。我决心以这本书为故乡竖起一块碑子。”①陕西其他作家高建群、邹志安、京夫、赵熙、莫伸、叶广芩、杨争光、冯积岐、曹谷溪、李天芳、王蓬等谁人笔下没有体现出对乡村土地的眷恋，对农民的关注？如果离开乡村书写，陕西作家将会普遍丧失文学创作的通灵宝玉，陕军雄风又怎会冲出潼关，走向全国？

## “权”与“经”的领悟与实践

延安文学产生于战时环境，包含有极强的策略性与功利性是题中应有之义。延安文艺座谈会后，党中央曾委派何其芳、林默涵同志到重庆向国统区的作家传达座谈会精神与《讲话》内容，郭沫若认为《讲话》“有经有权”，“毛泽东欣赏这个说法，认为是得到一个知音。‘有经有权’，即有经常之道理和权益之计。毛泽东之所以欣赏这个说法，大概是他也确实认为他的话有些是经常之道理，普遍规律，有些则是适应一定环境和条件的权宜之计。”②

马克思主义哲学是发展的哲学，毛泽东文艺思想本身是马克思恩格斯列宁文艺思想在中国特殊战时环境中酝酿形成的指导中国文艺健康发展的文艺思想，本身包含了辩证唯物主义思想和历史唯物主义思想，而毛泽东本人在中国革命实践过程中最反对的是本本主义与教条主义，毛泽东文艺思想本身就包含着发展的因素、与时俱进的理念。如果把毛泽东《讲话》看作是凝固不变的“经典”，死搬硬套来指导后来的文学活动显然是违背毛泽东本人的一贯做法和根本立场

---

① 贾平凹：《秦腔·后记》，作家出版社2005年版，第561页。

② 胡乔木：《胡乔木回忆毛泽东》，人民出版社1994年版，第58—59页。

的。建国后的中国社会环境与1940年代的延安革命根据地战时环境显然不同，如果不加分别地套用毛泽东在延安关于文艺的讲话、指示，势必会影响和破坏共和国文艺活动的健康发展，这样的情况在建国十七年文学、“文革”文学发展历程中时有发生，屡见不鲜，根本原因是文艺工作者太纠结于《讲话》这一经典文本的“经”，忽视“权”的一面，没有把《讲话》的精髓领悟开来，貌似尊奉了毛泽东文艺思想，实则是对其的违背和偏离。

陕西作家在领悟和贯彻毛泽东《讲话》的“权”与“经”方面，有着成功的实践经验。从柳青、杜鹏程到路遥、陈忠实、贾平凹再到叶广芩和杨争光等陕西三代作家均与时俱进，结合时代主题，反映人民心声，不唯上、不唯书、只唯实，继承延安文学优良传统，书写着陕西文学的辉煌。“陕西文学一直受到延安文学精神的滋养，……从延安文学到陕西第一代作家群再到第二代作家群，可以发现，文学的精神内核和价值理念是一脉相承的。延安文学的社会功能、民族性、民间性、关注农民的特点在当代陕西文学中都得到了很好的继承和发挥。”①

但是，孕育陕西当代文学的社会环境毕竟与产生延安文学的特殊的战时环境不同，从农业合作化到土地联产承包责任制再到市场经济，中国经济体制的重大改革渐次在三秦大地演化推广，带给农村、农民不同的社会心理冲击与精神悸动，如果陕西作家亦步亦趋地模仿照搬产生于战时特殊环境、意识形态色彩较浓的延安文学体制，过度强调文学的教化功能，忽略读者阅读文学作品的娱乐性，漠视市场经济圈中文学应有的消费性，势必会造成文学形式的单一与艺术形象的干瘪，最终必会被读者大众所淘汰。令人高兴的是陕西第二、三代作家，都能正视当代社会文化的多样性、大众化、商品化特点，注重个体精神的张扬与自由情感的抒写，绝不故步自封，即坚持传统又不排斥流行、时尚元素，在作品的出版策划、包装宣传、影视改编以及写作方法创新等方面，路遥、贾平凹、陈忠实、杨争光以及爱琴海、红柯等更年轻的陕西第三代青年作家都以自己的实际行动在这方面为全国作家做出了表率：路遥在《平凡的世界》尚未完成的情况下，冒着巨大风险，授权中央人民广播电台广播；贾平凹连续多年荣登中国作家富豪榜，谁能否认他文学创作中没有强烈的消费意识与市场意

---

① 李明德、任虹、张双：《延安文学：当代文化视域下的价值重估》，载《西安交通大学学报（社科版）》2011年第3期，第78页。

识？外表看似木讷拙朴的陈忠实在作品改编方面一直很开放大气，《白鹿原》出版后，被改编成秦腔、陶塑、连环画，现在正在改编成电视连续剧与电影；杨争光本身就是国内最早与影视结缘的作家，他的文学写作一直带有浓厚的影视编剧意识；爱琴海与寇挥是陕西文学的“异类”，他们的作品重在表现处于绝境中的生命样态和人的灵魂，作品多有变形艺术处理，表现出强烈的现代主义倾向；王观胜、红柯、马玉琛等三位青年作家善于从自然与人这两者中汲取崇高与激情，作品中洋溢出现代积极浪漫主义的精神内涵，体现出陕西第三代青年作家大胆借鉴和引进别样创作方法的探索精神。如果说，陕西第一代作家柳青、杜鹏程等更多地继承了延安文学的基本精神准则，那么陕西后来的作家在继承延安文学优良质素的基础上，又体现出“变”与“新”的面貌，这难能可贵的“变”与“新”保证了陕西文学的新鲜与灵动。陕西第一代作家以自己的勤奋、坚守，为陕西文学铸就了坚实的基座；陕西第二、三代作家又以自己的开放、超前为陕西文学注入时尚元素，陕西三代作家的文学创作活动深刻诠释了延安文学包含的“权”与“经”理念，惟其如此，才能保证陕军的一次次“东征”。

任何事物都有两面性，延安文学因其发源于陕西，对陕西文学自然有着强烈而不容忽视的巨大影响，这影响带来的好处前文已经作了深入的论述，那么负面影响有无？如果有，表现在哪些方面？如陕西文学队伍的青黄不接、艺术手法的因循守旧、作家创作视野的狭隘局促、陕西文学对乡村文明的过度痴迷与都市叙写的扭曲变形等等是否也与延安文学的影响有关？这些问题，也需要广大文学研究者作全面认真地思考。

作者系延安大学延安文艺研究中心主任，文学院副教授，文学博士，
硕士生导师，《延安大学学报社科版》副主编
本文原载于《东岳论丛》2013年第9期

王晓静

# 精神之乡的不懈构筑
## ——读杨梓《骊歌十二行》

《骊歌十二行》是诗人杨梓继长诗《西夏诗史》之后出版的又一部诗集。这部诗集与气势恢宏的《西夏诗史》风格截然不同，诗集着眼乡音乡情："以梦为乡"、"独在异乡"、"空手还乡"、"四处皆乡"四卷，共360多首十二行体诗作，以《汉诗：世界诗歌的中心》和《讲稿或诗歌创作浅释》分别代序代跋。诗人以"乡"为轴线，将离乡还乡再到处处是乡的人生历程内心化，将乡行过程中的真切感受具象化，将"回归古典，回归自然，回归内心"的诗学观点倾注笔端，无论内容还是形式都体现着诗人的独创精神。

诗人以乡情为诗心，用精致细腻的笔触，将生活于故乡时梦想他乡，独处异乡时梦回故乡，当梦乡已变成故乡后始觉两手空空，再度回眸故乡终于顿悟：路途与家乡难分先后，远方与近处因山水隔断，心灵与眼睛感受诗意世界，共同织就了完美的画图。故乡与异乡的区别局限于"我"与"物"的二元关系，当"物"、"我"两忘，或者"物"、"我"合一，故乡异乡即四处皆乡！诗人以长短句和分行的方式表现自己在诗意的河流上，随波逐浪，故乡这道心灵里过不去的"坎"，慢慢在思维的旅程中被磨平，山外的青山里依然有着故乡大山的影子。山川河流、风云雨雪、四时之景、小鸟野花全在天地之间，附着了故乡的情思，所有这些物什共同组成了作者笔下最美的诗之一种——乡音乡情，永远是一个诗人抒写不尽的智慧源泉。

## 回归古典，探寻诗歌本质

诗人在《代序》中说：“从《诗经》到唐诗，中国诗歌的发展达到鼎盛，之后与其说中国诗歌在发展，倒不如说是在倒退或者说在远离诗本身，从宋词到元曲，从白话诗到‘口水诗’，翻译的难度一再降低，而被不断消解的不仅仅是诗歌的意境，还有中国的味道、汉字的魅力和诗人的品格。……古典诗词为世界树立了高不可攀的标杆，这是由于汉语的特点和诗歌的本性所决定的。”

诗人探寻诗歌本质，内容上的古典意味更浓重。无论是四时景观、地域风物、人文情怀都通过具象最终回归于生动独特的大意象，烘托出地域、文化、历史的大背景，任何一个细小的枝叶，总给它衬以根与藤的厚重底色，让读者借助具象揣摩其中蕴含着绵密的传承营养，“空手还乡”一章最意味深长，“空”与“有”在故乡的土地上，在诗人的心田里呈不同的形态，那些源自古典诗词的意象，诸如“雨、雪、月、马”，在《骊歌十二行》诗集里，介与具体与抽象之间，被诗人赋予新的灵犀，言不尽意，而处处诗意蔓延。

诗人回归古典的主张还体现在语言的简洁上，体现在十二行体的形式上，这在诗坛独树一帜。每一首诗的标题异常简洁，有两字、三字，最多用四字成语、典故或者传说一类富有意境的表达方式，词简意丰。如“秋叶”、“焉支蝶”、“黄沙古渡”、“须弥春色”、“六盘秋景”、“月亮邮编”等等，诗题如一滴墨迹印落纸面，自然渗出诗的意境，激发读者浮想联翩。十二行诗体的形式特点非常鲜明，每小节分为上下阕，上阕六行，下阕六行，令人想起排列整齐的绝句和律诗，如果将律诗翻译为白话，一个字对应一个词，每一行正好能对应白话诗的两行，不知诗人在创作的时候是否有意为之，至少在读者阅读的时候于细微处感受到了。这种十二行体与古典诗词形式之间的内在联系，精练和简洁成为二者之间的共性，诗人对古典诗歌意象和格律形式的继承与发扬，落在了触动诗人最细腻最柔软的心灵底层，付诸乡音乡情的山川大地，从历史的渊薮里汲取营养，从古典的意境里追寻着心灵的归属地。

## 回归自然，走向审美境界

诗人回归自然就是热爱大自然，追求“天人合一”的审美境界，自然会对破坏自然的行为以诗的形式进行干预。“我”——仿佛一只老鼠逃离洞穴，咬得白昼流出黑色的血。诗人大幅跨越时空，洄游初长成时渴望流浪，逃离故土羁绊，把梦想的楼阁雕砌成画像悬挂在异乡的天际帷幕上，巨大的心灵反差，在诸如《到处寻找》、《孤行》、《日记》里沾下痕迹，“向日葵”、“杏子”这些故乡土地上浓烈的色彩和味道也吸引不住一颗年轻而充满激情的心，仍要冲破“城堡”禁锢，一瘸一拐地走向远方。这是诗人在诗中塑造的自我形象，也让读者看到了大多数探索者的背影。有时以为那些短小的诗行，就像土地上稀疏的庄稼，并无太多果实引人注目，而诗人用诗的语言表现山川变化，比如《大荒蔓延》八首之一：

> 青山被铲平 种上森林般的烟囱／田地和果园被一叶叶地蚕食／唯一的孔雀湖被山石填平／一个超级市场拔地而起／在市场的大潮中／我的家乡变为城镇（《田荒》）

这首诗于细致精微处，再现经济社会中，几十年农村与城市之间不再沟壑纵横，越来越具有趋同性，甚至农村的昔日风貌仅凭残存的记忆去复苏，这些飞速的变革，在诗行的“飞白”处，轰轰作响，震撼人心，诗的语言不仅柔和更有力量，这力量源自诗人内在强烈的情感辐射。诗人以梦为乡时，怀揣梦乡“逃离”故乡，当闯出一片属于自己的天地，再度回归安静祥和的故土，家乡与曾经向往的梦乡呈现出同一种模样，反而感觉失魂落魄的痛楚，诗人的心灵是敏感和矛盾的——“风守着泥土的梦”，“羊在草甸成为都市的野炊”，和那些“滑过酸枣刺上的干旱”，一起触痛了诗人敏感而细腻的心，诗人茫然四顾，无处安置身心。这种悲情与纳兰性德三十六字名曲《长相思》里“聒碎乡心梦不成”的边塞尘怨和而不同，又令读者回味了乡音乡情的千手千面，丰富与复杂，全在诗人抒情的气息清除了挡在读者与诗意之间的隔膜，转瞬间贯通了古今意象的情感共鸣，又成就了诗人创作上个性化的特质。

独在异乡时，别处的风景里洇满乡情的影子。从起点沈家泉出发，老龙潭、固原王、须弥山这些故土风物，一再倒映笔底；长安、玛曲、敦煌、玉门，额济纳、胡杨林、青海湖畔、塔尔寺这些异域风景，抵不上故土的一地油菜花让诗人更有“到家了”的亲近，终于回到故土，难免两手空空。生活了十八年的老家——沈家泉，看不见喜鹊燕子和麻雀的踪影，没有碰到牛马和毛驴，辘轳、老井和水窖还演绎着童年的故事，那棵送我的大柳树不见了，涌流的沈家泉变成了一个地名，当故园被时间演化成历史，诗人在家乡的土地上，分不清这些故园风物视自己为主人还是客人……远离与回归，是时间的延续，是空间的拓展；另一面却是时间的消逝，空间的紧缩，流浪与归属，不知哪里更是安住身心的福田。故园山水在诗人的眼里隐遁了本来面目，诗人追寻的过程中满怀惆怅地还原了山水的诗意，回到故乡，虽然乡音已改，两手空空，月亮依旧又圆又大，激发了诗人的灵感。《河岸辛巳年》12首，描绘了一年的十二个月：初月、柳月、桃月、麦月、蒲月、荷月、霜月、桂月、菊月、露月、葭月、腊月，每个月份呈现一个最美的形象。"山月随人归"——山水以无声的涵容引领诗人找到了来时的路，心灵的家，归于自然，返回内心。

## 回归内心，构筑精神之乡

天空和大地是风云雨雪的故乡，当诗人将"小我"融入自然之乡，随所在处，处处皆乡。

诗人将身心融入自然，将"小我"融入天地"大我"，不再感到孤独和忧伤，而是与万物为伍，诗人在写万物，也被万物感染和熏陶。《与雪同在》20首，将雪精细绵密地进行区别，诸如《梨花的雪》，"忽如一夜春风来"弥合了时空之间的距离；《语言的雪》，融化了心灵之间的距离；《红炉的雪》是村庄邻家的雪，又是"绿蚁新醅酒"映照着大唐诗人白居易与友人赏雪对饮情趣的雪；《小鸟的雪》、《断翅的雪》……一粒雪的种子，呈现了万千雪花的诗意。

诗人在《代跋》中说，"写诗是用最简练的语言暗示最丰富的意味，也可以说是一个隐藏秘密的过程，那么读诗就该是一个发现秘密的过程。"然而阅读中发现的秘密是微乎其微的。比如诗人凭借想象将古典与现代融合而成的一些词，可能就是创作中的一个隐秘。

"我的茶杯上一叶白帆冉冉升起"、"在信笺砌成的小巧玲珑的闺房里"两句诗将细微无限放大；

"用半截烟头照亮感觉的一角"，烟和酒也呈现诗意的缭绕，这是生活里具有某种共性的味道；

"广告，无声的敌人，在生命的废墟上亭亭玉立"，广告侵蚀了人们生活的所有空间；

"我的话语只在城里浪迹"，方言土语找不到心灵的归属地；

“那片草原成为病历”，草原的过度破坏，使其裸露了肌肤，这是人留下的斑痕；

“我根本的家乡化为泥沙”，水随天去，家乡面目全非；

“我的故乡被埋葬于城下”，农村的城镇化现象；

“流浪汉的家除了子宫就是坟墓”，生死是一条直线；

“高原的天空湛如蓝，蓝不过艾米娜的毛眼眼”，来自花儿的形式；

这些诗中的“盐”，五味俱全，尚需慢慢品评。

“诗人就像一朵梅花，是天地间柔弱易凋的，但因为丰富强大的思想，才有了傲世冰雪的品格、尊严和力量。”诗人在创作的过程中，以自己的力量开出了独特的花朵，让万物在诗中呈现鲜活的面貌，万物在诗中呼吸，意象在诗里跳跃，诗意无处不在，诗人所感受到的自然或者心灵的虚空，正好是诗意的部分。读《骊歌十二行》，体悟乡音乡情里诗人恪守了独立和完整的诗性品质，感受一棵树开花唤醒蝴蝶的审美意境，由衷地敬佩诗人自豪地宣称“汉诗，世界诗歌的中心”！

这种勇气和魄力的确让我们在阅读诗歌的时候更自信：我们不再砌墙，让最初玫瑰的芳香，在心与心之间自由飘荡！《骊歌十二行》以独具的魅力与当今艺术中的很多观念和行为形成了对抗的、朴素而有力的精神场域。

作者系宁夏同心县委宣传部编辑

本文原载于《朔方》2013年第6、7期合刊

# 卢　桢 | 消费文化语境中的新诗审美

20世纪90年代以来，消费主义文化大规模进入国人的精神视野，人们的消费形式日益多样，审美取向日趋多元，价值标准也变得游移不定。在这样的精神背景下，诗歌生产的媒介、传播的途径、蕴含的精神也发生了相应的变化，诗歌写作与消费文化语境之间呈现出难以割舍的共谋姿态。对诗人而言，一方是注重内在精神提升的诗歌内现场，另一方是充满诱惑之力的物质外现场，如何在两者的夹缝之间寻求平衡，用诗歌语言表达个体意识、彰显时代精神、沉淀文学经验，成为缪斯抛给每个诗人的命题。在大部分诗人看来，传统美学所期待的哲理与沉思、英雄与救赎等古典主题已不再拥有绝对的话语优势，他们更倾向于切合消费时代的文化语境，选择一种由欲望所驱使、以狂欢为表现的写作方式。因此，诗人对审美对象的加工、对审美主题的营造便打上了鲜明的消费文化印记，而物欲、身体和孤独这三个内部逻辑紧密的主题则浮出地表，成为诸多抒情者投射情感的审美聚焦。

## 物欲主题

身处消费时代，一切带有专制与禁欲色彩的理想型观念仿佛都被消解了，一种以物质催生精神的文明范式得以确立，并将言说者锁定在“物”的周围。在传统的诗歌抒写中，诗人往往把物质欲望看作可以操纵人心灵的精神逻辑，进而将隐匿其中的“异化”关系挖掘出来。不过，面对纷繁芜杂的物质现场，他们大都缺乏解决物灵矛盾的合理方案，甚至陷入无法求解的困惑。也有些诗人注重强化诗歌的救赎功能，以此寄托人文关怀，杨克便写道：“啊物质的洪水之上是精神的方舟/永恒之女性/引领我们上升。”（《在物质的洪水中努力接近诗歌》）抒情者被广告、钢铁、噪音等物质的“洪水”围困，却因感受到“诗歌”这一“人类灵魂女祭司”的眷顾与抚慰，从而复归心境的平和。显然，抒情者的理想主义愿望和消费社会的实际走向是背离的，诗人并没有沿袭前人的纯粹批判思路，把“物欲”定格为反道德的言说对象，而是以“浪漫”的精神和“诗歌”的方式，将其诗化成为富含深厚消费文化背景的意象资源，探讨其多元的存在形态。这就化解了前辈诗人单纯纠缠于物欲的痛苦和迷惘，拓展了诗歌言说的宽度与广度。更多诗人开始调整心态，与“物欲”展开新的交锋回合。

立于当代诗人的审美基点，生活现场是真实而无法回避的，其间“物质的高潮滚滚而来，/精神的痉挛源源不断，/两次高潮之间，些许的冷淡呵，/谁也看不见”（朱文《小戴》）。“两次高潮之间”的中间地带，无疑是留给诗人的，他们的使命便是将这些“看不见”的、被人群疏远的碎片拼接起来，抽取一点物质，赋予一点精神，调成一杯都市的鸡尾酒。从具体的操作层面来看，一部分诗人选择自我疏离的方式，有意地将主体与时代语境拉开距离，从而获得全知似的观察角度。于坚的《在诗人的范围以外对一个雨点一生的观察》便选取了咖啡馆里的静观视角，小雨点“在滑近地面的一瞬”抢到了“一根晾衣裳的铁丝”，于是“改变了一贯的方向　横着走/开始吸收较小的同胞/渐渐膨胀　囤积成一个/透明的小包袱　绑在背脊上/攀附着　滑动着　收集着/它比以前肥大　也更重/它似乎正在成为异类”。雨点膨胀而无踪的一生，隐喻了人类被物欲所异化的命运迷程。我们看到，抒情者主动与物欲拉开距离，并将其巧妙地揉捏成“雨点”这个意象，他没有进入实际之“物”，却把“物”看得更为透彻。陈东东的《费劲的鸟儿在物质上空》进一步转向物欲自我瓦解的特质：“费劲的鸟儿在物质上空/牵引上海带雨的夜”。代表“自然/自由”的鸟儿与物质文明形成悖论式的观念联络，随着文本的深入，一切物质都进入缓慢的退化流程：“铸铁雕花的大门紧闭”、“机器船没入雨雾”、“街巷又合拢于石头”。这些物质文明的符号在雨中被解构，而诗人则以回拨历史时针的方式实现了“自我”与“物质”的分离，从而使本雅明言及的“超现实的面貌”得到逆时针式的呈现。诸多文本启示我们：在一部分诗人的抒情系统中，存有大量关于物欲“瓦解”的想象，其虚幻的梦境营造固然无法使他们真正解脱，却也能使其在分离“自我”与“角色”之后，保持一份难能可贵的清醒。

除了选择自我疏离、在超验的境界中获得清晰的自审意识之外，另一部分诗人认识到：这个时代没有绝对澄明的道德偶像，也没有本质意义上的文化英雄，即使个体能够区分出“自我”与“人群”的差异，他也无法做到与时代的完全疏离。“二环路上，桃花匆匆谢去/雨后的阜成门亮出/奥帕丽斯亮泽的肌肤/商业的青春女神！高空的建设者/梦见希望工程：共添一块砖/燃亮白领们的一生。”（西渡《阜成门的春天》）“桃花”的离去与商业女神的登场，宣告了浪漫主义和启蒙使命的黯然隐退，也预示着一种更为“及物”的欲望话语即将获得合法的身份。此时，单纯对“物欲”施加粗暴的鞭挞和阻碍，显然就行不通了。与其逆向而行，不如尝试与之和解，在物质世界里觅得灵魂的支点，在商品拜物教中彰显现代主体意识。看杨克的《1992年的广州交响乐之夜》：“物质的光辉和美/在城市的前胸和脊背昼夜燃烧。”物欲与青春、梦想温情地融为一体，它的合法性直接关涉到抒情主体的心灵自由，透过物质商品追求精神经验，消费的目的便不单是占有物质，而是将其化作具有象征意味的形式。“我心境光明 浑身散发吉祥/感官在享受中舒张/以纯银的触觉抚摸城市的高度//现代伊甸园 拜物的/神殿 我愿望的安慰之所/……/我由此返回物质 回到人类的根/从另一个意义上重新进入人生”（杨克《在商品中散步》）。对“商业玫瑰”的虔诚拜物以及“灵魂”被“黄金雨水”的“再度施洗”，体现着诗人的现代玄学。艾略特赏识玄学派诗人，缘于他们拥有联结“物”与“灵”两重世界的特质：既能仔细聆听物质的福音，又能坚守温柔的人性。杨克也是这样的诗人，栖身于不以人类意志为转移的消费社会，诗人只有主动融入世俗欲望并吸收其经验快感，才能将意义导入消费逻辑之外的经验层面，为诗意表达找到“合适的鞋子”。

鲍德里亚认为物质社会的特征是“富裕的人们不再像过去那样受到人的包围，而是受到物的包围”①，物质文明成为汇合或释放所有感受力的渊薮。物欲现代性指代着人与物的关系，实则关涉到人如何通过消费“物”来释放并运用现代感受力的问题。耿占春曾说过：“诗歌话语所具有的感受性并不带有直接的感官满足，它指向对其他经验层面的联系，没有话语在不同的经验层面所建构的

---

①［法］鲍德里亚著，刘成富、全志钢译：《消费社会》，南京大学出版社2000年版，第2页。

关联，就没有从诗歌话语中得到快乐的可能。”[①]因此，抒情者对物质表现出亲昵的姿态，或许旨在揭示隐藏于诸多物象体验之间的微妙隐喻联系。物象是视觉审美的终点，却是诗意现场的起点，借助商品形态的物质中介，诗人随时可以检视自己所拥有的感受意识。“在当代社会，所有我们希望能够表达自己感受力的地方，都有一种物质化的替代方式。”[②]这种物化的“感受方式”，充当着诗人冲破日常话语的判断标尺。走进李建春的《百货大楼》，物质过度、嚣张并肆无忌惮地铺排开来：“买下所有能买的东西！T恤衫，/精品屋，今年时髦的花伞，买香水/送给女朋友。她脸颊上/长一颗痣，那个从上海来的？/梦露的样子。他在阴影里笑，/嘴巴歪着，口水掉进音乐里。/你加入牛仔的角逐，Lee牌，或者/Billy牌，Texwood，苹果牌。”诗中商品意象的大规模呈现，彰显着诗人面对消费时代所表现出的坦然自若。同时，这些意象也成为他可以调集的、标示主体存在的重要元素，其所记录的一系列转瞬即逝的、无深度的物质图像具备了完美的“现时性”特征。如果说物质异化了人的主体性存在，使人类陷于消费关系的逻辑网络而迷失自身，那么，为了不被“物”所消费，诗人反而曲折地利用消费行为，获得了区分意义的结构途径。消费商品的方式与品味正凭借“物”被消费的实践，回溯到主体的审美取向之中，进而标榜出主体精神位置的独特性。

以“物”为镜，当代诗人将生活的“在场”证据沉淀为具有文学性的异质经验，其主体意识也在一个个日常生活的横断面中绵延不绝。笔者认为，诗人关于物质欲望的主题营造，一方面源于人类从来无法摆脱的、迷恋于物质享乐的自然欲念；另一方面也源于抒情者始终坚持独立的主体精神。他们洞悉世界的空虚与荒凉，试图在现实主义和理想主义原则之间觅得平衡。通过与现实之“物”的衔接，大部分诗人的精神意向开始对物质文化彻底敞开，其自我意识的倾注焦点完全转向物化对象或现实，以求触碰到生存的感性气息。同时，他们尽量谋求精神与文化价值的双重提升，参与并见证着当代诗歌的世俗文化转向。

## 身体主题

对上世纪90年代以来的诗歌而言，“身体”作为一个审美主题，实则包含了

---

① 耿占春：《失去象征的世界》，北京大学出版社2008年版，第347页。

② ［英］迈克·费瑟斯通著，刘精明译：《消费文化与后现代主义》，译林出版社2000年版，第331页。

一系列复杂的内容。市场化对“身体”的解放，主要体现在国人对“性”的重新认识和开放态度上，“身体”被赋予更多本能冲动的内涵，蛰伏着享乐主义的世俗倾向。这样的精神背景，促使一部分写作者转向对官能欲望的极度抒发，并使身体自身分裂出“肉体”这个主题。肉体当然是身体，但它在语义上又不单纯属于生理词汇，而是附加了都市心理和性别文化的要素，它既是欲望的主体，同时又是欲望的对象，具有双重消费的性质。一些诗人确信，消费社会最为严重的病症之一，便是人类沉迷于官能叙事而导致的灵魂异化。金钱与性，正是他们构筑批判话语的关键基点。由此，“身体”便和“物欲”主题共同充当了消费社会的权力语言和符号资本，并形成一系列指向“异化”的时代隐喻。

以肉欲的疯狂指代城市人的精神状态，这是新诗一个较为稳定的抒情模式。邓成彬的组诗《丰乳时代的城市》写道：“丰乳时代的城市/广告十分拥挤/女人们忙忙碌碌/用钞票施肥 时间灌溉/精心培育自己的果实//一对对优良的玉乳/愈来愈茁壮/越来越鲜艳/极具观赏的意义 /一天天 占据和充斥着/我们的视野。”抒情者使用了大量反讽语句，其矛头直指城市陷于“身体化”审美的客观事实。从本质上说，被消费的并不是“乳房”本身，而是男性与女性之间的身体联系，甚至是身体与商业物品的交换关系。在尹丽川的《深圳：街景》中：“乳房象冬瓜垂到地上/屁股却飞到高空/翘的高度决定了前程。”身体退化为“物”，降格成具有交换价值的“商品”，人们单凭其躯壳便可驾驭“幸运”的生活，而灵魂与精神的“在场”则愈发显得尴尬，甚至有些不合时宜了。透过这些文本，我们可以发现，诗人要描述时代现实，往往需要通过“身体”这个中介物，它被拟化为城市的代码，隐喻出一幕人群寻求即时快感、迷失于官能文明的悲剧。值得注意的是，大部分诗人选用“身体”表达批判意绪时，多择取女性的身体符码，对时代的塑造往往与对女性的想象密不可分，女性的性特征和城市的罪恶形成悄然的换喻关系。丰乳与股间的气息或许可以将人们引导至时代风景的光怪陆离，不过，它却回避了“男性”这一欲望的重要精神载体，也削弱了男性应负有的道德压力和价值承担。当然，也有部分诗人选用男性的身体意象，使其与城市形成互喻联络。如裴作兵便专注于运用男性“生殖器”的意象，以此作为描述“上海”这座客居之城的主要符号。在他笔下，生殖器如同冰凌一般刺入城市，清醒而冷静地穿透时代的种种假象。由此可见，诸多诗人批判“身体”，实则是在批判时代的种种不良症状。在视觉印象之外，与精神相联系的肉身往往更容易旋启时代之门，它引领我们步入一个更为深邃的内部现实。某些时候，“身体”

就是时代的代名词，它激活了我们对所居之地的关注与解读。

在消费时代的诗歌文本中，身体与物质的联系更为密切。一方面，由它所引发的批判之音依然不绝；另一方面，消费社会对身体的塑造力日益增强，它已成为都市人无法规避的现代风景。于是，一些诗人突破理性教化的精神藩篱，他们主动迎合身体“被塑造”的现实，将其视为“自我存在”的经验对照和视觉证据。翟永明的《对着镜子深呼吸》和《情迷高跟鞋》两首诗便分别将“化妆品”和“高跟鞋”立为核心意象，面对消费社会对女性施加的“软刑具”，抒情者竟然主动与之亲合，并以自恋的方式描摹专属自我的身体形象，这正与上文所言及的、诗人主动参与被“消费”的实践形成互证。既然身体被“被塑造”的命运难以免却，那么，它必然要遭受多方面的“变形”和“加工”，这是女性不得不正视的生存现实。今天，消费社会已经为“身体”设计出种种“理想”的规划，整容术便是这个时代的魔术产业。通过描写《眉毛》，路也点染出其存在的重大意义：“眉毛在我们这个时代/多么重要，它是女人脸上的注册商标/……/能以生死存亡的力量/推动爱情或者命运。”既谈不上性征、也尚不具备器官意味的眉毛，实在是人类庞大身躯中的小兵小卒，可它竟能主宰自然的蜕变，既“加速了月牙儿的凋零”，又“催促着柳叶的老去”。诗人发微见著地警示女性：在男性审美视阈占据主导地位的视觉消费时代，“自恋”或许会落入预设的文化圈套之中。再看欧阳江河的诗句：“美容院/能从她的美貌中去掉不断成长的美。/但是剩下的依然在成长，衰老不过是/美在变得更美时颤栗了”（《电梯中》）。美容院的功能毋庸讳言，然而以“造美”为生的它却在“去掉不断成长的美”，使“身体”逐步丧失个性。诗人以悖论的方式搭建起诗维框架，批驳了消费文化施加在身体之上的霸权，并印证出“自我形象”在消费语境中的逐渐褪色。作为原始生命力的见证，“衰老”这一悲剧式的、不可逆转的特质使其成为可以与“物化”相对抗的力量，并与时代的主流速度展开角逐。

无论批判抑或投合，见证并确立起“自我”在消费语境中的具象，这才是诗人对“身体”进行审美的旨归。维护身体的主体完整性，其实正是为了保障人类精神人格的完整，使个体不至于漩入时代整体的加速度而丧失自我。为此，一些抒情者借助诗歌的力量，他们把“身体”看作具有书写策略的工具，将矛头指向权力意志和文化积淀，并对其进行反抗与颠覆。这样一来，“身体”就摆脱了宏大意义和文化理念造成的各种束缚，还原了个体本真的生活体验，这种诗维广泛存在于“下半身”抒情群落之中。南人有一首《中国啊，我的鞭子丢了》，单从诗题便可感受到，诗人对梁小斌的《中国，我的钥匙丢了》采取了戏仿的手法。富有趣味的是，“丢了钥匙”的历史喟叹被改写成“丢了鞭子”，而“鞭子们”竟然“都被泡在老周的酒里”。可见，蕴含其间的“生殖崇拜”已不再与国家观念相勾连，而是直接作用于“壮阳”的身体滋补之中。嬉戏取代了严肃，一幅诙谐的生活影像跃然而出。继续看沈浩波的《一把好乳》、《淋病将至》等充斥快感抒写的文本，诗人以“肉体的在场感”将“肉体”从被理性压制的“身体”中解放出来，用荷尔蒙符号的流动证明了自我的意义在场。从形式上分析，“下半身”写作群体钟情于对快感经验和日常生活的捕捉与渲染，带有浓厚的反理性色彩。不过，部分诗人过于宣扬“身体”的在场状态，毫无忌惮地推崇肉体快感，也容易使千篇一律的快感表达成为机械复制时代的艺术作品。诗歌的贴肉状态如果丧失了金斯伯格式的带有侵略性的生命力流露，便很容易滑入“无伦理”的意义放逐之中，失去对现实痛感的召唤力。因此，对“身体”进行审美的关键，正在于开掘其意义的最大可能性，即便强调与日常生活的可感关联，也应以“关涉灵魂和身体的双重性质”[①]（谢有顺语）实现其民间姿态，从而克服消费主体和身体主体的双重宰制，建立诗性主体应有的权力与尊严。

## 孤独主题

当消费文化已然成为一个稳固的理论背景之后，诗人们意识到：“诗歌精神已经不在那些英雄式的传奇片段、史诗般的人生阅历、流血争斗之中。诗歌已经到达那片隐藏在普通人平淡无奇的日常生活底下的个人心灵的大海。诗人们自觉到个人生命存在的意义，内心历程的探险开始了。”从于坚的话可以看出，诗人将日常生活的诗性视为生命与灵魂的象征，在外部世界和群体经验愈发不可信任的时代，惟有自我的生命意识才具备超然之力，它可以使“身体”摆脱文化伦理与历史意识的困束，以及物质对人的感觉、记忆和下意识的侵占与控制，使其在内部世界中保持完整的自我形象。以“商品”和“身体”为参照物，诗人的现代主体意识在消费习俗中进一步得到标示与澄明，他们不断抗拒着被人群“同化”的命运，体验“孤独”营

① 谢有顺：《1999中国诗歌年鉴·序》，广州出版社2000年6月版。

造的诗意空间。

孤独是人类普遍存在的与排斥、隔绝相关的心理体验和情绪状态，物质时代的紧张、压力以及畸形的欲念竞逐造成人与人之间的生疏与隔膜，人不仅被强行取消了和自然经验交流的可能，更重要的是被剥夺了人群之中的精神归属感，而对“孤独”主题的开掘正可宣泄这种漂泊感受。事实上，当代意义上的“孤独”是一种返回内心的精神实验，是对存在主义哲学的顿悟与皈依，作为抗拒被“同化”命运的精神武器，它蕴含着诗人的意识先知。走进孤独、创造寂寞，正是抒情个体与超验性感受缔结关联的前提，亦是个体存在走向自觉的标志。从诗人所表现出的孤独内涵上看，他们承续了现代诗人开创的思想主题，将个体在“人群”中丧失主体性、进而丧失交流支配权的命轮继续推转。在城市社会，每个人都会瞬间为人群所忽略，须臾之间，我们已经滑入“异化”的深渊，无法从他人那里验证自我，而这个“自我”也因交流的不畅而愈显闭塞，陷入自我本质的消解之中。诸多诗人意识到，追问孤独之因、探索解决之法已然显得过气，为了求得诗意，人应该甘于成为“孤独个体”。不过，仅仅从物质环境的感性经验中抽身而出，单纯和自身发生联系，显然又容易丧失与生活现场的诗意对接。于是，他们更多地将“孤独”悟解为一种人生普遍的生存方式，注重站在虚构的边沿营造、抑或把玩“孤独”带给精神主体的“震惊”感，而不是对经验作简单直叙或价值判断。欧阳江河的《星期日的钥匙》便虚拟了这样的场景：“现在是星期日。所有房间/全都秘密地敞开。我扔掉钥匙。/ 走进任何一间房屋都用不着敲门。/ 世界如此拥挤，屋里却空无一人。”诗句的意义似乎游荡于既往与未来之间，无法定格所指。不过，我们依然可以从字里行间感受到求索者的“玩味”态度，“孤独”在这里得到间接的、创造性的呈现。肖铁的《孤独者》则营造了如此的氛围：本来繁华的城市突然空无一人，成为“丧失听觉的丛林”。当抒情者“突然间回头”的时候：“如果整个城市突然爆发出/海潮般的对你的嘲笑/你会不会被那股低俗的声浪/一下子/击倒发疯……”城市的瞬间爆发与之前的无声丛林形成显著的听觉对比，其隐喻共同指向“孤独者”的心灵。“低俗的声浪”重复累加生成强大的话语暴力，真切地在我们耳边萦绕不休，而孤独者所领会的“无声之境”反倒成为日常经验之外的净土。由此可见，中国诗人心中的“孤独”从来都指向对自我、对存在的观照与领会，但从陈述方式上看，自上世纪90年代开始，他们大都已走出对隔绝体验的臧否，不再留恋于对孤独体验的自恋，转而选择对其进行

"玩味"，甚至采取后现代的"戏拟"策略，使自我的精神窘境也能散发出独特的戏剧魅力。

翻开《蝙蝠侠》一诗，吕约正以戏剧化的想象虚拟出"我坐在塑料充气沙发里/等候batman 蝙蝠侠"这一光怪陆离的游戏场景。女诗人将孤独的自我置于"想象的极端化"处境之中，以"荒诞"将"孤独"的潜在魅力深入挖掘。"孤独"由物质压力而生，而诗人巧妙地利用了物质、影像等感性资源，依据生活为"孤独"建立起具体的想象疆域，在荒谬中确立自我与世界的瞬时联系，为我们呈现出一个动态的主体。臧棣的《在楼梯上》写道："我坐在十五层的一级楼梯上/感到整座大楼就像黑夜的一个鸟巢/像是有巨大的翅膀摩挲我的困倦/在那里，没有任何阴影能够存活/幽灵和我挤靠在一起，呼吸着寂静和往事。""幽灵"是诗人喜爱的意象，虽然是利奥塔所说的无法呈现之物，但它依然成为诗人充分把握自己并且冷静审视外在对象的途径。它可以飞进"本我"的思想殿阁，导引灵魂收获神秘的超验性感受。苏历铭的《黑暗之中的蝙蝠》进一步复现了这种体验："黑夜之中，我坦然飞翔/鬼一样地出游，不再让任何人遭遇惊吓/……/不是坟墓中的鬼火/我只期待黑夜里自由的飞翔。"由抒情者化身而成的"蝙蝠"，实际和思想的"幽灵"作用一致，它们超脱出"物"的世界，飞翔在现实难以呈现的心理愿望之间。或许，在物质世界的梦幻之中，孤独的人看到的更多。

作为身处人群之中却又必须与之保持距离的特殊群体，"孤独"是诗人建立波德莱尔式抒情模式的一种必要手段。从"迷失自我"的现象游移到它的本质，在孤独中追寻自我，拼接被都市分离而出的心灵碎片，这才是孤独主题的最终指向。因此，处于文学操作层面的"孤独"，当与现实之"物"主动触发联络，诗人抒写孤独的目的，正是为了恢复与"可接触的存在"之间的完整联系。看娜夜的《酒吧之歌》，两个面对面的人交换着孤独的心："她是她弹断的那根琴弦/我是自己诗歌里不能发表的一句话//暮秋的黄昏/抽象画酒吧/两个女人 静静地 坐着"。这与博尔赫斯《星期六》里的场景极其相似："在那肃穆的客厅里，/你我的孤寂就像两个瞎子相互寻觅。"居室的方寸之间环绕着令人匪夷所思又彻骨冷淡的孤独，物质空间面对面的两个人，却变成心灵上的"瞎子"，失去交流的能力。为此，娜夜寻觅着解决的方案。在文本中，"寂寞"转化成为心灵的语言，两个人或许只有以"交换寂寞"这一近乎荒诞的方式，才能觅得无法被现代化所"现代"的一丝温情。正如弗洛姆所说："人是孤独的，他与世界是分离的；人无法忍受这种分离，他被迫寻找与他人的关系，并与他人结为一体。”[①]既然自己的孤独已经无法产生意义，那么交换而来的孤独或许能够成为新鲜的精神质素，使自己重新获得活力。诗人从一个侧面印证了孤独本身的丰富性，“他者”的孤独，或许就是“我”永远无法涉足的经验范畴。因此，离群索居的“自我”又折返回“人群”寻找经验，仿若“雾中的陌生人是我唯一的亲爱者”（韩东《机场的黑暗》）。“孤独”正以一种解放的力量，成为艺术家获得生命底蕴的力量支撑，以及向外界寻觅意义的情感起点。

## 寻觅“英雄”

在内部逻辑上，物欲主题集中收纳了那些被本雅明称作“超现实面貌”的物质符号，作为一个稳定的、包含美丑两极审美取向的主题模式，它紧扣消费文化的物质可感性特征，同时又与诗歌不断“及物”的要求两相应和。诗人对“物”展开主动的追求与呈现，为社会物质文明的想象提供了合理的抒情方式。而当物质滑入失范的状态，倒置它与人的关系之时，诗人又首当其冲地立于“异化”的边缘对其展开批判。其中，作为一个被观念化了的社会文本，“身体”不再是简单的审美对象，它已经成为深化物欲主题、印证异化命运最直接的承担者。从诗人身陷物质时代的那一刻开始，他首先承受的便是经由身体引发的全新体验，每一个身体都对应着不可复制的、拥有独立经验的灵魂。此外，“物欲”对精神主体性的诱惑、以及“身体”在道德堤坝前失控的现实，都促使诗人转而选择孤独的主题。他们返回内心世界，以理性的“孤独”和亲近之物建立联络，以面向未来的姿态追寻知识和信仰，为孤独与寂寞渲染出形而上的意味，并将消费语境中对“诗人何为”的思索推向深入。这是大多数诗人普遍持有的姿态，更是诗人应有的责任承担。

尽管消费时代为诗人写作提供了诸多增长点，但同时也应看到，肇源于消费文化内部的娱乐性、商业性等美感原则，始终对文艺的高雅性、精英性乃至深度模式采取拒绝的姿态，它所引领的无深度快感体验和感性欲望的肆意膨胀，也为诗歌发展牵涉出诸多的问题。特别是新世纪十年以来，社会同质性的

---

① ［美］埃·弗罗姆著，孙依依译：《为自己的人》，生活·读书·新知三联书店1992年版，第102—103页。

消解使政治、经济、文化三者之间呈现出清晰的分裂状态，难以相互阐释与支持。诸多诗人秉持一种通俗实用的、迎合感性现代性的审美取向，强调个体的感官经验和欲望的合理性。不过，在具体的操作环节上，他们或是过度停驻于私人性的物质迷恋，或是使躯体的快感抒写坠入审美泛化的陷阱，即便通过玩味“孤独”获得了主体的个性体验，却又因强调“体验的当下性”而耽于内心情感的潮汐，忽视了生存的历史根基。大多数诗歌在“时间就是现在”的世俗宗教信条面前，都很难形成指向未来的尺度。诗歌走进生产线，迈向一个个“秀场”，经历着无数“一次性”的消费，它仅能为受众带来瞬间的话语快感，难以形成对超验命题的观照，也无法造成大手笔崛起的契机，这也是当代诗歌面临的普遍问题。

步入物质繁华的年代，理想主义的文化英雄已然难寻，诗歌与诗人共同滑入尴尬的处境：“我在睡梦中碰见了上帝/他问我过得怎样？我说不好/上帝很是诧异。他说/我给了你那么高的诗歌才华/怎么会过得不好呢？/我苦笑。上帝啊，如果你愿意/请拿走我的诗歌才华好了/我就想过一个平常人的生活/有钱，很有钱，有我的诗歌那么多的钱/我感谢你，我的上帝。”（杨黎《我可不可以用我的诗歌才华换一点美好的生活》）作者以自嘲式的对话戏拟了身为诗人的苦痛，语言是诙谐轻快的，思想却是严肃沉重的。它从另一个向度为我们揭示出诗人的境遇，并且作出强调：如何在日常生活的“此岸”和诗歌的“意义生产”之间建立经验联系，这不但是一个重要的精神命题，而且将决定着这个时代诗歌的意义。一部分诗人认为他们的使命远比语言的炼金师宏大，其人文精神应该与公共精神相统一，成为公共知识分子；还有一些文学操作者认为他们永远只能认同一个唯一的身份——诗人，这是矢志于灵魂层面的价值担当。毕竟，诗歌难以充当万能的武器，因为时代的外表坚硬无比，更重要的是，诗人永远无法穷尽灵魂与语言之间的表达，它的有限性，决定了诗人失败的宿命，也决定了诗歌抒写是一种痛感经验的瞬间表达。在“痛感”面前，无论是逃遁沉沦还是倾力反抗，都不如独立承担更具有当代英雄的气质。因此，决定诗歌能否成为经典的标准不在于技法的玄妙或是词句的华丽，而在于其间是否存有一个独立的精神英雄，他从被尘浊沉埋的生命群落中抽身而出，演绎着“特立独行、甘于寂寞、秉持独立判断及道德良知”（萨义德语）的英雄精神，为时代留存坚奥之美。

当今，诗人的角色早已超越了柏拉图强调的对“神谕”的传达者，而是更多充当着“时间”这一历史概念的见证人。诗人在多元文化之中进行价值抉择，打通从庸常生活到精神圣殿的意义求索之路，本身便负载着自古典时期以来缪斯赋予诗人的使命意识，同样也遭际着西绪福斯似的精神困苦。正如本文论及的《在物质的洪水中努力接近诗歌》一样，诗题中的“努力”本身，隐含着这一探询过程所必须经历的种种磨难；同时，它又清晰揭示出诗人对这一时代的审美主题进行消化与思索之后，形成的担当精神和超越意识。这种执着的审美理想守望，或许就是未来诗歌发展的支撑点和生长点。

作者系南开大学文学院教师，文学博士
本文原载于《南方文坛》2013年第3期

# 申霞艳 | “梁庄”与中国想象[①]

《中国在梁庄》和《出梁庄记》是当下中国乡村与都市的“二重奏”，著作发表之后获得了广泛关注和诸多奖项。这是一位女性知识分子的行动美学；这是新世纪以来对真实中国最切近的一次观察与访问，是清晰入微的个体呈现与素朴有力的文学表达。“从什么时候起，乡村成了民族的累赘，成了改革、发展与现代化追求的负担？从什么时候起，乡村成为底层、边缘、病症的代名词？又是从什么时候起，一想起那日渐荒凉、寂寞的乡村，想起那在城市黑暗边缘忙碌、在火车站奋力挤拼的无数的农民工，就有悲怆欲哭的感觉？……”[②]带着对故乡的深情叩问，梁鸿勇敢地迈出书斋的虚妄，行走在城市和乡村的褶皱里，倾听农民工的乡音和叹息，从大地的声音中发现虚构叙事遮蔽的真实中国。

费孝通笔下的“乡土中国”正在经历现代化的“暴风骤雨”和“山乡巨变”。“所谓走向现代化，指的是一个以农业为基础的人均收入很低的社会，走向着重利用科学和技术的都市化和工业化社会的一种巨大转变。”[③]现代化驱使二三亿农民工不断在乡村与城市边缘迁徙，这不仅改变了城市，改变了中国，也改变了中国想象。一边是城市规模、城市人口的日益壮大，另一边则是乡村的日益空洞：农民的离散、土地的荒芜、基础设施和基层组织的失效。农村的丧失

① 本文系教育部青年课题“文化消费主义与中国当代文学转型研究”（12YJC751065）成果。
② 梁鸿：《中国在梁庄·前言》，江苏文艺出版社2010年版。
③［美］吉尔伯特·罗兹曼：《中国的现代化》，江苏人民出版社2005年版，第18页。

一点一滴地积聚，要经过一个时段才会突兀地显现在我们眼前。当我们在报纸上零星看到的事故和故事被骤然聚拢，其辐射的强度、广度无不让人心惊。“梁庄”所有的苦难、哀痛、隐伤、欢乐、麻木都不是特例，它具有的普遍性、必然性使它成为我们共同的来处。这是一种无法逆转的丧失：老人的疾病、思念与落寞、留守孩子的孤单无望、女性夜深的辗转和叹息、环境的恶化、资源的枯竭……“村庄已经从内部开始溃败，只剩下了形式的、物化的村庄”。“老婆、孩子、热炕头”这种传统而素朴的乡愿正日益远去。金钱这一通向幸福的中介所携带的奴役力量渐渐彰显：它将人由目的降低为手段。随之而来的是新的伦理困境，维系“乡土中国”千百年的伦理道德遇到了前所未有的挑战，离开“熟人社会”，各种突破道德底线的行径频频涌现，法治的福音依然遥远，新的现代文明及其道德秩序还需时日。

“梁庄”对乡村与城市微妙、复杂而紧张的相互关系的展现，对“断裂”、“失衡”的当下社会转型的思考值得重视和反省。这种非虚构的“中国想象”激起我们对20世纪以来持续的现代性追求、乡土文学与乡土中国的关系进行重新审视和辨析。

## 回不去的乡村

20世纪以来的乡土文学的主调是启蒙，这也是建构现代民族—国家的总目标对文学的要求。从阿Q到陈奂生等形象我们都可以看到叙事人的知识分子立场。在“梁庄”的书写过程中，梁鸿有效地克服了自己的启蒙冲动，尽可能让切身感受发言。由于记忆本能的选择性，梁鸿也许不自觉地诗化了记忆中的故乡和童年，但她没有美化乡亲，没有将农民道德化，尽管她走访的都是自己的亲人和邻居。对很多故事和问题，梁鸿没有答案、也没有提供解决办法，她只是忠直地呈现：她的犹疑、回避、忧伤、怯弱甚至某种隐约的优越感，这种坦率的态度和诚实的书写为这两本书提供了品质。

“梁庄”展现了多层次的中国以及内部的“断裂与失衡”：“梁庄600多个梁姓家族的人，留在村里的不足200人”。这一数据和比例是“流动的现代性”（鲍曼语）的注脚，也佐证了历史学家布罗代尔的预言，“乡村的人口和产权受到市场经济必然发展的重大影响。……原来就很贫穷的农民变得更穷，被迫越来越多地通过狭小的缺口流向城市的劳动市场。劳动市场的壮大导致了后果不可逆转的动荡。”[①]梁庄乃中原——中华文明的发祥地，几千年悠久历史在此循环往复。今天，留在梁庄的200人基本由留守儿童和老人构成，“乡土中国”的文化传统像幽灵一样在乡土的上空盘旋，它时而清晰，时而蒙昧，最挑战人伦的事故就在这片古老的土地上发生——18岁的青年用农具杀死82岁的老婆婆后施行强奸；65岁的曾当过民办老师的老头用糖诱奸了9岁的女孩。这两组年龄对比如此尖锐极端以致我们不得不深入到乡村的具体情境中去理解。

18岁的杀人犯是高中毕业班的尖子生，在看了黄碟之后想到了独居的老婆婆，命案发生之后调查队来来去去，高中生若无其事地继续上学。这激起了更大的公愤，同时，18岁、尖子生也引起同情、围绕作案年龄道德义愤三番五次被激活，各种人性的恶也被一石激起千层浪。反复的调查、审判、上诉之后最终执行死刑。“杀人偿命”、“恶有恶报”等古老信条也在遭遇金钱的挑衅。这位青春蓬勃的罪犯在成长的过程中受过什么样的冷遇、伤害，他有过怎样的童年阴影、情感起伏与内心搏斗始终不曾上浮到叙事表层。那张青春的脸超过了作者所有的准备和承受能力。18岁，我们如何接受住成人礼的考验，如何对待自己的身体？过早闭幕的人生启发我们去思考留守与心里创伤的内在关系。

9岁的黑女儿被邻居老头诱奸，她怕告诉自己的奶奶，因为怕奶奶伤心。在奶奶眼中，65岁已经忒老了，令奶奶放松了警惕，这显然是乡村老太太受自身狭窄的人生经验的麻痹所致。奶奶只想让对方受到应有的惩罚，然而最好是别的罪名，她甚至不想让自己的儿媳和孙子知道真相，她怕引发更大的悲剧。而老头正是利用了女孩害怕名声受损的心理软肋。根据法律要将对方绳之以法就得让女孩亲自作证，这必定导致乡间流言飞舞。这种流言具有摧毁一个女子一生并让家族蒙辱的力量。黑女儿的奶奶一点也不比失去孙子的五奶奶更好过。9岁女孩真正的人生还未开始，懵懂的她还不知道这种伤害的威力。但是成年人都知道这种劫难对于女性的意味，奸污后面跟着永远挥之不去的阴影，这种阴影会笼罩黑女儿一生，像不定时炸弹随时可能将她摧毁。黑女儿的遭遇就是留守女孩的命运一种，是哑巴吃黄连无法诉说之苦，这种阴影比一生更漫长。

这两个故事分开看似乎偶然，并置一起则含有某种必然，道德、人伦的丧失与当今农村的无组织、无纪律有深层的关系。今天的村长不再是白嘉轩式蕴蓄道

---

① ［法］费尔南·布罗代尔：《15至18世纪的物质文明、经济和资本主义》第2卷，生活·读书·新知三联书店2002年版，第40页。

德威力的族长，腐败使基层管理组织形同虚设，对农民毫无统治力量，对农民工更甚。"农民已成为几乎没有任何组织依托的个体，他们既没有传统社会中的社会组织（如家族）可以利用，也没有形成现代意义上的自治社团，因而无论通往市场还是通往国家的路径都是堵塞的，因此使农民成为一个最为脆弱的社会集团。"①农民这一社会集团的整体脆弱注定将最大的代价转移到最脆弱的个体——黑女儿、春梅、老婆婆身上。将她们的遭遇串联起来就勾勒出乡村女性卑微黯淡的生命图景。

两起极端的事故表面看都是由于性欲，受性欲驱使的男性必定向女性施暴。那么，作为第二性的女性呢？她们的情欲呢？她们的身体就是一潭死水么？不是每位留守乡村的女性都像《到城里去》的宋家银那么坚韧强悍。春梅就没能顶住孤单与相思，她和丈夫情投意合，可是结婚没多久丈夫就去煤矿打工了。自古敌对的婆媳关系、老公一年半也不曾回来，临村妇女因丈夫传染的性病而自杀所引起的猜疑终于压垮了脆弱的春梅，无依无靠的她端起了农药，用古老的、乡土的方式走上了绝路。庄子说："人生天地之间，若白驹之过隙，忽然而已。……已化而生，又化而死。生物哀之，人类悲之。"（《知北游》）春梅的死让我们感到莫名的广大的悲哀。表层看是夫妻分离所致，本质则是祥林嫂悲剧的百年延伸，是千年文化的沉疴在新世纪的回响。

面对种种具体的沉重无告的悲剧，我们如何阔谈思想解放和女性主义？马克思认为女性的解放程度是社会文明程度的标志。在"梁庄"，女性的弱势地位依然明显：没有独立的经济基础，没有"一间自己的屋子"，至今仍是男性暴力凌辱、侵犯、奴役的对象；即便她们也来到城市，拥有微薄的月薪，未经启蒙的思想也是无形的枷锁，将她们牢牢地固定在陈旧观念的囚笼中。金钱并非打开幸福门道的金钥匙，相反，金钱以幸福的名义置换了生活本身。农民为金钱典当了此时，典当了亲情、相思乃至人生。

在工业化、城市化的途中，在产业的结构性调整和不断升级的过程中，农业注定萎缩，农村能给农民提供的出路日益狭窄，青壮年必须背井离乡到城里去。从离开土地的那一天起，故乡就变成了精神符号，与物化的村子渐行渐远。在春梅的头七过后她老公就回矿上了；金在建好新楼房之后又南下了，新房没住上几天就暴死异乡，亲人们为了不惊动房主以免纠缠强忍住哀号，千里之外日夜兼程将尸首运回故土，落叶归根。死去的金已经死去，他对活人的世界不再

① 孙立平：《转型与断裂》，清华大学出版社2004年版，第52页。

关心，也不再关心自己身处异乡，艰难的千里运尸和葬礼等一切仪式于他本人都毫无意义，但这对活着的人却是责任和义务，“我们中间大部分人也坚信，这些尸首和骨骼不过是‘物’罢了。可是，我们之中有谁能紧挨着这样的‘物’站着而不以为他同别的物不一样呢？我们面对死者会感到不自在，这种不自在提醒我们毋忘终必有死，提醒我们自身生存的有限性，……他们既是物又是人，是一种有强大作用力的记忆变形，是湮没的人铭刻给现在的人看的志文。”①金的亲人几乎是本能地千里运尸，只有将他安葬在故乡才能安下心来，他们企图由此看到家园对身体永久的庇护。这种最后的庇护与死者漂泊、短暂而凄苦的此生匹配吗？

金安息的故乡还是童年那个丰盈的故乡吗？漂亮的姑娘、英俊的男子到城里去了，连挺拔的树也移植到城里去了，干净的水“北调”了，“十几年前奔流而下的河水、宽阔的河道不见了，那在河上空盘旋的水鸟更是不见踪迹……”取沙使河道到处留着漩涡，每年都要淹死几个游泳的人，五奶奶的调皮孙子就在河里淹死了。一栋栋用血汗钱换来的新房闲置着，人们依然“忙着生、忙着死”……最具讽刺意义的一笔是当年作者就读的学校竟然变成了养猪场，这是市场经济导致的功利主义和短视使然，也是对作者记忆的釜底抽薪。恢复高考制后，知识、教育成为乡村改变人生命运的最重要手段。高考这条“独木桥”曾经给无数农民带来希望，即使高考不能成功知识本身还是让人崇拜的。如今在市场经济条件下“天之骄子”贬值了，知识智慧本身也贬值了。除了金钱本身，我们还能找到什么东西可以拿来信奉？可是金钱是没有个性的物，它提供的只是幸福的假想。精神依然在暗处寻找光明，持之不懈地提出自己的卑微要求。金钱的抽离性使我们贫乏，我们无法全身心地感受生活、感受生死、感受星空的浩渺和神灵的静穆，也无法感受天真与纯粹、自在与自由。这是《中国在梁庄》呈现给我们的深广忧思，也是城市化带来的无法言传的哀伤。

## 进不去的城市

布罗代尔指出：“就像现代国家创造了大城市一样，大城市也创造了现代国家；民族市场和民族本身都在大城市推动下才得以发展；大城市处于资本主义和现代

① 宇文所安著，郑学勤译：《追忆》，生活·读书·新知三联书店2004年版，第47页。

文明——这个五色缤纷的欧洲近代文明——的中心地位。”[①]中国近三十年的发展轨迹印证了他的预言，大城市高速扩展，“北、上、广”成为标志性的大城市，并进而形成以大城市为中心的长三角、珠三角等发展地带。城市的生长、发展壮大对应的是乡土的衰朽，是大量劳动力“到城里去”。城市吸收了农村的精华。

当我们谈论城市的时候，我们往往只将它当成一种与乡村相对立的空间，实质上，城市更意味着一种建立在工业文明的基石之上的、现代的、时尚的生活方式。这种生活方式既需要相匹配的物质基础，也需要相应的精神容量和文化认同。打工阶层生活在城市，身份却是农民，身份尴尬使他们没有安全感，就像没有重量的幽灵一样飘荡在城市的各个角落：成为流水线的一个数字、一个行业的符号、代码，成为“城中村”那些没有窗户的小屋子的租客。他们生活在城市的阴影里，看不到阳光，看不到希望，这种闭窄的精神空间和艰难的生存处境使他们无法认同城市。农民工的素质和意识使他们即使有了一定的物质积累也很难摆脱农业文明、自给自足的生活方式对他们的心灵塑造。这种身份的阴影始终是他们融入城市生活的障蔽。

德国学者洛伊宁格尔的《第三只眼看中国》曾经轰动一时，他认为“流民潮几乎是一个社会的火药桶”。因为有三个因素会使得中国流民问题暗藏凶险：“农民的庞大数量与经济建设的发展速度不成比例，不是城市经济需要吸引农民劳动力，而是农民劳动力需要挤入城市；农民的综合素质远远达不到城市经济生活对他们提出的要求，因此，农民与法律的冲突将更为激烈、经常；中国城市居民生活水平提高的速度几乎与经济增长速度持平，而与农民的收入水平形成巨大反差。因此，农民在进城伊始就会产生嫉妒、自卑、急迫甚至仇恨心理。这种心理不仅妨碍他们逐渐成为城市人，而且会以犯罪形式表现出来。”[②]梁鸿的观察印证了洛伊宁格尔的观点。农民开始小心翼翼地在城市里讨生活，他们知道城市是城市人的城市，但是，城乡差别超出了他们的想象边界，城市扔掉的垃圾比农民们的使用物更好；何况城市以一种冷漠高傲的姿态拒斥他们，农民工时而被各种执法机构或者伪执法机构所驱逐，时而被城市居民的冷眼和歧视所中伤……他们的乡音、穿着、生活习惯、行为举止无不是城里人嘲笑的对象，彼此之间的成见，农民工开始用农民式的狡黠与城市对抗，因而更易以暴力和

---

① [法] 费尔南·布罗代尔：《15至18世纪的物质文明、经济和资本主义》第1卷，生活·读书·新知三联书店2002年版，第662页。

② 转引自《中国在梁庄》。

不法行为捍卫自己的尊严：可以为了一元钱不和而发生群殴事件，可以为了反抗老板的无良而偷窃，可以为了生存而掺假造假，也可以为还不起的债务不辞而别甚至铤而走险……农民工的心灵畸变、农民式的狡黠与无知等多重因素致使他们在城市里留下诸多不良记录，市民也更加排斥他们；农民工与城市的冲突愈演愈烈，暴力几乎不可避免地成为首当其冲的解决之道。而且，出梁庄的农民工尤其是酗酒者都有相同的经验：逃跑。一旦欠下自己无法偿还的债务，就会从城市逃离。酗酒的动因很复杂，乡村一眼望到尽头的生活无法提供人生意义，酒能让他们暂时忘却忧愁和现实。酗酒与吸毒都是精神麻醉的手段，农民容易选择价格低廉的酒来买醉，城里人更易选择价格昂贵的毒品。就是精神颓废的方式也显示了城乡差别。

改革开放三十多年来，人口的流动带来了乡村与都市的直接面对、交流、融合与分化，“梁庄人的足迹几乎遍布了中国的大江南北”。但只有李秀中等极少几个能在经历了各种殊死的生存竞争之后成为成功人士、合法的企业家，成为梁庄的光环与荣耀；也只有校油泵这个极端艰苦的行业以河南为荣。这些在城市里成功扎根的人士代表了开放带来的社会流动的成功。这种正面价值应该是“中国梦”的核心：一个开放的社会里个人能够拥有梦想并通过自己努力使之实现；一个正常的社会应该保持下层流向上层的甬道畅通。由于政治经济、历史传统和文化等种种具体的原因，真正开放的对话关系并没有建立，内部的紧张与防范仍昭然若揭，最终落实为人与人的关系，对陌生人的提防戒备替代了热情和帮助。中国社会科学院蓝皮书课题组对北京、上海等7个城市的1900多名居民进行调查，形成的报告《中国大陆社会心态研究报告2012—2013》显示：人与人之间的信任度下降，超过七成人不敢相信陌生人。前几年有一部热门的电视剧就叫《不要和陌生人说话》。乡村被喻为熟人社会，一切都有成规习俗可依。而社会流动和大迁徙的必然使城市成为“陌生人社会”，旧有的风习无法定型即被抛弃。

城乡差别变得非常复杂：首先，城市是真正的消费社会，消费既是生活方式也是身份认同，城市由商场、广场和娱乐场所构成，以金钱为所有事物的标识，品牌比商品本身更具区分性，符号价值大大超过使用价值；而从土地上离散的农民习惯的是自给自足的生活，他们崇奉勤劳简朴，喜欢储蓄，农民工所拥有的经验和观念使他们依赖使用价值，他们还不具备识辨城市生活编码的能力。其次，城市是由陌生人组成的，市民崇尚的是个性和个人价值，个人能实现自己的人生目标即为成功，城市人际关系松散冷淡，利益冲突则由法律来规范、协调；而乡村是一个熟人社会，家族意识在大家骨子里流淌，像故去的贤生一到城市站住脚跟立即将乡村的兄弟姐妹拉扯出来，贤义为妻舅将自己的房子抵押出去。大家对彼此及其家族的历史都非常熟悉，信奉熟人伦理和善恶报应，根本不具备法律知识甚至也不相信法律的可行性，对城市管理制度非常陌生、充满敌意；再次，城市资源被户籍所囿，农民工至今无法享受城市市民所拥有的一切资源、福利和保障，他们在进入城市的第一天起就需要为户籍制度付出高昂的成本，子辈教育条件的天壤之别斩断了农民工的希望，这进一步导致城乡的尖锐对立。而农民工对城市资源的占用尤其是对工作机会的掠夺使市民感到自身的利益被剥夺，有些城市市民不得不为成功的农民企业家打工更加剧了彼此之间的紧张。

诚然，上述分析仍然是简化、符号化，真正复杂的原因是在城市发展的漫漫历史中演化而成的。“孕育中的资本主义体现着世界的经济形象，是重大物质进步和人对人的沉重剥削的根源和标志。”[①]追溯资本主义的形成，两次工业革命起了非常重大的作用，机器和科技在提高生产力的时候已经为日后无迹可寻的剥削奠定了坚实的基础。按量计酬将工人牢牢地钉在“流水线”上，就像螺丝紧紧地拧在机器上一样。流动的现代社会，乡村与城市虽然不再是二元对立的关系，但内在的紧张依然存在。随着高科技日新月异的发展，受教育较少的农民工越来越被排斥在社会结构之外。当机器人能取代简单的机械的体力劳动之后，流水线上的手工业者的处境将更加堪忧。

梁鸿的调查经验还表明：所有工厂几乎无一例外地对外来者设防。要么是生产环境见不得人，环保、排污等违法违规的因素；要么是对工人的管理缺乏人性，才会如此本能地排斥相机和陌生人。封闭式的管理、阻止员工之间的信息交流让这些工厂的违法举措得以继续。只要是在工厂打工的，无论是哪个行当，都只能靠加班、无休无止的加班来维持，也就是说，“中国制造”背后是靠无限制地榨取劳动力的剩余价值。资本方利用了农民工的法律无知和攒钱冲动，开最低廉的工资，再以加班费、全勤奖为诱饵，驱使员工以加班为乐。最突出的是云姐，她因为丈夫酗酒而被迫离家打工，四年都在青岛的工厂里，从早上一直到晚上，每天工作十二小时，从大年初一一直到大年三十，没有一天休息过，她以得到每月50元的全勤奖为荣。这种一成不变的作息制度所造成的

---

① [法] 费尔南·布罗代尔：《15至18世纪的物质文明、经济和资本主义》第1卷，生活·读书·新知三联书店2002年版，第670页。

奴役已经通过这50元的区区奖励偷偷地转化为欢乐、转化为荣誉。我至今也不能明了这种转化是如何巧妙地实现的，但是从云姐的叙述中分明能察觉到这种隐蔽的微小的欢愉。云姐，这位40岁丧夫的寡妇，这位有两个孩子的母亲，在45岁——西方认为的女性的黄金年龄；中国中、青年分界岭——还不曾到来的时候，已经主动将自己看成“老太婆”了，讲述这三个字的时候如此坦然而随意。这种观念是从土地里生长出来的，一点也不曾随城市对生命的划分而改变，就像黑女儿的奶奶觉得65岁已经忒老了一样。云姐的观念代表着乡村女性的生命节奏与价值观，她们为家、为孩子而生活，她们的人生观中根本没有自我，也许那50元的全勤奖恰好在一定程度上标识了她的不曾觉醒的自我，带来昙花一现的存在感。这种存在感是这些乡村妇女从来没有体验过的美好感受。

持续一个世纪的、浩浩荡荡的女性主义运动停留在书斋、书本和少数知识分子群体之中，根本没有在广大的民间扎根。城市除了给云姐每月一叠微薄的工资之外，没有在精神、思想等其他任何方面给予云姐任何援助与触动。她来到美丽的青岛，可是青岛的历史、青岛的大海和自然环境与她毫无关联，对她而言，青岛不过是那个小小的充满粉尘的干燥剂厂的一个车间，不过是那一叠卖命所得的钱。而且，当她把全部的时间献给工作之后，她也没时间消费，更遑论消费观念。云姐所有的购买行为只是满足温饱，她的双脚离消费社会的大门还有漫长的距离，这也是社会“断裂”之一种。

我细细看了附在书前的表格，是梁庄主要人物的工作简介，简短的几页透露了诸多消息。他们大多从事艰辛的体力活，其中规模最大的是校油泵，在新疆、内蒙古等边远地区，其次是西安的三轮车夫，再次就是在大同小异的工厂。他们的职业多为生产性的、少为消费性的。不知道是采访的选择还是职业要求的难度所致，我们看不到美容院、发廊、沐足等服务行业，也没看到家政业和其他消费行业。相对来说，这些工作要更轻松，性价比也较高。这也使我想到梁庄这块古老土地对人观念的禁锢，梁庄人宁愿下苦力也不愿意伺候别人，到目前为止他们还不具备现代的服务观念，他们无法正确想象服务行业。

我还注意到书中有两个随父母在工厂生活的孩子：一个是在东莞开厂的万敏请的设计师——娟子的儿子钱保义，他已经读小学了，帮着剪车好的小布上的连线；另一个是光亮的儿子阳阳，在上幼儿园，是工厂里唯一的一个随父母的孩子。他的城市生活是由于父母已经失去了一个11岁的孩子，更主要的父母是厂里的老工人，有胆量去和厂长对话。娟子和光亮都是资深的技术员，才获得让孩子待在身边生活的权利。能取得这种资格的人少之又少，2000：1！事实上，这样的孩子在全封闭的工厂、车间里成长并不健康，也谈不上幸福，他们的童年是单调的，缺乏伙伴与自由，也缺乏大自然的抚慰。他们的性格多少会打上车间闭抑的烙印。更重要的是他们成人之后的身份认同会变得比父辈更为艰难：既不能确认千里之外的故乡，也不能确认脚下这片城市的土地。无根的虚妄会伴随他们甚至成为内部的身体经验。农村身份与城市生活的夹缝中成长的一代的两难处境和边缘性早已铸就。

## 古老迷信与现代启蒙价值的相遇与冲突

由于作者所给的篇幅和犹疑不定的叙述态度，也由于这一职业被断定为糟粕而为我完全忘却，文中对算命的贤义的描述使我很感兴趣：

"他戴着茶色眼镜，一直微笑着，手里拿着一串念珠，无论说话、吃饭还是走路，都默默地用手转着，眉宇间有一种很安静的气息。"（第73页）

"眼前的贤义，开朗、文雅、健谈、含蓄，完全知识分子的形象和派头。只有他手腕上戴的佛珠和他有规律地转动数数泄露了天机。"（第77页）

"他的神情是如此明朗、开放，他对他的贫穷生活如此淡然，他对事情的独特超然理解又使得这几种相互冲突的事物融洽地相处在一起。"（第79页）

"他仍然是城市的流浪者和农民工，却不是一个毫无希望的、仅为生存而奋斗的人。他在试图对自己的生活、精神和存在进行解释，这使得他能够保持一种与现代精神并行的独立姿态，并拥有某种尊严。"（第84页）

在如此多的试图理解的叙述之后突然来了个拐弯："如此想来，贤义的形象和他混搭的家是有着无限悲哀的。不管贤义如何努力去理解人生，其内在的荒谬性还是一眼可见。"（第85页）

这种"荒谬性"来自现代启蒙价值的观照，来自科技和理性的洞察。理性有其盲区，工具理性带来的精确算计和数字统治正在掠夺我们的幸福感。西西弗斯的反抗是人类的理想，石头周而复始地滚落却是我们的现实。这种矛盾亘古存在，今天依然。封建迷信固然是糟粕，像鸦片一样使人安于为奴的命运，但是在沉重的黑暗面前，迷信曾给人提供了活下去的心理力量，这种苟活中也蕴含着人类生生不息的生命力。这也是迷信延绵不绝的缘由，是贤义在从事过十多种活计失败之后会选择算命的内因。除了谋生外，他也希望以古老的传统文化安顿自己的心灵，同时让找他的人获得内心的安宁。

从贤义对自己进程的概述中，我们恍惚随他一道浏览了三十年来的改革开放史——农民的进城过程。一方面城市化给乡村带来了光亮、活力，兄长贤生曾因将兄弟姊妹全部拉扯出来被视为梁庄的神话；同时却造成了亲人间的龃龉抵牾，城乡冲突、乡村和城市内部的紧张在贤生一家兄弟和姑嫂之间非常明显。贤义靠自己的兄长拉扯来到南阳，又因为妻舅而丧失了房子。可见，离开梁庄的贤义仍然在“熟人社会”里打转，陌生的新鲜的城市并未对他敞开。他所从事的算命在一定程度上仍然依赖熟人之间的口碑和口耳相传。

贤义的存在让我们重新面对今天的精神困境，也让我们更审慎地对待传统，反思糟粕和精华的边界。迷信与信仰的褒贬由度区分，唯心和唯物的临界点像沸点一样清晰么？拜金是否由唯物演进而来？现代心理学与古代迷信之间毫无渊源么？这些被光鲜的都市生活遮蔽的事物全部涌上心头。

贤义和他叔叔从事相同的职业，但乡村的叔叔声名狼藉，贤义质朴、坦荡、纯净，他练字、学《易经》，以一种平常的心情对待自己的职业，他也以平常的心态对待他人包括亲兄弟对他的歧视和偏见。他的堂屋墙上挂着各路神仙，有政治塑造的神，不同宗教信奉的神，他们在这样一堵简陋的墙上相安无事，也给作者带来无穷的遐想和后现代感。但贤义本人确由此获得了开阔的精神空间。他将自己特殊的世俗人生经验参与进来，重新理解人生和信念，绝望的乡村寡妇是靠了贤义的开解才重获生命的信心，四处碰壁、心存怨愤的大学生与他交流之后得到了新的平静。

贤义没有故作高深，也没有故弄玄虚，他淡然的存在恰恰证明当今社会的精神资源的贫乏和整个社会弥漫的无意义感、无力感。吉登斯认为：“在晚期现代性的背景下，个人的无意义感，即那种觉得生活没有提供任何有价值的东西的感受，成为根本性的心理问题。我们应该依据对日常生活所提出的道德问题的压制来理解这种现象，但它拒绝任何答案。‘生存的孤立’并不是个体与他人的分离，而是与实践一种圆满惬意的存在经验所必须的道德源泉的分离。”[①]就是这种无意义感促使贤义走向《易经》，也使诸多大众在迷惘中走向迷信。陌生的城市使大家无法坦诚交流，心理障碍和精神疾病患者越来越多。社会的超高速发展使太多不解的

---

① [英] 安东尼·吉登斯著，赵旭东、方文译：《现代性与自我认同》，生活·读书·新知三联书店1998年版，第9页。

现象、五花八门的离奇现状频繁涌现。这也是贤义这样的算命者存在的市场基础。信仰如此高远的词汇永远像头顶的灿烂星空一样吸引着我们，在不同的群体中呈现不同的面相，而对其的不同态度和价值判断源于叙述差异。

在现代性追求的整体语境中，乡土文学弥漫着哀婉的情调，陈平原等在文学史的对话中将20世纪文学美感特征总结为悲凉，这正是乡土文学主题。从鲁迅《故乡》到刘庆邦的《到城里去》显示了"乡土中国"的百年变化轴线。土地的命运几度沉浮之后，农村日见凋敝荒凉，农民变成了农民工。阿Q进城当了小偷；"陈奂生"上城卖的是自制的油绳；"杨成方"进城只能将自己从捡垃圾者变成"垃圾"的延伸。"乡土中国"激变过程蕴含的悲伤成为当前"非虚构"的写作动力。小说，在90年代以后日益滑向故事的圆熟、完整，日益滑向小资趣味、中产审美。小说在彰显一部分人的梦想的同时遮蔽了大地的呻吟、边缘人的叹息、失去家园的泪水。乡土在田园牧歌的书写中隐形。诺贝尔文学奖得主伯尔曾说过，"将同时代人诱骗于田园诗中是一种残酷，一旦从梦中醒来，将是可怕之极……""梁庄"的书写揭示了虚构的无力。

"梁庄"的写作是向大地的致意。每一个悲剧都与自己的血液相连，每一样痛苦都直抵心底。要下多大的决心才能将故乡的阴暗与隐痛和盘托出，才能用自己的双脚将遍布中国的城中村亲自走一遭，要花多大的忍耐力才能克制住自己的感情倾听完整，然后再找到合适的言辞表达出来。这是对心力的最大考验，是对神经系统的强大挑战。梁鸿低下身子，将农民微弱、素朴的乡声聚拢、传递，"闰土、祥林嫂"等终于不再只是被代言，他们的声音虽然迟钝、麻木，但到底是自己真实的声音。那些悲伤、灰暗的故事从他们的身体里分裂出来，那种仿佛是在讲他人的故事的淡然声音也让我们战栗、疼痛。与我们在大学的课堂、新闻联播、旅行见闻得来的中国想象背道而驰。"梁庄"集中展示了我们为现代化、城市化付出的代价。

梁鸿的书写是为了让"乡土中国"具象、个性、丰富，但是当"故乡相处流传"，"梁庄"再度成为符号，成为"乡土中国"的隐喻。"梁庄"超越作者的故乡成为中华民族的精神家园。在那里，有我们祖先流过的汗和血，有我们祖先的骨殖，有我们民族上千年的伤痛历史，更有坚强不屈的韧性和百转千回的生命力。

作者系广东外语外贸大学中文学院教授，文学博士

本文原载于《文艺争鸣》2013年第8期

# 白　锐｜　当代书法“炫技风”的反思

“炫技”一词，最早出于蒲松龄《聊斋志异·蛇人》：“炫技四方，获利无算”，意为卖弄技艺。显然，“炫技”从产生之初就不是褒义。时下，“炫技”现象在各种艺术门类中普遍存在。钢琴赛场上，选手有意选择速度快的乐章，以炫耀手指的灵巧，飞动无比；声乐舞台上，歌者华丽的花腔，强弱控制自如的高音，以展示嗓音的独特，难以匹敌；美术创作中，画家热衷于繁缛的细节、程式化的风格，以显示“制作”精品的能力，不同寻常。同样，“炫技”现象在书法艺术创作中更是不绝如缕。

析言之，“炫技”之于书法，既有“江湖书家”、“著名大师”绞尽脑汁用奇特的方法，如口书、脚书、眼球书写等低级炫技的方式，博得掌声与喝彩，混乱了书法艺术的视听；也有过分追逐书法笔墨技巧等技术层面看似围绕艺术本体的炫技。为了达到较好的展出效果，吸引观众或评委的眼球，便在色彩搭配、纸张做旧、字形夸张等方面过分用心。凡此种种，着实令人担忧。前一种情况，深深地亵渎侮辱了书法艺术的本质，既伤害了书法家，更伤害了书法艺术。后一种情况，缺乏书法本体的观照与书家情感的注入，致使书法艺术内涵不足、格调不高，忽视了书法之所以成为书法的最为本质和内在的东西（需要指出的是，本文所谈的书法“炫技”，更多地侧重于后一种情况）。跌入“炫技”漩涡的书法，它的未来何去何从？

回顾近30多年来，书法艺术伴随改革开放的春风得到了空前的发展，书法技法也相应得到了极高的推崇与重视。历史地看，这对于拥有四千多年发展历史的中国书法艺术而言，有着积极的影响。料想遭受过“书法是否是艺术”的质疑，在注重和强化技艺的过程中，无疑对书法艺术性的正名是一种促进。同时，从古代书法史、书法理论上来看，技法一直受到古人的关注，如《欧阳询三十六法》、《黄自元间架结构九十二法》分明体现了当时对技法的重视。由古及今，对技法的看重，也是继承古代书法传统的具体表现。从当下的现状而言，强化书法艺术的技法，对于匡正书法艺术门槛过低、摒除界内缺乏敬畏感的状况，也起到了引导的作用。然而，过犹不及。在书法创作中过分夸大“技法”的作用，甚至认为技法是书法艺术的唯一、最高标准。对此，我们不能苟同。

“技艺”是中西方美学共同关注的话题。早在古希腊，艺术与技艺并无区分，合二为一。有一定技艺的人统称为艺术家，木工、医术如同绘画、雕刻一样被归纳为艺术，它们都依据“图式”或“理念”而展开，并以具体实存呈现出“图式”或“理念”。自柏拉图和亚里士多德之后，艺术和技术之间出现了一种分化：一方面，就艺术是一种技艺性的创作而言，艺术与技术仍保持着密切的联系；另一方面，艺术中的自由艺术的技艺与非自由艺术的技艺又存在明显的不同。[①]中世纪，艺术是与技艺或实践知识相关的“七艺”，包括逻辑学、修辞学、辩证学、音乐、算术、几何学和天文学。到文艺复兴时，绘画、雕塑、音乐、舞蹈、建筑等，区别于实用性手工艺而称之为“美的艺术”。真正将艺术与技艺分开的是康德。他认为艺术有别于科学。它是一种技能，一种实践能力，而科学是一种知识，一种理论能力。艺术是天才的自主自律的活动，不是一种技艺行为。康德之后，美学家对艺术的理解更加多元化，甚至与技艺的关系不是那么紧密。黑格尔把艺术归结为绝对理念、贝尔认为艺术即有意味的形式、海德格尔将艺术引向存在、本雅明认为艺术品具有灵晕、德里达让后现代艺术走向解构……不难看出，“技艺”在西方美学史上的地位逐渐式微。正如贡布里希所说，“整个艺术发展史不是技术熟练程度的发展史，而是观念和要求的变化史”[②]。

在中国美学史上，儒家的“技艺观”最有名的是孔子“志于道，据于德，依于仁，游于艺”，这显然把“艺”置为“经世致用”的余事、人生修养之资。那么对艺术中“技”的关注，更是紧紧围绕儒家的价值理念。《孔子世家》记录

---

① 参见朱宁嘉：《艺术与救赎》，上海人民出版社2009年版，第108页。

② [英]贡布里希著，范景中译：《艺术发展史——艺术的故事》，天津人民美术出版社1998年版，第21页。

“孔子学鼓琴于师襄”下，对音乐的学习从技术层面深入到技术之后的精神，进而把握此精神具有者的人格境界。中国道家思想，尤其《庄子》“技进乎道”的观念奠定了中国艺术的技艺观。“庖丁解牛”的例子，展现不借助感官，而依赖“神运”，整个解牛的过程形容得像乐舞般的和谐与自然，“合于《桑林》之舞，乃中《经首》之会”。单纯的技术只是对某一特定工艺的把握，而顺应自然、运用直觉、任天机而弃人为，融技入道，使技艺融入超主观的实践中，在精神上与道为一体，这才是彻底的艺术精神。在儒道两种思想的影响下，中国美学史上“技艺观”的变化更多表现为儒道观念的冲突与互补。

由中西方美学史中的“技艺观”反思当下书法艺术中对技法的定位，就会有一个较为客观的立场。可见，把技法当作书法艺术的唯一标准、最高标准，都过于抬高了技法的地位，为“炫技”的产生制造了温床。康德说，“在一切自由的艺术中却都要求有某种强制性的东西，或者如人们所说，要求有某种机械性作用，没有它，在艺术中必须是有自由的并且惟一地给作品以生命的那个精神就会根本不具形体并完全枯萎”[①]。这里“某种强制性的东西”是自由艺术的基础。就书法艺术而言，就是技法、技艺。作为书法艺术赖以存在和发展的基础，缺少了技法的支撑，书法将缺乏最起码的门槛与标准。书法艺术的表达需要技法，完美的书法形式离不开技法，但技法并不能把书法艺术带入最高的境界。

从书家本身而言，真正进入艺术的状态，要超越技法，“必使心忘于笔，手忘于书，心手达情”[②]，实现“以神遇而不以目视，官知止而神欲行”、“依乎天理，批大郤，导大窾，因其固然”、“不徐不疾，得之于手而应于心，口不能言，有数存焉于其间”[③]的自然、和谐、神运的境界，需要艺术情感的投入。钢琴大师李斯特说，没有感情内容的形式只能满足我们的感觉，只不过是手艺匠的制品。创造表现思想感情的形式和为这目的运用它，才是从事艺术。艺术家与工匠的区别正在于是否有艺术情感的参与。贝尔说，“在每一件作品中，线条和色彩以一种特殊的方式组合在一起，一定的形式和形式之间的关系激起了我们的审美情感”[④]。故而，艺术作品是形式与情感相互结合的产物，形式是被情感激活的形式，情感是被形式表现的情感，而技法只是表现形式的手段、基础。

---

① 康德：《判断力批判》，人民出版社2002年版，第147页。

② 王僧虔：《笔意赞》。

③《庄子·天道篇》。

④［英］克莱夫·贝尔：《艺术》，中国文联出版公司1984年版，第4页。

从受众而言，理解书法，不仅是明白简单的笔法、结体、章法的规约。以笔法为例，从运笔的时间性而言，分为起笔、行笔、收笔；从运笔的方向而言，分为中锋、侧锋、散锋；从运笔的方法而言，分为平动、提按、绞转等。了解这些还不足以体会书法作品的真正内涵，其实，我们更需要体会书法作品中点画的粗细方圆、轻重快慢，结体的大小正侧、离合断续，墨色的枯湿浓淡、润燥虚实，章法的起伏跌宕、空白疏密，以及在各种丰富的节奏变化与对比组合中产生的关系与情感。书法艺术正所谓“达其性情，形其哀乐”，受众通过欣赏书法的形式，体会“笔性墨情，皆以其人之性情为本。是则理性情者，书之首务也”①，从而理解书家的艺术情感。

因此，技法仅仅是书法艺术的冰山一角，书法是强调形式、注重情感的艺术。如果把书法囿于技术的牢笼，一味夸大技法的作用，让书法走入情感阙如的“炫技”误区，将极大降低书法艺术的丰富内涵，是对书法本体的扼杀与戕害，是对书法艺术的发展的阻碍与羁绊。对书法艺术怀有责任感、使命感、忧患意识的书法人，一定会向“炫技”说“NO”，让书法回归艺术的本体，坚守艺术性的发展。

作者系中国文联文艺资源中心副研究员
本文原载于《美术观察》2013年第7期

---

① 刘熙载:《艺概》。

冯希哲

# 杨柳列岸风香透
## ——论陈忠实的文学批评观

真正富有价值的文学创作对于作家而言，必然有着融生活体验、艺术体验实践探索感知升华后所形成的，属于自己的那个独到而真切的艺术评判与价值追求，这便是作家的艺术理念世界，是支撑和主导创作的潜在亘深的文学观念，当观照他作或反观自身的省察辨识之间，便形成了作为作家的文学批评观念。

作家的文学批评观念以活态的方式运行于个体文学观念中，既受文学观念的掣肘，又作用于文学观念，为个体观念及其创作打开一扇扇窗户，树立一个个坐标。因此，更多的中外作家呈现给人类的不单单是炫彩夺目的经典文本，还以感知体验型的非职业批评来阐述对文学及其创作本身的理解和经验，并从此理解出发，去审视林林总总他者的文本，进而演化为集创作和批评为一身的"双栖"作家。诸如席勒的《论美书简》、雨果的《论拜伦》、博尔赫斯的《博尔赫斯和我》，还有茅盾、老舍、曹禺、沈从文、王蒙、王安忆等。他们遵循着艺术美的内在规律，又启发对生活与艺术的实践历程之感悟与经验总结，沉淀下区别于职业批评家更富生动性、实践性和借鉴价值的文学观念，从而触发文学理论的自我固有圆融机制，丰润创作实践之大道、之大理。

陈忠实之所以能从信奉柳青的"三个学校"（生活的学校、艺术的学校、政治的学校）中走出来，"寻找到属于自己的句子"，根本上就是遵循这样一个机理作用的结果。而他系列的创作感受谈，对他者文本的批评理解，一起构建起与作品同样丰富、真诚、博深、独到的艺术观念世界，可谓"杨柳列岸风香透"。

陈忠实的文学批评观包括了文学何为？艺术的生命价值；以文知人；批评形式等方面的主体内容，其本质体现为开放的现实主义立场，价值追求是精神与文本契合、艺术与生命的共生，且其观念形成是伴随20世纪80年代初和中期的两次“精神剥离”逐步成熟起来的，具有典型研究价值。

## 为人生的文学：陈忠实的文学信念

“文学究竟何为？”的命题本身是文学价值与创作目的的理解问题，更是个文学信念问题。文学信念不仅支配作家的艺术追求，也主导了作家的审美情趣，同样成为作家批评的判断基础。但是，并非每一个作家的文学观念都是从走上“文学是个魔鬼”之路时就奠定不变的，对“魔鬼”的理解常常是与之实践性交流过程中嬗变着，是在边实践边学习边摸索中逐步成熟起来的。而像陈忠实这样在10年时间使自己陈旧的文学观念脱胎换骨，跃升到文学常道的作家并非个案，而能通过自身“剥离”后“寻找”创作心理过程，创作出类似当代小说高峰体验的文化批判现实主义经典文本《白鹿原》的却是凤毛麟角。

20世纪70年代末的第一次精神剥离掉的是沉潜于政治时代环境和文学对政治图解的宿根，从而将自己从“本本”中解放出来，使平行于生活的心理活动支架提升到反观洞察生活的新高度。而20世纪80年代中期，准确说是在1985年创作《蓝袍先生》时，他开始转向人的心理，人的命运，尤其是民族心理结构和民族大命运的历史性自觉思考与表达。“我此时甚至稍前对自己做过切实的也是基本的审视和定位，像我这样年龄档的人，精神和意识里业已形成了原有的‘本本’发生冲撞就无法逃避。我有甚为充分的心理准备，还有一种更为严峻的心理预感，这就是决定我后半生生命质量的一个关键过程。我已经确定把文学创作当作事业来干，我的生命质量在于文学创作；如果不能完成对原有的‘本本’的剥离，我的文学创作肯定找不到出路。”[①]“剥离这些大的命题上我原有的‘本本’，注入新的更富活力的新理念，在我更艰难更痛苦。”[②]两次“转弯”式极其艰难而痛苦的精神剥离，陈忠实从信奉柳青的“三个学校”建构起属于自己的“三个体验”（生命的体验、生活的体验和艺术的体验），也把自己的肉身生命质

---

① 陈忠实：《寻找属于自己的句子——〈白鹿原〉创作手记》，上海文艺出版社2009年版，第104页。
② 同上书，第103页。

量与文学事业紧密地联系起来，为人生的文学信念自此奠基，书写姿态已由平行于生活高扬为俯瞰生活与历史。对此王仲生诠释为“文学之于陈忠实，是他的生命，是他的信仰，是他的存在本身”[①]。

为人生的文学有着丰富的内涵：文学创作不再单纯是作为职业存在，而是与肉体生命通息共依的生命过程，是作家“最后良知”的殉道精神与民族命运的相生契合，是智慧人生与民族心理结构交流表达的互文。作家已不再是个体存在。文学创作需要表达表现生活，而为人生的文学促使作家的笔触深入的不仅仅是生活本身，更应让民族命运和人的历史作为思想透视进入文学场域，创作过程本身演变为文学的力量表达。“作家希望创造出属于自己独有的艺术世界，艺术形态，但作品发表出来的结果是属于人民的、民族的。一个作家的文学理想不能不涉及为民族精神的更新和发展提供点什么。”[②]文学创作的永恒命题已经不单单是写什么、怎么写和写得怎么样的三个问题，而应将“为何写”作为第一问题才适当。

## 真实性：陈忠实的艺术生命价值观

陈忠实衡量文学价值的首要尺度在于真实性，他始终将艺术文本与生活的真实距离感作为衡量艺术价值的基本尺度，真实性不仅作为艺术创作成熟与否的检视法则，更是艺术品能否获得生命力的基本要素，因此，他对包括文学各样式和美术的感受性批评首先从真实原则出发，谈作家的真实，文本的真实，效果的真实，把对真实性的遵循看作作家的根本道义与责任。陈忠实在评价孙见喜的《山匪》时就说这部作品“不仅把那一过程重现给今天和未来的读者，而且达到一个生活和艺术的真实，这是一个作家的成功，也是一个作家的责任和道义”[③]。

陈忠实批评所持真实性原则，首先要求作家对文学的态度，对创作本身，对读者态度要真，写作既要忠实于自己的体验，更具有时代和历史的双重真实性，体验不应简单成为个人的真实感受与理解，而应是民族的和人的精神命运

① 王仲生、王向力：《陈忠实的文学人生》，陕西师范大学出版社2012年版，第393页。

② 陈忠实：《原下的日子》，太白文艺出版社1996年版，第249页。

③ 陈忠实：《一个历史过程中的中国乡村形态——读孙见喜〈山匪〉》，《商洛学院学报》2006年第3期。

的真切轨迹。陈忠实对自己所倡导的作家要忠实于良知解释为："这个良知主要指我写作品的时候忠实于我真实感受到的、理解到的历史真实和生活真实。"[①]他还更是推崇"这种完全摆脱了功利目的纯粹的抒写，可以信赖为心声，没有娇气和矫情，没有虚浮和装腔，是一个人生活的和生命的体验的展示"[②]的作品。针对文坛说空话、假话、套话的时弊，他以可靠性作为衡量作品的价值判断标准予以反驳，"之所以引我发生情感和心理的陷入，首先是作品的可靠性。可靠性的最基本品格之一是真实"[③]。

陈忠实重视艺术表达的真实，但他更强调生活真实，他说："我之所以强调后者珍视后者，是有感于某些作品在艺术的名义下对生活所采取的随心所欲的姿态，把对生活的虚拟和虚假，振振有词地淹没或张扬在所谓艺术的天花乱坠里。"[④]他提倡作家尊重客观现实生活，文学应该具备现实眼光、人间情怀以及追寻真理的冷静与执著。他毫不留情地批评朋友雷电的《容颜在昨夜老去》细节的虚假："这是人物自然发生的心理和行为细节呢，还是作者给人物强加的叙述呢？这也涉及创作最基本的问题。准确是关键，准确才有力量，否则就造成没有是非标志的'没正经'。"[⑤]他热情地肯定峻里小说中的人物形象的真实："我的阅读感觉，绝然不同于那些只会做令人发笑的蠢事和只能说令人发笑的二话的弱智的乡村干部形象，而是一个个活的人。首先把农村人物作为社会的人去探究，当是文学关照社会人生最基本的态度和品格。"[⑥]在他的眼中，人物的真实性是文学内在价值标准，是文学生命力的可靠来源。

陈忠实始终坚持现实主义创作道路也来源于自己秉持的人们需要真实的文学，他不仅自己坚信文学现实主义道路广阔，大有作为，那些对现实主义怀疑的论调是值得慎思的，现实主义只是创作原则和追求，至于方法是可以探索和借鉴的，而且对流行的先锋文学等表现出内在的置疑。他深有感慨又不乏幽默讽喻地说："记得是在大会安排的发言中，我听到路遥以沉稳的声调阐述他的现实主义创作主张，……敢于在现代派先锋派的热门话语氛围里亮出自己的旗帜，不信全世界只适宜养一种羊。我对他的发言中的这句比喻记忆不忘，更在于暗

① 陈忠实：《我的老家就叫白鹿原》，2002年1月18日《辽宁日报》。
② 陈忠实：《诗性的质地——李思强其人其诗》，《西安教育学院学报》2002年第1期。
③ 陈忠实：《征服人生》，2002年12月11日《中国新闻出版报》。
④ 陈忠实：《难得一种真实》，《小说评论》2007年第2期。
⑤ 陈忠实等：《〈容颜在昨夜老去〉研讨会纪要》，《小说评论》2005年第3期。
⑥ 陈忠实：《多重交叉的舞蹈》，《西安教育学院学报》2004年第1期。

合着我的写作实际，我也是现实主义写作方法坚定的遵循者。”[①]他认为现实主义的“真实性”更多指向一种文学精神——文学敢于面对真实的现实，探摸人生的内在脉搏。“在欧文·斯通看来，杰克·伦敦一直把笔锋对准着社会和人生内在的本质的矛盾上，这就划开了巨人和矮子的根本区别。对那些矮子即无聊文人，斯通的讽刺更为辛辣，他们不具备人类的感情，不敢直面人生，他们也许无意也许无能关注生活变迁的巨大欢乐和巨大痛苦，而只是一味编撰那些诱惑和虚假的公式化传奇。只有巨人才敢同真正的文学交锋。文学的真正价值和作家的神圣使命就在这里——人生内在脉搏的探摸。”[②]无论文学思潮如何变迁，新的思潮浸淫到何种程度，他对现实主义精神的原则性立场未曾动摇过的根本原因，在于他始终把文学的真实性作为艺术的生命来看待。

## 以文知人：陈忠实的批评常态

职业批评家善于以学术概念的逻辑形态来介入审视文学现象，批评的逻辑性、知识性、系统性、批判性特点甚为突出，而作家则以自己的创作感悟为基点，注重“真知”性的个体感悟提炼，个体感知的敏感性便是自己创作的立场、原则和审美情趣，而“以文知人”则是常见的批评方式，这不仅仅表现在当代，更是中国古代文论的“以意逆志”、“文如其人”传统的延展与变革。陈忠实的批评常态便是如此。

“我作为一个读者阅读任何作品业已形成的习惯，是通过阅读作品来看取作家的创作意图的，而不是根据作家的创作意图来看作品的。”[③]陈忠实的“以文知人”与传统批评不同的在于以文之品格洞察和感知创作主体的人格，并非以作家的主表述企图接近或者走进文本的同一，这样就避免了读者阅读的被束缚或先入为主的提前规约所导致的自由阅读干扰，避免了批评的主观性，也道出了阅文不仅是获取知识和娱悦、审美的传统需求，也是“以文会友”的文人同阅，更能客观而全面地把握文本及其隐藏于后的作家人格，实现文格与人格的立体观照。“我曾经说过也写过我的个人经验，即，想要了解一个作家，最直接最可

---

① 陈忠实：《从感性体验出发的生命飞升旅程》，《商洛学院学报》2011年第1期。

② 陈忠实：《文论两题》，《小说评论》1991年第3期。

③ 陈忠实：《一个历史过程中的中国乡村形态——读孙见喜〈山匪〉》，《商洛学院学报》2006年第3期。

靠的途径，就是阅读他的作品。”[①]陈忠实不仅如此说，也常常见之于批评实践。“我在小利的书稿阅读中，看见了一种境界，一种情怀，更透见一种令人肃然的人格精神”[②]再如论王蓬：“我在这次通读王蓬作品的过程中豁然明朗，王蓬有一个人道人性的思想视镜，有一个博大深沉而又温柔敏感的人道人性的情怀。”[③]以文知人式批评有一个不言自明的前提，即“文如其人”的传统文论，其特点是把作家与文本的一致性当作同一性存在。“人”是具体存在的，既可指作家的品格，又可指作家的个性气质，也可指作家的艺术风格等等。陈忠实说：“遵文学朋友之命为其著作写序，我比读文学名著还用心，感知他的思想和艺术魅力，……写序不仅让我看到作家朋友的情怀和追求，也让我更了解了这位作家立身的品行。”[④]显然，陈忠实的批评更注重于从作品中感知更偏重于道德品质的那一维。

陈忠实在创作感受谈和批评过程中惯常用到一个关键词是“精神人格”，这无形告诉我们，在他的创作思想中认为作品的品格是为作家的精神人格所决定。他说：“在我的理解，艺术家创作的发展越到后来，越想进入大的创作，在完成这个艺术突破过程中，这个精神人格越成为一个关键乃至致命的东西。精神人格在你的整个创作当中，影响的不在技术技巧层面，而是对艺术家感受社会理解社会感受人生理解人生的独特性发挥关键性影响，艺术品内质里的卓尔不群就因此而产生。”[⑤]显然，他评价作品注重的是作家道德精神的层面。在他看来，文学职业存在功利性无可非议，但是对于作为事业追求的文学创作是高尚而不可亵渎的，是精神心灵的塑造，“文学依然神圣”。陈忠实坚持这样的批评常态，极力在文本中触摸作品中的作家真人格，与其说是对文学认识反映论的信奉，不如说是对作家真诚表达，做人先于作文思想情感的真切厚望，是将文学视为作家自身人格的外化与确证理念的明证，恰切地实践了维特根斯坦的一句名言：“一个人所写的东西的伟大依赖于他所写的其他的东西和他所做的其他事情。”[⑥]

面对文学环境不断遭受的名利浸染，陈忠实“以文知人”的批评旨趣无疑是对文学内在精神的唤回，是对正在流失的文学意义的挽救，是一种身体力行的追寻。

---

① 陈忠实：《陷入的阅读及其他——〈骞国政文集〉阅读笔记》，《延河文学月刊》2008年第7期。

② 陈忠实：《陈忠实文集》第7卷，广州出版社2004年版，第354页。

③ 同上书，第438页。

④ 陈忠实、和歌：《伟大的风格隐藏在看不见的地方》，《黄河文学》2011年第9期。

⑤ 陈忠实：《出神入化的艺境》，2007年12月7日《陕西日报》。

⑥ 维特根斯坦：《文化与价值》，清华大学出版社1987年版，第94页。

## 体验式批评：陈忠实的批评形式

当陈忠实的生活体验和生命体验，进入到“真实性”和“思想性”双合艺术表达时，批评阅读期待更看重的是能否引发他情感和心理的陷入。对于有共知性的作品，他陷入其中深谙其味，“越读越觉得是一种完全无意识更不自觉的陷入，直至深陷到以为是自己昨天的生活故事。我想到我和老骞乡村生活经历和感受的相似，更感知到他今天描述出来的巨大强烈到不容任何置疑的真实的情景，让我发生阅读里的陷入。”[①]此时的批评由于加入了自我的体验和感受就有着更深的感受性。这样移情式的阅读注重的是体验和感受，以自己阅读的体验为依据，对作品进行分析与评论，形成理性判断，而不是从先验的空洞概念出发。体验式批评又称为“鉴赏式批评”、“感悟式批评”或“印象式批评”。这种批评方式为中国古代文论传统，只是在陈忠实这里批评元素和内涵完全不同，更能走近审美文本的山山水水，把握住内内外外，发生真切的体验式交流，文本只变成了触媒，文学的真切价值突显出来，读者阅读获得的享受和快感被赋予了充盈的魅力，文本得以尊重，创作得以尊重，作家得以被认知。他对此享受自陈道，“遵文学朋友之命为其著作写序，我比读文学名著还用心，感知他的思想和艺术魅力，溢美是溢他作品所独有的美，不是滥说好话。”[②]陈忠实之所以运用中国传统体验式的批评方法实质上是对文学批评特殊性的认识和尊重，也是对文学批评僵化面孔的一种人性化守成。

综观陈忠实的批评实践，如果把体验式批评看作批评的形式而道行其间，以文知人则握其脉源，真实性则成其本真，为人生的文学则立本撮要，自成一体，置于当下文坛，于创作、于批评，皆善莫大焉！

作者系西安工业大学人文学院院长，陕西当代文学与艺术研究中心主任，
陈忠实当代文学研究中心副主任、教授
本文原载于2013年11月28日《文学报》

---

① 陈忠实：《陷入的阅读及其它》，《延河文学月刊》2008年第7期。

② 陈忠实、和歌：《伟大的风格隐藏在看不见的地方》，《黄河文学》2011年第9期。

# 刘 军 | 《非常在》：暴风雨从内部迸发

作家与作家间的精神渊源，包括相互切入，施加影响，后来者的致敬等因素，在不同语境下的交往体系之中，多有差异。透过传记材料及相关随笔，一些并不清晰的世相也许就会浮出水面。就西方文学语境来说，虽然人们常常乐道于托尔斯泰对莎士比亚、罗曼·罗兰对歌德的轻慢，或者马尔克斯与略萨间拳脚相加的戏剧性情节，不过就整体来说，这些仅仅是正餐前的小甜点而已，真正正餐的内容却是惺惺相惜与彼此的敬重。刘再复先生曾在一篇文章中提及茨威格对罗丹的尊崇，一种绝对的尊崇，就发生在茨威格被对方冷落和忽视的具体场景下。很多时候，这种尊崇扩展到同辈人身上，他们间的相互追慕，常演绎为一段段佳话。别林斯基、福楼拜，《非常在》中曾提到的帕斯捷尔纳克等，皆是具备宽广人格的对象。

反观现当代中国文学，这种同道间相惜的品格是如此的稀缺，尤其是作家间投向同代人的敬重，更为稀少。其间因由，似乎有三：其一是文人相轻的历史语境的存留；其二是文化转型期，东西方之间“刺激—反应”模式的建构；其三是强大政治力量介入后，随立场分化而来的思想取消及肉身消灭的杀伐之气。从以上因素出发，考量作家们为何纷纷将精神渊源投向域外，也就顺理成章。有许多作家借助随笔或书札的形式表达对域外同道的致敬，余华、格非、莫言等，皆如是。而摆在我面前的鱼禾的新著《非常在》亦殊途同归。

《非常在》题目取得甚为特别，非常在，这三个汉字的组合直指多义性的存在，如果加以断句，至少有两种组合方式，即非常加在或非加常在的组合。若结合这部集子书写的对象，前一种组合方式指向活着的光芒和重量，后一种则指向情感态度、思维方式上女性作家们迥异于男性作家的内在化写作方式。而两种指向皆内蕴于“非常在”这三个汉字之中。作为读书笔记，这本书走的是随笔写作的路数。作者鱼禾则是河南写作版图中的一个异数，所谓异数，意思是在乡土叙事气息浓郁的中原写作群体中，她对纯粹精神写作的坚持，以及现代性气息的呈现。无论小说或散文写作，鱼禾的书写皆具备洞穴式写作的基本特征，洞穴式写作出自笔者本人的比喻性命名，在我的理解，除了狭长、幽深、明暗相间的外部特征外，它的主体内容应包括，自由至上原则，个体叙事的私语性，内向性写作，极致的精神探险这些因素。此外，需要指出的是，洞穴式写作并非性别写作的分野所在，只不过较多地集中在女性书写的层面。

写于此书封底上的一段话给我以极大的触动，这段话是这样的：“这些名字都堪称大师——多丽丝·莱辛，杜拉斯，茨维塔耶娃，苏珊·桑塔格，伊萨克·迪内森。她们的写作，她们的命运，她们的情与爱，她们的精神特质，在这个日渐斑驳的世界上，构成了非常寻常的生命景象。相对于我们黯淡的生存，她们意味着热量与光芒。《非常在》，是对卓异心灵的深度解读，对伟大而朴素的创造者的虔诚致敬，亦是女性间血脉相通的深情呼应。”以上话语传达出的信息是繁复的，涉及写作对象、书写方式、主体姿态等层面，对其中心灵解读这一判断，尤为认同。就阅读接受来说，最好的阅读应是心灵对话关系的建立，最深入的文学研究也应该建立在阅读主体与作者、文本之间的心灵对话关系上。勃兰兑斯曾提到文学史在其本质上是一种心理学，它研究人的灵魂，是灵魂的历史。我们都知道，所有伟大的灵魂皆是孤独的，个体注定是他自己，这样一来，建立灵魂的通道何其难也！稍有不慎，就容易滑向借他者来言说自我的泥淖，所谓的对话就演变成了卡夫卡式的绳索。也因此，这不仅需要精神维度的相似性，心灵经验的共通性，更需要阅读者所拥有的精神探险的品格。

鱼禾所书写的这五位作家皆是已经故去的隶属于20世纪的文学大师，且都是女性作者，分别来自英国、法国、俄罗斯、美国、丹麦这五个国家，就欧美的文化传统而言，这五个国家皆为近代以来的文学大国。她们的写作，分别在不同的时间段，掀起不同的风暴，越过民族—国家的边界，进入欧美文学的正统之中。不过，当她们在世的时候，往往被大众贴上先锋、前卫的标签，并因其女性身份而遭受系列的误读。她们的书写风格极致而锋利，为了避免被权力话语吞没，不得不时刻反抗着虚伪的世界；她们深爱着世界，而周遭的事物又曾切实地伤害过她们；她们是热闹的，又是孤独的；借助《非常在》，鱼禾致力于厘清她们掩藏于话语漩涡之后的现代性，并以此为基点，透视写作、女性、性别、人性的秘密。

纪伯伦曾经说过："一个人的实质，不在于他向你显露的那一面，而在于他所不能向你显露的那一面，因此，如果你想了解他，不要去听他说出的话，而要去听他所没有说出的话。"解读这五位杰出作家的灵魂，单靠作品、传记、年谱、相关报道是远远不够的，鱼禾绕开了这些必要的程序，采取节点透视的方法，去靠近那些她们想说而没有说出的话，去探究深层次上的精神真相，从而还原被误读的她们的存在。她的节点透视的方法，即针对每一位具体的对象，提炼出关键细节，并让这些细节彼此支撑，彼此呼应，当然，这些细节间是跳跃式的，它们覆盖了人生旅途上的重要节点。具体来说，包含如下叙事步骤：成长期的伤痛记忆，情爱经验和追求，重要作品与其本人的关系，最暧昧也是最本真的话语。并在节点透视的基础上，将相关对象的重要精神侧影提炼出来，关于多丽丝·莱辛，对应了"我只是想要逃走"这句话，杜拉斯对应的是"爱上爱情"，苏珊·桑塔格对应的是"隐形的洞穴"，茨维塔耶娃对应是"我要从所有的时代夺回你"，而关于伊萨克·迪内森，则使用了"当我们彻底输掉过去"这句话。针对每个节点，鱼禾皆采取进入、对话、呈现、观照的书写方式。饱满而又诗性的语言对应着那些丰满的细节，因"入乎其内而有深致"，比如书中写到杜拉斯的初恋故事，即电影《情人》的故事原型，一位17岁的法国少女在殖民地与一位出身富商家庭的中国青年间，混合着成人世界欲望与纯真梦想的一段恋情。作者以这样的语言来进入和呈现——于是，这个故事不断走近她的虚构，也走进她的爱情。这个故事成为杜拉斯生命经验中的一枚钉子，时间久了，逐渐生锈，但它一直钉在心里，成为一种难以拔除的钝痛。作者在这里不仅发现了这个故事之于杜拉斯的隐秘意义，而且也提炼出这段心灵经验对作家产生的致命影响。它是如此的简洁，又是如此的有力。仿佛感染了杜拉斯式的"病毒"，在叙事风格上与对象间形成一种同构关系。

也正是因为避开了作品批评、传记、年谱的写作路径，所以，读者想从《非常在》这本书中寻找趣味，寻找作家人生成长的所有细节，找寻严谨的论证和说明，皆是徒劳无益的。这本读书随笔抛却了诸多虚浮的符号，以直接切入的形式进入心灵现场。鱼禾凭借自身对现代性的理解，自身写作经验的图式，跨越民族、时代、文化的差异，以平等、真诚的姿态，进入这些女性作家们一生中最重要的精神片断。同样是女性写作，鱼禾谙熟生命经验表达的难度，她深知，她和她们一样，一方面要反抗虚伪的世界，另一方面也要时刻警惕男性权力话语的删改和施压。她们对性别写作的视域不屑一顾，在性别写作的台阶上，她们皆有向上攀登的勇气，去探求写作之于人类的本体意义。这个意义就是存在本相的呈现，精神苦难的超越，死亡的短暂性与永恒性，情爱的深刻性。如同雨果的宣言：在绝对正确的主义之上，还有一个绝对的人道主义。也可以说，鱼禾和她书写的对象一样，她们都是自由的深刻理解者，彼此渴望相知、相遇，在相遇和相知中被打动，在被打动时体验生命的流动。从这个意义上说，《非常在》是被打动者的感情书写，虽然这感情被密闭在一口深井里，因为井口的窄小，并没有太多水流的外溢，而只要足够细心，皆能感知这口井内部的翻涌和波动。

心灵对话——精神空间的建构——重建场域。这三个阶段覆盖了《非常在》的写作过程，在此过程中，作者不仅坚持去意识形态化的态度，更为显目的是，她还采取了超越人伦范畴的精神立场。去意识形态化对应了精神写作的纯粹性，虽然书写的对象，如多丽丝·莱辛、杜拉斯在日常现实中皆有其政治立场，但她们的写作远远超越政治立场的视域。另有茨维塔耶娃，间接殒命于苏联的大清洗及极权主义政策，以及苏珊·桑塔格对女权主义的自我隔离，等等。除了必要的揭示之外，鱼禾并没有使用过多的笔墨评述她们政治立场的得失，经过其处理，这些仅仅是构成作家们外围的身份，她们对精神维度的极致深入才是作者所努力关注的。谈及人伦的范畴或者道德的因素，是这个层面触及真正棘手的问题。莱辛的抛夫别子，66岁的杜拉斯与27岁的情人安德烈亚之间疯狂坦荡的激情之爱，桑塔格的双性恋，茨维塔耶娃对里尔克爱的强迫性，迪内森的感染梅毒。情爱关系直接对应了女性的本质，那么如何去认知、去理解她们的“不道德”因素，在我们这个道德感十足、人伦意识强烈的东方语境下，评头论足、指指点点，甚至是大加批斥，皆是容易做到的，难以做到的是坦承这些事实，并找寻其合理性。鱼禾以生命的强烈性为基点，认识到她们酷烈的情爱经验与一生寻找自我的深刻关系，她们忘情的投入与忘情的逃离之间，实际上是一个硬币的两面，她们的生命经验已经深入到精神领域里幽僻又荒凉的地段。这也是她们的深刻性所在、锋利性所在，这一切，与人伦道德无关，甚至与爱上某个具体的个体也无关。

《非常在》中多处提及这些女性作家所面临的困扰，即她们成名之后被读者标签化的过程。标签化过程中一个尤其值得警惕的因素就是，读者通常将她们的文学书写等同于自传，从而营造一个想象中的他者。这种误解严重背离了文学接受的正确道路。舍斯托夫曾指出："文学虚构是为了使人们能够自由地谈话。"误读不仅容易造成对写作者的偏见，最重要的是，它伤害了作品本身。女性作家不是喋喋不休的自语者，即使是她们建基于自身经验上的私语，也涂满想象的光泽。伟大的想象力是一切杰出艺术作品的共同所有，不分种族，不分性别。作者在这本书里，廓清了经验传达与文学写作的渊源关系，同时，也以辩护的姿态，向五位杰出女性的伟大想象力予以致敬。

如果将文学史比喻成婉转的河流，那些出色的书写者是其中畅快的鱼儿，那么，那些同样杰出的阅读者则是环绕鱼儿的一株株水草，这水草不仅滋养着鱼儿，而且，还将给予鱼儿们最温暖的落脚点，彼此休戚相关，彼此呼吸与共。写作中的鱼禾扮演了鱼儿的角色，而在《非常在》中，她则是那株绰若的水草。两种身份间的从容切换，恰似一换一番春色的秘密花蕾。

作者系河南大学文学院副教授、文学博士

本文原载于2013年3月25日《文艺报》

# 刘　勍｜　北京绢人：不要成了“临去秋波那一转”

绢人是以丝、绸、绉、绢等为原料，经手工扎制而成的一种传统民间工艺品。北京绢人作为北京特有的一种非物质文化遗产，一路走来可谓一波三折，起起伏伏。日前，笔者深入调查、拜访了相关的传承人和工作室，以了解其当下的境况。

## 几起几落的北京绢人

绢人作为一种艺术有着悠久的历史，考古学家从春秋战国时期的长沙楚墓中，就曾挖掘出木雕精细、眉目如生、身着丝绢衣服的木俑。《东京梦华录》中也有北宋民间艺人“剪绫为人，裁锦为衣，彩结人形”的记载。在20世纪初，我国各地还有过生日的人家，用细丝面条盘绕成大桃，在桃顶插置以绢绸纱纸塑绘结扎的老寿星、麻姑献瑞等喜庆礼品，这些也是绢人。之后因为各种原因，绢人制作技艺逐渐失传。

北京绢人的重生与一次展览有关。1954年9月，印度筹备世界玩偶展览，邀请包括我国在内的40多个国家提供艺术作品。当时文化部等相关部门在社会上遍寻也找不到做美术人形的艺人，遂请求全国妇联予以协助。经过研究，全国妇联将这件事委托给了葛敬安、李佩芬、杜崇朴等几位工艺美术工作者。她们通过查看史料、请教老工艺美术家，最终以绡、绫、绸、缎为原料，试制成了栩栩如生的美术人形，送往国外参展时也获得巨大成功。随后，北京绢人作为一种恢复的软雕塑工艺美术传承至今，该项目已入选北京市非遗名录。

1955年，葛敬安带领几位工艺美术家在京成立了“美术人形研究小组”，成功制作了以古代仕女为题材的作品。三年自然灾害时期，周恩来总理和邓颖超还自掏腰包为她们提供相关经费。在社会各界的支持下，几年间，她们的作品多次被当作国礼送给外国首脑，国际订单也纷至沓来。“美术人形研究小组”后来逐渐发展成为北京美术人形厂，生意兴隆。

据老艺人回忆，对于北京人来说，上个世纪60年代能在北京美术人形厂工作，是件十分光彩的事，因为工厂是出口大户，来厂提货的车一辆接一辆。然而时至今日，不但北京美术人形厂已难觅踪迹，据说全北京会制作绢人的艺人不会超过20人。

## 执著的守护人

令人欣喜的是，这几年由于国家对非物质文化遗产保护的重视，和老艺人们对这一古老工艺难以割舍的情怀，一些传承人仍以创办工作室和制作厂的形式坚守着这门老手艺。

现今依然从事北京绢人制作的传承人，大多由第二代、第三代传人组成。他们是几十年来北京绢人发展史的亲历者，也是其中的佼佼者，如第二代传承人中的齐聪颖。1962年，齐聪颖作为具有美术基础的应届毕业生被分配至“美术人形研究小组”，在葛敬安的亲自指导下，练就了精湛的技艺。齐聪颖见证了北京绢人几十年的兴衰，在鼎盛时期她为外宾制作绢人礼品，衰落时期她也没放下绢人工艺另谋生路，而是依旧以纯手工创作、制作着绢人。齐聪颖成立个人工作室多年，自己设计、选料、制作，坚持传统工序，严把质量关，同时教授绢人技艺。她的工作室从不批量生产，只接订单，其产品大多对应的是收藏界。她的理念在多年的实践中得到肯定，慕名而来的络绎不绝。近年来，她的心思大都放到了对北京绢人的研究上，完成了以藏传佛教为题材的北京绢人系列，这是对北京绢人传统题材的突破，更是对北京绢人发展的有益尝试。

滑树林是北京市级代表性传承人，他曾经于80年代任北京市绢制工艺品厂厂长。厂子倒闭后，凭着对绢人的热爱，他创办了北洋工艺制品厂，继续探索北京绢人的发展。他针对市场需求，生产的产品分为三个档次：普通纪念品、纪念品精品和艺术精品。滑树林说：“自从京剧入选人类非物质文化遗产代表作名录后，京剧系列的北京绢人卖得特别好，比如这个《穆桂英》已经脱销了。”滑树林制作的北京绢人在北京工艺美术大楼等地均有销售，除了传统的经营模式，滑树林的儿子还替他开了网上商店，效果不错。

## “混血”娃娃大行其道

不过，齐聪颖和滑树林的坚守和取得的成绩，其实只是个案，从总体上看北京绢人还是一个小众的艺术门类，传承人少、知晓度低，市场中也鲜见真正的北京绢人作品。目前在市面上见到的北京绢人通常出现在旅游用品商店里，但已不是真正意义上的北京绢人。虽然不到百元的价钱很亲民，但其样貌与日本的人形娃娃“撞脸”，都是瓷白色的硅胶或石膏脸、小巧的塑胶手，已是个“混血”娃娃了。

其实，绢人艺术起源于宫廷，不但选料严格，而且工艺十分复杂，要经过制头、制手、服装彩绘、头饰、道具等十几道工序，运用了雕塑、绘画、缝纫、染织、花丝、裱糊等多种技能。“绢人制作的每一道工序又都可以被细分，很吃功夫。就拿上色来说吧，绢人的上色并不是用画笔来涂抹，而是用类似做蛋糕奶花那样的工艺喷挤上去，相当难。”滑树林说。那些所谓的北京绢人不但在工艺上偷工减料，即使用料也与地道的北京绢人不同。北京绢人的头脸和双手都是用蚕丝做成，从头到脚、从里到外选用的都是上等丝绸、纱绢，而市场上有的绢人其头和手都是用棉花和石膏等物填充。

笔者以为，北京绢人要想得到更好的发展，除了传承人自身的努力和坚守外，政府对这一传统工艺的重视和帮扶，会给北京绢人更多前行的力量，千万不要让它成了“临去秋波那一转”，徒留无限的遗憾。

作者系中国民间文艺家协会《民间文化论坛》编辑
本文原载于2013年5月31日《中国文化报》

# 刘卫东 | “底层文学”向何处去？

经历了将近十年的开拓、发展之后，近来，“底层文学”明显进入了僵化停滞的瓶颈，具体表现为：新的作品难以脱离窠臼，没有重大突破；理论建设缓慢，无力形成系统、完整的意义定位；否定声浪此起彼伏，“底层能否被表述”的质疑如影随形。目前，学界正在进行“底层文学”的经典化工作，《那儿》、《马嘶岭血案》、《世界上所有的夜晚》、《神木》等作品被反复研讨，将来占据文学史一席之地已经毫无悬念，不过，打扫战场和开表彰会也意味着，新世纪以来最令人瞩目的“底层文学”写作潮流呈现出消退和结束的趋势。难道“底层文学”真的就此偃旗息鼓，再无振兴的可能？在这种形势下，我以为，对“底层文学”的发展进行一个小结和理论前瞻，同时对一些观点进行讨论、批驳，就成为有必要的工作。

## 坚持书写“底层经验”

新世纪以来，建筑农民工、煤窑工、乡村留守妇女、下岗工人、卖淫小姐、饭馆服务员、小商贩以及刚毕业的“蚁族”大学生等人物形成了所谓的“底层”，他们是新的历史背景下的“新人”，同时，他们纷纷成为文学作品的主角，最终聚合为文学史上新的群像。当我们这次观察“底层”的时候，发现此前文学史中使用过的“工农兵”和“小人物”等身份都无法拿来描述他们，因此，有关他们的问题也是新的问题。同时，在当下语境中，“底层”庞大的体量无法令人忽视，而他们的诉求与社会大背景的关系更引人瞩目。

关注“底层”的命运，是文学中现实主义“哀民生之多艰”一脉的追求，也是新世纪社会阶层演变给作家提出的课题。众所周知，新世纪以来，贫富差距显著，仇富心理与日俱增，社会矛盾逐渐尖锐。作家们在讲述自己的写作动机时，往往强调现实生活带给自己的震撼，因此，“问题小说”传统在此复活。其实，为什么写倒并不重要，重要的是，他们笔下的“底层”作为文学人物形象，呈现出怎样的面目，而这个面目又具有怎样的丰富性。“底层”写作是取得新的突破，获得文学史的尊敬，还是无功而返，留下一地鸡毛，决定性的因素正在于此。在对“底层”的表述中，“苦难”毫无悬念地成为关键词，苦难经验占据了“底层”叙事的大部分篇幅。对于作家来说，写出“底层”生活的苦难是自己的首要任务，因此，作品中惨痛的场景比比皆是。下岗工人的艰难生活、农民工的艰难处境、城市边缘人的艰难挣扎，以及他们的态度，组成了一幅“底层”生活的画卷。关于书写“底层”中的苦难的问题，引发了争议。洪治纲在《底层写作与苦难焦虑症》中专门批评这种现象，他认为，“很多底层写作的作家陷入到一种对苦难的迷恋性怪圈之中，就在于他们笔下的苦难常常处在一种与文明对视的恶境之中。在那里，我们既看不到人类基本的伦理操守，又看不到现代文明的变革前景。很多作品，甚至以颠覆日常生活价值观为代价，来演绎苦难的生存景象。”的确，苦难是“底层文学”的题中应有之义，但是，不断地重复咀嚼苦难，就会陷入模式化，因此，洪治纲在对“底层”苦难的渲染中，能够看到其中隐含的焦虑症问题，可谓洞见。不过，洪治纲的指责也有偏颇之处，他对“底层”的理解略显片面。实际上，“底层”只是一个群体，身上并不具有附加的道德判断，因此，他们既可以有人性光辉的闪耀，也可以有龌龊的思想行径，如果不由分说以启蒙视角来判断他们，则会陷入先验的否定。“底层”和苦难是一个硬币的两面，二者的互生共存关系无法回避，因此，问题不在于写不写苦难，而在于如何通过独特的方式把握和书写苦难。

顺理成章，接下来就是如何解决“底层文学”对苦难的依赖的问题，如何超越苦难？我以为，这是引领“底层”写作走出“问题小说”困境的关键，而这，恰是当前理论建设中模糊的问题。洪治纲主张，文学应该“赋予苦难以巨大的温情和无边的悲悯，赋予人物以关怀、爱和救赎，使我们在那些不幸和苦难的叙事中产生一种怀想，一种对不幸命运的敬畏，一种对未来的期待”。显然，洪治纲是站在宗教情怀的基础上论述苦难及其救赎的，这个观点在理论上也可以成立，因为，相对于命运的无情，万物为刍狗，人类只能用互爱来取得在冰冷的世界的一点温暖。《静静的顿河》、《复活》、《日瓦戈医生》、《古拉格群岛》等经典的俄罗斯作品，都在开阔的历史视野内描写了人遭受的苦难，并且从俄罗斯文化中特有的宗教情怀出发，坚信忍耐和信念能够带给不幸最后的慰藉。不过，如果拿这样的观点来要求“底层文学”，显然是一种认识上的错位。与“新写实”潮流中处于尴尬生活境地的小人物不同，“底层”的生活不仅触目惊心，还拷问现实，带有社会批判的功能。正如《那儿》和《马嘶岭血案》中描述的，“底层”的苦难的来源不是来自命运，而是社会不公，因此，主人公也不必像羔羊一样试图用认同去接近上帝，取得灵魂的安宁。相反，节制苦难，会使“底层”写作陷入犬儒主义，从而无从确立这个题材的当代意义。

我以为，新世纪“底层文学”面对苦难时，既不能无节制地制造血泪场景，搞苦难竞赛，同时，也不能退缩到谅解和忍耐的救赎中，而是应该直面现实，在当前政治意识形态的框架中，找到新的突破。问题的症结仍然在“底层经验”，我们仍然要坚持书写，但是，要用新的维度来理解和表现。何为新的维度？恐怕要在探索和实践中摸索，而非使用先验的框架，这也与当代思想状况的现状相符合。从历史经验来看，某种文学潮流的代表作往往是长篇巨作，因此，“底层”经历了一个短篇、中篇的井喷发展，并且出现了一系列名作后，还需要一个沉实的、史诗型的长篇来做最后的总结。目前，以《那儿》和《霓虹》引起关注的曹征路，发表了《问苍茫》，试图从总体的角度把握整个现实，包括“底层”问题，已经显示出了总结的气质，但是，由于作品包容、提炼不够，仍然显得较为简单，提供的新思考不足，所以无法成为能够代表新世纪“底层文学”最高成就的扛鼎之作。不过，《问苍茫》的路向可以借鉴，“底层”命运只有放在当代社会历史变迁中，才可以摆脱顾影自怜和伤感愤怒，进入到现实批判和思想史融合的层面。可以说，只有具有高度的文学性，同时对“底层经验”非常熟悉，并且能将其纳入到当代中国现代性的框架内，又带有强烈历史使命感的作品，才能完成这个任务。

## 期待本土原创理论

“底层”写作固然有诸多问题，但是，与此相比，理论层面的问题更多。面对“底层”写作现象，理论家虽然提出了多种说法，但是，针对性不够强，给人感觉是不得要领，越说越乱，不能令人信服地解释问题，甚至，迟迟无法对“底层”写作进行定位，也把握不准“底层”写作的“意义”和价值。从目前的研究来看，对“底层文学”的认识大致有以下几个路向，但是如果仔细分析，都存在不少可商榷之处。

当前理论现场中，曾经被丢弃的社会主义文学的思想内容和审美规范被重新注意，左翼文学的脉络也浮出水面，成为理论格局中重要的思想资源。虽然没有人愿意承认自己的“新左派”身份，但是从“延安—十七年—文革”文学传统汲取资源的做法却是不能否认的。面对新的形势，“底层文学”中出现了左翼文学中的许多元素。曹征路的《那儿》中，“我小舅”是厂的工会主席，因为国营工厂改革而卷入欺诈案中，为了证明自己清白，更为了凭吊自己在工厂度过的年轻时代，他选择了自杀。小说写道：“他就像那个卖火柴的小女孩，在火光中看到了那个英雄，他向往那种生活，那个人肩上扛着铁栅栏，身上中了十几枪，可是还在喊着，让他的狱友往外冲，冲啊，冲啊，为了明天，为了下一代，为了……冲啊，冲啊！”“我小舅”死前做了很多的铁质的斧头镰刀，散落在机床前，他用一个久远而又熟悉的符号为自己命名。他的死，与其说是对革命记忆的殉葬，不如说是试图激活文学史中的已经沉睡的左翼文学躯壳。《那儿》的意图很明确，就是希望借此继承左翼遗产，在这个传统中立足，从而给“底层”及“底层”写作一个名分，同时，也是对现实问题的一个强硬回应。左翼记忆的复苏和“底层”写作的出现于是一拍即合，试图以此来开辟和拓展各自的空间。邵燕君在《“写什么”和“怎么写”——谈“底层文学”的困境及对纯文学的反思》谈及这个问题时说：“‘底层文学’的现状迫使我们认真思考有关‘社会主义文学遗产’的继承的问题，如果说‘工农兵文艺’的创作理念和生产体制已经解体，是否意味着其中的一些优秀传统也要被彻底地丢弃？能否经过改造得到继承？‘底层’的故事，就是以工农兵为主体的‘人民’的故事。”将“底层文学”纳入到左翼文学线索中，虽然看起来“合适”，但是却会给理论带来很多混乱。从左翼文学看，本身有着既定的内核，因此，有很明确的改造社会的主张和行动纲领，而对于“底层文学”来说，不可能将左翼文学的内核接受下来，也就无从谈及接续遗产的问题。仅仅是从表面上看有些相似元素，就从“新左”的视角理解“底层文学”，只能说是一厢情愿。如果抛开理论说，“底层”和“新左”都承担了对当代精神状况的批判，正如刘继明、旷新年在《“新左翼文学”与当下思想境况》中论及的：“人们开始思考究竟选择一条什么样的发展道路更符合自己的国情和人民的意愿，以及怎样认识当下中国的真实处境，包括社会公正、平等的价值观，等等，再次成为了评估社会进步的重要指标。从这个背景下考察，‘左翼文学’的出现，似乎就成为了某种历史的必然。”既然面对的事实和解决方式已经全然不同，何苦还要用一个历史上的“旧概念”（虽然加上了“新”）来阐释“新问题”呢？只能说，我们理论的创新能力尚且不够。事实上，“底层”针对的是1990年代以来出现的社会分层加速、不公等问题，但是，思想界没有生产出恰当的理论，因此只能借用左翼资源，希望能够重温旧梦，结果给人拉郎配的感觉。

当前，文学生产的外部环境严重恶化，能够吸引眼球的问题被反复炒作，而严肃文学无人问津。对于作家来说，这样的写作氛围使他们无法静心思考，提不出自己的问题，只能拾人牙慧，而成名欲望又使他们敢于“搏出位”，铤而走险。一旦“底层”成为“热点”，就有不少作家抱着其他的目的奔走相告，闻风而来。个别作家将“底层”叙事搞成了欲望奇观，将医疗、教育、伦理各种问题强加在主人公身上，让他成为一个负担苦难的倒霉蛋，以此来吸引读者，博得“底层文学”理论家的赞赏。一番折腾之后，整个“底层文学”鱼龙混杂、泥沙俱下，名声受到很大影响。有的理论家不去甄别，采取整体否定的态度，认为“底层文学”是在“消费苦难”。当然，反对消费社会的恶劣炒作没有错，“一竿子打死一船人”也很快意，并且也省去了挨个研究的麻烦，但是，这样的做法却埋没了很多不断探索的作家，可谓不公。看似义正辞严，其实隐藏着的仍然是理论的无力，因为“底层”叙事的源流和个性无法被挖掘，只能“一锅烩”。辨别这个问题的时候，我主张回溯其思想来源，这样，很多问题就比较清晰了。有的投机作家本来没有关于“底层”的思考，看到“底层”写作有机可乘，于是写起“底层”来，结果必然是以惊悚和猎奇为主，专门写农民工杀人和逼良为娼，乃至村中留守妇女的同性恋，而一旦资源耗尽，只好去找其他热点去了。不过，应该看到，确实有不少作家一直关注“底层”，并且奉献出了优秀作品，所以，需要对他们进行深入研究。刘庆邦一直关注矿工的生活状态，书写了很多小煤窑中的故事，具有很强的社会批判性，包括《神木》、《到城里去》等作品。《神木》中，设计杀“点子”敲诈的情节令人发指，但是作者并不刻意渲染，而是着力挖掘人性黑暗深处潜藏的美好，具有强大的美学震撼力，当属整个“底层文学”中的精品。从文学商业化的角度来质疑所有“底层文学”，显然是戴有色眼镜的做法。

从理论上说，“底层”问题不能是一个“点”，而应该存在一个网状的阐释结构中，但是，目前来看，整个阐释系统并未建构起来。首先，“苦难—对抗”模式是缺失的，不管“底层”遭到怎样的打击，对抗总是付之阙如。《那儿》当中的工人阶级“我小舅”，也不过是用汽锤砸死自己。李云雷在《“底层文学”在新世纪的崛起》中说，整个“底层文学”如同一部《水浒传》，有高俅童贯、有董超薛霸、有西门庆牛二，就是没有武松、鲁智深。没有出现“路见不平一声吼”的英雄，不是逻辑的问题，而是作家综合各种因素后的无奈选择。正是基于此，“苦难—忍耐”成为主流的阐释方式。在罗伟章的《我们的路》中，“我”长期在外打工，饱受人格凌辱，只有过年才可以回家见到女儿，但是，几天后，又要踏上外出打工之路。看着哭泣的女儿，“我”想，“哭吧孩子，哭是你的权利”，而在结尾，只能强调，“我们都只能承受。必须承受。”为什么只有哭泣？为什么给出这样斩钉截铁的答案？罗伟章在这里强调的忍耐，绝不是来自西方宗教教义中的含义，而是基于现实考量做出的决定。更多的时候，“底层”叙事中出现的是“苦难—迷惘”模式，主人公们一通折腾，却无法看清楚自己，在现实中迷失。迟子建的《炊烟图》写林场的小办事员黑眉负责将几位上访户带到郊外，表面说是听他们讲自己的困难，实际上是隔离，防止他们在上级视察时候闹事。黑眉面对大家的困难，认真记录，但是他知道，根本不可能得到解决。在这个故事中，苦难及其诉说都发生了偏差，各种不相干的因素占据着中心，真正的问题永远躲避。更可怕的是，苦难成为戏谑和反讽的对象，“苦难—解构”完全颠覆了“底层”叙事的现实主义基调。贾平凹的《高兴》中，写拾荒者刘高兴非但不是老实巴交，反而喜欢讲俏皮话，而他将五福死尸运送回家的情节也充满了喜剧色彩。改编后的同名歌舞电影作品《高兴》，更是喜气洋洋，连唱带跳，还让五福在高兴自制的飞机上复活，在西安城上空呕吐。各种不同的处理方式固然说明“底层文学”的活跃，但是也分明表现出，作家们在如何面对苦难方面出现了严重的分歧。“底层”如何救赎，尤其是现实层面，还是需要继续讨论的问题，同时，这也是制约“底层文学”的瓶颈。

## 走出自我否定思维

“底层文学”出现以来，不断经受着质疑，其中，否定的意见一直不绝于耳。

“底层能否表述”的问题，困扰着理论家，而这，已经成为无法绕过的障碍，因此，我以为，必须在打破“是”与“否”的二元框架中继续思考，才能给出一个更合理的解释。细分起来，“底层”能否被表述问题可以分成两层意思：一、“底层”能否、如何发声；二、写作者是否可靠。

毫无疑问，书写“底层”的作者不是“真正”的“底层”，这是“底层文学”的原罪。相当多数的研究者注意到了这个问题，纷纷表示无解，并且因此不看好“底层文学”。南帆在《曲折的突围——关于底层经验的表述》认为，“底层”缺乏表述的能力，“纯粹的底层经验仅仅是一种本质主义的幻觉”。在南帆看来，“底层”的表述都是经过知识分子加工和过滤的，这个过程才更应该加以讨论。如果按照南帆的观点，“底层”写作就不能成立，同时，“底层”将永远沉默。从事实看，问题不会停留在这里，因为“底层”由“代言”（知识分子）发声的问题已经存在，并且，作为一个传统，从《伐檀》、《卖炭翁》到高尔基、小林多喜二，绵延不绝。于是问题进一步推进：“底层”如何发声？这个问题也很容易回答，那就是依靠“代言者”（知识分子），其实事实也是如此。问题最后就集中在，而且学界分歧也表现在：“代言者”（知识分子）用怎样的态度对待“底层”？陈晓明是“写实派”的代表，主张不带感情，直接书写“底层”的经验，他在《在底层眺望纯文学》中认为，“底层”不是作家“居高临下同情的对象，而是一个平等，作为审美关照对象而存在的艺术形象”，应该“在苦难中写出他们的倔强，写出他们丰富而复杂的内心世界，给予他们的存在以完整性的审美特质”。如果仔细思考可以知道，作家不带任何情感介入“底层”，只能是理想化的情形，多数时候，作家都是有或隐或显的价值观的。正是在这里，作家分成了“民粹派”和“启蒙派”。民粹派认为“底层”具有道德优势，因此“底层文学”是“新人民性”文学，而启蒙派则对“底层”中的黑暗和缺失更为敏感，继而对“底层文学”的动机和内容持怀疑和贬抑的态度。不过，学界就此严重分歧的问题并未交锋，这不仅是新世纪以来“各说各话”学风的表现，还存在“政治正确”的问题，而这个问题，还体现在“底层文学”题材应该涉及的范围、立意等内容。实际上，知识分子书写“底层”这个判断本身就隐含着严重不对称，也埋藏着严重的理论祸患，但是，无法改变。目前，对知识分子本身的批评和知识分子的自我批评已成共识，这既是知识分子理论整体衰落的表征，又是现实处境，因此，让他们负担“底层”的发生问题，逻辑前提就无法自洽。即使可以勉强用知识分子批判立场之类来为自己打气，但是还是难以掩饰书写者的身份不明的困境。

既然书写者并不是“底层”，那么，他写出来的是否是“伪底层”经验？我们有理由怀疑，因为，一部分作家不熟悉“底层”生活，于是根据晚报上的社会新闻闭门造车，弄出来了很虚假的“底层经验”，其中，还闹出过两个作品都来自同一新闻，情节雷同的笑话。一些有想法的作家于是采取田野调查的方式，自己收集资料，但是，这仍然无法摆脱“二手”经验的困窘难题。解决此问题有一个简单方法，就是寻找真正的“底层”来写作；实际上，已经有人召集真正一线的“底层”来书写，不过写作质量无法保证，因此影响不大。所谓“真正的底层”提供的经验，因为反思和表达能力不够，反而平庸，并不具有文学发展史上的材料和观点的价值。一个悖论已然出现：“底层”不发声，因此，现在发表的“底层经验”全假。现在，我们必须站在悖论上看取“底层文学”，否则，将被拖进理论的死胡同无法逃脱。从历史来看，对“底层”生活的同情一直贯穿在文学书写中，“底层”也因此成为过作品的主人公，但是，不能否认，他们身上缺乏文学所需要的情节张力，所以，不必特意强调一定写“底层”及其经验。我以为，总是在表述问题上纠结，讨论“底层文学”是不是“底层”，够不够真实，结果，反而孤立了“底层”与社会的联系，并且偏执地认为应该有全新、不同的“底层经验”，为自己设置了陷阱。其实，“底层经验”与“文学中的底层”是有区别的，二者不是互换的关系，而试图从文学中找到“底层”的经验，也是强迫“底层文学”脱离其文学性的做法。理论上不再一味聚焦“底层经验”的真实与否，反而可以把作家从桎梏中解救出来，让他们在更宏阔的空间内观察和书写“底层”，将“底层”写作带入更高的境界。索性承认“底层”写作者的不可靠，不再强调“底层经验”的正当性，无疑是目前“底层文学”研究中的战略性问题。

“底层”无法发声，代言人又不可靠，“底层文学”的意义表现在何处？自从“底层文学”概念被提出，这种质疑的声音就不绝于耳。显然，从理论上要对此给出一个说法。张清华在《“底层生存写作”与我们时代的写作伦理》中对此做出了回应，他认为，“底层文学”“强化了我们时代一个关于写作伦理的庄严命题”，“这些作品重要的不是‘对苦难的拯救’，而是‘看见’。我们不能要求苦难的叙述者去消除苦难本身，他做不到，事实上，‘悲剧’的意义也许从来就不是意味着对命运本身的拯救”。在张清华看来，解决“底层”的现实存在问题不是写作者的任务，但是，通过写作让“底层”呈现，却是写作者责无旁贷的责任。从写作伦理的角度看待“底层文学”的意义，确实让“底层”写作者如释重负，但是，新的问题也接踵而来，真是要悬置“拯救”么？“底层文学”的尴尬正在于此：我们无限悲悯地讲述一个个“底层”的故事，但是却对他们现状无能为力。

从社会学角度看，“底层”问题显然是当代值得重视的真问题，正如孙立平在《生存生态恶化背景下的底层沦陷》中所说：“在社会中贫富差距不断拉大的情况下，底层的沦陷将是一个不可回避的话题。而这个问题首先不是一个道德问题，而是一个社会结构的问题。”“底层”的出现，既是问题的表征，又是问题的结果。从更大的视野来看，社会结构中的“底层”是一直存在的，由于各种原因，挣扎在“水深火热”状态中的“底层”也是很难消弭的，而诉诸社会革命解决问题，结果只能是烙饼翻身，解救一部分的同时制造了新的“底层”。文学不能承担现世“拯救”功能，因此，我们是否可以对“底层文学”表示失望？我以为，我们仍然需要建立对“底层文学”的信心，理由如下：“底层”写作本身先天是一种社会批判，这是催促和监督“上层”关注、改善社会矛盾的管道之一。同时，“底层文学”中充满悲悯和同情之心，而这，也是文学能够带给我们所有的慰藉中，最重要的一点。或许这样的辩解是无力的，也不能更充分地说明“底层文学”的意义，但是，这是“底层文学”立足的基础，也是这股潮流能够继续前行的出发点。如果“底层文学”中都缺失了鲜明的公平正义、博大的人文关怀和深切的人性关照，那我们还指望当前的文学做些什么呢？正是由于“底层文学”中隐含着社会正义的价值观，因此，我们希望它能够走得更远。

吊诡的是，沉默的“底层”是时代的伤疤，而书写“底层”的写作却是文学史中的花朵。“底层文学”作为新世纪文学格局中最具影响力的一股写作潮流，已经是现实主义当代化的标志。经历了突飞猛进的发展之后，“底层文学”目前陷入彷徨，是就此消歇，还是能够在变创后浴火重生，重新建立新的辉煌？我倾向于选择后者。

作者系天津师范大学文学院教授、博士生导师

本文原载于《文学自由谈》2013年第6期

刘长华

# 唐湜：别样“人性复纯”论者的思诗

## ——从“风土故事”中构建中国的狂欢诗学与牧歌

众所周知，建国后一系列社会运动，以各种形式不断地制造了种种全民精神的“大狂欢”；另一个方面与之相对的便是“闹中求静”，文人墨客适时而生，不断营生幻梦，给人们心灵以栖息的乌托邦，“金光大道”、“在那桃花盛开的地方”等等就指涉着“牧歌”情调。“大狂欢”与“牧歌”两者一唱一和，演绎着一个时代的心声。在我看来，在这一场场由百姓全程怀揣激情和憧憬所参与的精神活动中，无论“大狂欢”，还是“牧歌”都表征着一种固有情结，应是整个文化的集体无意识之“借题发挥”；是民族的某种深层意向在暗流涌动后之井喷。不过，由于左倾政治的强势导向，整场精神活动与内在的诉求是悖论的，人性从中都衍变成了自我异化，红卫兵的那种“狂欢”给人的感觉就是群魔乱舞，是搅乱了人性；而“牧歌”不过是政治话语的具体演绎和现实推导，概念先行和“心造幻境”，蛊惑人心。而立身于时代氛围之中，诗人唐湜却是有着异于时代的思考与歌唱，他从“风土故事”中即地方的神话、传说之故事中获得灵感与启示，先后写下了系列长篇抒情性极强的叙事诗，构建了中国的狂欢诗学与牧歌，直指“人性复纯”。这就显现出唐湜独到的个人文学实践和在整个文学史上非同寻常的价值和意义。这自不待言也是值得我们深入地探讨和研究。

# 一

唐湜作为九叶派一员重要干将，最初他向诗坛的献礼其中就包括一首长达6500行的《森林的太阳和月亮》。在我看来，从这里出发就寓指了两个方向，其一便是他的长诗或史诗情结，其二，以“草原”这个意象就饱含了其对“牧歌”的不了情，正如他自己所说的：“十分单纯的浪漫主义之作。”大概出于其时整个时局的紧张，诗人再也难得有从容的心态写出如许的“长篇宏制”。唐湜转入了接受、引介西方现代诗的时代洪流之中，并在诗学、诗人批评上做出不菲的成绩。这些都为其后来在“十四行”诗的创造上奠定了坚实基础。1955年之后，唐湜被“册”入了政治上的“另类”。1958年，他被遣回了浙江温州。在政治的劫波上他受尽颠簸翻滚。但这一切正如屠岸所说：“唐湜创作的主要特点不在受厄之后直接‘抒忿懑’、诉‘离骚’、‘说难’或写‘孤愤’。”[①]甚至终其一生的创作历程来看，唐湜似乎都没有对此在诗歌中有过明显或直接的流溢。但是，这并不意味着作者就是淡看江湖、皮里春秋的，唐湜是富有个性的，能全真自我的。在“左”倾思潮横行的时候，他能写下《白莲教某》、《划手周鹿之歌》、《泪瀑》、《魔童》、《梦中的一吻》等“风土故事”的诗歌，就是以“桃李不言、下自成蹊”的方式证明了一切。这些不论是落实到具体的历史场景而言，还是立足于整个新诗史来看都是别具一格、丰韵独存的。在整个时代都砰的一声把西方文艺思潮拒之门外时，唐湜也是从民族神话、传说发掘出新诗的民族性资源，为新诗的发展史添上了精彩的一笔。在我看来，唐湜的独异之处就在于他能从民间传说中的人性纯化品读出民族的心灵狂欢以及中国式的牧歌。当然，关于唐湜这些“风土故事”中所体现出的牧歌情结也是为不少人所体悟到了。但是，缺乏深入地展开，自然更没有从人性“幻望”这个角度切入并将狂欢化与中国式的牧歌联系在一起来思考的。

当然，在这里有必要对中国式的牧歌和民族的心灵狂欢化做下简要交代。众所周知，“牧歌”一词作为一种文学上乌托邦想象应是源于古希腊。忒奥克里托斯公认为“牧歌之父”。忒氏的精神遗泽被古罗马的维吉尔发扬光大，并成为一种精神模板，逾越了前者所带来的影响。维吉尔的《牧歌集》也就成了西方

---

① 屠岸：《诗坛圣火的点燃者》，唐湜著：《唐湜诗卷》（上），人民文学出版社2003年版，第1页。

文学史上“牧歌体”的母本。自不待言，对于这种文体而言在整个文学史的流变中发生了诸多的变衍。但是“牧歌”本身所负荷着的人们所赋予的精神内质和文化想象大致是有着近同的。在诸说纷纭之中，值得注意的观点有下述一些，席勒在《论素朴的诗与感伤的诗》中认为，“牧歌”下的人性存在“文化开始以前的人类童年时代”，“通过否认一切人为文明，只凭使人简单化而达到它们的目的”，[①]也就是“牧歌”展现的是一片自由净土。从另一个方面来看，席勒也是对其有所不满的，因为毕竟历史不可回转，所以“牧歌”应该向更高的审美状态发展。而劳伦斯·雷恩纳认为，“牧歌是幻觉之诗，黄金时代是欲望实现的历史文献。”[②]弗莱则说过，“与哀歌相对应的浪漫喜剧的模式最好称之为牧歌，其主要的媒介是田园”，“它仍保留着逃离社会的主题，把农村或边疆的简朴生活理想化”，“与神话的自然的联系也重新出现，神话意象犹如在《圣经》中的那样，经常服务于拯救的主题。”[③]等等。“牧歌”一语在中文古汉语中出现过，无疑不免有些“就事论事”，就专指牧童唱歌等。当然，在意蕴中也存在相通，都指涉到了一种自由无拘、人性简朴的生存状态和有近于化外的精神净土。在现代语境之中，“牧歌”一词被广泛使用，自然还是更多借用舶来的内质。综合起来，搁置在中国传统的视域下，能够与西方的“牧歌”大致相匹配的在我们看来，应该是在民间广泛流布、深得百姓喜爱的传说——《天仙配》、《牛郎织女》等。虽然这两则故事从最终结局来看，甚至不能用“悲乎、喜哉”来论定的，但是在那个过程之中除了自由不羁、世外桃源等的人生境遇令人享受、让人津津乐道，也是将在“小国寡民”中的男耕女织、男欢女爱等情场演绎得如痴如梦、催人肠断，而且是地上英俊男儿感化仙女，仙女“只羡鸳鸯不羡仙”。不难看出其中，非功利的、跨界神人之间的“爱”与在简朴的生存之中展现最自由、最欢快的“生命”是等同的，在我们看来，这就是中国式的“牧歌”，本身亦充满了神话色彩。爱情无论如何都要占据其中一个重要部分，这正如唐湜自己所说的“单纯的爱与为了爱的悲剧的死”[④]。

“狂欢化”作为生存于民间的一种文化事象或一种民俗精神，从中也折射出了一种原始精神的遗留，如弗雷泽就认为巫术中有两条原则，而这两条原则就

---

① 缪灵珠著，章安祺编订：《缪灵珠美学译文集》第2卷，中国人民大学出版社1987年版，第272页。
② 见汪翠萍：《西方牧歌发展与牧歌研究的历史钩沉》，《兰州学刊》2011年第4期。
③［加拿大］弗莱著，陈慧等译：《批评的剖析》，百花文艺出版社1998年版，第20页。
④ 唐湜：《唐湜诗卷》（上），人民文学出版社2003年版，第41页。

与狂欢化密切相关，而且他进一步就“酒神节”的狂欢说过：“如果把这些狂欢节日活动看作纯粹是纵情寻欢作乐，那是不公平的。他们确实认真、庄严地组织这些活动，认为是大地富饶和人类福利所必需的。”[①]但这不妨碍在整个活动过程之中所表现出的依然是人性的复苏，将“文明”糟蹋在地，才会有“加冕”的仪式出现，平民才有可能扮演国王，呵斥世界。将“狂欢化”作为一个系统性的范畴从美学及诗学的角度抽提出来，则是大家熟知的巴赫金。人们在这领域中也是耗力不少，具体的引证本文就不拟展开了。当然不管如何，我都认为在“狂欢化”的时空之下，人性是单纯的、自由的、扩张的，相对于被文明压抑的状态而言，它也是健康的。所以，这种情形亦正如唐湜在重新构建“魔童”这个形象时，就抛弃了以前戏剧和一些传说中的细节，因为它们使得“原始的单纯的古代传说”“变得复杂无章，是非颠倒，很少文学意味了！”[②]他倾心于“魔童”这个类似“赤子”或“红孩儿”的形象，即是“狂欢”与“混世”符号。而且尤可称许的是，从“魔童”这个敢于戏弄“龙王”的形象中，唐湜体悟到了这个故事“是由古代越人的龙图腾系神话衍变而来，与原始的洪水神话也不无关系，是古代巫风的孑遗。至少，魔童夫妇在我们这儿老人们心目中是一方的福神，一对原始的社神”[③]。也就是，将“狂欢化”与原始精神紧密联系在一起，从而寄寓了作者对人性的深切思考。因此，所谓的民族心灵“狂欢化”也就是一种非文明形式的人性释放活动，其核心义旨在于让生命真正贴近自由，这种释放甚至是近于艺术性的，而不是在某种政治之手操控之下的大爆发、大破坏、大虐待等。

## 二

就中国式的牧歌而言，在唐湜的《划手周鹿之歌》、《泪瀑》、《魔童》、《梦中的一吻》等诗歌中主要有以下几个方面表现。首先，浓情渲染了“男欢女爱”之甜蜜。“周鹿”与“女子”的主要恋爱场景有三，即初遇之后、灵魂相见、殉情之时的巅峰状态。每个部分都是作者以唯美的笔调、清新的情感、不俗的文

---

① [英国] 詹·弗雷泽著，刘魁立编：《金枝精要——巫术与宗教之研究》，上海文艺出版社 2001 年版，第117页。

② 唐湜：《唐湜诗卷》(上)，人民文学出版社2003年版，第123页。

③ 同上。

字如注如灌其中。譬如在初遇部分中有“说伐山人搭茅棚，住在云彩的家乡，/怎么每天一早起来向太阳深深的呼吸；//说山上的爱情怎么像松树一样青翠，/林间的姑娘怎么像泉水一样柔美”，“这孤独的少女幽幽的啜吸着他的故事，//就像木排上支起的小白帆啜吸着风、水和阳光；//他的歌成了她生命的风、水和阳光，/没有了他的歌，她心儿里就没有了欢笑的阳光”，恋爱的主体这种难分难舍、朴素而又浓醇无比、简单却又高贵莫过的爱情，正是中国百姓心目中的最高美学想象。颇有意思的是，“周鹿”本来是“乡绅”雇用的伐木人，其中却设计了这么一个意象“之后，他与牛一起拖着犁去犁开大地，/把爱的种子深深地埋在泥土下面”，并与前面的“天上有着乳白色的一片银河的水波，/牵牛的少年与织布的少女怎么隔河遥遥相恋”呼应起来，从中不经意地表露了作者内心所积淀的“牛郎织女”这种“中国式的牧歌”情结。《泪瀑》中的“年轻渔人”与“妻子”同样虽然生活很简单、贫困，但是夫妇两人相敬如宾、耳鬓厮磨、恩爱有加。这里面还有一个突出的叙事机制就是，“渔夫”被“龙女”俘为夫婿，由人将获得了成仙的资格，将享尽人间无法想象的荣华富贵、钟鸣鼎食，但是“渔人”上演了另种版本的、男士版的“不羡鸳鸯不羡仙”，他成了“下凡”的“天仙”。从中，不难看出作者高度肯定在人性之中的情感之高贵，它是真金不易的。《魔童》中的“魔童”和“龙王公主”之间的恩爱也不例外，在诗中它也是以“‘瞧那颗织女星多么明亮，’//她指着星星问，‘可怎么在这岸，/叫牵牛星在那岸瞪着眼发傻？’/‘那是隔着片汹涌的银波啊！’”即“牛郎织女”予以类比，再次充分地印证了作者一种笃定的写作意向与人文范式。此诗还匠心独诣地安排了一个情节，即“龙王公主”对父母的思念，但乃父又是“魔童”的仇人，她在左右夹击之间让人性获得了更高的升华。最后，夫妻两人在“团圆”式的结尾皆大欢喜，这不是写作的俗套，却再次表征了作者对有情有义之人的祝福和整个社会的某种人文寄托。《梦中的一吻》就标题而言，就不难看出其中对男女之情爱时的甜蜜之倾情，文本虽然没有浓墨重彩地渲染两人的恩爱场景，但一种只属于东方式的情感表达方式就尽显其中。总体说来，这种情感的表达方式不像对应的西方田园牧歌中，那些青年们释放情感的炽热与火辣，而是注重一种意绪，一种含蓄之美。其次，这些作品在寓情于景的过程之中，将其中的爱情展开的“环境”抒写成人性的“天国”。换言之，这些所描写的环境是清新、自然、舒坦的，与现代性语境之中的“异化”相去甚远，是富有诗情画意的，这正如唐湜本人说过，他写这些诗歌的其中一个“希求”就是“风土彩画”。[①]也正是从这个角度出发，更是印证了唐湜与传统之间的血缘关系，他追求的正是“情景交融”的审美境界。从环境出发传达“牧歌”情调在诗中还表现为作者将现实环境的融入。在《划手周鹿之歌》等这些诗歌开头部分中，作者都有模式型地大节大阙的现实抒怀，表现出“大海”、“芙蓉江”、“白鹿城”等的风姿绰约、舒适自由，特别像《划手周鹿之歌》中还以回忆的方式追述了“我”的童年在阳光海滩上的幸福时光，童趣之所在无疑就是人性复苏之所在，就是快乐的伊甸园。作者从现实拉开牧歌场景之大幕，将其与传说交织在一起，显然最终还是要指向现实的。那么，在情感表达的具体场景之中，那些诗作打开的是一幅幅图画，蔚蓝的宽阔的大海、芳草如茵的乡野、透明如水的阳光、清澈见底的江溪……譬如《魔童》一诗在叙述“魔童”的母亲“龙女”与“少年人”相遇时，整个自然就是：“也爱叫明亮的阳光打树林里/金点子样洒在渴望的土地上，//叫水田里开放出星星样的稻花，/旱地里漾起片起伏的麦浪”，在这些“场域”之中，你是无法想象出利益的算计、人性的险恶，你也不会为生存的压力气喘吁吁，你对世界也难以产生各种邪念与征服的欲望，当然你也会不被自然所报复或沦为“物化”。又如《梦中的一吻》中有句子——“哎，迷人的山峦的黄昏呀，在芙蓉江上的谷间徘徊，琉璃样的山湖上方就闪着一片晴岚样翠色的云彩！/溪水带着片梦中的声响，流向瀑布下翠色的水潭，穿过一座座突兀的山崖旁，流向一片片碧澄澄的幽暗”，这虽然描写的是湖光山色，但其指归是在“少年里最俊秀的阿俊，是这儿山峦间年轻的猎人，也是这黄昏里最好的歌人，就爱在芙蓉江岸上歌吟！”这种“歌吟”我们完全可以将其视为“牧歌”的现实隐喻。最后，与这种相互映衬的就是其中故事叙述的背景凸显出一种“梦幻”色彩。关于唐湜这些“风土故事诗”进而他的整个诗歌中的“梦幻”元素，不少人已经予以了关注。惜乎，没能将其与“牧歌”情结很好地联结起来思考。《梦中的一吻》其诗的整体骨架正是落实在“梦幻”之中。其中这种“梦幻”不仅仅是指深睡中的“阿俊”与“素女”永远处在拥吻之中，这一行为令人销魂与令人神往的，其深意更在于“叫美跟爱的温柔的希望在一刹那化成永恒的雕塑，叫你的歌人永远在山谷里，在淳美的幻梦里酣然醉迷”，作者已是把“梦幻”视为一种人们追求“爱”与“美”的符号。“牧歌”不也正是带有这种“梦幻”意味？它让人频频回首，就在它拉开了与不堪现实的距离，不管是以“向前看”，还是

---

① 唐湜：《唐湜诗卷》（上），人民文学出版社2003年版，第41页。

“回到过去”的方式都道出了人类生存的永恒秘密——对爱与美的追求。《在划手周鹿之歌》中，“女子”被逼婚至于病倒后，她愈加思念“周鹿”，她灵魂实现了“出窍”，就以梦幻的形式与“周鹿”相会了，两颗灵魂交融在一起。所以，诗中写到“周鹿”见到“女子”时都是“多么熟悉的梦幻似的小眼珠”，由是再度可见“梦幻”在唐湜的价值体系中占据非同寻常的席位。

## 三

“狂欢化”的文化现象在这些“风土故事”诗歌中，于我看来主要体现如下几个方面。首先，在审美取向上，“狂欢化”是唐湜的一贯主要喜好之一。这从其早期的作品集《骚动的城》、《飞扬的歌》等的命名就能略见端倪，其中所收集的不少具体诗作的确在审美向度上是呈“狂欢化”的，而且这种“狂欢化”很多情况之下都是以心理活动的方式而展开的。比如在《我的欢乐》中，写到“柔曼的少女的心”，有象喻：“袅袅地上升，像远山的风烟，/将大千的永寂化作万树地摇红；/群山在顶礼，千峰在跃动/深谷中丁丁的声音忽然停止”，《诗》里有“苦难里我祈求一片雷火，/烧焦这一个我，又烧焦那一个我”，《手》里“我仿佛扪到生命的跃动的/叫唤，在石头的花纹后面/呼之欲出，于是云影里，/潮音凝成了起伏的山岗”，等等无不如此。那种这种现象的出现是与九叶派服膺里尔克等人的诗学观有关。唐湜在《论意象》、《论意象的凝定》等文章论析到意象是如何产生的。他认为“意象的凝定”，“一方面有质上的充实，质的凝定，另一方面又必须有量上的广阔伸展，意义的无限引申”[①]，这个“凝定”工作，“由浮动的音乐走向凝定的建筑，由光芒焕发的浪漫主义走向坚定凝重的古典主义”[②]。从唐湜的诗论中就不难看出，审美理想较高境界就是沉默、宁静、如“雕刻”式的状态，但是这个状态的到来其必然离不开那种爆发的、动态的、狂热的量的积蓄。这从上述所引的《我的欢乐》、《手》等诗歌就可以见出。当然，这种审美意趣在“风土故事”诗也是得到了比较充分的佐证。典型的一例就是《梦中的一吻》，在结尾部分“叫美跟爱的温柔的希望在一刹那化成永恒的雕塑”，这就是在前文不断烘托或大肆渲染“梦中之吻”的自然而必然的结果。前面的“努

① 唐湜：《论意象》，《新意度集》，生活·读书·新知三联书店1990年版，第12—13页。

② 唐湜：《我的诗艺探索》，《新意度集》，生活·读书·新知三联书店1990年版，第15页。

力”都是为这个“结果”而生，这个“结果”的到来无疑是离不开前面的“努力”，这个“努力”也融化在“狂欢化”的审美意绪和整个行文结构之中。其次，这种“狂欢化”还表现在这些诗作中的主人公形象都是不曾受到所谓文明影响过的“青年”或“孩童”。毋庸讳言，人们的确是注意到了唐湜在作家的主体人格修养上是有“赤子”化的倾向。但是，很少有人能将这种“赤子”化的倾向与这些“风土故事诗”中的主人公联系起来考虑。唐湜进行这些诗歌创作时已经是步入了中年期，但他对这些意气风发、血气方刚的青少年念念不忘，这本身就值得深入探讨。“周鹿”也好，“渔夫”也好，“魔童”也罢，“阿俊”也罢在这些故事之中都不是所谓的文人雅士，但是他们都“敢爱敢憎”、“敢思敢行”，尤其是能够坚持内心的原则为人处世，不为世俗所系，像“渔夫”只要一念之间便可时来运转，其人生轨道甚至用“朝为田舍郎，暮登天子堂”都不足以来形容。也正是如此，他们才永葆着生命中的浩然之气，不为利所动，不为名所累，更不在权贵与恶势力面前俯首称臣，宁愿站着生，也不愿跪着死。他们人生迹象诠释了生命的本质。所以，在《划手周鹿之歌》中就有这样的句子：“我要唱出我青春的怀恋，/拿我的爱，我的生命！//我要唱出最初一次燃烧的恋情，/拿出我的爱，我的生命！//我要唱出最后一次燃烧的搏斗，/拿我的爱，我的生命！”这种“狂欢化”的生命冲动也只能像“周鹿”这种具有史前文明形态的人才具有。所以，“狂欢化”属于民间的，而不属于现代与古典文明；它属于人类文明的童年期，而不属于其他时期……当然，这点巴赫金等人的探讨已成经典。唐湜将主人公的形象归落到这些“青少年”身上，譬如“魔童”与“划手”，一个“魔”与“划”道尽了“狂欢化”的某些本质，我们认为这既是作者的一个精心设计，又是原型文化的力量使然。再次，这些“风土故事”叙事诗的主要情节都是由“狂欢化”来主宰。这是最为明显的，也是最为关键的。《划手周鹿之歌》中的主要情节，也即整个故事的高潮部分就在于“周鹿”和“女子”一起奋不顾身地划舟划入波澜壮阔的大海之中。“划手”于此情此景中才体现出他的本色行当。《泪瀑》其主要情节主要表现在两个方面，即一是“渔夫”抗拒威逼利诱，一是“渔妇”向大海讨回公道。而这两个情节分别都是在恶战中展开。诗中写道：“可渔郎没屈服于这可怕的爱/人们说，他一直在漂流来往，/奔突着，对抗那浪涛的迫害，/拿手臂要征服这奇伟的大海”，而“渔妇”则“她不怕大海龙女的妖法，/就变成个峦峰，不能再诅骂，/也要拿泪瀑来冲击大海，/控诉海对人类母亲的迫害！”整个主要情节都是围绕着反抗而展开的。其中这种“反抗”式的狂欢，不仅仅就是人物之间的对抗，作者在运笔时将情与景圆融地结合在一起，给人感觉就是整个宇宙天地都为之动摇，日月都为之改色，这种奔突、冲决正是作者内心底层的情感熔岩爆发使然。而《魔童》中的“魔童”正如前文已提到的就是一个代表正义力量的“混世魔王”。他的整个形象就在“狂欢”中建构起来，整个故事情节的推动也是依靠他的“狂欢”行为而展开的。诗中如是形容他的成长历程“顽皮、爱玩儿，不爱听话”，“一忽儿追着爸攀上峰峦，/射天上拍着翅膀的飞鸟；/一忽儿撵上妈飞上云彩，/在浩淼的大江上空巡行”，而这种“成长”又是为了最后更大的“狂欢”——与“龙王”舅舅之间的搏杀。这场搏杀再次被描绘成惊天动地、天翻地覆的大事、盛事，令读者都不免心潮澎湃、热血洋溢。当然，作者自始至终将这场“狂欢化”的战争到来定位为正义对邪恶、新生对腐朽，精神“赤子”对“旧文化”的胜利。《梦中的一吻》中都是围绕一个“吻”字而展开的。众所周知，“吻”从生理学的角度，它的确就是主体的一场激动身心甚至令人眩晕的“狂欢”。但是，这种“狂欢化”诗学显然与巴赫金的“狂欢化”诗学有着莫大的区别，譬如从中就看不到诙谐的情节与力量，而这正是民族笃实性格的表现。

## 四

通过上述分析，不难看出，无论是“牧歌”意识还是“狂欢化”心灵都是建立在人性的干净纯洁基础之上，它都是以还原人性的健康为矢的。这就不难理解，唐湜曾经说过的：“只十几年前，这儿的乱弹戏演了一次《水漫白鹿城》，是没有剧本的‘路头戏’，由演员即兴演唱，连演了四个晚上才完，情节颇为芜杂，魔童被处理成为凶恶的精怪，东海龙王却藏着庄严的道冠，俨然是一方‘水分正神’，魔童是强抢了公主来，又被他打败了，救了回去的。”[①]他对“乱弹戏”提出的质疑，我想其真正原因并不在于其中的叙述逻辑存在问题，从根本上还是基于人性的考虑。所以，这就不得不联系唐湜为什么在左倾思潮泛滥的非常年代却有“闲情逸致”地写出这些“风土故事诗”，它既不是哀叹作者的命运多舛、备受折磨，也不是像不少作家直白地“歌功颂德”。唐湜面对的是一场由左倾思维指导之下的民族政治运动的“大狂欢”，“文化大革命”就是

---

① 唐湜：《唐湜诗卷》（上），人民文学出版社2003年版，第123页。

其中登峰造极之作，而人的社会化生存被美化为“生活的牧歌”，不少文人和文艺创作还为之不遗余力地鼓吹。其实在很多情形都是展露出人性的扭曲、灵魂的变异，社会上各种“假、大、空”泛滥成灾，人际关系变得错综复杂、讳莫如深。也许在唐湜看来，真正的民族心灵“狂欢化”与“生活的牧歌”都是在纯洁的人性之上，他在诗作中传达出的“牧歌”意识正如他自己所说的：“民间牧歌与牧歌人物的质朴、单纯的本色”[①]，质言之，他写“牧歌”是将笔触最终落脚于写“人物”的“本色”之上，这些都是神话、传说时代的初民的精神遗留。所以，也就不难理解唐湜在这些诗歌的“创作谈”中为什么频频流露出“原始意味”、“单纯的浮雕式”、“最单纯、质朴”等词汇。当然，作为一个智者，唐湜回到民间传说时代，回到人类童真时代，这是奢望与幻想。所以，他在诗歌中不停地又使用了“梦幻”、“幻望”等词语，表现一种“华丽”的绝望。这是唐湜的不同常人之处，当然也是民族神话、传说赋予他独到的精神启示和思想资源。

作者系湖南师范大学文学院副教授，中国现当代文学博士

本文原载于《海南师范大学学报》2013年第4期

① 唐湜：《唐湜诗卷》(上)，人民文学出版社2003年版，第41页。

刘宗超

# 由“道”到“技”：书法的古今之变

我国有重“道”轻“艺”的传统，儒家讲究“德成而上，艺成而下”，这里的“艺”便侧重于指技艺。如果把“艺”看得太重要了，儒家观念就认为是舍本逐末了。传统观念对中国书画不要求太专业，太专业了往往被认为阻碍了对“道”的认识。《列子》里有一个故事，说是宋国国君让一巧匠把一片玉石雕成树叶，三年后雕成了，把这片雕成的叶子放在树上，谁也分辨不出哪是真叶子，哪是雕成的叶子。因此，国君非常高兴。但是列子对此事却大不以为然，他说：“使天地之生物，三年而成一叶，则物之有叶者寡矣！”（《列子·说符》）这是非常有代表性的赞美自然、反对人为技艺的观点。中国古代曾有不少发明创造，不是受到鼓励，而是往往被视为“奇技淫巧”，横加阻挠。受此种思想影响，古时拥有技艺的人的地位并不高。

当代有人认为，中国艺术是文人幽怨的艺术。文人在不得意的时候通过艺术的方式来消遣来发泄郁闷，创作出来的作品是比较雅致的“文人艺术”。中国艺术的这种境界，是孤寂、高雅、甚至寥落，而不是热烈，是让人看了作品以后能打动心性的、比较静寂的一种境界。董其昌把艺术家分为“行家”和“戾家”，推崇的是文人化的“戾家”，贬低的是专业化的“行家”。行家画画得太专业，甚至说是匠气，没有另外的意趣了。如果单纯强调形式和技艺，忽略对“道”的追求与体现，文人艺术家实际上是不赞成的。书法也大致如此，总是要讲究一个“融通”，通过其他形式补足书法本身的一些东西。增加书法的韵味也好，境界也好，最终的目的还是不能忘记“志于道”，艺术只能是“游”，书法是平常生活之余事，只是为生活服务的。

书者，玄妙之技也。技艺指的是通过自觉控制和有目标的活动，并反复训练以产生预期结果的能力。因此，技艺是为完成既定目的而形成的精熟手段。它重在行动的结果，而不重过程的表现。取得的结果在采用手段之前就已预先设计和考虑好了。书法家要创造出美妙的艺术形象，必须具备一定的专门化技巧，即在形式构成法（章法、结字法、笔法、墨法等）方面形成相当熟练的专业技巧。这种技艺的获得，部分是通过分享他人经验，部分是通过个人经验。前者表现为对传统经典的学习和借鉴，后者表现为个性化的创新。总之是要通过个性熟练操作以形成一种书写潜意识，并且能在作品中表现出思想和意境，由“技”得“道”。庄子《养生主》形象生动地描绘出这一由“技”入“道”的过程。庖丁神妙的解牛技艺之所以达到音乐般的境界，是因为他经过了三个阶段：“始臣之解牛之时，所见无非牛者。三年之后，未尝见全牛也。方今之时，臣以神遇而不以目视……是以十九年而刀刃若新发于硎。”正是因为庖丁经过了十九年的技艺锻炼，并由“技”上升到“道”，才能达到“游刃有余”、“以神遇而不以目视”的神妙之境。《卖油翁》中卖油翁的心得之言：“无他，但手熟耳！”不惟书法，一切艺术技巧的形成皆同此理。

没有一定程度的技巧，无论什么样的艺术作品也产生不出来。在其他条件相同的情况下，技艺越高，艺术作品越好，精能的技艺足以打动人。最伟大的艺术力量要得到恰如其分的显示，就需要有与艺术力量相当的第一流的技巧。古代的书法经典，常给人丝发毕现、游刃有余的感觉，技术令人叹为观止。

但古人没有停止于“技”。韩愈《送高闲上人序》曰：“张旭善草书，不治他技，喜怒窘穷，忧愁愉佚，怨恨思慕，酣醉无聊，不平有动于心，必于草书焉发之。观于物，见山水崖谷，鸟兽虫鱼，草木之花实，日月列星，风雨水火，雷霆霹雳，歌舞战斗，天地万物之变，可喜可愕，一寓于书，故旭之书，变动犹鬼神，不可端倪。”张旭没有停止在技术层面，而是在山水崖谷、鸟兽虫鱼等等“天地万物”之“变”中找到了“道”，草书才获得大进。创作如此，欣赏也不例外。清刘熙载《艺概·书概》中说：“凡论书气，以士气为上。若妇气、兵气、村气、市气、匠气、腐气、伧气、俳气、江湖气、门客气、酒肉气、蔬笋气，皆士气之弃也。”这种独特的赏评方式让人回味不已，十三种“气”，把书法的众品味讲得淋漓尽致，言有尽而意无穷，贯穿其中的便是“道”之有无和“道”

之不同。

书法的古今之变，艺术观念在变化。古代讲“由技入道”，现代追求艺术的专业化。古人把书法作为一种书写结果，是生活的一部分，是人格完善的一部分，其艺术的“作品感”不强。现在把书法作为艺术追求，成为一种职业，于是在书写的过程中，就会有意识地去追求形式感，想找到一个独特的形式，并且尽量的不重复。在创作形式感上，现代人表现出更加让人眼睛为之一震的效果，这种方法也比古人刻意得多。

在当今，书法展览依然是书法发展的“风向标”和“晴雨表”。现在的诸多展览，注重传统而又讲究形式，总体上是健康有为的。但在展览评比的动力下，“炫技”的“展览体”已成展览的不良倾向。“展览体”大致表现为：尺幅规模大、色纸拼贴组合，体势多为小行草，流行二王风气，字数多，用印多，书体组合等形式化、流行化现象。“展览体”的泛滥使当下各级各类展览千篇一律，使书法创作走入“炫技”的险境，使书法家文化修养不足，使书法脱离当下生活，逐渐失去时代责任，逐渐失去欣赏它的群众。“展览体”到了非纠正不可的程度。

现代人的市场意识也比古人强烈。当然任何东西都是双刃剑，市场意识一强化，为“钱”而努力的人多了，缺少了对艺术的虔诚和创变责任感的追求。现在人或许更重视名利，有急于求成的心态，更注重外在，按道家的说法是“重外必内拙”。任何东西只要太重外在的，内在的可能就空缺了。对于这个时代的书法从创作者来说，崇尚的可能就是一种艺术的创造状态，一个职业化、专业化的走向，这种职业化、专业化的走向古人没碰到，我们现在是碰到了。可以说，现代人重“艺”，古人重“道”。

但是，技艺不等于艺术。单凭技巧并不足以成为一个艺术家。一个技师可以造就，而一个艺术家却是天分加上多方面修养的结果。如果缺乏思想和修养，即使是最完善的技巧也不能产生最优秀的作品；而优美的艺术品却可能在技巧上并非无懈可击。就像庖丁解牛中的“技”的形成是由于有“道”一样，优秀作品的产生也需要天分和后天修养。天分与悟性与生俱来，但修养却可靠后天勤奋与努力造就。可以说，没有思想与计划制作出来的“艺术品”，即便有娴熟的技艺，也是无关宏旨的小品；而优秀且严肃的艺术品必定包含着一定的思想与哲理，这与那些只见手迹不见心迹的空洞之作截然不同。

综合修养无论是对于为人、还是为艺，都是非常重要的。刘熙载说：“坚质浩气，高韵深情，缺一不可为书。”而这只能从“行千里路，读万卷书”中得到。“读万卷书”是为了扩大自己的学识，“行万里路”则是在生活实践中，获得对人生的更多感悟，同时也是把自己的学识融入生活中的一个过程，从而达到“变化气质，陶冶性灵”的目的。也就是始终把“道”体现在书法技法的学习之中。

作者系河北大学艺术学院院长、教授，
中国书法家协会学术委员会委员
本文原载于《美术观察》2013年第7期

刘复生

# 穿越历史的“青春之歌”
## ——意识形态变迁及《青春之歌》的再叙述

《青春之歌》是中国当代文学史上的经典文本，它诞生于特定的历史语境，由于小说从一个小资产阶级青年女性的视角表达知识分子改造或成长的历程，使政治主题与性别叙述构成了互相借重又互相拆解的辩证关系；同时，由于小说的自叙传色彩，也使它与作者杨沫的个人生活史形成了有趣的互文。这就使《青春之歌》具有了复杂而多重的意义和丰富的阐释空间。因而，小说从出版之日起就争议不断。而随着历史的变迁，尤其是在后革命时代，主流意识形态和社会价值观发生激烈变化的背景中，《青春之歌》这一经典文本也一再被重新解读，重新改写或重写。多重文本的叠加，共同交织、映射出复杂的意识形态光谱。这些文本之间构成了一种互相对话、对诘甚至激烈争辩的关系。因而，通过分析这些文本之间相互替换、交叠的演化轨迹，我们可以隐约勾勒出一条当代观念史的变迁线索及其内在逻辑。

本文将主要依托如下几个重要文本进行分析：1958年的小说《青春之歌》（人民文学出版社）及1960年的修改本（下文称小说版），1959年的电影版（北京电影制片厂出品，编剧杨沫，导演陈怀皑、崔嵬。下文称电影版），1999年的电视剧版（22集，导演王进。下文称1999版），2006年的电视剧版（25集，海润影视制作公司等出品，导演张晓光。下文称2006版），以及2009年的歌剧版（北京大学歌剧研究院与中国歌剧舞剧院联合创作演出，主演：金曼、戴玉强。下文称歌剧版），另外，有时还会涉及《青春之歌》的续集小说1986年的《芳菲之歌》

（花城出版社）和1990年的《英华之歌》（花城出版社）。在这些文本中，卢嘉川、余永泽、江华等主要人物形象呈现出不同的肉身与精神形象，也被赋予了不同的价值内涵及道德色彩，另外，这些男性人物与林道静之间的情感关系及他们之间的结构性关系也各有不同。由于林道静与这几位男性的关联构成了核心性的人物关系构架，不同的改写策略极大地影响了整个文本的意义表达。通过对比梳理，我们不难发现，不同文本的改编，与其说是出于艺术性考量，不如说是出于意识形态的需要。这样的改写，包括文本肌理层面的小说叙述或镜头语言这些修辞与艺术技巧的层面，都深刻铭写着意识形态运作的痕迹。的确，创作者据以进行创作的或许是特定时代的美学标准，不过，需要注意的是，对于那些具有前文本的人物形象进行审美再创造，无法脱离与具体时代的核心议题或社会性关切的潜在关联，而这些改编文本能否获得所谓"艺术"上的成功，在很大程度上要看它们与特定的政治无意识能否契合以及是否与之保持了适度的张力。

杨沫创作小说时处境困顿，并不如意，作为一个非职业的体制外作家，其写作动机在很大程度上是源于自我疗治的心理需要，由于强烈的自叙传色彩，小说《青春之歌》具有浓重的白日梦性质。这部创作完成于20世纪50年代前期的长篇小说在文本内部保留了多重的意义空间，具有复杂的文本构造和主题纠缠，包含了意义暧昧的性别意识。但这些内容在1959年的同名电影中被极大地删减，其中除了少量改写是出于技术性原因，比如电影篇幅限制和戏剧性要求，主要还是出于主题方面的考虑。在1957年"反右"运动之后，"知识分子改造"上升为至关重要的政治主题，加之向建国十周年献礼的特殊创作要求，林道静的故事被高度政治化地解读，就不可避免。

于是，在电影版中，阶级判断明显强化，知识分子改造的政治性主题具有了统摄性的绝对优势，有力地压抑了爱情线索。而且，为了突出政治主题，必须对爱情内容做纯化处理，因为，共产党员或革命者的爱情在一定程度上有损于其理想性，同时也减弱了林道静投身革命和卢嘉川、江华启蒙林道静参加革命的纯洁动机，从而潜在地颠覆了知识分子改造的政治主题——事实上这也是小说出版后招致郭开等人激烈批评的原因。电影对情爱主题进行了压抑，剔除了革命者肉身化的叙述，以突出革命者之间的精神性关系；同时将"日常生活"内容从革命者身上剥离，具有"世俗欲望"成了余永泽、戴瑜等反面人物的缺乏精神性的特征，比如余永泽对以鸡蛋煎饼为代表的家居生活的热情。小说里林道静与江华同居的情节自然不能再出现，林道静与卢嘉川之间朦胧但却清晰的爱情也被淡化处理，而江华在厨房里手脚麻利地做饭的情节也消失不见了。不过，鉴于《青春之歌》的政治主题内在地建立在爱情叙述之上，如果完全抽离了所谓爱情线索，小资产阶级知识分子改造的政治主题也将土崩瓦解。所以，电影还是对革命者的爱情关系做了隐约的暗示，适当保留了叙事上的一些裂隙和暧昧细节，比如，林道静看卢嘉川的眼神中包含着崇拜与爱慕，而将写给卢嘉川的情诗背诵给王小燕则泄露了她内心的情感秘密。再比如，林道静与江华泛舟湖上，当谈起叛徒戴瑜时，江华微笑着对林道静调侃道："你没有把咱们两个人的关系告诉他吧？"这间接表明了两人的超越正常同志的恋人关系。但总的来说，电影版中的爱情线索极大地被压缩，只是处在一个次要的位置，化为一条若隐若现的暗线，尽管它似有似无的存在对表层的政治主题起到了重要的支撑作用。

这种情形在"新时期"以后发生了逆转。1990年代以来的改编本都极大地淡化了政治色彩，不再对人物进行强烈的阶级判断，尤其是对于那些处在灰色地带的中间人物不再赋予政治道路的象征性和典型性的阶级内涵——比如，在小说与电影中，余永泽象征具有封建性的小资产阶级右翼，自私狭隘，漠视甚至敌视革命；白莉萍象征了小资产阶级的摇摆性和投机性，在革命遇到挫折时迅速地依附于资产阶级；王小燕则代表了起初不理解革命，明哲保身的小资产阶级知识分子群体，经过现实教育，他们转化为同情革命的外围同盟军。在1990年代以后，这些人物形象被去除了过于夸张的象征阶级群体属性的性格描述，话语方式与行为模式，而更多地具有了"普通人"的、日常化的面目，他们的政治立场也显得更为中性化与模糊化。在告别革命的思想氛围中，他们所代表的疏离政治，亲近日常世俗生活，追求个人成功的价值立场和人生姿态反倒显示出了某种正当性。

应该承认，这些新的改写在一定程度上突破并克服了十七年时期革命叙述的某些重要缺陷，比如，注重日常生活的呈现，革命者的情感世界具有了更多维度，也不再进行过于严苛的阶级定性和道德化判断。但是，这些新叙述也在形成着新的叙述模式和滥套。

在电影版中，白莉萍矫揉造作、追慕虚荣、"灵魂腐朽"，混迹于反动的上流社会，并无意中出卖了林道静，是个面目可憎的反面人物。但是，在1990年代以来的诸版本中，她却不再是一个负面形象，虽对革命颇有微词，却独善其身，不失朴素的正义感，具有正常的爱国情感。对革命者朋友也重情重义，对恋人罗大方也情感忠贞（1999版），从一般的社会道德标准上评价无可指摘。

尤其值得注意的是余永泽形象的变化。相对于小说和电影版的丑化处理，在1990年代以来的诸改编文本中，他开始成为政治与道德上的中性化人物甚至正面人物，最多只是有一些性格瑕疵而已——比如有些迂腐、自私，嫉妒心强，胆小懦弱，但同时，他身上的诸多优点也被放大出来，比如追求学问，忠于爱情，热爱家庭生活等。总的说来，余永泽算是大节不亏，具有传统读书人的良知与德性。

在两个电视剧版中，尽管余永泽的形象在卢嘉川等人的映衬下略显灰色，但并不是负面形象，他的人生道路选择具有充分的合理性，至少是从事革命之外的一种合理补充，不再像小说和电影那样把做学问与革命对立起来。

对余永泽的改写，负载着更多的历史密码，寄寓着新时期以来主流思想界对所谓知识分子主体性的想象。

作为新启蒙主义的重要内容，启蒙主体的重建一直是个贯穿性的核心命题，从1980年代初的“主体性”哲学、美学思潮一直到1990年代的“人文精神”讨论，并在后来的“道德理想主义”论争余响不绝。这一主题一直是支撑众多思想讨论的内在动力，并或隐或现地闪现在关于公共空间、市民社会和中产阶级的想象中。可以说，在1970年代末以来的思想氛围中，将中国的历史灾难，现代化的障碍归咎于知识分子独立精神的匮乏，将社会主义中国尤其是“文革”的灾难主要理解为对知识分子主体精神的戕害，已成为一个固定的思维模式和历史常识。正因这一诊断，在新时期以来的精神史中，延安整风以前的民国知识分子就成为当代启蒙知识分子想象自我、重塑自我意识的重要精神资源。在1980年代末期的历史事件之后，在一种溃败的失落情绪中，启蒙主义知识分子群体又进一步生发出被历史暴力压抑的受难感。在1997年，以“反右”40周年为契机，这种集体情绪得到了集中表达，“右派”开始与疏离政治或反专制的自由主义知识分子建立联系，自由文人的精神谱系和历史脉络被建构起来。在此背景中，胡适由于在五四时期就与左翼知识分子分道扬镳，具有了重要的象征意义。作为建国以后被猛烈批判的对象，成为自由主义知识分子的宗师，不要忘记，胡适恰恰是余永泽念兹在兹的人生导师和精神偶像。

几乎与此同时，在文化保守主义兴起，“国学复兴”的文化思潮中，陈寅恪、吴宓、钱钟书等人，作为“独立”于政治，反激进，坚守道统的文化英雄闪亮登场。有趣的是，正是在这一历史情境中，张中行，即余永泽的人物原型，以国学大师的新身份开始成为流行作家。这些显然构成了电视剧书写的历史潜文本和互文本内容。在2006版电视剧中，江华对林道静表示，完全理解余永泽的人生选择，并说自己也想钻故纸堆，只是现在条件不具备，等将来建成一个新世界，自己还想向余永泽请教学问呢。后来，林道静也安慰心灰意懒的余永泽：你的知识将来国家用得着。

电视剧极力为余永泽作道德开脱。如果说在小说和电影版中，余永泽直接导致了卢嘉川的被捕，尽管并无强烈的主观故意，但他显然应当预见到把卢嘉川从家里赶走可能出现的后果，这把余永泽推上了与敌人合谋的境地。而电视剧版都强调了余永泽的非故意及事后的追悔之意，并试图加以补救。他具有民族大义，当林道风请他为日本人做事时，他大义凛然地加以拒绝。在分手之后的林余关系上，小说将余永泽处理得很绝情，他甚至站在游行队伍之外对遭受反动军警殴打的林道静幸灾乐祸，极不道德，当然，在电影中余永泽彻底消失了。而在两种电视剧版中，余永泽旧情未忘，并在林道静遇到困难时施以援手。1999版余永泽收留了无处容身的林道静住在自己的寓所，最后的自杀也和他不肯与胡梦安合作出卖林道静间接相关；而在2006版中，余永泽的死则起因于保护林道静：他战胜怯懦，勇敢地站出来向共产党告发戴瑜，结果被国民党特务杀害。

在两个电视剧版本中，余永泽的死都是具有某种英雄性和崇高感的，在1999版中，他不肯与胡梦安苟和，坚持良知与自己的做人原则，因被共产党人误会，最后留下遗书给罗大方，自杀明志。余永泽面带惨淡的微笑走向迎面驶来的火车。长时间的对切镜头强化了这种英雄性与悲壮感。而2006版中，余永泽被多名特务胁持，抛入未名湖溺毙。这种死法别具一种被政治暴力所迫害致死的惨烈感。

必须特别指出的是，在2006版中，余永泽还负载了一种特殊的象征意义：他代表了“小资”的新形象。小资产阶级在1980年代以前是个具有某种负面政治意义的称谓，而在2000年以后，它的简写形式“小资”则具有了新的语义，与其说它指称着一个新出现的社会阶层，还不如说它代表了一种讲究生活品质和精神品位的人生态度。在剧中，余永泽正是当代“小资”回溯性构造和远程投射。新世纪的“小资”们不关心公共事务，沉浸在自己的内心世界，看重爱情的质量，注重文化修养，注重生活细节的品位。对照这些特征，我们不难发现，余永泽正体现了“小资”的人生态度，或者说，他其实正是根据当代“小资”根据对“五四”生活的理解为自己量身定做的前辈形象。剧中的余永泽形象清新，服饰讲究，情感缠绵，不热心公共生活，尤其不能容忍粗砺甚至血腥的社会革命；而对林余二人家居生活的呈现也不乏温馨浪漫的情调。这些都代表了当代庞大的“小资”群体的审美要求，或许，他们正是这部电视剧所设定的目标受众吧。

在新时期以来的人道主义—人性论—人的主体性的话语系统里，呈现反面人物的内心世界的复杂面相是文学写作深刻的表征之一，正是在这种文学观念和艺术成规的影响下，电视剧版中的叛徒戴瑜，也没有如电影版似做简单化或单面化处理，而是尽可能将其“人性化”。在电影版中，胡梦安一翻威逼利诱的话语，外加上女特务的几个媚眼，就使戴瑜轻易就范，充分暴露了其叛徒的“本性”和小资产阶级投机分子的软弱性。而在1999版中，戴瑜的投敌一开始就带被诱骗的性质，他并不情愿也并不是死心塌地地与革命同志为敌，甚至还对林道静等进行过暗中保护，多次手下留情，只是到后来才越陷越深，难以自拔；而在2006版中，戴瑜则是在威压与恐惧下就范的，（在后革命时代，革命理想被解构的情况下，这似乎情有可原）而且，他还是保留了真性情的一面，对王小燕也并非单纯利用，而是动了真情，这显示了其“人性化”的另一面。林道静的继母，在原作和电影版中的阶级论的视野中，都是一个唯利是图、心肠歹毒的恶妇形象。而在1999版中，她成为一个较为中性化的人物，与林道静也颇有母女之情，以至于只是到了抗婚出走之前，林道静才从他人处得知母亲原来是继母。

这种人性论的再叙述更鲜明地体现在对爱情关系的改写上。在新时期以来的文学观念中，爱情，尤其是在1980年代早期，具有人性解放的寓言色彩和象征意义。如果说，十七年及“文革”时期，禁欲主义的写作模式强调用精神性的共产主义信仰压抑肉体的、个体化的“私”的欲望领域，新时期的爱情话语则颠倒了这组灵/肉二元关系，用个体的“私”情感和爱欲挑战、冲破社会的辖域化。不可否认，这种爱情理解，的确具对政治、社会压抑的解放作用，但是，随着这一观念的庸俗化，也形成了一种刻板化的对人性的另一种狭隘化理解。于是，在新历史主义小说中，对革命与反革命的欲望化演绎风行一时，似乎只有将革命欲望化，当代读者才能理解它。

于是，我们看到，新时期以来的版本都将叙事的重心向爱情线索偏移，至少是将原来隐含的爱情线索做了放大化处理。这和电影的处理方式恰成鲜明的对照。在两个电视剧版中，党内同志都提醒卢嘉川不要陷入与林道静的爱情，以免影响工作。比如，在1999版中，刘大姐代表组织要求卢嘉川和林道静牺牲个人感情。对于卢嘉川的故意疏远，林道静问：是怕我爱上你？卢嘉川无法解释，只好情感复杂地说，我们该分手了。大有斩断情丝，献身革命的意味。后来两人先后被捕，胡梦安安排林道静参观卢嘉川遭受酷刑。眼见恋人受刑惨状，林道静伤心欲绝。林道静出狱后，收到罗大方等转来的卢嘉川的遗书，遗书清晰直白地表达了对林道静的爱情，表达缠绵，和小说中的遗书内容完全不同——原小说中的绝笔信表面上看起来还是鼓励革命同志继续奋斗，完成其遗愿的精神昂扬的书信。这种处理就把在原作及电影中隐含的林卢爱情表面化，并成为支撑叙述的重要动力。2006版虽没有明确林卢之间的爱情关系，却有意营造了二人之间的暧昧情感，这可以由全剧的叙述尤其是富于意味的镜头语言的运用感受得到。一个有意思的情节是，电视剧刻意相当完整地保留了罗大方与卢嘉川谈论林道静的场景，以呈现卢嘉川对林道静的萌动的爱情，以及碍于余永泽犹豫迟疑的情态。不过，总的来看，在人物感情关系方面，2006版还是大体忠实于原作。最后，当理想中的爱人卢嘉川牺牲后，江华取代了他成为现实的爱情对象。

两个电视剧版（还有后面谈到的歌剧版）都将林道静的爱情明晰地与革命线索并列，甚至使它成为唯一的主线（在歌剧中，革命只是一个背景）。于是，林道静的情感变化成为书写人物内心世界和性格发展的最为重要的内容。相比于“十七年”的版本，从小资产阶级知识分子升华到共产主义战士这条成长线索变得模糊不清甚至消失不见了。这当然不难理解，已经非政治化的当代读者不会喜欢这种政治主题；而且，当代主创人员已经习惯了这种成规，对于一部二十多集的电视剧来说，没有爱情线索的支撑该如何讲述呢？

有一个特别值得注意的现象，如果把主要革命者人物形象进行价值排序，“十七年”的版本中最重要的人物是江华，而1990年代以后，绝对的中心人物则是卢嘉川。在小说和电影中，尽管从审美接受和作者潜意识情感来看，似乎卢嘉川是男一号，但那只是审美效果而已。的确，卢嘉川作为精神偶像更具有超凡脱俗的魅力，更容易给人留下深刻难忘的印象，不过，从原作整体结构和叙述逻辑的角度看，无疑江华才居于核心位置。卢嘉川出现在全书的前半部，而且夹杂在众多的人物形象中，后半部的中心人物（不但在与林道静的关系上，而且在结构故事的意义上），则毫无疑问是江华。尽管卢嘉川对林道静完成了精神与爱情的新启蒙，但相对于真实酷烈的革命历练和脱胎换骨的成长，卢嘉川只是提供了初始的动力，从爱情上看，卢嘉川也只能是乌托邦化的可望不可即的精神之恋的对象，最终，林道静只能在江华那里找到真正的情感依靠。从某种意义上说，卢嘉川只是一个过于完美因而不具有现实爱情可能性的精神偶像，注定要被同样具有革命性的内在实质却具有现实感和生活化的江华所取代。从小说的叙事逻辑上说，在一开始其实就预设了从卢嘉川引渡到江华的爱情归宿。

或许，我们还可以从中发现某种重要的象征意义，通过这种叙述，小说隐约讲述了一个中国革命史的寓言。

众所周知，中国的共产主义革命经历了一个从欧化、苏化直至中国化并取得胜利的过程，在这一过程中，五四时期的马克思主义的乌托邦理论逐渐转化为中国化的革命实践——从占领城市到割据乡村，从发动工人阶级到依靠广大农民，在这一转变过程中，广大的革命的领导者群体也从知识分子、理论家转变为出身底层的实干家，富于思想和文化魅力的“五四”一代马克思主义者在完成了思想启蒙之后纷纷退出历史舞台。长征之后，尤其是40年代，中共对苏俄影响的清除（批王明路线，“反对洋八股”等整风运动），不可否认主要是出于政治策略的考虑，但也同时是这一“中国化”过程的一个理论升华。它再次强调了只有中国式的马克思主义才是“五四”共产主义革命的真正合法继承者，也是真正实现了最初革命理想的历史主体。所以，从寓言的角度，卢嘉川只是早期马克思主义者的代表或“五四”时代乌托邦化的共产主义理想的人格化，而江华才是真正的中国革命的主体。相对于具有理论家气质，神采飞扬、魅力四射的卢嘉川，江华显得朴实、低调和稳健，更具有脚踏实地的人间烟火味，工作方式也更接地气。对比两人的外貌描写颇能看出这种差别，“仿佛这青年身上带着一股魅力，他可以毫不费力地把人吸在他身边。爽朗的谈吐和潇洒不羁的风姿，那挺秀的中等身材，那聪明英俊的大眼睛，那浓密的黑发，和那和善的端正的面孔。”（卢嘉川）“高高的、身躯魁伟、面色黧黑的青年，像个朴素的大学生，也像个机关的小职员。”（江华）如此说来，卢嘉川的牺牲不可避免，只有这样，他才能作为一个完美的革命者形象化身为崇高的纯净的革命源头，而永远定格在林道静的记忆中。试想，如果他继续存在，一则妨害了真正的革命主体出场，二则他本人也将面临困境，不是成为瞿秋白就是成为陈独秀甚至王明、张国焘。当然，这是题外话。从这一意义上说，林道静的成长道路始于卢嘉川而终于江华，其实暗合着1940年代以来关于中国革命道路的主流的意识形态叙述口径，而林道静最后的爱情归宿，则遵循了大众文化的刻板逻辑——漂亮的女主角永远只能在最后嫁给最“政治正确”的男性。所以，在结构的意义上说，“十七年”时期，不管卢嘉川抢占了多大风头，注定了只能是革命史或爱情史的前史。

但是，在新时期以后的版本中，卢嘉川逐渐取代江华成为结构整个故事的核心人物，除了2006版，江华在人物形象的意义上已面目不清，无足轻重，要么是只具有叙事学意义上功能性的行动元，要么干脆被删除（至于2006版的特殊情形，下文还会说明）。何以会出现这种颠倒呢？

1980年代以后，江华所代表的中国革命已经被祛魅甚至被污名化了，在新启蒙主义的观念中，它被等同于蒙昧的前现代，成为中国走向现代，融入“世界”的历史障碍。在“救亡压倒启蒙”的历史视野中，走向民间，深入基层的江华所代表的延安道路正是融入了前现代的“救亡”道路，因而带有深重的历史原罪。而所谓林道静式的成长与改造道路，恰恰是正放弃现代的“五四”文化趋就工农兵文化的“反启蒙”之路。正是在这种观念背景下，写作于1980年代末，出版于1990年的长篇小说《英华之歌》就具有了特殊的征候性意义，在这部《青春之歌》的续集中，新的主流意识形态借助杨沫之手完成了戏剧性的改写：江华成为自私、狭隘、专制的负面人物，卢嘉川再度归来——不过是作为一个人道主义者。这个“五四”时代的理想主义者代表“启蒙”归来了。让在《青春之歌》中“牺牲”的卢嘉川“复活”未免有些滑稽（据杨沫创作的另一部续集小说《芳菲之歌》交代，在行刑前夕，卢嘉川被我党秘密营救出狱），但却自有某种意识形态逻辑作为支撑：“五四”时代的马克思主义被成功隔离于后来的革命实践，仍保持着某种未受玷污的童贞，尚未注入实际性的社会性内容，因而先天地具有了某种对革命原罪的豁免权。而江华则成为革命原罪的人格化代表受到审判。小说《芳菲之歌》写到惨烈的党内清洗，已是中共高层领导的江华主持了根据地的清查托派运动，独断专行，制造了多起冤案（显然，这种运动与“文革”形成了某种对应与指涉）。林道静，作为江华的对立面（因保护“托派”被隔离审查），与卢嘉川一起，事实上充当了革命历史的反思者与批判者。也正是在此基础上，他们旧情复燃，虽然发乎情止乎礼仪，但情感所向已是非常清楚。林道静已与江华同床异梦，离心离德，虽然杨沫为了照顾革命者的形象未让他们迈出实质性的一步，却让他们在精神上结合在了一起。为了进一步巩固她与卢嘉川的情感合法性，林道静甚至不惜修改自己的记忆与江华切割，林道静否认了《青春之歌》中答应与江华同居时的感情，对江华说：“我可是早就想过了。你——本来就不应当属于我。1935年冬那个大雪的夜晚，我铸成了大错——我拿你的友情当成了爱情……”

代表“启蒙”再度归来的卢嘉川，“压倒”了“救亡”与革命，传递了意识形态变化的明确信号。这构成了“青春之歌”书写史的一个意味深长的转折，自此以后，卢嘉川开始成了真正的主角，也成为结构叙述的历史主体。此后的版本大都延续了这样一种贬抑江华、拔高卢嘉川的方向。卢嘉川，要么是青春激情的化身，要么是理想爱情的象征，更多的是兼而有之。卢嘉川完全驱逐了江华在林道静爱情中的位置（事实上，江华在整个故事中都变得可有可无），显然，在爱情至上神话流行的时代，作者与观众似乎已不能容忍林道静背叛卢嘉川与江华结合，这将被视为对爱情童话的亵渎。于是，在1999版中，为了凸显林卢爱情，编剧去除了林道静与江华的爱情关系，江华仍是主要人物之一，不过与林道静的关系是单纯的同志关系，他已有家室，与林道静的狱友郑瑾是夫妻，感情深挚并育有一子。这个相较原作非常重大的改编正是为了突出林卢纯美的爱情，以符合新时期以来理想的爱情模式。

更为大胆的改编来自2009年的歌剧版本。部分原因是受制于艺术体裁的限制，歌剧把主要内容集中在爱情关系上，不过只保留了林道静与余永泽的爱情以及林道静与卢嘉川的爱情这两组情感线索，并在两者之间构成了对照，前者代表了世俗的爱情甚至婚姻，后者代表了单纯而理想的爱情，至于江华这一人物则完全删除，以免形成对主题的干扰。全剧基本上抽空了革命与政治内容，去除了改造与成长的主题因素，以突显世俗价值与理想爱情之间的对立与冲突。为了加强戏剧性效果，歌剧安排卢嘉川临刑前与林道静诀别，二人对唱，表达爱情，极尽伤感、缠绵，卢嘉川唱道：“永别了，亲爱的静，长愿有情人终成眷属……我已深深地爱上了你，可我将永远地离开你，我亲爱的静。”唱词中大量引用林觉民《与妻书》的语句，以表达不能与林道静共享甜美爱情的遗憾。

歌剧版与2006版也被主创者称为青春版，它们的共同特点是，知识分子改造的主题隐去，成长小说的结构消失，青春激情与爱情突显，一群不甘心平庸生活的青春偶像跃然于灰色的革命背景之前。在演员形象的选择上，2006版充分体现了偶像剧的特征，主要人物都是俊男美女，包括戴瑜、胡梦安形象也不差，偶像剧的逻辑甚至不再遵守原作和原有艺术成规的限制，比如原作中余永泽的小眼睛就变成了大眼睛，极大颠覆了电影中于是之所塑造的形象。

这种青春偶像剧的处理，就将革命非历史化、非政治化了（相反，“十七年”的电影版则过分政治化了）。于是，青春隔离并消毒了革命，将之抽象化和浪漫化了，普遍性的青春激情取代了有着具体社会历史内容的革命，成为真正的主角。或许正是出于这个原因，歌剧版尽管主创人员都是中年人，却也打出了青春牌，以“青春呼唤你，呼唤我”为宣传主题句。和其他当下流行的革命偶像剧一样，革命，只不过是富于激情和理想化这种青春内在品质的一种副产品罢了。于是，革命中的青春成为安全的审美对象，既被欣赏，也被原谅，观众们和历史达到了和解，这或许就是青春偶像剧的某种潜在的逻辑。

但是，对革命的叙说也携带着复杂的情感、矛盾的心态和暧昧的政治潜意识，在告别革命的年代，人们内心里仍潜藏着对最初的纯正的革命理想的追怀，尽管对革命所建立起来的秩序疑虑重重。当人们与某些特定的历史时段拉开一段距离，而“告别革命”之后的现实秩序日益背离最初的期望之时，革命的幽灵又再度归来。即使是对它的青春偶像式讲述和欲望化演绎，也不能完全滤掉它依稀的低语——它固执地重复着最初的承诺与债务。正是在这一意义上，2006版尝试着用后革命的模式化语言相当忠实地再讲述一个青春之歌，还是别具意味。在这些“青春之歌”里，既有官方主流意识形态对革命遗产的“权且利用”（making do）和征用，也传达了民间对公平、正义等革命价值的渴望，它们有时会展开对革命叙述的主导权的争夺，但更多地体现为协商、妥协并相安无事。主流意识形态就在这种危险的平衡中完成着再生产的过程。对现实秩序，革命叙述带有某种潜在的挑战性，但是又迅速被消化和收编。双方似乎已经习惯了这样的意义游戏，一般也不会犯规或越界，比如官方征用过猛，或者“民间”批判现实的指涉性过强。由此，官方以及精英群体利用这种动态的平衡结构赢得主流意识形态的延续性和形式上的稳定性，以及社会秩序的合法性和社会控制的可靠性，“民间”也完成了有限度的批判，有时以打一些无伤大雅的擦边球自娱自乐。这构成了当下讲述革命的大众艺术的基本面貌。近年来的《青春之歌》版本也大体上符合这种描述。

作者系海南大学人文传播学院院长、教授、硕士生导师，文学博士，
海南省文艺评论家协会副主席，海南省作家协会副主席
本文原载于《山东文学》2013年第1期

# 刘晓真 | 2012看中国舞蹈脉动

这些年，中国舞蹈界从未沉寂过，创作、比赛、展演、交流、教育、研讨等等活动让舞蹈事业看上去一片繁荣。2012年，依然如故。只是，在这片繁荣下，仍然有很多思考未果并亟待解决的问题。舞蹈创作的艺术水准是比赛能够衡量和提高的吗？在将近百年学习西方与自我创建的舞蹈路途上，我们究竟掌握了什么样的本领？持续不断的学习过程中，我们是否真的解放了思想，找到了自己的路径？我们的舞蹈教育究竟是为了什么而教育？我们究竟用专业的身体干什么？……

## 创作：敢问路在何方？

当代中国职业舞蹈的创作不外乎两大类型，一类是面向资源丰富、根基深厚的民族民间舞蹈，对其进行舞台的加工和改造。尽管近二十年中，旅游展演作为最大的外因，促使这类舞蹈创作的趣味、走向发生很大变化，但自上世纪40年代延安文艺座谈会讲话指出文艺方向之后，这类舞蹈在50年代学习苏联经验中确立基本发展模式之后，就从未在创作上真正偏离轨道。只是在新的时代环境下，一手为意识形态一手为市场成为民族民间舞蹈创作的双重任务。另一类创作根植于学院舞蹈的资源和审美，在芭蕾舞、古典舞（上世纪50年代由学校汲古开创的舞蹈类型）、现代舞（上世纪80年代由学校取经欧美确立的舞蹈类型）、民间舞（上世纪50年代由学校整理类型化后服务于教学和表演的舞蹈类型，与第一大类有交集，也并行不悖）的基础上，杂糅并陈，在新旧更迭的创作观念中摸索前进。

2012年6月7日到7月5日在北京举行的“第四届全国少数民族文艺会演”为我们提供了观察第一类创作的良好样本，41台文艺节目中，舞蹈类的创作就有23台，可以很大限度地反映当下各地区民族民间舞蹈的创作风貌。上一个十年中，在《云南映象》的无形号召下，有丰厚民族民间歌舞本土优势的歌舞团和嗅觉机敏的编导们，纷纷回过头来挖掘文化资源。当然，还有一个大的时代语境，就是政府对非物质文化遗产保护的大力推行，舆论造势和政府资金投入的力度亦是新一轮民族民间舞蹈热度高涨的动因。就是在这样一个复归民间文化的背景中，应运而生了一大批笔者称之为“云南映象”腔调的作品，比如此次会演中的湖南的歌舞《五彩湘韵》、青海的风情歌舞集《热贡神韵》、贵州的田野民间歌舞集《原色》、云南的综合歌舞《云岭天籁》、海南的歌舞音画《黎族故事》……然而，《云南映象》就是一个顶峰了吗？答案显然是否定的。这个作品归根结底有着艺术家个人的投影，带着特定的情感色彩和艺术审美，其水准的高低并不能代表民族民间舞蹈创作的方向和追求的高度。恰恰在这个时候，大型歌舞诗《魅力西藏》缓慢悠长却沉着有力地走到了前台。这台歌舞少有矫饰，舞美不做花样百出态，灯光不做大放异彩状，服饰不搞露、透、瘦的献媚样，一切都归于朴实，即便色彩绚丽，也是西藏各族百姓生活中本身就特有的质感。就舞蹈而言，编导也有意削弱舞台表现的痕迹，让很多舞台编导的技法隐藏起来，不至于让空间调度和冲突关系的过度使用夺了歌舞本身的风采。编导认为原生态舞蹈不应该是把那些农民的歌舞搬上舞台，而是从体态、性格、生活方式等等方面去琢磨体会。这种返璞归真的境界、回到本源去寻求艺术生命力的境界、不做表演的境界，已经走在了当下舞蹈创作的最前沿。当大多数编导一手伸向主旋律创作以求拿奖、一手投入旅游市场以求生存享乐的时候，《魅力西藏》提供了难能可贵的精神力量。

第二类创作往往在比赛中可以看到集中展示。2012年舞蹈界大的赛事只有中国舞蹈“荷花奖”的现代舞和当代舞比赛，而另一个引人注目的现象是，黑龙江、辽宁、吉林、贵州、内蒙古、云南、山西等地方电视台纷纷举办舞蹈比赛。姑且不论当下电视媒体通过效仿近年流行音乐比赛的方式，是否获得了同样的收视率。仅就舞蹈界自身状况而言，比赛作为生产舞蹈作品的动因已经成为制造顽疾的根源了。前些年，以舞种为核心的赛制引发了关于舞种划分的争论，至今仍存分歧。这种划分表面看去遵从了中国舞蹈发展的现状，因事而宜并及时调整。而实际上，舞种划分结合比赛，为狭隘艺术观提供了温床，使人们仅仅能接触到在这一机制下的审美生产与消费。退一步说，即便不划分舞种，比赛本身就如同激素，催产了竞技状态下当代中国舞蹈创作的精神气质，奖项作为风向标并未在创作眼界和观念上给创作者以长远立足点，而是潜在地限制了创作的自由，全国舞蹈比赛、中国舞蹈荷花奖、CCTV电视舞蹈大赛、桃李杯，以及时下接踵而至、争相效仿的各地方电视台舞蹈比赛，无一不是如此。而大赛背后的操手们——舞蹈界的专家们，在制造一种精英阶梯的同时，更多的精力也被用于奖项的平衡分配，作品呈送单位甚至包括创作者自己也都积极参与着奖项的追逐与争抢。对于大多数创作者而言，有什么样的土壤就会产生什么样的头脑，中国舞蹈的创作思维、审美锐度和生命力也就是在这个过程中走向贫乏庸钝。

相比之下，挣扎于市场环境的现代舞创作在思想意识上倒能显示出些许活力和独立精神。今年学院现代舞出身的编导们纷纷拿出力作，王媛媛的《金瓶梅》、高艳津子的《二十四节气》、北京师范大学舞蹈系集体创作的《海子》。而更值得关注的是，2012年12月在非文化中心的南宁有一场“广西首届现代舞蹈嘉年华”，针对这一区域的现代舞创作做了十年回顾与扫描，编导黄磊指出主办的两个舞团“谷舞社”和“点典走廊”有着明确的社团理念：“试图在城市与乡土、理想与世俗、强权与弱势的纠葛中，拷问出别样的情感经验。”作品《灰色地带》的题材和主题思想就源自当下的社会现实，编导黄纯军说：“从三聚氰胺毒奶粉事件起，挑战我们道德底线的事就不断地发生，尤其是近两年，这样的事越来越多，这个社会到底怎么了？其实大家也都在想这个问题，只是我把它用舞蹈的形式呈现出来而已，我觉得艺术本来就应该承担起这样的社会责任。”其可贵处就在于，他们在为生存而以舞蹈为饭碗的同时，还自力更生出强有力的精神方向，这多少能够反衬出当下中国舞蹈界“梦里不知身是客”的自我迷恋和陶醉。和这些青年才俊比起来，文慧、吴文光生活舞蹈工作室起灶更早，更像是默默前行的先锋探路者，今年在“民间记忆影像计划”推出作品《听三奶奶讲过去的故事》，用身体、影像与采访相结合的方式，为我们拉出被遗忘的历史。就像直面乱象从生的现实一样，能有勇气和意识检视反省走过的历史，正是当下中国舞蹈创作所缺的精神自觉。

## 交流：内外与自我

尽管在中国没有成为世界第二大经济体之前，中国舞蹈界与西方舞蹈界的交流在三十年的改革开放中就已有了长足发展，但很显然，经济实力的增长牵动着多方因素，使中国能够更多更深入地与世界交流，舞蹈界亦然。无论是中西方之间的对话，还是中国东西部之间的交流，每一个舞蹈主体都在流动中学习感受世界和重新定位自我，尤其对于有文化复兴雄心的国人来说。而如何在自说自话和鹦鹉学舌之间把握交流的精髓，能够在“传达我所有”和“学习我所无”的时候不卑不亢，恐怕仍然与我们是否真的解放了思想息息相关。2012年仅是国门之内成规模的国际舞蹈交流活动就有几项值得一提，立此存照。

2012年6月，立足国际交流视野、促进芭蕾教育共进的“第四届国际芭蕾舞邀请赛”由北京舞蹈学院主办，本届比赛除了竞争激烈的赛事以外还有系列展演，其中包括中国古典舞作品晚会《大美不言·国舞集萃》、芭蕾舞剧《牡丹亭》、国际现代舞展演、美国当代芭蕾表演。至11月，另一个项目“跨艺·舞动无界”由北京舞蹈学院启动，来自北京、台北和欧洲的10位编导根据主题进行了不同视角和不同风格的独立创作，并进行世界首演。项目的焦点在于所有参与者在一个跨界和跨文化的语境中，感受到了不同文化与不同方式的碰撞与融合，也在于各国学者全程跟踪创作过程和观察创作环境，并通过偶发性的具体个案探讨共性的实践研究与比较研究。在10月20日至25日，首届“国际舞蹈创意研讨会”在北京师范大学舞蹈系举行，来自世界各地的300位专家学者、艺术家参与会议。这次会议以“创意”为主题，秉承“培育创意型人才”的会议宗旨，进一步探讨“舞蹈创作中的个性与共性”、“创意舞蹈的教学与学习”等议题。研讨会还邀请到来自美国、英国、澳大利亚、荷兰等国家的国际舞蹈大师授课。

2012年7月22日至28日首届“北京舞蹈双周”展演周，有雷动天下现代舞团和英国珍妮丝舞团联袂带来的开幕演出《如歌》、西班牙西恩富而戈舞蹈团的《1618达芬奇》、香港城市当代舞蹈团的《别有洞天》、新加坡舞人的《从消逝出发》、广东现代舞团的《身体与灵魂的三段对话》、美国欧博琳舞蹈团的《长风破浪》、以色列克伊布兹当代舞团的《哪怕》等多场现代舞蹈演出。

自2012年10月24日至11月24日，在整整一个月的时间里，14台剧目30场次演出亮相在“国家大剧院舞蹈节”：杨丽萍舞剧《孔雀》；英国韦恩·麦克格雷戈尔一兰登舞蹈团舞蹈《本质》；台湾云门舞集两台精品荟萃；北京军区政治部战友文工团舞剧《霸王别姬》；德国斯图加特芭蕾舞团舞剧《茶花女》；英国伦敦赛德勒斯·威尔斯剧院和希薇·纪莲的舞蹈《六千里之外》；培艺艺术基金·云聚系列之古典舞《神色》；北京舞蹈学院附中专场演出“未来之星”；芭蕾巨星希薇·纪莲主演的《玛格丽特与阿芒》；意大利阿岱舞蹈团《春之祭》；沈伟舞蹈团《春之祭·天梯》；国家大剧院、英国伦敦赛德勒斯·威尔斯剧院和北京晓星芭蕾艺术发展基金会联合制作的《穿越——三个女人的舞蹈》；中国国家芭蕾舞团携手世界著名芭蕾编导大师诺伊·梅尔的芭蕾舞剧《小美人鱼》。

和北京作为近几百年中国文化中心的优势比起来，青海有其特有的联结远古的千年文化土壤，基于自由和浪漫的想象，8月在西宁举行了“青海原生态舞蹈和现代舞节”，在古代与现代之间通过舞蹈做了一次穿越。姑且不说这种结合在学理逻辑上是否成立，仅仅通过青海当地原生舞蹈和舞台创作的现状，便可以了解现代社会发展在不同区域中所体现出的文化差序。

## 教育：在精英和民众之间

中国的舞蹈教育是精英化的术科教育，脑体倒挂的格局从一开始就被决定了，这里面不仅仅存在通才教育不足的缺陷，更有一层问题是，应该如何处理这种精英化教育与民众之间的关系。

2012年12月14日，“中国舞蹈研究生教育三十周年纪念暨研讨会”在京举行。三十年来，中国最早设立舞蹈硕士和博士学位的教学机构——中国艺术研究院研究生院与舞蹈研究所携手为中国舞蹈界培养了数百位理论人才，近些年一些专业舞蹈院校也纷纷设立研究生教育。尽管如此，这仍然无法改变中国舞蹈庞大的术科教育基础和身体技术至上的主流观念，在比赛机制下所形成的专业舞蹈圈子里，理论研究者并没有真正的话语权并实现话语的有效性。这与其归咎于理论和实践的脱节，使理论研究者处于边缘地位，倒不如说长期形成的术科主导思想以压倒性的优势掩盖了实践者与理论者之间的认识差异。而恰恰是这种差异和距离才有可能够构成一种批判的声音和前瞻性的指向，这一点却未成为共识。无论如何，中国舞蹈本科到研究生教育之间的跨越仍然是精英层面上的，它们究竟能给普通民众带去什么惠泽，恐怕是更为深远的课题，这其中的理念也绝不仅仅是送舞下乡、下基层这一简单行为所能实现的。倒是当下的一些非专业创作经验可以激发这方面的思考。

2012年7月中旬“第六届华北五省区市舞蹈大赛”在北京举行，这次比赛业余与专业共竞、幼儿与老者同台、传统与现代齐欢，一小一老两个作品令人印象深刻，小的是《鼠你快乐》，老的是《芭蕾奶奶的春天》。《鼠你快乐》的舞蹈语言就是孩子高兴时“扭一扭”的基本形态，虽然简单，但触碰到了一个很本质的问题：我们应该如何去对待孩子的身体？当下有许多舞蹈对于孩子身体的训练已经非常成人化，甚至在作品里也要以展现身体的技术为目的，来达到所谓的艺术高度，但恰恰是这样一个过程丧失了舞蹈的真义。舞蹈不仅要美育，同时能让孩子通过肢体行为提高观察力、感受力、模仿力、记忆力、想象力，锻炼反应能力和动作协调能力，加强团结协作意识。而舞蹈作品如何在没有思想和技术负担的情况下，既能达到舞蹈的正向功能，又能在快乐明亮的基调情绪里让孩子在舞台上表达和享受，才是儿童舞蹈创作的关键。就此而言，《鼠你快乐》是个非常成功的作品。《芭蕾奶奶的春天》里，一群平均年龄60多岁的老太太表演了芭蕾，值得称道的是，作品并不是让这些老太太去炫脚尖技术，而是用她们被专业训练了的身体去表达退休之后的第二春。她们虽然一把年纪，却在作品里表现了生命的明亮和饱满，当下许多二三十岁的年轻人都未必能够体现出这种活力。所以，我们在专业的实践当中，往往以把自然身体训练成专业身体为目的去比赛拿奖，而忘记了舞蹈原初的目的和功能。所以，我们究竟要怎样的专业化舞蹈？究竟要用专业的身体干什么？把自然身体训练成专业身体，仅仅是手段，最终还是要用专业的身体去表达心中的美与爱。

我们对待舞蹈身体的态度实际上能反映出根深蒂固的等级观念，长期以来，在专业和业余的分水岭下，专业舞蹈圈的高度自旋转已经让它在高精尖的维度里转不出来了，非专业舞蹈似乎永远都要在这个旋风外仰视专业舞蹈。2012年下半年，杨丽萍《孔雀》在各地巡演中获得了口碑和票房上的巨大成功，而这并不能算是专业舞蹈的成功。当下，我们用培养芭蕾“天鹅”的标准来要求每一个打算进入舞蹈大门的孩子，甚至著名的民间舞蹈教育专家都会在电视媒体上大肆宣扬“三长一小”（长脖子、长胳膊、长腿、小脑袋）的身体审美标准，而杨丽萍的身体比例并不能达标。这个未受过严格专业训练的舞人当年步入国家级院团时备受排挤和轻视，而今却取得了任何一个科班出身的专业舞蹈演员都没有的成就，这不是因为她妥协，而恰恰是在她凭着天性所感知的舞蹈中始终坚持自我的结果。

面对当下中国舞蹈教育在精英和民众之间的失衡局面，一种天然的反抗或者自我的启蒙以前所未有的形式出现了。自2011年以来，以广场舞为代表的全民性舞蹈热潮在社会的广度上持续升温，2012年江苏卫视甚至专辟广场舞栏目《最炫民族风》让民众的身体发声，人们对于健康、快乐、美丽的渴求最终通过身体的方式表达出来。我想，这份朴素的表达才是人与社会和谐发展的基础，舞蹈作为人类身体律动的真义也是在这个时候回到了原点。

作者系中国艺术研究院舞蹈研究所副研究员

本文原载于《舞蹈》2013年第2期

孙立生

# 大地与种子
## ——从“曲艺之乡”的话题说开去

我心中的“曲艺之乡”，绝不是高高悬挂的一块招牌，而是一部与民俗民风民心唇齿相依、血肉相连，有着抹不掉的记忆、传说、故事、人物，生动且鲜活的曲艺文化史诗。由此，我把“曲艺之乡”视之为“曲艺沃土”。

曾在一期《中华读书报》上，读到该报对山东作协主席张炜的专访，当被问到为何不太关注作品被外文翻译时，张炜的回答亦始终没有离开“土地”：“文学的地域性才是根本属性，不能过分看重洋人观感。”“离开了土地、离开了语境的文学，在遥远的国度、遥远的民族很难再现，美文不可译的规律很难打破。”“我更相信土地的理解力，它孕育了一代代读者，作者和读者的生命来自土地，土地给予作品生命力。”“对于创作而言，范本是不中用的，血脉里流淌的文化因子才是致命的。我发现，越是年长，这地方越是让我怀念和留恋。”“知识分子最终是在民间大地找到他的根，找到他的力量。”张炜这些关于土地的论述，引发了我对“曲艺生态”境况的思考。在登载这篇张炜专访的报纸空白处，我随手写下两段话，第一句与曲艺有关：五里不同风，十里不同俗——乡情乡音的曲艺，其特质决定它的价值来自土地，而不是外国或者繁华都市的舞台与富丽堂皇的领奖大厅。第二句似乎与曲艺并无关系，是个连续追问句：把大树放在干旱的沙漠里能长出菌菇来么？水泥地上能种出大米吗？！

## 什么样的土壤培育什么样的种子——环境决定曲艺命运

毋庸置疑，文化的民族特色和地区特色是文化的最大魅力。由此推理，乡情乡音的曲艺艺术，是地域文化最显著的文化标志之一。因为懂得“一方水土养一方人”的道理，所以曲艺最擅长的是“在什么山唱什么歌”。反其道而言之，曲艺唱什么歌取决于它所在的土地。所以，曲艺要生存、发展，必须认识土地，敬畏土地，善待土地——

那究竟何为沃土呢？我的解释虽然不是来自教科书，但却希望思考能向科学靠拢。我觉得，它与两个关键词有关：一、适应；二、适时。

很多人将“适应”等同于“热情”，于是乎，“曲艺之乡”便成为曲艺活动“频繁”、“热闹”的代名词。而我认知里的“适应”，更该是一种清醒与理性，一种有益于“种子”成长的、恰到好处的适当。也就是说，要为优秀曲艺人才的发现、成长，提供一种长远的、良性循环的环境，在体制、机制上，保障其享有健康、快乐与自由。这，似乎才是“曲艺之乡”的应有之义和发展之本。很遗憾，我们遇到了一个“不可能在一棵树上吊死，却极容易在森林中迷路”的时代。而有时迷途不知返的缘由，则是经常错将“过程”当成了“目标”，往往把“活动”等同于了“发展”。由此，拔苗助长的事便时有发生。“办活动，就一定会出人才出作品”，“有数量就有质量”，似乎成了不容置疑的规律与真理。事实果真如此么？我看到的真相是，曲艺界似乎并不乏“扩”的热闹——地盘在扩张，队伍在扩大，活动在扩展——唯独没“扩”出一个“侯宝林”、“高元钧”、“李润杰”和“骆玉笙”……问题是出在土壤呢？还是与种子质量发生了问题？！

适时，是关于沃土的第二个关键词。它，所以关键，在于“适时”的内涵是一种谦恭的姿态，也是一种清醒的认知，更是一种对本质规律无条件的服从与顺应。换一种思维，我们可以说适时也是一种度——如同土地与风霜雨雪的关系，少了不成，多了成灾。前不久，山东某地一群山东快书爱好者，提出要搭台举办无偿义演，我正为其义举感慨感动的时候，却被一位曲艺名家迎头泼了盆冷水，他说：无缘无故地义演什么呀？知道么，无缘无故的无偿就是“无常”与“无长”——不是常态就不会长远——曲艺家两眼盯着钱不对，两眼若离开钱，那“职业”的价值又从何体现呢？！他的一席话，让我联想起在网上看到的一则微博：“某国际公益性组织向非洲某国资助一批蚊帐以防疟疾。一种方式是低价出售给当地人，另一种方式是免费派放，派完即止。后续调查发现，凡是购买蚊帐的，都在使用。而免费得到蚊帐的，40%的并没有使用。这说明：一、价格有甄别需求的作用；二、相较于付费，人们不太珍惜免费得到的东西。”诚然，这件事情与这样的结论与曲艺风马牛而不相及。但它却提醒我，只有让曲艺种子成长中感到适意，得到尊重，获得尊严，曲艺沃土才名至实归。我曾经组织过多次公益性曲艺演出，面对数以万计观众的“喧嚣”、“围观”，不少名家常用“热闹去迎合热闹”，临时把原定演出的“经典”改成“时尚”，将“深刻”易为“平庸”。于是乎，《反正话》、《傻子相亲》等，成了这些名家参与公益活动的“家常菜”——致使曲艺家的“种子”与观众的“土壤”，“以俗对俗”、恶性循环。实际上，观众与市场的“健康”，原本是通过演出质量得以保障的。老艺人们把开辟市场叫作“打地”，从老百姓手里接过的“毛儿八分”虽不多，但却是演员一家人的“养命钱”，称观众为“衣食父母”是发自心底的。你给观众实打实地表演，观众也是实打实地为你叫好呐喊——彼此关系用一个字就概括了：值！能不值么，这块地“逼”着演员、观众一起长能耐呢。这让想到与我交流这些的这位名家，教学授艺亦颇有特点：不光排表演，还逼着弟子们自己动手写作品，之后逼着他们报名参与各种比赛等活动，再之后逼着他们撰写参与活动的总结，总之，逼着他们实现或追求全面发展。这，让我对“现代曲艺新人观”有了更深层次的思考：今日曲艺已不太适应再在“经验科学”层面上徘徊了，即不能再像中医号脉、农民种菜、瓦匠盖房等，完全凭借与依赖对实践的摸索与总结了。因为曲艺已从集市街头的“玩意儿”，升华到了艺术的殿堂——此曲艺已非彼曲艺。一个合格的现代曲艺人理应是理论、表演、创作“三项全能”，否则，至少是个“瘸腿曲艺家”。搞理论的不熟悉表演、创作，极容易让观点流向不切实际，文字也会缺少鲜活与灵气，如此，怎能与曲艺自身的天性和谐、融洽呢？搞创作的不会表演、不学理论，观念只能跟风走，舞台感觉顶多是“隔皮猜瓜”。搞表演的若不研究理论，不擅长创作，台上便会缺少理直气壮的自信，个性发挥亦休想达到淋漓尽致、挥洒自如的境界。曲艺自诩为“说唱文学”、“语言艺术”，这说明，文学是说唱之根本，而语言亦不过是艺术的载体罢了。所以，对这样的批评我是认同的：今日曲艺，多说唱，少文学；多语言，少艺术——它们融合一起的比率失调了，病了，便不足为奇。

综上所述，无非是想印证两个观点：首先期盼“曲艺之乡”顺应新时期的曲艺艺术规律，恰到好处地把握、处理好文化惠民与曲艺演出市场的关系；其次，在实践中，需要我们不断发现、探索培养现代曲艺人才的规律，以给现代曲艺新人提供、创造良好的成长环境。

说到土壤、环境的话题，想起了我几天前在手机上写的一则信息：我家狗儿雨天跑到院里，四个蹄子沾满泥水回到洁净的屋。看着地上由深渐浅慢慢消失的污迹，想到了“境”——没有污染的地，可以让沾上浊泥的“脚”渐渐干净；但，若要是纯洁的狗爪踏进一块肮脏的土地呢？！中国人对环境的重要，古时便有足够的清醒与深刻的认识，否则“孟母三迁”的故事便不会流传如此广远。“境”的美、丑与其转化、改变等，是一个循序渐进的长过程。正因如此，呼唤我们每一个曲艺人，勇于担当责任，从我做起，从现在做起，从一点一滴做起。

## 什么样的种子生长什么样的果实——人才决定作品品质

我把人才比喻种子，认为从“艺无止境”概念延伸开来，人才是一个动词，是一个永远成长的过程。沿着这样的思路深入，我认为优秀的“种子”也有两个与之命运息息相关的关键词：一、争取；二、汲取。

在我的理解中，争取，不仅仅单指主动或热情，更认为种子在大地的怀抱里，争，是其“成长”、“进取”的前提与保障。有比较，才有鉴别。优良的种子同样由“比”而生，否则，“破土而出”、“争奇斗妍”、“竞相开放”等，便不会进入诗人的视野，成为许多好诗的“诗眼”。优秀的种子必须具备积极融入大自然的意识，必须经得起风，也顶得住雨，且面对风雨其乐无穷。如何抵达这样的境界，思来想去只有“爱”——爱会让一颗种子不带丝毫杂念地去拥抱土地；爱亦会让一个曲艺家深入生活之中，用不同凡响的艺术创造，确立不同凡响的自己之存在。

靠“娇生惯养”、“百依百顺”，种子不会长成栋梁之材；相反，争论，乃至有锋芒的尖锐批评，则有益于提升种子成长期的免疫力。若想展开对话、交流与批评，其方式、平台俯拾即是，所谓“墙高万丈不挡想进之人”。只要心口如一，目的是“与人为善”、“治病救人”，方法亦会适当与协调。曾应邀出席一场豪华隆重的拜师仪式，那日我的致辞几乎就是单刀直入的批评，我说：对于如此隆重的拜师仪式，非常理解，山东毕竟是儒家文化的发祥地，而孔老夫子又是调调、重视“礼仪”的。只是我想提醒二位师徒，当儒这个字眼儿成为文人代名词后，便有了“君子儒”、“小人儒”之说。小人与君子是有度可衡量的，所谓“君子喻于义，小人喻于利”。你们的目标与作为若是冲着名利使劲，无疑，便是小人两个；若是为了曲艺事业薪火相传之大道而相交，当然是君子一对了。因为我的情感真挚，表述便真诚，故而并未给喜庆的仪式“添堵”，相反赢得了一片掌声。之后，他们师徒给我鞠躬说，会将我与大家的叮咛铭记一生。

汲取，对于“种子”成长的意义更是不容小觑。只是我的印象里，曲艺“种子”对营养的吸收，似乎有些“单一”，曲艺人更习惯在身边的江湖小圈子里徘徊。曲艺“良种”的成长，当然需要多方面的营养。一个合格的曲艺家首先要熟悉、掌握文学艺术的共性，其次才是熟悉、掌握曲艺艺术的个性。它们之间是有排序的，即后者取决于前者。这，如同傅雷当初教育傅聪，要坚守“先为人，次为艺术家，再为音乐家，终为钢琴家”的信念。曲艺界凡是有出息的艺术家，即使没有学历，但个个都富有学习力，其成功无一不受益于广泛摄取，厚积薄发。记忆中总忘不掉上世纪80年代初的那一天，我去姜昆家，看到他一个人抱着个录音机一字一句、孜孜不倦地学习英语。之后我曾以它为例教育曲艺后人，不曾想那后生笑了：“说中国相声的学英语，这之间的距离太遥远了。”我说，曲艺属于中国的，但文化却属于整个人类。没有跨地域的胸怀，便不会有登高望远的自信，更不会有纵横捭阖的气度和魄力。在鲁迅先生的眼里，好的艺术与好的思想，都是混血的产物。中国历史中稍有出息的艺术，大抵是与域外文明杂交的结果。开阔的空间里，才可能有精神的自由……

曾在一个场合阐述过“曲艺种子等级观”。我说，曲艺界流传过马季先生的一句话，爱曲艺这个艺术，不爱这支队伍。我觉得如果没有特殊因由，仅从字面的意义上剖析它，这种判断值得商榷。因为三百六十行原本并无高低贵贱之分，事实真相是，各个行当的人的确存在三六九等，而人之等级并与其职业（队伍）、职务毫无关系。具体说，在老百姓的心中，普通一兵雷锋是人之一品，而身居高位的贪官却是名至实归的“等外品”。高与低，是对比得出的结果。万物一理，曲艺人既有高人，亦有侏儒。我们深入研究、总结、探讨曲艺艺术的规律，最终目的就是要提升曲艺一等人的比例。有人说，影响曲艺发展的瓶颈是作品问题。我回答，作品问题的根源依然是人。想起当年央视的《实话实说》栏目的两位主持人，曾就“有意思”与“有意义”问题对话：和晶则夸奖崔永元主持不仅“有意义”且还“有意思”；崔永元告诫和晶，倘若“有意义”和“有意思”只有选择其一，那就应毫不犹豫地去选择“有意义”。很遗憾，当时连连称是、坚守“有意义”的和晶却未能与她的栏目走下去，她和它没多久便一起在荧屏消失。今天曲艺界的一些人，或靠着“有意思”或靠着“有意义”得宠一时，但，我断言，也就顶多是得宠一时而已。不信数数看，中国曲艺史上的“常青树”，又有哪一个不是靠着将“有意思”和“有意义”巧妙、有机融合的作品走进永恒的呢？！艺术魅力恰恰在于其象征性和模糊性，“科学家把本来不清楚的事情搞清楚，而艺术家则是把本来清楚的事情变得模糊”。真正意义的曲艺大家都知道尊重与顺从规律，知道“有意思”和“有意义”是不容分割的一体，知道它们之间不能排序，更无主次之分。他们用走进历史的作品为自己验明正身。在他们的素养里，早将“有意思”与“有意义”的界限融化，使之和他们“模糊”成一个“整体”。

说到家，土地与种子无非是个形象化的“符号”。事业的兴衰当然还是起于人，止于人。写好“人”的文章才是曲艺成长、发展之根本。约翰·密尔在《论自由》中说：“有天才的人乃是而且大概永远是很小的少数；但是为了要有他们，却必须保持他们生长的土壤。”有人说，论文化的高与低，要看它最精美的东西。我说，判断一种曲艺形式的兴衰，要审视它旗帜性人物的素养与境界。我坚信：哪里有土，哪里就有曲艺种子长成的苍松翠柏。于是此刻，只想撕破喉咙放声呐喊：是沃土就向良种敞开胸襟吧，是良种就到沃土里扎下深根吧！

作者系山东省曲艺家协会主席，一级编剧

本文原载于2013年10月16日《中国艺术报》文艺评论版

孙新峰

# “带灯”等“天亮”
## ——论《带灯》小说中的人物形象

《带灯》小说是著名作家贾平凹新出的36万字长篇小说[①]，小说以当下中国改革试验田——樱镇为载体，以长期担任樱镇综合治理办公室主任的女干部带灯为主角，写出了社会转型期乡镇基层干部肉体的挣扎和精神的焦虑。小说选题新锐，人物形象丰满有质感，写出了生活的深度和人性的温度。尤其是对小说主人公元天亮和带灯的形象塑造独具匠心，让人思忖。

小说中的元天亮一直是以暗线方式贯穿在文本中间。小说主要以樱镇干部带灯的维稳工作为明线，展开故事。从樱镇走出去的名人政要元天亮，是小说主人公带灯的等待和崇拜对象，也是樱镇党政巴结和依靠的力量，同时更是樱镇人心目中的英雄、能人。整部小说中他直接出场不到三次，但是樱镇几乎所有的事情都与他相关。小说中多次以“人面蜘蛛”等的意象暗喻他，其中不乏深意。而原名叫“萤”的带灯，如同萤火虫一样，由开始的“防民治民”（堵截上访者）到最后的“亲民恤民”，甚至成为上访人群（萤火虫阵）中的一分子，她本真实在，尽力伸张自己的个性生命。有人说，“带灯等天亮有等待戈多的况味”，元天亮形象是作家极度自恋情结的产物，情形真的如此吗？

---

① 贾平凹：《带灯》，人民文学出版社2013年版。

## 蒙着面具的元天亮

### （一）元天亮：樱镇人心目中的英雄

如同小说中曹九九所说："人要把人活成人物。"元天亮就是这样一个传奇性的人物。元天亮是元老海的本族侄子。元老海是原镇西街村村长。正是他极力阻止高速路穿过樱镇，"保全了樱镇的风水"，才使得元天亮得了山水清气，吸了风云大观。元天亮是樱镇第一个大学生，毕业后在省文史馆工作，后来当了馆长，著作等身。再后来当了省政府副秘书长，是樱镇有史以来出的第一个大官。

元天亮比较讲乡情。学问做得好，官做得高，说话却还是樱镇的口音，最爱吃的是家乡饭，特别是热心为家乡办事。他不仅动用自己的行政资源为樱镇小学筹来三十万元捐款，而且利用关系通过省扶贫办拨了十万元加固镇前的河堤，同时通融省公路厅将路经樱镇的二级公路建成一级公路，特别是还为樱镇引来了大工厂。为樱镇带来了"革命"和"翻身"的希望。樱镇沙场经济利益纷争，矛盾激化，元家和薛家两家血拼，造成了震动全县的恶性事件。马副镇长的感叹："这天不是个正常的天了，带灯，这天不是天了"，可谓意味深长。小说结尾，带灯喜欢吹的埙不见了。而"元天亮是走了，他真是一位锦云君子呀，一疙瘩的云，沿山峦飘荡"（《带灯》第349页），带灯也无奈地对自己说："亲爱的，你自在地云游去吧！"说明带灯已经接受了元天亮已经不会再回樱镇的事实，自己的痴情苦盼苦恋只是竹篮打水一场空！

许多人已经看到，小说中的带灯对樱镇名人元天亮的崇拜已经到了无以复加的程度。她以现代化交际工具——手机为载体，热烈地、持久地对他表达了爱慕等多种复杂的感情。毋庸讳言，这是作家病态心理的折射。

我们说，文学艺术家的创造绝大多数是在异态乃至病态情形下完成的。在文学艺术家的身上，或轻或重地患有精神焦虑症或者精神分裂症。正是在这个意义层面上，韩鲁华指出："在我看来，贾平凹也如同其他人一样，存在着一定程度的心理病症。"[①]但他也强调，从病态心理角度分析贾平凹的精神心理现象，并不是以贾平凹患有神经病或者精神分裂症为前提的。因为至今作家并没有精神病诊断或治疗的记录。因此，这里用病态理论分析贾平凹作品，还是建立在荣格关

① 韩鲁华：《精神的映象——贾平凹文学创作论》，中国社会科学出版社2003年版，第404页。

于“精神分裂”的相关界定的：“精神分裂一词并不是对作为一种精神疾病的精神分裂的诊断，而仅仅指代一种气质或者倾向。”[①]影响近年贾平凹创作的文学病患，主要是中国大部分文学艺术家都患有的名人病。这种共通名人病的精神心理症状表现为：与人交往的中心意识，同行的相轻和嫉妒心理，自我感觉优越，天下第一，心情浮躁的自我表现意识，还有许多阿Q式的忌讳心理等等。贾平凹虽然相对来看，还是比较达观和超然的，但是，作为处于平面化、世俗化、实用化，拒绝深刻、消解意义、心态浮躁这么一个时代的作家，他无法避免地受到这种名人病毒的感染。中国的历史文化土壤适宜于官僚的生存，也极易产生名人的病态心理。开始官员也好，名人也罢，他们也许并不想如此，但是，被人们围着，捧着，久而久之，也就习以为常，见怪不怪了。为人低调的贾平凹并不想得这种名人病，甚至还进行过自我医治，但是，不论他怎样努力，名人的病菌还是不断地侵入他的肌体，最终成为一个名人心理病菌的携带者。

我们可以看到，《带灯》小说中的带灯，很苦，很苦，她喜欢崇拜欣赏着迷的只是一个虚幻的影子。对，元天亮是回复短信了，但是这和带灯的付出多么的不对等呀！高处不胜寒的实际，使得作家不能清醒地认识自己，他以自己的一厢情愿刻画出了资深元天亮谜（凹迷）带灯的形象，享受着她的爱情，消费着她的情感。始终显得很被动，很无奈。好像所有的情感主要归咎于带灯。不仅作家贾平凹一人这样，王广东在论述《林海雪原》中的小白鸽白茹和少剑波之间类似的爱情时也曾这样说：“《林海雪原》中的爱情故事大部分是通过白茹的自我想象完成的，但这仅仅是表面现象。白茹的角色反映着男权社会中男性对女性角色的复杂心理需求，一方面渴望被当作孩子一样爱护，让她扮演母性悲天悯人的拯救者的角色；另一方面又必须刻意贬抑女性的位置，实现对女性的占有欲支配。”[②]这个判断可以准确解释作家的相应创作心理。小说中的带灯最后患上了梦游症，而元天亮就像没事人一样，在城里继续着他的行政历程，还如同一个“符号”，在樱镇人心中闪光。

### （二）“人面蜘蛛”元天亮：作家人格面具膨胀的象征

“人面蜘蛛”是《古炉》小说中“人面猫头鹰”的变形。“人面猫头鹰”主

---

① 荣格：《心理学与文学》，生活·读书·新知三联书店1987年版，第177—178页。

② 王广东：《20世纪中国文学与民间文化》，复旦大学出版社2007年版，第185页。

要喻指古炉村原队长、性格阴鸷的满盆。《带灯》小说中的"人面蜘蛛"，是象喻在外做大官的元天亮，如：

如果真是元天亮来看我，这纸烟的烟就端端往上长吧，而人面蜘蛛就爬到树上去吧。果然烟一条线抽到空中，蜘蛛也顺着树爬到枝叶里不见了。

——《带灯》第58页

看了一眼蜘蛛网，蜘蛛网还在，没见那人面蜘蛛。

——《带灯》第91页

以为是要下雨了，带灯快速跑到综治办的屋檐下，喘着气么，拿眼看着刘秀珍在院子里收拾晾着的被褥，又扭头寻杨树和院墙间的那张蜘蛛网，网没破，而人面蜘蛛不见了，白毛狗就站在了眼前，一把揽到怀里，再想起该抽支烟了。

——《带灯》第134页

会议要求大家作记录，作着作着，带灯扭头从窗子里看见白毛狗在综治办门前一跃一跃的，担心是不是也发现了那个人面蜘蛛，会扑毁网的。

——《带灯》第217页

小说中，元天亮一直是主要线索出现，而且大多是暗线，像幽灵一样。樱镇的一切几乎全部围绕他而展开。他如同一只黑蜘蛛，稳坐在中军帐中，围绕他结成了一张密集的人际关系大网。从小说来看，元天亮还是一个好官，他儒雅（写书写文章），他感念乡情，为家乡做了一些事，特别是为樱镇招来了大工厂（尽管是重污染的电池厂）。但是，许多事情并不是元天亮所想象的那样，别人（包括自己的亲戚们）打着他的旗号和招牌做事，他没办法预料，也控制不了。有人说元天亮意象是作家自身极度自恋的产物，我不这样看。一定意义上讲，元天亮本人是膨胀了的人格面具的受害者。人格面具亦称"顺从原型"，它是"一个人公开展示的一面，其目的在于给人一个很好的印象以便得到社会的承认"[①]。樱镇名人元天亮以他较好的口碑得到了樱镇人的赞叹，然而他也有自己孤独的一面。有他因人格面具过度膨胀而带来的与集体相疏离的孤独感和离异

① 霍尔：《荣格心理学入门》，生活·读书·新知三联书店1987年版，第49页。

感，因此接受并回复了带灯的短信在情理之中。

然而，不管怎么说，在元天亮的声威庇护下，元家享尽风光。所谓盛极必衰，元家兄弟开办赌场，到处寻衅滋事，引起了公愤。道路不平人铲修。薛家因沙场生意借题发挥，群体斗殴事件就是矛盾达到白热化的产物。比如小说写薛家换布就这样为严重打伤了元家老三的拉布狡辩：

> 元家兄弟横行乡里，拉布是在替群众出头哩，打了他是让他长个记性，知道天外还有天，人外有人！
>
> ——《带灯》第326页

身为省政府高官的元天亮有时候连县委书记的官威也不如。樱镇原来唯一的沙场是元家兄弟申办的，薛家换布等是出于眼红才提出申办沙场。书记还是没有抗过直接走通了县委书记关系的换布的要求，被迫答应再在樱镇办一个新沙场，说明了县官不如现管，元天亮远在省城，下面的干部还是要挑战他的权威，利用还是要利用，但许多人根本不把他放在眼里——“人面蜘蛛”也遭遇到前所未有的影响力和权力的狙击。

可以看到，小说中的元天亮，一直是被当作强人、神人、伟人去敬的，也是被当作有用的人在被人（主要是樱镇干部们）所用。没有人关心元天亮心里想什么，他在省城过得怎样。无独有偶，生活中的作家也面临着各种人事的烦恼。文坛大佬“贾平凹”三个字也是被人骂着、用着。可谁又能去主动关心作家需要什么？他在想什么？高处不胜寒，大人物和名人也有自己的烦恼。小说中只有带灯，从元天亮低调进村、为樱镇发展前后奔忙等看出了他的善良和孤独。希望走近他，用自己的微小的力量慰藉他，用自己女子的温情为他做一些力所能及的事情。带灯对元天亮的迷恋，还是有分寸感和底线的。元天亮对于带灯，也是有所保留的。他们不即不离，若即若离，保持着暧昧又真切的情感，使得枯燥的日常乡镇生活、工作叙事多了一层金黄的亮色，增添了文本唯美的意绪。

## “幻梦天使”带灯

梦幻心理可以说是文艺家普遍存在的一种心理状态。弗洛伊德也将作家的创作称为白日梦。人有许多源于生命本能的欲望和理念，却在道德的重压之下无法宣泄，只能在梦中变为现实。无疑，这也是一种补偿心理。作家拙于言谈，长于写作，心中孤独，喜欢想象幻想成为必然，《带灯》小说中的带灯，完全是作家梦境的代言人，是梦的精灵儿，是"幻梦天使"。她温暖着自己，也温暖着读者。

### (一)带灯：元天亮的蓝颜知己

红颜知己是什么？一般认为，红颜知己就是用爱的最大限度来懂你、疼你、聆听而不依附的、有共同语言的男女称谓。"蓝颜知己"是一种游离于亲情、爱情、友情之外的第四类感情，比朋友近一点，比恋人远一点，比情人纯一点……的知己。小说中，"带灯"和"元天亮"之间关系是暧昧的。高于红颜，止于蓝颜。他们之间只有纯粹的精神沟通和交流，但是其态度是大胆的，感情是热烈的。而且是彼此深深理解，心照不宣的。所以，笔者以为用蓝颜比较恰切。

带灯和元天亮之间暧昧的情愫通过20余封短信表现了出来。已为人妻的带灯因为和丈夫没有共同语言，加上为了缓解工作压力，同时出于各种复杂心理，给元天亮发送了手机短信。而向来不回陌生人短信的元天亮为何接受了这份感情，回复了手机短信。主要原因在于：

首先，在带灯身上，元天亮找到了故乡和家的感觉。

众所周知，恋乡情结是人最基本的人性情结之一，尤其是对于已经有所成就的元天亮来说，人事的倾轧，权利的竞斗，让他身心疲惫是当然的。他想念故乡，却因公务不能随时回到故乡。作为樱镇走出来的一分子，他也想了解家乡的发展变化。而带灯不停地给他带去家乡的消息，甚至将家乡的茵陈、木耳、地软、包括镇上公务资料等寄给他。女人就是家。元天亮也不拒绝带灯，分享着她的快乐和忧伤。"元天亮肯定是这里的魂灵，他就是火化了，骨灰肯定要埋回来的，我有这预感"（《带灯》第228页），说明了带灯对自己了解元天亮的自信。正如小说所说：故乡叫血地（《带灯》第235页）。元天亮就是樱镇走出的魂灵，他最终会落叶归根的。

小说中有很多与归乡有关的叙写，特别是带灯知道元天亮身体不好，给元天亮邮寄药方的时候，第一味药就是"当归"，"当归能使气血各有所归"。"女人要当归，有思夫之意"（《带灯》第100—101页）。鲜明地把带灯希望元天亮回乡的心情心境活画了出来。

其次，带灯精灵、聪慧，富于奉献精神，具有女人味和山地真气，能理解男人的艰辛。

“在这个世上人人都不容易，为什么都不想对方特别是男人安身立命的艰苦辛劳和本身的光芒？”（《带灯》）第208页）可以说，和带灯交流元天亮很轻松。再加上带灯从一开始就知道这份感情是无法结果的，只能是随缘。我们已经发现，作家贾平凹的女性观一直很清晰。在1981年的一份《贾平凹性格心理调查表》中，作家坦言：“事业和爱情是我的两大支柱，缺了哪一样或许我就自杀了。”但是在贾平凹的作品中，总体呈现的是男性视角。如同作家所说，“我虽孱弱，但却固执。我想怎么就怎么，我不受外界干扰……如今的爱人（指前妻韩俊芳——笔者注），虽然在事业上未能给我直接协助，但从她身上我获得了写女人的神和韵。她永远是我文学中的模特儿。”[①]早年的《满月儿》等小说，直接来自于自己的前妻韩俊芳，写得浪漫诗意又飘逸。虽是以女性为主角，处于社会环境主导地位的仍然是男性，小月追求的并不是自我，而是将自己的人生理想寄托在可以闯天下的才才身上；《浮躁》的小水理想的男人是“金狗”式的，女人只是附庸地位。而到了《废都》小说中以庄之蝶为中心，所有女人围他转。而且，唐宛儿等这些女性形象引起了众多学者的诟病，“女子投世就是贡献美的”，暴露了作家不平衡（不用偏颇）的女性观。在他的文化心理、文化人格中，存在着女性就是为男性而活的意念。《秦腔》小说中的白雪，没有脱离韩俊芳的影子，是秦腔演员，是传统文化的承续者。小说集中笔墨写了白雪和丈夫夏风的绝望的婚姻，也写出了阉割了男性之根的疯子张引生对白雪的疯狂的迷恋和单恋，进而凸显出了白雪身体和心灵的光辉，她是值得敬重的女主人公。但她被夏风抛弃了。《高兴》小说中的孟夷纯是底层妓女，但她身上洋溢着佛性的光辉，祭奠佛妓的“锁骨菩萨塔”意象的反复出现，展现出了作家复杂的民生女性观，但孟夷纯也是藤蔓性依附人格，她傍韦达可以说明。《古炉》小说中的主人公杏开，是原古炉村队长满盆的女儿。她聪明、漂亮，却被村子里的二流子霸槽诱惑，不可自拔。由开始的偷偷摸摸，到公开和霸槽的同居关系，以至于最后怀了霸槽的遗腹子，杏开的隐忍和专一，尤其是缺乏自觉意识，给读者留下了深刻的印象。而到了《带灯》，有丈夫的带灯，她疯狂地迷恋上了樱镇名人元天亮，在短信中，她敢于为元天亮做一切事情，但绝对不想给元天亮添麻烦，不要什么世俗的名分。带灯的这份无望无根的爱更让人心痛。但是只知奉献，丢掉了自己的带灯，又返回到《废都》中唐宛儿之类女性形象。尽管自始至

① 贾平凹：《平凹文论集》，青海人民出版社1985年版，第126页。

终元天亮没有出面，没有表态，但是他的暧昧和不拒绝我们可以发现，作家骨子里还是认为女人就是女人，女人天生就应该理解男人，无疑，这也是作家不平衡的女性观的表现。

带灯如狐一样机敏，如麝一样多情，充满着山野真气，聪慧善良，纯粹不做作，自然符合作家一贯对女性的审美要求。"我是小鸟儿，你是我的云天"，"我放牧着羔羊，你放牧着我的幻想"，"你是我在城里的神，我是你在山里的庙"，多么赤裸裸的表白，又是多么的让人忧伤！而且，读元天亮的书，带灯的"心里竟能汪出水来"（《带灯》第66页），活脱脱不是作家心目中标准的蓝颜知己又是什么！

另外，带灯能帮元天亮尽孝。如果说樱镇党委书记和镇长为元天亮的祖坟上坟是为了为自己谋求升迁本钱的话，带灯买兰花上坟是为了敬惜。笔者恰好曾有过与作家一块前往贾父墓地的经历，每次回丹凤，作家都要去父亲坟上烧纸祭奠。虽然说元天亮不能与作家画等号，但是作家分明地将自己的生活经历投注在了主人公身上。和带灯的交往，使得元天亮有了底气和地气。他不用再分心祖坟事宜，能够安心地在省城做官，同时更能够更多地惠及回报乡里。

最后，带灯的丰沛想象力和勃发的才情、诗思也是元天亮比较欣赏她的原因之一。

从26封短信内容来看，带灯的想象力的确非同一般，作为一个乡镇干部，她长期和底层群众打交道，汲取了各种语言营养和资源。再加上她本身也是一个喜欢读书、喜欢思考的人，这在乡镇干部中并不多见。而且和人交往，带灯主要用真心诚心，所以元天亮见到带灯，首先被她的文采打动，然后就在心里认同了这个知己朋友。

### （二）带灯：作家自身的影像投射

有心的读者已经发现，带灯身上有着作家个性体温，作家的影子随处可见。最开始带灯是无忧无虑的，她很想有一番作为。她发现樱镇人包括樱镇干部身上都有虱子，便请示领导开展全镇灭虱子行动。可是领导只是敷衍她，下面的村干部也把红头文件擦了屁股——出师不利的带灯自信心严重受挫。"第一次做梦梦见元天亮，带灯开始抽起了纸烟"（《带灯》第30页），想元天亮想的多了，"纸烟也就勤了"（《带灯》第161页）。我没有和作家交流过，不知这个带灯的真实原型是否抽烟。尽管作家说："樱镇上许多女人都抽纸烟，这并不稀罕"（《带灯》第30页），而且带灯还告诉竹子，吃纸烟能把人的神收回来。但是以我的理解，乡镇干部中抽烟的女人并不多见，虽然带灯说上香是敬神，抽烟是自敬。人烦恼时才抽烟，带灯也不例外。但大家应该还记得《高兴》中的刘高兴，他的抽烟习惯、姿势几乎完全是作家真实烟生活的翻版！

放下带灯抽烟不论，带灯还喜欢吹埙 。人们又一次想到了《废都》小说中低沉地、贯穿在整部小说中的埙声。一个女子，女干部，长相标致的女干部，不吹笛子不吹箫，却去吹瘆人的埙，作家给带灯赋予的角色、寄予的责任可谓重大，也不知带灯是否能够承受得起？

还有带灯喜欢读书，经常读的是元天亮的书和诗歌，带灯还看县志，这些几乎完全是作家的行为。带灯喜欢喝糊汤，这种所谓的懒饭、商州人的州饭，也是作家一辈子改不了的饮食嗜好。所以我们说带灯完全是镜像化人物应该没有问题。

这里所谓的镜像有别于拉康从心理分析角度提出的趋于完美的想象性的镜像概念，而是基于物理学上镜中成像平面直观的特点，是直接反映未加提炼的形象。

在带灯身上，我们不难看到作家的影子。邵燕君曾这样批评贾平凹在塑造《高兴》小说中的"镜像化"人物刘高兴："他一方面从刘高兴原型人物身上拿来一个张大民式的性格，同时又投射给他一个贾平凹式的灵魂，让这个以捡拾垃圾卫生的农民工，一会儿像附庸风雅的士大夫，一会儿像游走在现代都市的游手好闲者。"①更有论者指出："这种第一人称叙述没有为作家创造饱满有力的形象，相反，倒为他制造了一个陷阱。作家把自己的思想无意识地镜像投射到了他笔下人物的灵魂中，造成了刘高兴的暧昧身份和分裂形象。使他成为作家和人物重叠的两层皮的香蕉人。"②

我们说，总览《带灯》小说，带灯形象还是塑造得丰满可感。小说里有一段带灯训手下竹子的话，很值得玩味：

> 你咋狠呀？批张镇政府的皮，张口就骂，动手打人，是人见人怕的马王爷，无常鬼，老虎的屁股还是蝎子尾？
>
> ——《带灯》第208页

虽然是骂竹子，但是从另外一个角度表明，带灯已经认识到权力带给包

① 邵燕君等：《乡土·底层·代言·立言·生活流·戏剧性—— 有关贾平凹长篇新作〈高兴〉的讨论》，《海南师范大学学报》2008年第1期，第77—78页。

② 储义文：《刘高兴形象与当代小说的人物塑造问题》，《当代文坛》2009年第3期，第47页。

括自己在内的基层干部的副作用。权力是为民服务的，却变成了干部们中饱私囊、鱼肉乡里的工具，这是带灯不愿意看到的，也是她经常显得不合群、落落寡欢的原因之一。她给元天亮的短信更是把这种痛苦心情表达了出来：

我从小被庇护，长大后又有了镇政府干部的外衣，我到底是没有真正走进佛界的熔炉染缸，没有完成心的转化，蛹没有成蝶，籽没有成树。

——《带灯》第264页

可以说，带灯已经意识到乡镇干部就是自己的面具，她已经发现，披着镇干部的外衣，让她和底层人民对立起来，正因为是干部，带灯可以用小职权威胁二猫给她送来野雉，为了阻拦上访户，她软硬兼施，特别是为了迎接市委黄书记视察，她还让陈大夫给老上访户王后生配药，让他上不了访——可是，从小说来看，本质善良的带灯做这些事情的时候，是违心的，却没有办法的。带灯是在意自己的身份的，每次竹子言语戳到她的痛处或者痒处，她立即提醒竹子不能叫姐，叫主任。但她也认识到自己的无力。在同学镇长面前，她这样说：“你何时真正把我当姐，还不是想让我给你干活呢。”一方面认识到干部身份是实现自己人生价值的重要方面，能为老伙计等群众办些小事而欣慰，另一方面又为同僚中的胡作非为而痛心。她用元天亮书里的话“改变自己不能适应的，适应自己不能改变的”安慰竹子，其实也是为了麻木自己。

作为乡镇基层干部的带灯，她有着自己的女人味。比如随处可见的小资情调。比较清高和孤傲。虽然骑摩托，但是乡镇山路多，经常下乡，没有专车的带灯你让她坐政府车不大可能；喜欢洗澡爱干净，生气了去商场给自己买衣服……现在的女人和男人的界限不很分明，作为综治办主任的带灯，其很多做派像男人完全可以理解。她敢爱敢恨，自己过得不开心，就去寻求心灵的抚慰，在给元天亮发短信的同时，也抚慰了自己孤寂的内心，再集中精力投入到永远干不完的工作之中。如果连人的基本的想象力都不能接受，我不知道我们还怎么解读这部小说？

小说就是作家的白日梦。带灯是个喜欢做梦的女子，她的梦旖旎动人，但是又残酷冷寂。小说最后，带灯患上了“梦游症”，而当竹子追出去时，发现灵魂出窍的带灯竟然和镇上的疯子如影随形，捉鬼撵鬼。小说这样写的：

疯子是从七拐子巷里过来的，与其说是过来的，不如说是飘来的。

> 他……贴在了巷口的电线杆上，看着带灯。带灯也看见了疯子。他们没有相互看着，没有说话，却嗤嗤地笑，似乎约定了在这里相见，各自对着对方的准时到来感到满意。后来，疯子突然看见了什么就扑向了街斜对面店铺门口，带灯也跟着扑到店铺门口。疯子在四处寻找什么，带灯也在寻找什么，甚至有点生气，转身到了另一家店铺门口弯腰瞅下水道，疯子也跟过来。是什么都没有寻找到吧，都垂头丧气地甩着手。
>
> ——《带灯》第344页

这是一段非常惊怵的捉鬼场面！不是闲笔。在这里，作家并没有直说患梦游症的带灯疯掉了，但我们完全可以看到，带灯“疯”了，她被逼疯了，和疯子一样。“在女性主义批评中，疯女形象被视为一种复杂微妙的文学策略，是女性自我的化身或复写。这显示疯女意象含有作家本人的焦虑与疯狂意涵。”[①]可以说，作家把自己对社会转型期的忧思全部寄托在带灯形象的塑造上。“带灯”疯了，作品活了；如同“庄之蝶死了，作品活了”一样，作家就这样给我们奉献了一场绝佳的文字盛宴的同时，又把深沉的时代忧思抛给了我们！

## “带灯”等“天亮”

小说中，带灯一直在等元天亮回来，她走也等，坐也等，白天也等，晚上也等，只要心中有空，她都痴痴地等。直到精神分裂，她也不改变对元天亮的亲爱。其情真切，感人至深，不由让人想起了当下《陪你等天亮》的类似歌词：

> 我陪你等天亮，拥抱着一起分享。能放心的哭一场，是再微笑的力量。只有你明白我的疯狂，不管故事有多长 。世界对我太善良，这一路上有你，我变得坚强。[②]

仅从“带灯”等“天亮”的表层文本意义上看，作家的思想是超拔的。男女之间的爱，有多种形式，有只是欣赏而采取柏拉图式精神恋爱的，有贪图艳

---

① 林幸谦:《女性主体的祭奠——张爱玲女性主义批评》，广西师范大学出版社2003年版，第302页。

② 徐世珍:《陪你等天亮》，http: //www.baike.com/wiki/%E9%99%AA%E4%BD%A0%E7%AD%89%E5%A4%A9%E4%BA%AE 。

色而寻求肉欲快感的，也有希求灵与肉结合但却浅尝辄止的。《带灯》明显属于后者。“好的爱情是绿色的。”（《带灯》第264页）已经有了丈夫的带灯对元天亮的迷恋是一种单恋（小说中元天亮婚否一直未提及，只是提及元天亮在城里有生活，见《带灯》第43页。但笔者以为能做到省政府秘书长的高官无论从年龄还是人伦上应该已婚），被动的元天亮没有拒绝带灯的短信，说明接受了这份敬意（爱意）。带灯自己说自己是“木本植物，不是情人料，不会温润柔软甜腻贪图”（《带灯》第349页），但她也说：“我也许永远没有自己名词的界定，也许无界的定位是真正的位置。”（《带灯》第349页）但是不论怎么，从带灯一面讲，这份感情逃不脱“婚外恋”（精神小三）的嫌疑。陕西评论家邢小利指出：“婚外恋的归宿是一个问题。婚外恋往往是对自身婚姻的庸常性和缺乏激情不满，不甘平庸，渴望浪漫，而逸出了正常的生活轨道。这种激情性的恋情往往不见容于周围环境和社会，其结局，要么是浅尝而止，要么突破既定的婚姻而另结连理。”带灯最后疯掉，应该是一种反实用性的艺术化的归宿。“艺术化的归宿大概有两种模式，一个是《廊桥遗梦》式的，唤起，燃烧，复归现实，回忆，升华；另外一种是《失乐园》式的，燃烧，然后在燃烧中毁灭。”[①]带灯对元天亮的痴迷随着带灯患上夜游症而告一段落。其实想想，如同《秦腔》中不得不阉割了自己的疯子张引生，作家这样安排挺无奈的。带灯自己说过：“尽管所有女人都可能是妻子，但只有极少数幸运的妻子才能做真正的女人。”（《带灯》第348页）估计这句话能引起“围城”里更多人的共鸣！肉体在泥潭，灵魂在高处。究竟什么是健康正常的两性关系，值得每个人思考。但是，在当下语境下，只有疯子才会见天给人发短信，只有疯子才能对自己过去的阵营开火，甚至当了叛徒。带灯一声慨叹：“我突然想，我的命运就是佛桌边燃烧的红烛，火焰向上，泪流向下。”（《带灯》第350页）大水走泥的时代，每个人被裹挟着向前走，很少有独立思考的时候。谁越清醒越过得纠结，多少人在半梦半醒中走进了坟墓！《带灯》小说在给我们明确地展示基层干部困窘生活现实的同时，也对他们的精神困顿做了深度揭示，其文本意义辽阔而深远。

我们已经知道，这部小说主要是写当下“维稳”题材的，撇开“带灯”等“天亮”的情节和细节不谈，我们要探讨的是，带灯到底在等什么？要搞清这个问题，首先看带灯。带灯原名叫萤，萤火虫的萤。这个命名本身就很有意味。

---

① 邢小利：《绝对的爱：奇亮若星　凛冽如冰》，《种豆南山》，长江文艺出版社2003年版，第184页。

果然，小说许多地方写萤火虫，而且写了一群群的萤火虫。萤火虫自带灯的。这种灯就是光明和温暖，尽管很小，像“小桔灯”，但它在作家心目中就是希望，就是未来。如果说《古炉》小说中的封建地主后裔守灯，守的是古炉村烧制瓷器的技术、古炉村的根本的话，《带灯》中的带灯，明显比较小资，她带的“灯”是中国基层改革的希望，中国基层改革的正能量。

元天亮，是小说主人公，也是一个颇富象征意味的意象。小说写到元天亮时，一直将他和太阳、光明相伴。比如：

镇街上有三块宣传栏，邮局对面的那块永远挂着你的大幅照片。你是名片和招牌，你是每天都要升起的太阳。看着街市。也看着每日在街市上来回多少次的我。

——《带灯》第265页

现在也一样看见天上疙疙瘩瘩的花梢云，就是云的底部是瓦黑厚重，顶部是亮丽活泼，心里边激动我是那云，一定要尽心让自己光亮成晴天，可不敢让乌黑占了上风。我要在好的心境下像太阳的万物一样经营自己对天空的爱情。

——《带灯》第183页

我去松云寺，因为听说老松在风雨里折断了一枝，果然是折断了，许多人在那里哭。太阳快出来了啊，就在山头的云雾中。像被摸索的扑克牌经仔细的揣测，半早晨了被哗然翻开，那耀眼的风光还是光风使我后退了两步。

——《带灯》第275页

骄阳落下，白云从四面山后尽兴涌起，像任性的花瓣，月亮是幽幽的花心。我想用风的飘带束起云儿成一捧鲜花给你。太阳的余晖给花瓣染上鲜美的橘红色，你不要用手摸它染手的。

——《带灯》第295页

早上看着太阳，觉得像稳势的空中的一个出路小洞，老天那忍受不住的热情往外泄露。

——《带灯》第316页

我看见你坐在金字塔顶上，你更加闪亮，你几时能回樱镇呢？闲暇时来野地看向日葵，它拙朴的心里也藏有太阳。

——《带灯》第336页

我昨下午靠在镇西街石桥栏上看望溜溜风里雪亮的夕阳吃力地不想落下，我在想去抱他入怀成就一个永恒。

——《带灯》第209页

一会儿是元天亮，一会儿是太阳，在带灯心目中，两者完全融为一体。自然之光和人性之光和谐地统一。太阳代表着力量和希望。“正在长长地吁一口气时仰脸见太阳赫然山头，我便知道是你了，就对你笑，心中泛淡淡的感觉”（《带灯》第244页），多么的直白，而又是多么的让人神伤和苦涩！

“女人们一生则完全像是整个盖房筑家的过程，一直是过程，一直在建造，建造了房子做什么呢？等人。”（《带灯》第147页）那么，带灯到底在等什么？

第一，等樱镇的元天亮等回来，也就是等樱镇的主要革新力量，等离开樱镇却做成了大事的游子们。带灯希望元天亮一类人能够真正关心家乡的经济建设，发挥他们的影响力尤其是行政执行力，帮助樱镇人伸张正义。那么多的上访户，樱镇积累的社会问题该有多少？樱镇的脱贫之路究竟在哪里？我们已经知道，社会历史是人民群众创造的，而不是个别精英创造的。把一个地方的现状改革寄托在个别精英人物身上，是极度可笑的。但是，面对现实，某个地域出了重要人物，这个地域或多或少都要受到相应的照顾，其改革脱贫的进程相对较快，这是中国的国情，我们不能对作家求全责备。

第二，等上级领导的关怀和重视。评论家段建军指出，看完了《带灯》，他只思考一个问题，“小说通篇是带灯单向度地向元天亮发送短信，而几乎看不到元天亮的真实心情。小说提出了一个问题，就是作为一个有能力的领导，不能只等下级关心，而应该主动关心下级，倾听民意，了解民情，为下级解决问题。应该构建和谐的上下级关系”[①]。斯言信矣！人和人之间是相互的，上下级之间也是相互的，只有上下沟通，才能把问题和矛盾解决在萌芽状态，而不会酿成那么重大的恶性事故！

第三，等真正的革新力量。小说一直写太阳，目标直接指向高层。带灯一有闲暇，就抬头看天。如“我总静静地看着天上，想那佛的妙手在云雾中播撒拯救生灵的圣水，却还是没有一丝雨的迹象，红云流动，似乎其中有你的身影”（《带灯》第160页）。实际上，“天气就是天意”（《带灯》第72页）。人在做，天

① 陕西省作家协会、西安建筑科技大学等：《带灯》小说研讨会，西安，2013年4月25日。

在看。与其让民众自下而上艰辛地寻求公平公正，还不如从上往下进行顶层设计改革推动。许多事情从下往上很艰难，从上往下就很容易。当然，作家不是政治家，他也认识到从上往下的局限性。如带灯也思考过如何解决支书和村长的矛盾：“实际上村民自治是化解矛盾的有效方式，上级往往把问题搞大搞虚搞复杂，像人有病多数是可以自愈的。”（《带灯》第347页）可是我们发现，要真正靠民众自救，目前国内各种条件还不具备。带灯曾经搀着自己的老伙计范库荣晒太阳，希望太阳能够驱走老伙计身上的寒气（《带灯》第139页），而基层那么多的人事，如同樱镇镇长所说：“社会是陈年蜘蛛网，动哪都落灰尘。”（《带灯》第132页）那些阴影，那些问题如何能够得到关心或彻底解决？工业文明进程中，农村到底要向何处去？领袖人物思路清晰了，国家清醒了，基层改革就有希望了。

樱镇有重大污染嫌疑的大电池厂还在继续开工建设，上访的人们依然此伏彼起。正如韩鲁华所说：“贾平凹从其生存状态和生存环境的生命体验出发，以中国当代人，主要是中国当代农民和知识分子的生存状态为基础，来思考这些具有世界意义的人类生存问题，其精神中充满了忧虑意识，贾平凹敏锐地发现了中国现代化历史进程与当代人文精神的不相适应，感知到了中国加速现代化历史进程要求与发展过程对于生态环境破坏的矛盾，看到了现代文化发展对于传统文化的破坏。他自然思考问题是立足于现实，但是，他更着眼于未来。”[①]作家是社会的良心，除了展现生活、裸裎矛盾和问题，我们只能像带灯一样等待，带着自己的小萤灯等待。

我们知道，这种“等”是消极的、是被动的。也许会等来希望，也许是等待戈多，但是无论如何，这毕竟是一种长期的、坚硬的现实存在。

作者系宝鸡文理学院陕西文学研究所所长、
宝鸡文理学院文学与新闻传播学院教授，文学硕士
本文原载于《商洛学院学报》2013年第6期

① 韩鲁华：《精神的映象——贾平凹文学创作论》，中国社会科学出版社2003年版，第294—295页。

# 朱 杰 | 刘复生的“当代文学批评”

仅就著述数量而言，刘复生君似乎不能算作丰厚：两部专著（《历史的浮桥——世纪之交“主旋律”小说研究》、《海南当代新诗史稿》）、两部论文集（《思想的余烬》、《文学的历史能动性》）——放在今日“批评家”们动辄著作等身的时代，这实在只能说是差强人意。然而即便如此，本文也不打算对复生君的批评工作做一全面、系统的评述，这一方面固然是因为能力所限——比如对于诗歌，尤其是当代诗歌的无知；但另一方面，对于那种面面俱到、四平八稳的述评的有效性，本文也毋宁说是心怀疑虑的。由此，本文便只能就自身能力所及，针对阅读复生君文字时有所触动的地方，谈谈自己的一些粗浅看法。

我想我们的讨论，不妨从复生君的第一部专著——《历史的浮桥》开始。

这部专著的研究对象，是所谓“主旋律”小说——我相信很多人的第一反应，恐怕会是困惑、不解，进而是摇头或者轻轻一笑：的确，我们有太多“理由”来对这样的研究表示“质疑”了——对于一个“以当代文学研究为志业”的人来说，“主旋律”小说难道是一个合理的研究对象吗？作为“意识形态国家机器”的一部分，“主旋律”小说所倡导的，难道不正是与“美和诗意”毫无关联的枯燥说教吗？而研究者与此类国家权力和意志的体现产生关联，不正表明他丧失了“知识分子”应有的“自由”与“独立”吗？……的确，从上述“常识”的角度看来，复生君的研究，可谓是“名不正、言不顺”的。

然而复生君所要挑战的，首先也正是此类“常识”——在他看来，此类“常识”的背后，正是1980年代以来逐渐形成的所谓“新启蒙主义”话语，而所谓“纯文学”、“文学性”等诸多说法，无不受到此一话语的强力支撑；也正是因为此一话语对于当代文坛的主导，当代文坛中的“主旋律”小说，就不得不处于某种尴尬的地位：

> 在“新启蒙主义”的时代语境中，“主流”、“正统”的文学与“受压抑”的“自由”、“审美”的文学构成了二元对立。“纯文学”的神话被构造出来，在这种文学史和文学理论、批评叙述中，“政治性”、“意识形态”、“商业性”是文学的原罪，含有“非文学”、“反审美”的本性。于是，高度政治性的“纯文学”成为对“脱离政治”的“文学本体”的界定。
>
> 在“精英—通俗”的二元对立项中，“主旋律”文学类似于八十年代或之前的通俗文学。……在这种文学观中，“主旋律”文学只属于否定性意义上的“通俗”文学（mass culture），属于被法兰克福学派所批评的机械复制的、传达主流意识形态的审美品位低下的文化商品，决不属于真正的民间性的通俗文学，因为它是“官方”的。它代表了双重的堕落（商业、庸俗的与官方的）。巨大的发行量、读者群与获奖只不过是这种堕落的证明。
>
> 这种文学价值观自然将“主旋律”文学置于一个难堪的位置。于是，在文学创作格局中，占有强势地位的“纯文学”倾向的写作，对不那么具有文学艺术的“超越性”的“主旋律”作品形成强有力的排斥与贬抑，使之成为一个身份暧昧的“他者”。在八十年代以来关于“自由的”、“主体性”的文学想象中，“主旋律”文学受到了双重的束缚：国家意识形态与市场，因而是高度“不自由”的，缺乏“主体性”的“非文学”。甚至在某种潜意识里，文学共同体已将它们逐入“十七年”或“文革”文学的行列，另外还要带上一重铜臭气息。①

这里值得注意的，是复生君讨论问题的方式：无论是“纯文学”，还是“主旋律”文学，在上述论述里都没有以某种本质主义的形态显现——相反，“纯文学”和“主旋律”文学相互构成了“他者”、彼此映照。于是，这两个概念的历史性

① 刘复生：《尴尬的文坛地位与暧昧的文学史段落——“主旋律”小说的文学处境及现实命运》，《当代作家评论》2005年第3期。

和相对性，便显现了出来：事实上，根据复生君的考察，“主旋律”文学实践展开的过程，同时也就是一个不断与“纯文学”的观念和实践展开对话、交锋的过程，由此，“纯文学”与“主旋律”文学之间，就构成了某种相互“生产”的关系。不仅如此，在其考察过程中，复生君还指出了这样一个有趣的现象，即当“纯文学”以“文学”的名义轻轻打发掉“主旋律”文学时，“主旋律”文学依然像幽灵一样不断地表明着自己的存在，并以某种令“纯文学”感到尴尬和不安的方式，完成了“被压抑者的重返”：

> “主旋律”文学的处境反映出当代文学共同体对于文学本质的想象，也反射出当下文学体制的权力格局与文学场中象征资本分配的规则，这使“主旋律”文学成为当代文学史中一段意义含混的段落。它一方面在“象征资本”的领域遭到强有力的压抑，另一方面却以“走红”与受到热烈欢迎的事实成为“纯文学”一段挥之不去的隐痛，对“纯文学”的自我理解构成双重的打击、否定与讥讽：作为商业的、官方的“亚文学”，它取得了空前的成功；更要命的是：很多情况下，“主旋律”作品在资源、技巧与风格、形态等方面事实上与“纯文学”相差无多。那么，“纯文学”与“主旋律”的本质性界限在哪里？这对它的自我意识具有摧毁作用。①

复生君的目的，当然不是要证明，在很多情况下，“主旋律”文学其实完全具有“纯文学”的诸多特征，因此在这种情况下，“主旋律”文学其实也是“纯文学”——恰恰相反，他全部论述的主旨所在，就是要打破“纯文学”/“主旋律”文学的二元对立，进而揭示出此一二元对立在解释文学现象方面的局限和偏颇。因此说到底，真正让复生君感兴趣的，并不是“主旋律”文学本身，毋宁说，他真正有意探究的，乃是这样一种可能，即借由“主旋律”文学这个“他者”，让“纯文学”那些似乎“不证自明”的“天经地义”，变得疑窦丛丛、破绽百出。

而这其中的关键，当然还在于令复生君“耿耿于怀”的所谓“新启蒙主义”话语，所以毫不奇怪地，他会对1980年代的文学遗产进行重新解读，并且对“新启蒙主义”这个“大他者”做出下述堪称严厉的评价：

---

① 刘复生:《尴尬的文坛地位与暧昧的文学史段落——“主旋律”小说的文学处境及现实命运》,《当代作家评论》2005年第3期。

过于强大的“新启蒙主义”思潮对文学实践的笼罩与渗透局限了文学表现的丰富可能性，在很大程度上将之缩减为“新启蒙主义”意识形态的美学呈现，这种单一的思想资源的强大影响窄化了文学表现的历史与现实视野，形成了作家或文学写作的固执的历史偏见，因而使文学这种“审美的意识形态”丧失了“体验”的丰富性和张力，说得严重一点，它只是以“审美”的方式传达和巩固了一种体验历史和感受现实的特定态度，其他的体验、感受方式则被它预先排除掉了。其实，对于80年代文学的这种看似激进的判断早就由当年的“先锋派”和后来的“新写实”以某种直觉察觉到了，它们对此前文学的“社会性”与“使命感”的反叛与不屑正是对这种“缩减”的本能的反抗，但它们仍然是在“新启蒙主义”的框架内质疑与反抗，而且又被改头换面的“新启蒙主义”批评言不及意地命名为“后现代”，成为对“元叙事”的拆解，从而重新被纳入“新启蒙主义”的框架。①

在这样的一套叙述里，1980年代“文明与愚昧的冲突”，变成了某种“审美意识形态”：它当然首先是一场关乎“自由”与“解放”的“光荣革命”，但它同时也是一场关乎“压抑”与“驱逐”的“圈地运动”；它在开辟冻土的时候，也在画地为牢——在这里，复生君毋宁说是整个重构了1980年代文学史的展开过程，在人们看到“发展”的地方，他看到了“缩减”；在人们看到“美学”的地方，他看到了“政治”——如此一来，如何重新评价“先锋文学”的问题，便被提上了议事日程，因为众所周知，在既有的文学史叙述中，发端于1980年代中期的“先锋小说”，一直都被视为新时期文学“发展”的“巅峰”，因此，要系统清理1980年代的文学遗产、进而“重写”1980年代以来的文学历史，对于“先锋小说”的再评价，便是必不可少的一步。也正是在这里，复生君的清理工作，恐怕正构成了对于既有文学史叙述的最大冒犯：

先锋小说是中国改革以来的现代化命运的曲折隐喻，那些似乎完全抽空现实内容的形式实验，或刻意将主题抽象化、普遍化以脱离中国现实的现代主义情绪，背后隐约而片段地浮现着的仍是当代中国的历史性焦虑和愿望。在先锋小说空洞、虚张声势的面具之下，潜藏着丰富的，也是零乱

① 刘复生：《“新启蒙主义”文学态度及其文学实践》，《文艺理论与批评》2004年第1期。

> 的个人无意识和集体的政治无意识。……
>
> ……先锋小说中弥漫着一种艺术上的失败感，表面上的完美形式试图掩盖的是一种无法给自己的时代赋予艺术上的形式感的事实，和自我意识的混乱与矛盾。也许正因如此，它反倒恰如其分地充当了那个时代含混而矛盾的自我理解。由此也成就了一段尴尬的文学传奇。①

将重视"文本自足性"、以"能指游戏"、"叙事革命"为特征的"先锋小说"，重新与1980年代的社会政治历史等"社会大文本"勾连起来，复生君所发现的，是"形式实验"背后真实展开的"历史内容"、是"先锋小说"那极具"私人性"的"自我意识"中所潜藏的深刻的"政治无意识"——从这样的视野看去，"先锋小说"的历史，"奇"则奇矣，但却不免"奇"得"尴尬"；它固然是当代文学史上一个完美的"今日神话"，但既是"神话"，它就与"新启蒙主义"的"意识形态"脱不开干系！

复生君对于"先锋小说"甚至整个1980年代文学的判断究竟是否成立，这当然是一个可以讨论的问题——你当然可以说，他的上述判断，似乎显得太过负面；"矫枉"之余，似乎也有"过正"之嫌：事实上，对于这一点，复生君也当然了然于心②。但是如果我们暂且抛开这个问题不谈，则本文更感兴趣的问题在于，驱使复生君如此"重写文学史"的动机，究竟何在？他如此大费周章地对1980年代的既有文学史"常识"加以颠覆，目的又在哪里？如此的一番清理，与他的"当代文学史观"之间，又有着怎样的关联？

这里，我们不妨先引用一段话，这段话涉及复生君对于20世纪50年代到70年代中国文学的基本评价：

> 1950—1970年代的当代文学，作为建立社会主义新文化的尝试，面临着

---

① 刘复生：《先锋小说：改革历史的神秘化》，《天涯》2009年第4期。

② 在一次访谈中，他曾提到《"新启蒙主义"文学态度及其文学实践》一文发表前后的一些情况："写文章时相对年轻，火力很猛，过于追求片面的深刻，也有意使用了一种矫枉过正的理论策略。这篇文章发表后产生了一些反响，也受到一些批判和质疑，记得在针对这一组文章（《文艺理论与批评》杂志推出的'反思80年代'的专辑）而召开的小型研讨会上，韩毓海和旷新年两位先生就指出，我的文章有妖魔化80年代的嫌疑。其实我也并不是要全面否定80年代，我只不过是单拣它坏的一面集中批判而已，至于80年代好的传统我先放在了一边。"（刘复生、徐志伟：《文学研究的历史能动性——刘复生访谈录》，《艺术广角》2011年第1期）

一个悲剧性的历史处境，这从一开始似乎就决定了它的伟大成就与失败的结局。在一个远未现代化的社会要建立更现代的社会主义，这是俄国与中国所面临的同样的难题，这甚至也决定了列宁与毛泽东会分享某些共同的焦虑，会具有共同的葛兰西式的对文化的重视。但是，现实并没有为新社会准备新的文化基础。历史不但未给新的文化准备条件，相反，新的社会还急需一种新文化来提供条件，只有这样，才能完成落后的现代国家的最广泛的组织与动员。这使社会主义新文化具有了某种超历史的性质，从而从一开始就注定了它的多舛命运与悲壮的结局。但是这与其说证明了新文化的本质缺陷，还不如说证明了这场文化革命的艰巨性。新文化与新文学的这种悲剧结局，一方面和它缺乏基础性的文化条件有关；另一方面，也和如下的新中国的状况联系密切：在被全球资本主义体系包围的艰难局面下追求现代化，自我殖民所造成的结构性的内部矛盾，以及先锋政党向社会管理者或一般性的社会精英集团的蜕变所造成的社会垄断——这种不断积累与演化的新现实也在一定程度上减弱了理想的社会主义的文化魅力，从而给建立新文化造成了潜在的障碍，并为旧文化的延续与复辟提供了民间的土壤。①

上述论断，当然充满了对于1950—1970年代文学的同情，而且此一同情，还不仅仅是对于当时文学的“现代”（而不是“封建”）性质的认同——一方面，当代中国当然是现代中国的延续，其建立现代化民族国家的自我期许，正是对近代以来中国“国家重建”目标的认同，因此，它就不时流露出诸如“千万不要忘记”之类的“后福特”式的“现代”焦虑；但是另一方面，“先锋政党”的领导、“冷战结构”的“铁幕”，都使得当代中国在诸多方面显现出较之“现代中国”大为不同的“革命中国”的特色，因此，“革命”与“现代”的角力（比如复生君提到的“先锋政党”与“社会管理者或一般性的社会精英集团”之间的矛盾），便构成了当代中国的一大主题。在此过程中，当代文学，或说更宽泛的“社会主义文化”，则构成了一股极为重要的力量，因为众所周知，自晚清以来，一方面列强环伺，“天朝”即将“崩溃”；另一方面则是中国的积贫积弱，无论政治上还是经济上，都没有做好向“现代中国”转变的准备。面对如此困局，当时

① 刘复生：《当代文学何为？——中国当代文学60年的回顾》，刘复生：《文学的历史能动性》，昆仑出版社2013年版，第31—32页。

的诸多仁人志士，便将倚重点放到"文化"之上，遂有以"小说""新民"之举、有以"新文化运动""开启民智"之举、有以"文化革命""斗私批修"之举——凡此种种，似皆不可被放在"唯意志论"的解释框架中而遭轻轻打发：毋宁说，其间所纠缠的，乃是20世纪中国对于"文化"的特殊理解，以及试图将此一理解付诸实践的巨大热情和决心。在我看来，复生君对于1950—1970年代文学的理解，所依循的，似正是上述思路。

这里所涉及的，自然是所谓——借用蔡翔先生的说法——"两个'三十年'"的问题：简单地说，复生君所念兹在兹的所谓"新启蒙主义"话语，之所以能在"文革"之后迅速建立起"神话"般的地位，正是因为它将自身的合法性，建立在对于1949—1979年这所谓"前三十年"的系统批判和否定（这样的批判和否定，当然有着相当的历史合理性）之上，由此，从1979年发展至今的所谓"后三十年"的当代文学，便具有了不容置疑的"解放"意义。但是在复生君的论述里，"两个'三十年'"之间的关系，显然已经发生了根本的改变：对于"左翼"思想的重新体认，使得他一方面对"新启蒙主义"话语的霸道和僵化深感不满，一方面对"前三十年"的"社会主义文艺"充满同情——或说，这两个方面，本就是互为犄角、彼此呼应的。①

至此，我们终于可以谈谈复生君的"当代文学史观"了，当然，这个问题，首先是与他对于"何谓当代文学"的看法，紧密联系在一起的——与我们习以为常的静态"反映"式概念不同，对于"当代文学"，复生君的理解毋宁说更具"生产性"和——用他所喜欢的说法——"能动性"：

> 在我看来，真正的当代文学的意义在于具有对现实加以总体化的叙事能力，由此，它创造出一种关于现实以及我们与现实关系的崭新理解，它重组了我们日常的零散化的经验，并超越了个体的狭隘的经验的限制，从而打开了重新认识现实，尤其是在复杂的社会联系中重新感知现实的可能性。它改造了我们认知与感受的方式，重建了总体化的生活图景，从而为读者提供了一种新的方向感。那些优秀的当代文学，总是蕴藏着解放的潜

① 毫无疑问，对于中国大陆所谓的"新左派"，复生君是深有同情的。具体可见他评论韩毓海（《"自由主义"意识形态的历史批判——重读韩毓海〈在"自由主义"姿态的背后〉》，《天涯》2009年第2期）、韩少功（《想象一个新世界——韩少功随笔中的政治智慧》，《南京师范大学文学院学报》2009年第1期）的文字。

能，能够打破既有的定型化的意识形态的束缚，把个人从各种神话与幻象体系中释放出来，恢复对“另外的生活”与“另外的现实”的感觉与认知能力，它总是暗含着批判性的视野与乌托邦的维度，激发着对未来的想象。因而，当代文学对现实的审美表述应当具有潜在的实践能量，尽管并不是直接的，也不应是直接的。

这是“当代文学”之外的任何经典文学所不能提供的内容。毫无疑问，并不是所有在当下发表的文学作品都是合格的“当代”文学。①

如此一来，“当代文学”就不再是某种“所指”明确存在的确定“能指”，从而“能指”也不再仅仅是对“所指”的“消极”指认——恰恰相反，复生君想做的，正是试图打破“当代文学”“能指”与“所指”之间既有的关联，从而建立起全新的“表意”关系、使两者达成具有革命意义的“接合”。由此，“当代文学”这个术语，就不再“天然”地只是某种“中性”的“时间”概念：毋宁说，它乃是充盈着饱满的文化政治内涵的全新“符号”（对于当代生活的“总体化”表述）。毫不夸张地说，这就是发生在语言领域内的“阶级斗争”：争取、挪用和改造某个概念，从而使其具有全新的革命内涵，进而为我所用——对于日渐陷入危机的当代文学研究来说，这样的斗争，实在是必要而且紧迫的。

进而言之，如果并非所有发表于当代的作品，都可以被毫无疑问地纳入“当代文学”的范畴，那么，“当代文学批评”也就不再仅仅只是当代文学作品的“婢女”、就不再仅仅依附于它的“二等公民”——在复生君看来，所谓“当代文学批评”，毋宁说很可能要高于一般的当代文学创作：

所谓“当代文学批评”的意义，就在于使“当代文学”的这种本质明晰化、尖锐化。它不同于一般的文学鉴赏或文学研究的价值正在于，通过对“当代文学”的创造性阐释与重写，把“当代文学”中内在的革命性因素发掘出来，并加以放大，从而创造一种新的关于当代现实与个体处境的新理解或新认知。它天然指向批评家与读者自身生存的历史性，包含着纠缠在一起的现实理解和自我理解，从而带有一种历史解释学的美学深度和生命紧张感。在某种意义上说，只有“当代文学批评”才是真正的文学批评。

① 刘复生：《什么是当代文学批评？——一个理论论纲》，《南方文坛》2011年第1期。

批评，在最初的意义上，是一种价值创造活动，而当代文学批评，所从事的正是价值创造的工作。因而，什么是文学的标准，何谓“美”，对它来说，不是既定的神圣圭臬，而是悬而未决、有待发现的新尺度；它不是在不自觉地、盲目地肯定着既有的审美价值，而是在不断地进行着新的审美决断，在创造着新的审美价值。当然，它无时无刻不处身在审美传统之中并感受到来自这种传统的压力，但它总是和传统保持着一种持续的张力，它置身于与既定审美价值的生存搏斗之中，并把坚持这种搏斗看作自己的本质与使命。当代文学批评的功能不在于以经典的美学尺度对照、衡量当代的文学作品，并裁定它的审美价值的品级。相反，这种所谓美学价值是要“当代文学批评”去发现或创造出来的。……

某种意义上说，“当代文学批评”不是把一种既定的东西指给人看，而是把一种尚不存在的东西创造出来。……①

在这样的阐释路径里，所谓“当代文学批评”，就与“闲适”的“美学鉴赏”、与“科学”的“实证考据”拉开了距离——它是充满了历史现场感的“发掘”、它是充满了历史紧张感的“决断”、它是充满了历史使命感的“创造”：总之，它试图对那些“真正”的“当代文学”作品加以阐发，以因应当代中国诸多堪称重大的命题，由此，“当代文学”便成了某种“态度”和“方法”，它所昭示的，是我们理解当代中国——同时也是当代世界——的全新视野。

一旦我们如此理解“当代文学”、一旦我们将“当代文学”理解为某种“态度”和“方法”，复生君的下述论断，也就显得理所当然了：

……“当代文学性”不一定呈现为我们所熟悉的纸媒的，以小说、诗歌为主要文体的文学创作，也不见得非得遵从我们所习惯的这套文学的成规法则——众所周知，如果历史地看，这些体式与这套审美惯例能够占据文化的主导地位并不是自古皆然、超越地域的，它也具有特定的时空起源，经历了一个由特殊性到普遍性的过程，并受到政治、经济甚至军事等社会因素的深刻影响。所以，“当代文学性”在不同时代可能表现为不尽相同的文体与媒介：可能是诗歌、散文、戏曲、小说，也可能是电影、电视剧，它

① 刘复生：《什么是当代文学批评？——一个理论论纲》，《南方文坛》2011年第1期。

> 不见得非得固守经典的纸媒的样式。事实上，近年来的某些影视剧创作正在表现出浓重的“当代文学性”，而大部分所谓文学创作反倒正在丧失“当代文学性”。[①]

这也就解释了，为什么复生君近年来会投入那么多的精力，来研究电视台热播的电视剧[②]——表面看来，复生君的此一转向，与近来诸多学者从“文学研究”向“文化研究”的转向颇为类似，但如果我们了解了他对于“当代文学”的独特理解，则此一转向，又自有其一以贯之的“问题意识”内蕴其中——这样的转向，自然比简单的“学术跟风”要沉实、审慎得多。

行文至此，我们对于复生君“当代文学批评”的轨迹，已有了大致的了解，而这篇介绍性的文字，似乎也该告一段落。在酝酿这篇文字时，中国正经历着又一个多事之秋，国际国内的诸多事件，总是一再地激起我心中的某种焦虑，而我以为，这样的焦虑，恐怕也是为复生君所共享的；同时，也正是这样的焦虑，一再推动着复生君的研究热情——中国正处于“大时代”之中，知识人任重而道远：我愿以此，与复生君共勉！

作者系海南大学人文传播学院副教授
本文原载于《文艺新观察》2013年第2期

---

① 刘复生：《什么是当代文学批评？——一个理论论纲》，《南方文坛》2011年第1期。

② 相关论文如《从欢乐英雄到历史的受难者——评〈亮剑〉》（《文艺理论与批评》2005年第6期）、《用先天带菌的语言完成流行叙事——兰晓龙电视剧作的困境与成功》（《艺术广角》2010年第4期）、《穿越历史的“青春之歌”——意识形态变迁及〈青春之歌〉的再叙述》（《山东文学》2013年第1期）等。

# 衣　郎｜　如果有一天回到大地

长久以来，我深陷于撒玛尔罕诗歌中的执着和追寻当中，当他用富有个人魅力的语言在一点点书写生命价值的探求、民族情怀的深沉、家园故土的依恋的时候，作为一个读者，我命定地成为他痛苦的倾听者和追求的关注人，并在他所建造的身体与灵魂相互交织的撒拉尔精神张力中寻找到了我希望看到的那个诗人的背影，他孤独而决绝、他饱满而透彻。

撒玛尔罕总是在追问自己的生前踪迹和死后的脚印，这来自他诗人气质的有意呈现和民族情怀的自觉探求，“我是谁？”“谁能指证身体的元素？”“彼岸何方？”“时间的尽头在哪里？”“谁手持青灯照亮水的壁画？”由此开始的一系列和命运之间的诗歌对话练习中，他汲取黄河岸边的万物风情带给他的写作冲动、价值追寻，时刻在“祖父”精神的感召下埋头思索，想要找到诗歌创作的血缘密码、精神引领。其实，这种寻找更多是想要在民族情感的问题上形成一种姿态。终于，在一首诗歌里，他试图找到一个答案：我是谁的黑头白羊？撒拉人的先祖用信仰将人类根苗的牺牲换为一只黑头白羊，在信仰者眼里，那只黑头白羊曾是自己，而作为献祭，它比任何一切都更为圣洁。其实对于诗人来说，他的信仰与精神世界的悲悯情怀就是他身体的“黑头白羊”。诗人无数次地在追问，用饱含深情和沸腾着热血的语句去一点点剥丝抽茧般地揭开民族的记忆，这记忆里充满着对曾经苦难的呈现，孩提时欢乐的诗意刻画，祖父、我和儿子之间的姻缘传承。

因于上述对缘源追寻的情结，这也许已经成为他在精神版图上想要找到灵魂根基的使命，撒玛尔罕自觉地进入了他母语滋养的撒拉尔精神家园，那里面充满着骆驼泉传说、悠扬的唤礼声、飘扬的达斯达尔、羊皮筏子、黄河两岸，“谁的月亮被蒙上了一层黑纱”，“半个美人脸”等等细致刻画，而对这些再熟悉不过的身边事物的狂热描述中，我们发现，撒玛尔罕其实是一个孤独的孩子，这种孤独是命定的，尤其是祖父的离开，更加显得深刻和绵长。再者，诗中多次出现的“蓝色”意象，“扼止它蓝色的诱惑”，“记住那块蓝色的石头，那里躺着我们的祖先以及祖先的黄金品格”，“以深邃的蓝招引我”，“蓝色的血”，“蓝色的泉水”等等就反映出诗人内心的落寞与哀伤。在伊斯兰教里“蓝色”是纯洁的颜色，但蓝色也是孤独的颜色，蓝调音乐也是忧伤的旋律，在对蓝色几近迷恋的崇拜中，我们似乎发现了他的孤独而痛苦的渊源。诗人的这种孤独感来自于他在祖父的诵经声中感召了族群记忆的艰难历程和宗教信仰的虔诚下肉身带来的“负罪感”。《高地的蓝焰》中这样描述，“一个有罪之人，.……将重返出生之地，吸最后一口气将自己吹灭”，一个身负枷锁的人，最后的结局将是自己把自己吹灭，是否暗示着某种命运的因果关系？其实这样的表达并不能完全容纳撒玛尔罕所要期望的关于生死流转、苦难救赎的哲学命题，因而他努力地在大量的具有“史诗”品格的长诗、组诗中密集地关照着肉身的挣扎、灵魂的救赎，正如他在诗《飞翔》中所说，“我在生活中获取知识，我在跋涉中懂得苦难”。而这种用诗歌疗伤的方式完全不是对痛苦的消解或者掩埋，撒玛尔罕选择了一条更为冒险的旅程，那就是用足够的勇气承担起语言在对生活深层次转述中的难度和转述过程中的再次受到伤害。就像他提了一桶水，感到费力，但他没有丢掉那只桶，为了保持平衡，他又提了一只桶。这样做的目的，就是他深爱着的家园，需要一个诗人来为她书写历史，深刻命名。这是一个撒拉尔人的责任，也是一个诗人的责任。

诗歌《高地的蓝焰》第6首中这样写道：“七层空间，七只仇恨之手”，“我和另一个自我在披着欲望和饥饿，谈论七只狰狞的邪念，黑夜之下那泛滥的罪恶本身”。“七”在宗教上是个神秘的数字，上帝用七天创造亚当，取出亚当的第七根肋骨造了夏娃。撒旦的原身是有七个头的火龙，同时共有七名堕落天使被称为撒旦，所以基督教用撒旦的七个恶魔的形象来代表七种罪恶。这首诗里作者试图通过自己对自己在信仰的精神关照下“审视”和“对话”，试图让自己摆脱更多世俗生活的经验束缚，在祖父的感召下，去靠近诗歌和人性的“黄金品格”。而这种时刻的警惕，对自身隐秘的挖掘中，他诗歌的创作带有相当大的冒险精神，过程充满着成长的焦虑和周遭事物变化带来的忧患，但他同样找到了这个时代的痛处，“就像玻璃碎片一样，棱角与棱角之间，每一个触点都是伤刺”（《山那边的世界》），诗人即使是翻过最后那座山，但依然找不到回家的路，依然在恐惧、寂寞、失落中寻求光晕的出现，他在曾经的世俗生活的经验当中体味到了更多的现实隔阂，忧郁与生俱来，信仰的孩子依然记得“爱与恨”，就连爱情也像玻璃碎片一样，棱角与棱角之间，每一个触点都是伤刺。

撒玛尔罕诗歌的另一个特点就是场景描述的“同时性”。“远景；更远的地方；那刻、此刻；地球另一端”，“安息于祖先的右侧”，“从左肩到右肩，走遍每一个角落”，“总在心的左侧，总在心的右侧”等等，荣格把“同时性”描述为两种或两种以上事件的意味深长的巧合，其决定性因素是意义，是来自个人的主观经验：各种事件以意味深长的方式联系起来，即内心世界与外部世界的活动之间、无形与有形之间、精神世界与物质世界之间的联系，一切存在形式之间的深刻和谐。诗人用“同时性”来表达了他所俯瞰这个道德世界的诸种状态，他截取了某个片段画面来审视在信仰之中的命运的跌宕起伏，借此来表明自己的灵魂也就是精神与词语之间的相依相偎，凸显自己在关于精神信仰和词语的虔诚中似乎永远是不离不弃的。这样我们似乎逐步廓清了他诗歌中表现出的诸多挣扎，“用颂歌为自己染色，用哭声为自己悔罪，用鲜血为自己印证”，站在民族史观的厚重舞台上，他“仿佛看清了自己的心灵和世界，其实：人在大地上行走，是在自己的心灵上奔跑”。正如我比较喜欢的那首诗歌《十一月》，它简单，用简短的9行诗句为我们呈现出了十一月那个早晨的生动场景，悠远的宣礼声、东方发白、弥漫着的宗教精神、熬制奶茶，这一首诗就密集地表现了撒拉族的诸多人文精神和民俗民风。它直接，毫无累赘的表达，一开始就让读者进入他所设置的诗意空间，同时给我们一种竖耳倾听的强大摄入能力。它纯粹，寥寥数语就为我们铺开了作为一个孩子，作为一个诗人，内心最柔软的部分。同样，这首诗就完全可以作为诗人多少年来的一个缩影，一个横断面，一个为诗歌创造心灵基础和情感铺垫的平凡日子。

洞开了世俗眼睛的撒玛尔罕，把目光投向了远方的远方，他驾轻就熟地将所要讴歌、赞美、鞭笞、质问和呈现的事物通通都安放在了一个偌大的广场上。在诗歌《祷辞与幻想》中的“最终的广场”，在《世界的血》中的“最后的广场”，对于广场来说，我们在杜拉斯的小说《广场》里读到过它留给平凡人的想象空间。在乔献华的音乐里听到了欢快的《广场圆舞曲》。在方文山的《布拉格广场》中我们看到“安静小巷一家咖啡馆，我在结账你在煮浓汤”的唯美景象。更是在张元和段锦川拍摄的纪录片《广场》中以全新的角度观察到了那个消解了强大象征意义的广场。撒玛尔罕在他的诗歌中的“广场”中，不管是“或古典或现代，或真实或梦幻，或荣誉或耻辱”，他都是这个幻影唯一的见证者，商人、娼妓、诗人、石匠等等都在苦难里等待一场风暴的来临，在几经跌宕的命运中“一步步靠近心中的那座灯塔”，最终是“云雾缭绕的圣殿”。他以广场作为这个时代象征的载体，剖析出生活中包罗万象的表象图景，而最终他精神领袖般地将诸多事物从黑暗引领到黎明前的广场，同时他也欣慰地看见“瞬间在瞬间里孕育，永恒在永恒中孕育”。

我想，撒玛尔罕的诗歌和他的民族精神之间构成了互证关系。撒拉族人的精神信仰造就了撒玛尔罕的诗歌营养，而他的诗歌丰富了撒拉族关于历史记忆的多重关照。他用丰富的言辞书写和确认了那些重要然而又未曾有过传神表现的撒拉族人的公共经验，他的语言方式显得充满陌生而又熟悉的疼痛感和震撼力。这样的书写早先在撒拉族诗人马丁先生那里同样得到了极致的发挥。

最后，我用他的诗句来完成对他诗歌如上述恰似盖棺定论般的主观猜想，以及作为一个诗歌读者，也许会产生的貌合神离的阅读误区。

“我能感觉的静啊，其实是你心灵深处的一波微澜”，“如果有一天回到大地……我们随时都会碎满一地。”

作者系青海省海东市委办公室干部
本文原载于《河湟》2013年春季号

# 江腊生 | 文学反思与话语焦虑①

对于刚走出“文革”梦魇的中国文学和作家而言，注定了无法在倾泻痛苦和伤痕抚摸中驻留太久，痛定思痛后的反思便成了一个重要的命题。此时，在何种层面上展开反思，反思到什么程度，通过什么话语方式来展开，成为我们今天反思这类反思作品的重要维度。显然，反思作品并没有在势如破竹的语境下将反思推至一个现代性高度，而是在历史反思与政治认同的纠结中陷入一系列焦虑状态。国家遗留下来的一系列社会问题，驱使作家从社会历史的层面去思考，而文学本身又需要个体从人性的角度加以确立。因此，反思作品大多逡巡于政治伦理与民间伦理、人性反思与道德拯救、国民性反思与人民认同等诸多因素之间，在文学反思中表现出多层面的话语焦虑。正是反思与焦虑的相互扭结状态，决定了反思文学历史的广度和人性的深度。

## 政治反思与话语认同

很多反思作品突破了伤痕文学仅仅停留在伤痕哭诉和苦难记忆的局面，延展到一定的历史、人性与人情的话语空间，反思建国以来极左思潮下的种种运动

---

① 本文为2009年教育部人文社会科学研究基金项目“新时期文学的焦虑叙事研究”（09YJA751039）的阶段性成果。

造成人的生活与命运的影响。作家往往将一定极左思潮下的政治伦理置于民间视野，将政治伦理置换为日常的生活伦理，从而达到反思历史与政治认同的双重目的。一方面，曾经的伤痕体验要求文学在历史的反思中批判一定的政治伦理，另一方面，文学和作家的主体认同又驱使他们皈依一定的政治话语体系。这一类反思作品往往触及干群关系，在一个宏大的叙事体系下，思考民族国家曾经的现代性轨迹。

《天云山传奇》通过两层对比，重在反思极左思潮给人的命运带来的影响。其一是罗群与吴遥之间的对比，书写了天云山开发与建设中不同路线的斗争。罗群与吴遥二人都是党的干部。罗群全心全意把自己的青春奉献给党的事业。他代表的是“文革”期间的知识分子形象，一出场便是一个“高大的年轻人”，古堡的介绍，体现了他丰富的知识；悬崖救美则体现了他的勇敢和爱心。于是在“我”的心目中便是“大刀阔斧的作风，火一般的热情，生龙活虎的性格”，但在“文革”期间成了“反革命”。吴遥则“自命不凡的派头我讨厌”，在“文化大革命”前如何飞黄腾达。因此二人变成了当年“革命”与“反革命”之间的路线斗争的代表，也演绎了一场“非正义”与“正义”之间的较量。其二则是以罗群为中心的三个女子之间的关系。宋薇与罗群在相互爱慕中走进了爱情，但单纯明丽的爱情经不起现实的沉重。当罗群被认为在政治上出现问题的时候，爱情迅速瓦解。无论是被逼还是自愿，宋薇离开罗群转而投向当时政治上如鱼得水的吴遥书记。而随着“文革”的结束，宋薇又在冯晴岚的“皮袍下找出自己的小来”。冯晴岚在罗群的危难时刻，用自己柔弱的身躯爱着罗群，甚至与罗群一起遭受身体的迫害，最终献出了自己年轻的生命。周瑜贞最后接过冯晴岚爱的接力棒，正是罗群为代表的正确路线得到了认同，也是主流话语推进拨乱反正运动的根本。可见，小说通过一系列人伦关系的正常与非正常、正义与非正义，来反思路线的正确与非正确。反过来，文中将爱情与党的情感等同起来，对爱的贞洁就是对党的贞洁。显然，反思的力度无法穿透个体爱的情感层面，因而缺少历史的辩证与深邃。宋薇对爱情失败的解释是：“我想起当时的情况，那时的历史环境，和我们那一代人的思想，远不是今天的人所能了解的。那个时期，像我这样的人，都是最真诚地把政治当作第一生命，对党组织的话，是绝对神圣不容怀疑的。那时我们常说，为了党为了政治需要，可以牺牲一切，也绝对不是假话。既然生命都可以牺牲，又何况个人的痛苦！当时我们毕竟是年轻啊！”宋薇将个人的选择推给了历史，却无法面对自我的灵魂。这就是小说影响反思力度的重要方面。

《剪辑错了的故事》把大跃进与战争时期加以“衔接”，通过艺术剪辑凸显领导与农民之间从鱼水关系到主仆关系的变化、颠倒。“老甘不一定就是甘书记，也不一定就不是甘书记，不过老寿还是这个老寿”。正是这种极其朴素的感情使得老寿即使“被搬了石头”，几近精神失常时还在“回忆过去，怀念老甘”。从老甘到甘书记的身份转换，正是人伦关系向政治伦理转换的体现。小说通过人伦关系的反思，触及主流政治话语内部的不足与问题。小说通过不同时期的故事剪辑，将反思直接指向当时的政治路线。这是颇具深度和勇气的。“结尾于一九七九年元月，老寿老甘重逢之时，互诉衷肠之际。奋斗，寻求多少年的理想，多少年，多少代价啊！终于付于实现之年，中国人民大喜，大幸，大干之年。”显然，当甘书记重新变回老甘，即错误的路线政策被纠正过来之后，一切问题都会迎刃而解，小说在结尾处将反思完全交付给主流的政治想象，又使反思失去了原本的力度。

因此，反思作家在展开一系列社会问题的反思时，往往从自己身份确立的需要出发，坚持一种二元对立的思维，既自觉地认同当时的意识形态话语，又断裂地批判曾经造成自己伤害的话语体系。文学与政治的关系，构成了作家主体的内在焦虑。一方面，这体现了新时期初文学浓厚的现实参与意识，它的根本在于强烈地为国家拨乱反正和改革开放提供政治参照，而并非真正走进人的世界，构建文学的审美空间。另一方面，反思小说也体现了文学话语和文学思维的局限性，而缺乏新的话语体系的建立。

从作家主体来看，茹志鹃等文学反思的目的是革命身份认同。在小说中，作家描写了老寿在内心里设想一场战争，不再将粮食支持甘书记，而执意要寻找原来的老甘。她认为：“在‘文化革命’的中期，由于长期的靠边生活，也由于那些比革命还要革命者的言论行动，我脑子里是曾盼过战争，觉得来一场战争，在战火中谁是真革命，谁是只能坐沙发、卖嘴皮子、专门批判别人的‘革命家’，都可以泾渭分明，立见分晓了。”[①] 因此，在新时期拨乱反正运动的召唤下，反思写作与国家主流意识形态之间经历了拒认/认同、批判/承认的曲折经历，进而成为推动主流意识形态话语的强大力量。

古华在交代《芙蓉镇》的写作过程时，言及此一契机给他带来的触动：“党

① 茹志鹃:《我对创作的一点看法》,《语文教学通讯》1981年第1期。

的具有历史意义的三中全会的召开，制定了‘实事求是、解放思想’的正确路线，使我们国家的政治生活发生了历史性转折。人民在思考，党和国家在回顾，在总结建国二十年来的经验教训。而粉碎‘四人帮’以来的文学呢，则早已经以其敏感的灵须，在触及、探究生活的也是艺术的重大课题了。我也在回顾、在小结自己所走过的写作道路。三中全会的路线、方针，使我茅塞顿开，给了我一个认识论的高度，给了我重新认识、剖析自己所熟悉的湘南乡镇生活的勇气和胆魄。我就像上升到了一处山坡上，朝下俯视清楚了湘南乡镇上一二十年来的风云聚会，山川流走，民情变异……”[①]显然，古华的创作是国家主流话语召唤的结果。然而，一旦这种反思将革命或主流话语的认同摆在首位，然后才是文学本身的努力，其创作必然会影响到文学话语的美学追求，文学反思的深度。正如杨义指出：“在已经获得了对以往的历史的现成结论之后，如果他们缺乏思想家的气质，就很容易用今天的现成结论去图解历史，去奚落历史上的一些人，同时又拔高历史上的一些人。当我们一再地看到某些反思作品，离开历史上真实的情景而大力描绘五七年‘右派’的自我肯定的意识，一味夸张“文革”初期红卫兵的卑污人格时，这种翻来覆去的公式化愈来愈使我们感到已不是历史的正义感，而是艺术的伪饰，甚至是作家人格的欠缺。”[②]反思小说过于凸显“革命认同”的文学写作，难以超越当时的革命话语。很多作品描写了一系列政治问题，但这些问题已经得到了澄清或主流话语的抚慰，因此他们的作品在现实话语保证的前提下反思历史的问题和话语本身，很容易让人产生依据现成结论去阐释历史话语的嫌疑。

可见，为了批判和反思以往的政治话语及其对人性的压抑，作家将政治伦理与民间伦理作了两度转换，最终又回到政治认同的层面，显然，其内在的思维方式还是一脉相承，而没有考虑对个人乃至民族文化及性格心理的内省，很少像巴金在《随想录》中所说的那样：“总结十年经验的时候，我冷静地想：不能把一切都推在‘四人帮’身上。我自己承认过‘四人帮’的权威，低头屈膝，一心任他们宰割，难道我就没有责任！”[③]这也是巴金的《随想录》对当代文学精神弥足珍贵的原因。

---

① 古华：《话说〈芙蓉镇〉》，《芙蓉镇》，人民文学出版社1981年版。

② 杨义：《新时期小说风度的心理剖析》，1986年10月11日《文论报》。

③ 巴金：《探索集·后记》，人民文学出版社1981年版。

## 人性反思与道德拯救

当极左思潮横行的时期，人性、人情、人道主义都成了资产阶级的东西，被扫进了历史的垃圾堆。敏泽指出，“作家艺术家们在创造艺术形象时，普遍地都不敢深入地探索、发掘和表现人物的内心的情感世界，常常把丰富的有血有肉的人抽象为几条干巴巴的阶级属性的原则，每走一步，每下一笔，常常都必须绳之以‘阶级性’，不敢越雷池一步。每一个严肃的作家艺术家，这许多年来在这方面都有了太多的痛苦的体会。因为，稍一不慎，便立刻有可能飞来‘宣扬资产阶级人性论’的帽子而遭横灾。在这样的情况下，使得我们许多本来可以写得很有思想艺术感染力的艺术形象，结果却形同土木偶像，活不起来，更谈不上感人的问题。”[①] 反思作品最打动读者的是其中的情感与泪水。当历史翻过新的一页，在批判和反思这一段历史的时候，一些作家用自己的情感力量来呼唤人性、人情和人道主义，试图对人的价值、尊严等做出一定的反思和探索。伦理学与政治学之间的密切关系，决定了反思文学在考察与反思“文革”错误路线与“十七年”期间的“左”倾思潮对人性的压抑与迫害时，往往处于政治认同与道德拯救的焦虑之下，并通过道德批判的力量达到文学社会效应的最大化。

《芙蓉镇》通过各种善恶类型人物的人生沉浮，思考特定生活情境中不同性格特征所蕴含的民族文化心理积淀与蠢蠢欲动的幽暗人性。小说一开始就用赞美和欣赏的语气叙述了“芙蓉仙子”胡玉音美丽动人的容貌，书写了她富有性感的身体对异性的诱惑。她“黑眉大眼，面如满月，胸脯丰满，体态动情”，用小说粮站主任谷燕山的话来说就是“芙蓉姐的肉色洁白细嫩得和她所卖的米豆腐一个样”。显然，作品在肯定人的身体欲求，借助人的自然欲求来反抗、批判非人化的极左政治路线。小说中最能代表极左政治本相及其深层思想内涵的人物，应该是“政治女将”李国香和“运动根子”王秋赦。他们身上带有明显的某些极左政治的特征，和相关的人性因素、国民性心理及其社会生成机制，隐含着作者的深入思考。可以说，《芙蓉镇》之所以成为伤痕与反思文学的代表作，很大程度上也得益于这两个反面人物隐含的思想意蕴。

李国香政治上发迹的起点是芙蓉镇的“四清”运动，而她在这场运动中如此

---

① 敏泽：《论人性、阶级性和文学》，《文艺理论研究》1981年第1期。

投入和狠心的缘由，除了强烈的政治欲望之外，还有压抑在内心深处的女性特有的嫉妒和贪婪。李国香幽暗人性的畸变，蕴含着丰富的社会、文化和人性内涵，不仅仅是一个阶级斗争理念下人物形象。她的身上，明显具有了人作为本体的原生形态的人性存在。李国香作为县里下来的女干部，最初在芙蓉镇当饮食店经理，竟然被本地“芙蓉姐”胡玉音的魅力比下去。于是，配合着当时的阶级斗争形式，她内心的失落感充分调动了原始形态的嫉妒本性，利用阶级斗争工具，来打击和迫害比她貌美的胡玉音，实现内心的心理补偿。当胡玉音一家因为勤劳致富而造起新楼时，她将其打成右派，并导致胡玉音家破人亡；当她面对胡玉音与秦书田结婚的事实，竟然反常态地暴跳如雷，采用残忍的方式折磨胡玉音，把秦书田投入监狱。她人性中恶的一面，正好与阶级斗争中权力相争中恶的一面不谋而合。小说在反思阶级斗争扩大化时，笔锋陡转，刺入人性中本质的一面，最终赢得了深邃的一面。设想一下，如果将胡玉音与李国香的相貌作个对换，整人的事情会发生吗？显然，这是作家的道德拯救思维起作用，凡是被批判的敌人就是难看的，就是坏的，凡是立于道德高位的就是美貌的，就是好的。

王秋赦，则是一个流氓无产者形象。他是一个不务正业、游手好闲的单身汉，好吃懒做的劣根性在他的身上表现得最为充分。一次次的政治运动满足了他不劳而获、坐享其成的惰性，他尝到甜头后便唯恐天下不乱，积极充当任何可以给他提供不劳而获生活的政治运动的帮凶打手，以享受更多私利。当以搞政治运动为特征的“文革”结束以后，被从镇长的位置上撤离下来的他，在褴褛的衣衫上挂满着领袖的像章，幽灵般地游荡在芙蓉镇，叫喊着那些不合时宜、已经成为历史陈迹的口号“千万不要忘记啊……‘文化大革命’，五六年又来一次啊……阶级斗争，你死我活啊……”这一形象的书写为小说《芙蓉镇》赢得了反思的力度，也显示了作品对人性表现的深度。王秋赦的疯癫，正是他人性中恶的一面直接浮出历史地表的体现，他的形象直接丰富了新时期文学的艺术画廊。

无论如何，文学反思不可能在一个纯粹的人性世界来观照个体的生存状态，而是徘徊于政治与道德的焦虑之中。保罗·库尔兹指出：“人道主义作为一种哲学，一种世界观与价值论，除了意指着伦理观念以外，还有着自己的社会政治诉求。”[①] 很多小说在政治话语的决绝与认同之间左右摇摆，最终求助于传统道德力量，以道德拯救的方式来完成人性的反思。也就是说，反思文学在人性反

---

①［美］保罗·库尔兹：《保卫世俗人道主义》，东方出版社1996年版，第9页。

思的过程中，已经不再满足于伤痕文学那般，完全求助于政治话语的力量来加以矫正，而是徘徊于政治认同与道德拯救之间的焦虑状态。很多作品依靠道德拯救方式来完成人性的书写与建构。

《天云山传奇》、《芙蓉镇》、《许茂和他的女儿们》、《内奸》、《犯人李铜钟的故事》等作品往往在表面上拒绝政治领域的二元对立，将人简单化为革命与反革命，而是在传统道德的层面上，将人分为好人与坏人。作品中往往大写一个受难者形象，如罗群、秦书田、金东水、李铜钟等，他们与“十七年”时期的英雄书写相差无异，往往都是错划右派或者是曾经的战斗英雄，他们身上往往党性坚定，意志坚强。他们身上因为承载了太多的意识形态话语，而显得人性本身的刻画不足。尽管作家浓墨重彩地书写了这一系列形象，但今天看来，他们的形象显得刚性十足，却缺少了人性的复杂和丰富。这些形象大都延续了“十七年”文学的英雄书写的话语模式。相反，在这些主要的受难者形象周围，却涌现出一系列的真实人性。他们的身上真正体现了作家在人性反思与道德拯救之间的复杂。这些小说通过一系列道德拯救的方式，以同样的思维方式来书写反思文学中的人性。这是摈除了单一政治话语思维的文学进步，也是文学难以走出二元对立思维的征候。

《天云山传奇》中的宋薇，因为仰慕罗群的高大伟岸，尤其是悬崖救美一段，更是让宋薇芳心大动。但在吴遥形象的权势诱逼下，宋薇因为人性中的自私和虚荣，最终选择了得势者吴遥，而抛弃了危难之中的罗群。宋薇的爱情选择，是人性中的自然表现，小说却将其置于政治道德拷问的层面，使其一生背上了道德自责的重负。因此，粉碎“四人帮”后，由于道德自责的力量，促使她要为罗群拨乱反正，甚至有恢复与罗群之爱的想法。然而，小说按照“恶有恶报”的传统道德逻辑，最终宋薇只能默默地为罗群祝福。冯晴岚则是在罗群危难之际，以她母性的伟大和坚韧，站出来将自己的爱献给受难者罗群。在冯晴岚身上，既有传统文人美女相助的白日梦思维，也如同一面道德镜子，烛照出宋薇身上的“小”来。冯晴岚的出现，既拯救了危难中的罗群，完成了英雄美女的模式，又拯救了同是女性的宋薇，实现了小说人性书写与道德救赎的结合。实际上，这组道德拯救的三角模式，正是小说《天云山传奇》至今感动读者的一个关键点。

同样，《芙蓉镇》令人最为感动的不仅是按照作者的意图：“寓政治风云于风俗民情图画，借人物命运演乡镇生活变迁”，更重要的是非常态历史时期极左政治运动下秦书田与胡玉音之间相濡以沫，用爱相互搀扶，相互拯救的故事，同时他们身上的道德优势，也与李国香、王秋赦身上的道德劣势形成鲜明对比，最终实现了对二人的道德拯救。

一方面，由于道德传统的历史传承性，决定了反思文学在人性书写方面很快与民族的集体无意识相对应起来，避免了政治话语召唤的僵硬和机械。另一方面，人性的反思在当时与人道主义思潮遭遇，它自然会与政治话语产生一定的距离，无论是马克思主义人道主义，还是人性论，都有意识地与民间的道德话语相结合。于是，此时文学的人性反思与道德拯救结合，迎来了社会效益的最大化。

## "国民性"反思与人民认同

"国民性"反思，一直是中国文学现代性的重要内容。也构成了"五四"文学以来的"国民性"话语的历史性接续。新时期反思作家对农民既批判又认同，在启蒙中有较多的惶惑，在认同中有较多的焦虑。季红真曾指出："中国是一个拥有众多农民的国度，几千年封建的自然经济，古老落后的小生产方式，深重的封建压迫，形成了农民较为稳固的性格心理。"[①] 高晓声在《极其简单的故事》中，通过对陈产丙的性格与命运的描写，有力地反思批判了作为"国民劣根性"的"看客心理"：一九六六年冬天，……他看见一班"走资派"和"反动文人"在市口里挂着牌子垂头丧气，他就高兴地骂他们活该如此。而在其本人被游斗之际，同样难逃与"走资派"和"反动文人"们一样的"被看"命运：

> 大队办公室外面早就聚了一群人，看见陈产丙出来了，有的笑，有的做鬼脸，有的装得一本正经喊"快游！"小孩子们如开锣喝道般轰的一声叫道："啊！"

仿佛是无意之间，高晓声所揭示的"看客心理"具有了巨大的历史深度。作为老一辈农民的陈产丙们，不仅从历史中"很好"地继承了具有深厚传统的国民劣根性，而且这种劣根性，还将令人胆寒地被"小孩子们"所继承，后者的"开锣喝道般"的兴奋与快意，实际上正是作为国民劣根性的"看客心理"的重

---

① 季红真：《同一历史主题的两个时代乐章——赵树理与高晓声创作特征的比较》，《文明与愚昧的冲突》，浙江文艺出版社1986年版。

要体现。同样是在《极其简单的故事》之中，高晓声展开了对于主性与奴性的双重批判。小说中的大队书记陈宝宝，对其治下的陈产丙们，“肯出拳头，肯翻脸去‘枪打出头鸟’”，而对公社书记周炳焕，却是奴性十足、言听计从，陈产丙们对于陈宝宝的嚣张虽然是不无愤怒，但在实际上，他们却都在以沉默、隐忍、宽宥与忘却来避免正面交锋。这与《漏斗户主》陈奂生的精神胜利法如出一辙：“只要不是欺他一个人的事，也就不算是欺他。就算是真正的不公平，也会有比他强得多的人出来鸣冤，他有什么本事做出头椽子呢？”

在高晓声这些作品中，引人注目的是对当代农民性格心理的文化矛盾的揭示。当遭遇各种政治事件时，一方面他们在强大的政治话语下显得无奈和弱小，另一方面则是农民身上自主意识的缺失，失去了基本的反思意愿与反思能力。这是高晓声小说反思的重点。所以，在谈及《李顺大造屋》的创作时，高晓声曾经精辟地指出：“李顺大在十年浩劫中受尽了磨难，但是，当我探究中国历史上为什么会发生这种浩劫时，我不禁想起像李顺大这样的人是否也应该对这段历史负一点责任。九亿农民的力量哪里去了？为什么没有发挥应有的作用？难道九亿人的力量还不能解决十亿人口国家的历史轨道吗？看来他们并不曾真正成为国家的主人，他们或者是想当而没学会，或者是要当而受着阻碍，或者竟直是诚惶诚恐而不敢登上那个位置。造成这种状况的历史原因和社会原因值得深思。”[①]因此，高晓声小说中的“国民性”反思，深刻地揭示了中国历史的吊诡，使他在深入批判中国农民身上的国民性的时候，将其“国民性”话语，自觉或不自觉地延展到对1949年以后的现代性历史实践下的制度性反思。这使得高晓声的反思小说既有国家体制文化的思考，也有中国农民身上根深蒂固的国民性反思。较之当时其他的反思文学而言，少一些政治语境的功利，多一些文化层面的深邃。

同时，高晓声在对中国农民身上的国民性展开反思和批判中，并没有完全将农民视为启蒙的对象，而是强调自己的“人民”认同。他指出：“这些年来，我完全不是作为一个作家去体验农民的生活，而是我自己早已是生活着的农民了。我自己想的，也就是农民想的了。”同时他又指出：“一个作家总应该比陈奂生们站的高一点，看的远一些，想的准一点。所以，我写《陈奂生上城》，我的情绪轻快又沉重，高兴又慨叹。我轻快、我高兴的是，我们的境况改善了，我们终于前进了。我沉重、我慨叹的是，无论是陈奂生们或我自己，都

---

① 高晓声：《〈李顺大造屋〉始末》，《雨花》1980年第7期。

还没有从因袭的重负中解脱出来。”[①]因此，高晓声小说没有因路线错误受委屈后的情绪化倾诉，也没有高高在上的国民性批判；没有廉价的感恩意识，也没有洞察历史的自得。他只是在农民命运的考察中，写出他们生活中的浮沉，为他们的生存忧虑，为他们身上的劣根性慨叹。正如《李顺大造屋》中最后写道：“做了这些腐蚀别人的事，李顺大内心惭愧，不敢告诉老书记。但是他的灵魂不得安宁，有时候半夜醒过来，想起这件事，总要骂自己说：‘唉，我总该变得好些呀！’”

由于人民认同的迫切，反思文学往往采用传统小说，甚至民间传说的叙述模式，引起广大民众的情感共鸣与人性反思，促成新时期初文学社会效应的最大化。很多小说采用最常见的全知全能的叙述视角，通过民间故事的讲述策略，并以鲜明的人物形象的二元对立，即好人与坏人形象，来转换不同政治语境下的革命与反革命，右派分子与当权派等。《芙蓉镇》中胡玉音与李国香之间的伦理道德层面的善恶对立，谷燕山与李国香之间的政治道德层面的忠奸对立，而胡玉音的“民女遇到才子”是传统文学中“才子佳人”的大团圆结局的现代版；她的“领导解救”同样是大众社会依附清官意识的政治诉求。这种苦难故事的叙事模式，“在叙述效果上满足了民众要将文革历史戏剧化、伦理化和黑白分明化的审美需求”[②]，许子东从情节功能的角度将它命名为“契合大众审美趣味与宣泄需求”的叙事模式。这种情节结构模式，主要以人性善恶的关系构建人物形象谱系，形成善恶对立的二元冲突模式，最终根据善恶因果关系来安排“大团圆”结局。其他如《天云山传奇》、《许茂和他的女儿们》、《大墙下的红玉兰》的小说无不如此。

从叙述语言看，很多反思作品普遍民间口语化，直接与广大民众的审美趣味一致。《剪辑错了的故事》中老寿接受了委托，告辞了乡亲，往大山奔去寻找老甘。小说描写道：“他翻过一架山，又有一架更高的山。翻过更高的山，还有更高更高的山。这山哪！多深哦！没有人迹，也没有战争的烽烟。这里有的是奇寒，大雪，冷风，还有山石上的冰凌。为找老甘他披着霜雪，涉过溪流，踏破了山鞋，挂破了衣裳，为找老甘，他终于爬上了山巅上。望望山那边，跟他来的路上一样，是一片苍苍莽莽的大地，伸展开去，似乎无垠无极。”这一段话语叙述与民间故事中

---

① 高晓声：《且说陈奂生》，《人民文学》1980年第6期。

② 许子东：《契合大众审美趣味与宣泄需求的“灾难故事”——“文革小说”叙事研究之一》，《文艺理论研究》1999年第4期。

"寻找仙人"或者"寻找仙草"的模式一模一样，刚好与人民的传统审美趣味达成一致。而《陈奂生上城》的开头："'漏斗户主'陈奂生，今日悠悠上城来"，正是古代评书的基本句式，直接契合了大众读者的阅读心理。

可见，无论是小说的叙事模式，还是叙述话语，这些作品都体现了传统小说的审美趣味，与广大人民的阅读习惯达成一致。反思文学因此成了新时期影响最大，作品数量最多的一种文学创作思潮。也正因为如此，在政治、人性和国民性等维度，反思文学都持一种既超越又认同的美学态度，决定了其历史的广度和人性的深度。

作者系九江学院文学与传媒学院教授，中国社会科学院博士后
本文原载于《福建论坛》2013年第10期社会科学版

# 李　晶 | “新文人书法”的当代语境初探

## “新文人书法”产生的历史语境

### （一）“新文人画”的影响

在绘画界有“新文人画”派，主要是受到新潮美术思维的影响。伴随着“八五新潮”引起的对西方艺术的学习探讨之风，分别从艺术本体意义和艺术文化学意义两个方面为这场艺术运动提供了理论场景和语境。让艺术重回现实、重回人本、关注自身成为这场运动的主旨。中国传统艺术上，书、画、印三者紧密联系，绘画、书法、篆刻理论三者相互影响、相互发展。“新文人画”的提出及实践是当代艺术领域受各种创新思维影响与保持传统之间寻找契机的一个结合点，书法界理应有相应的当代思潮。在传统与当代之间，寻找并建立起符合当代价值并具有当代思维的书法艺术理论与实践。“新文人书法”的倡导和确立在“新文人画”那里找到了范本和借鉴。

### （二）“新文人书法”的历史必然

“新文人书法”的提出并不是跟风之论，更不是哗众取宠，它的产生、发展是历史的必然。“文人书法”在中国书法史上脉络清晰、理论系统、影响深远，王羲之、欧阳修、赵孟頫、颜真卿、苏轼等书法大家都属“文人书法家”之列，他们不仅具有极高的文化知识学养，积极投身社会实践，而且心胸广阔，忧国忧民，胸怀包揽群山，气魄浩然雄大。历史的变迁，朝代的更替，并不会影响"文人书法"最根本的本质。从近代到现当代，毛泽东、郭沫若、鲁迅、启功等书法大家以他们的书法艺术和人格魅力影响着书法艺术的发展。中国书法历史上，历朝历代开创之初，书法艺术热衷于形式表达而忽略内容品质的案例屡见不鲜，最具代表性的当属魏晋南北朝时期，这一现象与政局的不稳定，社会生活的不安定有关。在新中国建立之初，重"形"而轻"质"的书坛倾向也有。于是基于书坛过于玩弄形式而缺乏内涵品位的现象，在80年代90年代之交，沈鹏、陈炜湛先生就提出了书家学者化的呼吁，这一呼吁便是"新文人书法"的开创宗旨。

## "新文人书法"的准备阶段

90年代朱新建等人连续举办的"新文人画展"及相关活动得到了肯定，书法界亦开始关注"新文人书法"的进一步发展。1999年《新文人篆刻宣言》的发表、"新文人篆刻研讨会"的召开，高举旗帜，立场鲜明，吹响了"新文人书法"的号角。"2003新文人书法年会"的举办将践行"新文人书法"艺术实践的书法家汇聚，畅谈发展蓝图，增强了"新文人书法"的队伍建设。近年来连续举办的"全国新文人书法研讨会"，身体力行，积极实践，使得"新文人书法"这一概念的提出得到了广泛的关注。

## "新文人书法"的接受语境

中国书法从单一的创作发展到如今多元化的互动共存，主要受两种力量的推进，一种是"回归传统"，一种是"接受西方"，中国文化以"文"为核心，西方文化以"艺"为核心的价值范畴必然会让这两股力量相互推进、相互制约。"新文人书法"在当代的发展就存在这样一个接受语境的问题，它作为一股艺术思潮要进入主流媒体并通过媒体传播获得大众接受，就不得不考虑它的接受语境，究竟是"回归传统"还是"接受西方"。"以传统文人书法为源头，以体现新时代文化精神为背景，以弘扬新文人精神为旨归"[①]，这一原

① 吴又华：《书法万象》，中国文联出版社2010年版，第48—51页。

则让“新文人书法”的包容性更强，完善了“新古典主义”更尚古，“现代派”更崇今，“学院派”稍显保守的接受语境，使得“新文人书法”更具备当代接受性。

## “新文人书法”的文化语境

书法艺术凝聚了国人的共同价值和情感，人们可以通过书法这一载体，透视国人的民族想象。近现代的中国书法艺术不但在技法和美学上产生了不小的变化，其所传达的民族想象和认同也发生了深刻的蜕变，透过书写，艺术家们折射出社会、政治和历史在文化中的倒影。从民族想象建构的角度看，中国书法的当代语境应该在“现实语境”与“国际语境”中寻求自身核心价值体系的平衡。

改革开放以来，我们在开创中国特色社会主义道路实践中积累的新经验，折射在书法艺术中，可以表现为摒弃依赖西方经验的学习和借鉴，也可以祛除以“他者”眼光来观照自身缺乏的自主性。书法艺术不仅可以表达中国特有的叙述方式，还包含着对中国社会和历史的认知。如何创作中国崛起的时代大制作，是我们书法事业当前最需要的。

在全球化和中国国际影响力日益增强的背景下，中国文化也成为一个新的不断变化的全球文化和艺术建构过程中的一部分。在这一建构的过程中，最具有传统人文精神的书法艺术在文化的多元格局中亦占有极其重要的位置，借用书画艺术的一句话：“它不是一个被看的物体或被读的文本，而是一个社会或主体身份形成的过程，一种主动参与创造历史的文化载体。”①从事书法的艺术家们在保持自身创造性的同时，也要探索突破困境和局限的各种可能性。“新文人书法”的理论确认和实践充实，正是为了在当代的艺术构建中寻找自己的园地，不至于沦入“失语”的境地。曹顺庆指出：“‘失语症’的实质并非指现当代艺术理论没有一套话语规则，而是指没有一套自己而非别人的话语规则。何谓话语规则？话语规则是沟通得以实现的基础，是指在一定的文化传统、历史背景、社会语境中约定俗成的语言和意义建构的法则。而如今的失语症，是指我们失去了固有的具有民族性的意义生成和话语言说的话语规则，失去了我

① W.J.T. 米切尔编：《风景与权力》，芝加哥大学出版社1944年版，第1—4页。

们自己的基本理论范畴和运思方式。”[①]“新文人书法”在当代的确立，是一个积极而有效的过程，这一过程不仅有大家、名家的倡导，更有致力于书法艺术的众多书法家的参与和实践，在过程中寻找书法艺术的“大美”之势，试图挣脱书法理论、实践的“失语”境地，强调“技”的同时更强调“人格魅力”，其文化语境包含了中国文化几千年的积淀。

## “新文人书法”的选择语境

中国固有的“观乎人文以化天下”的文化意识，阐明了中国传统文化的价值内涵和人文气象。所以在中国传统文化的发展中，文与质兼美的审美意识始终占据主要地位。“新文人书法”以“学术根底”为本，以“人格修养”为宗，复兴传统的同时积极融入当代语境。从语境的选择上，“新文人书法”继承了中国古典美学的特殊审美范畴，强调文质并举，既以品人，亦以论世，便是《论语·雍野》所云：“质胜文则野，文胜质则史。文质彬彬，然后君子。”但我们也要看到“新文人书法”的选择语境要受到客观环境的影响。消费主义与物质主义将会造成精神上的真空世界。物质极度丰富的时代，人们可能普遍地失去灵魂。“回归”、“清贫”、“闲逸”成了当代人向往却无法获得的归宿。置身于消费时代，不仅物质产品可以消费，精神产品同样可以消费，消费时代的书法艺术走向视觉化表现是不可避免的。因此我们无须刻意去回避当下对“形式”的追求，毕竟“大众文艺时代”在某种时候仍然需要视觉的冲击。因此“新文人书法”也不能忽略对“形式化”的理论阐述和指导。

对当代书法的评述，不能丢失文质兼美的核心体系，单纯从书法形式入手来评价。任何的脱离、无视、跨越都会导致书法艺术走向偏离。书法用富有感情的艺术表现汉字的魅力，既然是汉字，既然有形有意，逃不过“文质之辩”的范畴，能称为书法家，其作品必然要具有审美价值的间架结构和审美价值的行笔法则，更重要的是要有高尚的人格魅力。学习经典必然是对经典的再发明或是对经典客观意义的再生产，这种再的过程既基于经典的内在结构又基于我们对当代生活的发现，对当代语境的回应。古之经典是我们学习的手段，而不

① 曹顺庆、付飞亮：《再谈传统文论现代转换之失语症》，2013年3月20日《中国艺术报》。

是目的。任何一种书法流派，他所表现的精神系统不是完成时，而是正在进行时，它呈现为一个无限开放的轨迹，一个不断前进的过程，这才是艺术不断演进的当代本意所在，也是我们学习继承创新的关键所在。有传统（文人书法）、有宗旨（有“学院派”的根基，有非学院派的热忱，并且注重“人格化”修养）、有实践的“新文人书法”在当代书法艺术的自主选择中会走出一片属于自己的天空。

作者系贵州省文联文艺理论研究室干部、副研究员
本文原载于《第二届全国新文人书法研讨会论文集》，
中国文联出版社2013年7月出版

# 吴正锋 | 沈从文小说叙事视角的转换与艺术的成熟①

人们常常按沈从文小说创作题材内容将其划分为都市题材小说和乡村题材小说两部分，而这种划分的标准背后其实包含了一种道德标准，沈从文自己就曾明确地指出："请你试从我的作品里找出两个短篇对照看看，从《柏子》同《八骏图》看看，就可明白对于道德的态度，城市与乡村的好恶，知识分子与抹布阶级的爱憎，一个乡下人之所以为乡下人，如何显明具体反映在作品里。"②这种划分有其合理性，能够较好地把握沈从文创作的思想倾向。但是这种题材标准或是道德标准也有其弊端，就是太着重于作品的内容分析，往往表现为以道德标准代替艺术标准对作品进行审视。如何从艺术视角深入把握沈从文小说的艺术特征及其发展变化，这是本文将着手探讨的目标。

自西方现代小说理论诞生以来，从什么角度观察故事一直是学界关注的一个焦点和中心。视角就是叙述者叙述故事所采用的角度。卢伯克写道："小说技巧中整个错综复杂的方法问题，我认为都要受角度问题——叙述者所站位置对故事的关系问题——调节。"③法国结构主义批评家托多罗夫认为，"视角的重要性应属小说创作技巧的首位"④。视角问题同样在沈从文小说艺术中具有十分重要的

---

① 此文系湖南省哲学社会科学基金项目"沈从文创作的艺术价值研究"（09YBA098）的系列论文之一。

② 沈从文：《习作选集代序》，《沈从文全集》第9卷，北岳文艺出版社2009年版，第4页。

③ 转引自罗钢：《叙事学导论》，云南人民出版社1994年版，第159页。

④［法］托多罗夫：《文学作品的分析》，见王泰来等编：《叙事美学》，重庆出版社1987年版，第27页。

地位，沈从文小说内在结构有许多特点与视角问题密切相关，视角问题牵连着沈从文小说的美学特征，它在小说艺术变迁中，扮演着相当重要的角色。

## 第一人称叙事视角的艺术特点、缺失及转换

在沈从文早期小说中，第一人称叙事视角占有比较突出的地位。而且沈从文大部分带自叙传的都市题材和童年忆往题材的小说属于“主人公”类型叙事视角的小说。

### （一）第一人称叙事都市小说与情感的真切

沈从文初入都市，感受到贫病折磨，渴望人间温暖，抒发内心的苦闷，小说叙事带有明显的自叙性特征。叙事视角大都采用第一人称“主人公”类型叙事视角，情感的表达带有宣泄的特征。沈从文早期创作《公寓中》、《棉鞋》、《看爱人去》、《一件心的罪孽》、《怯汉》等小说主人公都为“我”，反映“我”的遭遇，通过“我”而表现故事。沈从文的《不死日记》、《中年》、《善钟里的生活》小说叙述者“我”与沈从文自己具有高度的重合性。《一个天才的通信》叙述者“我”同样跟沈从文生活状况极为相似。《呆官日记》、《冬的空间》、《楼居》、《知己朋友》、《血》等小说也是以叙述者“我”为叙事视角而展开的都市生活描写，其中相当大一部分具有沈从文自己都市生活的面影。沈从文都市第一人称叙述视角小说艺术上最大特征在于其“真实”。沈从文都市第一人称叙述视角小说，带有比较鲜明的郁达夫式自叙传小说的特征。沈从文使用第一人称叙述他的都市生活，叙事动机是切身的，是植根于他的现实经验和情感需要的，因此是十分强烈的。沈从文写道：“这里所有的，只是一点愚人的真”①，“心性的不加雕琢的公布”②，“并不缺少力与真”③，等等这些都表明将真实作为自己的创作追求。当然，这种“真实”有时并不一定是生活中实有的事情，但由于使用第一人称视角叙事，作者便能够取得艺术上“真实”的最大效果，以增强自己小说的艺术感染力。

### （二）第一人称乡村叙事与“趣味”的表现

沈从文第一人称乡村题材小说大都带有童年忆往性质。第一人称乡村叙

---

① 沈从文：《不死日记·献辞》，《沈从文全集》第3卷，北岳文艺出版社2009年版，第399页。

② 同上书，第418页。

③ 沈从文：《中年》，《沈从文全集》第3卷，北岳文艺出版社2009年版，第429页。

事小说可以分为两种类型，一种是“目击者”类型，一种是“主人公”类型。我们先看“目击者”类型。《更夫阿韩》、《瑞龙》便是以目击者“我”的视角对县城小镇上人物进行描写。《说故事人的故事》同样是以目击者“我”作为故事的见证者进行叙述的。这些小说都是以目击者展开小说叙事。但是，沈从文第一人称叙事视角的“主人公”类型叙事小说占其乡村题材小说主体地位。沈从文直接以叙述者“我”叙事的小说有：《往事》、《夜渔》、《玫瑰与九妹》、《炉边》、《往昔之梦》、《在私塾》、《我的小学教育》、《占领》、《入伍后》、《我的教育》、《黎明》、《堂兄》、《雪》、《船上岸上》、《记陆弢》等小说。沈从文乡村题材第一人称叙事视角小说艺术上除了真实之外，另一个十分重要的艺术特征便是注重“趣味”的描写。不论是童年温馨的家庭生活回忆，还是无忧无虑的军旅生涯，“趣味”成为艺术的一个核心。沈从文以第一人称叙事视角对过往的生活作追叙，增加了小说叙述的亲切性和趣味性，全篇充满着轻灵的调子。

### （三）第一人称叙事视角的缺失与转变

早期沈从文创作主要受到写真情真事的观念的支配，那时的创作无论是抒发城市生活的凄苦还是回忆童年乡村生活的温馨，大都离不开自己生活的身影，而且为了取得最真实感人的艺术效果，沈从文往往采用第一人称叙事方式进行叙事，但是作者也因此常常受到实际生活的束缚，“自然主义的印象捕捉”使得艺术体裁结构方面也就无所顾及，导致沈从文第一人称叙事视角小说存在重大的艺术缺陷，使得沈从文此时期小说显得琐碎、拖沓与冗赘。

沈从文创作这些“自己的成分稍多一些”的小说，受到读者乃至于编辑的批评和抵制，沈从文感受到了这方面的压力。他在《一个天才的通信》里写道：“你们不希望知道我的生活的一切，他们更不希望知道这个”，“凡是我自己的成分稍多一点的，你们就不要，试问，不要，我还有勇气写下去吗？”在书店和读者两方面的压力下，沈从文对第一人称叙事视角题材小说的写作方式发生了严重动摇，沈从文后来总结道：“为愤怒（生活的与性格的两面形成），使作品不能成为完全的创作，对于全局组织的无从尽职，沈从文一部分作品中也与之有同样的短处。”①

---

① 沈从文：《论施蛰存与罗黑芷》，《沈从文全集》第16卷，北岳文艺出版社2009年版，第176页。

沈从文自叙传性第一人称叙事视角的转变，更是沈从文自身对创作艺术进行探索与思考的结果。沈从文从重视自身真实生活的描写（包括童年趣味生活的回忆）和真实情感的抒发转换到以冷静客观的写实的方式上来，也即沈从文所说的“把道理包含在现象中”[①]，沈从文称赞：“契诃夫等叙事方法，不加个人议论，而对人民被压迫者同情，给读者印象鲜明。”[②]他批评某作家：“你感情太热，理性与感情对立时，却被感情常常占了胜利。”[③]沈从文于1928年10月末在《阿黑小史·序》里便指出：“冷眼的作旁观人，于是所见到的便与自己离得渐远，与自己分离，仿佛便有希望近于所谓艺术了。这不过是我自己所觉到的吧。”[④]这其实预示着沈从文创作艺术视角的重大变化，“与自己分离”，“冷眼的作旁观人”，就是要改变第一人称叙事视角中的“主人公”类型仅仅局限于自身思想感情的叙事，由此沈从文便更多地使用全知叙事视角，即叙述者外在于人物世界，采用外部聚焦，叙事采取第三人称；或者采用人物叙事视角，即通过小说中的人物的聚焦来传达信息，不像一个叙述者那样对读者讲话，读者乃是通过这个反映者性格的眼光看待小说的其他人物和事件。通过这种叙事视角转换就能达到艺术上的节制，以取得客观的艺术效果。可以说，《阿黑小史·序》的创作标志着沈从文创作艺术在理论上的自觉，它意味着沈从文小说叙事视角即将发生重大的变化，由此沈从文创作由情感的宣泄走向客观描绘，由注重真切的情感表达和趣味的制造转换到注重情感的节制和艺术的创造，使沈从文小说创作艺术由不成熟开始走向成熟。

## 影子作者叙事与非影子作者叙事

为了进一步考察沈从文叙事视角的转化与其小说艺术的变迁，我根据沈从文小说中有无作者的身影将其小说分为影子作者叙事与非影子作者叙事两种形式。所谓影子作者叙事指的是作品中出现有作者身影的叙事，非影子作者叙事指的是没有出现作者身影的叙事。这里必须申明的是，影子作者叙事在沈从文小说中常常以“我”的身份出现，如果作品明显带有作者自叙传特征，虽然不是

---

① 沈从文：《从文自传·女难》，《沈从文全集》第13卷，北岳文艺出版社2009年版，第323页。

② 沈从文：《答凌宇问》，《沈从文全集》第16卷，北岳文艺出版社2009年版，第526页。

③ 沈从文：《给某作家》，《沈从文全集》第17卷，北岳文艺出版社2009年版，第223页。

④ 沈从文：《阿黑小史·序》，《沈从文全集》第7卷，北岳文艺出版社2009年版，第231页。

以“我”的身份出现，但如果将小说中人物改换为“我”并不影响小说所表达的意思，我将此作为影子作者叙事小说，而其中一些小说虽然偶然突然会有作者“我”的闯入，但整体上不是描写作者自我思想生活状况的，我还是将其当作非影子作者叙事小说。

如前所述，沈从文在1924—1927年小说重点叙述自己初入都市的凄苦和回忆乡村生活的温馨，带有明显的自叙传特征，影子作者叙事占据主导地位，由于作者拘泥于自己亲身生活的“自然主义的印象捕捉”的叙事方法，导致叙事上的琐碎、拖沓与冗赘，其小说艺术就显得较低。1928年开始沈从文创作发生重大变化，非影子作者叙事小说第一次占据主体地位，影子作者叙事小说便开始退居次要地位，并一直保持到1937年。沈从文在这一时期创作了《边城》、《萧萧》、《丈夫》、《贵生》等艺术杰作。1938年之后，沈从文影子作者叙事小说又重新占据主体地位，非影子作者叙事小说又退居次要地位，这时沈从文小说叙事重新又显得凌乱芜杂，仿佛退回到1928年以前的叙事水平，其小说艺术成就呈现下滑趋势。

由此看来，我们似乎可以得出这么一个结论：从总体上看，当沈从文以非影子作者叙事时，其创作艺术水平就较高，而当以影子作者叙事时，其创作艺术水平就相对而言较低。但是这也只是从整体上来看，至于具体到某一两篇小说也不能一概而论，不能认为沈从文影子作者叙事小说艺术水平就一定低一些。

## “故事”的第一人称讲述与构建故事框架进行讲述

沈从文在他创作的200多篇小说中，不少小说是以讲故事的形式出现，以至于王瑶在他的《中国新文学史稿》里这样评价沈从文：“他的才能使他在说故事方面比写小说要成功得多。”[①]故事的“讲述”是沈从文叙事艺术中一个不可回避的重大问题。而沈从文在“说故事”的方式方面也有着重大的变化，即从早期的第一人称讲述占主体地位逐渐过渡到成熟期构建故事框架进行叙述占主体地位。第一人称“故事”的讲述是叙述者“我”直接面向读者讲述故事，其实带有将读

① 王瑶：《沈从文的小说创作——〈中国新文学史稿〉节选》，《沈从文研究资料》，天津人民出版社2006年版，第301页。

者当作自己听众的形式，即是“我”讲“你”听的形式；构建故事框架叙述是在小说中设置一个讲故事的框架，通过小说中的一个人物向故事中别的人物讲述故事。从故事讲述的第一人称方式到构建故事框架叙述从另一个方面揭示了沈从文小说艺术的成熟。

### （一）叙述者“我”直接面向读者讲述故事

在沈从文早期不少小说中，往往是叙述者“我”直接面向读者讲述故事。这些作品有《往事》、《占领》、《槐化镇》、《晨》、《早餐》、《蜜柑》、《乾生的爱》、《我的小学教育》、《岚生同岚生太太》、《在私塾》、《入伍后》、《喽啰》、《爹爹》、《屠夫》、《或人的家庭》、《菌子》等，以上这些小说都有一个叙述者“我”直接面向读者进行讲述。叙述者“我”直接向读者进行讲述，这样加大与读者的交流，增加了亲切感，但是有时也破坏小说营造的逼真感，不能使人尽情深入书中故事情节之中，淡化人物所激发的情感浓度。沈从文后来趋向于压低或取消叙述者的声音，其手段是把叙述任务直接交给小说中人物进行讲述，通过构建一个讲故事的框架进行故事讲述。

### （二）构建故事框架，通过小说人物讲述故事

构建故事框架，通过小说人物讲述故事，这种讲述故事的方式，在沈从文早期小说中就存在，而且在他成熟期创作中使用得比较普遍。在沈从文早期创作通过构建故事框架讲述故事的作品有：《猎野猪的故事》、《松子君》、《老实人》等。沈从文1928年10月创作《阿黑小史》之后，小说中“自我”的因素逐渐倾向减少，这不仅是小说内容上描写“自我”的成分变少，而且在叙述过程中“自我”因素也减少起来，其中一个重要体现便是以“我”直接进行讲述的叙述方式大为减少，沈从文这种直接讲述故事的方式急剧下降。一些带有讲述方式的痕迹的小说，都尽可能设计一个故事框架，设计出故事的讲述者和故事的听众，以增强小说的现场感和客观性。如《第四》、《夜》、《自杀的故事》、《媚金·豹子·与那羊》、《医生》、《都市一妇人》、《厨子》、《灯》等。沈从文的《月下小景》更是构建故事框架，形成一种听说互动的热烈情景，取得一种相互对照或对比的艺术，这种情景显然比讲述单一故事要丰富。可以说《月下小景》佛经改编故事的讲述艺术是以前沈从文讲述故事艺术的发展和深入。总之，《月下小景》是沈从文故事讲述艺术的集大成者，在中国现代文学中也是一枝艺术的奇葩，取得

了重要的艺术成果。

## 叙事主体“我”的退隐与小说艺术的成熟

在沈从文早期创作中，无论是第一人称小说视角叙事，采用影子作者叙事视角叙事，还是以“我”进行的故事的讲述，叙事主体“我”都是比较明显的，而沈从文成熟期创作作者改变第一人称视角叙事，隐匿叙事主体，采用非影子作者叙事，让事件自行呈现出来，由此沈从文便更多地使用人物叙事视角或是全知叙事视角。

### （一）人物叙事视角

人物叙事视角，叙述者由一个反映者所取代，这个反映者是小说中的一个人物，通过这个反映者向读者展示故事情景，通过这个人物聚焦来传达信息，他感受、观察、思考，但却不像一个叙述者那样对读者讲话，读者乃是通过这个反映者的角色，场景好像是直接在读者眼前展开一样。这种人物叙事在沈从文创作中并不是很多。在沈从文200余篇的小说中，据不完全统计，除开沈从文带自传性第三人称叙事小说之外，通过某一人物聚焦叙事的作品不到10篇，不能不说这一比例是相当小的。沈从文比较明显地通过某一人物聚焦来传达信息的小说有:《传事兵》、《好管闲事的人》、《逃的前一天》、《烟斗》、《失业》、《夫妇》、《上城里来的人》等。由于成功地使用人物聚焦叙事，使这些小说的叙述仿佛像生活本身那样展开，具有逼真的艺术效果，同时也使人感受到小说聚焦人物真切的生命感受。

### （二）全知叙事视角

全知叙事视角，叙述者外在于人物世界，叙述者从外部描绘事件情景，采用第三人称形式。除开第一人称叙事和人物叙事便是全知叙事，又称为作者叙事视角。它的基本特征是，叙述者外在于人物的世界，叙述者的世界存在于一个小说人物世界不同的层面。叙述者采取的是外在聚焦。全知叙事视角在沈从文小说中是最普遍的。而其中在沈从文早期小说创作中全知叙事视角表现得比较单一，即小说中只存在一种叙事视角，而在沈从文成熟期创作，不少小说在整体全知叙事过程中又往往在部分上转化为人物叙事，全知叙事与人物叙事混杂在一起，共同组成叙事。

沈从文1928年（不包括1928年）之前的全知型叙事小说大部分为弗里德曼所说的“编辑者全知类型”。这些小说的叙述者视角宽广灵活，几乎不受任何限制。在这些小说中，沈从文不仅可以自由地展示小说中人物的观念和情感，而且可以自由表现自己的思想、情感和爱憎倾向，包括抛头露面地直接在作品中发表关于人生、历史、道德习俗等各种议论，这些议论可以和作品的主题有关，也可以没有多大关联。譬如《三贝先生家训》对三贝死亡的议论。

沈从文成熟期占主体地位的多表现为“中立的全知”叙事类型。这种类型的叙述依旧采取的是全知视角，但叙述者在作品中不再抛头露面，大发议论，也不再直接干预故事的进展，人物的言谈举止和思想活动似乎是自发地演出，作者采用“与物观物”的形式，作者的声音降到最低限度。“中立的全知”类型的小说在沈从文早期小说中如《草绳》、《初八那日》也开始显现，但在成熟期才真正成为占主体地位叙事视角。如《萧萧》对夏夜的描写，似乎不带任何主观情绪，而是一种客观呈现，这种无自我色彩的写作方式，一切随顺自然，呈现的是一幅天籁自然之景，与带有主观色彩“我”的眼中之景相区别。这种“无我”的写作方式在《边城》、《三三》、《阿黑小史》等小说中大量存在。

### （三）全知叙事与限制叙事相交织的叙事视角

沈从文成熟期小说视角，全知叙事与人物叙事还经常相互切换，呈现出全知叙事与限制叙事相交织的叙事视角，推进故事情节的发展。《边城》成功地运用了全知叙事与人物叙事。小说开篇交代了茶峒的地理位置，民情风俗，全知视角的选择，使作品场面开阔。但是，小说的叙事视角绝不是单一的，在部分情节内容上，也成功地使用了人物叙事视角。例如，天保、傩送在碧溪岨唱歌求爱，小说没有具体描写这一过程，而是描写翠翠在睡梦中为歌声浮起，祖父既忧愁又快乐地听着，即通过其他人物视角来表现。正是这一限制性视角的成功运用，造成老船夫把唱歌人“张冠李戴”这一错误，同样由于误会，老船夫误以为二老傩送已经选择了碾房，受到强烈刺激，精神终于压垮了而溘然去世。小说正是由于成功地运用了老船夫所知小于全知（即全部事实真相）这一限制性叙事视角，推动情节的发展具有重要的作用。

以上我们考察了沈从文从第一人称叙事到非第一人称叙事，从影子作者叙事到非影子作者叙事，从“故事”的第一人称讲述到构建叙述框架进行讲述，从

"自我"的突出到"自我"的退隐等叙事视角的转换，沈从文小说这一叙事视角的转换有力地推动了其小说艺术的成熟。纵观沈从文全部小说创作，凡是以第一人称叙事，带有自叙传特征，"自己的成分稍多一点的"，也就是以影子作者进行叙述的小说，由于受到自身生活的束缚，特别是追求小说的真实性、感染性和趣味性，往往显得琐碎、拖沓、冗长，而离作者自我较远一点的，冷眼的作旁观者叙述，以非影子作者叙述的小说，作者就能与"自己相分离"，追求小说的艺术性，让人感到叙述的明净节制、客观沉静，一扫"自己的成分稍多一点的"小说的那种令人腻烦的啰唆和沉闷。

沈从文小说叙事视角的这种转换是符合艺术规律的。朱光潜对于艺术和实际人生的距离有过这样的论述："艺术家在写切身的情感时，都不能同时在这种情感中过活，必定把它加以客观化，必定由站在主位的尝受者退为站在客位的观赏者。一般人不能把切身的经验放在一种距离以外去看，所以情感尽管深刻，经验尽管丰富，终不能创造艺术。"[①]王国维作过这样的表述："有我之境，以我观物，故物皆著我之色彩；无我之境，以物观物，故不知何者为我，何者为物。"显然，王国维认为"无我之境"要比"有我之境"具有更高的艺术境界。我想用此来说明沈从文小说叙事视角的转换与其艺术的成熟也是十分恰切的。

作者系湖南省社会科学院文学研究所
中国现当代文学及文艺理论研究室主任，文学博士，副研究员
本文原载于《湖南社会科学》2013年第2期

① 朱光潜：《"当局者迷，旁观者清"——艺术和实际人生的距离》，《谈美》，开明书店1932年版。

# 何　英｜　未完成的理论任务

上世纪80年代文学与批评的并肩作战已成美好回忆，上世纪90年代面对文学的大范围先锋、现代派路数，批评先是被责或自责为失语，继而又被奚落为作家不看、读者不看的“剃头挑子一头热”——批评的全面西方文艺理论引进如火如荼，文学与批评的“兄弟联盟”渐渐解体，大有各忙各的互不相干之势。其实平心而论，上世纪90年代西方文艺理论的全面引进有其积极意义，西方文艺理论的科学阐述、系统完整、逻辑归纳和抽象演绎是中国古代文艺理论所缺乏的。如今我们习见的批评文本，都能驾轻就熟地运用几个西方文论的概念术语，甚至大有离了西方文论的一些基本的、使用频率很高的说法，就难以展开批评的状况。

但现在的状况是，一方面引进的理论有过剩之嫌，大量引进来的跟中国现实、文学实践关系不大的理论问题、理论术语因其不接地气、文不对题开始渐渐淡出。西方文艺理论界自上世纪80年代中期以后，开始反抗理论、抵制理论、反省理论，后理论时代来临了。惯于引进、输入西方理论的中国理论界也便突然陷入理论的匮乏。另一方面，中国的批评界还有个有意思的现象，英美新批评派、结构解构主义、后现代主义、后殖民主义批评和文化研究等等各帮各派，都有自己在中国的忠实追随者，他们常常以各自的学统为正宗。知识是用来积累交融和转化生成的，不是用来相互排斥自立门户的，融合转化生成中国自己的新的文论系统始终是未完成的理论任务，人们最后也还得说中国自己的批评。

但中国要建构自己的宏大理论系统正遭遇尴尬：在资本主义叙事的冲击下，所谓后理论时代的来临，让任何系统理论的诞生都染上了堂·吉诃德色彩。理性风潮被宣布早已过时，科学主义在思想视野中式微，感性、身体、日常倒成了美学关键词。理性在艺术中正被彻底的感性放逐，没有理性统辖的作品只能是一地鸡毛式的零散化；对身体的强调成了王道，奢谈精神变得可笑；人们活在似乎永不完结的当下，永恒成了与精神一样不切实际的宗教话语；反形而上学抵抗形而上学的战争即将大获全胜……削平深度，思想的、道德的深度都被平面化、游戏化和消费化，接下来，可想而知的是对于人类生存的意义和价值都不再关心。

提出“理论之后”的伊格尔顿并没有提出放弃理论，他说，没有理论就没有反省的人生，他仍然相信并谈论客观性与真理，还为后理论时代理论的出路指点迷津。美国的大卫·辛普森和乔纳森·卡勒分别在1995年的《学术后现代和文学的统治》和2007年的《理论中的文学性》两书中提出这样的观点：文学性由理论的对象演变成理论自身的特征，文学性正逐渐渗入和支配理论的书写。理论本身是一种叙事，文论也应叙事，而文论的叙事应有还原事物本来面貌之义的复杂性思维，理论的清晰与简明相对于意涵丰富的真实世界显得捉襟见肘，而以解码为特征的文化理论对文学艺术的丰富意义也有僭夺之势。因此，个体与个案的参与、情境与理论并存，成为后理论时代的逻辑必然。

西方之所以会有理论的文学性转向，是自柏拉图时起就有的诗与哲学之争，非理性转向发展出观审、直觉、诗思等现代思路，为诗与哲学地位关系的扭转指明了方向。解构主义文论家发现，在哲学文本中不可避免地使用到文学性隐喻，文学性的话语方式正在并且还将进一步统治后现代社会中人文社科学术研究，后现代学术著作频频使用文学方式，如讲故事的方法在人类学、社会学与文化批评中广泛使用，尤其是在历史学中，颇负盛名的《万历十五年》就是运用文学手法写作的历史文本，在书中，作者对各种细节的叙述非常文学化，熟练运用介于真实与想象之间的文学思维，使历史的距离感得以淡化，历史人物有如活的一样有血有肉。其实这样的写法对中国人并不陌生，放在中国语境下未见得有多大的革命性。中国的《史记》，就有“无韵之离骚”之称，它的纪传体体例，以故事、散文的形式写史，这跟中国人文史哲不分家的传统有关，理性与感性从未像西方那样截然对立过。

在这样众说纷纭、多元交错的语境下，中国的文学批评又该如何建构自己的话语系统呢？

显然，不顾语境的变化一意孤行已是不可能，当前文艺批评只有融合一切已知的西方文论中可为己用的部分，与中国古代文论的现代转化有机结合，生成自己的现代文论、实现中国文论的自主造血、找到中国文论自己的问题领域。

这其中，值得中国文论借鉴和融合的仍然还应有西方文学理论的科学性。尽管西方文论开始一派反理性风潮，那却是从他们文化根柢出发的一种危机求变逻辑。就中国文论的现代转化而言，科学性道路也许还远远没有走完，直接绕过去也会走向后理论的泥淖，恐怕并不适合中国自身文论的建设。因为中国文论并没有完成完整系统的理论建设，中国传统文学批评的文本形式基本上从未有体系化、逻辑化和完整化的理论著作，主要以语录、对话、信简、序跋、札记、笔记、诗话、词话、曲话、点评、注解、传注的形式零散存在。就算最体系化的《文心雕龙》，严格说来，也还是对文学创作的体验式感悟，以象喻和比兴的传统手法作为言说方式，将文体比作人体。中国传统文学批评的思维方式也以直觉感悟、即兴印象为主，以对作品的剖情析采为目的，缺少条分缕析、层层深入、演绎归纳的逻辑分析，缺乏理论思辨，文学基本原理的表述也并不以完整化为目的，不追求科学系统的理论框架。与现代型知识体系的科学性追求相距甚远，因此，中国文论的现代型知识体系转换以及完整建构仍然是未完成的理论任务。

作者系新疆文联理论研究室副主任，副研究员

本文原载于2013年1月23日《文艺报》

谷海慧 |

# 田沁鑫剧作论：基于文本与舞台的双重解读

从1997年《断腕》开始，随着《生死场》、《狂飙》、《赵氏孤儿》、《红玫瑰与白玫瑰》、《明》、《青蛇》等作品的问世，田沁鑫在当代话剧舞台上的影响力日渐显著。这个年轻的女性导演，惯于在旧故事、旧人物上做戏，却每一次都能生发出新意。[①]在自己的作品中，她既以知识分子的理性勘察我们精神的误差，又以女性的超常敏感捕捉浮游无着的情绪、情感，并通过富于象征意味的舞台语汇将这些精神、情感内容外化，创造了富于个性特征的戏剧形式。下面，本文就尝试从主题生发、女性视角、诗化风格等角度探讨田沁鑫剧作的特征。

## 主题生发

田沁鑫很少致力于全新故事的编创，她似乎不急于在舞台上搬演当下现实生活、探讨流行话题，而对旧时代、旧生活保持了更浓厚的兴趣。但是，她又总是能"旧"中出"新"，找到时代更迭、环境变换中某种始终如一的本质，建立历史与当下的勾连。这种不变的本质，就是人于"此在"的挣扎。为此，她或

---

① 除了2005年原创的当代题材剧作《赵平同学》，田沁鑫其他作品大多有所本、有所依。或源自历史传说、历史人物，如《断腕》(1997)、《驿站桃花》(1998)、《狂飙》(2002)；或改编于文学底本，如《生死场》(1999)、《赵氏孤儿》(2003)、《生活秀》(2004)、《红玫瑰与白玫瑰》(2008)、《明》(2008)、《四世同堂》(2010)、《青蛇》(2013)。其中，《生活秀》是她改编的唯一一部当代题材话剧。

着意抽象与生发原作主题，或尝试一番彻底的颠覆与再造。

### （一）强化与阐发

在《生死场》、《红玫瑰与白玫瑰》、《生活秀》等作品改编中，田沁鑫关注原作者的创作动机、内心感受，将改编作为自己与原作者的交流和沟通。这时，她在尊重原作的基础上，通过结构调整或重点人物重设，达到对原作意旨的抽象与强化，努力召唤原作的声音。

《生死场》是为田沁鑫带来广泛声誉和影响的剧作。这部根据萧红同名小说改编的作品，是田沁鑫体察萧红心灵的一次接近完美的实践。将一部情节散漫断续、具有浓郁抒情气质的散文化小说搬上话剧舞台，是一次相当有难度的尝试。萧红在“向着民众的愚昧而写作”的过程中，并不注重情节的连贯和戏剧冲突的设置，她着重表现的是北方村民麻木的生命意识和艰难的生存状态。弥漫字里行间的，是荒凉感受和悲悯情绪。而田沁鑫要在舞台上表现的，就是原作这种内在精神气质。因此，她并不求在舞台上呈现《生死场》全貌，而是为成就一种叙事诗风格，放弃了故事的完整、打乱了情节顺序、增删了人物，并适当改变了人物关系，甚至部分台词还用了《呼兰河传》的内容。通过被重组的情节和人物关系，田沁鑫舞台版《生死场》更为集中地表现了北方村民的“非人”处境与挣扎状态，突显了人物的生命意志与创作者的人间关怀，提纯了原作主题，完成了与原作者的精神对话。

如果说萧红是《生死场》改编中精神对话的主导者，2004年《生活秀》改编中与原作家的对话，则由田沁鑫主导。在确认池莉想表达“生活的苦”[①]这一主题后，为贴近作家心灵，深入阐释主题，田沁鑫大刀阔斧，开始了几近于重写的改编。她寻找到来双扬弟弟——久久这个人物的视角，将久久这个原作中几笔带过的人物作为矛盾的焦点和整个戏的灵魂。本着自己对生活的理解，借助久久的幻觉，田沁鑫让池莉原作中工于心计的来双扬成为上半身是鸟下半身为鱼的精灵。这个大胆改写生发出了新的主题：普通人面对“生活的苦”的担当与不屈。作为剧作新的生长点，新主题既完成了对原作的深入阐发，又表达了剧作家的独立见解。

---

① 田沁鑫在改编《生活秀》前曾与池莉交流，问池莉最想表现的是什么，池莉回答说是“生活的苦”。参见傅玲对田沁鑫的采访，傅玲、田沁鑫：《舞台上方有神灵》，《新剧本》2004年第4期。

《红玫瑰与白玫瑰》也是田沁鑫在强化与生发原作主题的成功之作。因为有太多拥趸，张爱玲作品的改编往往吃力不讨好。田沁鑫的聪明在于，她不想超越张爱玲，只想诗意地去阐释张爱玲。为此，她保持了故事情节原貌，只在叙事结构上做文章。通过以往与当下、心理与现实时空的交叉布局、自由穿梭，她着重讨论了原作所表现的男性心理，但同时又探寻了女性心理。

### （二）颠覆与再造

田沁鑫对自己选择的现代或当代文学作品，有着自觉的情感认同，而对于古代历史故事、历史传说的兴趣，则多来自现实感触与反思。她说："我用戏剧这个方式来表达对现在事现代人的看法，用历史人的故事实现对今天的精神记录，在作品中表达自己于传统与现代之间游走、挣扎的困惑。"①田沁鑫关注的是那些感人故事的当下意义，和其中被忽略的其他价值。于是，田沁鑫对历史题材的改编，便成为一个偏移原故事重点、在反思与追问中进行主题颠覆与再造的过程。《赵氏孤儿》与《青蛇》，就是这类剧作的典型代表。

《赵氏孤儿》是元代纪君祥创作的、被王国维誉为"即列之于世界大悲剧中，亦无愧色"的悲剧作品，讲述的是在众多义士帮助下，赵氏孤儿为惨遭奸人陷害而遭灭门之灾的家族复仇的故事。故事的核心人物是程婴。他冒死藏孤、易子献"孤"，在世人误解中背负骂名十八载，是"道"、"义"、"信"的化身，体现着中国式的民间道德理想。然而，田沁鑫版《赵氏孤儿》关注的重点却不是程婴的义举，不是"义"的道德因素，而是孤儿的茫然失措，那种既无准备又不愿意面对自己命运的无辜和无奈。田沁鑫深切感到："他的无辜和心灵的孤寂让他成为一个真正的孤儿。"②于是，义士救孤、孤儿复仇的确定性、正确性突然摇摆起来，变得值得怀疑、需要讨论。复仇是否理应为孤儿承担的责任？孤儿能否承担命定的沉重？孤儿面临了哈姆莱特式的两难困境。至此，庄姬自缢、程婴易子、韩厥放行、公孙杵臼顶罪等一切为成全孤儿所作的牺牲都变得失去了价值，儒家文化舍生取义的道德理想和天下情怀，与个人成长经历中具体而微的情感、伦理选择发生了冲突。一个高扬的"大道"、"大义"主题被主人公孤独无着、孤立无援、茫然无措的状态颠覆。舞台上，我们面对的不是正义化身、复仇使者，

---

① 田沁鑫：《我做戏因为我悲伤》，《田沁鑫的戏剧场》，北京大学出版社2010年版，第130页。

② 田沁鑫：《灵魂在戏里游走》，《田沁鑫的戏剧场》，北京大学出版社2010年版，第138页。

而是一种心理挣扎和“孤儿”感受。

2013年，《青蛇》问世。在一场关于如何“做人”的讨论中，田沁鑫将情欲、爱情、信仰设定为考量尺度，将中国民间流传数百年的《白蛇传》和作为舞台剧基础的李碧华小说《青蛇》一并改写。[①]剧中主要人物——除白素贞外，无一不是对各自传统形象的彻底颠覆。在传统民间叙事中，小青只是作为白素贞闺蜜和侍女的配角，具有“勇敢、仗义”的性格特征。而在舞台上，她是一个来人间寻欢作乐者，只知道做人的快乐在“食色”二字。她既有对素贞的姐妹情谊，又有勾引许仙的不义之举。因此，舞台上的小青更多是一个情欲符号，代表了人的动物性的一面。不过，情欲并非田沁鑫表现重点，这个李碧华原著的核心问题被田沁鑫提升为一种追问：在情欲纠缠之后，人的出路是什么。[②]法海的修行即为富于寓意的示范。较之于被颠覆后由痴情公子变身为自私懦夫的许仙，法海形象的颠覆性更强。他是田沁鑫版《青蛇》中具有双重颠覆性质的人物。田沁鑫以李碧华原著中的“六根不净”为法海故事起点，将原著着墨不多的这个人物发展成了舞台上的主人公。法海是人，但他想成佛。在为成佛而进行的修行中，舞台上的法海成为一个有着大慈悲的大和尚。借助新的人物形象，舞台版《青蛇》颠覆了民间传奇的爱情主题，也改写了李碧华原著的欲望主题，而将人的挣扎与“修行”作为要义，在跨越时代的悲欢中，还原情感欲望的相似困境，探寻人类的精神出路。

通过生发新的主题，田沁鑫完成了与剧作家或剧中人的心灵对话，为自己的作品找到了新的生长点。她“借他人酒杯，浇自己块垒”，将原作作为一面镜子，照见现代人作为“人”的深切悲伤与挣扎诉求。在田沁鑫这里，挣扎，是生而为人的命定命运，又是在世为人的生存状态。而这，就是她所找到的光阴流转、世事变迁的万千变化之中的不变本质。

## 女性视角

尽管田沁鑫更乐于强调她导演过程中的“职业状态”，而非“性别状态”，但基于女性敏感、女性经验，她的作品却自觉不自觉中渗透了女性意识，并自

---

① 关于《青蛇》的分析，可参见谷海慧：《话剧〈青蛇〉：一场悲伤与挣扎的“做人”修行》，2013年5月6日《文艺报》第4版。

② 参见《青蛇》演出说明书之“导演的话”，2013年4月，北京演出。

然流露了女性视角。除了《驿站桃花》和《赵氏孤儿》，田沁鑫的每一部剧作都包含了对女性处境的关注和对她们内在力量的赞美，或者塑造刚健的女性形象，或者关注两性情感中女性的角色地位。

### （一）刚健的女性形象

从第一部作品《断腕》到新作《青蛇》，十余年来，田沁鑫自觉不自觉地塑造着多个刚健、坚韧的女性形象。既有《断腕》中述律平那样有大智慧、大气魄的非凡女性，也有《生死场》中不甘、不安于盲目生死的普通村民王婆，还有《生活秀》里周密统筹、左右逢源、善于忍耐的小市民来双扬，更有《青蛇》中为爱担当、为爱牺牲的坚定的白素贞。这些女性的健硕精神和完整人格，常常使她们身边的男性暗淡无光，由此构成一种鲜明的对比和反差。

在那些熠熠生辉的女性形象中，述律平无疑是最耀眼的。她勇敢得近乎生猛，果断得无懈可击。她与爱人耶律阿保机共创辽国，在阿保机死后，通过以血试血的方式平定叛乱、坐守江山。她的儿子耶律信有儒治天下的理想，这虽然是一种文化进步，但在特定历史情境下，却只能成为一种不切实际的幻想和无力对抗现实的柔弱。他不敢面对因自己的异议所导致的母亲断腕之举，亡命后唐，最终客死他乡。在母亲面前，他输掉的不只是江山，更是智慧、气势和胆略。

现实生活中，像述律平这样身处显要、影响历史的女性毕竟有限。更多的，是《生死场》中芸芸众生。我们注意到，在北方村民盲目而麻木的生生死死状态中，“村里唯一一个有些思想的人”居然是一位女性——王婆。田沁鑫将王婆定位于“个性刚强，有勇气面对生，有魄力迈向死”的形象，“她有理想，对男人有过期盼，对女儿有过要求”[①]，虽然她的理想都建构在他人身上，但这并不妨碍她的热烈与生气。她渴望改变现状，支持丈夫赵三杀地主，甚至为丈夫找来一支老洋炮枪；而当丈夫坐牢服软对赎出自己的地主千恩万谢后，她备感羞耻，竟服毒自杀；自杀未果，在日本人杀了女儿后，她最先意识到“死法儿不一样啦”，号召“有血气的人不当亡国奴”。在她身上，田沁鑫倾注了热情与赞赏。她的刚烈与知耻反衬了男人——赵三的脆弱虚夸。这里，女性的耐力与担当能力超过了她们的男人，也超越了她们的环境。

① 田沁鑫：《〈生死场〉导演阐述》，《田沁鑫的戏剧场》，北京大学出版社2010年版，第52页。

如果说在王婆身上，田沁鑫着力表现的是刚强，在来双扬身上，她倾心打造的则是坚韧。田沁鑫曾坦率地说："我不喜欢小说中的来双扬，她属于生活在底层、有心计的女人，在生活中作秀，我认为生活在前，秀在后，而不是秀生活，所以这个人物本可以更有光彩。"[①]于是，舞台上的来双扬成为了一个勇敢的苦难承担者，而男主人公——久久则是一个逃避现实者。对来双扬形象的刻画，可以理解为田沁鑫向那些屡遭生活磨难、承受生活重负，却始终不肯妥协、不肯放弃的倔强而坚韧的女性的一次致敬。

而田沁鑫舞台上最坚韧、最执着的女性形象当属白素贞。不同于小青的尚未完成状态，《青蛇》中的白素贞在剧中是一个完整的人。她不但有人的情欲、情感，还有人的信仰。她只要一缕炊烟、一扇窗户后的平凡人生，并坚守"一生一世"、"永不二志"、"亿万斯年"的承诺。相比之下，许仙则成为一个不敢直面现实、不敢兑现诺言的懦夫。

通过述律平、王婆、来双扬、白素贞等一系列女性形象，田沁鑫对女性内在力量的赞美显而易见。因此，无论田沁鑫怎样想克服性别意识对创作的影响，她塑造的那些精神健硕、人格响亮的女性形象，都不自觉显示出创作者的女性视角。

### （二）两性情感的不平衡

田沁鑫的女性视角，还表现在她对两性情感关系中女性遭遇和女性体验的关注。

《生死场》多处关注了女性的命运。剧作开场便以巨大的视觉冲击力表现了女性生育场面及男人们无动于衷的态度，而后，在金枝怀孕、麻婆被奸等情节中，也饱含了田沁鑫对女性遭遇的悲悯。女人的怀孕、生育，在男人们眼中与动物无异，并不值得挂心；而女人被奸，该责骂、痛恨的则是女人自己，丝毫不值得同情。可见，在两性关系中，女性地位卑微，很难得到来自异性的尊重与体贴。《赵平同学》虽然取材于当代生活，女主人公所面临的困境并没有实质性改变。这位被诬告有卖淫意向的名校大学生赵平，被学校以"论文不合格肄业"名目抛弃。她热爱着且有私情的年轻博导李学东，非但没有给她深情的关切，反而对她避之不及。原来，在两人的私情中，赵平爱的是李学东的才学，李

---

① 傅玲、田沁鑫：《舞台上方有神灵》，《新剧本》2004年第4期。

学东则将赵平看作“青春本身”；赵平追求的是“交颈而眠”的温存意境，李学东则只听从欲望呼唤。因此，在两性感情关系中，赵平自然没有值得信赖的托付，也根本无法产生被爱的安全。她所缺少的、渴望的，并不能从男性身上获得。

作为较为纯粹的探讨两性心理的作品，田沁鑫版《红玫瑰与白玫瑰》中，女性心理被置于与原著重点表现的男性心理并重的位置。舞台上，无论热烈的情人还是圣洁的妻，都不能在佟振保处获得完满爱情。王娇蕊经历的爱的觉醒、爱的追求、爱的伤害，与孟烟鹂感受的爱的羞涩、爱的压抑、爱的破灭，都源于佟振保的心中有“两朵玫瑰”。因此，对遭到佟振保伤害的王娇蕊的未来，田沁鑫毫不乐观，她格外强调：她遇到的，无非是男人。显然，在两性情感需求与角色关系中，田沁鑫更倾向于对女性细密情意的体贴与对其很难获得对等情感的同情。这种情绪在《青蛇》中也存在。白素贞对许仙情有独钟，一诺千金。日常生活中，她不辞劳苦；性命交关时，她舍生忘死。而许仙，这个传统叙事中情有独钟的翩翩公子，在舞台上却最集中地体现了人性的弱点。他在安然、怡然享受素贞带来的好处时，蜜意柔情、重诺如山；而在素贞最需要他的时候，却弃之而走、避之不及；素贞入雷峰塔后，他藕断丝连地牵念十年，终又娶妾生子、独善其身。对比素贞为之赴汤蹈火的真情，舞台上的许仙显得薄情寡义。田沁鑫这里，在爱情的对视中，那些坚守盟约、矢志不渝的，总是女性；那些备受挫折、痛苦伤怀的，也总是女性。两性情感关系中，女性总是不能获得对等的感情回报。

这种视角的形成，主要源自田沁鑫对女性自身弱点的认识。表现在剧作中，即女人依赖男人的惰性和同性情谊的缺乏。《生死场》就蕴含了田沁鑫对女性的复杂态度，明显表现了她的这种认识。《生死场》的剧情设计中，原有月英死亡一场戏。按照田沁鑫的想法，这场戏要突显女性整体可怜又可悲的生存状态。她们同情那个死了老婆的男人，却对月英之死表现出集体冷漠。田沁鑫本希望通过这场戏来表现“女人宁愿尾随封建男人的屁股，也不肯同情自己的同类”①的事实，可惜舞台本上，这场戏被省略了。不过，另外一场戏——麻婆被杀，同样完成了剧作家这种批评意图。麻婆先被日本兵奸污，后因举手打日本兵而被刺死。对日本兵的暴行和麻婆的冤死，以菱芝嫂、五姑姑为代表的女性，非但未同情已死的麻婆和她失魂落魄的丈夫二里半，反而要求二里半离她们远点儿，

① 田沁鑫：《〈生死场〉导演阐述》，《田沁鑫的戏剧场》，北京大学出版社2010年版，第36页。

因为“晦气”，并与男人们一致认定，麻婆的被奸与被杀是“自己招的”。这种同性情谊的严重缺乏，是女性欠缺自我意识和主体意识的表现。即便被男性役使、欺凌，她们依然依赖男性、讨好男性，而缺乏彼此间的理解与同情。

不仅《生死场》，在《赵平同学》、《红玫瑰与白玫瑰》等剧作中，田沁鑫都或多或少展现了女性对男性的依赖以及同性情谊的寡然。只有《青蛇》是个例外，虽然白素贞与小青曾因许仙剑拔弩张，但她们在危难之际自然和解，重新成为情深谊长的姐妹。不过，这个情节并不意味着田沁鑫改变了对女性弱点的判断，而是因为青白二蛇同修五百年的情谊实在根基坚实、不易拆割。

在女性视角下，田沁鑫既激赏那些刚健的女性，让男性角色借助她们的光芒被照亮；又从潜意识层面展现了她们缺乏主体认知、缺乏同性情谊的弱点，表达了自己的忧虑与感伤。

## 诗化风格

为生发新主题而进行的集中、强化、提纯处理，女性视角下的唯美追求与感伤情调，以及田沁鑫对舞台形式的个性化理解，共同成就了其剧作的诗化风格。这种风格主要表现在两个方面：其一，以富于抽象意义的反复强化抒情特征；其二，通过形体语言使心理动作舞台化。

### （一）抒情化的诗意反复

富于抽象意义的反复是田沁鑫经常用到的戏剧手段，表现形式为某些情节片段和重要对白的回环往复。这个手段不仅在阐发剧作主题、把握舞台节奏上，给田沁鑫以有效帮助；而且在对剧作诗意美、诗境美的外化上，起到了不容忽视的作用。

早在处女作《断腕》中，田沁鑫就已驾轻就熟地运用反复手法确立了自己的诗化风格。在这部对白有限的作品中，有两个片段和对白皆反复出现了三次。第一个片段表达的是老年述律平想看看草原的愿望，它在剧作开场、耶律信亡命后唐以及结尾等三处反复出现。而每次复现，内容都会稍有变化，且变化与人物处境、心境紧密相关。当儿子远走后，环境中出现了“冷”的意象；而述律平垂老时，“冷”则被反复强调。剧作中另一个反复三次的片段是述律平和阿保机相识时的对白。它分别出现在两人初见、述律平与孙子初见，以及述律平弥留之际。且每次述律平对“我怎么信你”的问题都有不同的答案。第一次回答阿保机“其实，你深信不疑”饱含踧扈；第二次回答孙子“这是我的草原”信心十足；第三次这个问题不复存在，存在的只有回忆与幻象的交织中，述律平“回家”的愿望。此时，孙子与阿保机分别对述律平的话做出应答，一时间，令人产生今夕何夕之叹、古今苍茫之感，产生一种诗意的沉思。

为成就叙事诗风格，《生死场》也将核心情节片段和重要对白的反复作为重要表现手法。源自《呼兰河传》的“生老病死，没啥大不了的”，“活着为啥”，“穿衣吃饭”的对白是全剧的精神内核，开场即奠定全剧紧张情绪和沉郁风格，并突显了剧中人对生与死的冷漠态度。在剧作其他处，这个片段还以哭丧歌、人物独白等其他表述形式出现，强化村民们那种非爱非恨的生活图景，以及盲目而生、冷漠而死的麻木状态。这种诗意的渲染，既推进了主题的深入表达，又在内在紧张与外在松弛间控制了舞台节奏。

真正将反复手法运用到极致的，是《红玫瑰与白玫瑰》。作品中，反复既在佟振保与王娇蕊、孟烟鹂情感生活的相似情境出现，也出现在每个人物的心理独白和自我交流里，还出现在王娇蕊与孟烟鹂相似的女性经验间。在佟振保与两个女人的情感生活里，“下雨天”的情境设置，佟振保“受惊吓了”的内心感受，产生了时空交叠之感。但因“受惊吓”原因有别，两段不同时空的感情便构成了强烈反差。作为《红玫瑰与白玫瑰》半壁江山的人物独白，也在不同情境中被不断重复。譬如王娇蕊“真想知道对街那排公寓房子里，都发生了什么”的好奇、“一切都在惊慌疾走”的不安，孟烟鹂为佟振保“做点事”的渴望、为自己的笨的自卑等，都以独白的形式在剧中反复出现。而每个人物的两个“我”，其相互辩驳或相互呼应的对白也在剧中不断复现。佟振保第一次看到王娇蕊时那种“真多愁善感”、“心怦怦的”、“命里注定的感觉”，即采用了两个振保相互补充的告白形式，且在剧中多次出现。田沁鑫还善于通过反复将女性感受同一化。王娇蕊和孟烟鹂是类型完全不同的两种女人，但是，处于爱情中的她们，却有着同样的、仿佛被装在玻璃试管里、想要顶开盖子跳到未来的向往。她们都设想着“现在是好的，将来也还会好的吧”[①]。这种相似的感受，消泯了两个女人的差别，强调了人类情感、尤其女性情感的共通性。通过以上几种形式的反复，

①《红玫瑰与白玫瑰》剧本里，只有结婚前的孟烟鹂表白了这种“试管”中的向往，而舞台演出版中，王娇蕊在爱上佟振保后，也重复了这种感受。

《红玫瑰与白玫瑰》里，我们不断听到人物心理的回声，经常感受到一种移步换景、一唱三叹的诗意效果。

此外，《生活秀》中，多次出现的久久与九妹相互背负的游戏以及关于沉重与承担问题的讨论；《青蛇》里，素贞多次进行的“一生一世”、“亿万斯年”的表达，也都是超越现实生活层面的、富于哲理的诗意沉思。

在各文学体裁和艺术门类中，反复是诗歌最为常用修辞手法，在音乐中也非常常见，在电影里则被命名为“闪回”镜头。田沁鑫在话剧创作中大量借鉴并艺术运用了这种手段，一方面有助于突出主题、强化情感，一方面则在戏剧冲突中适度冲或压、收或放，增强了戏剧张力。通过反复，她的作品有了诗歌的节奏、音乐的韵律、电影的自由，形成了独具抒情特征的诗意氛围。

### （二）舞台化的心理动作

田沁鑫非常注重形体语言的运用。青少年时代学戏曲的经历，让她自觉不自觉地偏爱被强化了的舞台动作与造型的美感。她坦言自己“喜欢舞台上有视觉冲击力的东西”[①]，在创作中格外关心“如何在舞台上展现演员形象上的魅力”[②]。的确，“人们并非全靠说话表达思想”[③]。事实上，自从法国戏剧理论家阿尔托提出“残酷戏剧”、波兰戏剧理论家格洛托夫斯基提出“质朴戏剧”后，“演员的个人表演技术是戏剧艺术的核心”[④]的认识和身体训练方法便广为流传。也许受到了这些理论影响，也许只是观念暗合，田沁鑫的舞台实践表现出与阿尔托等人相似的审美情趣。看过田沁鑫话剧演出的观众，都会对那些大幅度开阖的、富于造型感、雕塑感的形体语言印象深刻。而这些夸张的形体语言，皆服务于田沁鑫话剧所要表达的心理意识，参与了其舞台风格的营造。

以《断腕》为起点，田沁鑫开始了对形体语言的探索。《断腕》是一部写意剧，舞台上最突出的，是表现述律平情绪变化的肢体语言。为使肢体语言表述畅达，田沁鑫特别邀请了现代舞舞蹈家出演述律平这个角色。她的目标是：“张扬表演者的形体语言的优势，外化主人公心灵世界激扬不息的浪花。”[⑤]通过翻

---

① 田沁鑫、魏力新：《在戏剧面前个人是渺小的》，魏力新：《做戏——戏剧人说》，文化艺术出版社2003年版，第21页。

② 田沁鑫：《我心目中的现代戏剧》，《田沁鑫的戏剧场》，北京大学出版社2010年版，第83页。

③ [德]尼采著，黄明磊译：《快乐的知识》，中央编译出版社1999年版，第175页。

④ [波兰]耶日·格洛托夫斯基著，魏时译：《迈向质朴戏剧》，中国戏剧出版社1984年版，第5页。

⑤ 田沁鑫：《〈断腕〉剧本页眉说明》，《田沁鑫的戏剧场》，北京大学出版社2010年版，第310页。

滚、起舞等有力度的舞台动作，田沁鑫充分表现了主人公内心的惊涛骇浪。其中，述律平与阿保机的双鹰舞，既传达了绵绵情意，又表露了内心志向；而述律平与孙子对话过程中，舞台上出现阿保机的剪影，则接续了祖孙血缘，暗示着历史轮回。通过《断腕》，田沁鑫实现了自己对富于象征性的舞台形式感的追求。这种追求在《生死场》中进一步明确。《生死场》一开场，便呈现了一幅极具形式感与冲击力的画面：临盆的女人被以“大”字姿态倒悬。在对这个场面的设计中，田沁鑫要求演员严格调度图形，尊重造型语汇，以视觉形象感染观众，改造观众的主体意识，为全剧风格定调。她提出“姿态狂热与形象魅力及运动的肢体语言”这样一个命题，“表演上借鉴德国皮娜·鲍什舞蹈剧场的语汇，强调肢体的释放，将生活动作放大，突出舞台的造型感”。[①]这种造型感明晰了生活和艺术的界限，强化了艺术的想象力和表现力。

《赵氏孤儿》恐怕是田沁鑫最自由放任的一次对肢体语言的使用。人物举手投足的放缓或定格，使得每一个动作都带有重磅力量，每一个神情都意味深长。这种处理不但延展了特定的心理情绪，而且形成一种压倒剧情本身的气势，产生了一种陌生化效果。它让观众充分意识到：舞台上，不是在讲故事，而是在叩问人心、探讨人性。

在叩问人心、讨论人性的形式探索中，《红玫瑰与白玫瑰》也不示弱，同样让大量的形体语言参与叙事。两个佟振保与王娇蕊共同弹奏虚拟的钢琴、并跟随音乐节奏快速变换步法的段落，无疑最富视觉冲击力。这段随着音乐，由舒缓渐渐转向激越的动作，恰当传达了王娇蕊热烈的感情和佟振保燃烧的欲望。而那些赞赏《青蛇》者，也几乎都将演员形体表演的成功作为理由之一。舞台上，有良好戏曲表演功底的演员，身段柔曼、步法灵活。在突出蛇性的懒散时，能瞬时匍匐于地；在表现内心欲望时，则能柔软地缠绕人身。这种以形传情的手法，对田沁鑫来说既丰富了舞台语汇，又达到了事半功倍的效果。

为突出形体语言，田沁鑫的舞台总是简洁而朴素的。她所有作品的舞美都精致而不繁复。在她的诗意舞台上，舞美、灯光和音乐也是不可或缺的要素。但相对而言，其戏剧结构中富于抽象意义的反复与外化心理动作的形体语言，更是诗化风格的关键。

总体看，作为一个集编、导于一身的戏剧工作者，田沁鑫为话剧舞台提供

① 田沁鑫：《〈生死场〉导演阐述》，《田沁鑫的戏剧场》，北京大学出版社2010年版，第68页。

了极富价值的戏剧实践。通过对人的生存状态的讨论、女性视角下对两性关系的认识，田沁鑫剧作具有了精神的分量；而通过对中国古典戏曲舞台表现形式的借鉴，她又接续了传统与当代的艺术血脉，使传统在当代获得重生。在主流话剧谨慎进行创新、先锋戏剧大步走向娱乐、通俗话剧肆意张扬欲望的当下剧坛，她在戏剧主题、视角和形式上的探索，不能不得到真诚肯定。而她的作品，则因此成为我们时代独特的精神与艺术存在。

作者系解放军艺术学院文学系副教授
本文原载于《戏剧艺术》2013年第4期

张丽军

# 未完成的审美断裂
## ——中国“70后”作家群研究[①]

百年来中国文学以一种断裂现代性的审美姿态，与时代风云激荡，涌现出了一代代优秀作家和一部部经典文学作品，以审美的文化力量汇入乡土中国百年现代化的历史进程之中。新时期以来，“伤痕文学”的出现，开启了新的“人的文学”时代；1980年代中期先锋文学的形式试验，创造了一个文学形式“本体论”和“纯文学”的时代，出现了余华、苏童、格非等名家。可谓，一时代有一时代之文学，一时代有一时代之文学巨匠。然而，这种文学发展的断裂式审美姿态和作家代际成长模式，在1990年代到新世纪十年的20年期间，受到了阻滞和延缓，新世纪中国文学没有出现具有明显断裂效应的、标示着新一代美学理念和艺术风格的作家及其作品崛起于文坛。

纵观新世纪中国文坛，当代文学研究和批评的热点依然集中于贾平凹、张炜、莫言、王安忆、毕飞宇、迟子建、苏童、余华、格非等“50后”、“60后”作家作品。与此同时，在文化消费主义思潮中，大量的媒体和出版市场热衷于炒作“80后”作家；作为文坛中坚力量的“70后”作家，就这样淹没于“大家”、“新人”的文学阴影和新媒体喧嚣炒作的声浪，处于历史夹缝的遮蔽和存在尴尬之中。不仅如此，在数量不多的“70后”文学批评与研究中，也存在一种很重的倾向性、选择性研究，以至于形成一种“70后”写作“是激素催生的写作，缺乏自然生长的精

① 本文是2011年度中国作家协会重点作品扶持项目《“70后”作家群创作研究》的阶段性成果。

神间隙，没有原汁原味的文学创造的芳香、色泽和饱满度”的“假面狂欢”[①]，是没有根基和实处存在的“一朵虚无的云”等种种批评性、片面性乃至是否定性解读。[②]因此，对“70后”作家的文化背景、精神气质、创作风格和审美局限进行整体性、立体化、全景观的研究分析，就显得极为迫切和必要，这不仅关系到“70后”作家一代人的文学创作，而且关系到新世纪中国文学未来命运的重要问题。

## “70后”作家既“断”又“续”的冲突性成长背景

百年来在断裂式现代性的思维模式之下，中国文化经历了一次次的不同文化板块冲突的“地震”运动，造成文化的外在振荡和内在冲突。[③]从五四新文化对传统文化的彻底质疑与批判，到“文革”时期“破四旧”和1990年代文化消费主义的兴起，中国传统文化、民俗再次受到全面的冲击，文化处于严重的“沙化”状态。[④]因而，出生于70年代的作家与“五四”时期的文学作家，就传统文化的精神底蕴来说，是无法比较的。受到私塾教育和传统文化成长起来的现代作家，往往不仅有着深厚的传统诗词文化的艺术底蕴，而且擅长书法、音律、美术，如鲁迅除文学之外还摹写古碑来修习书法、精通木刻等美术，刘半农、沈尹默等还分别是语言和书法大师，郭沫若在文学、历史、考古等诸多领域卓有成就。然而，生长70年代的大多数人从小就没有书法、古文、音韵等方面的训练，已经与传统文化处于基本隔绝的状态，失掉了传统文化之根。

“50后”、“60后”作家经历了一次次社会运动，特别是“文革”这场民族劫难，在生命成长中留下了时代的剧烈、惨痛和苦难的精神记忆，形成难以磨灭的生命情结，构成文学创作的思想主题和不竭的创作动力。“50后”作家张炜的《古船》、《九月寓言》、莫言的《红高粱》、陈忠实的《白鹿原》、赵德发的《君子梦》、贾平凹的《秦腔》、《古炉》无不呈现百年来的历史巨变与时代风云，书写留在民族心灵中的精神史；亲历过“文革”、“上山下乡”运动的“60后”作家，有着书写大历史的生命冲动和文学责任感，余华的《活着》、《许三观卖血记》、

---

① 黄发有：《激素催生的写作——“七十年代人”小说批判》，《广播电视大学学报（哲学社会科学版）》2001年第2期，第22页。

② 周立民：《可疑的“个人”——七十年代出生作家作品阅读札记》，《山花》2009年第17期，第97页。

③ 吉登斯：《现代性的后果》，译林出版社2001年版，第5页。

④ 张炜：《精神的背景——消费时代的写作和出版》，《上海文学》2005年第2期，第6页。

毕飞宇的《青衣》、李锐的《旧址》、格非的《人面桃花》、苏童的《河岸》等作品书写出民族、个体的心灵苦难与不安的精神骚动，呈现出历史的复杂和吊诡一面，无不有着宏大历史叙事的格局和气魄。“70后”一代人有的赶上了“文革”的尾巴，“文革”没有进入生命记忆之中，留下深刻记忆的是“十一届三中全会”，这不仅是一个新时代的开始，也是众多“70后”作家生命记忆的“历史起点”之一。毫无疑问，“70后”作家的成长完全不同于现代作家，也不同于“50后”、“60后”作家，他们是在一个较为稳定、持续的时期里，在“校园”这样一个不同“革命”、“生产”的后革命时代空间中“安静”长大的；与这个后革命时代空间相吻合的，不再是“革命”、“民族”、“生产”、“阶级斗争”等大词，而是“楼上楼下、电灯电话”现代化物质启蒙，“好好学习、天天向上”是“乖孩子”的训导词。中学教室里课桌下掩藏的是金庸、古龙的武侠小说和琼瑶的千篇一律的、不食人间烟火的、而又被感动了一把又一把的爱情传奇；大学时代受到的是《同桌的你》、《糊涂的爱》等流行歌曲懵懵懂懂的情感启蒙。这就是“70后”一代人成长的精神背景：没有枪林弹雨、没有轰轰烈烈、没有荒诞、没有悲剧、没有逆反，安宁、平淡、庸常、世俗。他们是后革命时期的一代“乖孩子”。但是，这绝不意味着，“70后”就没有痛苦、悲哀、反抗。

“无产阶级专政下继续革命”的终结，意味着一个新的“后革命”时代的来临。看似安宁无事的和平时代，实则暗流涌动。从新时期到新世纪，进入了“改革开放”时代的中国开始了持续30多年的社会主义建设新时期，政治、经济、文化等各个方面焕发了生机，特别是20世纪90年代市场经济开启以来，当代中国进入了前所未有的经济繁荣期。与此同时，GDP高于一切，金钱拜物教，文化消费主义等“新意识形态”弥漫于社会肌体的内在肌理之中；[①]贫富分化的社会生态、文化伦理的精神生态和中国大地的自然生态处于深深的危机状态。这种繁荣与腐败、理想与荒诞、善良与谎言的现实生存冲突，对于从小就在校园空间、天天受到“乖孩子”训导长大的70年代人来说，无疑是一次被迫的、无奈的精神断裂，构成一种内在的精神危机，心灵无处可以获得真正的安宁与皈依。正如宗仁发所言，“这一代作家是生长在社会转型的断裂处，旧有状态的土崩瓦解轰然而至，新的秩序却姗姗来迟，他们在悬置中失重”[②]。

---

① 王晓明：《九十年代与“新意识形态”》，《天涯》2000年第6期，第14页。

② 宗仁发、施战军、李敬泽：《关于“七十年代人”的对话》，《南方文坛》1998年第6期，第196页。

在新时期一个个文学浪潮中，一些作家淘汰了，一些作家如贾平凹、莫言、张炜、铁凝、王安忆、迟子建、苏童、格非等新作不间断的推出，成为30年文坛的常青树，构建了一个不同于以往的超稳定文坛格局。超稳定的文坛客观造成了作家群体代际更替的延宕。面对这一文学困境，“80后”作家另辟蹊径，彻底放弃了传统作家的从期刊到出版的漫长、严苛的成长道路，而在新的市场经济和文化消费主义思潮之下，与出版、传媒、网络合作，直接走向文学终端市场，以造星的方式包装打造文学界的“明星”。可见，“70后”一代人既没有续上传统文化，又在连续稳定的新时期受到了极大的冲击；既没有赶上“战争”、“革命”大历史时代，又落伍于新的文化消费主义时代。“70后”可谓是既“断”又“续”、既“新”又“旧”、既开放又保守的处于历史、文化和社会夹缝中的一代尴尬群体。

## “70后”作家两种出场模式与审美书写方式

对于历史、文化、社会和代际冲突等因素所构成的压抑与遮蔽，“70后”作家开始了自身的艺术突围之旅。反观从1990年代以来的“70后”作家近20年的文学创作历程，我们会惊讶地发现“70后”作家群有着两种迥然不同的文学出场方式：一种是高声喧哗、本能冲动的，意图消解意识形态却被新意识形态俘获的命运的“美女写作”；另一种是默默探索、自在明净的，把历史、文化、人性的思考与个体生命体验相结合的“纯文学写作”。

### （一）“70后”的第一种出场方式：喧嚣尘上的“美女写作”

“70后”的说法，最早出现在1996年陈卫创办的民刊《黑蓝》封皮上。1996年，《小说界》第3期开设“七十年代以后”栏目；1996年《作家》第7期推出“70年代出生的女作家小说专号”；1998年7月《作家》以专辑方式推出了卫慧、棉棉、周洁茹、朱文颖、金仁顺、戴来、魏微等7位“七十年代出生的女作家小说专号”，并以十分感性的方式创造了“美女作家”的概念。此后，一些文学刊物纷纷参与了在这场文学造星运动，《钟山》、《上海文学》、《花城》、《大家》等刊物刊载“70后”作家作品。但是，在文坛产生巨大冲击力、具有标志性意味的是上海“美女作家”卫慧《上海宝贝》的发表。

“想象自己有朝一日如绚烂的烟花噼里啪啦升起在城市上空。”[①]《上海宝贝》

① 卫慧：《上海宝贝》，春风文艺出版社1999年版，第1页。

塑造了一群“看不到未来”、视“未来是一个陷阱”的“70后”都市生存群体。小说向我们展示“工业时代的文明在我们年轻的身体上感染了点点锈斑，身体生锈了，精神也没有得救”[①]。显然，作为较早的、大规模实施“计划生育”的独生子女群体，这群生活在都市里面的“70后”群体其所体验的“孤独”有着不同于上一个时代的更深切的生命体验和精神感受：即有着来自生命所处的家庭的没有兄弟姐妹的生存孤独，也有着来自物质极大丰富、无人与之分享的成长孤独，更有着与国家、社会、群体联系的松松散散、寻觅不到自身位置与价值的意义孤独。[②]

在文化消费主义的大众狂欢品和新的“无物之阵”下，从卫慧、棉棉到九丹、木子美，这种“美女写作”、“下半身写作”的立意是挣扎、反抗的文学，却“不过是消费主义时代的花哨的点缀”[③]，不经意之间越来越陷入了媒体、出版和新意识形态的牢笼之中，呈现出诡异的面容。“写作”本身和“美女”与否、“下半身”与否无关，“美女”和“下半身”这些商业性的过多炒作在很大程度上违背了文学审美原则，对作家和作品构成了一种精神的内伤，其“像泡沫一样迅速升腾的，也只能像泡沫一样碎裂”的结局也就可想而知了。[④]

### （二）“70后”的第二种出场方式：自在明净的“纯文学写作”

“美女写作”、“下半身写作”极大扭曲和遮蔽了“七十年代出生作家群”的整体形象。有鉴于此，《芙蓉》杂志在1997年第1期推出“70年代人”后，1999年第4期又推出“重塑70年代后”。无独有偶的是，当初“七十年代出生的女作家小说专号”的策划者、《作家》杂志的主编宗仁发、施战军、李敬泽，也意识到了这个问题，以对话的方式发表了《被遮蔽的“70年代人”》一文。施战军在文中指出“被遮蔽的‘70年代人’”，“男作家似乎弱于女作家，作品散见于杂志的女作家似乎弱于出作品集的女作家，出作品集的女作家似乎弱于出长篇的女作家”。[⑤]《芙蓉》杂志和李敬泽、施战军的感受判断是很敏锐的。他们以对文学、文坛负责任的态度，对被媒体和大众所误读的“70后”进行去蔽化的努力，力图“重塑70年代后”。

比较于“美女作家”高声喧哗的出场方式，“70后”男作家和部分“70后”

---

① 卫慧：《上海宝贝》，春风文艺出版社1999年版，第8页。

② 张丽军：《“蝴蝶尖叫”与“老僧入定”》，《山东文学》2012年第9期，第66页。

③ 倪伟：《论“七十年代后”的城市“另类”写作》，《文学评论》2003年第2期，第61页。

④ 杨莉：《碎裂的升腾：“70年代后”作家的文学姿态》，郑州大学2005年硕士学位论文，第50页。

⑤ 宗仁发、施战军、李敬泽：《被遮蔽的“70年代人”》，《南方文坛》2000年第4期，第49页。

女作家，如魏微、鲁敏、傅秀莹、滕肖澜则沉静得多，一些作家近乎沉默。陈家卫、刘玉栋、张学东、李骏虎、李浩、范玮等一些“70后”男作家，在卫慧、棉棉爆得大名之前的1990年代中期就已经开始文学创作了。创作开始稍晚的“70后”作家徐则臣、东紫、常芳、艾玛等人同样是淡然、自在、从容、明静，与较早开始创作的作家一起，坚守1980年代以来倡导的“纯文学”写作。应该说，当代“70后”作家的“纯文学”创作大大不同于上一代人的审美艺术风格，是在“先锋文学”终结之后的具有中国当代经验的多样化审美探索，涌现了像“新乡土文学”、“进城文学”、“新政治写作”、“底层叙事”、“后先锋叙事”等等方兴未艾的文学新思潮，极大开拓了“纯文学”的概念、内涵和领域。

在新世纪十年之后的今天，宗仁发所判断的“70后”作家创作格局已经发生了根本性的变化：“70后”男作家群体的集体崛起；“70后”女作家群体的更新；从都市欲望写作、美女写作到新乡土小说、城市底层写作的审美思潮转变。“70后”作家以一种新的、群体的、锐不可当的姿态涌现出来。[①]

## 多元艺术风格的确立：“70后”中短篇小说创作的成熟

“70后”作家首次历史出场所发出的“蝴蝶的尖叫”盖过了其他所有的光影和声音，给“70后”作家群体带来了一个“美女写作”的噱头和“下半身写作”的恶名，[②]构成了一层来自“70后”文学群体内部的遮蔽阴影。[③]正如海德格尔所言，哪里有遮蔽，突围的力量就在哪儿诞生。新世纪以来，“70后”作家群在经历了长达十多年的期刊投稿磨砺，在中短篇小说创作方面已经走向成熟，是国内中短篇小说创作的主力军和高峰所在，涌现出了陈家卫、金仁顺、魏微、刘玉栋、李骏虎、张学东、徐则臣、盛可以、东紫、朱文颖、鲁敏、滕肖澜、常芳、范玮、艾玛等众多优秀作家，呈现出五彩缤纷的多元艺术风格。除了这种传统类型作家之外，网络作家已经成为多元化的“70后”作家群中不可小觑的群体，“在网络文学形成、发展和壮大的十年间，随处可见‘70后’的身影，因网络而成名的作家，百分之八十都是‘70后’。他们当中第一代的有安妮宝贝、宁

① 张丽军：《“蝴蝶尖叫”与“老僧入定”》，《山东文学》2012年第9期，第67页。

② 齐红：《蝴蝶的尖叫——“70后”女作家写作的历史意味》，《南方文坛》2009年第1期，第57页。

③ 李敬泽曾谈到“70后”所面临的多重遮蔽，参见宗仁发、施战军、李敬泽：《被遮蔽的“70年代人”》，《南方文坛》2000年第4期。

财神、李寻欢、邢育森、慕容雪村、今何在、江南、燕垒生、雷立刚；第二代的有水晶珠链、俞白眉、蔡骏、萧鼎、酒徒、金子、小雨康桥；第三代的有阿越、天下霸唱、烟雨江南、月关、雪夜冰河、晴川等。”[①]

金仁顺和魏微是曾与卫慧“同台演出”的“美女作家”。显然，金仁顺、魏微与卫慧的写作有着极大不同。金仁顺早期的小说《名叫马和》、《月光啊月光》、《听音辨位》、《一篇来稿和四封来信》是形式非常别致、具有魔幻先锋性的小说。《五月六日》、《松树镇》、《恰同学少年》是触及矿难等现实生活的成长小说，用孩子的视角冷静描述死亡，有着一种叙述的节制、冷静和残酷，迥然异于卫慧的“下半身写作”。金仁顺近年来的创作风格和表现主题悄然在发生着变化，呈现一种较为浓郁的女性主义色彩。《人说海边好风光》、《爱情冷气流》、《彼此》通过原始性爱本能展示，思考性、爱与存在的关系。金仁顺“提出一个‘坚贞’的观点……心的坚贞比身体的坚贞更为重要，另外，现在的人可以‘身体醒着，心睡了’，可以身心分离，而从她的作品中，可以听到她的大声疾呼，呼吁身心一起醒着，引起人们的思考”[②]。

魏微的文学创作同样有着很强的女性主义色彩，小说叙述空间有着很鲜明的小城镇叙事特色。如果说金仁顺像一个魔法师一样不断变幻着叙述的场景、气息、味道和出其不意的情节，魏微则像一个不肯长大的淳朴女孩向我们展示心灵的纯净以及这颗纯净心灵与世界相遇的复杂况味。“我害怕谈婚论嫁，只有我自己知道，我害怕的其实是长大成人，慢慢负起责任来，开始过庸常的生活……1994年，我送单身的女友们走上婚姻的殿堂，我伤感之极，也因此而沉静，变得无所惧怕。我决定把它们写下来。”（《魏微：我的文学路》第72页）《到远方去》呈现了魏微小城镇叙事一个很重要的精神特征：人物形象有一颗不安分的心灵，一颗与庸俗现实不合拍、处于内在紧张关系的纯洁心灵。“他是个好公民，生活作风严谨，没有婚外情，也不常有桃色事件。那个自己，他活得那样认真，他的世界富有逻辑，有板有眼……他让他放心；可是那个自己，他不快乐。”《到远方去》中的“他”在温驯的表象之下，内心世界里叛逆的暗流越来越激荡不安，以致决堤而出。《异乡》中的“许子慧”像一个“灰姑娘”实现了某种逃离，从吉安小城来到大都市，三年来始终坚持内心的纯洁，四处打拼劳

① 马季：《“70后”：看云的孩子长大了，一切才开始》，2009年12月2日《中华读书报》。

② 张丽军、刘青等：《令人惊艳的“半开之美”——“70后”作家金仁顺小说研讨》，《绥化学院学报》2010年第6期，第1—2页。

碌奔波不回家过春节。在思乡之情蛊惑下，许子慧决定回故乡，却发现故乡竟成了“异乡”。魏微小说中人物形象与现实的紧张关系，在《大老郑的女人》和《姊妹》中得到了缓解：魏微在婚姻、家庭、爱欲情仇的紧张冲突叙事中，渐次深入人物形象的复杂内心世界，传达出对人性、欲望、伦理的深刻认知以及人与世界、自我、他者的和解。

刘玉栋的小说创作同样开始于1990年代中期，有着明净沉郁的抒情性艺术风格特色。在刘玉栋的早期作品中，我们看到了一个在乡土与城市、写实与虚构、先锋与抒情等不同领域风格四面出击、多方尝试的青年作家。不同于现代性都市文化而在乡村文化母体中成长起来的作家刘玉栋，有着一种天然的、诗意的浪漫气质，对乡村、大地和挣扎于大地上的农民存有血肉相连的悲悯情怀。发表于1998年《我们分到了土地》是他创作获得突破的标志性作品，也是呈现他浓郁沉静抒情性风格的代表性作品。《我们分到了土地》写爷爷对新分到的土地满怀期待，希望借小孩子的手气抓到好地，结果却事与愿违，抓到的是一些“地头子”。作家以大哭后坐在地边死去的方式呈现“爷爷”激烈的内心冲突。这是“一种侧面的、坍塌式的激烈”，传达出了作者独特的有节制的审美理念，恰好与小说文本的沉郁诗意相契合。刘玉栋乡村题材小说《远亲不如近邻》、《葬马头》、《火色马》、《早春图》、《给马兰姑姑押车》都是深受读者欢迎的、具有浓郁诗意、温暖与疼痛交织而生的乡土文学作品。发表于新世纪的《幸福的一天》展现了作者对时代的新思考。小说写菜贩马全冬天黎明时刻突突地开着车进城贩菜，翻车后马全用梦的方式来呈现其对城市幸福生活的内心向往与精神想象，令人无比心酸，唏嘘不已。创作起步较晚些的“70后”作家常芳的小说同样具有一种抒情性审美气质，其《告诉我哪儿是北》、《拐弯就到》、《太阳，太阳》等作品以新颖别致的比喻和温暖的人性关怀，显现出新世纪底层写作走向日常生活、人性深处的新趋向。

2002年开始发表小说作品的徐则臣，近几年来异军突起。在经历了一段时间的带有某种魔幻先锋精神色彩的故乡“花街”系列书写之后，他开始了《啊，北京》、《西夏》、《三人行》、《跑步穿过中关村》等关注于“京漂”底层形象建构的小说作品，在文坛引起极大关注。《啊，北京》中主角名叫“边红旗”，从苏北小镇到北京闯荡世界的、以做假证为生的民间诗人。小说向我们呈现了一种从小就唱《我爱北京天安门》教育语境下所孕育的异乡人对北京的政治崇拜意识。与边红旗鼓胀的诗歌意识不同，他宁静贤惠的、在小镇指导孩子画天安门为职业的妻子来到北京，看到现实版的天安门突然哭了，“怎么没有我想象中的高大？”[①]现实中的北京对于异乡人不仅回归它本来的面目，而且显现出较为残酷的一面。两手空空、身无长物的边红旗感受到了“北京”的生存压力，以至于无奈走向了最初美好愿望的反面：不仅成为做假证的违法职业者，而且出现了婚外恋，行走于合法社会和婚姻的边缘地带。小说的结尾是边红旗失手被捕，情人没有出现，妻子来把他赎出来带回了苏北小镇，一个边红旗原初的、也是最终的归宿。可以说，《啊，北京》展现了徐则臣小说叙述中的一个较为经常出现的两难困境：在城市和乡村之间的心灵漂泊和艰难抉择。这也恰恰是70年代小说讲述者和被讲述者共同的精神困扰，徐则臣以第一人称的亲历者叙述身份向我们建构了一个当代城市底层漂泊者群体形象。不同于徐则臣的北京底层叙述，“70后”女作家盛可以为我们建构了广州打工妹底层形象，形成了“京漂”和“北妹”这一北一南的当代城市底层形象的文学书写。

宁夏“70后”作家张学东也是在2002年开始发表文学作品，继而迅速走向文坛的。在批评家汪政看来，张学东是一个“将短篇作为经典的文学样式”的作家[②]。张学东的短篇小说一个极为突出的特征就是“及物”，即小说通过对某一物的详尽描写从而触及“物”的灵魂。从对“火枪”的细致描述中，作者展现出枪的主人“他的眼睛里有股幽幽的铁蓝色火焰”，直指人物内心世界的幽密情感，“汪铜的骨子里从此有了一种叫做骄傲的东西，或者叫做信心。汪铜明白了一个道理，关键是看你有没有胆量”[③]。《喷雾器》讲的是“最常见的那种空气压缩式农用喷雾器”，羊角村的贱生因为给生产队打药中毒被用土法救下来，以致近乎百毒莫侵，成为劳模，但也留下不能生育的后遗症和悲剧性人生。《剃了头过年》则把描述的重点放在过年剃头的习俗上，父亲为剃五个孩子的头发整整推了一天，“奶奶挨个摸了我们每个人的小平头。奶奶笑吟吟地说穷穷富富剃了头好过年啊，啥时候都是这个老理啊”[④]。可是这个年确实不一般，大年三十父亲被揪到场部被剃了个阴阳头。结尾母亲以笑声和扫父亲、孩子身上尘土的风俗，来扫除晦气，迎接新年的到来。正如陈思和所言，“从短篇小说艺术结构的角度来探讨作品——精致的篇幅如何包容较大的社会历史容量，我认为这是张学东的短篇小说艺术的主要特点，也是他的艺术创作最成功的地方。”

---

① 徐则臣：《鸭子是怎样飞上天的》，作家出版社2006年版，第60页。

② 张学东：《应酬：张学东短篇小说名家点评·序》，河南文艺出版社2010年版，第1页。

③ 同上书，第4页。

④ 同上书，第89页。

## 未完成的审美断裂："70后"长篇小说创作的成功与局限

"70后"作家尽管已经确立了各自较为成熟的艺术风格，但是与真正艺术崛起和文学大家还是有着较大距离。"70后"作家在国内有较大影响的长篇小说创作处于严重的缺失状态，这不能不说是目前"70后"创作困境的瓶颈和最大难点、焦点问题所在。从作家的成长规律来看，从中短篇小说的成熟到长篇小说创作的尝试要经历一个较为艰难的过程，不仅仅是文字量的简单增长，而是作家对长篇艺术结构、逻辑理念和历史容量的重新认知和自我拷问，全面厘清自我与世界、历史和现实的复杂关联，是作家化蛹为蝶的艺术质变。金仁顺的《春香传》、魏微《拐弯的夏天》、徐则臣的《水边书》、刘玉栋的《年日如草》、李骏虎的《母系氏家》、张学东的《妙音鸟》、常芳的《桃花流水》、盛可以的《水乳》、葛亮的《朱雀》等长篇小说创作，无不展现了"70后"作家群的"蝶变"过程。

从中短篇小说到长篇小说创作，是一个作家不断进行自我定位、生命探寻的过程。金仁顺从早期的某种先锋性、魔幻性叙事开始向更内在、真切的女性主义叙事转变，而转变的关键把手和内在精神理念核心就是自我"朝族身份"的追寻与确立。金仁顺的《爱情走过夏日的街》中，暴力、血腥、死亡、坚韧、美女、爱情等等构成一部好看小说的众多元素。而实木旧家具、棕黄色酱饼、干红辣椒、酱汤、祖传的发钗组成了别具鲜族风情的酱汤馆，故事就在这个民族空间里展开。毫无疑问，金仁顺这个"魔法师"一旦回归本民族叙事，瞬间就显现出超人的"魔法"，制造了令人陶醉的叙事氛围。"人赚钱是为什么呢？""过上幸福的生活。""可幸福的生活又是什么呢？"[①]作者开始了对日常生活本质的追问，继续以往的女性主义书写。如果说《爱情走过夏日的街》是酱汤馆"灰姑娘"的故事，《春香传》则重新建构了朝鲜族历史上的香榭"公主"故事。"魔法"在历史的氤氲中散发出摄人心魄的迷醉。《春香传》所呈现的酣畅淋漓艺术想象力来源于作者对世界的发现、思考和追寻。"金仁顺的内心有鲜花，有月光，有各种充满情感的植物，而不只是有欲望，有物质、钻石，有名利，不只是这些，所以她的语言、她的文字里有一种高贵的气息，才能有与众不同的东西。"[②]金仁

① 金仁顺：《爱情走过夏日的街》，新世纪出版社2010年版，第31页。

② 张丽军、刘青等：《令人惊艳的"半开之美"——"70后"作家金仁顺小说研讨》，《绥化学院学报》2010年第6期，第5页。

顺在《春香传》成功建构了一个女人的心灵秘史。

魏微的《拐弯的夏天》是一部独特的个体心灵成长史，以回忆的、互相诉说的方式平静讲述了“我”和“阿姐”的在那个“夏日”近乎疯狂的青春史。“我”和“阿姐”的人生都是在十六岁的夏日里拐了一个弯：“她反抗规律，反抗一切按部就班的东西……比如日常生活。……她敏感，脆弱，没有平常心——世俗性。她不在日常生活里。”[①]她的这种性格渊源于古老的家族和宿命。不同的是“阿姐”革命年代里的父母反抗的是旧社会，从事的是革命事业；在革命结束的日子里，“阿姐”反抗的“日常生活”，从事的是盗窃诈骗行当。这种拒绝庸常，从现实中逃离的叛逆意识呈现了作家与现实生活的紧张关系，构成了魏微小说叙述美学的张力来源，是其小说一以贯之的逻辑结构方式。加上大段大段的人物内心诉说与倾听的故事讲述方式，魏微已经形成了独具特色的艺术风格。

比较于魏微小说中的叛逆决绝式成长，徐则臣的《水边书》向我们讲述了另一种回归现实、有着内在忧伤的成长故事。正如徐则臣在题记中所引用的斯文特拉的话，“一个作家要为自己写一本成长的书。”而事实上，很多作家的长篇小说都是从讲述自己的成长故事开始的。徐则臣的《水边书》讲述的不仅仅是他一个人的成长史，而是“70后”一代人的精神成长史。到少林寺学武、寻访民间高人的行侠仗义的武林侠客梦，曾是《少林寺》在中国大地上演以来的众多“70后”人的憧憬和梦想。小说主角陈千帆就是这样一个不仅幻想而且一次次从行动上实践这一梦想。在最后一次出走途中，死亡的淤泥气息几乎让他窒息，使他思考侠客的本质意义问题。“侠客干什么？行走江湖。……如此说来，他行走多日，已经是在实践侠客的身份了。”[②]陈千帆领悟到了侠客的意义，但在具体的实践中却没有能够保护郑青蓝不受斧头帮和谣言的伤害，而这只是因为一个少年的羞涩和不成熟。成长是要付出代价的，但是对于小说中的陈千帆和郑青蓝来说，这种代价又是如此之沉重。

《年日如草》是刘玉栋的第一部长篇小说，是他在对乡土题材小说驾轻就熟之后重新进入城市写作的一种自我新突破。《年日如草》塑造了一个适应现代城市生活的二代农民形象，展现了作者对当代中国城市化进程与人的文化伦理、心灵结构变迁关系的独特思考。小说主角曹大屯是一个“倒霉蛋”，进城做了工

---

① 魏微：《拐弯的夏天》，中国工人出版社2010年版，第160页。

② 徐则臣：《水边书》，上海文艺出版社2010年版，第100页。

人，失误害死了师傅；为赎罪也为爱情，娶了师傅的女儿；妻子怀的是别人的孩子，孩子父亲出狱后，妻子跟他离婚；离婚时，把房子等财产拱手相让，重新一无所有。但是，当同学储小青出钱请他惩治“小三”时，他已经有了法律意识，选择拿钱却不办事；当前妻需要他来证明房产来源的时候，他支吾着欲言又止，前妻说“你个狗日的，终于开窍了”①。“在《年日如草》里面，我看到是一个带有某种狡黠而不失善良本性的、已经适应城市生活的农民形象，这一点是以往文学史所没有的，具有突破性意义。”②《年日如草》呈现的是一种平凡人物的城市生活探索史、被动适应史，是一个乡土中国进城青年的心灵成长蜕变史。对于曹大屯而言，真正的城市化道路还有着很长、很远的距离。

张学东的《妙音鸟》叙述羊角村人患上了不明疾病，黑白颠倒、活人与死人对话、鬼魂复仇等荒诞性情节来重现“文革”那段历史和乡民的愚昧。小说塑造了虎大、牛香、秀明、三炮等鲜明人物形象，具有较强的探索意味。李骏虎的《母系氏家》讲述了兰英嫁了矮子七星，如同赵树理小说《罗汉钱》里头的“小飞娥”婚姻不般配。兰英找书生才子和“土匪”长盛接种，认为这上半辈子活得很窝囊，但“还有半辈子是从生娃娃开始算起”③。兰英的生命强力和借来的“好种子”没有改变悲剧的结局：儿子因为小时候腮腺炎合并的睾丸炎丧失了生育能力，女儿一生未嫁，最终“颗粒无收”。“小说中对于中国土地上千百年来的悲剧，从潘金莲到小飞娥到兰英，我觉得李骏虎倒是提出了无拘无束的生命强力，以及这种强力在中国土壤上的悲剧性。”④

“70后”作家的“化蝶”之在取得巨大突破的同时，也依然呈现出一些审美的局限和不足。金仁顺的《春香传》在倾尽全力编织一个美轮美奂的香榭世界的同时，一旦回到历史事实和生活逻辑，就失去了“魔法”效力。小说后半部分叙事动力的不足、虚实之间转换的僵硬、男性人物形象的苍白、香艳有余现实不足，都是需要作者进一步思考。刘玉栋的《年日如草》存在着这样的叙事动力不足、人物形象单薄、结构不均衡、缺少深层精神探索的审美局限。作为魏微小说叙述美学的张力来源，我们不禁会问，作家与现实生活的紧张关系能够持续

① 刘玉栋：《年日如草》，《十月》2010年第3期，第106页。

② 张丽军、房伟等：《一个农民·一座城市·一部心灵成长史——刘玉栋长篇新作〈年日如草〉研讨》，《海南师范大学学报》2011年第3期，第102页。

③ 李骏虎：《母系氏家》，陕西人民出版社2009年版，第5页。

④ 张丽军、马兵、赵月斌、盖永爽：《多种可能性的艺术探索与文学人民性传统的回归——关于“70后”作家李骏虎的作品研讨》，《绥化学院学报》2010年第5期，第4页。

多久？这种紧张关系的本质是一种盲目、宿命的欲望之流还是理性的、灵魂深处的精神之痛？如何从既有的叙述方式和逻辑结构方式中走出来，呈现一种更多元、复杂的精神联系，无疑是魏微需要迫切审视的问题。徐则臣创作了《午夜之门》等多部长篇，但是就从小说结构和人物形象的丰富性、独立性、完整性、创新性来看依然是不够的。张学东的《妙音鸟》细节的呈现同样是骇人的，但是内在逻辑结构缺乏更有效的统一性；《母系氏家》弊病同样如此，可以独立为三个中篇故事。可见，当前“70后”作家创作存在着温柔性有余尖锐性不足、身体性有余精神性不足、人性化有余历史性不足等审美庸常化、模式化问题。

## 结语

面对“70后”作家的问题，“70后”作家群必须找到不同于以往现代文学、十七年文学和“50后”、“60后”作家的，属于自己的时代语言和表现主题，必须从这一代人的思想背景、精神气质和情感心理出发，实现一种真正彻底的审美断裂。“与后的‘80后’作家相比，‘70后’小说家温柔敦厚，他们对生活充满着温情，即使面对令人齿冷的黑暗，他们也愿意为那‘新坟’添上一个花环，他们对人性与生活永远有着同情的理解。”[①]但是我们必须看到这种“温情”审美意识以及所带来的“温柔敦厚”的审美风格，在区别于“60后”和“80后”作家“自有其宝贵的一面”的同时[②]，也在无意之中陷入了“新意识形态”所建构的温柔陷阱，不幸成为软化和粉饰现实矛盾冲突的精神麻醉剂。正如施战军所指出，这种合乎“‘时宜’是写作者最应该怀疑的东西，……如今这种路数已被人们熟悉甚至俗化，需要更深入地确立和展开，尤其是探索艺术方式的多种可能性。”[③]“70后”作家“温柔敦厚”的审美艺术风格，不仅是一种时代“共名”审美文化的产物，更有着来自“70后”成长过程中被规训的、“乖孩子”的精神气质和心理背景。新世纪十年，“70后”大多数作家的文学创作已经逾越十个年头了，应该从对上一代作家的创作模仿中走出来，实现审美的断裂。这种断裂不仅仅包括与以往时代文学的断裂，而且还与过去的、被传统文化母体所孕育

① 张莉：《在逃脱处落网——论“70后”出生小说家的创作》，《扬子江评论》2010年第1期，第32—33页。

② 同上刊，第33页。

③ 宗仁发、施战军、李敬泽：《被遮蔽的“70年代人”》，《南方文坛》2000年第4期，第49页。

的自我的断裂，实现精神断乳，从精神上“长大成人”[①]。

“历史在‘七十年代人’那里全面隐退，……历史不在，却是令人不安的寂静，‘七十年代人’承受了这空虚的重负，他们在小说中义无反顾地成长，哪怕‘成长’成为迅猛的苍老。”[②]没有历史时空为坐标参照系的人性是虚空的。事实上，历史和现实已经为“70后”一代人提供了无比丰厚的精神滋养、无比宽阔的现实土壤和艺术想象力的庞大空间。在这前无古人的历史大裂变中，“70后”作家有幸亲眼见证了乡土中国现代化社会转型，亲身经历了这种愈来愈快的加速度城市化进程，亲身体验到这种传统与现代、历史与现实、物质与精神相分离割裂的痛楚、悲哀、挣扎。因而，“70后”作家有责任、有义务、有使命去深入民间、大地、历史去呈现这一代人的喜怒哀乐，建立起属于这一代人、打通过去和未来的经典文学。

“70后”作家群体的创作已经取得了很大的成绩，但是他们依然“在路上”，依然需要不断的断裂和裂变，我们无须为他们的局限和问题讳言，因为“对文学而言，所有的尴尬和劣势必将成为优势，只要它是你的最基本也是最独特的困境。困境即是挑战，也是文学得以拓展和进步的唯一动力”[③]。“70后”就像一个魔咒一样，从一出世就罩在了这群作家的头颅之上，不管你喜不喜欢，也不管合不合适。“但文学史绝对不以年龄和姿态作为价值坐标，因为两者都是暂时的、可疑的甚至是荒唐的刻度，只有作品质量才能衡量一个时代的文学和文化的兴衰浮沉。”[④]要解除这个魔咒，“脱颖而出的惟一办法就是用作品说话，用作品完成个性的超越”[⑤]。而到那时我们才可以说，一个“70后”文学时代才真正开始了。

作者系山东师范大学文学院副教授，博士
本文原载于《中国现代文学研究丛刊》2013年第2期

① 宋明炜：《终止焦虑与长大成人——关于七十年代出生作家的笔记》，《上海文学》1999年第9期，第74页。

② 李敬泽：《穿越沉默——关于“七十年代人”》，《当代作家评论》1998年第4期。

③ 徐则臣：《“70后”的写作及可能性之一——在韩国外国语大学的演讲》（节录），《山花》2009年第5期，第141页。

④ 黄发有：《激素催生的写作——“七十年代人”小说批判》，《广播电视大学学报（哲学社会科学版）》，2001年第2期，第25页。

⑤ 宗仁发、施战军、李敬泽：《被遮蔽的“70年代人”》，《南方文坛》2000年第4期，第51页。

# 张柱林 | 焦虑时代的精神表征

在多数讨论东西《后悔录》的篇什里，论者喜欢从作品的荒诞风格、对荒诞时代的批判等角度着眼[①]，却很少考虑作品的叙事形式，如受述者的选择、不可靠叙述、叙事的重复等方面。比如，我们很少问，为什么曾广贤要向不认识的按摩小姐讲述自己的故事呢？既然故事已经讲完，为什么他又向身为植物人的爸爸曾长风重讲一遍？不管受述者是性工作者还是植物人，如果读者对其发生认同，岂不会产生对叙事本身的反感？这也许就是论者避免谈及受述人的原因。当然，更可能的原因是大家并没有自觉地意识到受述者在叙事中的功能和作用。在《后悔录》中，我们对比故事讲完后的效果，就可以看出叙述者和受述者之间的关系对叙述过程的影响。当曾广贤基本讲完自己的故事，表示自己无法与女性完成正常的性生活过程后，按摩小姐开始对他动手动脚，并提出要免费跟曾广贤做。那么，小姐是出于什么原因要这样做呢？我认为，这里最关键的是小姐的反应，即她不相信一个身体健康的男人仅仅出于心理原因就性无能了，或一个正常男人在一个小姐身上花钱仅仅是为了对她讲故事、让她听故事。她不相信他。而曾长风听了儿子的故事，毫无疑问相信了他。恰如耿传明所说，“小说中已成为植物人的曾广贤的父亲在听完儿子的倾诉后，眼中居然流出了泪水，也正代表了这种历尽磨难之后父子的和解、人的道德自主性的复

① 如陈晓明：《身体穿超历史的荒诞现场——评东西的长篇〈后悔录〉》，《南方文坛》2005年第4期。

归”[①]。对曾广贤把那些陌生女子全部想象成自己的妹妹或妹妹女儿这件事，除了深置于人类心理深处的所谓乱伦禁忌的解释外，是否也可以理解为人物一种想把这些陌生人当成熟悉的人的渴望呢？这就像生活在村里的农民，一定要为所有认识的人找到亲戚关系一样。从这个角度看，曾广贤与东西小说中的一个常见主题，即人类的信任危机联系到了一起。曾广贤信任别人。其实，按东西的描绘，曾广贤周围的人几乎都不可信，张闹的孩子年纪很小，却会冷冰冰地公然说谎了。

当代重要的作家有一个普遍的愿望，就是要成为一个在国际上有影响的作家，其写作要具有所谓的人类性或普遍性，也就是其写作关注的问题是有普遍人类意义的。可以说，东西所写的信任危机就是人类的共同状况。信任问题是现代的核心问题之一，这是现代社会和现代国家的组织形式所内在地决定的，比如民主国家的权力基础就是人民/选民的信任。现代货币的流通使用也建立在人们对主权政府的信心之上。可恰恰在这个最需要信任的现代，人类的互信却成了一个问题，这是由于“无条件信任在家庭和小规模的交际圈中产生，且不能自动转移到基于劳动分工的复杂社会”[②]，信任不会自动从熟悉中产生，“但是，信任必须在熟悉的世界中获取，而且该世界中熟悉的特征也会发生变化，这些变化将冲击人类关系中发展信任的可能性”[③]。而在主要由陌生人组成的社会中，也即市场社会中，如何发展信任关系更是严重的问题。在《不要问我》和《猜到尽头》这两部中篇小说里，对信任问题的描述和思考是小说的核心内容。《不要问我》里的大学副教授卫国想到一个陌生的开放城市碰运气。一个开放的城市显然应该是热情地接纳陌生人的，可在这里他发现，丢失了身份证的他寸步难行。身份证是现代民族国家人口管理政策的产物，与货币和其他信用等价物一样，是一个抽象系统，[④]本身没有任何价值和意义，可就是这样一个抽象系统的产物，

---

① 耿传明：《“父”之缺位与“时代孤儿”的道德困境——东西的〈耳光响亮〉、〈后悔录〉与后传统时代的寓言化写作》，《天津师范大学学报（社会科学版）》2011年第2期。

② 卢曼：《熟悉、依赖、信任：问题与替代选择》，郑也夫编：《信任：合作关系的建立与破坏》，中国城市出版社2003年版，第116页。

③ 同上书，第117页。

④ 吉登斯将这个抽象过程称为“脱域”（disembeding），而像身份证之类的脱域机制的产物类型，被他称作象征标志（symbolic tokens），“指的是相互交流的媒介，它能将信息传递开来，用不着考虑任何特定场景下处理这些信息的个人或团体的特殊品质”。见吉登斯著，田禾译：《现代性的后果》，译林出版社2000年版，第19页。

却让活生生的卫国处处碰壁。最后他只能帮一家经销酒类的公司喝酒，因为那里只需要能喝酒的，不需要其他证明。他在陌生的城市里终于找到了一个用自己的身体就可以证明自己的存在的地方。当然，他死在喝酒比赛中。他的死说明他其实还是无法证明自己。如果他赢得了比赛，那就证明他是一个能喝的人，可现在他连这也不是。他说自己叫卫国，这是不算数的，刚认识不久的女朋友刘秧就怀疑他真的叫卫国。现代社会已经被符号系统（象征系统）所控制，人们更愿意相信符号/证明/证件，而不愿相信活生生的具体的个人和事实。如果说卫国的遭遇说明一个陌生人在现代社会里会碰到信任的难题的话，《猜到尽头》就表示即使在一个熟悉的圈子比如家庭里也会碰到信任危机。

东西观察和描绘的是中国的现实生活，但也可以视作一种人类的普遍情境。在世界上的许多地方，包括民主国家在内，都面临着所谓的“可信领域”的动荡，[①]华尔街贪婪的银行家制造了全球性的金融危机，美国的军工企业体到处寻找下一个战场，全球性的经济互动使世界进入了风险社会的阶段。在这个国家，从“改革开放”初的“三信危机”的讨论，到今天人们重提这个话题，就是信任危机的一个明显征候[②]。绝非危言耸听的是，当你早上起床后马上就会碰到信任问题：你敢喝牛奶吗？里面有没有三聚氰胺？即使是一个远离城市的内地农民，也会碰到类似问题：一个亲戚说在沿海地区或城里有快速发财的机会，你会不会怕碰到传销组织？

这种在社会中弥漫的情绪渗透到了东西的小说中，甚至这已经不能算是一种敏感的洞察力了，但如此之多的欺骗、背叛、弄虚作假、无情无义频繁出现在他的作品中还是让人触目惊心。《没有语言的生活》中的张复宝，利用王家宽不识字，让后者成了他的邮递员，不但无偿为其挑水，还心存感激；《目光愈拉愈长》里亲姑妈毫不犹豫地拐卖自己的亲侄子，还说是为了让他过上幸福的生活；张闹不停地欺骗老实的曾广贤，曾经的好朋友于百家也这样干……我们在《天上掉下的友谊》、《权力》等小说里也能感受到那种叙述中的不信任。

信任危机的出现是风险社会来临的一个表征。东西最近的几篇作品都着眼于对风险和不确定性的描绘与表达。《双份老赵》里的老赵，由于担心自己的东西会丢失，把他所拥有的东西都备了双份，他做什么事情都要未雨绸缪，留

---

① 参见塞尔托著，李树芬译：《多元文化素养》，天津人民出版社2001年版，第1章。塞尔托提到，“权力机构丧失威信”导致社会越来越令人窒息，失去人民的信任就等于失去权力的合法性。

② 参阅郑也夫、彭泗清等著：《中国社会中的信任》，中国城市出版社2003年版。

下后路，钱不肯存在一个银行里，买菜习惯买两份，甚至戴避孕套也要戴两个，怕一个会破掉不保险。因为“不敢保证孩子将来不患绝症、不被误诊、不出车祸、不遇自然灾害、不被误伤、不被误判、不被强拆”，所以他想让妻子生养双胞胎。生双胞胎的计划失败后，他另买了一套房子，装修得跟原来的住所一模一样，房中还另有一位女主人，长得跟妻子一模一样！这个充满夸张、讽刺的故事背后，是人们对未来的不确定感，所以力图降低风险的可能性。而《救命》则更为深入地描述了一个风险时代来临的故事。作者对自己写作的动机曾作过这样的解释，他“喜欢描写生活中的悖论”和“我们内心的尴尬”，而在《救命》中，作家说自己主要的兴奋点有两点，一是“‘救命’时该不该说假话”，另一点是为女主人公“寻找种种活着的理由”[①]。第二点当然重要，人是一种会反思的动物，而现在的世界却通过各种规训和诱导让人沉醉麻木，让人依照本能活着，或依照社会上大多数人的生活方式活着，不存在任何反思性。所以孙畅与其说是在为麦可可寻找活着的理由，还不如说是为自己寻找生命的意义。他说假话，本是为了救命，可却成了必须履行的承诺。他的赌注，越来越大，一开始他也是想避免这样卷入漩涡的，可没有想到却越陷越深。这样的结局恐怕谁也没想到。他救了麦可可，可谁来救护他呢？

也可以说，老赵、孙畅和麦可可其实都活在一种焦虑之中。什么东西都备着双份，并不能保证世界上的黑暗力量只会摧毁其中一件而给你留着另一件，总给你留一份其实只是天真的自我安慰。麦可可说人活着的意义是为了爱情，可其实她得到的只是三心二意的婚姻。孙畅说活着是为了让小玲和儿子过上好日子，可他却被迫与他们分开，而与可可生活在一起。问题也许并不在于孙畅用欺骗和说谎来“救命”，而在于麦可可是否相信她与孙畅之间是否就是她所追求的爱情？她需要谎言来维持生命吗？表面看来，《救命》将挽救人的生命和讲真话这两种道德准则置于一种选择状态，而在生命面前，讲假话既然能够救命，也就获得了一种道德上的合理性，所以其实两者并不对等，《救命》的主人公所面对的困境，如果进一步思索的话，则似乎有被绑架和胁迫的嫌疑，小玲就曾认为麦可可是在“装疯”。所以，孙畅最后的选择也是一种赌注，如果麦可可的行为只是逼他就范的手段，那又会如何呢？小玲如果也选择跳楼来维护自己的利益的话，孙畅怎样选择？

---

① 东西：《我们内心的尴尬》，《中篇小说选刊》2011年第2期。

《救命》和《双份老赵》承续的是《保佑》里那种人对命运无从把握的焦虑。无论是老赵的“双份”意识，还是麦可可将活着的意义寄托在他人身上，都在显出人们失去了安全的根基，失去了起码的对未来的信心。《保佑》里的李遇碰到了一种未知的力量，他认为是死去的妻子在暗中作祟，否则无法解释那些不可思议的现象，如儿子老是说要跟母亲说话，而且每次李遇要跟刘兰兰约会，儿子李南瓜就会提前预知他们约会的地点，从而埋伏在那里袭击破坏他们的好事。他把儿子骗到城里，让他找不到回家的路，这让他完成了和刘兰兰的婚事，他却又马上就怀念起儿子来了，甚至把前妻的坟迁到更好的风水宝地，祈求她保佑儿子回来。可直到他死后安葬完毕，儿子才来到他坟边。人的行为受着神秘的力量控制，人既无法知道这种力量来自何处，也不知道该如何掌握它。

这一点以一种非常尖锐的形式反映在《请勿谈论庄天海》和《蹲下时看到了什么》中。在前者中，主人公孟泥每次听人提到庄天海这个名字，就会碰到倒霉的事情：第一次，男朋友跟她不辞而别；第二次，小偷光顾她家；前来破案的警察一出她家就在平地上摔了个大跟斗导致骨折，更离奇的是，当他们在医院里一提及庄天海，警察已经接好的骨头竟然立即错开，必须敲断重接。最悲惨的，当然是孟泥的前男友王小尚，他来和自己的前女友讨论到底是不是庄天海在搞破坏，一出孟泥的门口就被车撞死了。谁也不认识庄天海，但庄天海这个名字仿佛代表着一种神秘的力量，既不可捉摸，也不能谈论。孟泥和警察结婚后，更把庄天海视为禁忌。但婚后两年，身体经检查没有任何问题的两人，却怎么也怀不上孩子。于是，两人又怀疑到庄天海头上。这时，孟泥改口称“庄大爷”。怀上孩子后，孟泥又将其尊称为“您”。警察这时被胜利冲昏了头脑，认为“根本就没这号神人，他只不过是我们为失败找的借口”。可是他们可爱的孩子患了语言障碍症，无法发声。小说的最后一个场景令人心悸：孟泥在公园里耐心地教孩子发“妈妈，爸爸”，突然小孩惊恐地看着她身后，竟说出了“庄、庄、庄爷爷……”“孟泥飞快地回头，身后没有人，只见一阵风从草坪上掠过”。这是什么样的力量，竟然使幼小的婴儿发出这样的初声？当然，你可以把这当成孟泥的想象，也可以将庄天海视为人物为自己的不幸找的借口（不但是孟泥，我们每天都能从电视报纸网络等各种媒体上看到，各国政要各种组织机构都在忙着为自己的错误和失败辩解），但无法否认，作品的叙述要告诉我们的，是一种不可知的力量控制了孟泥的生活，让她活在自己无法自主的状态中。《蹲下时看到了什么》里，人们为私利勾心斗角，弄得人人自危，谁也不相信别人，结果主人公连想轻松自在地蹲下方便都成了一种奢望。

如果我们认真将孤独、信任、安全感、恐惧和焦虑放在一起考虑，就会发现这些主题之间的一致性，它们出没在东西的许多小说中，或隐或显。这种焦虑和不安，其起源是什么呢？首先，按照现在流行的作家论，我们会在作家个人身上寻找原因。我们马上就会眼睛一亮，果然是作家的个人经历在起作用：小时候，他由于家庭成分不好，总是受人欺负。母亲可能会随时被民兵抓去批斗，留下少小的他和胆小的父亲在家，所以他总是躲在屋里，听到外面的脚步声就会非常不安。他自认为是“一个胆怯的人”，“战战兢兢地长大”，身体弱小，“使他产生过很强的自卑心理”，他既“没法跟那些长得牛高马大的欺负他的人打架”，作为独生子的他“身边又没有自己的兄弟”，所以“当他独身走向社会的时候，常常充满了恐惧”[①]。不安和恐惧使他能更细心、更敏感、更谦卑地观察和理解这个世界，也容易受反映这种情感的作家的影响，如卡夫卡的《地洞》，就使他产生了知己的感觉。由于东西生活的时代与社会环境与卡夫卡生活时奥匈帝国统治下的布拉格的环境明显不同，卡夫卡的个人生活经历与东西的也明显不同，所以我们又会得到一个新的解释框架，即某些作家表现了人类普遍的心理原型，恐惧即是其中之一。这个结论当然也有相当的解释力，从古至今有许多作家艺术家都表达过类似恐惧和不安全感这样的主题，对周围环境的害怕和无力感、对他人的不信任与孤独的感觉、无家可归等等，都曾被反复描述过。而20世纪整个世界的动荡，更加剧了人的这种感觉，如两次世界大战，革命与社会重建，民族主义与恐怖主义，南北冲突，贫富分化，环境破坏和污染，技术革新，等等，都曾导致大规模的心理症状。距今六十多年前，加缪将20世纪总结为“恐惧的世纪”，在他看来，在我们生活的世界上，最令人震惊的是世界上的大多数人都没有前程可言，他们在绝望中挣扎，生活没有价值。以前的人们“会通过发表言论和呐喊来战胜这种情况。他们会呼唤能给他们带来希望的其他社会准则。今天，没有人还在呼喊（除了那些不断重复其观点的人们），因为看来世界正在被一股盲目的力量牵着走，这股力量既对人们发出的警告、呼喊无动于衷，也听不进任何的建议和祈求”[②]，加缪将这种恐惧归因于这种盲目的力量所引起的对人类的暴力迫害和没有对话，人类失去了言论表达能力。几乎

---

① 参见东西：《这个人呀……》，《时代的孤儿》，昆仑出版社2002年版。

② 加缪：《不做受害者，也不当刽子手》，《加缪全集》（4），河北教育出版社2002年版，第73页。加缪此文发表于1946年。

与加缪同时，诗人奥登也发表了自己的诗作《焦虑的年代》，描绘了当代人的深刻的焦虑感："孤寂、做人无意义的感觉，以及无法拥有爱人与被爱的体验"[①]，等等。人们说很多的话，喋喋不休，却无法有效沟通与交流，像无根的野草没有归属。人们对未知的事物充满恐惧，害怕夜晚的降临会带来可怕的境遇。没有人关心你或征询你的意见。我们可以从中看出，从卡夫卡到加缪和奥登，20世纪的文学中不乏对恐惧和焦虑的表现，这不仅是作家个人的心声，更是时代的情状。

一个作家的个人经历与体验，如果不能转变为一种集体的、公众的事物，也即无法与别人分享、交流，从而引起共鸣，显然就不能算作文学艺术。东西善于巧妙地转换自己的个人体验，"通过一种个体欲望和幻想与语言和接受的集体性质之间的辩证法"[②]，反映这个时代的精神状况。按照东西的自叙，我们知道他小时候的经历使他恐惧、胆怯和自卑，而若按弗洛伊德的说法，则人的焦虑起源得更早，人的"第一次的焦虑是由于与母体分离而起"，而且"有机体经过了无数代，已深深埋有重复引起这第一次焦虑的倾向，所以没有一个人能免得掉焦虑性情感"，也就是说，由于"出生是焦急性情感的起源和原型"[③]，世上没有人能逃避焦虑的控制。后来的心理学家们对弗洛伊德的理论有所发展和修正，但仍然限制在他的思考范围内："特定的恐惧与焦虑，是个人对威胁的反应能力与环境制约之间，互动发展出模式来的表达。这些模式发展的母体最主要的就是家庭处境。而这又是个人所居广义生活文化的一部分。"[④]如果我们不局限于弗洛伊德对"母体"的心理学解释，而将其范围扩展到家庭、故乡或文化环境的话，就会对作家的焦虑形成更有解释力。作家本人也像其他现代社会中的人一样，离开故乡的时候，必定是产生了"与母体分离"的感觉，即他在《这个人呀……》里说的"独身走向社会的时候，常常充满了恐惧"。

相比之下，东西小说描绘的大多数人物却是生活在城市，这里不再是故乡这样固定的地方，人们之间也不再具有紧密而自然的纽带，这里的社群是临时

---

① 罗洛·梅著，朱侃如译：《焦虑的意义》，广西师范大学出版社2010年版，第5页。奥登的诗*The Age of Anxiety*发表于1947年。

② 詹明信：《拉康的想象界与符号界》，收入张旭东编，陈清侨等译：《晚期资本主义的文化逻辑》，生活·读书·新知三联书店1997年版，第199页。

③ 弗洛伊德著，高觉敷译：《精神分析引论》，商务印书馆1988年版，第318页。"焦急"疑为"焦虑"之误。

④ 罗洛·梅著，朱侃如译：《焦虑的意义》，广西师范大学出版社2010年版，第182页。

的、偶然的、“人工的”、策略的，权威也不再是父亲和长老，而是宣传广告和所谓的专家系统，这是一个“匿名的”社会。我们在这里找到了一个对“孤儿情结”的解释，即在资本主义生产方式下，生活在城市中的所有人都是孤儿，他们没有自己的社群/共同体，没有自己的家园，甚至丧失了对母亲的记忆。[①]人们互不了解，基本信任的丧失导致了所谓“全球风险社会”的出现。风险社会的症状很多，如全球性的气候反常和生态危机，全球性的金融危机和通货膨胀，恐怖主义和暴力冲突的增加，民族国家对各种突发事态控制力的减弱，等等。不过在齐泽克看来，“风险社会的根本僵局在于知识和决定之间的缺口，也即原因链和用来解决进退两难之困境的行动之间的缺口（拉康的S2和S1）：没有一个人‘真正知道’世界的终局——在明确地理解的层面上，这种状况根本是‘不可决定的’，但是我们仍然不得不做决定”[②]。就《救命》这一文本来说，孙畅的困境几乎就是齐泽克理论的完美例证。孙畅所做的一切，一言以蔽之，就是向麦可可证明，他没有欺骗她，他不是一个骗子。而麦可可之所以活着，并非因为有爱情，而是因为她可以相信孙畅，即起码在世上，她还有一个可以相信的人。人不得不做决定，在不知道结局的情况下投注。

曾广贤的重复讲述，与东西小说中反复出现的焦虑一样，是一种结构性的强迫症的表征/征候。这是一个焦虑的时代[③]，但这种焦虑不仅仅是一个心理或心理学问题；当代的叙事充满不安的征候/表征，这也绝不只是一个叙述学或美学问题。

作者系广西民族大学文学院教授

本文原载于《中国现代文学研究丛刊》2013年第8期

① 参见孟悦：《“后革命”流民与后资本“孤儿”》，载朱大可、张闳主编：《21世纪中国文化地图》（第二卷），广西师范大学出版社2004年版，第12页。

② 参见《敏感的主体——政治本体论的缺席中心》，应奇等译，江苏人民出版社2005年版，第394页。译文有改动，斜体为英文本原有，见*The Tichlish Subject*，*Verso*，2000年版，第337页。

③ “焦虑时代”的字样已常见于各种媒体，如《广州日报》2012年2月22日A9版几乎用整版的篇幅登载《中国进入“全民焦虑”时代？》一文。

卓　玛

# 情调叙事中的文学加减法
## ——江洋才让短篇小说简论

江洋才让近几年的短篇小说和长篇小说《怀揣石头》(《然后在狼印奔走》)、《康巴方式》以及他的散文这些叙事类作品都呈现着作为诗人的江洋才让的诗性烙印。作为首部长篇《然后在狼印奔走》，作家用六个“诗篇”来结构小说，这里的“诗篇”结构在一定程度上消弭了长篇小说紧致的结构需求，代之以相对松散的事件勾连。《康巴方式》的结构特征富有长篇小说的特点了，但叙事的多向性、散文化的结构依然使整部小说洋溢着诗歌的抒情特质。这种特质当然也呈现在其短篇小说中。

纵观江洋才让近几年的短篇小说：《断刀，断刀》、《河源》、《金刚杵》、《风过墟村》、《陌生地带》、《抚刀旧事》、《闪电雕像》、《在风中闪烁的事情》、《书案上的印经板》、《炽热的马鞍》、《低音炮》、《秃鹫开门》等篇什，作家连续的康区书写，犹如嘉那玛尼石刻：每一刻力道不同，刻线若断若续，但最终构成完整的六字经文。江洋才让力图使每一个短篇都呈现出不同的面貌，但完成之后的文本又具有某些内在的联系。

人物与情节是传统小说的两大基石，拿这一点来衡量江洋才让的短篇小说，会发现江洋才让的小说并不符合人们对于传统小说的阅读期待。江洋才让自己曾这样表达自己的创作个性：“换句话说，我希望我的小说深入人心，但在写作之初，我只是被一种莫名的情绪所左右，我在小说创作的一种普遍规律里，寻觅着适合自己个性发展的东西，这其实是一个被无数作家说烂了的话题。但是，在我这里这种话题仍然得继续。这似乎和先锋或者前卫扯不上什么关系！”[①]江洋才让试图在文学潮流之外寻找一种独有的结构，突破情节、人物的传统结构模式，以一种富于特点的模式来表达他的创作意图，反映他的内心体验。抑或说是他独有的内心体验，促使他寻找相匹配的叙述及结构小说的模式。以叙事学的一般理论来看，可以将其叙事的功能模式称之为情调模式。从理论上看，“‘情调’是人的一种情感特征，在心理学上通常指同感知密切联系着的某种情绪性体验。”“情调能够超出作为一般属性的地位而成为一种叙述模式，顾名思义也便是因为在这种小说中，情调已经成了艺术的真正核心。”[②]我们将江洋才让短篇小说的叙事功能模式称之为情调模式，是因为作家没有塑造个性极为鲜明的人物，小说没有缜密的因果联系的情节，而是在叙述者叙述一些事件、人物的过程中营造了浓郁的氛围，烘托出特殊的情调，并在其中传达作家的种种体验。

江洋才让的情调模式，首先体现为叙事性的有意弱化。一般意义上的叙事倾向于与传统叙事的贴合，体现为人物的建构与情节的生动，而江洋才让的叙事弱化则呈现为一种反拨的力量，在人物建构上表现出一种现代小说的人物建构方式。纵观作家的短篇小说，《断刀，断刀》中的凯周、念藏、玉梅、俄勒，《河源》中的肯巴塔勒、“我”，《金刚杵》中的“我”、兰嵌，《风过墟村》中的塔毗洛哲、“我”，《陌生地带》中的昆塔、勒布桑、尼玛、索瓦尼玛、仁桑、佳布青卓，《抚刀旧事》中的贝玛拉加、吉玛、智玛，《闪电雕像》中的雅吉、帕土登，《书案上的印经板》中的“我”，《炽热的马鞍》中的温古、桑科，《低音炮》中的却华多杰，《秃鹫开门》中的老人等诸多人物渐次出场，但人物的弱化，个性的蒙昧不明成为这些人物的共性。传统小说的创作经验是十分强调人物塑造，栩栩如生的人物总是被丰富地描绘为独立的完整体，凭借生理和心理的特征明显地区别于他人。但在现代小说的发展中，人物观被逐步改变，是人物还是语言？这样的讨论逐步改变了小说的人物观念，甚至有学者认为，“人物只是作为使他们得以产生并使他们行动的各种形象和事件的一部分而存在，除此之外，他们根本就不存在；倘若费尽心机想把他们从特定的上下文中抽取出来，把他们当作真实的人加以讨论，那就是感情用事地误解了文学的性质。”[③]如果以此为依据，江洋才让小说人物形象的蒙昧不明就成为他弱化叙事的一种有意为之，是一种文学创作的减法。

① 江洋才让：《抚刀旧事》，《青春》2007年第10期，第4页。

② 徐岱：《小说叙事学》，商务印书馆2010年版，第263页。

③ 马尔文·默德里克，转引自［以色列］S. 里蒙-凯南著，姚锦清等译：《叙事虚构作品》，生活·读书·新知三联书店1989年版，第56页。

江洋才让所做的另一种减法是淡化情节。以亚里士多德的情节论来看，情节是“事件的安排”，“是行动的摹仿，它所摹仿的就只限于一个完整的行动”。[①]可见，情节是按照因果逻辑组织起来的一系列事件，是把表面上看来偶然地沿着时间先后顺序出现的事件用因果关系加以解释和重组。江洋才让的每一篇短篇小说，呈现的大多数是片段式的事件，这些事件的情节特征，亦即因果联系并不鲜明，取而代之的是更接近故事的事件组合。《抚刀旧事》的小说叙述者关于贝玛拉加、吉玛、智玛等人物的叙事都发生在一个共时的空间里。不仅如此，小说的时间叙事也不明了，读者更多的感受是跟随叙述者从贝玛拉加到吉玛，从贝玛拉加父亲到朋友智玛的心理活动的转移，人物情感的流淌。连缀小说的不是刻意安排的情节，而是一个个人物内心活动的不断转移，心理活动的“事件”组合。这种情节淡化的处理方式在其他文本中的特点也很鲜明。《风过墟村》应该是作家近年来创作的作品中情节性较强的一篇小说了。小说叙述主人公塔毗洛哲误杀土匪，出于担心土匪报复的恐惧心理，他花钱请来省城军队消灭了土匪，然而因为墟村林木丰富，军队大量砍伐导致墟村土地沙化，狂风不止。塔毗洛哲痛心而死，后人亦遭风患，承受某种惩罚。即便是这样一篇情节性较强，因果逻辑较为鲜明的小说，其总体的叙事模式仍然是情调模式的，整篇小说在叙述者“他”的叙述中弥漫着“我”的情绪体验，“我”的不解成为笼罩在墟村故事上空的一块巨大阴影，“他”与“我”双重叙述者的设置及其疏离正是小说主题的意蕴所在：冥冥中的因果轮回自有其平衡，异己力量的注入导致了失衡，带来了更大的不安。这种来自生态圈的失衡推演到文化生存的层面，必然带来更多的忧思，同时也必然存在更多的不解和疏离。从这个意义上看，《风过墟村》就不仅仅是一个故事，我们对于其小说意蕴的把握并不来自于情节，而是来自于整体的小说情调。

江洋才让以人物个性的蒙昧不明，情节的淡化使其小说的叙事性被弱化，小说的情感表达却因此在另一个层面显得丰富而充沛，情调鲜明。这种情感的丰富呈现，情绪体验的丰富表达又是以小说细节的肥大与诗意瞬间的放大来体现的，这两个特征进一步强化了情调模式的内在特点，构成江洋才让短篇小说创作的加法。

细节肥大，本来是民间口传文学的特质。口头程式理论认为，由于口头语言线性传递的特点，口传文学的说唱者往往会在思考下面内容的同时对已出口的内容进行细节上的添加、增饰，使细节呈现肥大的特征，这种肥大形成了精微、细

① 亚里士多德：《诗学》，人民文学出版社1962年版，第21、27页。

致的美感。这种细节上的精微、细致之美能使听众对所描述的事物印象更为深刻。在这里借用这种口传文学的特征，是指江洋才让的创作在一定程度上借鉴了口传文学的表演策略，使其文本也获得了精微、细致之美，同时细节的生动与丰富承载了更为充沛的情感。从江洋才让的诸多短篇来看，应该说作家是一个自觉地从民族文学传统中汲取经验的人，《闪电雕像》开篇，叙述者强调："有必要进行一次不怎么离奇的叙述。以折嘎说唱的语调"[①]；《金刚杵》的叙述者则认为："说实话，小说写得很生动。尤其是那种沙筑坛城式的结构。"[②]这是一种对于民间经验的认同感。他认为"在我们藏民族古老的口耳相传的传说里，我所获取的并不仅仅是积聚在我胸口的那股热气。更重要的是，那种构架小说的能力"，"我一直不认为小说家只是一个一意孤行地讲故事的人，在小说的很多细节的铺展上，其实，是在还原一种真实，哪怕，那么微小，那么渺茫！"[③]这种对于小说架构的重视，对于细节的认识使作家调动了他最为丰富的感受和体验力来不断添加、聚合，使其小说呈现细节肥大、情感包孕其间的美学样式，以这种方式完成他对民族口头传统的致敬。《书案上的印经板》就是一篇完全由细节构成的文本：

> 洁白的纸上，裂缝是那么地清晰，犹如地图上的雅鲁藏布大峡谷，它把一些经文一分为二，那些断裂的文字符号，让人感到朴拙之美，让人感到藏文字形成之初吞米桑博扎的构思！更有意思的是那匹驮宝马扬蹄的神情，一经印出，就好像有所改变了——它给我的一个直观印象是，它好像是疾走在一片非人间的领域。四蹄踏在虚空，尘埃无影无踪。它被我从经板上剥离复制下来，却又脱离了原版的精髓，这预示的是什么？[④]

整篇文字就是这样，从印经板的不同味道、色彩，不同光线照射下的样子，每一道刻印、凹凸的空间，甚至指尖的触感，作家都细细摹写，这种添加和聚合不是语义上的递进和分析，而是内容的铺陈与并列。江洋才让作为一个一直浸淫在"格萨尔"史诗说唱传统里的康巴藏人，这是一直埋藏在他骨血之中的文化记忆，因此，这种记忆转化为创作能力就显得顺理成章。

---

① 江洋才让：《闪电雕像》，《青海湖》2009年第7期，第47页。
② 江洋才让：《金刚杵》，《西藏文学》2005年第4期，第36页。
③ 江洋才让：《抚刀旧事》，《青春》2007年第10期，第4页。
④ 江洋才让：《书案上的印经板》，《青春》2011年第2期，第82页。

与这种细节肥大相似的是，江洋才让善于将每一个想象的瞬间放大，试图在每一个被着意放大的瞬间中承载巨大的情感能量。这是一个作家对于文本时间与故事时间调度能力的体现。“在日常生活里，经验告诉我们时间如同一条河流，绵延不断地从‘过去’经由‘现在’奔向‘未来’。这使时间具有一种‘向度’，它意味着客观时间的非客观性。”①在本文时间与故事时间的调度与安排中，叙述者对有意味的瞬间进行放大、铺展，导致本文时间的瞬间停滞，有意造成二者的某种错位。《金刚杵》的片段就构成了这两者的错置：

直到有一天，从地势较高的斯巴若瓦下来的一个牵骡子的商人，把一份稿件交到我手里，我立马感觉到沉寂的日子不再沉寂。

打开信封：我犹如倾听到了沉寂薄脆的表面碎裂的声音。

我坐在自己从家中带到办公室的藤椅上。我打开稿件：文字的河流喧嚣。文字的河流结冰。文字的冰层开裂。文字的四季展现。

这是一篇短篇小说。②

“打开信封”这一瞬间被叙述者刻意放大，成为包孕着丰富感受的瞬间。在《风过墟村》中，对于塔毗洛哲狩猎的过程的一个瞬间着意放大，暗示着误伤行为引发的一系列连锁反应，以及最后某种宿命般的人生结局：

他张弓搭箭警惕地张望着四周，像是突然从某个梦中惊醒的恶灵缠身的人。

说到这，作为一个农科所的技术员，我真想描摹一下当时周遭的情形。据我臆测，在离他两里地以外的山谷中，此时正有一只豹子盘踞在一块岩石上，它瞭望着东方，它张嘴打了个哈欠，一股腥臭之气喷涌而出。但这种气息不会传得太远，范围也就是在豹头四周三公分左右的空间。而在他的头顶，一只受伤的鹰在飞翔，它的伤口中正不断地往下滴血，伤口是由于用力振翅，再次裂开的。血一滴一滴地从天空滴落在树叶上，滴落在草丛间，滴落在鼠头上，带着一种新鲜的温度，带着鹰内心里的那种气息，成为我要四

① 徐岱：《小说叙事学》，商务印书馆2010年版，第281页。

② 江洋才让：《金刚杵》，《西藏文学》2005年第4期，第36页。

处散布的轶闻抑或传说。

但当时塔毗洛哲真的看见那只鹰了。当然，它不知道它正把自己的鲜血从天空滴下。

他抬了一下头。①

这种生动的刻画，内涵丰富、情感丰富的富于包孕性的瞬间是江洋才让擅长的一种手法，散见于他诸多的文本之中。

小说人物个性蒙昧不明，情节有意淡化成为江洋才让短篇小说叙事性弱化的主要表现手段，成为其文学创作的减法。小说细节的肥大，诗意瞬间的放大是江洋才让为了凸显其情调模式的叙事功能而做的加法。这种加减法的结合共同托出小说的抒情特质，使小说呈现出作家的人生经验、情感体验，乃至人生最基本的存在价值和意义的关切、追问，对信仰和理想的求索等精神内涵。因为江洋才让作为一个诗人的精神气质，这种抒情特质更多借助于意象而得以呈现。

“刀”是江洋才让小说频频出现的一个意象。这显然和作家的康巴身份有关。在藏地，在刀的各种用途中，康巴人将其置于最为神圣的精神层面。佩刀、英雄结等服饰民俗衍生出的精神文化成为康巴人的精神图腾。江洋才让敏感地意识到这一点，因此，在《断刀，断刀》、《抚刀旧事》、《河源》等小说中，“刀”意象不断闪耀。《抚刀旧事》鲜明的象征意味将“刀”指向生命、爱情、友情、信仰等内容，如同《河源》中将“河源藏有金刀”指向文化与信仰一样，作家又在《断刀，断刀》中体现了这种信仰与精神在现代藏人生命中的追寻与缺失。因此，重点不在象征物本身，而在于象征物在今天的变形、湮没或传承，以及这种复杂状态带来的精神变化。这种精神上的复杂感受又被江洋才让带入到《炽热的马鞍》、《低音炮》、《秃鹫开门》、《风过墟村》中。《炽热的马鞍》是关于灾难的记忆，跟诸多灾难叙事体现人与自然的紧张关系不同，江洋才让甚至避开了这个主题。主人公温古亲手挖掘出因地震逝去的叔叔桑科的遗体，叔叔留下的马鞍隐藏着他的爱情记忆，也开启了温古新的人生与爱情。这是一个关于生命与爱情延续的主题，在常见的灾难叙事面前，生命与爱情的延续产生的巨大能量足以让人放下悲伤。江洋才让以藏人固有的生命观阐释了他对灾难的理解。《低音炮》也是这样一篇关于“延续”主题的理解。却华多杰的白马死了，他不

① 江洋才让：《风过墟村》，《西藏文学》2006年第1期，第62页。

得不骑上了摩托车，并安上了低音炮音箱，这让他觉得“作为一个正在哀悼骏马逝去，从今以后无心骑乘别的马匹的伤心牧人，他会迷恋上这个吃油而不吃草的铁牲口”①。这种小说家的感受似乎有着惊人的一致，龙仁青也曾在小说《光荣的草原》中有这样的担忧：

> 白蹄马的那个急刹车的动作，也是从摩托车那里学来的，如果不是草原上摩托车越来越多，马匹越来越少，白蹄马也不至于去学那些铁家伙，可是在它的前后左右，除了摩托车，很少能见到同类的马。与它担负着同样的使命，能够成为它参照物的也就只有摩托车。也难怪人家白蹄马。扎括想到这里，不由看了看白蹄马。夜色中，白蹄马显得高大威严，雍容华贵。这一点，比起那些萎靡不振的矮个子铁家伙来，要威风到哪儿去了。只是现在的人们，越来越喜欢摩托车，也就越来越远离马了。②

两位作家关于骏马承载的草原文化以及民族精神消逝的忧思不无相同之处，只是龙仁青更担忧文化的消逝，而江洋才让通过摩托上的低音炮——音乐而感受到某种力量的接续。对于文化形态在今天这个高度一体化的潮流中的不断改变，江洋才让看到的更多的是某种情感流转、接续与传承的力量。就像“河源有金刀”这句内涵深厚的话一样，在江洋才让看来，象征某种情感与精神的“刀”之形可能会伴随时间消逝而改变，但“刀”之神——某种文化基因仍在。

江洋才让以一种独特的题材选择及其独特的书写展示了诗人的敏锐观察和充满诗性的想象方式，在表现某种情绪体验的情调叙事模式之下，展开了属于江洋才让的文学的加法和减法，并以这种加减之法在充满诗意的小说氛围中完成他关于民族的记忆与叙事。诚然，作家的探索之境还远未抵达，这注定他的文字之旅还需更多坚实的足迹去印证。

作者系青海民族大学文学与新闻传播学院教授，
文学博士，硕士生导师
本文原载于《青海湖》2013年第41期

① 江洋才让：《低音炮》，《民族文学》2013年第1期，第45页。
② 龙仁青：《光荣的草原》，青海人民出版社2009年版，第66—67页。

罗小凤

# 诗言"感觉"
## ——1930年代新诗对古典诗传统的再发现①

中国古典诗学对诗本体的阐释众说纷纭，其中最主要的观点聚焦于"诗言志"和"诗缘情"。前者一直被视为中国古典诗学的开山纲领，出自中国最古之书《尚书·尧典》，而后者则由魏晋时期陆机于《文赋》中提出，二者分别从"志向、抱负"与"情感"两方面体认诗歌本体，成为中国古典诗传统的重要组成部分。然而，1930年代的一批诗人如废名、林庚、何其芳、卞之琳、金克木、朱英诞、南星等却在重新考察与阐释古典诗传统时（其时戴望舒、施蛰存、曹葆华等诗人主要向外国诗歌资源寻求帮助，并未重新阐释古典诗传统和形成对传统的再发现）收获一个重要发现：诗言感觉。这批诗人立足于各自的诗学修养、审美志趣与诗歌倾向的基点上，携带自己遭遇的诗歌问题与经验回望古典诗传统，重新发现了"感觉"对于诗的重要性，认为"感觉"是诗之为诗、一时代之诗区别于另一时代之诗的重要标识性特征，这是他们对古典诗传统的新认识和新发现，显然改写了"诗言志"、"诗缘情"为主导的古典诗传统秩序与面貌，形成了他们对传统的再发现。与此同时，他们自己的诗歌创作既不同于初期新诗注重描摹"现实"或表现"自我"，亦不同于同一时期的普罗诗社、中国诗歌会等诗人以"现实"、"革命"为主旋律，而都将诗的"感觉"作为其诗歌的主

---

① 本文系2012年度教育部人文社会科学研究青年基金项目"1930年代新诗对古典诗传统的再发现倾向研究"（12YJC751057）的阶段性成果。

要内容，所注重的是诗的"感觉"，而非"现实"、"道理"、"意义"或"情感"、"自我"，构筑了其诗歌建设的独特内容，是他们对"写什么"这一新诗建设过程中极为重要的问题的回答，也是他们以创作实践对古典诗传统的再发现和对自身传统的发现。

## "写什么"的关注与"感觉"的重视

每一代诗人都面临"写什么"的问题，此一问题所关涉的是诗的"内容"，每一时代的诗歌内容不一样，不一样的诗歌内容形成不同时代之诗。但新诗十余年的探索过程中，探索者们对"内容"的重视却明显不够，胡适等着重的是"白话"，郭沫若着重的是"自由"，闻一多为代表的新月诗派注重的是"节的匀称和句的均齐"，早期象征诗派虽然在理念上已开始关注"感觉"等诗的内容，但诗歌实践中却又局限于色彩和音乐效果的讲究。显然，新诗于诞生之初主要将注意力聚焦于"形式"建设。直至1930年代，诗人们才真正将新诗建设的注意力投注于诗的"内容"，即"写什么"的问题，他们开始主要关注诗的内质而不是形式对于新诗建设的重要性。废名便于1934年明确指出："我们的新诗首先要看我们的新诗的内容，形式问题还在其次"[①]，新诗的"内容"被作为考察与关注的首要对象。同年金克木亦指出："新诗和旧诗却决不仅是用语的不同"，他将诗分为"诗型"和"纯诗"，认为新诗与旧诗的"诗型"发生了变化，而"纯诗"则是二者的相通处，是"抛去了时在变化的形式"使诗成其为诗的"真正的，唯一的条件"[②]，此"纯诗"不同于初期象征诗派所提倡的"纯诗"，是抛去外在形式而使诗之为诗的"内容"，显示了金克木对"内容"的关注。路易士也认为"诗之所以为诗，散文之所以为散文，其真正的区别乃是在于本质——即内容——方面的，而非在于'诗行'、'诗节'，与夫'韵脚'的工整与否"[③]。可见，诗的"内容"已成为1930年代新诗建设的重要"项目"。

当然，虽然初期新诗对诗的"内容"重视不够，但亦有每一时期的诗歌内容："胡适强调的'内容'是现实，郭沫若强调的'内容'是自我。"[④]确

---

① 废名：《新诗问答》，《人间世》第15期"诗专辑"（1934年11月5日）。
② 金克木：《论诗的灭亡及其他》（写于1934年8月2日），《文饭小品》第2期（1935年3月5日）。
③ 路易士：《诗的形式问题》，《小雅》第4期（1936年12月）。
④ 王光明：《自由诗与中国新诗》，《中国社会科学》2004年第4期。

实，胡适主张新诗要写时代精神、新生活、新精神，主张让自然的生活不加选择地入诗，所谓“有什么话，说什么话”[①]；而郭沫若认为“诗的本质专在抒情”[②]，重视的是自我情感的宣泄。那么，时至1930年代，诗的“内容”是什么？1930年成立的“左联”和普罗诗社的诗人们都主张贴近时代风云和社会现实、描写社会实际生活、反映政治黑暗和时代声音、表现民族精神；1932年成立的中国诗歌会则提出“捉住现实”、“歌唱新世纪的意识”[③]，都将社会现实、民生疾苦、民众呼声等奉为其诗歌内容的主旋律。但身处同一时代语境下的废名、林庚、何其芳、卞之琳、金克木、朱英诞等“现代派”诗人，与左翼诗人、普罗诗社、中国诗歌会等诗人截然不同，他们面对着北伐大革命失败后政局混乱、强寇压境、国难当头的落潮阶段中人民的水深火热、国家前途的晦暗与个人理想的破灭，产生了“世纪末”的恐惧感，他们不仅面临对“民众的政治”失望的幻灭，也面临自我价值的幻灭，他们遭遇了被社会抛向边缘的无力感、空虚感。在强烈的幻灭、绝望、虚无等“末世情绪”中，诗人们想寻出路而不得便把自己塞进大学或文坛的象牙塔中，“不谈国事”[④]，不介入现实、革命而向内寻求心灵的慰藉。

恰在此时，新感觉主义与其主要阵地《现代》杂志的诗歌倾向为当时的诗人们带来了新的诗歌理念，影响及废名、林庚、何其芳、卞之琳、金克木、朱英诞等一批诗人的诗歌取向。自1928年3月《文学周报》第6卷第7期刊载新感觉派文学翻译作品《街之底》（横光利一著，梁希杰译）后，日本新感觉主义便逐渐在中国盛行，促生了中国的“新感觉主义”，《现代》杂志一创刊便成为其主要阵地。《现代》杂志创刊号上一开篇即为新感觉派代表性小说家穆时英的小说《公墓》，显示出《现代》杂志对“新感觉派”的重视。穆时英是中国新感觉派小说的圣手，运用蒙太奇、心理分析等手法凸显其对现实生活的主观感觉和印象，而不注重对客观生活的真实描写与刻画，他于创刊号发表的《公墓》及2卷1期上的《上海的狐步舞》、《夜总会里的五个人》、《街景》等都是新感觉派小说的优秀之作，均运用象征和暗示手法，抓住人在刹那间的感觉进行书写，极力呈现瞬时感觉。当以穆时英为代表的这种“新感觉风”风靡上海，《现代》杂志

① 胡适：《尝试集·自序》，《尝试集》，上海亚东图书馆1920年版。

② 郭沫若：《论诗三札》，《文艺论集》，人民文学出版社1979年版，第215页。

③ 穆木天：《新诗歌发刊词》，《新诗歌》创刊号（1933年2月）。

④ 未署名（周作人——笔者注）：《骆驼草·发刊词》，《骆驼草》周刊第1期（1930年5月12日）。

时期遂成为“新感觉派”的成熟期和兴盛期，“新感觉派”的主要作家在《现代》杂志悉数登场，这种对“感觉”的重视倾向给诗歌创作带来了巨大影响。主编施蛰存自己便既写小说又写诗歌，他亲身实践过一些心理分析小说，是“新感觉派小说”的代表作家之一，其诗歌受其“新感觉小说”影响自不待言，其写作倾向还带动一大批诗人，对此他曾自述自己并无意让《现代》变成“我底作品型式的杂志”，但稿件却“尽是这一方面的作者”[①]。而当时与穆时英、施蛰存等“新感觉派”小说家们过从甚密的诗人如戴望舒、何其芳、废名等，其诗歌理念无法不发生巨大变化。因此，虽然当时的诗歌领域未曾如小说领域出现一个“新感觉派诗歌”，但一些诗人却在诗歌理念上早已接受这种重视“感觉”呈现的倾向。对此，蒲风早就敏锐地指出，现代派诗歌是“象征主义和新感觉主义的混血儿”[②]，虽然现代派诗歌未必真可划入“新感觉主义”范畴，但它重视表现和传达感觉的诗歌倾向却无可否认。对于这种诗歌脉动与迹象，读者最先发觉，1932年5月至1934年10月，《现代》杂志上便一直有读者投书批评该刊所载之诗晦涩难懂，如批评《现代》上的诗为“谜诗”、“未来派的谜子”、“玄妙玄妙——如入五里雾中”[③]，或“无限神秘奥秘，奇异之感”、“如入五里雾中，不得其解”[④]，还有读者指出《现代》上的诗是“未来派”、“达达派”的诗，其实正言中其受“新感觉主义”的影响，诚如横光利一指出的：“未来派、立体派、表现派、达达派、象征派、结构派以及如实派的一部分，都属于新感觉派的东西”[⑤]，正是这类似“新感觉派”的诗，让读者感到“如入五里雾中”。可见，《现代》亦是“新感觉诗”的主要阵地。而林庚、何其芳、卞之琳、金克木、废名、朱英诞、南星等诗人都曾是《现代》的主要作者或读者，其诗歌观念无法不深受此刊之风格与倾向的影响，其写作倾向无可避免地被“感觉化”，正如刘西渭所敏锐发觉的，此一时期决定诗之为诗的，“不仅仅是一个形式内容的问题，更是一个感觉和运用的方向的问题。”[⑥]李长之亦在分析林庚诗歌时指出：“林庚之看重感觉，从而

---

① 施蛰存：《编辑座谈》，《现代》第1卷第6期（1932年10月）。

② 蒲风：《五四到现在的中国诗坛鸟瞰》，《诗歌季刊》（第1卷）第2期（1934年3月25日）。

③ 吴霆锐：《社中座谈》，《现代》第3卷第5期（1933年9月）。

④ 崔多：《社中座谈》，《现代》第5卷第2期（1934年6月）。

⑤ 横光利一：《新感觉活动》，伊藤整等编：《日本现代文学全集》第67卷，日本讲谈社1980年版，第370页。

⑥ 刘西渭：《鱼目集——卞之琳先生作》（书评），《大公报·文艺副刊》第122期“星期特刊”（1936年4月12日）。

看清诗人的贡献和天职，是的的确确我们大家的精神。”[①]可见，“感觉”已确凿无疑地成为1930年代一批诗人新诗创作的核心内容。诗人们在诗中自由地表现感觉，传达感觉，他们不再只关注社会现实、“意义”、“意思”或“道理”，而极其注重诗的“感觉”，沉醉于感觉的书写。当他们怀揣“写什么”的问题和重视感觉书写的经验回望古典诗传统时，重新发现了古典诗传统中的“诗的感觉”（戴望舒、施蛰存等虽注重感觉的书写，但他们主要向西方象征主义、意象主义寻求诗歌资源的支援，并未重新阐释古典诗传统，未形成对古典诗传统的再发现）：他们重新发现了“诗的感觉”对于诗之为诗和形成不同时代之诗的重要性，并以“感觉”重释和改写了古典诗学中的“意境”，构建出“诗言感觉”的诗观，形成了他们对古典诗传统的再发现。

需要指出的是，初期象征诗派也曾强调“感觉”因素，主张“作者须要为感觉而作，读者须要为感觉而读”[②]，强调对感觉世界和内在生命中潜意识的观照，显示出从抒情表意的“表达”功能向“自我感觉的表现”功能的诗歌观念的转变迹象，但他们在实践中却将“感觉”局限于音和色等方面的追逐。而更关键的是，他们对“感觉”的重视与诗歌观念的转变均源自西方象征主义诗歌的影响，诗人们并没有回望古典诗传统，并未以“感觉”形成对传统的再发现。1930年代废名、林庚、卞之琳、何其芳、金克木、朱英诞等一批诗人对“感觉”书写的重视，一定程度上是对早期象征诗派重视“感觉”表现的诗歌观念的承续，他们以此经验为基点，回望古典诗传统，重新发现了传统中的“感觉”质素，从而形成对古典诗传统的再发现。

## 古典诗传统中“感觉”的再发现

1930年代的诗人们在回望古典诗传统时，携带着他们对“写什么”这一诗歌问题的思考，依此他们重新考察与阐释古典诗传统，重新发现了诗的感觉是诗之为诗的核心质素，是一时代之诗区别于另一时代之诗的关键要素，并重新阐释和发现了“意境”这一古典诗传统中极其重要的概念，改写了“诗言志”、

① 李长之：《春野与窗》，《益世报·文学副刊》第9期（1935年5月1日）。
② 王独清：《再谭诗》，《创造月刊》第1卷第1期（1926年3月16日）。

“诗缘情”为主导的古典诗传统秩序与面貌，事实上形成了“诗言感觉”的诗观，从而形成了对古典诗传统的再发现。

### （一）感觉：诗之为诗的核心质素

素来，诗的本质被阐释为“抒情”、“言志”，其功用则被阐释为“兴、观、群、怨”，而1930年代的诗人们却在重新考察古典诗传统时发现了“感觉”是诗之为诗的核心质素，颠覆了古典诗学对诗歌本体的认识。林庚于1935年在《诗的韵律》一文中指出“感觉”是诗的基本要素[①]，并发现“感觉”是诗歌中感染人打动人的主要成分，甚至是诗之为诗的关键质素。他曾举例分析：

> 例如李义山的“夕阳无限好，只是近黄昏！”我们是忘记了那作者，忘记了谁是主角，而把自己整个的加在这情景的赞叹与感触中去了。至如“身无彩凤双飞翼，心有灵犀一点通”，你的受感动不正是因为警醒着自己也有一颗心跃然欲通吗？[②]

在林庚看来，诗所能打动人的不是其作者，不是具体的人物与情节，不是现实的生活场景，而是相似情境下“有一颗心跃然欲通”，即诗所传达的“心同此感”的感觉。林庚还认为诗会在相通的知觉中给人以共鸣与感动，由此产生一种“普遍的诗的力”[③]，从而超脱于具体事物，超越具体的故事情节，超越现实的生活场景和人事，却又直抵人心，让人念念难忘。这种超越现实利害、功利关系的“普遍的诗的力”是一种脱离了物质场景、现实依托而存在的、属于内宇宙的、彼此能够相通、感染、打动的“感觉力”。林庚认为，这种“普遍的诗的力”便是其个人话语场域中私设的概念“极端的诗”的主要内涵。而所谓“极端的诗”是林庚擅自拟就的一个名词，“是指那支持了诗而使它仍与其它作品有别的特质”[④]，其实就是诗与小说、戏剧、散文等其他文体相区别的要素，因而“极端的诗”被他视为是古今诗歌相通的特质，即诗之为诗的根本。林庚将诗歌中与读者相通的“感觉”形成的“普遍的诗的力”作为“极端的诗”的核心内容，

---

① 林庚：《诗的韵律》，《文饭小品》第3期（1935年4月5日）。
② 林庚：《极端的诗》，《国闻周报》第12卷第7期（1935年2月25日）。
③ 同上。
④ 同上。

显然是重新发现了“感觉”对于诗之为诗的重要性。同时，废名亦发现了“感觉”对于诗之为诗的重要性。他在阐释古典诗词时别具一格而收获了新的发现，如他阐释李商隐的《锦瑟》便与胡适大相径庭，胡适对此诗曾大为不满：“这首诗一千年来也不知经过多少人的猜想了，但是至今还没有人猜出他究竟说的是什么鬼话。”[①]然而，废名却对之爱不释手，曾在不同文章中多次引用并做出新的阐释：“我们想推求这首诗的意思，那是没有什么趣味的。我只是感觉得‘沧海月明珠有泪，蓝田日暖玉生烟’这两句写得美”[②]，显然，废名与胡适截然不同，他赏读此诗并不去推求此诗所表达的意思或具有的意义，而欣赏其所带来的感觉美。可见，废名所欣赏的是诗里的“感觉”，注重体验诗中的美，而不是推求“意思”或“意义”，显示出他对诗的“感觉”而非“意义”或“意思”的重视。对于李商隐的其他诗作，他亦如此做出重新阐释：“作者似乎并无意要千百年后我辈读者懂得，但我们却仿佛懂得，其情思殊佳，感觉亦美。”[③]胡适曾将李商隐一派之诗称为“妖孽诗”[④]，因为他注重的是这些诗究竟“说了什么”；而废名却极其欣赏李商隐的诗，因为他注重的是“仿佛懂得”，注重领略这些诗的“情思殊佳，感觉亦美”。在废名的重新阐释中，李商隐之诗并非传达“意义”和“意思”，而是注重呈现诗的“感觉”，注重的“只是感觉美”。可见，诗人们在重新阐释古典诗传统时以1930年代诗人的眼光重新发现了诗的“感觉”对于诗之为诗的重要性，是以往古典诗学中未曾有过的新发现，是1930年代诗人们对古典诗传统的再发现。

### （二）感觉：不同时代之诗相区别的关键要素

1930年代诗人们还在重新考察古典诗传统时重新发现了感觉对于形成不同时代之诗的重要性，如废名便在重新考察以往的诗文学时发现不同时代之诗的形成最关键之处在于“诗的感觉不同”：“好比晚唐人的诗，何以能说不及盛唐呢？他们用同样的方法写诗，文字上并没有变化，只是他们的诗的感觉不同，

---

① 胡适：《国语文学史》，朱文华整理：《胡适全集》第11卷，安徽教育出版社2003年版，第83页。

② 冯文炳：《谈新诗》，人民文学出版社1984年版，第36页。

③ 同上书，第37页。

④ 出自胡适：《五十年来中国之文学》（该文写于1922年3月3日，原载1923年2月《申报》五十周年纪念刊《最近之五十年》），此处依《中国新文学大系·史料索引集》，上海良友图书印刷公司1935年版，第11页。

因之他们的诗我们读着感到不同罢了。”[①]在他看来，晚唐诗与盛唐诗并无“盛”与“衰”之别，而主要在于诗的感觉不同，对此他曾援引两个时期书写“月亮”的具体诗例进行阐明：“古今人头上都是一个月亮，古今人对于月亮的观感却并不是一样的观感，‘永夜月同孤’正是杜甫，‘明月松间照’正是王维，‘举杯邀明月，对影成三人’正是李白。这些诗我们读来都很好，但李商隐的‘嫦娥无粉黛’又何尝不好呢？就说不好那也是没有办法的，因为那只是他对于月亮所引起的感觉与以前不同。”[②]古今人虽然面对的是同一个月亮，却由于诗人各自的感觉不同而形成不同的诗的感觉，或由于诗人所处时代不同其观感各异，因而其诗亦各异其趣，正是诗的“感觉”不同形成了不同时代之诗，由此他发现了诗的感觉对于形成不同时代之诗的重要性。林庚同样在重新阐释古典诗传统时发现感觉是关系一代与一代产生不同诗的关键要素。他指出：

> 至于感觉的进展，却确是人类精神领域的园丁；有了这进展所以才有一代一代不同的诗；我们才能说明为什么《诗经》是那么简单质朴，《离骚》却又以那么不同的姿态出现；而《九辩》一篇为什么在《楚辞》中显示出一种特殊的风格；我们才能解释所谓初唐、盛唐、晚唐究竟是什么意思。[③]

在林庚看来，感觉的进展是决定一代又一代不同之诗的关键，是决定《诗经》、《离骚》、《楚辞》等诗篇各有其不同的特殊风格与姿态的根源，是形成初唐、盛唐、晚唐各个诗歌阶段的重要标志。后来林庚在访谈中也谈及“感觉”对于唐诗生命力的重要性：

> 我们要比诗新不新，不在于有新的形式新的内容，而是诗给读者的感觉要新鲜。
>
> 唐诗能经得住时间的冲洗，恰恰就在于它为读者提供了新鲜的东西。我把它称为“新鲜的认识感”。[④]

---

① 废名：《新诗问答》，《人间世》第15期“诗专辑”（1934年11月5日）。

② 同上。

③ 林庚：《诗的韵律》，《文饭小品》第3期（1935年4月5日）。

④ 张鸣：《人间正寻求着美的踪迹——林庚先生访谈录》，《文艺研究》2003年第4期。

张鸣把这种新鲜的认识感表述为“内在的感觉的东西”，林庚对此表示认同。在林庚看来，唐诗的魅力主要在于“它以最新鲜的感受从生活的各个方面启发着人们”[①]，永远能给人以“新鲜的认识感”，即新的诗的感觉，这种感觉正是唐诗打动一代又一代人的共振点，是林庚对古典诗传统中“感觉”之重要性的再发现。何其芳、卞之琳、朱英诞等诗人亦都在自己对古典诗传统的重新考察与阐释中发现“感觉”是彰显不同时代之诗的重要区别。

### （三）“感觉”对“意境”的现代阐释

1930年代诗人们在重新阐释古典诗传统时还将“感觉”与古典诗学中的“意境”相对接，形成了对“意境”的现代阐释与发现。卞之琳显然是代表，他曾指出：

> 我总喜欢表达我国旧说的“意境”或者西方所说“戏剧性处境”，也可以说是倾向于小说化，典型化，非个人化，甚至偶尔用出了戏拟（Parody）。[②]

这句话已引发学界众说纷纭而迥然不同的阐释与理解。事实上，卞之琳在此将古典诗传统中极其重要的诗学概念“意境”与“戏剧性处境”、“非个人化”西方诗学概念等相勾连、对应，对“意境”进行了新的阐释与发现。1934年卞之琳翻译了艾略特写于1917年的《传统与个人才能》[③]这篇对1930年代诗坛产生重要影响的文章，他自己亦深受影响，尤其是文中艾略特提出的“非个人化”理论。艾略特的“非个人化”理论认为诗与艺术的感情是非个人的，诗人所能引人注意的也不是他个人的感情（emotion），而是“宁静回忆出来的感情”，即“感觉”（feeling），因而他主张诗人写诗要逃避感情，逃避个性，而书写“宁静回忆出来的感情”，这种感情经过宁静回忆已不是个人的，而是许多经验集中后所发生的新东西。卞之琳在翻译中意识到艾略特话语系统中“emotion”与“feeling”是相区别的两个概念，他把前者译为“感

---

① 林庚：《我为什么特别喜爱唐诗》，1982年6月21日《人民日报》。后被作为“代序”收入《唐诗综论》（人民文学出版社1987年版，第26页）。

② 卞之琳：《雕虫纪历·自序》，《雕虫纪历（1930—1958）》，人民文学出版社1979年版，第3页。

③ 艾略特著，卞之琳译：《传统与个人才能》，《学文》第1卷第1期（1934年5月1日）。

情”、“情绪”、“情感”，他翻译“emotion”这个词语时在三个汉语词汇之间轮换；后者则单译为“感觉”。可见，艾略特话语中的“感情”、“情感”、“情绪”属于可以互换的相近词汇，是“单纯的，粗疏的，或是平板的”[①]，不能直接入诗；而“感觉”则是客观的、理性的，可以入诗，是诗的主要内容。艾略特认为，诗人的职务不是寻求新的感情，而是将寻常的感情化炼成诗，以表现“感觉”；伟大的诗并非直接用“感情”或“情感”创作，而是直接用“感觉”。在艾略特看来，“非个人化”便是要把寻常的“感情”或“情绪”、“情感”化炼成“感觉”而入诗。由此可知，逃避感情、主张客观化的“非个人化”是达到表现“感觉”目的的手段与方法，“感觉”是“非个人化”的目的，甚至可以说，“非个人化”就是“感觉化”。可见，“非个人化”不过是一种技艺，一种手段，其目的指向的是“感觉”，“非个人化”只是由“感情”抵达“感觉”的桥梁，是通过把个人的感情非个人化从而表现诗的感觉的方式，窃认为，艾略特的“非个人化理论”理解为“感觉化理论”或许更确切。艾略特的“非个人化”理论深刻地影响了卞之琳，他自己曾坦承：“这些不仅多少影响了我自己在30年代的诗风，而且大致对三四十年代一部分较能经得起时间考验的新诗篇的产生起到过一定作用。”[②]而与此同时，卞之琳在翻译中习惯与古典诗传统对照，他对于如何非个人化、如何书写感觉这个问题所寻找的对应点是“意境”，于是作出了以上阐说。在卞之琳看来，无论非个人化、戏剧化或戏剧性处境，都是为了抒情的客观化，为了逃避感情，更客观地书写感觉。而卞之琳所采用的非个人化手法如戏剧性处境与戏剧效果等，正如有学者注意到的，其实就是古典诗学中的“意境”：“卞诗通过戏剧手法的运用而取得的戏剧效果更像是中国古诗中的‘意境’。”[③]这种说法正是笔者所思考的，西方现代诗歌的影响塑就了卞氏的现代眼光，当他以现代眼光回过头审视传统时，重新发现了传统中“意境”对于新诗建设的重要性，于是在自己的诗歌创作中予以重新启用。对此，李怡亦曾指出：“卞之琳的戏剧效果都特别注意烘托那种浑融、完整的景象，暗示着他对生命状态的传统式认识，更

---

① 艾略特著，卞之琳译：《传统与个人才能》，《学文》第1卷第1期（1934年5月1日）。

② 卞之琳：《赤子心与自我戏剧化：追念叶公超》，《卞之琳文集》（中卷），安徽教育出版社2000年版，第188页。

③ 彭树涛：《传统思维下的现代诗歌创作——卞之琳诗歌内质分析》，卢昌军等主编：《楚天学术》第10辑，第138页。

像是中国的意境。”[①]他们都注意到卞之琳的戏剧性处境、戏剧效果等非个人化策略其实是对中国古典诗学中“意境”的重新发现与启用。在卞之琳眼中，“意境”与戏剧性处境、戏剧效果等非个人化策略一样均是为了传达诗的“感觉”，他在对“非个人化”的戏剧性效果、抒情的客观化效应的追求上，以“感觉”的客观化打通了“戏剧性处境”与“意境”的交叉点，将“感觉”作为了他个人话语系统中“意境”的代言者，显然是对古典诗传统中“意境”的重新阐释，形成了对古典诗传统中“感觉”的新发现。因此，在卞之琳的话语系统中，非个人化、戏剧性处境、戏剧效果与“意境”、“境界”其实最终都指向“感觉”，“感觉”正是“戏剧性处境”与“意境”之间具有相类性的联接点，因而，卞之琳对古典诗学中“意境”或“境界”的重视就是对“感觉”的重视，他以“感觉”重新阐释了“意境”、“境界”等古典诗学中的重要概念，是对古典诗传统中“感觉”质素的重新发现，形成了对古典诗传统的再发现。与此同时，何其芳亦以“感觉”勾连、对接了“意境”。何其芳对古典诗词迷醉的是其“姿态”，他曾指出：“我喜欢读一些唐人的绝句。那譬如一微笑，一挥手，纵然表达着意思，但我欣赏的却是姿态。”[②]何其芳所欣赏的是“姿态”，而不是“意思”。张洁宇认为何其芳所欣赏的“姿态”其实就是“感觉”，对应于古典诗学则是“意境”：“说到底，他追求的就是诗歌的感觉方式和传达方式之美。从现代主义诗学的角度说，这一点体现了何其芳重‘感觉’、重‘体验’的思想；而从传统诗学的方面看，则又说明了他对意境之美的追求。”[③]张洁宇细致地分析出何其芳所欣赏的“姿态”之实质便是“感觉”，并将之与古典诗学中的“意境”相对应，显然呈现了何其芳与卞之琳一样无独有偶地以“感觉”重新阐释了古典诗传统中的“意境”，重新发现“感觉”对于诗歌的重要性，是何其芳对古典诗传统的再发现。

可见，1930年代的诗人们在重新阐释、“再认识”传统时重新发现了“感觉”对于古典诗传统的重要性。一直以来，“感觉”未被纳入古典诗学范畴，更未成为“传统”的构成部分，但1930年代的诗人们却携带现代眼光和诗歌经验、问题，重新发现了古典诗词中普遍存在并极其重要的“感觉”质素，发现“诗言感

---

① 李怡：《中国现代诗与古典诗歌传统》，西南师范大学出版社1994年版，第243页。

② 何其芳：《论梦中道路》，《大公报·文艺·诗歌特刊》第1期（1936年7月19日）。

③ 张洁宇：《荒原上的丁香——20世纪30年代北平“前线诗人”诗歌研究》，中国人民大学出版社2003年版，第132页。

觉”这一诗观，形成了对古典诗传统的再发现。

## 感觉书写经验的发现

1930年代诗人们对古典诗传统中“感觉”质素的再发现其实就是对新诗自身注重感觉书写经验的发现，他们在自己的创作实践中均极其注重表达“感觉”，而不注重说理或写实，“感觉”成为其书写的主要内容。废名在其诗中“只注重一个‘美’字”[①]，林庚则被李长之称为“感觉化”的诗人：“他不但从感觉上，看诗的变化，从感觉上，评诗的好坏，他更以为，诗人的使命，就在追求新的感觉，诗人的功劳，就在由自己最敏锐的感觉，而使一般人的感觉都更进步。”[②]何其芳被认为其创作只有一个目的，就是一种氛围、感觉的传达[③]，金克木亦将“感觉”作为其诗歌书写的主要内容之一，主张在诗中捕捉新都市、新生活中“新的感觉”[④]。那么，诗人们如何将其在古典诗传统中再发现并极其重视的这种“感觉”质素在其诗歌实践中展开呢?

### （一）意象抒情

意象抒情是指诗人们在诗中将各种意象叠加、并置、转换而传达、暗示诗人心中的感觉，主要“用意象来暗示”[⑤]，可以避免直接抒情。施蛰存曾在自己主编的《现代》上将自己创作的五首新诗冠以“意象抒情诗”的标题，随后戴望舒、艾青等诗人都创作出响应“意象抒情诗”的系列作品，使“意象抒情诗”成为1930年代诗人们普遍创作的一种诗歌风格，显示出“一大群诗人对诗的感觉和运用的方向有了变化”[⑥]。废名、何其芳、卞之琳、林庚、金克木、朱英诞、南星等诗人都采纳这种诗歌手法，以“夜”、“荒街”、“黄昏”以及枯树、落日、西风等破败、荒凉的意象传达了身处特殊年代的特殊感觉。诗人们笔下“夜”意象极为丰厚，如林庚笔下便有《夜》、《沪之雨夜》、《夜行》、《春雨之夜》、《雨夜》、《独夜》等三十余首直接以“夜”入题的诗，但他并不如普罗诗人或中国诗歌会

---

① 冯文炳：《谈新诗》，人民文学出版社1984年版，第219页。

② 李长之：《林庚的诗集〈夜〉》，《大公报·文艺副刊》1933年10月25日。

③ 尘无：《画梦录》，《光明》第1卷第4期（1937年7月）。

④ 金克木（柯可）：《论中国新诗的新途径》，《新诗》1937年第4期。

⑤ 蓝棣之：《现代派诗选》，人民文学出版社1986年版，第16页。

⑥ 同上。

的诗人们那样将“夜”赋予“黑暗”、“革命道路之艰辛”等象征意蕴，而只注重传达内心的幻灭与孤独之感，呈现一种“空虚而捉摸不到的悲哀”[①]；废名的《十二月十九夜》、《止定》，卞之琳的《夜风》、《古镇的梦》，何其芳的《圆月夜》、《暮雨》，金克木的《宇宙疯》等诗都以“夜”意象为依托呈现出他们对人生理想的追求与探索中的幻灭感、孤独感、落寞感。“荒街”是1930年代诗人笔下又一个核心意象。卞之琳在《几个人》中将几个普通人空虚、无聊、麻木的生活状态与“当一个年轻人在荒街上沉思”形成鲜明对比，呈现了“荒街”这一既属于具体的生存环境又属于时代背景、大环境的停滞感、荒凉感、落寞感；他的《一个闲人》、《西长安街》、《酸梅汤》等诗都不是从人道主义立场去关注底层劳动人民的生活状态，而是通过荒街上底层人物的生活状态来呈现当时时代氛围下内心的无奈感、悲凉感。即使面对繁华的都市，诗人们都感到自己所置身的是“荒街”、“沙漠”，如废名在《街头》中通过邮筒的寂寞、阿拉伯数字的寂寞、汽车的寂寞、大街的寂寞、人类的寂寞层层呈现，传达了繁荣的城市文明背后普遍的寂寞感和虚无感；林庚在《沪之雨夜》中虽然处身上海的“柏油路”，却联想着孟姜女哭长城的悲戚场景；金克木在《招隐》中明确宣告：“城市是喧哗的沙漠”、“这里又没有风，又没有太阳，/有的只是永远蒸腾着的寂寞”，都是对“荒街”意象的独特呈现。黄昏意象亦不乏诗例，如林庚的《黄昏》、《暮》、《暮之河上》、《五月之暮》、《暮之诀别》、《黄昏的歌》、《黄昏曲》等，呈现了他对生命、人生、世界的悲凉感觉；金克木的《晚眺》、《黄昏》传达了他在“沉闷而痛苦的年月”[②]里内心的苦闷、沉滞与“无穷的廖寂”之感；朱英诞的《印象》则传达他“看多了人间的不平”的无可奈何之感。此外，诗人们还通过枯树、残阳、缺月等意象呈现荒凉之感，如金克木善用枯树、落日、西风、笳声、“鲛人的泪”、“冷冷的缺月”等意象织就颓败、苍凉的景象传达“无穷的廖寂”之感；林庚则以大量的青灯、荒野、枯树、秋风、寒月、落叶、孤鹰、凄雁、春、梦等意象承载其内心感觉。

### （二）“梦语”的话语方式

与胡适等初期白话诗人主张描摹现实不同，亦与郭沫若等诗人的直接宣泄

---

① 李长之：《春野与窗》，《益世报·文学副刊》第9期（1935年5月1日）。

② 金克木：《挂剑空垒》，生活·读书·新知三联书店1999年版，第7页。

不同，1930年代诗人普遍采用“梦语”方式捕捉内心深处难以言传的微妙感觉。“梦”是一种沟通外部世界与内在心灵的独特机制，与现实疏离、阻隔，相持一定距离，因而已过滤情感，所传达的是“感觉”而不是强烈的“情感”，同时又具有无序性、朦胧性、片断性、自由性等特点，可以以此自由展开想象、联想，由此“梦语”方式被废名、何其芳、卞之琳、林庚、朱英诞、金克木等诗人广泛用以传达感觉。在他们的创作理念中，“梦”是创作的成功所在，废名曾明确指出：“创作的时候应该是‘反刍’。这样才能成为一个梦。是梦，所以与当初的实生活隔了模糊的界。艺术的成功也就在这里。”[①]在他看来，创作就是一个“反刍”的梦，“模糊的界”表明梦与现实的界限是模糊的，若有若无，真假难辨；何其芳则“以白日梦、璀璨的幻觉，来维系自己认为是多余的生命”[②]，他“写诗的经历有如一条梦中道路”[③]。诗人们都以“梦语”方式传达内心感觉，如废名的《星》：

满天的星
颗颗说是永远的春花。
东墙上海棠花影
簇簇说是永远的秋月。
清晨醒来是冬夜梦中的事了。
昨夜夜半的星，
清洁真如明丽的网，
疏而不失，
春花秋月也都是的，
子非鱼安知鱼。

梦境和现实的界限非常模糊，“满天的星”和“东墙上海棠花影”都是现实存在的客观景象；但两个“说是”则把“星”化成了“春花”、“海棠花影”化成了“秋月”，空间与时间的界限迅速模糊化；而“清晨醒来”后，这一切客观的景象全幻化成了“冬夜梦中的事”，时空界限进一步模糊；接下来诗人又回到

---

① 废名：《说梦》，《语丝》第133期（1927年5月）。
② 艾青：《梦，幻想与现实》，《文艺阵地》第3卷第4期（1939年6月1日）。
③ 李影心：《评〈画梦录〉》，《大公报·文艺·书评特刊》第285期（1937年1月17日）。

现实中对“昨夜夜半的星”进行描画，但诗人的视点并未停留于现实的星，其思维马上又跳到“春花秋月”这一时间性景象，诗人以“春”、“秋”、“冬”的时间视点切换，模糊了时空；末句“子非鱼安知鱼”借用《庄子·秋水》里的话回应开头的“永远”，达到一种对于时空意识的顿悟境界，意味着昨夜之星的清洁明丽与疏而不失以及春花秋月的存在都不过是“梦中的事”，“星星”不一定是“永远的春花”，“海棠花影”不一定是“永远的秋月”，一切如梦般真实，也如梦般虚空，或者还如梦般短暂而无法“永远”。何其芳的《爱情》亦是梦语方式的经典诗例，这首诗人梦中所得的诗中展开了丰富的想象，呈现了如梦的场景：“晨光在带露的石榴花上开放”、“正午的日影是迟迟的脚步/在垂杨和菩提树间游戏”，而“南方的爱情是沉沉地睡着的，/它醒来的扑翅声也催人入睡”、“北方的爱情是惊醒着的，/而且有轻趫的残忍的脚步”，更是想象独特，呈现出他对爱情之感觉而非情感的体验。废名的《喜悦是美》、《赠》、《梦中》、《朝阳》、《妆台》、《渡》、《栽花》、《拔树梦》，何其芳的《预言》、《祝福》、《我埋一个梦》、《给我梦中的人》、《梦歌》、《梦后》，卞之琳《古镇的梦》、《车站》、《旧元夜遐思》，林庚的《春雨之梦》、《窗》等诗均采用“梦语”方式，或以“梦”为起兴展开诗思，纵横驰骋联想与想象；或以“梦”将内在的心理真实与外在的客观真实相链接缝合，从而呈现其感觉。

### （三）追忆的抒情方式

追忆由于是对过去之事、情、人的追忆，故已过滤了炽烈的情感，属于经过“平静回忆出来的感情”①，呈现的是心底存留的“感觉”，因而成为1930年代诗人们用以呈现感觉的重要方式，何其芳、金克木、卞之琳、朱英诞等诗人都通过追忆过往而传达感觉。何其芳是典型的“追忆”诗人，他反复称自己是“一个留连光景的人”，常拿李煜亡失的国度比喻自己亡失的青春，因而他在诗中总追忆过去已逝的光景，正如尘无意识到的：“无论他写的是什么，结果总是使我们怀念着过去或则向往着过去。”②何其芳通过追忆这种抒情方式传达了他的怅惘感、寂寞感，如《罗衫》一诗重新启用了“罗衫”这一古典意象，借助“罗衫”的属性与用途展开对爱情的追忆与回想，充满了爱情逝去后的幽怨、缠绵与痛

① 艾略特著，卞之琳译：《传统与个人才能》，《学文》第1卷第1期（1934年5月1日）。

② 尘无：《画梦录》，《光明》第1卷第4期（1937年7月）。

苦；《休洗红》则通过衣服因被洗而褪色的物理常识，在洗衣过程中追忆逝去的爱情，在过去爱情的甜蜜幸福与爱情的脆弱易逝的对比中呈现了诗人失去爱情的怅惘之感；《赠人》、《雨天》、《祝福》等诗都通过追忆过往爱情记忆而传达出诗人对爱情的追念、痛楚、绝望、伤感。这些爱情诗，不同于一般的抒发爱恋之情，而是"基于个人的苦乐悲喜而又超越于苦乐悲喜，基于真实与理想而又超越于真实与理想，曾有过热恋而又超越于热恋生活层面。净化后的情感变得更冷静，更透明，从而进入了一种生命体验的美丽的'艺术的爱情'"[①]。确实，何其芳的爱情诗以"追忆"过往的爱情往事为基点展开对过去爱情的怀念与对未来爱情的渴望，这种"追忆"的抒情方式下展开的爱情已经过岁月沉淀，因而能超越于个人的苦乐悲喜，超越于真实与理想，超越个人感情得失的层面，具有更加感染人而持久的艺术价值。何其芳对青春的追忆则处处传达了诗人所感到的"我遗弃了人群而又感到被人群所遗弃的悲哀"[②]，如代表作《预言》中，"叹息"、"沉郁"、"空寥"、"无语"，《脚步》中"甜蜜的凄动"、"无言的荒郊"、"互递的叹息"、"低抑之脚步"，《秋天（一）》中"郁郁的梦魂"、"可怜的心"、"叹息的目光"、"深山的寂默"等都透射出抒情主人公寂寞的内心世界；其他诗中出现频率颇高的"忧郁"、"寂寥"、"寂寞"、"幽怨"、"寒冷"、"隐遁"、"僵死"、"衰草"、"月"等词语无不是诗人追忆青春的寂寞情绪的文字投影，传达着诗人的寂寞、悲哀、孤独之感。金克木的诗则都是"和过去对话"，是"对过去的人和事和时代说话"[③]，其实便是对过去的追忆。他常在诗中采用追忆的抒情方式，如《肖像》中："记得我拾过你遗下的手帕。/记得我闻过你发上的香味。/记得我们交换过一些红叶。/记得我听过你念书，看过你写字。/记得我们并肩走过百级阶梯，/记得你那时的笑，那时的春衣。"他通过以"记得"而引领的排比句式追忆过去恋爱时的美好时光，传达一种爱的甜蜜感、美感，而抒发非炽烈的爱恋之情；《忏情诗》则通过追忆"心底的旧情"而传达自己内心深处对过往爱情的追悔、忏悔、伤感，其追忆的情感已是经历了年年月月的沉淀，已是"遥远的梦"，因而早已平静、冷静，诗人在诗中不是抒发"感情"而传达当年那份感情留在心底的"感觉"。而林庚的《那时》、《想起你来》、《破灭之歌》，卞之琳的《寄流水》、《旧元夜遐思》，南星的《石像辞》等诗亦都通过"追忆"的抒情方式而克制了热烈的情感，在时

---

① 孙玉石：《论何其芳三十年代的诗》，《文学评论》1997年第6期。
② 何其芳：《论梦中道路》，《大公报·文艺·诗歌特刊》第1期（1936年7月19日）。
③ 金克木：《挂剑空垄》，生活·读书·新知三联书店1999年版，第1—2页。

间与空间距离的屏障后感情已过滤、沉淀为“感觉”。

### （四）戏剧性处境

卞之琳、废名、金克木、朱英诞等诗人尝试在诗歌中通过构筑戏剧性处境将诗人的感情、情绪化炼成“感觉”，实现非个人化，如卞之琳便曾坦承自己“最忌滥情发泄，最喜用非个人化手法设境构象”[①]，常“倾向于写戏剧性处境、作戏剧性独白或对话甚至进行小说化”[②]。戏剧性处境的构筑主要通过戏剧性场景的铺排和戏剧性声部的多重配置，由此实现非个人化而传达诗人的感觉，可以避免抒情的空泛伤感。在戏剧性场景的铺排方面，卞之琳、林庚、废名、金克木、朱英诞等都有不少实验之作，卞之琳的《寒夜》无疑是经典代表，诗中拟仿戏剧程式，“一炉火。一屋灯光”俨然“舞台说明”中对场景的交代，“老陈捧着个茶杯/对面坐的是老张。/老张衔着个烟卷。/老陈喝完了热水”则俨然在交代人物关系和对人物动作的说明，之后便是对人物动作、表情、语言等各方面的呈现，都符合戏剧特征，简直是一幕短剧，完全杜绝了诗人主体意识的介入，由戏剧性场景自身呈现人们在冬夜无所事事、昏昏欲睡的感觉。废名的《花盆》亦构筑了一个颇具意趣的戏剧性场景，诗句“池塘生春草，/池上一棵树”仿佛舞台说明中的场景交代，而“树”、“草”、“植树的人”则成为戏剧中的主要人物，各自所说的三句话相当于戏剧中的台词，最末一句“他仿佛想将一钵花端进去”采用了“画外音”则是诗人自己的揣测，可见诗人是将戏剧性处境与诗人主体意识相交融，由此呈现诗人对于生命的思考与感觉。在戏剧性声部的配置上，卞之琳的《酸梅汤》、废名的《小河》、金克木的《美人》等诗都是代表。卞之琳在《酸梅汤》中以人力车夫一人自言自语、自说自话的独白手法呈现戏剧性处境，全诗仅出现人力车夫一人的语言、行为、动作，完全隐匿了诗人的主观意识与主体声音，“诗中的‘我’从诗人中分离出来，以车夫的身份在特定情景中与卖酸梅汤的老人对话，超脱了个人主观视野的强行干预，让诗歌情境自己‘说话’”[③]，由此传达了当时时代背景下民生凋敝、底层人生活无着、百无聊赖、无可奈何

---

① 卞之琳：《难忘的尘缘——序秋吉久纪夫编译日本版〈卞之琳诗集〉》，《卞之琳文集》（中卷），安徽教育出版社2000年版，第560页。

② 卞之琳：《完成与开端：纪念诗人闻一多八十生辰》，《人与诗：忆旧说新》，生活·读书·新知三联书店1984年版，第10页。

③ 王光明：《现代汉诗的百年演变》，河北人民出版社2003年版，第289页。

的感觉；废名的《小河》一诗全由“干涸了的河床”与“天上的星”对白而成诗；金克木的《美人》则尝试了戏剧中的“画外音”：“在黄昏中，他的面色是苍黑的。（他期待着谁吧？）”诗人在揣测中衬托美人之美。此外，卞之琳的《春城》、《断章》、《尺八》、《旧元夜遐思》，废名的《寂寞》、《太阳》、《小河》，林庚的《雨来》、《在空山中》、《别后》，南星的《九歌》等诗都通过构筑戏剧性处境传达感觉。

1930年代的诗人们通过意象抒情、梦语、追忆和戏剧性处境等多种传达方式展开感觉的书写，是他们对从古典诗传统中再发现的“感觉”质素与“诗言感觉”观的实践，亦是他们对新诗自身传统的发现。

1930年代以废名、林庚、何其芳、卞之琳、金克木、朱英诞、南星等为代表的一批诗人在重新考察、阐释古典诗传统时重新发现了“感觉”这一古典诗词中至关重要的质素，以“诗言感觉”的新认识形成了对古典诗传统的再发现。同时，他们在对古典诗传统的再发现中确认了新诗自身质素的建设，在诗歌史链条上第一次从诗的内质层面探索了诗之为诗的基本问题，是对新诗自身传统的发现。当然，1930年代诗人们对“感觉”的再发现是他们以自身所处时代的眼光与经验重新考察传统时所形成的认识，无可避免地带有时代的局限性与个人的褊狭处，尤其是他们将“感觉”的重要性提升为“诗之为诗”的必要性，显然难免偏激与悖谬之处。

作者系广西师范学院文学院副教授，文学博士，硕士生导师

本文原载于《文学评论》2013年第6期

周 徐

# 抵近当下军旅生活现场
## ——谈新生代作家的现实军事题材创作

卢卡契曾说过："一切伟大艺术的目标都是提供一幅有关现实的图画。"现实主义一直是军旅文学自觉遵循的理论资源和写作伦理。长久以来，军旅文学始终积极表现波澜壮阔的革命战争历史和如火如荼的军队建设实践，很好地诠释了现实主义的精神与品格。随着整个文学生态的巨大变化和军队转型发展步伐的加快，现实军事题材创作越来越难与现实生活"同步"，有的观念僵化陈旧、缺乏时代精神，有的一味追新求异、脱离部队生活，还有一些天马行空的作品过分沉溺于"现代化"与"高科技"展示，肆意编造新军事变革和高技术战争故事，细节失真、情节虚假、人物荒诞，失去了反思现实生活、反映官兵心声的意义。新生代作家的现实军事题材创作，鲜明表达了渴望重建文学与现实之关系的努力。无论是反映现实军营生活的中短篇小说，还是讲述青春军旅故事的长篇作品，都企图以文学方式置身军队转型发展与现代化建设的"现场"，深入体察与思考新世纪军人的职业理想与人生追求，从而烛照他们最为闪光的精神品质。

### 聚焦基层生活

新生代作家的现实题材作品，重新回归真实的、感性的、具体的现实生活，努力在波澜不惊却饶有意味的军营方阵里，开掘新的叙事空间，寻找文学的可能性。这也充分发扬了新生代作家与当下军营“零距离”的优势：一方面，他们都是年轻人，与基层官兵有着天然的亲近感，能够深入体察他们的精神状态和情感世界，这使他们较之前辈作家具有了对当下军营的优先发言权；另一方面，他们中的大多数都有过或长或短的基层工作经历，对当下军旅生活感受真切、体验深刻，甚至可以说这就是他们最为熟稔的生活体验和最为本真的生命状态。于是，他们多聚焦基层生活的酸甜苦辣、关注普通官兵的喜怒哀乐，无论是一次战胜内心恐惧的投弹训练（刘跃清《遥远的手榴弹》），还是一次军校女生的“洗澡大战”（吕怡慧《洗澡大战》）；无论是慰问负伤退伍老兵的特殊任务（王凯《任务》），还是参军入伍的个人经历（朱旻鸢《参军记》）；无论是一段“可以管窥出指挥员三个方面素质”的报告词（刘跃清《连队是一条河》），还是一条“长着骨头，浑身充满冷酷战斗性”的军被（王甜《同袍》），都悉数被纳入视野并倾情呈现。不仅如此，但凡连队生活的方方面面、边边角角，都成为他们眼里惊喜新鲜的发现，那些最平常最普通的整理内务、开班务会、体能训练、宿舍夜谈、连队帮厨、野外驻训等生活内容，经过作家们极具意味的审视与思考，一改枯燥的本来面目，呈现出意想不到的充满张力与意蕴的丰富表情。虽然这些作品无论数量还是质量都远未达到蔚为大观的程度，但他们反映当下基层生活的范围之广、容量之大，以及作家们表现出的贴近生活、贴近部队、贴近官兵的高度热忱，都让我们刮目相看。更为不易的是，作家们既最大限度地保留了现实生活的“现场感”和“原生态”，又以丰沛的想象力和个性化的生活理解，把那些翻来覆去写过多遍的日常生活，写出了全新的滋味和表情，写出了耐人寻味的快慰与苦楚，极为有效地增加了军旅文学反映时代的力度和介入生活的深度，令人耳目一新。

## 书写青春形象

新生代作家赓续并发展了新时期文学“军人是人”的理念，强调军人同样有着普通人的七情六欲和人性弱点，哪怕是毛病、缺点、嗜好，也是标识个体存在、彰显人物特点的重要内容。他们擅长讲述青春故事、成长故事，极力渲染现实生活对于军人理想追求和精神意志的考验，并展现时代军人在卓尔不群的修炼与砥砺中那各不相同的情感旋律、心路历程和人生选择。王甜的《同袍》中，28名初到军营的国防生，虽然共同在艰苦历练中完成了由学生到军人转变，但王远、肖遥、路漫漫……每个人都有自己的小毛病、小性子，都有着不同于他人的成长轨迹，作者深入开掘这种成长蜕变的丰富性与复杂性，塑造了一个个极富魅力的青年军人形象。王凯的《全金属青春》，聚焦某军校406寝室的7名学员从新生到毕业的完整历程，为我们展示了他们截然不同的心路历程和成长轨迹。最受班长赏识、表现最优秀的肖明，因为过于严苛、不通人情，得罪了全体同学陷入完全孤立的境地，最终因为严重违纪被作退学处理，结束了自己的将军梦。表现平平的将门之子穆欣意外当选班长，他勇于担当、以身作则，靠自己的努力赢得了威信和友谊。还有率真的汪奇、书呆子彭子君、会拉关系的白建生等，都让我们看到了属于这个崭新时代的青春岁月，看到了这些年轻学员不同的入伍动机、叛逆的少年天性和激情的军旅人生。新生代作家的现实题材作品，塑造了大量有个性、有光彩、有故事的新质人物，不仅丰富了军旅小说的人物画廊，真实展现了当代青年军人在思想观念、精神气质、行为习惯上的新特点，也让我们真切体验到时代军人抗拒平庸、坚守平凡的生活态度和精神状态，同时也响亮地回答了青年军人应当如何实现自身价值，成长为不辱使命、勇立潮头的时代尖兵这一重要课题。

## 直面现实矛盾

对矛盾问题轻描淡写、欲说还休，甚至干脆视而不见、避而不谈，是造成一些现实题材作品缺乏生命力和感染力的重要原因，毕竟，文学的目的不在于遮蔽与粉饰，而在于揭示与批判。新生代作家具有强烈的忧患意识和批判精神，他们始终以冷峻而犀利的口吻对现实发问，极力揭示阻碍军队现代化转型的各种积习，批判现实军营中的不正之风，深刻体察军人的精神困惑、情感危机、心理创伤，并唤起人们的警醒和疗救的注意。不同于新时期和平军旅小说时常发出的“不打仗，连长真难当”（朱苏进《引而不发》）的感慨，新世纪的连长指导员们面临着全新的难题。王凯的《终将远去》、卢一萍的《孤哨》、朱旻鸢《斜坡》、刘克中的《我的战车507》等，都将目光聚焦于军队改革转型和现代化建设带来的巨大变化，深刻揭示传统军人在面对部队编制体制调整、思想观念更新、战法训法创新、新装备列装等巨大挑战时，所承受的压力和艰难的抉择。作家们细腻地刻写每一名军人在面对“走”与“留”、情与法、公与私等人生抉择时，内心的困惑、焦虑与抗争，状写他们付出的难以想象的代价和超乎寻常的坚毅，尽情彰显时代军人所特有的牺牲奉献和英雄主义精神。

以“70后”为代表的新生代作家异军突起，已成为新世纪军旅文坛一道十分亮眼的风景。正如他们本身的朝气蓬勃，新生代作家的现实题材军事文学作品，以强烈的时代感、生活味和青春范，为沉寂已久的军旅文坛带来了一股新风。同时，我们也不得不承认，新生代作家由于生活阅历与人生经历的单薄，以及缺少对于军队现代化进程和军事变革领域的深入了解与体认，在现实军事题材创作上还有着较大的提升空间，需要着力培养作家们俯瞰军队的视野、书写时代的雄心和提炼生活的本领，需要进一步更新创作观念、拓展题材内容、创新文体形式、丰富思想底蕴。也正因为如此，才让我们有了更多的期待。

作者系总政宣传部艺术局干事

本文原载于2013年6月15日《解放军报》第8版

房　伟

# 梁庄与中国：无法终结的记忆
## ——评梁鸿的长篇非虚构文学《出梁庄记》

一

“我终将离梁庄而去。”读完了梁鸿教授的长篇非虚构文学《出梁庄记》，不禁长舒了一口气。以河南小乡村梁庄为坐标，梁鸿经过艰苦跋涉，以大量鲜活生动的口述实录与田野调查，厚重大气的学术思考，和无所畏惧的心灵，完成了一次具史诗气质的非虚构现实冲击波。这本书是《中国在梁庄》的姊妹篇，它考察了梁庄与现代中国的“深度相遇”，以北京、西安、青岛、郑州等不同地域大城市的梁庄打工者为蓝本，为我们展现了当代打工者在中国几十年现代转型中的梦想与耻辱、绝望与抗争、尊严与等待，也写出了他们一次次“以头叩石”般血淋淋的现代自我认同。梁鸿在梁庄血脉上延伸，仿佛顽强的枝桠和根须，她的目光穿越了中国，在时间和空间上延伸出一种“阔大”的力。也许，梁庄对梁鸿而言，不仅是学者梁鸿试图透视中国现代转型的着眼点，也不仅是作家梁鸿展现艺术才华的试验田，它更是“梁庄的梁鸿”对回忆和现实的一次血肉纠缠的“追认”，一次自我驳诘的“精神拷问”。它的每个字都有金石撞击的硬气，展现着血与泪的超密度。它黑暗沉重，严酷暴烈，那一场场生存的真实悲剧，闻所未闻，见所未见，压得你喘不过气来；它峻急锋利，荒诞却严肃，将打工农民和他的后代们，在现代中国的种种境遇，勇敢地加以剖析，无畏地加以嘲讽；它又温暖细致，用情至深，动容处令你不能掩卷，不能自已。它不同于一般夸饰猎奇的报告文学，也傲视于浅薄无聊的文学臆想。它不仅有批判和同情，思索和研究，更有深深的自省、彷徨和虚无。这正是此书最打动我的地方。

该书没有回避农民打工者的“伤”和“罪”。那些残酷的原始积累，传统伦理在金钱面前的崩溃，大规模的黑心制假，坑骗乡亲的传销梦，都是打工者在城市的精神畸变。然而，书中更写出了农民工们的尊严和梦想。他们坚守城市，虽然他们的心还在梁庄，他们希望通过努力，不仅过上物质丰裕的生活，且从精神上成为真正“现代的人”。这里有为汶川地震捐款，带车奔驰几千里，热心公益的打工者“万敏”；有北京河南村坚持讨个说法的“王福”；也有心思灵活，不甘平庸，在北京开保安公司的老板“建升”。当然，这里也有千万富翁秀中，对河南农民工身份的愤慨和反思，有新生代农民工梁欢的奋斗，有向学和银花的打工速配婚姻，有通过占卜算命，给打工者以简单心灵慰藉的贤义。他们的梦想，无论微小还是宏大，都值得关注；他们的尊严，无论卑微还是固执，都不能忽视。

然而，该书最惊心动魄之处，还在于真实展示了打工农民的严酷生存现实。我们看到电镀厂韩国老板的黑心情妇，不让工人喝水，不给防毒设备；我们看到富士康等血泪工厂如何将人变成机器；我们看到被撞伤的工人如何哭号无门；我们看到小女孩“黑女儿”如何被侮辱和强暴；我们看到积劳成疾的农民工在家中等死。我们更看到新时代“骆驼祥子”们的灰色人生。无论是万国还是万立，这些来自梁庄的三轮车夫，他们在西安城咬紧牙关，忍受城管和市容们的欺诈，忍受所谓“中间说和人”的盘剥，忍受城里人的白眼，忍受同行们的排挤，也忍受着疾病、劳累和绝望。当无法忍受，他们就用最极端的暴力方式，表达抗议。他们上访、打群架，为一块钱和别人打生打死。梁鸿饱含悲悯地分析这些“打工暴民”的成因，即当被侮辱和被损害成为生活常态，“羞耻”就成为弱势打工群体唯一被公众接受和重视的方式。他们以惨烈的符号形象，以号啕、粗鄙、乞怜、破败的印象进入公众视野，才能赢来迟到的公平；“他们做假、偷窃、吵架，他们肮脏、贫穷、无赖，他们做最没有尊严的事情，他们愿意出卖身体，只要能得到一些钱。他们顶着这一‘羞耻’的名头走出去，因为只有借助于这羞耻，他们才能够存在。直到有一天，这个年轻人，他像他的父辈一样，拼命抱着那即将被交警拖走的三轮车，不顾一切地哭、骂、哀求，或者向着围观的人群如祥林嫂般倾诉。那时，他的人生一课基本完成。他克服了他的羞耻，而成为了‘羞耻’本身。他靠这‘羞耻’存活。”这种带福柯意味的权力分析中，梁鸿不仅看到了城市对农民工群体的身体损伤，更尖锐地揭示了城市对他们的自尊的篡改、剥夺和惩罚。书中最令人心碎的，则是一系列“不可避免”或“可以避免”的死亡。这些辗转在红尘中的卑微生命，可以过劳死、病死、猝死、被车撞死、被打死、失足淹死、自杀、被恶劣的工厂环境毒死，无处不能死，不可死，唯有“活着”最艰难。全书以“军哥之死”开篇，而以“小柱之死”和梁庄最权威的长者“老党委之死”作结。军哥死后，仅因为补偿款，就被同胞哥哥拒认尸体。而光河惨遭车祸，一子一女死后，他在那座用赔偿款建起的房子，等待着死亡降临：“他每天躺在儿子和女儿的心脏里，悲伤地怀念他们。”死后被千里运尸回家乡的“金”，那“甜腥的尸体气味”，读来真实地令人惊悚。而作者的儿时玩伴，小柱的死亡，则是全书浓墨重彩的一笔，梁鸿深情地写道：“小柱的打工史也是他的受伤史。从十六岁在煤厂干活起，到铁厂、刨光厂、乙炔厂、家具厂，再到电镀厂，最后到他倒下的那一天，整整十二年，他一直在污浊的工作环境中辗转。他头顶的天空没有晴朗过。”这些文字，不是浸泡在象牙塔里的美丽标本，而是活的文字，有血肉，有情感，有态度，有粗粝的真实，有复杂的世态人情，仿佛扑面而来的寒风，令人不舒适，但令人警醒。

## 二

可以说，《中国在梁庄》之后，梁鸿已进入了一种“激情燃烧”的生命状态，那就是将学术思想与文学性创造融为一体，创造出独特的中国非虚构写作品格。这也表现在其日渐成熟的非虚构的方法论和叙事策略。梁鸿的学术研究，以“乡土中国经验”见长，在论文《回到语文学：文学批评的人文主义态度》中，梁鸿表明了自己的学术理想，那就是做“活的学问”，而不是“死的学问”，拒绝成为一个困守书斋的学者，勇敢地走向广阔复杂的天地，用带着“温度”的文字去解读、剖析、批判当代中国现代化转型中的“乡土经验”。而这种学术方法论，梁鸿将之称为“乡愁”：“把‘乡愁’作为方法，意味着以此出发，把自己置身于民族生活之流中，去感受民族生活的种种。对于文学批评者来说，则是要以此感受文学中所透露出的情感信息。乡愁包含着对词语的回忆，它是我们以人文主义态度进入语言之时的基本态度。”[①]可以说，梁鸿的这种学术态度，是

① 梁鸿：《回到语文学：文学批评的人文主义态度》，《南方文坛》2011年第5期。

和1990年代以来强调“岗位意识”的保守主义学风背道而驰的，颇有几分新时期启蒙知识分子的道义担当。而在她研究河南文化群落的系列学术论文中，我们看到的是一种新社会文化史观对现代文学研究的拓展，是“文化研究、物质形态考察、知识生产的综合立体的研究”①。

而梁鸿的非虚构文学创作，其实延续了她的学术理想。与卡波特的《冷血》、梅勒的《夜幕的大军》等西方非虚构文学相比，梁鸿的《出梁庄记》的主题却似有几分“复古”，即文字背后的理性坚守和知识分子启蒙理想。在西方的非虚构文学中，我们更多体验到的，是一种“新闻主义”的影响，冷静客观的态度，对事物细节的迷恋，及其背后浓浓的虚无主义。关键原因在于，西方的非虚构文学诞生在后现代社会氛围之下，着重的是反映晚期资本主义社会中严重的社会虚无病，而梁鸿的非虚构文学，无论如何都无法摆脱一个大的历史背景，那就是中国巨大的现代转型的特殊经验。从一个落后的农业大国，变成一个现代工业大国，其间巨大的资本积累和社会阶层变动，需要现代伦理的支撑，需要公平正义，也需要人性和人道主义的力量。从这个意义上说，中国的非虚构文学，其内涵和表现形式，远远超出了西方的同类文学形式的限定。可以说，“梁鸿式”的非虚构文学，正是在某种程度上，完成中国当代文学某些被“忽视”和“压抑”的任务。

具体到《出梁庄记》的文本，我们发现，它的文学性比《中国在梁庄》大大加强了，有非常鲜明独特的叙事文体和叙事结构特征。如果说，《中国在梁庄》的“非虚构性”，在于“不是外来的闯入者，而是村庄的晚辈、亲人，这样的视角和身份使‘我’注定不会被村庄人拒斥，个人经验与‘在场感’为梁庄故事的可信性打下了坚实的基础”②，那么，《出梁庄记》的“非虚构”叙事特征，显然要更丰富多姿。梁鸿将小说的文学性，与纪实作品的真实性，学术研究的深度，通过“非虚构”策略，进行了很好的融合。《出梁庄记》的“非虚构性”，表现在对现实的忠实描述、分析，以及有学术味道的真人真事的口述实录，细致的田野调查和实地采访；而其“文学性”，则表现在灵活的多叙事视角运用，亲历者饱含情感的主体反思，以及对故事性、细节性、人物特质的文学把握。整个作品的叙事时空视野非常开阔，囊括了北京、青岛、西安、内蒙古、郑州等不

① 刘绪才：《新社会文化史与现代中国文学史研究范式转向》，《山东师范大学学报》2012年第4期。
② 张莉：《非虚构女性写作：一种新的女性叙事范式的生成》，《南方文坛》2012年第5期。

同时空，而整体叙事结构则巧妙地呈现出闭合的圆形，从第一章“梁庄依旧”到最后一章“过不去的春节”，是一个“梁庄——中国——梁庄”的结构，既在结构上呼应了作家从梁庄看乡土中国现代转型的主题，也呈现出了地方性与全局性，个体生命体验与整体观照的有机结合。

口述实录和田野调查的恰当运用，让梁鸿理性分析的哲学思辨能力，广阔的学术视野，和那些鲜活沸腾的真实紧密结合在一起。这是《出梁庄记》的一大特色。口述实录提供了鲜活真实、未经包装和规训的打工经验，而采访笔记则以亲历者第一人称，提供超越其上的学术性和情感性的主观分析判断。作者视角对受访者故事的介入越来越隐蔽，议论与叙事的结合也更圆熟，能在突出学术高度的同时，力图“贴着人物的心”去写——既能对人物所处的文化语境进行“乡愁般”地考察，又能在含蓄内敛的克制中表现巨大的情感张力。那些生动的口述实录，又是一部活生生的“乡村词典”。从大庙小庙的丧葬习俗，到“没材料”、“生红砖”、“赚脓了”这类乡村土语，这里浓缩着中国农民几十年从乡村到城市的生存经验。例如，第一章中二哥的一段口述，鲜活地为我们展现了他对打工的心灵体验：“1991年、1992年的时候在河北、安阳都干过，咱没技术，年龄也大，只能出苦力，挣不来啥钱。小柱（大哥二哥的小弟）、咱们韩家几个人在河北邢台铁厂那儿干活，我就去了。是翻砂，环境差哩很。一堆堆铁在地上烧，铁沫子乱飞，我们用铁锨扒拉，又烤又烧，每个人都像鬼娃儿一样，嗓子成天像被烤糊了一样，受罪得很。我忘了我是干一个月，还是不到，反正没拿到钱。我给小柱说，走，咱必须得走，这活干不成，到最后非死人不行。厂里坏得很，去之前还得先押两百块钱，工资也是好几个月结一次，就是防止你提前跑。最后，我和小柱走了，押那个钱也不要了。”更令我惊讶的，是梁鸿能以多重目光，把握这些纪实材料的内在理论敏感点和学术深度。人性、历史、社会，都能在那些鲜活的细节中得以再现，并被提升出抽象思考。无论那些包罗万象，囊括生动世态，五行八作的梁庄人物口述，还是作家独特细致的田野调查，它们活泼生动，又符合人物个性特征。这些文字也避免了一般性报告文学的粗陋简单，干瘪呆板，充满着开阔的学术思考。那些描述中，我看到了作家挖掘材料的历史感、洞察力和对社会微观格局的判断力，也看到了细致冷静但纤毫毕现的观察力和对事实真相的不遗余力的探寻。例如，对西安的梁庄打工者与城市的关系，打工者和当地居民的冲突，警察和城管对打工者的欺辱，梁鸿在对大量材料的使用中，没有从简单的城乡对立去考虑问题，而是一针见血地指出城市现代化的“宏大叙事”背后的非人道和非理性的逻辑：“‘城市，让生活更美好’，这一城市是奥斯曼式的，直线的、大道的、广场和主旋律的。它忽略了活生生的社会现状，忽略了那些随机的、还没能达到‘现代的’和‘文明的’存在和生活。现代城市每推进一步，那些混沌的、卑微的而又充满温度的生命和生活就不得不退后一步，甚至无数步。”

《出梁庄记》有很多地方，也出色地运用了小说笔法，比如，对梁庄地理面貌的描写，从公路、石灰砖厂到庄稼、南水北调工程，徐徐道来，很有写实小说环境描写的细致与节奏感。又比如，第一章中对二哥出场的描述：“二哥从车上下来，紫糖色的大脸，肚子挺得很高，腰带在肚子下面虚挂着，裤子几乎要坠下去。二哥胖多了，少说也有一百七八十斤，倒是那两颗几乎突出到嘴唇外的大门牙不那么突了。看见我们，二哥大声嚷着，‘日他妈，变化太大了。前些年在这儿还拉过三轮，这几年都没来了，到哪儿都不认识了，路硬是说不清。’然后，上前一把抱住父亲，‘二大，你可来了，说多少次叫你来你不来。’”这一段近乎白描的，粗鄙真实的语言，与“大肚子”、“大门牙”的外貌细节，一下子将一个在西安城生活多年，久历风霜人世，却乡情未改的中年打工汉子的形象树立在我们面前。又比如，梁鸿对城市算命先生贤义的描写，也颇见细节把握的功力：“毛泽东像的四周散发着金色的光芒，头顶上写着三个大字，‘红太阳’，脸也是金色的，整幅图金光闪闪的。毛泽东像两边分别是三幅像屏风一样长的条幅，黑细框淡蓝边白纸黑字，写着自我勉励的话和佛教偈语，六幅满满的，多种话语混合在一起。正墙下面的长柜子上，毛泽东像的正下方，并列摆放着几个塑像：黑红脸的祖师爷，拿柳枝净瓶的菩萨，圆脸团笑的财神爷，红脸长须的关云长。前面是一个香炉，香炉里的香还在袅袅生烟，香炉脚下散放着一些五十、二十、一百的人民币。”梁鸿敏锐地在这个算命先生的私人空间，发现了中国现代性的“混搭杂糅”风格的细节指向性。儒、道、释，连同毛泽东，都成了在欲望城市苦苦挣扎的打工者内心渴望被拯救的“宏大符号”。这种对细节的捕捉力和细致的描摹，体现了梁鸿很好的文学修养。而那些对打工者的“苦难”的描述，如“打工者金的非正常死亡”、“孤独的小保义”、“小柱之死”等，克制、简约、准确，又悲悯、深情，读来令人震撼。比如，第一章中，农民光河的孩子死于车祸，他在绝望中绝食而死：“他拒绝进食，每天斜躺在床上，眼睛直直地盯着门口，仿佛在期盼着什么，又仿佛什么也没看，眼神空茫，没有焦点。他不吃不喝，也不说话，一直这样一个姿势，直到虚弱得不能动弹。

光河的老婆花婶把一个吸管插到光河的鼻孔里，每天用针管往里面注入流食。只有此时，光河才把头转过来，绝望地看着花婶，他拒绝吞咽，可是，吸管直接进入他的胃里，他无力抗拒。梁庄人都说，他是在等着他惨遭车祸死去的那一儿一女来接他。据说最后半个月，他忽然又想活了，拼命地吃东西，每天乞求花婶给他弄东西吃。他吃完就吐，吐完再吃，吃完又吐，最后，还是死了。2010年11月21日，光河去世。享年48岁。”读完怎不令人潸然泪下！

《出梁庄记》的叙事视角也很有特色。梁鸿擅长用第一人称亲历者叙事视角，与外视点的第三人称视角。亲历者的视角，形成了内在的反省，而外视点的第三人称叙事，则力争客观叙述事实。同时，整部作品中还有着由于“口述实录”带来的“第三人称限制性视角”，这三种视角的运用，形成了有效的文本“互文性”，发展了非虚构文学的艺术表现力。“口述实录”的限制性视角，最大限度地还原梁庄打工者的真实语境。外视角的第三人称，则严谨细致，力求客观，如作品开篇即对采访口述的人物进行资料列表，保证了“非虚构文学”的最大特征——真实性。同时，作者视角通过采访者的形式对叙事进行介入，而不是简单的夹叙夹议的手法，便使得叙事的视角更丰富，对人和事的观察也更全面准确。采访者不仅参与到故事叙事中，评价打工者的故事，而且，采访者的强烈的“自省性文字”的存在，也强化了启蒙特质。梁鸿不是“远距离”地观察那些梁庄打工者，而是真实地走入他们的生活，感受他们的喜怒哀乐，承受恶劣的环境压力，也与他们的环境产生激烈的“碰撞”。更令人感动的，或者说，也是该书的深刻之处在于，梁鸿总是忠实地记录了“身在其中”而引发的对“知识者自我”的否定和反思，不仅反思知识者面对民众困苦时的软弱与退缩、虚荣与麻木，也反思知识者的使命与启蒙理想，以及理想与现实发生巨大冲突时内心的紧张与绝望。这种反思“异乎寻常”的坦诚真实，这也是梁鸿延续自《梁庄在中国》的非虚构文学的叙事特点。比如，在对西安的二哥一家的采访中，梁鸿不吝于展现自己在恶劣环境面前的应付心理：“二嫂总是笑吟吟的，看我疲惫的样子，劝我说，有啥看的，别去了，不就是那几个人，见天干一样的活。我不敢承认自己内心的念头：我其实已经在盘算着什么时候走了，过敏只是给自己的一个借口。”当采访被强暴的小女孩黑妮的时候，梁鸿写道：“九岁的小女孩儿始终以缓慢、平板和迟钝的声音回答，这迟钝在小小的房间里回响，像钝刀在人的肉体上来回割，让人浑身哆嗦。愤怒逐渐滋生、涨大，充斥着胸膛和整个房屋。我听到自己的心脏在‘通通’地跳，感觉到眼泪流到嘴角的咸味。”梁鸿写出了知识分子的愤怒和忧伤。而在作品结尾，梁鸿更是写出了绝望和无奈，没有任何拯救的豪言壮语，却裸露出真诚泣血的灵魂和深刻的自省："我无法忘掉奶奶朝我看时的神情和小黑女儿的迟钝与天真。我知道，和大家一样，我是把那祖孙俩抛弃了的。我努力了一下，没有办法，也就算了。不久之后，我们会把她们忘记。面对奶奶滔滔的泪水和期待的眼神，我甚至有些烦躁。我想逃跑。不只是无力感所致，也有对这种生活本身和所看到的镜像的厌倦。我不知道该怎么办，不知道该做哪一种选择，不知道那正在赶着回家过年的妈妈会如何面对她的被伤害的女儿。我只想离开。"

## 三

其实，梁鸿对梁庄打工者的城市体验的关注，其思考点还在于"传统"如何与"现代"更好地对接。打工者和城市的博弈背后，不仅是公平和正义的问题，且是一个现代伦理建构问题。这是所有国家进入现代都会面对的问题，更是非常"中国化"的问题。是要庄严宏大、雄伟恢弘的现代，还是人性化，保证个体尊严和生存权利的现代？这两种现代想象一直没有停止过争论，这也许正是现代性的基本矛盾，是启蒙与民族国家意识在现代性交汇点上所产生的内在悖论。现代性作为"世界精神"（黑格尔语），无论线性的乐观进步，还是波德莱尔式的瞬间永恒之美，人的主体解放程度的加深，同时伴随着"人奴役自身"的程度在加深。人受制于自身想象之物的奴役，无论金钱、欲望，还是所谓"伟大的现代"。而在一个有几千年辉煌帝国传统的国度，我们更易为那些伟大恢弘图景的现代所鼓励、蛊惑，而忽视那些生命个体。为了城市的繁荣，为了现代图景，一切"粗鄙丑陋"皆在可消灭的范畴。而他们恰恰忘了，现代首先是"人"的现代，是个体生命和尊严受保障的现代。而在中国目前后现代与前现代、现代并置的文化时空，我们沉溺于后现代的快感幻觉，现代的庄严恢弘，前现代的历史自豪感，而更易忽视三者并置杂糅的荒诞，及其间所隐藏的，对个体生命的遮蔽。我们时刻被资讯淹没着，覆盖着，然而，我们却忽视了更多无法言说的"沉默大多数"。

常有人抱怨现在的学者，特别是文科学者，说他们是象牙塔里皓首穷经的酸儒，也常有人哀叹着"文学之死"，因为文学不能再为心灵提供新鲜经验，丰富的想象和对世界的整体认知。然而，梁鸿用《出梁庄记》和《中国在梁庄》，再次验证了“中国经验”作为人类历史上规模空前的现代转型的重要性，也召唤着中国知识分子独有的担当。正如有的学者所说，这种独特的中国现代性经验的描述，既有“观念上的强烈刺激”，又有“思想上的自我批判”和“知识上的内在反弹”等多种向度，最终会形成独立于西方之外的有价值的文化核心。[①]“乡村无罪”，也许，中国现代化的道路，如何寻找一条容纳乡土传统，而不是消灭乡土的中国现代化之路，正是梁鸿苦苦追寻的答案。梁鸿以非凡的勇气和责任感，开阔的视野和敏锐分析能力，强大的人道主义力量，为我们奉献出了梁庄系列非虚构作品——由此，梁鸿和梁庄，应该被新世纪的中国文学史记住。

作者系山东师范大学文学院副教授，文学博士，硕士生导师

本文原载于《文艺争鸣》2013年第7期

① 聂茂：《走向世界的中国新时期文学》，《山东师范大学学报》2012年第6期。

# 胡凌虹 | 困境与生机：上海戏剧编剧生态考察

“戏曲编剧已成文艺界弱势群体。”“戏曲编剧成活率仅1%。”“戏剧创作的危险信号！”……近年来，在全国各大媒体上，不断出现相关让人忧虑的标题。目前，国内戏剧编剧既少又老，剧作家萎缩惊人已经成为不争的事实。同样，在上海，20世纪八九十年代，全市编剧队伍浩浩荡荡，超过百人，但是如今，在戏剧编剧方面呈现不小的危机。为了更深入地了解上海戏剧编剧队伍的现状，探寻上海戏剧创作人才的生存空间，以及上海中青年编剧后备人才的养成机制，从2012年3月开始，上海市戏剧家协会组成调研小组，并由剧协理论室具体负责推进，对2010—2012年上半年以来上海戏剧创作以及编剧队伍的现状进行调查、研究、分析，经过半年多的努力，最终形成了《上海戏剧创作和编剧队伍状况调研报告（2010.1—2012.6）》①。作为“上海戏剧创作和编剧队伍状况调研”课题组成员之一，笔者参与了大量采访、调研，在与上海众多戏剧院团老中青戏剧编剧的接触、交谈中，以及《上海采风》杂志在此方面的专题采访报道中，笔者深切感受到，老一辈剧作家留下了宝贵的经验，这是一笔财富，同时，上海戏剧界不少业内人士、专家颇具忧患意识，对于如何重振上海戏剧编剧队伍，纷纷提出了中肯的建议，这些对繁荣戏剧创作都具有重要意义。

---

①《上海戏剧创作和编剧队伍状况调研报告（2010.1—2012.6）》课题组成员：顾问：荣广润、罗怀臻；指导：端木复；组长：沈伟民；课题执行：史学东；执笔：史学东、胡凌虹、尹永华；协调：姜学贞、王振华、徐峻杰；特别鸣谢：毛时安、褚伯承。

## 现状：青黄不接，大量流失

如今，业内人士用“触目惊心”来形容全国各剧团的在职编剧锐减之快。前几年有调研显示，很多戏剧大省专业编剧数量急剧萎缩，如陕西省专业编剧现只有十几名，广西剧作家能写大戏的不足10人，贵州省直属6个院团中在职编剧只有2人，尤其是吉林省，20世纪80年代初，省、地、县三级剧本创作队伍号称“三百五十六”（即356人），目前能挑大梁的不足10人。

那么，具有戏剧重镇地位、享有各种天时地利的上海呢？

“上海戏剧创作和编剧队伍状况调研”课题组专门对上海9家市级专业院团（上海京剧院、上海昆剧团、上海越剧院、上海沪剧院、上海淮剧团、上海话剧艺术中心、上海木偶剧团、上海滑稽剧团、中国福利会儿童艺术剧院），4家区（县）级院团（长宁沪剧团、宝山沪剧团、青艺滑稽剧团、人民滑稽剧团）以及上海戏剧学院、若干上海市民营骨干戏剧团体进行了详细的调研。

调研报告显示，9家各剧种的市级专业院团虽养编剧，但人数不多，每个院团的在职编剧一般为2—4人，加起来共有在职编剧23人。其中，上海话剧艺术中心最多，有4人；上海京剧院、上海越剧院、上海淮剧团的在职编剧都是3人；上海昆剧团、上海沪剧院、上海滑稽剧团、中国福利会儿童艺术剧院、上海木偶剧团的在职编剧都为2人。这些编剧中，年龄超过35岁的有14人，35岁以下的有9人；有职称的一级编剧为4人，二级编剧为4人，三级编剧为11人，四级编剧有1人。同时，民营剧团和各区县院团由于实力的局限，大都没有专职、在职的编导及作曲创作人员，常见的情况是，一般由演员兼任编导，大戏则倚重已退休的资深编剧或外请编剧，往往难以形成院团统一且独特的风格。

从20世纪90年代初开始，上海曾经有浩浩荡荡的百人编剧大军，但由于各种原因开始大量流失。据调研（以下“据调研”都来自《上海戏剧创作和编剧队伍状况调研报告（2010.1—2012.6）》），其中可分为显性流失和隐性流失。显性流失指基本退出舞台剧编剧行列的，如乐美勤、马中骏、余云、徐频莉、吴保和等人；隐性流失指从戏剧编剧转为影视编剧。

当然，在上海依旧有一批退而不休的老戏痴“坚守”岗位。“40后”沙叶新、薛永璜、黎中城、余雍和、宗福先、唐葆祥、彭炳麟、吴兆芬、李婴宁等，“50后”罗怀臻、赵耀民、李莉等，这些剧作家是上海戏剧界乃至全国戏剧界的重要力量，据调研，如今这些编剧大都依然参与一线创作，但同时也显示了上海戏剧编剧年龄趋于老化的现状，30—50岁的上海戏剧编剧在全国拿出过优秀作品的凤毛麟角，缺乏有全国影响的著名编剧和优秀的创作领军人才。随着同事纷纷退休，步入花甲之年的青艺滑稽剧团演员杨一笑无奈地笑称自己是团里唯一的最“年轻”的编剧了。同时，让人遗憾的是，一些由上海培养、在上海成长的优秀青年编剧也流失到外地，比如，青年编剧余青峰与罗周等。由此可见，上海戏剧编剧队伍存在人才老化、大量流失、青黄不接、后继乏人的现象。

那么，新的苗子在哪里呢？上海戏剧学院的戏剧文学系曾为上海、全国输送了一流的编剧人才。但是，据该院戏剧文学系相关老师介绍，从20世纪90年代中期开始，戏剧文学系编剧专业科班出身的毕业生的去向已经堪忧，近两年的80名本科毕业生中，60多人改行，只有不到10人从事戏剧专业编剧工作。

沪剧院原艺术总监、剧作家余雍和表示，现在戏剧艺术创作人员的待遇普遍不高，不受重视。创作人员与导演、演员收入失衡，使得好的编剧纷纷改行，加入了电视剧等其他创作营垒。据调研，在待遇上，上海戏剧编剧的稿酬在20世纪八九十年代领先于全国，然而，现在就全国范围看则偏低。有几位资深编剧都不约而同地告诉我，外地院团聘请他们写戏的稿费往往比上海本地院团的稿费高至少1—2倍。另外，上海戏曲编剧都感受到，上演剧本版税执行状况不良，呼吁院团和上级单位干预。目前，本埠院团专职年轻编剧的工资收入均在2000元左右，普遍感到生存压力大。

戏剧的创作与演出，本来是互为表里的事情，优秀人才与精品佳作是相辅相成的。上海剧本创作人才老化、后继乏人的状况直接导致上海戏剧原创剧目的薄弱。据调研，在2010—2011年两年内，上海市级、区级院团以及上海戏剧学院创作演出355台剧目，其中原创剧目94台，约占总剧目量的26.4%；改编剧目52台，约占总剧目量的14.6%；复排剧目110台，约占总剧目量的31%；其他剧目99台，约占28%。可见，原创剧目数量不到剧目总数的1/3。2011年8月，上海话剧艺术中心艺委会的剧本讨论会上，12个剧本中只有一个是原创。上海话剧艺术中心的副总经理喻荣军因此在微博上感慨，英国皇家宫廷剧院每年能收到3000多个原创剧本，相比之下，我们的原创力如此薄弱！

上海民营文艺表演团体也有类似的问题。据上海市演出行业协会会长蔡正鹤介绍，2011年，上海民营院团的演出总场次超过1万场次，在创作上与过去相比也有显著进步，但问题依然明显，如目前能在上海以及全国具有重要影响的佳品力作还比较缺乏。

上海戏剧创作上的软肋与上海戏剧编剧队伍的危机背后，反映的是相关部门在人才引进机制、培养方式以及供求模式上存在的一些问题。事实上，上海戏剧编剧面临的问题，很大程度上也是全国戏剧编剧面临的问题。

## 从“剧作家”到“编剧”：文学的失落

2012年7—8月，北京人艺“成立60周年庆”，来沪巡演，带来了《原野》、《知己》、《窝头会馆》、《我爱桃花》和《关系》5台全新话剧，荟萃了濮存昕、何冰、冯远征、宋丹丹、吕中、张志忠、胡军、杨立新、徐帆等一线演员。演员精湛的演技受到人们的追捧，同时不能忽视的是剧本的扎实精彩。话剧《原野》是戏剧大师曹禺的经典之作，颇具北京人艺演剧风格的《窝头会馆》是剧作家刘恒的力作，《知己》、《我爱桃花》是剧作家郭启宏、邹静之创作的，《关系》的作者万方是曹禺的女儿，他们带来了剧作的文学性及思想的厚重。

如果盘点时下最火的话剧，《蒋公的面子》定是其中一部。这是2012年南京大学文学院为纪念南大建校110周年而创作的学生话剧，甫一上演就好评如潮，现正在全国巡演，被网友封为“南大神剧”、“2013最牛神剧”。当然，业内对这部戏也有一些批评，认为“没有表演，没有导演，没有舞美，没有音乐”。然而，现在戏剧圈内比较流行的融合“一流舞美，二流导演，三流剧本”的戏剧，往往被人诟病与吐槽，为何一部淡化导演痕迹，简化舞美设计，只保持了校园戏剧最质朴本色的话剧能在全国掀起观赏热潮呢？很重要的原因在于，在当前戏剧文学性缺失的状态下，《蒋公的面子》让戏剧重新回归了文学。有学者认为，该剧突显剧本的文学性，以矫正当前话剧文学的沉沦，这是一种戏剧精神上的回归。

较长一段时间以来，戏剧舞台上充斥着只服务于人的感官的游戏式的戏剧，背离了戏剧的文学本质。在文学圈内，戏剧文学——剧本，本是一种与小说、散文、诗歌并列的文学体裁，现在也受到了冷落，青年编剧余青峰表示，现在的剧本写作连边缘文学的地位都没有，现在的剧作家都很难加入作家协会。另一个明显的特征是称谓上的改变，从“剧作家”变成了“编剧”，作家意识逐渐被技术技巧取代。

在1981年中国第一个小剧场汇演上，陈白尘先生就提出了一个质疑，什么时候开始，中国的剧作家不被称为“剧作家”，而被称为“编剧”了。如今“编剧”这个称谓已经约定俗成，但是陈白尘先生提出的这个为剧作家正名的呼吁，至少提醒我们一点，不要忘记编剧所承担的作家的责任。

“我们现在真正缺失的是剧作家，而并不是编剧匠。”中国剧协副主席、剧作家罗怀臻颇为激动地说道。他指出，诺贝尔文学奖的获奖名录中，一半是写过剧本的作家，1/3是以剧作家的成就获奖。“元明清三朝的数百年间，中国作家的主体是剧作家。戏剧文学在中国文学史、世界文学中的地位都是举足轻重的，不像今天在中国作家协会中只处于很边缘的角落。”与此同时，罗怀臻认为，作为剧作家自己，也不能一味责怪别人，“也要反思从20世纪初起，戏曲作家就已开始热衷于为‘角儿’打本子，作家的主体意识慢慢丧失。我们要反思，自己的剧本创作是否及时而深刻地记录了时代人心，是否真实地传达了民众诉求，是否值得载入文学史进而被历史铭记？”

剧作家赵耀民感慨道：“我们的戏剧文学已经没落，大量制造虚假的集体经验和伪时代精神。中国话剧的现代启蒙主义精神，要通过戏剧文学来实现。以小说为代表的中国文学有这样那样的问题，但总体情况要比戏剧文学好很多。我认为，很关键的一点，真正的文学写作是强调写人的个体经验的，集体经验甚至时代精神是隐藏在背后，通过读者或理论家去发现和挖掘的。……小说能做到私人化写作，剧本为何做不到？其实文学创作本来就是一件精致的私人化的事。当前一些戏剧文学的浅陋与粗糙，已到了不忍卒读的地步，这既是对文学的亵渎，也是对戏剧的摧残。”

新世纪以来，在不少院团缺乏“一剧之本”的意识、追求“评奖效应”的环境下，一级编剧评了不少，能得奖会挣钱的编剧尚可罗列，但是严格意义上说，没有新产生一个具有标志性的剧作家。

如今，国内戏剧人满世界地呼唤好剧本，而南京大学文学院戏剧影视艺术系2009级本科生温方伊一出手，处女作《蒋公的面子》就让众人大呼“奇迹”。温方伊只是南大一个普通的大三女生，之前写过一些小习作从未搬上过舞台，《蒋公的面子》不过是她的老师吕效平教授布置的一次学年论文，要求温方伊把一则南京大学当年的无从考据的文人轶事变成可搬上舞台的剧本。此前对剧本少有接触的温方伊拿到题目时，不禁惊呼：“天！怎么凑出两万字来？”为了完成任务，温方伊阅读了大量回忆录和文献，心无杂念地写出了一部网友口中的“神剧”。难道那些“身经百战”的编剧就比不上一个21岁的初出茅庐的小姑娘吗？未必。只是在欲望与诱惑的夹击下，在票房与竞争的压力下，不少编剧甘当编剧匠甚至是枪手，失去了文学的信仰与追求。

幸而，戏剧的文学意识、剧作者的精神危机已经开始引起人们的重视。为更好地推动北京人艺的剧目建设，2010年，北京人艺授予刘恒、孟冰、邹静之、苏叔阳、何冀平、万方等10位作家“北京人艺荣誉编剧”称号，并颁发“北京人艺荣誉编剧”证书，由此北京人艺推出了一系列闪着人性魅力的高水准的作品。

2012年，上海戏剧学院的招生工作就进行了一些改革，其中艺术管理专业首度按照普通类高校一本分数线录取；“新概念”作文大赛一等奖得主报考编导、编剧、艺术教育3个专业时，可直接进入最终面试环节。这两项举措就显示出对编剧专业学生的文化素养，尤其是文学素养的重视。

## 从“不求所有，但求所用”到“既求所有，更求活用”

上海滑稽剧团副团长钱程骄傲并眷恋地回忆，自己刚进团时，经常看到剧团的创作室里热气腾腾，17员“大将”在热烈地讨论剧本，有时甚至还会争得面红耳赤……事实上，那个年代，在上海每个剧院、剧团都有一支比较强大的编剧队伍，在全国有影响的好剧本不断出现。

当时在计划经济的统一模式下，参照苏联国家剧院的模式，全国各地建立了各个层级的国家剧团，设置了完备的院团制度，不论规模大小，各剧团都设有编剧、导演、舞美、作曲等主创人员的编制和岗位。院团有了稳定的创作队伍，可以为自己“量身定造”剧本，这也有利于不同地域、不同戏剧品种、不同剧院形成各自独特的风格，这是设编剧的益处。但是从编剧角度而言，一个人一生都在某一个剧团里，为某一个剧种写戏，而且一个剧院有十几员创作大将，一个人一年创作一个剧本，就有十几个等待排演的剧本，但是剧院一年里怎么可能排那么多部大戏呢？最终大量剧本被积压，编剧的创作成果长年得不到呈现，会挫伤编剧的积极性，也会导致创作能力慢慢萎缩。

与此同时，前些年文艺界有一句话：“不求所有，但求所用”，广为流传。如果按耗费成本来看，院团要把一个刚毕业进团的戏剧文学专业大学生培养成为一个相对成熟的编剧，需要5—10年时间，尤其在计划经济年代，要解决分房等福利问题，这些成本远比临时聘请一个外来的成熟编剧“为我所用”大得多。于是，在养编剧的弊端显现以及市场经济大潮的席卷中，很多院团纷纷不设专职编剧了。

然而，戏剧院团毕竟不是一家经济公司，只考虑投入产出那么简单。对日益商业化的影视公司来讲，只要腰包丰盈，打“外援”牌有着众多好处，他们可以不养编剧，向全世界高价买剧本。不过，这张牌对不同艺术门类的戏剧行业来说却并不好用。因为每个剧种都有各自的特色，每个院团都有各自的情况和独特的风格，如果邀请一个北方的一流剧作家到上海来写越剧、沪剧，由于不一定熟悉南方剧种的话语、神韵，写出来的很可能就是一个三流的本地剧本。而且因为名导演、名编剧、名作曲数量有限，有名的剧作家自然成为追求“戏剧奖项”的院团争抢的“香饽饽”，但总是靠几人“捉刀”不同剧种，容易使得长相独特的各剧种变得越来越面容相似。越来越多的人意识到，短期内找一个人、一个剧目，“一招鲜吃遍天下”这样的做法有很多的弊端。

也有人提出，国外也是不养编剧的。对此青年编剧赵潋反驳道：“人家的戏剧整体环境很成熟了，社会文化基金对于戏剧的扶持也很完善了，编剧的选择相对比较多。我们的情况是，体制转型并没有真正完善，我们的基金机制、评奖机制等等还是停留在过去的观念和模式上，土壤没培育好，种子却先急着撒下去了，然后问为什么老是没收成，无论对在职和兼职编剧都是不公的。”

事实上，养还是不养只是外在形式问题，关键是如何打破僵化的体制，保护、激发剧作家的创作力。剧作家的创作是个性化的，需要有感而发、触动心灵，如果为完成指标而写自己不愿写或没感觉的东西，纵然有再多的经验与才华往往也是无济于事。一些优秀的剧作家私下坦言，遇到一些没有灵感的“命题作文”，即便绞尽了脑汁最终也无法写出让人满意的作品。

因此，戏剧真正要繁荣，必须打破各种限定，从“不求所有，但求所用”到“既求所有，更求活用”。戏剧院团既需要培养熟悉自己院团的专职剧作家，也需要给予专业编剧一定选择的自由，不必为自己的不写而感到有心理压力，在完成本院团的工作量后，可以为其他院团包括不同剧种的院团写戏。同时，各个院团有了专职的编剧也不必排斥外请的和新进的编剧。洪靖慧是中国福利会儿童艺术剧院的一名儿童剧编剧，她很感谢蔡院长鼓励她在本院工作完成的前提下去尝试各种剧本创作，而上海话剧艺术中心也大胆地接纳了她的大纲，给了她创作的机会，一起合作了《兄弟》、《大哥》、《人面桃花》等话剧。院团内外长期相互尊重、默契的配合，也能形成院团与外请的编剧良好稳定的合作关系。如此打开剧目与人才横向流通的通道，不仅给予编剧更多空间，也推出了更多原创剧目。

## 建人才高地须“不拘一格”

知名编剧余青峰回想起自己当年只身在上海闯荡的一段经历，自嘲道：“无工作，无职称，无工资，那时的我就是一个戏剧的流浪儿。”余青峰当年从上海戏剧学院戏曲编剧大专班毕业后进入福州一个剧团，做一些给领导起草报告的工作。2002年，为了心中的戏剧梦，余青峰毅然辞职回上海打拼。2005年，越剧王子赵志刚看中了余青峰的剧本《赵氏孤儿》，将之搬上舞台并亲自主演，在江浙沪引发观戏热潮，并囊括了中国越剧节金奖、曹禺剧本奖等重要奖项。

20年前，在上海也有一个“戏剧流浪儿”，他就是罗怀臻。当时的上海越剧院院长吕瑞英看了他创作的剧本，觉得是个可造之才，就极力要把他调进剧院。1986年的上海，户口政策比现在更为严格，不过当时的文化局以及各院团对人才都很重视，10分钟之内创作中心、戏剧处、人事处3个部门就顺利办完了工作关系调动手续，效率惊人。进入上海越剧院后，罗怀臻创作的《真假驸马》很快就得以上演。

然而，20年后，余青峰却没有这样的幸运了，“三无”背景（无工作，无职称，无工资）就像三座大山阻断了专业院团调他进入上海的路。与他同病相怜的还有青年编剧罗周，在复旦大学攻读博士期间，罗周就已创作了淮剧《千古韩非》、越剧《柳永与虫娘》等。毕业后，因编制问题，她只能在上海一家漫画公司工作。

上海市剧协副主席、上海戏剧学院教授荣广润认为，在青年编剧人才的引进上，一方面考量的是院团领导选拔人才的眼光，另一方面考验的是上海的政策配套机制问题。比如，2006年余青峰最终被引进到杭州，成为艺术创作研究中心专业编剧。这些年，在较为丰厚的物质基础与比较自由的创作环境下，余青峰成果颇丰，成立了自己的工作室，当年的无级编剧现已成为一级编剧。青年编剧罗周则来到了江苏，在江苏泰州淮剧团作曲家赵正芳的“牵线”下，江苏省文化厅聘请罗周到下属的剧目工作室工作。在第20届曹禺戏剧文学奖获奖名单中，余青峰与罗周都位列其中。

如今，相对以前，上海的户口政策比较宽松了，上海编剧队伍又面临着后继乏人的危机，在这样的状况下，为何像余青峰、罗周这样的上海培养，也曾为上海的戏剧舞台贡献过作品的人才却轻易流失了呢？“缺的是意识。”罗怀臻一针见血地指出，他认为现在缺乏的是以往从上到下重视编剧的集体意识，尤其是文化部门缺少这样的意识。不少业内人士呼吁，尽快从上到下树立起重视编剧人才的意识，延续以往“不拘一格降人才”的传统，借鉴江浙的人才配套政策，使上海重新成为吸引编剧人才的高地。要建立编剧人才梯队，不断补充青年后备力量，一个重要途径就是通过建立绿色通道、设立优惠的条件不断引进、吸纳人才。同时，还有一个途径是摈弃“专业”芥蒂，在内部挖掘、培养人才。

喻荣军现在是上海话剧艺术中心的“金牌编剧”，以“高产”、“高票房”著称。不过，在1995年，他只是一位上海体育学院保健康复系的毕业生，因为热爱话剧，放弃了去医院工作的机会，来到上海话剧艺术中心毛遂自荐。话剧中心总经理杨绍林被他的热诚所打动，向上级部门力荐，破格聘任了喻荣军。如愿以偿进入了话剧中心后的喻荣军，像海绵一样拼命吸收养料，全身心投入到剧本创作中，很快就一举成名了。

青年编剧赵潋已经在圈内小有名气，创作了《共和国掌柜》、《风声》、《中国式婚礼》等话剧，但她原本是一名职业会计，2002年她以行政人员的身份应聘入上海话剧艺术中心，在工作中出于对戏剧的热爱，对戏剧创作的热忱，她开始投身于戏剧创作，因为话剧中心这个“近水楼台”，她得以快速汲取营养、积累经验，也因为话剧中心的“不拘一格”，她的作品多次被话剧中心采用，然后如愿以偿、顺理成章地成为职业编剧。

“现在经常说缺优秀人才，缺好剧本，但实际上，我们更应该思考的是如何建立一个让潜在的人才不断冒出来的环境。也许人才就在身边，只是你没有发现而已，关键是要给他们创造尝试的机会，接受他们的失败，鼓励他们在失败中总结经验。”杨绍林总结道。

## 打造全新的剧作家培养模式

无论是20世纪50年代末60年代初上海戏剧学院受上海市文化局委托连续办的三个编剧班，还是70年代上海工人文化宫的业余小戏创作训练班，以及80年代初的上海戏剧学院的编剧进修班，都培养了一批剧作家，他们成为上海戏剧创作队伍的中坚力量。同时，也可以窥见：以往的编剧培养模式很多元，有专业院校的教育，也有业余培训班的指导；学员组成也很多元，有从复旦大学、华东师大、上海师范大学等高校的中文系毕业学生，也有一大批业余爱好者，在这些编剧班的锤炼下，即便是一个普通的工人、一个县级市的普通剧团的演员，都取得了炫目的成绩，可见这些培养模式的成功。

然而，如今的编剧人才培养模式明显比较单一。且不论业余爱好者缺乏学习的途径，即使是重要的学院教育也存在着一些问题。罗怀臻在上海戏剧学院任兼职教授，在教学过程中，他感觉到现在的戏剧教学或多或少存在与时代之间的隔膜，缺乏与当代戏剧的互动。他曾经是淮阴市淮剧团一名演员，1983年进入上海戏剧学院编剧进修班学习，学制一年，当时余秋雨、叶长海等人担任授课老师，戏文系主任陈多担任班主任，众多文艺名家如白杨、俞振飞等都被请来办讲座授课。20世纪80年代初的上海戏剧学院编剧进修班也造就了一批人才，如郭大宇、王仁杰、常剑钧、姚金成等。有感于如今编剧人才培养中的瓶颈，罗怀臻产生了探索一种新的剧作家培养模式的想法，于是他助推了全国青年剧作家研修班的举办。该班于2011年10月开班，由中国剧协、上海戏剧学院主办，共60名学生，一半是研修生，一半是旁听生，平均年龄35岁，来自包括台湾在内的全国20多个省市自治区，他们并非普通的学生，而是从全国专业戏剧院团选拔出来的一线优秀青年编创人才，颇具发展潜力。延续以前的传统，这个班的老师都是重量级的，由尚长荣、王安忆、季国平、冯双白、尹鸿、毛时安、韩生、丁罗男等8位著名艺术家、理论家、作家进行专题讲座；同时，增设了“点评”环节，剧作家孟冰、罗怀臻、郭启宏、郑怀兴、盛和煜、黄维若、王安祈以及导演艺术家曹其敬、查明哲、卢昂等，对30部研修生剧作（研修生的入学作品）进行课堂讲评。点评课是最让学员们感觉忐忑、紧张甚至崩溃，却又受益最深的课程。

胡红一是广西艺术创作中心副主任，曾获得全国“五个一工程奖”、中国电影“童牛奖”、中国“人口文化奖”编剧一等奖等奖项，却自嘲“因为作品被曹其敬老师骂而让自己在班里一举成名”。虽然在课堂上被批得几近崩溃，但胡红一心悦诚服。喻荣军已是知名剧作家，但一直有困扰：剧本写好后很少有人提意见。此次他很感谢点评老师孟冰给了他很多建设性意见。这也是这个班级同学的共同体会。因为是课堂，没有平时的人情客套，老师们的点评都是辛辣、犀利的，直指剧作的要害，不断让人感到“柳暗花明又一村”。而且学习可以无处不在，在下课后、看戏后，在学员们之间的碰撞交流中，思维的火花不断闪现，而曾经孤独寂寞的心开始变得温暖而更为坚强。

也有人质疑，短短15天的培训能起到多大的效果呢？中国戏剧家协会分党组成员、秘书长周光表示，中国戏剧家协会、上海戏剧学院会一如既往、不遗余力地跟踪指导并继续积极推荐青编班学员的作品，继续关心他们的成长、成才、成名，为他们的作品创作、排练、演出、评奖创造良好的舆论环境和提供更加开阔的平台，"希望通过他们和我们的共同努力，真正推出继上世纪八九十年代优秀剧作家群体之后新世纪中国剧作家的'黄金一代'"。

经过洗礼的青编班学员出现了剧本创作的"井喷"现象。据不完全统计，一年来，共新创作了94部剧本，其中上演、发表了61部，获得全国及省市级奖励37项，包括曹禺戏剧奖剧本奖、中国京剧节金奖、全国少数民族汇演金奖、"五个一工程奖"等。上海喻荣军、洪靖慧，河南陈涌泉，江苏罗周，浙江余青峰，辽宁李铭等青年剧作家一年中均有多部剧本上演，一定程度上缓解了全国戏剧院团"剧本荒"的困难局面。同时，青编班新颖的办学理念和突出成果已经产生了辐射效应，全国各地涌现了不少类似的青年艺术人才的培训班。

同时，在上海，其他的编剧培养模式也在进行着探索实践。2012年下半年，上海戏剧编剧高级研修班开班。编剧研修班由上海文教结合办和上海市文联联合主办，上海戏剧学院、上海市戏剧家协会承办。学员一部分是艺术院团的专业编剧，还有一部分来自不同行业的业余戏剧创作者。研修班学制为一年，邀请国内著名剧作家、戏剧理论家授课。

不过，学校的、培训班的课程毕竟只是加油站，真正跑"马拉松"的地方还是剧院、舞台。戏剧有着深厚的传统表演技艺，戏剧编剧不仅要掌握戏剧剧本写作的方法、技巧，还要熟悉本剧种、本剧团和演员的情况。年轻的编剧刚进团，往往无法立刻将学到的理论化为实践，这需要院团里的前辈老师带领指导、给予锻炼实践的平台，所以年轻编剧的培养应该是一个漫长的系统工程。

然而，一些年轻编剧抱怨，虽然是专业编剧的岗位，但往往需要身兼行政秘书、各种助理等职务，无法全身心搞剧本创作。即便剧本创作出来了，也鲜有机会上演。但剧团也有剧团的无奈，因为承载着巨大的经济压力、演出市场的竞争压力，在排戏时往往非常谨慎，宁愿把资金、精力投注在成熟的编导身上。被闲置的青年编剧少有实践的机会，往往成长缓慢。

事实上，剧团可以有策略性的安排，比如大投入大制作的戏让成熟编剧来创作，同时给予年轻人小部分资金让他们尝试与实践，或者采取资深编剧与青年编剧合作的方式。同时，还可以鼓励青年编剧多为大学生、年轻人排戏，也借此积累年轻观众。

对此，一些院团已有了相应举措。据调研，2011年，上海滑稽剧团从上海戏剧学院戏文系毕业生中招收了两位编剧，不久就委以重任，让他们创作大型滑稽戏《绿色家园》，并安排院团资深老编剧行家全程指导创作，以此让新生力量尽快掌握滑稽戏创作技能。上海淮剧团则推出综艺晚会《开淮一笑》，由“70后”、“80后”青年编剧、导演和演员创作，通过这样的举措，既能培养和锻炼年轻编剧的创作力量，又能借助年轻人的创新意识与蓬勃朝气为淮剧发展探索新形式。

当然，对于年轻创作人员的培养，仅给予上演机会是不够的，在他们实践的道路上还需要不断给予扶持，譬如早期从题材上给予指导、论证，剧本完成后给予推上实践平台的资助，帮助他们排练和演出，上演后还应给予一定关注和评论，不断帮他们总结提高。

## 树立“一剧之本”的意识，形成一股戏剧的合力

2012年，北京人艺来沪巡演的成功，引发上海戏剧界的诸多反思。其中，谢幕时编导被先请上台，这也让不少台下的上海的剧作家羡慕。“这是上世纪五六十年代舞台上出现的事，现在都什么时代了，北京人艺还保留这个传统，这个令人感动。我也写过很多戏，但很少接到这样的邀请。北京人艺坚持这一点，在可能的情况下把编剧千里迢迢请到这里来，看一场戏，和大家见见面，这是懂得感恩，懂得尊重。这点值得我们学习。”罗怀臻感慨道。

在2012年9月中旬，上海市剧协召开的戏剧编剧调研会上，老中青三代编剧代表也纷纷叹起苦经，直陈编剧地位下降。剧作家赵化南指出，在媒体宣传上，基本不见编剧的名字，这与国外甚至北京的惯例不同；剧作家张东平谈到，戏剧编剧排行“老五”，排在前四位的是：出资方、领导、导演、主要演员。

2013年5月底，在上海市戏剧家协会、上海话剧艺术中心主办的“剧作家赵耀民作品研讨会”上，专家们肯定了新上演的话剧《志摩归去》，但是也有一些专家表示了遗憾：《志摩归去》现场的演出和对剧本本身的期待还是有较大的反差。甚至有专家直率地指出：“赵耀民作品的舞台体现十之七八都不如原作。”会后，采访赵耀民时，他无奈地说，“一个上流剧本为何排成中等的戏”的疑问，他难以正面回答。他有他的不甘与无奈，如今编剧处于偏弱势的地位，难以与

二度创作人员较劲，只好剧本一交，成为“甩手掌柜”。与此同时，赵耀民也能体谅制作方的不易，面对残酷的市场压力、众多观众的需求，排戏受到诸多限制。

剧作家宗福先很怀念40年前的一段时光，那时还是业余小戏创作训练班学生的他，每天兴奋地泡在剧场里，看着表演训练班的同学们排演自己刚写的剧本，心中既窃喜又焦虑。不料颇为得意的“习作”搬到舞台上往往“洋相百出”，完全不能取得预期的舞台效果，甚至会遭到演员们“无情打击”。虽然导演、演员们的“严酷”考验，往往让宗福先一脸尴尬，但他明白同学们的善意，也正是在这样的实践下，他迅速熟悉舞台，飞速进步。小戏创作训练班的“习作”刚出炉，立马就成了表演训练班同学们的“习作”，要知道，世上有多少剧本是从来没机会在舞台上立起来的！但是他们却享受到了得天独厚的待遇，宗福先感慨道：“身边有个专为我们排戏的表演班，真是我们的福气！”正是在这个业余小戏创作训练班，诞生了一个“工人剧作家”群体，包括汪天云、宗福先、贺国甫、贾鸿源、马中骏等，创作了众多影响深远的作品，如《于无声处》、《屋外有花园》、《血，总是热的》等。

然而，现今在戏剧界，一些导演的霸道，对于编剧的轻视已经有目共睹。动辄某某导演作品，署名放在剧作家曹雪芹、曹禺之前，随意删改编剧的剧本，这样的现象屡见不鲜。针对这种情况，院团需要有所举措。北京人艺能不断地推出充满历史厚重感和震撼力的精品力作，院长张和平道出了成功的秘诀：“剧之本乃院之本，剧院与剧作家的关系是水和鱼，是手心和手背。剧院失去了剧作家，无戏可唱；剧作家离开了剧院，谈兵纸上。”

一个院团要长远发展，需要树立“一剧之本”的意识，同时也需要在创作上形成一股合力。宝山沪剧团创排的现实题材沪剧《挑山女人》自2012年年底上演以来，一直受到观众追捧，被认为是近年来“沪上最出色的舞台演出之一”，并被专家称为沪上的一种“文化现象”。据宝山沪剧团团长华雯介绍，自20世纪80年代起，宝山沪剧团就逐渐形成了一个固定而有效的主创团队，包括剧作家李莉、张东平，导演孙虹江，作曲汝金山等，不仅培养出团队的默契，更形成了独特且统一的艺术风格。沪剧艺术家马莉莉感慨，宝山沪剧团并没有花大价钱去请名编名导，而是形成固定的创作班子，把一个剧团“吃透”，这是一条非常好的发展之路。

戏剧是一门综合艺术，编剧要实现创作剧本的理念，需要其他领域合作者的协力。目前，这种通力合作的理念正不断被植入青年戏剧创作队伍中。2011年举办的青编班很成功，被称为青年剧作家的“黄埔一期”。按理说应该每年继续，但2012年开办的是青年导演班。就在全国青年导演艺术家研修班开班之时，由中国戏剧家协会与上海戏剧学院合作的“全国戏剧创作高端人才研修中心”也正式授牌成立。青研班总设计师之一、中国剧协分党组书记、驻会副主席季国平介绍：“2013、2014、2015年，我们会陆续开办‘青音班’、‘青评班’、‘青美班’，每个班60名学员，5年一轮，我们计划用10年时间，办两轮，不同专业的研修班开办以后，总共将培养600名学员，遍布全国各地，这将是整整一代戏剧人，是中国戏剧崛起和复兴的中坚力量。”

为了促成中国当代青年编导形成一个能够引导戏剧创作风气的“上海共识”，2012年10月，60位青年导演与30位青年剧作家在上海延安饭店举行了交流联谊会。在座的学员们畅所欲言，气氛热烈。在联谊会上，出现了“他乡遇故知”的温馨场景。研修中心为每一位学员准备了《全国青年剧作家新剧本创作信息》手册。青年导演李伯男看完手册信息，率先向河北的编剧陈建忠抛出绣球，希望合作。而导演陈大联单刀直入地报出了一系列他感兴趣的剧目，其中报到一两个剧目时，下面立马有人喊道：“已经预订了。”青导班班主任、中国国家话剧院副院长王晓鹰笑称，导演和编剧如同一对“夫妻”，这场交流联谊会如同一场婚前教育。“天下夫妻没有一种模式，他们的幸福也没有一种模式达成的。导演和编剧的磨合是通过沟通甚至吵架来达成的。”他指出，写剧本是一度创作，导演是在此基础上的再创作。导演要理解编剧的思想和艺术价值，同时，也要求自身的感受和理解与剧本契合。罗怀臻在讲评课时，以他的亲身经历描述了他与导演的良好互动：“我写了剧本就像生了孩子，他变成怎样，单眼皮是否割成了双眼皮等等，我会全程关心，导演在排我的作品时，我会到排练场，一起讨论修改，我愿意接受别人的建议，也从不会代替导演指手画脚，即便我有一些想法，也会与导演探讨，最后转化为导演的意见。”罗怀臻告诉我，为了推举年轻人，他与剧作家孟冰永久地放弃了“曹禺剧本奖”的参评，同时，他也非常愿意让青年导演排他创作的剧本。研讨会后，青年导演与青年剧作家讨论激烈。对于青年剧作家而言，这样的交流联谊会为他们搭建了全国性的平台，给予更多剧本上演的机会，也有利于他们与导演更好地沟通、合作。

当然，时代呼唤有深度、有新意的戏剧作品，社会也要给剧作家营造一个大胆探索的创作环境。如今坚持写自己想写的戏的赵耀民，基本已经不接受约稿，但他有些忧虑地谈到，坚持的代价可能是戏上演的条件越来越少，与导演的缘分也越来越少。因此，为了提高剧作家创作的积极性，培养青年编剧的独立意识、独特风格，社会各方面也要给予支持与扶持，给予青年编剧和功成名就的剧作家更多上演剧本的机会，让更多优秀的“抽屉剧本”得以面世。

## 结语

目前，全国戏剧编剧的现状不容乐观，上海也不例外；让人欣慰的是，对此上海已经开始采取切实的行动来改进。譬如，上海新的青年剧作家培养模式正在形成，由中国剧协、上海戏剧学院主办的青研班的开办，不仅提高了上海戏剧创作的力量，也惠及了全国各地的青年剧作家。再如，上海市剧协对近两年上海戏剧创作以及编剧队伍的现状进行调查、研究，针对如何化解上海戏剧创作和编剧队伍面临的困境，提出了诸多对策与建议。在剧目和编剧队伍建设方面：尊重一度创作，回归戏剧思想艺术的本体；尽快建立编剧人才梯队，要使上海重新成为吸引编剧人才的高地；恢复上海创作生态，建立常态的培育体系；在上海设立戏剧编剧奖、戏剧评论奖，推动一度创作。在机制建设方面：建议建立院团每年上演剧目中必须保证青年编剧作品占一定比例的制度；建议由市剧协举办每年一度的“戏剧创作会议”；建议设立中青年剧本基金扶植推动原创；建议建立长效的主创人员“下生活”机制。假以时日，这些措施能够落到实地，无疑将会促进上海剧作创作的再度繁荣。

目前，上海的编剧队伍面临着困境，但也有生机，一批青年剧作家在前辈们的扶持下开始崭露头角，他们出于对戏剧的热爱，甘愿坚守这个清贫的行业，践行着自己的戏剧梦，这份赤诚是戏剧发展的重要推力，是振兴的希望。当然，还需要院团、社会各界的共同努力，切实地改善戏剧编剧的生存环境和创作环境，为他们的华丽梦想多铺点路，多加把劲。

作者系《上海采风》杂志社编辑部主任

本文原载于《上海蓝皮书·上海文学发展报告2013》，
社会科学文献出版社2013年6月出版

胡颖峰

# 赣鄱的福地 她们的文学
## ——三清女子文学研究会散文创作述评

自古文人聚会结社，穷则聚于学，达则聚于朝，托其悠闲之迹，忘乎阒寂之怀，是中国文学和文化史上的一个重要现象。虽然在这种结社文化中，男权一直占据主导位置，“女子无才便是德”意味着女性无话语的精神死亡，但女人并非从来就是卑贱的。女人在任何文化中，都有一定的结构位置，总有一些女作家女诗人在文化的裂隙中出现，女子结社亦如此。据谢国桢先生考证：“结社这一件事，在明末已成风气，文有文社，诗有诗社，普遍了江、浙、福建、广东、江西、山东、河北各省，风行了百数十年。大江南北，结社的风气，犹如春潮怒上，应运勃兴。那时候，不但读书人要立社，就是女士们也要结起诗酒文社，提倡风雅，从事吟咏。”①由此可知，女子结社风起明末，并遍及江西。她们或相约在节日出游赏花，或聚首于闺中谈论琴棋书画，均有诗词唱和，于增进诗艺、开阔视野、丰富生活大有裨益。②但在中国的文学传统中，女子雅集终究不脱闲情逸致，女子写作几乎全被归类于“闺怨文学”，因为她们的主题狭窄，风格“委婉”，她们对政治、社会、丑恶的人生大概是无知的，如果有什么见解的话，也是无足轻重的。这种轻蔑的看法，以前也曾经是正确的，但自“五四”女作家作为性别群体的文化代言人第一次“浮出历史地表”以来，女子

① 谢国桢：《明清之际党社运动考》，辽宁教育出版社1998年版，第7页。

② 参见郭延礼：《明清女性文学的繁荣及其主要特征》，《文学遗产》2002年第6期。

结社在思想上和文化上均体现出比较强烈的走出闺怨而“有所为”的要求。只是中国近现代史上出现的女性社团组织基本上都是从事社会活动，为妇女自身解放和社会慈善事业而疾力奔走，纯粹文学的女性社团组织可以说微乎其微。正如杨义先生所指出的，中国现代女作家群，是以作家的性别区分出来的群体，而不是以社团、流派区分出来的群体。这说明当时的文学社团已打破男女界限，也说明女作家之间的人生态度、文学思想倾向和艺术个性存在着颇为明显的差别，即便有同窗之谊，也难以结成同人社团。①这种情况似乎在当代有所改变，仅在江西，十年间就先后有两个女子文学社团成立。一个是1998年成立的鹰潭女子文学社，另一个是2008年成立的三清女子文学研究会。两个女子文学社团都是在仙峰秀水的辉映中，追寻着文学的梦想。本文主要谈一谈上饶的三清女子文学研究会。

这是一个让人不敢小觑的女子文学社团。自2008年10月18日创办至今，三清女子文学研究会在短短的五年时间内发展会员508名，下设铅山、万年、广丰、横峰、上饶县等五个分会。会员分散在全国、全省、全市各地，主要来自市直机关、工矿企业、各基层县（市/区）以及社会上热爱文学的女性，同时吸收了上饶师院、上饶师范、上饶卫校、上饶职校等高校文学社团的部分成员。她们白手起家，自筹资金，先后组织文学采风、作品研讨、文学沙龙108次，邀请文化名家做客“三清讲坛”50多场次，发行会刊《三清媚》杂志32期共计30余万册，会员出版专集合集共32本，有自己的会所、会徽和会歌，并建立了文学网站和文学创作QQ群，社会知名度和影响力在不断提高。②

我很惊讶，是什么力量驱使这么多不同年龄、不同性情、不同职业、不同民族的文学女性聚集在一起结庐饶城，相互切磋、交流、砥砺与唱和？我可以肯定的是，她们对文学共同的热爱，天然地基于一种内在放光的激越。一方面，“希望全社会的女子都能够触摸文字，得到文字的滋养，从而很美气地过好自己雅趣的一生”；另一方面，则出于一种为社会服务奉献的意识，与名山圣水对接，与民俗风情对接，进乡村，进厂矿，进社区，进百姓的家中，自发组织起服务社会的义工组合、扶困帮贫的爱心捐助互助组和拯救心灵的心理师咨询辅

① “比如当时庐隐、冯沅君、苏雪林、石评梅有同窗之谊，按照当时的风气，是有机会组成如同女高师附中的曦社那种文学社团的，但是她们劳燕分飞，加入和接近不同的社团。”参见杨义：《中国现代小说史》第1卷，人民文学出版社1986年版，第214页。

② 据三清女子文学研究会最新资料统计。

导团队等等。[①]女性这种同流力量的集结，以互慰的方式（感情的力量）取代男权传统冲突典型（权力斗争），深具反思意义。

到目前为止，要想认识这个女子文学社团的创作及其价值，看她们的散文可能是最好的途径。收录到这期《创作评谭》杂志中的作品也主要是散文，由她们的散文作品可以见出她们的人生态度和生命底色。

三清女子文学研究会以富有特征的地域——三清山称名。女人都天然地亲近自然，因为女人生育生命，大自然则孕育人类，女性以柔韧的躯体，最直接地体现了人与自然之间的一种最朴素的隶属关系。三清山这个氤氲着诗情画意的地方，使女性在与自然的融合中能找到一种"天人合一"的心灵契合，从而奠定了她们的精神原型和创作主题，即对自然与生命的热爱。

她们在饶城青山掩映、碧水环绕、万木扶疏中生息与劳作，还经常到各地采风，她们之触景生情、缘情布景，取材本土、表现本土，便成了她们涉笔为文的共同题材。在她们的笔下，婺源的美"是含着无限韵味的，心灵的触角伸入多少，她就回报你多少"（汪茶英《婺源四韵》），灵山的茶各种各样，无论是高山孕育还是妈妈手工制作，都那么令人难忘（姜光丽《灵山茶话》）。她们登临灵山，"踏花路，走雨路，闯石路。感受到花的奢华，雨的给力，石的险峻"（詹爱玉《奢侈灵山路》），畅享一顿"快意美食"（辜春霞《快意美食：灵山一锅炖》），甚或与历史相望，感受与山野为侣的宅人灵魂（何婷《宅人山语》）。在她们眼中，文公山既平常又深邃（晓清《寂寞文公山》），嵩峰既古朴又险峻（官丽敏《"绝对"的诱惑》）。她们爱家乡赏心悦目的荷，因为在荷花完美自足的世界一旁，便是淳厚的百姓人家（章晓红《去沿坂看荷》）；她们爱家乡那轮皎洁的明月，因为它与简单而快乐的童年相伴，而生发在心灵的是一种可以触摸的美丽和温馨（冯梅《明月相思》）；她们也爱自己生活的小城，因为那里"似乎处处有幸福的音符"（徐颖《小城的幸福音符》），那里的变迁"带给我的惊喜几乎也等同于归途的幸福感"（李昱《此心安处是吾乡》），即便是一片夜色，也能让作者感受赏心悦目的"亮"、振奋人心的"活"和厚重端庄的"雅"（陈丽君《漫步广丰赏夜景》）。她们也把家乡行将消失的老屋（蔡瑛《老屋》）、老宅（张文婷《徐家老宅》）和古老的民间技艺（陈剑《故乡的纸竹帘》）镌刻在笔下在心底，希冀为故乡保留一份文化记忆。即便是写饶城以外的故乡风土，

① 参见毛素珍：《爱心托起文学社》，三清女子文学研究会内部资料。

如赣南围屋（铱人《围屋深深》），如西安凉皮（关欣《家乡的味道》），也莫不是以忆念故乡来慰藉思乡之情。

我们看到，这些散文的行文内容与这些女子的生长环境密不可分，也与这些女子的生活经验、生活背景紧紧结合。一山一水、一城一镇、一风一俗皆入文，地域的山光水色构成了她们文学创作的底色。她们写起来得心应手，洋溢着一种乡野大地的泥土气味，粗朴、自然而无雕琢虚娇之意，不像文人那般风雅相高，具有一种本真的平民情怀。

她们还以日常生活、人伦亲情为文旨撰述，随意抒写，也无畴范，汩汩而出，自然生成。在她们的笔下，猫猫、八哥和鹦鹉曾是她们生活中亲昵的伙伴（毛素珍《文学会的动物们——记猫猫、八哥和鹦鹉》），种菜乃一介书生之开怀趣事（应利《书生种菜之趣事》）。此种日常闲情琐事本身不成就事功，它们成就的是“人之所以为人”的好奇与聪慧。而人伦亲情，不假外塑之功，是生命价值的基础所在，人世的大爱莫不由亲情推扩而出。其中，林莉的《夹竹桃》和程琴娇的《秋荷》，都不约而同地以自己的姑姑为撰述主题。她们见景（物）忆人，把自己拉向童年的时光，浮现沉重的往事，喟叹生命的孤独，使人得以借观一种面貌的生之悲凉与爱之艰难，她们动人的艺术造境都不同程度地发掘了亲情的深刻面，让人看到小处着墨也能点出苍茫人间中的生命情境。而其他作品，无论是写父亲（尹敏《父亲和他的烟酒茶》）、母亲（汪彩萍《读〈牛棚杂忆〉忆母亲上官明霞屈辱时》）、外公和外婆（陈瑰芳《远去的低成本》）、婆婆（康烨《我的婆婆》）也都以真诚面对了不同时空场域的伦理悲喜，彰显了生命的存有。

她们还有一类散文则是将个人生命中的所思所想抽象为心性的思辨，着重于经验的反思和意绪的表达。她们对他人普通而艰辛的生活充满理解和宽容（宋亚萍《——给他们》），又为“被多少人多少爱滋养着的西湖”掬一把伤怀的泪（魏娜《西湖泪》），还幻化倾国红颜以演绎爱恨情仇（史婧婷《红颜泪》）。她们对友人遥遥倾吐，惊悟时间如烟般流逝（王柳《致友人》），又暗自遣怀，或在星空下心意飞翔（江晓晖《看落一天繁星》），或在古典诗词里眷恋（李言蹊《离恨其如春草，渐行渐远还生》），或在孩提美好的时光里追缅（许庆华《追忆》），或在青春年少的荡气回肠中激扬（黄娇《致我们终将逝去的青春》），或满腹自寻烦恼（胡秀枝《心意阑珊》），或尽情释放身心（刘佳《要么读书，要么旅行》）。她们找寻樱花般的浪漫爱情（林桂华《樱花浪漫的季节》），且渴望生命中平凡却温暖的遇见（郑雁《生命中来来往往的人》）。她们思考当下如何“离电影越来越远”（柯芸《再见柏林》），并感悟“文学何尝不是一种信念滋养的产物”（吴苹苹《那时我们一起追的文学梦》）。此外，她们还写下一些真实的报道文字，如叶红梅的《芦山行——地震灾区芦山心理救援侧记》和杨怡的《汪显清，一种精神上的逍遥，让你未必真懂他》等。人类生活体验和思索的无限复杂性和由此带来的文情风格的无限复合性，远非这些作品所能囊括，但写作本身对她们来说可能更重要。

这个世界，对今日的女性来说，并不是陌生的。她们已经直接或间接地参与塑造它的工作了。普天下才华不凡的女性都不再有被埋没之虞。拓荒时期已过，我们面临的不再是性别之争，而是如何找到闺房以外的道路，用智慧去看人与人之间的关系，人与现实的关系，看世间事物深一层的意义。作家只有了解真实的人性，明白自己的理想何在，才知道怎样去创造。

这里所讨论的，也只能是女子的作品，而非“女性文学”或“女性主义文学”的探讨，因为尚无以“女性主义”为基础的创作。在对这些女子的作品略作讨论之后不禁自问：女性文学到底应该写些什么？我们期待它是什么样子？“男性文学”又应该是什么样子？如果仅以性别区分作家，双方的天地都只会日益狭窄。

另外，今天的女子文学社团又是否真正具有文学史意义？诚如陈晓明所言：“当代文学再也难创建一个流派，也没有条件再建立一个真正有文学史意义的社团组织，有关方面的限制是其中的原因，文学圈也难有真正的变革观念和目标。没有观念和目标的文学，就很难有集体认同，也就难以形成流派和社团。”[①]目前，仅可自慰地说，至少这一群的女子在写作的时候正自觉地跳出闺怨，文学更像她们的一双翅膀，带着她们飞行，或者是她们的秘密共谋，同样可能带动地面的现实存在。文学是何等奇妙的东西，也许正应了一句老话，“落地的麦子不死”！

作者系江西省社会科学院副主编、研究员

本文原载于《创作评谭》2013年增刊
“三清女子文学研究会作品专辑”特稿

---

① 陈晓明：《“六零后”的梦想与超越》，见胡野秋：《六零派——文学对话录》，商务印书馆2012年版，第1页。

徐仲佳

# "临屏写作"的魅力与陷阱
## ——评蒋子丹新作《囚界无边》[①]

临屏写作，是蒋子丹对她的长篇小说《囚界无边》网上写作状态的说法。在蒋子丹看来，这部小说的创作是她在网络这个虚拟舞台上的一次玩票经历。[②]网络这个虚拟舞台带给蒋子丹这位文坛老作家和这部作品的是什么呢?

网络文学从1990年代末开始在大陆成为一种新的文学类型。作为一种民间文艺，借助网络技术无边界、全覆盖的特性，网络写作曾经给文学带来了新的渴望和生机。最初人们对于网络文学的期待是通过网络社会"没有执法者，没有公认权威，也没有人为的时尚中心"的写作状况来发动一场"文学革命"，冲破既有的传统文学的牢笼。[③]的确，网络写作前所未有的开放性和自由度使文学的创作、评论、接受从来没有如此快捷、随意而不受物质条件的限制。文学的创作开始走向"立体表达"、"互动创作"的新时代。[④]网络文学在成长的过程中，使一批原本默默无闻，或者在传统文学体制中要经历漫长磨难的网络写手成名。他们在网络上受到热捧的作品也从虚拟空间走向纸质传媒，给他们带来名利的丰收，如《告别薇安》(安妮宝贝，1998)、《迷失在网络中的爱情》(李寻欢，1998)、《成都，今夜请将我遗忘》(慕容雪村，2002)、《天堂向左、深圳往右》(慕

---

① 本文系海南省社科规划项目(HNSK09-62)之成果。

② 蒋子丹:《囚界无边·网上江湖》，人民文学出版社2012年版，第444页。

③ 吴冠军:《后现代文学的斑马线——从一部网络小说谈起》，《粤海风》1998年第5期。

④ 钱建军:《第x次浪潮——华文网络文学》，《华侨大学学报》1999年第4期。

容雪村，2004）、《遗情书》（木子美，2003）。蒋子丹与他们不同。在临屏写作之前，她已经是一个名作家。《囚界无边》的故事酝酿已久，临屏写作带给她的只是一种写作方式改变的实验而已。因此，《囚界无边》所能给我们的启示不仅仅在于一篇网络小说如何产生、网络小说的美学价值等问题的答案，更重要的是网络文学的舞台如何改变传统作家及其创作。

## 一

首先，网络文学的写作语境改变了作家的创作状态。与过去相对封闭的书房相比，临屏写作的开放性、即时性、大众化深刻地改变了作家对于写作这一行为的认识。对于蒋子丹这样的老作家来说，写作应该是熟练活儿，但当她面对网络这一新的写作平台时，她并不能像在书房里写作那样自信。在《老猫如是说发贴辞》中，蒋子丹一面希望网民们对她这只菜鸟手下留情，“希望砖头下来，别把这只菜鸟打得再也飞不起来。我还指望留口气儿，听网友们众说纷纭，长长见识呢”。另一面，蒋子丹把自己这部“网络小说的处女作”的写作看作是一个未完成式，用她的话说是“草鞋没样边打边像”。她把这部小说的一些基本要素如“某个人物的命运”、“某个情节的设计”等一并交给网民，希望网民的参与，“弥补我经验的不足，边写边改”。[①]且不说蒋子丹的这一番表白有多少是为了吸引网民的矫情，[②]单就这种希望读者直接参与写作过程的急切就可以看出传统作家们对于网络文学的期待和焦虑。一方面，网络文学的存在已经给那些只习惯在纸质媒体上发表作品的作家提出了严峻的生存挑战，使得他们不得不面对网络这一虚拟世界的存在；另一方面，在“娱乐网友就是娱乐这个时代”的心态所控制的这个平台上，[③]作家在纸媒体上的声名并不一定会给作家带来众多粉丝，甚至可能成为被拍板砖的祸根。因此，蒋子丹的谨慎（化名与谦卑）既是一种写作姿态，也是一种自我保护。

---

①《老猫如是说发贴辞》http：//www.tianya.cn/publicforum/content/culture/1/339912.shtml，老猫如是说，发表日期：2010-1-13，10：50：00。

② 在《囚界无边·菜鸟上路》中，蒋子丹承认她的这部小说在上网写作之前就已经“酝酿多时”，甚至已经写过几万字（见http：//www.tianya.cn/publicforum/content/culture/1/341018.shtml老猫如是说2010-01-29，09：46：55）。之所以选择它来作为自己的网络小说处女作，是因为这部小说的构思是以讲故事为主，适合网民们对故事性的嗜好。《囚界无边》，人民文学出版社2012年版，第1页。

③ http：//www.tianya.cn/publicforum/content/culture/1/340347.shtml，作者：糊涂客人，回复日期：2010-01-21，09：55：05。

网络写作的开放性和即时性使得网络小说的创作在某种意义上变成了一个网民集体参与的过程。网络小说接龙，是网络小说写作开放性、即时性的一种极端的写作方式。它类似于一种"广场狂欢"，可以让所有参与者感受到创造的兴奋。但是，网络小说接龙的弊病也十分明显：万众狂欢式的写作很容易陷入口水大杂烩的窘境。《囚界无边》虽然和那些网络小说接龙有着明显的区别，但如上所述，蒋子丹一开始就对网络写作的开放性和即时性充满期待。因此，她在上网写作之初就热切地邀请网民参与到这个小说的创作之中。她在小说细节和情节的设计上给网民们留下了一定的空间。不过，《囚界无边》一上场还是被一个名为"清甜"的敏感网民判定为"很传统的小说"，同时，还有网民认为这部小说节奏太慢、拖沓。[①]显然，这对于吸引网民的注意是不利的。面对这种"出师不利"的局面，蒋子丹希望通过"讨论"来吸引网民的注意力。她在第一章刚刚贴完就迫不及待地提出两个问题要求讨论，这两个问题一个是关于品牌的区隔效应：沈白尘与徐湮（出版时改为魏宣）的相互关注最初仅来自于他们对耐克这一消费品牌的共通偏好；另一个是关于小说中刚刚出场的人物周小乔的性格与故事的发展：对身陷囹圄的徐湮，周小乔"是不惜血本捞人，还是无情无义弃之？"很显然，前一个问题虽是故事中的细节，却指向现实生活，后一个则指向小说本身。这两个问题中的后一个对一篇已经酝酿已久的小说来说，没有多少实际意义。两者中的前者才是蒋子丹属意所在：借一个现实指向明确的话题来吸引网民的注意。网上的这次关于现实与小说的讨论虽不能说热烈，但到底还是吸引了许多网民的注意力。其中有一些回复还是颇有深度的，对于聚集人气起到了很好的作用。蒋子丹从网络的回帖中也得到了一些启示，她甚至在后来的小说修改中把网民"流行隐身"的关于魅族的帖子内容加入到情节中去。网民即时性参与成为这部作品吸引力的一个重要方面。在网络这个注意力稀缺的平台上，如何吸引住网民的注意力是一部网络小说成败的关键。蒋子丹显然也不能掉以轻心。

网络的即时参与性不仅使得网民可以即时参与小说的创作、评论，吸引了一批稳定的读者，而且也使得蒋子丹把写作当作一种开放性的过程。她把这种开放性延展到自己的写作行为的交代和反思。在上网写作半个月之后，蒋子丹开始发表自己对于网络写作的感受。她认为，网络写作给她改变最大的是语感

---

① http：//www.tianya.cn/publicforum/content/culture/1/339912.shtml，作者：清甜，回复日期：2010-01-15，15：13：17，作者：之末青萍，回复日期：2010-01-17，00：37：51。

的变化："语感的改变是因为一旦上网，你会觉得自己正在跟许多读者面对面交谈，只不过这些读者都是些隐身人而已。是交谈就不能再自说自话，不能是文绉绉的书卷语，更不能是絮絮叨叨的梦呓，非得生动些再生动，形象些再形象些，语气也成了必须考虑的问题。"[①]其次，是对小说结构的改变。这种结构的改变，一是故事性的强化。蒋子丹在《囚界无边·菜鸟上路》中说，她最初对网络文学的想象就是："听说在网上写小说最考验作者讲故事的能力。"因此，在《囚界无边》里是一个大故事套小故事的结构。[②]二是人物塑造上的变化："在网上写作，每天贴一小段，有点像电视连续剧，一天一集，只不过前者的容量很小，只是某一两个人的活动现场，无法有更多内容，这就强迫本猫对上一节写什么，下一节接着写什么，更加费心琢磨，不敢抓住一个写得顺手的人物，一连三天都写他，把前面的入库闲置。因为在网络中，读者你来我往，流动量很大，闲得太久了的人物，再出场就会变得没有来由了，这一用心倒是得到了结构方面的训练，贴了半个月的贴，找到了某种结构的方法：一个人物演了一阵子，叫他下台休息，在旁边候场，但要给他留下一个再次出场的理由，或者说一个留待叙述的线头。碰到顺手的时候，本猫觉得自己颇像一个调度员，把人物调上调下，很好玩哩。"[③]也就是说，蒋子丹在这部小说中对于人物塑造的改变主要是为了适应网络这一特殊写作语境对受众的注意力的不间断渴求。除了小说语感、结构上的改变，网络写作环境也带给作家及时向读者传达写作体验的机会，而在纸媒传播的时代，这只能留待作品出版之后。而在《囚界无边》发帖的同时，蒋子丹即以回帖的形式来传达自己的这种写作体验。她甚至还把自己的这些回帖分门别类加以编号。这些分类有"设问"、"回馈"、"题外话"。上述关于语感和人物的感受就属于"题外话"，是作家"写作中的一些零星感想，记录在案，也提供给网友参考"。在"设问"与"回馈"两种类别的回帖中，蒋子丹则不断地回应着网民对小说的评价、感受。可以看出来，这种即时性的自我反省、与读者的交流对于一个传统作家来说是革命性的。蒋子丹对这个革命性的写作方式十分迷恋，在《囚界无边》的纸质本中，她选择了网上写作时的一些回帖以及

---

① http：//www.tianya.cn/publicforum/content/culture/1/341018.shtml，老猫如是说，回复日期：2010-01-29，09：46：55。

② 蒋子丹：《囚界无边·网上江湖》，人民文学出版社2012年版，第450页。

③ http：//www.tianya.cn/publicforum/content/culture/1/341511.shtml，老猫如是说，回复日期：2010-01-30，09：53：31。

事后的追述插入小说文本。这些回帖和追述与小说一起构成了一个独特的文本，显示出网络写作这种样式对传统写作的影响。

由此，我们可以看到，网络这一虚拟写作平台带给蒋子丹的主要还是一种写作方式革命性变革的兴奋。她对这部小说47万的点击量也十分满意。[①]其次，小说从语感到结构再到人物塑造都发生了变化。那么，后面这种改变是否使得文学的创作进入了一种更好的境地了呢？恐怕未必如此。

## 二

网络写作带给传统作家如蒋子丹的不仅仅是革命性的写作方式的魅惑，同时，网络也把它所有的一套文化权力运作规则带到了写作的过程中。蒋子丹谈到，当时选择《囚界无边》来上网"玩票"，很大程度上是对网络文学故事性强这一特点实际上也是对网络上众多网民阅读趣味的刻意迎合。《囚界无边》大故事套小故事的结构当年也是赵树理小说创作适应农民读者的一个"大众化"、"通俗化"的手段。之所以这样比较，并不是说，文学大众化、通俗化的方向有什么问题，而是想指出，《囚界无边》与《小二黑结婚》都是一种自觉的大众化写作。不过，世变时迁，此大众非彼大众。《小二黑结婚》所面对的读者是文化水平不高的农民，故事性强烈有利于革命启蒙的进行，带有强烈的革命功利性。其背后的文化权力逻辑是政权的强制性权力。《囚界无边》所面对的大众则是一群"无名"的大众。在网络这个虚拟空间中，他们可以没有任何社会身份。但是这些"无名"的大众的背后是文化工业商业性与政权意识形态强制性相结合的文化权力逻辑。今天，我们对《小二黑结婚》背后文化逻辑的检讨已经十分深入，而《囚界无边》所代表的网络文学背后的文化逻辑的检讨还有很大的空间。

以《囚界无边》的故事性为例，虽然蒋子丹以监狱（看守所）和汶川大地震这些有意设置的"非常态"展现人性（尤其是人性善）的场景来表达她对于人性的理解，[②]但是这一高尚的目的与小说突出的故事性并置并不一定如作家所设想的那样令人乐观。小说对于故事的追求不是问题，问题是故事的讲法。《囚界无边》的故事讲述人在适应网络语境（也即适应网络背后的文化权力逻辑）的

---

① 蒋子丹：《囚界无边·网上江湖》，人民文学出版社2012年版，第444页。

② 黄灯、蒋子丹：《在网上讲故事——蒋子丹长篇新作〈囚界无边〉访谈录》，未刊稿。

选择时，在很大程度上又回到了中国传统小说的说书人的角色。蒋子丹对此也不否认。[①]说书人的角色虽然如一位网友所说，"因为是讲别人的故事，所以说故事的人可以自然对故事里的人和事做一番评点调侃"[②]，为网民所喜欢。但是，这种说书人的角色却把作家和读者同时推出了故事之外，变成了故事的旁观者。旁观的叙事者获得了上帝般操纵人物命运的权力，同时也失去了故事的亲历性。另一方面，为了让故事吸引住网上那些"无名"读者稀缺的注意力，作家不得不花样翻新去为每一个帖子寻找噱头，整个故事呈现出一种戏剧化的倾向。小说的戏剧化在某种程度上是拒绝了日常世俗生活的合理性，因此很容易堕入鲁迅先生曾经痛诋的"做戏"与"看戏"的陷阱：作家的写作变成了做戏，而故事的"围观者"在获得了指点、调侃的余裕之后，其"看戏"的心态同样也失去了自省的能力。因此，有读者怀疑《囚界无边》的真实性。这种怀疑不一定是质疑作者是否有过身陷囹圄的经验，而是这种旁观叙事的本身就有这种副作用。它让故事脱离了叙事者的体验，再加上道德的说教，很容易让读者产生隔膜，一种对于他所身处世界的隔膜。网络世界的虚拟性本身就有麻醉网民的作用，这种强烈戏剧化的小说则加重了他们与现实世界的隔阂。因此，蒋子丹想通过一个非常态的故事讲述人间的人性善的目的恐怕就要因此而变为泡影。

旁观的叙事者与戏剧化的故事还有一个副作用，就是造成小说中人物的角色化。虽然蒋子丹在谈到沈白尘这一"毛粉"时一再强调这个人物的现实基础，在小说中也为他设计了成长的路线，但是这个人物在高度戏剧化的情节中仍然让人感觉到是漂浮于生活之上。且不说这个"毛粉"对于毛泽东的崇拜如何狂热，对于魏宣的关照如何充满道义感，单就其"成长"来说也并没有一个令人信服的过程，基本上只是其性格的平面展示。纪永涛（纸质本中改为纪石凉）、老于、张不鸣、周小乔、万金贵、修丽、陈山妹、高芒种、歪脖等人物都有类似的情况。他们只是根据故事的进展不断地展示他们性格而已。小说中变化最大的三个人物：魏宣、朱颜、彪哥也基本上是平面化的。魏宣和朱颜是在陈山妹、高芒种这些底层受苦的善良人的苦难故事面前受到感动而得到救赎，彪哥则是

① 蒋子丹说："写作比较深入的时候，虚拟的感觉会渐渐消褪。每天跟那些熟悉的网友照上一面，好比说书人上了台，看见台底下乌泱泱都是回头客，觉得很踏实。"——黄灯、蒋子丹：《在网上讲故事——蒋子丹长篇新作〈囚界无边〉访谈录》，未刊稿。

② http：//www.tianya.cn/publicforum/content/culture/1/339912.shtml，作者：段小七，回复日期：2010-01-27，17：44：49。

在大地震中假扮警察获得暂时的"升华"，他们的这些变化实在也算不上是性格成长。之所以如此，很大原因是人物的角色化使其丧失了鲜活的生命力。他们似乎都被身为"调度员"的作者所贴上的标签所限定，在被"调上调下"的过程中，如提线木偶一样出没于这个非常态的舞台。

说书人的自居使得小说的语言在某种程度上丧失了个性。蒋子丹对网络写作的一个重要感受就是网络写作给她带来了流畅的语感。这种流畅的语感所带来的就是每天接近5000字的写作速度。但是语感的获得有时候并不一定是好的写作状态的体现，也可能是不知不觉地进入一种既定的叙事模式之后的莫名快感而已。在阅读《囚界无边》的过程中，我的感觉就是这样。网络文学的语言因其创作与阅读的"无名"状态而常常呈现出一种摆脱现实身份束缚的活泼与辛辣。求趣、求异等追求宣泄着网民们在虚拟空间里的对自由的渴望与实践。这一点在《囚界无边》中我们没有看到。蒋子丹所自得的"口语化"语感显然没有网络语言的活泼、辛辣、调侃。虽然在某些人物对话中不乏网络语，但其语言的整体风格仍然不是纯粹网络方言。[①]这恐怕与蒋子丹难以摆脱的传统写作定式有关。蒋子丹当年虽是以玩票的心态上网写作，但，这并不代表她已经彻底摆脱了老作家这一身份意识。这一点从她在《囚界无边》的留贴中试图通过讨论来提高网络写作、欣赏的水平的动机看出来："本猫认为，当前网络创作虽说火爆，但也鱼龙混杂，良莠不齐，要想真正提高写作质量，还得做些认真讨论。否则每天只是网上照面，顶上一下，说句好话或拍块砖就走，不能触及任何实际创作问题，于提高无益。"[②]不过，这样的意图显然并不完全受网络这一写作语境的欢迎。网络写作语境的理想状态是没有任何威权、众生平等。因此，一旦这种哪怕不那么张扬的"指导"出现，也会引起一些网民的反感。既然，蒋子丹无法摆脱既有的作家身份的限制，真正进入一种完全自由的网络写作状态，那么她所感受到的那如"拧开了自来水龙头"般的"口语化"的快感在很大程度上是寻找到了一种最便捷也可能是最平庸的语言了。这种便捷和平庸在某种程度上是以放弃蒋子丹原有的那种清脆甚至无遮拦的个性语言为代价的。

最后，我想要说的是这部小说的人性主题。蒋子丹试图表现人在非常态的状况下人性显现。在蒋子丹看来，在非常态的生活里，人性善的一面会被极大地激发出来。有人怀疑蒋子丹在这篇小说中"对社会对人的态度是不是太过乐观了？"

① 张薇、王红旗：《网络语言是一种社会方言》，《济南大学学报（社会科学版）》2009年第1期。

② http：//www.tianya.cn/publicforum/content/culture/1/341511.shtml，作者：老猫如是说，回复日期：2010-02-02，10：51：44。

暗示她“有粉饰社会回避人性恶之嫌”。对此，蒋子丹辩称，她小说中的人性善的堆积是为了在这个道德危机的时代，大声喊出人性之善。[①]不过，值得注意的是，《囚界无边》中的人性善的主要体现者是那些普通人、底层民众如纪永涛、修丽、老于、陈山妹、高芒种等，朱颜、徐湮（魏宣）等白领在他们的人性善面前得到救赎，甚至彪哥这个黑社会成员也可以在大地震中找到失去的人性。与之相对的是万金贵、厅里的陈处长、不知名的副厅长这类身处高位或手握强权者身上体现出的绝对的人性之恶。这种价值判断带有比较明显的民粹倾向。在当下的网络世界里，这种道德判断标准最能够博得喝彩。这的确反映了当下社会如蒋子丹所说的“正派人的处境日益险恶，好人活得理不直气不壮”的道德危机下民众的道德焦虑。但是，这样的道德危机能够靠我们的作家在作品中大量堆积民粹性的人性之善这种办法来解决吗？在我看来，这种想法恐怕都是作家们的一厢情愿。历史不断地证明，在“江河日下，人心不古”的时代，任何道德的说教都不能起到振懦起顽作用。今天也不例外。在网络这个虚拟平台上，熙熙攘攘的网民们更不会去在意故事背后的道德说教。这一点就如这篇小说的一个偶然回帖所说：“你是个美女，我毫不关心，你是个怪兽，我决不在意；你是个帅哥，我不会妒忌，你是个畜男，我也不会PS。你的情操再怎么高尚，我也不会赞美，你的道德如何沦丧，我也不为所动。在这个处处都要银币的时代，不得不弄个牛B的数字来显眼，于是我抄下了这段话，专门用来回帖，好让我每天有固定的积分收入。”[②]这一回帖恰是对道德说教辛辣的嘲讽！在这一点上，我宁可认为，被蒋子丹所不屑的时下那些“专注于小人当道小奸小坏盛行”的小说对我们这个时代表现得还深切一点。[③]虽然，我对那样的小说也并没有太多的好感。

中国今天的道德危机并不在好人太少，或者我们的文艺作品对于好人好事表彰太少，而是我们的文化传统出了问题。当然，我们不能要求作家们去为它开药方，但至少，作家们不应该把这一问题简化为道德教训的有无。更进一步的要求是，作家们也不应该在残酷的现实面前王顾左右而言他。

作者系海南师范大学文学院教授，文学博士

本文原载于《文艺争鸣》2013年第2期

---

① 黄灯、蒋子丹：《在网上讲故事——蒋子丹长篇新作〈囚界无边〉访谈录》，未刊稿。

② http：//www.tianya.cn/publicforum/content/culture/1/339912.shtml，作者：环球反恐，回复日期：2010-02-10，14：02：29。

③ 黄灯、蒋子丹：《在网上讲故事——蒋子丹长篇新作〈囚界无边〉访谈录》，未刊稿。

殷常青

# 一种灵魂扎根、人心落实的写作品质
## ——谷地诗集《石油的名义》读记

诗歌的存在是要告诉我们，在俗常的生活之外还有另一种生活，在凝固的精神之外还有另外一种精神的可能。诗人谷地新近创作出版的《石油的名义》就为我们提供了这样的想象。

在这部诗集中，诗人谷地以“在场”的姿态、个别而丰富的感受、当下诗歌少有的朴素、清晰和节奏感，借助“石油的名义”，表达着对世界、生存和生活的一种态度，让我们读到了一种对生活的挚爱，以及进入生活的决心，分享到了一种自己生活里所没有的经验和感受。他的诗歌，有细节，也有情怀，诚恳而热烈。他所写的“石油世界”，是广阔质朴、温柔敦厚的，平实之中蕴含灿烂，低处独语也常让人豁然开朗。尤其是他诗中对那些细小事物的专注、诚心、朴直，正是这个时代的诗人极为沉潜而优异的表现。

在对这部诗集的阅读中，我更深地感受到了诗人这种“介入时代现实”的写作方向。

在诗集中，“石油”既是作为他表达所借助的一种诗歌符号，也代表着他诗歌的精神来源，使我们读了一首诗之后，会知道它是从哪里来的，也知道诗人的这种感受是从哪里来的。这是向下的写作，是诗人的心灵与“在下面”的事物结盟，让诗歌获得了真正的灵魂高度的写作，这种让灵魂扎根、人心落实的写作品质，是诗歌重获生命力和尊严的重要途径。

## 以“在场”的姿态，书写生活的美学

在写作中坚持关注现实关注生存关注心灵，是诗歌“在场”的核心，也是文学上一种有着正面能量积累的精神流向。在场，就是在文学或诗歌的书写中自觉、主动、清醒、深入地坚持现实的在场、精神的在场，让文学或诗歌真正在这个时代有所担当，在社会的存在、生活、生存中有所发现，在面对广大的公共空间有所发声，以保持诗人在社会中的文学话语尊严。这样的写作同样是对终极价值的不懈追问，是关乎灵魂的写作。

现实生活是最质朴也是最广泛的诗歌创作来源，无论是灵感，还是素材，在真实的日常生活中我们可竭力取用，然而，一旦我们脱离了现实的生活，而去追寻那些虚假的、缥缈的神性与幻觉，很多东西就变得不再有力量，这些其实才是诗歌写作者真正的敌人。钱穆先生在谈到杜甫的诗歌时，曾这样评价道：“工部诗最伟大处，在他能拿他一生实际生活都写进诗里去。”里尔克也曾经在一封书简中写道，诗歌中最好的部分，就应是那些“生活的断片与声音”。诗人谷地不仅深谙此道，而且一直将介入时代现实、书写生活的美学作为他写作的方向。在《石油的名义》中，我读到了一系列这样与他身处的环境和生活紧密相关，呈现他心灵主张和精神方向的诗篇。

比如《季节的边缘》这首诗：“敲击钻杆的/声响。在寒冷的荒野/久久回荡/雄浑而悲凉//有只小鸟没有离去/在我们用钻塔支起的/一片蓝天里/悠然飞翔//听着雄壮的震响/望着多情的黑翅膀小鸟/我们知道，此时/已走近季节的边缘//离我们搬迁的日子/越来越近/站在钻台上/就如同站在这个季节边缘/……”

在这首诗中，诗人把石油勘探这个已被很多“石油诗人”所涉及的题材变成了一种私人性的语言景象。他并不直接抒情，而是求助于一种景象式的描述，来传达诗人心中对世界的感受。这个感受，是细致的，敏锐的，耐心的，瞬间的，他传递出的不是以往的那种凯歌高唱的诗性抒发，而是以一种悲悯与悲壮、热爱与留恋的气息，告诉我们生活的“此刻”、内心的“此刻”。显然，在旷野和心灵之间，他找到了一个重新理解生活的基点，显示出了他用诗歌驾驭生活的情怀。“敲击钻杆的/声响。在寒冷的荒野/久久回荡/雄浑而悲凉”这是钻机停钻的景象；“有只小鸟没有离去/在我们用钻塔支起的/一片蓝天里/悠然飞翔”这是钻机搬迁前井场的景象；“听着雄壮的震响/望着多情的黑翅膀小鸟/我们知道，此时/已走近季节的边缘”这更像是记忆和想象中那只鸟儿在井场留恋的场景——所有这些，都已经不仅仅是“实有”的生活本身，它诗意的处理，突然映照出了生活中不易被人觉察的另一端——生活或许是乏味的，但换一个角度看呢，它是不是就会呈现出完全不同的景象？谁能保证，乏味后面没有辉煌，痛苦之中没有激情？

当然，我相信诗人谷地写下这些诗篇的时候，他的身体并不“在场”，但只要他的精神“在场”，在写作中保持对时代与社会的担当，保持心灵的开阔，精神的丰富，以及对诗之内涵的拓展，那么他从现实到艺术创造的意义，无疑将会凸显诗歌向精神纵深处迈进的探索性品质，闪动理想主义重回诗人内心所产生的耀眼光芒。因为从某种程度上来说，诗歌其实应该是个人艺术追求与时代承担相融合的表达，关乎时代与命运，同时也关乎历史与现实。由此，诗歌写作应该是由内向灵魂与心智进发，由外向时代与社会开放的，而不是封闭于纯粹的语言实验与游戏趣味。

加缪说过，不在于生活得更好，而在于生活得更多。《石油的名义》为我们提供的，正是“更多的生活”。我一直以为，当下诗歌如此单一，根本的原因在于，诗人观察生活的视角极其雷同，他们除了睁大眼睛之外，并无其他进入生活的渠道。从这点来说，诗人的谷地正是以“在场”的姿态，把眼睛所见的生活由心到诗，并不断扩大着生活丰富的可能性，不断书写出那些具有独特风格而又不乏永恒美感与普适价值的诗作。

## 以对事物的挚爱之心，传递诗歌的体温

谷地的诗，有着当下诗歌少有的朴素、清晰和节奏感。它拒绝使用深奥的意象，也不炫耀复杂的诗艺，而是有意使诗歌返回到一种单纯和简朴之中——谁都知道，单纯可能意味着肤浅，简朴则有可能走向贫乏。但我仍然愿意指出这种诗歌写作的意义：一方面，它能有效反抗当代诗歌在不及物的方向上继续自我放纵的现状；另一方面，它能重新向读者提示，诗歌应该具有情感的力量。而谷地正像诗人简明在序言中所说的那样：他的诗追求朴素，懂得节制，以最普通的方式深入人心，这是一个优秀诗人成熟的标志。

我们知道，诗人不仅要强化自己写作中的及物能力，还要使自己成为一个有情感温度的人，惟有如此，诗歌才有可能再次感动读者——感动，这个已经陈

旧的词，对于当代诗歌而言，显得尤为必需。至少，谷地的诗是走在这条路上。他的词语里，总是藏着他对事物的挚爱之心，这就是诗歌的情感，或者说，这就是诗歌的体温。

一条古老的河
被冬天扼住咽喉

依傍着这条河
向北行走

我把这条河想象成
体内的一条血脉

这条河把自己想象为
我额头上的一条褶皱

如此相互搀扶着
向北行进

它已经疲惫了
但我不让它落在我的身后

我知道，就要走出冬季的尽头
我要为这条河寻到春光

我也是一条河
一条不甘冻结的河

激越的情绪
涨满河床

——《河床》

《河床》正是一首有体温的诗。诗人毫不犹疑地表达了对“一条河”的挚爱：“一条古老的河/被冬天扼住咽喉”，但我把这条河想象成“体内的一条血脉”或“额头上的一条褶皱”，相互搀扶着行进——正是这爱，使它即便“已经疲惫了”，我依然“不让它落在我的身后”。而且，“我要为这条河寻到春光”，这样的表白，强化了“一条河”在诗人内心孤寂而坚定的品质。“我也是一条河/一条不甘冻结的河//激越的情绪/涨满河床”——一条河，就这样成了一种勇敢、独立、清洁的存在状态的表征。

这样的诗歌方式显然是传统的，但它意味深长。如此朴质的话语，唤醒的是我们对普通事物的真诚感念，假如我们近乎麻木的情感世界，能由此获得一丝缝隙，让情感的光亮渗透进去，哪怕是在一条被冬天扼住了咽喉的“河床”身上，我相信，也能照见一个世界和心灵的生动景象。

在《石油的名义》中，很多作品满含恬淡、坦诚，平静的字句间常能读到诗人对事物的爱与悲悯，对生活的瞬间的把握和思考，以及对美好感情的向往和吟唱。也许诗人从来没有想过自己诗歌的风格是什么，他只是使用那些最简单直接的文字，让诗歌拥有了一种平静的力量，使生命更直接、持续地面向真理的追问。这种力量是诗歌本身，存在于诗人爱的内心里。正是他的这种爱，在诗歌中和世界订立了情感的新契约，至少，它描述了事物内在的秩序，书写了一种可能有的和谐和宁静——这种以爱让灵魂扎根、人心落实的写作态度，生生不息地见证着生命的单纯和灿烂。因此，《石油的名义》这部诗集，不仅塑造了生命的基本形状，同时，也赋予了渺小生命以最高的内涵，那就是让爱的温度在诗篇中随处弥漫。

## 以“石油”为符号，重新发现自己内心的声音

每一个人都有故乡，都有一个精神的来源地，一个埋藏记忆的地方。这个地方，不仅是指地理意义上的，也是指精神意义或经验意义上的。这个地方对于诗人、对于文学其实就是一种情怀，它寄托着诗人对世界的深切看法，也埋藏着记忆中最难忘怀的那些经验和细节；有时，写作就是不断地在回望这个地方，不断地在辨析这些经验。谷地作为在一个油田生活了30多年的诗人也不例外，他选择“石油”作为自己诗歌象征的符号持续不断地进行书写，我认为不仅是他相信自己所生活的油田有深刻的美，而描绘出真实的美并不容易；我更愿

意确认这是一个优秀诗人对自己诗艺的自信和坚持不懈的修炼过程。因为，从来没有哪种题材标明了就是适合写诗的题材。真正的诗人面对任何题材，只要他能够抓住诗歌的本质，认清自己的方向，渗透诗歌与现实之关系，发现自己内心的声音，他也就能通晓诗歌的现实。

诗集《石油的名义》，顾名思义，是一部“石油题材”的作品集，但通过诗人的努力，使现实的物质生活与高贵的诗歌书写并行不悖，并且以个人的精神气息和印迹，让诗意的表达呈现出了异样的灵光。

比如《驿站》这首诗：“从一个圈闭一个圈闭/艰难地行进着/用金属的光芒/将一个个血一样暗红的黄昏/点亮//我们怎甘心在阴沉的幽谷中/徘徊//声音显得格外沉重/转动的金刚石钻头/飞旋的节拍/和钻塔顶端不灭的灯光/一起在这一刻突围/四季的风景破烂不堪//悸动不安地盼望/第一场小雨的降临/原野草芽泥土鲜味/浸润干裂的情绪/错过了相遇的机会//渐渐地平静下来/周围的一切也平静下来/仿佛沿着一条路/走来走去/四处的色调，熟悉/如我们的平台//无论如何/春天绽放的花朵/早已结成了果实/给了我们/许许多多的营养//钢铁的钻台不是驿站/穿过心胸的时光/不是东去的流水/不是飞逝的云//我们和季节相伴/照耀在我们头顶之上的，是/一朵一朵黑色的光芒。”

作为一个在油田生活了多年的我，当然可以读出这是一首“石油题材”的诗歌，有着“圈闭”、“钻头”、“平台”等我们耳熟能详的石油专业“词汇”。即便是这样，我们仍然可以看到，诗人与那些将“知识”直接纳入诗歌创作的诗人相比，自觉收敛了那种优越感与炫耀的姿态，他自觉地软化了“硬”知识，让其带有了生命的气息，将其渗透到了日常化的写作中，让“钢铁的钻台不是驿站/穿过心胸的时光/不是东去的流水/不是飞逝的云”，至于是什么，那就需要你走向内心，探索你生活发源的深处，在它的发源处你将会得到问题的答案。

其实，在当下，石油行业人群的生活与社会中其他多数人群的生活已基本别无二致，“石油”作为一种特殊的符号在诗歌中频繁出现，我想这更多是诗人的一个策略，一个独自回望现实的路标，表达了对“现实题材”的一种崇敬和自己对这个世界的描绘与建构。

诗歌对每个人或许有不同的意义，但是对于诗人谷地来说，真正的诗歌是修炼内心的，捍卫精神与情怀的，无论世界怎么喧嚣、冲击、麻木，在他的诗歌中，我们仍能感知到这个世界的爱与被爱，那些关怀、温暖和善意。这无疑使他的诗歌更好地接近了文学，更好地传承了文学的核心精神。

《石油的名义》，充溢着一种和谐、静谧、温馨的气息，不激越，不高亢，不造势，仿佛是一股涓涓溪流在浅浅流动中，照样把我们带到了远方。

作者系华北油田公司党委宣传部副部长
本文原载于《岁月》2013年第10期

# 唐翰存 | 文艺评论的个人化与人民性

来参加会议之前，我的一位诗人老师提醒我，此去一定要谦虚一点、低调一点，我是从甘肃去的，带着甘肃的干旱；南方水多，我能不能从南方水中看到自己的倒影，看到文学的倒影。实际上，这是我第一次来南方，四川以南的地方，广西更是南方的南方。这几天，我就在这里寻找文学的倒影。

本次高研班的研修主题是："以人民为中心的价值取向与中国当代文艺评论"。这个题目挺宏大的，"人民"挺宏大的，我深恐自己把握不好。我只能说一点小话，并且用比喻来说几句小话。古人有云：上善若水；又云：水能载舟，亦能覆舟。我也借用这个比喻，说：人民如水，我们不能只顾喝水。我们在喝水的同时，在向衣食父母索取生活需要和荣誉的同时，不妨停顿一下，通过"人民"这面如水的镜子，看看现在的文艺评论到底是什么样子。本次会议主题强调"人民"，本身包含着两层意思，一是我们的文艺评论不景气，二是我们的文艺评论有问题。

现在全国各地，没有哪个省份的文艺评论让人觉得是特别景气的。这里面有深刻的时代因素。文学乃至文艺的命运，跟历史上的某些时期大为不同了。正如苏联解体以后，有俄罗斯评论家认为"以前文学是大于文学，现在文学只不过是文学"。评论也一样，只不过是评论而已，我们不能把它想成是"经国之大业，不朽之盛事"。当然，从目前的实际情况看，文艺评论没有发挥出它应有的作用，是文艺评论小于文艺评论。现在全世界似乎都处在一个启蒙主义式微、实用主义和消费主义大行其道的时期，中国如此，世界也是如此。美国的《纽约时报书评》影响力极大，总编麦克拉斯曾用自豪的口吻说，这百年来的好书、大书，本报基本上没有放过。但新世纪后不同了，为了不影响刊物上百万份的发行量，《纽约时报书评》大大减少了文学类图书的评论，甚至为此换了主编。在中国，还没有一家像《纽约时报书评》那样有影响力的评论类刊物，同时，实用主义思潮在全社会如此严重，以至于从事精神活动的变成了少数人当中的少数人。

在这一前提下，我们才能认识文艺及文艺评论的可能与不可能，并且力所能及地做一些事情。从环境上来看，一种有思想力的文艺和文艺评论的繁荣，需要有一个话语自由竞争的市场。五四新文化时期和上世纪80年代，曾经有像样的话语自由竞争市场，人们说话，有安全的准入机制，同时，有比较安全的退出机制，不会过分地担心什么，所以那时候的文艺评论就比较活跃，评论家说话，能产生影响，造成时势。现在，实事求是地说，这个话语自由竞争市场衰弱了，评论家很难发出有力的声音，人民也不满意了。

一提“人民”，除了容易让人产生宏大感，还容易让人产生庄严感，有时甚至庄严得过了头。其实在“人民”那里，事情并不总是宏大和庄严的，“人民”更多时候在柴米油盐，“人民”也在看《甄嬛传》，也在玩手机，也在讲笑话。“人民”好打交道，很平易近人（不平易近人又能怎样，不近人只能近猪圈里的猪、近狗窝里的狗、庄稼地里的牛了），可是现在的情况是，好打交道的“人民”除了对腐败有意见，似乎对文化、文学也有了意见，对文艺评论更是不感冒。为何？我觉得问题不是出在“人民”身上，是出在我们身上。我们评论的问题“人民”不感兴趣，我们评论的方式“人民”不爱看，或者看不懂，这可能就是问题所在。

现在文艺评论的文风不正。文艺评论越来越小众化，走的是一条比较狭窄的道路。文艺评论基本上是圈子里的人在看，在感兴趣，与大众的生活隔膜很深。其原因，固然与社会多元化以及社会分工的细化有关系，不过，从评论主体的角度看，我们的文艺评论者普遍缺少了一种公共知识分子情怀，缺少一种以文字介入生活的勇气和能力，对世道人心的洞察太少，对时代话语把握不住。我们对许多问题的认识，往往还赶不上微信里面的一条段子深刻、吸引人。现在学术圈子里，形成了一种很不好的八股风气、圈子文风，文学研究的功利化倾向严重，行文死板僵化，语言乏味，而且喜欢卖弄一些令人费解的理论、概念、术语，似乎不那样就不叫学术。那样的东西，连作者自己都不愿看第二遍，又怎么能让别人爱看，让“人民”爱看？一些评论家缺乏一颗“艺术公心”，评论标准摇摆，有时把一流作品批得体无完肤，有时又把三流作品捧得头头是道，今天迎合这个，明天迎合那个，如此，文艺评论的公信力何在？这样的评论和论文越多，证明评论离“人民”的距离越远，离“人民”的信任度越来越远。

“人民”所需要的评论家，首先应该是一位好的话语家。这里的话语，不光包括私人话语，也包括公共话语，评论家应该学会这个时代的公共话语。他的文风扎实，能用公众喜闻乐见的话语方式表达观点，既带有个人的风格，又能启发大众的言说欲望，道出同一语境里普遍隐藏着的心声。作家有话语之根，那是中国这片土地上的声音，是最亲切、最贴近生活的言说。评论家也应该有自己的话语之根，对中国作品的评析，用中国话说出来，深切中肯，让人懂得，让人回味，而不是半生不熟地炒作脱离中国语境的那些词汇。世界上的道理，最深刻的往往与最诚朴联系在一起，最先锋的往往与最民间的联系在一起。坚持诚朴，倾听民间，说出真理，正是评论的魅力所在。可惜现在，真正用中国做派说中国话的评论家还是嫌少，有魅力的文艺评论也不多。

“人民”所需要的评论家，是货真价实的文艺鉴定家。要坚持艺术的公心不容易，除了某些情况下“私心”作祟，还存在一个审美能力的问题。一个评论家面对作品，如果缺乏一个专业的鉴定眼光，文学感觉不到位，审美水准低下，再有公心也是枉然。不能准确说出好坏，犯常识性错误，实际上等于和文学隔着一层。我们看一些考古专家，一件文物放在面前，观摩片刻，即能说出一件陶器的年代、一幅字画的真伪，当文物持有者问：“这是西周的吧？”他说：“不，这是上周的。”并能讲出一套可靠的证据。文艺评论家也当有这样的本事。一部文学作品摆在案头，看完或者不用看完，即能准确鉴定出这部作品的成色和瑕疵，好处说出好来，坏处说出坏来。这样的评论家让“人民”信服。虽然，文学作品跟文物有所不同，前者或多或少带有某种艺术的含混性和想象、情感、虚构等因素，所以有“智者见智仁者见仁”的说法，不过，智者见智是因为作品里面有“智”，仁者见仁是因为作品里面有“仁”，有靠谱的东西，如果无智说智，不仁说仁，就不是一个评论家该有的水平了。

“人民”所需要的评论家，是有社会良知的人。社会良知这个词人们常讲，听得有点麻木，可它确实稀缺和重要，又不容易实行。对一个评论家而言，社会良知首先意味着一种担当？担当什么？担当最高的人道主义。公共知识分子的本色，就在于他能脱开自身利益，站在人道的立场，为他人说话，为公众说话。一个哪怕最失败的知识分子与一个最成功的商人之间的最大区别，就在于前者只要有点钱活着，就有脱开自身利害为他人说话的本能，而后者活着是为了有钱，为他人说话办事的出发点，大多还是自身的利益。鲁迅当年在《关于智识阶级》的演讲中说："真的智识阶级是不顾利害的，如想到种种利害，就是假的，冒充的智识阶级。"所以，是否"不顾利害"是检验真假知识分子的根本标准。不顾利害才能去担当，否则，老是打着个人的小算盘，如何担当？真的文艺评论家，天然地就是公共知识分子，而且他的职责是又评又论，当然更应该担当，更应该不顾利害，更应该去言说。需要指出的是，他的身份是"文艺"评论家，意味着他主要是站在"文艺"的本体立场上说话，这样才有效、得体。可文艺的本体立场大致来说分为两个方面，一个方面是从文本内部去解析文学性、艺术性，另一方面是从宏观上评价作品所涉猎的社会历史内容，两者缺一不可。关于社会历史的评论，必然要涉及公共领域，必然会产生公共话语。那种公共话语的好坏，必然反映出评论家的社会良知达到什么程度。有悲悯情怀，明是非善恶，同情弱小，关注底层，是公共话语中的应有之义。文艺评论家当以文学和艺术的方式，为"沉默的大多数"说话，为"人民"说话。

俄罗斯伟大的文学评论家别林斯基说："人民是土壤，它含有一切事物发展所需的生命汁液；而个人则是这土壤上的花朵和果实。"别林斯基的这个比喻看似寻常，实则有些意味。从文学评论的角度讲，说人民是"土壤"，意味着人民是评论家言说的根本语境，离开这个语境，评论也就丧失了生命力。评论家个人从土壤里生出来，变成"花朵和果实"，一方面说明这个"个人"带有了"人民性"，包含了正义和进步等因素；另一方面也说明，作为"人民"的成果，个人以美和丰满的形式回应了"人民"。对"人民"的回应是评论家的本分所在，也是独特所在。他独特到可以用人民供养的"生命汁液"去写评论，写出既有个性又能感染人的文字，并且可以有向土壤言说的权威了。

这种言说达到一定境界，就是启蒙。"人民"启蒙了"个人"，也需要被"个人"启蒙。之所以需要，是因为"人民"以大众化的方式培养出具体"个人"的专业化水准，反过来提升了大众。这是启蒙的辩证。在中国，文学大师很早就主张"立人"了，领袖人物半个世纪以前就谈到有关"普及与提高"的问题了。鲁迅所谓的"立人"，首先立的是个人，所谓"任个人而排众数，掊物质而张灵明"，所以鲁迅那么喜欢尼采。领袖讲话中所谈的文艺的普及，无疑是一个大众化的过程，文艺的提高则是一个启蒙的过程。是既普及又提高，如此，文艺才能既鼓舞人，又引导人，大家一起进步。这其中，因为文学是“人学”，是人写的，为人的，因为文艺作品大多是个人创作的，个人化特征的强弱，会影响到“普及与提高”的效果。个人化特征太弱，写作个性缺失，可能会导致平庸，也起不到引导作用；太强，形同《刀尖上行走》，有自绝的危险。顺便说一句，去年热播的一部电视剧名叫《刀尖上行走》，其实这个名字是有问题的（语法上通，语义上不通），刀尖上不能行走，刀锋上可以，当然最好在常道上走。即使走刀锋，走得太快太偏激，一般人也跟不上，做一个看客，可能也看不懂。这个问题要具体分析，“人民”看不懂的文艺，不能只怪文艺。时至今日，唐诗宋词有多少人完全看懂，它不也是我们的唐诗宋词么？国粹京剧有多少人看懂，不也是我们的国粹么？说到文艺评论，它还不同于文艺作品，它里面有理论，有时候“看不懂”是难免的。没关系，放一放说不定就懂了。刘勰的《文心雕龙》和钟嵘的《诗品》，不也好好地放在图书馆里，供“人民”学习么。不过，这种“看不懂”与前面提到的某些故意卖弄理论、概念、术语的“看不懂”，是两回事。前者是从中国土壤里长出来的，后者是生造的。对有出息的文艺评论家而言，还是尽量要用中国的做派，写出中国人能看懂的文章来。

最后还回到“水”的问题上。英国诗人济慈有一句名言：把名字写在水上。现在通俗地借用一下，我们是把评论写在水上，把对文学和艺术的爱写在水上，能不能留下痕迹，就看自己的作为和天地造化了。人民如水，当我们在水面看见倒影的时候，但愿能问心无愧地说：我是我自己，我完成了我自己；我同时也是“人民”，我和沉默的大多数站在一起。

作者系兰州交通大学文学院副教授
本文原载于2013年8月16日《中国艺术报》

龚奎林

# 人文关怀与问题反思
## ——陈世旭创作论

作为江西本土作家的陈世旭，年轻时和其他同龄人一样有过一段坎坷生活经历，这种生命体验与人生经验无疑赋予了他热眼看世界的人道主义情怀和知识分子心忧天下的底色。面对社会问题，陈世旭秉持知识分子的独立判断及道德良知，不攀权贵，不热衷名利，以解剖刀的锐利撕开其背后的暗链，通过文本的叙述表达一已之见，充当底层弱势者的喉舌，保持批判意识，直抵生存的本相。于是，以此为基调创作的小说《小镇上的将军》一举成名，获得1979年全国优秀短篇小说奖。1980年由《十月》杂志推荐入中国作协第五期文学讲习所（现鲁迅文学院）学习，从理论上进行了较为系统的文学素养学习。1982年加入中国作家协会，奠定了他青年作家的文坛地位。并先后担任中国作协主席团委员、江西省作家协会主席、江西省文联主席。尽管做着文化部门的领导，但陈世旭30年来笔耕不辍，被称为中国文坛“常青树”和江西文坛的“领袖”，出版了长篇小说《梦洲》、《裸体问题》、《将军镇》、《世纪神话》、《边唱边晃》、《一半是黑色，一半是白色》等以及《风花雪月》、《都市牧歌》等散文随笔集、中短篇小说集多部，除《小镇上的将军》获奖外，还有《惊涛》获全国第四届优秀短篇小说奖，《马车》获全国1987—1988年优秀小说奖，《镇长之死》获首届鲁迅文学奖等。近年其作品被评论界誉为对“当代知识分子的生存状态、灵魂漂泊、精神成长进行了精当描述”，“表达了消费时代中国知识分子人性割裂与精神‘沙化’的深切忧虑”，这是具有相当深度和高度的评价。

陈世旭一直以现实主义手法挖掘人与社会的复杂关系，以人道主义情怀关注社会现实问题，以作家的责任担当爆发自己的呐喊，其意恳切，其情珍贵。从《小镇上的将军》、《惊涛》到《将军镇》、《青藏手记》，从《裸体问题》、《世纪神话》到《一半是黑色，一半是白色》、《边唱边晃》，从《波湖谣》到《立冬·立春》、《立夏·立秋》，陈世旭始终以热情的目光、忧郁的情怀切入躁动时代的脉搏，从人文关怀和问题审视维度去考究现实社会与人生百态，探讨人与人、人与社会的裂隙及其异化，进而传递自己的批判锋芒与独特声音，探寻人性深处的真善美和道德理想，为社会建言，为生民立命。正如陈世旭本人所说："剥离流行和娱乐的外衣，真正的文学作品都应该在对现实的追问中体现它的思想价值。不是所有的作家都能做到'以天下为己任'，但即便是洁身自好，他也应该关注生活现实，表达人的尊严，伸张正义。"[①]陈世旭以知识分子的责任抵抗世俗世界的诱惑，批评现实欲望的自我矮化，从精神困境中突围。萨义德曾说过："知识分子的代表是在行动本身，依赖的是一种意识，一种怀疑、投注、不断献身于理性探究和道德判断的意识；而这使得个人被记录在案并无所遁形。知道如何善用语言，知道何时以语言介入，是知识分子行动的两个必要特色。"[②]萨义德的论断显然与陈世旭的抵抗不谋而合，作家的这种知识分子使命感，一直贯穿在他的日常生活和文学创作之中，成为江西文坛的尊者。这是很有意思的话题，陈世旭从小镇文学创作进入文坛，在三十余年的文学创作中，其作品主要围绕小镇人物、乡村人物和知识分子的挣扎与沉浮进行落笔，呈现转折时代灰褐色生命的卑微与无奈。而且，通过文学作品入世，去挖掘和解决现实生活中存在的问题，记录一代人从封闭走向开放走向混沌，从盲从到觉醒到彷徨的心路历程，在自我与他者、与社会的镜像观照中，实现人性的审视，进而以人文关怀的视角提出问题解决的方法，尽管方法未必有成效，但他的执着努力无疑是令人感动的。

## 小镇人物的谦卑与挣扎

伽达默尔认为，理解作为人存在的方式，其本身是人对世界体验的一部分，体验使人更加靠近人的生命本身。[③]经历了知青体验的陈世旭对世界和生命有了更

① 许福勇：《思想者陈世旭》，2011年10月20日《上党晚报》。

② 爱德华·W. 萨义德著，单德兴译，陆建德校：《知识分子论》，生活·读书·新知三联书店2002年版，第23页。

③ 伽达默尔：《真理与方法》，上海译文出版社1999年版，第103页。

为充分的认知，他一直在思考中国“文革”给底层社会带来的灾难，探寻其根源所在。1979年，年轻的陈世旭凭借短篇小说《小镇上的将军》一举成名，在“伤痕文学”最盛行的时代，作者敏锐地抓住了“文革”给以个体的肉体与心灵的伤害，在最需精神抚慰的时代传唱了一曲人性之歌，获得了文坛的广泛关注，他也因此被作家王安忆称为“小镇上的作家”。陈世旭在上世纪八九十年代又陆续发表了多篇“小镇文化系列”小说（《小镇名人录》、《镇长之死》、《李芙蓉年谱》、《遗产》等），作家对小镇文化形态和文化性格的迷恋达到了一种令人惊讶的地步。陈世旭曾经这样描述他与“小镇”的关系：“到目前为止，我的关于欢乐与痛苦的最深切的经验，我的最热烈与最深沉的情感，乃至我创作灵感的源泉、我的审美理想以及艺术追求的激情和情致，也都是同它联系在一起的。”[①]作者以朋友讲述的曾任南京军区政治部主任的退休老将军的生活故事为原型，创作出《小镇上的将军》，该小说围绕老将军与炊事员的趣事和将军救小孩这两件核心事件，串联起将军到来、将军发火、将军救孩子、将军因痛悼总理与“文革”恶势力的镇长冲突、将军去世、镇民们自发地以最隆重的风俗为将军送葬这一时间线索，叙述了老将军一心为民、无私奉献、含恨去世、不畏邪恶的简朴一生。所有这一切的故事发生都以问题为引线，通过一个故事一个故事的不断延伸、深入，让读者去反思：为什么将军会发火，为什么将军与恶势力会产生冲突，最后，我们发现：这一切都源于老将军对人民的无私的爱与人文关怀和对周总理的崇敬，从而呈现出“文革”不仅对民众、甚至对开国元勋的伤害，寄寓了作者的人文理想。

体验是生命存在的本真感觉，内在于生命并延续着生命的风骨，生命的过程既是自我体验的过程。面对这种经验世界的哲学阐释，伽达默尔分析了类似于陈世旭的体验理由：“每一种体验都是从生活的连续性中产生，并且同时与生命的整体相联”，“由于体验本身是存在于生命整体里，因此生命整体此时也存在于体验之中”。[②]也就是说，经由经验世界的认知，陈世旭融通了世俗界与生命界的代际联系，因此，他对小镇情有独钟，那是他人生体验中最值得记忆的部分：“小镇是乡村与城市的连接地带，是农业文明与现代文明的过渡地带，有比城市多得多的乡土传承，又有比乡村多得多的城市因素。从这个意义上说，我写小镇其实是写从数千年的农业社会向现代世界转型的当代中国。”多年后，走

① 陈世旭：《鄱阳湖，水上香格里拉》，2010年1月8日《江西日报》。

② 洪汉鼎：《理解的真理》，山东人民出版社2001年版，第59页。

出“小镇”的陈世旭又回归小镇，创作出长篇小说《将军镇》（上海文艺出版社1999年版），书写了小镇20年间的历史嬗变以及小镇人物间的恩恩怨怨，无疑是作家本人“小镇情结”的集中显现。陈世旭在该小说《后记》中明确声明自己的创作目的就是要“为小镇写一部风俗史”，作者通过“小镇”这一地理空间去挖掘文化与历史、时间与空间、过去与现在的潜在联系，从民俗维度探寻民族秘史。这部表现了“一个国家一个时代的侧影”的长篇小说，以其“对社会历史进步的深刻的忧患意识”，叙述了“文革”及之后中国大变革背景下，小镇在历史风云际会中尤其是小城镇工业诉求下的地理流徙与复杂变迁。在商品大潮的冲击下，在改革开放后工业文明的转变中，在滚滚红尘的诱惑中，沉重的小农社会向工业文明的转变负累多少历史遗留因素，周平远教授对此总结为“深邃沉重的忧思和宽厚悲悯的情怀，以及通过这种忧患与悲悯所表现出来的执著于社会/历史/文化批判的强大的理性力量与思想锋芒”，这无疑是非常具有见地的。小说中的人物无论是底层的何寡妇的儿子“憨包六子”，还是小镇权贵殷道严“哈巴瘌痢”、李芙蓉，都在特俗的时代显现出人性的弱点，作者以一种审慎和忧患的态度看着小镇的发展，看着小镇人们的心理畸变，物质的丰富却是以精神的愚昧和道德的低下为代价的，这正是民族劣根性和传统文化心理在扭曲真善美之后的人类困境。正是基于这种思考，作者不断地反思一个问题：利益诉求为什么会逾越法制、道德、正义和公平，淳朴的人性及其真善美为什么在游戏规则下变成了独裁、专权、邪恶、愚昧，这一切都是作者落笔的基点。因此，作者一方面通过底层挣扎的艰难生存呈现物质文化发展进程中人性的变异以及精神困境，另一方面冀图通过小说的书写还原人性中的真善美。

## 乡村人物的痛苦与迷茫

陈世旭忧郁的目光里一直蕴藏着深邃的人性深度与持续的反思精神，他通过文艺书写在历史、欲望、命运与个体的互动关系中，探悉底层人物的命运走向。在乡土中国，乡土是无法绕过的话题，尽管陈世旭最初的眼光转向小镇，但小镇的根却是乡村，小镇的基础还是乡村，尤其是1990年代之前的中国，小城基本上是乡村的组合。陈世旭成名之后，重新审视小镇赖以生存的根源，开始观察乡村人物的痛苦与迷茫，执着于乡村“小人物”的灰色抒写，这不仅是因为作者本人就是芸芸众生中的普通一员，更说明其对人生的真切看法和对社会秩序的问题反思暗合了作者观察世界的方式与态度。1984年，他再次攀上文坛高峰，在《十月》发表的中篇力作《天鹅湖畔》引起了反响，成为当时改革文学的力作；短篇小说《惊涛》(《人民文学》1984年第3期)又一次震动了文坛，被评论家称为“可喜的短篇上品”,《人民文学》“编者按”里称赞它“堪称力透纸背”，并再次获得“全国优秀短篇小说奖”。随后，又发表了《惊涛续篇》(《人民文学》1984年第9期)、《下湾洲纪事》系列短篇、《梧桐院》和长篇小说《梦洲》等，如一束手榴弹轰响文坛。这些小说都是以作者本人下乡生活的底层经验和生命体验为原型的，书写了乡村人物的坎坷道路和不同命运，进而勾画出乡村世人世态及其人世沧桑，抒发出永不泯灭的善良和人道之心。

陈世旭凭借知识分子的情怀书写着人间的悲悯、欲望与痛楚，乡村灰色小人物的人格分裂与挣扎成为陈世旭小说的重要主题。作者延续了小镇书写的风格，以问题审视为逻辑视角，融入作者的人文关怀，书写社会矛盾。如《惊涛》叙述了抗洪过程中人性的自私和高尚，主人公春甫与公社书记有宿怨，但在洪水面前他没有报复，公社书记的儿子为抢救春甫的父亲被毒蛇咬死了，春甫在洪水面前不顾新屋的倒塌，他义无反顾开船抢险，几乎船毁人亡，两代人的恩怨，两家人的纠葛，在洪水面前他们想到的就是大义，从而唱响了人间大爱之歌。《天鹅湖畔》书写了天鹅垦殖场改革中改革者章友法与保守势力的斗争，反映出中国走向改革复兴的时代潮流。《下湾洲纪事》之一的《早春》则是写了物质富裕的农民如何在精神上追求满足的过程、最后获得城市姑娘的爱恋的故事。其中另外两个短篇《大风》、《初雪》则叙写了农民唐贵庚为了发财叫老实巴交的邹水龙冒着风浪过江，以及当邹水龙船翻人病以后唐贵庚的内心自省的故事。《永久的竹楼》赞颂了芒棰洲上的竹楼老人忠于职守，勤劳憨厚，在人烟罕至的洲上看瓜的高贵品质。长篇小说《梦洲》延续了伤痕文学的风格，描写了知青在特殊时代的荒诞与无奈的生活故事，其不幸令人悲叹。主人公小小由于“出身不好”被发配到社会最底层，受尽屈辱，他想尽各种办法，以摆脱这种标签：毕业后主动下乡务农，主动靠拢组织，主动打小报告揭发他人，尽管入了团，然而还是成为“内控对象”，到了“文革”，他积极响应号召，进军省城批斗副省长，后来他又成为清理对象，最后不得不逃往他乡，移居海外，成为异国游子。个体的命运在社会的荒诞中显得如此无助与孤独，作者以存在主义视角审视小人物的命运无常与痛苦的人生悲剧，在“文革”中，每一个人都是被政治玩弄和嘲笑的牺牲品，人性的变异与畸形就是在政治运动中塑造出来的，这不得不让人重新反思历史。

## 知识分子的荒诞与焦虑

小镇是连接乡村与都市的中转站，当小镇人物和乡村人物塑造已经成为作家陈世旭的两个特色之后，他又开始向都市进军，去审视都市情境中人性的变异与坚守，他把目光定格在知识分子的身上，这成为他这十几年来最为沉迷的一种思考。萨义德认为："根据我的定义，知识分子既不是调解者，也不是建立共识者，而是这样一个人：他或她全身投注于批评意识，不愿接受简单的处方、现成的陈腔滥调，或迎合讨好、与人方便地肯定权势者或传统者的说法或作法。不只是被动地不愿意，而是主动地愿意在公众场合这么说。"①这是陈世旭作为知识分子不向社会媚俗的坚守。但是，商品经济的大潮以不可阻挡的气势席卷社会的每一角落，不少知识分子坚守的精神高标也逐渐轰塌，知识分子从曾经庙堂的中心无奈地走向了社会边缘，背叛了知识分子坚守的道德底线。正如萨义德所说："在意见与言论自由上毫不妥协，是世俗的知识分子的主要堡垒：弃守此一堡垒或容忍其基础上被破坏，事实上就是背叛了知识分子的职守。"②所以，作为独立人格坚守的知识分子的陈世旭生活在大变革的时代，以自己的亲身体验敏锐地察觉到社会转型与物质诉求的张扬对知识分子的影响，尤其是知识分子的落寞、痛苦和挣扎，他都能够感同身受。这也是陈世旭关注社会转型和文化裂变期的问题支点，知识分子的精神焦虑与使命感迫使他开始通过文学创作梳理中国知识分子命运、成长与精神裂变的性格模式，力图以人文知识分子的社会担当探讨知识分子的精神变异与现实困境，进而批判地审视人文精神的困境和人心世情的变异，从而获得一种问题解决的办法，实现知识分子的精神突围，从早期的《研究生院的爱情故事》到中期的《裸体问题》、《世纪神话》再到新近的《边走边唱》、《一半是黑色一半是白色》均是如此，展现了一幅幅中国世态浮世绘。所以，阅读这些知识分子小说，我们可以发现都有一个共同的特点，都延续了《儒林外史》和《围城》的风格，致力于书写知识分子成长过程中的荒诞与焦虑。

从80年代中后期开始，陈世旭开创了新的视角，以自己在高校作家班学习

---

① 爱德华·W. 萨义德著，单德兴译，陆建德校：《知识分子论》，生活·读书·新知三联书店2002年版，第25页。

② 同上书，第76页。

的人生经验为底色，创作了《马车》、《研究生院的爱情故事》、《校长、教授、助教和红房子》等小说，反映改革开放浪潮中市场经济对各种知识分子的心理冲击，他们的身心躁动以及对利益的选择、对传统文化的背叛和对未来的忧虑都呈现在作品当中。经由中短篇的尝试和积淀，陈世旭开始向长篇进军，1993年出版了知识分子长篇小说《裸体问题》，主要描述了商品经济大潮对象牙塔的冲击，东方大学校长董敦颐、新任领导梁守一面对这种浪潮先后采取了两种治校发展思路，与此相对应，无论是老教授还是中年教授，无论是研究生还是普通老师，在现实欲望和利益诱惑面前老中青三代知识分子谁也无法安放宁静的书桌，其人格和灵魂也在物化面前变得更加欲望化，作者以批判性眼光审视着商品化带来的高等教育危机等问题，反思知识分子的命运，进而展开灵魂的救赎。萨义德认为："知识分子是具有能力'向'公众以及'为'公众来代表、具现、表明讯息、观点、态度、哲学或意见的个人。而且这个角色也有尖锐的一面，在扮演这个角色时必须意识到其处境就是公开提出令人尴尬的问题，对抗（而不是制造）正统与教条，不能轻易被政府或集团收编，其存在的理由就是代表所有那些惯常被遗忘或弃置不顾的人们和议题。知识分子这么做时根据的是普遍的原则：在涉及自由和正义时，全人类都有权期望从世间权势或国家中获得正当的行为标准；必须勇敢地指证、对抗任何有意无意地违犯这些标准的行为。"[①]但实际上，在物质世界的引诱下，许多知识分子迷失在欲望的陷阱中。陈世旭直面知识分子的灵魂危机及其普世价值，又相继发表了《世纪神话》、《一半是黑色，一半是白色》、《边唱边晃》等作品。长篇《一半是黑色，一半是白色》写的是青年知识分子精神成长的故事，他们命运与心灵的起伏及其裂变令人深思。陈世旭曾自述自己偏爱知识分子题材的原因："在知识分子的著作中，我们常常看到社会的影子，知识分子是最终的立言者。从这个意义上说，知识分子的表情，其实就是中国人的表情。所以去表现知识分子，就是表现中国人民的内心。这也是我多年来始终写作知识分子题材小说的原因。"[②]2005年4月由上海文艺出版社出版的长篇《边唱边晃》继续延续了这个母题，探讨消费文化和欲望叙事下人性的荒芜与落寞，作者陈世旭在作品中借助青年作家何为抵抗世俗欲望诱惑转向纵欲堕落并不断忏悔的人生经历和精神蜕变的过程，展示知识分子的

① 爱德华·W. 萨义德著，单德兴译，陆建德校：《知识分子论》，生活·读书·新知三联书店2002年版，第17页。

② 记者：《写作是活着的证据——专访著名作家陈世旭》，2005年5月20日《信息日报·文化周刊》。

道德失重和灵魂归宿，进而“为相当一段时间自在生活却时时经受精神煎熬的文人，描画出了生动又细致的众生相和浮世绘”，探讨“终极意义”的存在合理性。2011年作者又出版了长篇力作《登徒子》，生动刻画了省城作家、教授等文人众生相，展示社会转型时代人们对金钱、权力、物质的欲望追求中呈现的异化心态。

当然，除小说创作之外，陈世旭开始了散文创作，也许是生命体验的醇严和年龄增长的回忆，作者在人与自然的和谐穿越中书写生命的美丽和大地的庄严。人生来是行走在土地上，也向往于诗意的栖居，因此对自然的抒怀是一个人最内心最为原始的冲动，陈世旭游历在祖国河山之中，有感而发，写下了许多关于森林、江河、青山等自然风光的散文，也写下了不少感怀生命寻找原初的文人随笔，如散文《贵州的水》、《重归鄱阳湖》、《解读黄河》、《天下小南海》、《走马太行秋》、《大自然之歌》等先后发表在《人民日报》大地副刊、《光明日报》文荟副刊等报刊上。著名散文家韩小蕙就对陈世旭的《大自然之歌》评价非常高：“作者以他纯熟、灵异、滚滚滔滔、出神入化的诗意文字，分别抒写了森林、草原、河谷、湖泊的造化风韵与内在气质；还以他独异于他人的深切感受，代表人类向大自然膜拜，把‘环保文学’的理念提升到了一个新的表达高度。”[①] 可以说，陈世旭的散文融精巧的构思、精湛的文笔、磅礴的气势、独到的感悟于一炉，进而书写天人合一的纯正与和谐，呈现自然生态的唯美和生命世情的本真。

总之，作家陈世旭以悲悯的眼光观察世界，挖掘现实生活中人与社会平衡中存在的问题，并通过自己的创作去思考几十年来社会化转型期的阵痛以及对人性的伤害及其变异，无论是小镇人物、乡村人物还是知识分子人物形象的塑造，都致力于呈现他们在社会底层挣扎中的呻吟、疼痛、焦虑以及对真善美的追求，是作家本人对社会变迁的独特思考和对人性异化的真实反映，呈现出历史发展进程中各种人物的生存方式、生命体验和生存状态。正是这种知识分子情怀的责任担当，使作家不断地创作文学作品，从人文关怀和问题审视的角度为社会的发展奉献自己的精神力量。

作者系井冈山大学人文学院中文系副主任、副教授，文学博士

本文原载于《江西当代作家创作论》，
百花洲文艺出版社2013年5月出版

① 韩小蕙：《2010年散文印象》，2012年8月15日《文艺报》。

董迎春 |

# 论现代诗歌的幻想性与艺术书写的可能[①]

现代诗歌[②]是一种增补，语言亦是，诗歌的语言更是增补中的增补，它在修复、裂变的缝隙中创造种种思想可能，这种可能是语言的、艺术的、更是思想、思维自身的，倘若没有这种裂变与创造，人类的思维大概会永远落入种种樊篱与表达的套路、思维的窠臼。现代诗歌恰恰要表达种种的“可能”，作为读者唯有成为主体，才有种种替补、修复的可能。阅读是参与其中，犹如生活其中。这样的艺术表达方成为主体的真正体验、发现、审美、智慧。

然而，当下汉语诗歌的写作发展的吊诡之处，正在于写作者对幻想的巨大漠视与幻想表达能力的缺乏，而生活的现实的幻想不过是现实的现实，与怀着惊奇与冲动的幻想，相离甚远。对现实的幻想，恰恰呈现了当下文化的精神危机与生命的巨大虚无的气息。幻想属于真正的艺术家、艺术，同时也克服过于现实的人类精神空无与宿命论的生存危机感。惟其如此，艺术的幻象才爆发出活生生的现实力量，感染、提升那类具有阅读、鉴赏、沉思、选择能力的读者。

---

① 本文系2011年国家社科项目“朦胧诗以来现代汉语诗歌的语言问题研究”（11BZW096），广西教育厅《20世纪80年代诗歌话语研究》（201204LX073）阶段性成果。

② 本文重点探讨的是“现代诗歌”写作的本体意识及书写可能，而非中国现/当代文学史的历史分期中的“现代诗歌”概念。

## 幻想与想象

古今中外，关于想象的观点较为丰富。它成为作家重要的表达能力之一。

郭熙指出："真山水之云气，四时不同，春融怡，夏蓊郁，秋疏薄，冬黯淡。尽其大象，而不为斩刻之形，则云气之态度活矣。"[①]陆机《文赋》认为作文"其始也，皆收视反听，耽思傍讯，精骛八极，心游万仞"[②]。《文心雕龙·神思》则强调："登山则情满于山，观海则意溢于海，我才之多少，将与风云而并驱矣。"[③]想象，是艺术表达的重要能力之一。它是人类从功利的现实维度进入精神自由的重要途径之一，也是打通现实与精神层面的情感纽带，它促成了审美表达的艺术可能。

在西方，"想象"则表现为主体的一种审美意识，"与逻辑、概念、历史、物我、区别暂时不存在的直接关系，而直接关注于对象世界本身"[④]。德国哲学家卡西尔则强调："想象不再是那种建立人的艺术界的特殊的人类活动，而具有了普遍的形而上学价值。诗的想象成了发现实在的惟一线索。"[⑤]显然，通过概念的层面仅是一种纯形象。这类形象可以靠科学来发现，而后者的则在艺术中展现。想象，正是这种审美活动的逻辑起点、过程与可能。

想象是写作者、读者必然的审美能力，没有想象力的诗歌无法成为真正的艺术作品，但是，当下诗歌发展的误区在于，90年代以来的诗歌写作中，许多诗人拒绝想象力，提倡冷抒情，关注日常生活的零度叙事，这就引起当下诗歌表达上的困境，诗歌容易滑入扁平化、凡俗化、单一化、浅薄化的认知误区，与当下现代诗歌写作的表达可能渐行渐远，而艺术作品本身的艺术性的自我认同，在缺少想象与想象力表达能力的诗歌中被暂时搁置与忽视。

从读者角度来看，没有想象力的诗歌，无法形成作品接受中的联想空间，无法形成诗歌语言本身的内在张力。"要看透一个诗人的灵魂，就必须在他的作

---

① 郭熙：《林泉高致·山水训》，《中国美学史资料选编》（下），中华书局1981年版，第13页。
② 陆机：《文赋》，霍松林主编：《古代文论名篇译注》，上海古籍出版社1986年版，第95页。
③ 刘勰著，王运熙、周锋撰：《文心雕龙译注》，上海古籍出版社1998年版，第245页。
④ 潘知常：《诗与思的对话》，上海三联书店1997年版，第362页。
⑤［德］恩斯特·卡西尔著，甘阳译：《人论》，上海译文出版社2004年版，第215页。

品中搜寻那些最常出现的词。这样的词会透露出是什么让他心驰神往。"[①]诗歌作为艺术中的最为主要的文体之一，它与艺术、艺术性的关联无法割裂的纽带就是由语言促成受众展开联想的审美空间。放弃审美的主体价值，这也就丧失了文学的自身意义。而想象、想象性正是深度审美体验能力的表现之一。

幻想，表现为一种想象力的能力。汉语由于其自身的特殊性，存着某种隐喻的结构。"中国的诗言语如何能被读作一种最经常是曲折蜿蜒的特殊隐喻，同时它的隐喻价值始终是含糊不清的。"[②]在诗写中，幻想具体表现为冥想、沉思，通过语言去呈现诗意、诗性；对诗歌本体中诗性、文学性的追求，诗歌的语言自然附上了诗歌本身所必需的内在张力、艺术性。缺少想象力的诗歌往往表现为语言平面化、呆板、缺少内在的节奏、韵律，缺少诗歌自身的神奇、新颖。当下诗歌对日常化、叙事化的过度强调，导致了当下现代诗歌书写想象力的匮乏，长此以往，现代诗歌就渐渐滑向了大众化、小趣味，语言表达的技巧也仅是语言层面上的诗味，缺少诗歌的深度蕴含、无法打通语言与精神层面之间的艺术关联、无法生成艺术之诗的内心力量、艺术情操。时间是人间的心理期待，它与死亡、爱情、占有、失败、坦诚、焦虑、热忱、念想、幸福、美好……相关，它也诉说着存在的秘密与幻想的激情，持之以恒，但也冷酷无力。当一个习诗的写作者遭遇此种心灵体验时，时间在消失，所有一切"相关"仅是生命的根基，但并非终极，它们铸造了生命的诗性与可能。诗歌就是一种想象与想象力的召唤。在可能中促成你去想象某种画面，抑或有关生命的哲理的沉思，甚至纯粹语言自身的内在呼吸与节奏感……优秀的、经典的文学都是创伤性、审美性的体验与追忆。

"写作"赋予了生命的起死回生的可能。"我不为写作的乐趣而写作，而为了用文字雕琢光荣的躯体。从我坟墓高处细看这个光荣碑，感到我的出生好似一场必须经历的痛苦，为了最终变容而暂时显示的幻想。为了再生，必须写作；为了写作，必须有一个脑袋，一双眼睛，两只胳膊。写作结束，身体器官自行消失。"[③]作为艺术的书写，现代诗歌所体验到的正如现实的痛苦，它所能启示的正是通往存在的种种可能。写作者无数次经历现实的情感、生命信仰之间的冲

---

① [德]胡戈·弗里德里希著，李双志译：《现代诗歌的结构：19世纪中期至20世纪中期的抒情诗》，译林出版社2010年版，第31页。

② [法]弗朗索瓦·于连著，杜小真译：《迂回与进入》，生活·读书·新知三联书店2003年版，第254页。

③ [法]让-保尔·萨特著，沈志明译：《文字生涯》，人民文学出版社1988年版，第121页。

突，而以厌烦、冲突的心态想了结现世的生命，抑或从此轮回转胎，或许本身解决的正是疼痛、冲突的内心。写作者在现实中或将其看作事件，或本身选择了一种撕毁、离弃的生命态度。这种颤抖、痉挛的慨叹、冲动，在内心无数次响起，写作者曾一次次向内心作出暗示。“诗人需要让鲜活的过去成为他不带褊狭地关照现在的工具，成为他用更少的话说出更多内涵的工具；他一定希望拥有圆通的技巧和才能，让过去的历史对他的诗预设的读者有所助益。”①

诗性、诗意的想象趋向诗意本身表达的更深层面、更深意识中，与幻想有着某种精神关联。幻想，从哲学意义上看，它表现为人类对未知世界的一种想象。它的未知性，促成了诗歌本体生成诗意、诗性的可能，也即符合诗歌的语言本身的创造性。一个族群、一种文化，如果淡化了人类的幻想精神，就消失了人类诗性思维创造、衍生其他文化精神的可能。当下危机主要表现为技术文明、物质文明这类现实的、功用的、可操作的、经验的因素对人类模糊的、想象的、超验的、可能的思维的挤压。而前者，恰恰是人类丧失诗意、并在内心不断感觉到虚无的原因之一。哲学诗人荷尔德林说，“充满劳绩，然而人诗意地/栖居在这片大地上”②（《在可爱的蓝色中闪烁着……》）。荷尔德林作为浪漫主义的创作先驱，不断反思现代物质、技术文明，自始至终保持着一个智者、哲人对当下文化的清醒认知，守护着作为人类必然呼吸与共命的可能的精神家园。相对现实而言，它不过是一个单个的棋子。但诗人的意义在于，成为极少数、边缘化的那类标出的文化符号，再与现代社会作一个抗争游戏，正是这种清醒的抗争、文化上另辟蹊径、精神上深度的忧患意识，促成了荷尔德林的浪漫主义的诗人情怀对于当代的重要价值与深刻影响，作为诗人，他并不寂寞。诗人为当代人类走向自我中心化、欲望化、物质化、现实化的价值体系提供了另一种对人类自我解读的可能，从而，维系人类自童年、天性中对诗意、诗性的契合、感应，在超验、神性的自然面前，人类找到回归自我、内心的情感动力。“无限的形式与无限的质料由此而互相关涉和统一，即通过那种契机无限的形式接受一种结构，强与弱的转换，无限的质料接受一种和谐的声音，明亮和轻微的转换，而两者在缓慢和迅疾中，终于在运动的静态中否定地相统一。”③

---

①［美］理查德·威尔伯：《围绕霍斯曼的一首诗》，哈罗德·布鲁姆等著，王敖译：《读诗的艺术》，南京大学出版社2010年版，第100页。

②［德］海德格尔著，孙周兴译：《荷尔德林诗的阐释》，商务印书馆2000年版，第106页。

③［德］荷尔德林著，戴晖译：《荷尔德林文集》，商务印书馆1999年版，第238页。

《文心雕龙·神思》写道："神用角通，情变所孕。物以貌求，心以理应。刻镂声律，萌芽比兴。结虑司契，垂帷制胜。"① "想象"在现实之"物"与艺术"象"之间产生了重要的联结作用，"现实/想象"的对立性，在幻想中完成了两者之间的关联，幻想则是想象力诗歌的深度发展意识与思维，表现为对现实焦虑的克服能力与可能，幻想在消解种种生活层面的缺失、顾虑的同时也生成了艺术作品本身所需要的联想、审美空间，形成语言表达的艺术之美、思想之美。

## 幻想与书写

幻想，是对现实的一种克服，诗歌的幻想、幻想性形成对现实、日常生活的有效增补。"人不过是一具激情骨架，而此骨架本身只不过是对于一种虚无的幻想：人是不确定者。"②时代总比人性慢几拍。对任何一个时代，我们总有许多埋怨、忧患，但是恰恰是这类批判与反思的意识推动了人类的文明进程。任何艺术体制都意味着一个系统，系统则意味着稳定、坚固，而文明则代表着开放、可能。任何艺术体制倘若没有质疑、批判，它则会落入圈套、因袭，而人类的文化则需要消解、激活，从而对现在的种种体制进行修补。只有当体制与文明联结时，体制才成为文明，文明也走向体制。无论西方的中世纪，还是中国历史的专制，帝国思维的体制化、系统化则让文明沾满了人类用双手酿造的罪孽。诗歌像四处奔走的幽灵横闯着历史的痛处。没有一种体制完全文明、完满，唯有一种被不断批判与质疑的体制方有可能走向文明的创生、生长，它容于断裂、果决、开放、多义，因而成就了人类文明的某种现实典范。它在一种不断解构、幻想之中，因而它有着更为坚固、强大的希望。诗人也可能是一个知识分子，知识分子就是不断对社会发言，批判，质疑，捣毁固有的、因袭的结构、板结系统。它播撒友爱、对人类苦难的同情之心，它是历史的偶然组成的生命事件，也是内心最为饱满、强大的存在憧憬。

诗歌本身无关政治，但诗歌却无处不是现实境遇的内心回声。再孤寂的幻想都是人间心灵所思、所想的现实投射。艺术一方面以"纯粹"、"美好"成就艺术，一方面也充满"嘈音"、"复调"丰富、灵动地表现艺术自身。写作者的

---

① 刘勰著，王运熙、周锋撰：《文心雕龙译注》，上海古籍出版社1998年版，第251页。

②［法］罗兰·巴尔特著，李幼蒸译：《写作的零度》，中国人民大学出版社2008年版，第74页。

清醒成为这个时代知识分子的某种表征，独立维系着自身最宁静的内心。而幻想正是对内心陪护、侍奉的最好动力、途径、果实与可能。诗篇赐予了这种对生活对立的可能，它创造了唯美的心灵空间，让读者不自觉地滑入诗景、诗思中去，在艺术的种种想象、联想中完成最终的文本生成。

幻想，是诗歌练习的途径之一。保持大脑里的语言思维也是缓解、疗救生命的孤单与忧伤的途径之一。一个优秀的诗人固然需要禀赋、才情，也无法拒绝孤寂式的沉思、漫游式的遐想。当思想的元素、激情被点燃成诗歌的韵味、诗意的火种时，一首关乎美好、深沉的诗篇便如此诞生。正如那热闹、喧哗的声名带给许多人的动力、欢喜、荣耀、满足感一样，诗人更渴望心灵的清醒、思想的智慧。诗人，从柏拉图的理想国被放逐之后一直到浪漫主义时代，一般缺失下面的、美好的形象，与颠覆、纵欲、反叛、忧郁、过于堕落、敏感的含义相关。但诗人的确也成就了人类思想版图中另外一面，如西方的但丁、歌德、艾略特，中国的屈原、李白、苏轼、海子一样，代表着某种深刻、智慧、诗意、热爱。诗人西渡说："在一个消费时代，写作，尤其是诗歌写作，是一种孤独的劳作。在这里，表达的自由是通过被遗忘的方式争取到的。面对时代的嘈杂和喧嚣，它是一声不那么响亮却坚定的'不'。虽然微弱，却是我们拯救自身的一个有限的机遇。对那些寄生于写作的人们，它永远是在字斟句酌的严格约束中，表达对生命的刻骨铭心的爱。"[①]作为诗歌写作多年的习诗者，诗人热爱着诗歌正如他游离、拒斥那些来自黑暗的力量、游戏规则，他们在诗歌中获得了反思与欢喜的可能。语言提供了最好的心灵居所，供诗人通过语言抵达人类的富有幻想特征的家园。诗人像常人用语言去吃饭、对话，同时他们也在语言中与思想、艺术的情怀相拥而眠。这是现代诗歌的语言启示给诗人的荣幸与生命智慧。

同时，诗歌的"现在时"/"未来时"的转换增添了当下汉语诗歌的结构张力。这一切是诗中现实语境的自我写照，也可能是心灵在场的无限遐思——把支离破碎的生活碎片通过形式、结构聚成世界的主题，"中性的内心性取代了心绪、幻想取代了现实、世界碎片取代了世界统一体、异质物的混合、混乱、晦暗和语言魔术的魅力"[②]。诗人的"幻想"抵达了生命的在场，诗人现实的生活碎片凝聚成语言之美，从而启示着生命种种存活路径及其可能，最终靠近人类家园的

---

① 西渡：《灵魂的未来》，河南大学出版社2009年版，第261页。

② [德]胡戈·弗里德里希著，李双志译：《现代诗歌的结构：19世纪中期至20世纪中期的抒情诗》，译林出版社2010年版，第15页。

合理的、健康的、正面的、喜欢的心理暗示与吁求。诗歌通过幻想完成了自我心灵的救赎。奥地利诗人特拉克尔说：“在濒临死亡的存在的那些瞬间里，感觉到：所有的人都值得去爱。当清醒的时候，你感受到世界的残酷；其中有你全部不可推诿的过错；你的诗歌只是一个不圆满的赎罪。”①

写作者，运用了语言远离了疲惫的生活现实境遇，同时也以语言作为艺术、思想嫁接的媒介与世界和解、沟通，呈现出深度诗歌的现实转化与社会影响。曾获诺贝尔文学奖的法国诗人圣-琼·佩斯如是说：“诗歌不仅是一种认识手段；诗歌首先是一种生活手段，而且是完整的生活手段。既然诗人曾存在于史前穴居人之中，诗人也必将存在于原子时代的人们中，因为这是人的个性中不可分割的部分。诗的向往，就其实质来说是精神的向往——正是它产生了宗教，而且诗歌的权威永远在人的燧石中激发出神的火花。当神话崩溃的时候，神在诗歌中找到了他的避难所，也可能找到了未来的保证。……忠于自己职责的当代诗歌——其职责正在于理解人类的奥秘——正孜孜不倦地进行探索，而这些探索的发展是与人类的复归相联系着的。”②诗歌就是这么神奇、神性的诗意力量，它打通现象与内心、维系美好与信心、联结生命与信念、关乎虚无与友爱。最终在幻想的、超验的艺术书写中，呈现人类情感的积极动力与正面意义。

## 幻想与艺术性

诗歌与道义、信仰相关，也是一种抵达孤寂的形而上学（“死亡”）思索，触摸内心的真实的自我灵魂，由内而外地激起更多的生命空间予以思想的回声与艺术共鸣。这并非沉寂、沉默的东方美学，也绝非仅是西方的纯理性的哲理趣味，而是当代在互联网、地球村时代东、西方文化“一元化”时代（奥地利哲学家基尔克果的“或此或彼”的关系），一个习诗者如何面对自我、他者的世界性关系的审美判断。这些与诗相关，也与诗无关。也许是一首“冥想”的“小诗”，也许是一次情感练习、存在思辨，更是在深度幻想型的潜意识中，对深度现实的把握能力与艺术信心。它变成精神食粮，深深烙在诗篇、内心深处，“冥想”见证了诗性、庄严、热爱与静默，一首小诗的诞生，就是某种心灵事件的刻

---

①［奥地利］格奥格·特拉克尔著，先刚译：《特拉克尔诗集》，同济大学出版社2004年版，扉页。

②［法］圣-琼·佩斯著，冯征译：《诗歌——在接受诺贝尔文学奖仪式上的演说》，王家新、沈睿主编：《二十世纪重要诗人如是说》，河南人民出版社1992年版，第91页。

骨铭心的眷恋与深情。

从幻想到幻象，形成了诗歌表达的重要路径之一。诗歌是语言的艺术；语言是表达情思的媒介。汉语诗歌有着语言本身的特殊性、意趣性。中国古代诗性传统中讲究诗歌的蕴涵、韵味的美学理念。诗歌要完成的是最终成为一首诗，一个艺术作品。而现代诗歌中最为关要生成诗意、诗性的途径，在于诗歌提供一种想象或者联想的艺术空间，宋代梅尧臣说："状难写之景，如在目前；含不尽之义，见于言外。"[①]写作者、习诗者在诗中写出了某种精神的困境，既有现实的投射，也有幻想的成分。诗意在这种现实与错乱中让读者展开想象。

审美空间称为张力，诗歌的张力是通过语言呈现的。而现代诗歌的语言一方面表现诗歌的意象之美，一方面又指向意象之间组合成句（诗行）而产生的艺术光晕。显然，意象构成了诗歌表达的书写媒介、沟通读者、作者之间的情感纽带、阅读与阐释诗歌的思维钥匙。而意象在现实中被称为物象，经过艺术处理后称为意象，但当其从一般差异性、新奇性的意象上升为更具艺术魅力、美感时，就指向了"幻象"，这也是诗歌幻想型的深度体验的某种艺术结晶。孤独的形而上学的诗学体验成就了现代诗歌，"现代抒情诗如同一个宏大的、还尚未为人所知的、孤独的童话；在它的花园中有鲜花，也有石头和化学颜料——有果实，也有危险的毒药；在它的深夜，在它的极端温度下存活，是艰辛的。谁如果能倾听，就会在这抒情诗中感受到一种坚硬的爱，这爱希望自己永远是新鲜的，由此更倾向于朝着混乱或者朝着虚空而不是向我们说话。被幻想的暴力肢解或者撕碎的现实作为废墟景象出现在诗歌中。在其之上是强造出的非现实。但是废墟和非现实都承载着抒情诗人之所以写诗的秘密。"[②]

幻想，作为艺术沉思、书写的路径，它有助于写作者打破现实/想象、实有/梦幻之间的经验关系，从艺术审美的立场上处理、加工"物象"，在艺术的维度上不断强化自身的合理性、艺术美感。保罗·迪曼在他的名著《阅读的寓言》"符号学与修辞学"一章中提出下列理论："文学及一切有文学意义的文字和语言都具有双重结构。它们是'换喻'结构和'隐喻'结构。和换喻结构相应的是理性的逻辑思维，语法，故事的陈述，评述插话，因此它给作品提供了故事的时、空细节和具体的秩序和情况；而隐喻的结构则是带有浓厚的作者个人和读者个

---

① 叶朗：《中国美学史大纲》，上海人民出版社1999年版，第300页。

②［德］胡戈·弗里德里希著，李双志译：《现代诗歌的结构：19世纪中期至20世纪中期的抒情诗》，译林出版社2010年版，第199页。

人的主观色彩的想象与象征的产物。和隐喻结构相应的是朦胧的修辞格，想象力所萌生的隐隐约约的含义，因此隐喻结构为作品和文字带来神秘性、象征性、不可定性。”[①]幻象提供了一条经济的、有效的情感路径，让读者在幻象中体验艺术的韵味与神奇之美。幻象是打破现实与艺术之间的关联，让现实成为艺术的一个层面，形成两者之间的或此或彼的相互映照关系、虚实相间，颠覆既有的、传统的文学思维，传达艺术作品理想的想象之美、意境之美。

幻想，也离不开孤独、独处的创作情境。“孤独”成为诗的悖论与永远的主题，既是醒目的艺术触媒，也指向活生生的否定事实。诗歌作为语言的艺术，仿佛在凝重的黑暗中尚存的点点希望，它悄悄通过叙说、缅想，最终切近生命中的欢喜与坦然面对各种裂隙。诗歌是一种逃离的艺术，写作者在诗中强调生的力量、信心；幻想也识别痛感、遗忘，以及在诗中缓缓流逝的眷恋、梦想。“诗不只是此在的一种附带装饰，不只是一种短时间的热情甚或一种激情和消遣。诗是历史的孕育基础，因而也不只是一种文化现象，更不是一个‘文化灵魂’的单纯‘表达’。”[②]一首诗似乎毫无准备，也是写作者多年来的深思熟虑。正如涓涓不息的生命溪流，来得偶然、独立，但精神上多日的积累而成的心理压力、紧张感，以及远远脱离与滞后于人性的时代的不安、仓惶的逃离意识，让诗成为某种必然、增补，最终凝聚成幻想的艺术结晶。

幻想有助于形成艺术之美，强化艺术的接受效果。“中性的内心性取代了心绪、幻想取代了现实、世界碎片取代了世界统一体、异质物的混合、混乱、晦暗和语言魔术的魅力”[③]，写作者的身份离天地神人的会通、缀联，显然相离甚远。诗人在诗篇中不断、重复识别“自我”的回声与镜像，创造艺术与思想的过程，成就了习诗者的创作信心与自我身份。“身份不是孤立存在的，人如果面对的完全只是自己，可以对自己幻想成任意身份，那么身份就可以随意变化，但是只有精神分裂者在自己心中用不同身份传送并接收符号。”[④]显然，习诗者、诗歌、时间、死亡均在“偶然”的运思中获得创作过程携带、衍生的“意义”。偶然，可能是一种激情，最终歇为静默的诗篇。“文学的写作仍然是对评议至善的

① 郑敏：《结构—解构视角：语言·文化·评论》，清华大学出版社1998年版，第199页。

②［德］海德格尔著，孙周兴译：《荷尔德林诗的阐释》，商务印书馆2000年版，第46页。

③［德］胡戈·弗里德里希著，李双志译：《现代诗歌的结构：19世纪中期至20世纪中期的抒情诗》，译林出版社2010年版，第15页。

④ 赵毅衡：《反讽时代：形式论与文化批评》，复旦大学出版社2011年版，第78页。

一种热切的想象，它仓促朝向一种梦想的语言，这种语言的清新性，借助某种理想的预期作用，象征了一个新扩增将建立一种全新的文学”①，写作者、习诗者在这种精神的偶然邂逅中升华自我，通过与“星河”的追随者对话，从不安、焦虑的疲惫现实中暂时获得了生命的宁静与信心。

诗歌就是这样一种迂回、神奇的艺术（对写作者而言），它在书写中完成反思与自我塑造、提升的可能，而读者亦同样在诗篇中操练心灵、产生情感共鸣。因为自在的、邂逅的灵感，“幻想”最终将促成某个思想主题的诞生。好诗更是这现世中一种良药，增补我们强健的体魄与内心。此刻的“时间”将成为永恒，孤寂也因此而生动、自然地走进读者必然需求的内心。“诗篇”，成为现世的一面镜子。幻想克服了现实的焦虑，成为深度现实，介入当下，不断地让艺术凝聚、裂变新的思想可能。

## 结语

幻想，作为人类的某种艺术动力，在人类的文明、文化演变中，成为某种思维成果，也是人类认识自我的某种可能。在诗歌写作中，幻想表现某种艺术生成的动力、机制，并且打破现实/想象、实有/梦想之间的关联，通过艺术的内在逻辑深化现实的经验、体验，从而，突破、修补人类思维上的某种局限。诗歌的幻想、促成了诗歌意象由一般新奇性、差异性向诗歌的较理想、深沉的接受效果提升、转化，从而赋予文学的某种艺术之魅，神奇、神性之美。

重建诗歌的幻想、幻想性，有助于修复当下现代诗歌写作过于注重口语、日常性对诗性、诗意的伤害所形成的创作、认知误区，有助于恢复人类意识深处的诗性、诗意的自觉的文化诉求。当下现代诗歌写作中的幻想精神必然成为某种积极深刻的艺术形式，深化、提升现代诗歌的表达能力、深度，从而真正推动、影响当下汉语诗歌的理论建构与创作实践。

作者系广西民族大学文学院副教授，文学博士，复旦大学博士后

本文原载于《浙江社会科学》2013年第1期

① [法] 罗兰·巴尔特著，李幼蒸译：《写作的零度》，中国人民大学出版社2008年版，第55页。

慕　羽

# 陶身体剧场“数位系列”：隐匿身份 突出身体①

近十年来，在中国舞蹈界出现了一个十分微妙的舞蹈现象：

主流舞蹈界虽然占有社会最大资源，从业者也最为众多，创作数量，尤其是舞剧数量更堪称“世界之最”，然而“繁荣”的演出要么是各种“献礼”、“评奖”，要么是舞蹈界内部的“卡拉OK”，要么就是大众文化的商业狂欢。多少年，舞蹈界拿得出手的文化争鸣匮乏之极，能成为街头巷尾议题的就更少，难怪无论是传统纸媒，抑或是新媒体，都提不起精神来积极关注中国舞蹈。

反而是被主流舞蹈界忽略的“边缘人”，即少量有一定规模的现代舞团和独立舞者的作品，常常见诸大众传媒，更是新媒体的宠儿。虽然观众不多，但显然“边缘人”在媒体人眼里并不见得“边缘”，反而是“主流”常常不见踪影。

可见，彼此鲜有来往的“边缘”和“主流”只是相对而言的。

2013年夏天，一支被认为是“导正中国现代舞发展方向”的新锐舞团——“陶身体剧场”（TAO Dance Theater），才真正登上了体制内最重要的文艺平台——

① 本文根据“慕羽舞语：青年舞蹈家系列对话录”现场记录写作。国家大剧院艺术资料中心“走进唱片里的世界”不定期主办“青年舞蹈家系列对话录”，主持人是北京舞蹈学院副教授慕羽博士。每次“对话录”，慕羽作为专业舞评人将深入浅出地为观众们引介中国新锐的青年舞蹈家，推荐他们的作品，尤其是即将登上国家大剧院舞台的作品。2013年7月27日的“青年舞蹈家对话录”，慕羽邀请了“陶身体剧场”的艺术总监陶冶、乒乓策划公司艺术总监方美昂等，以访谈形式带领现场观众走进他们独特的身体“万花筒”探秘，也为观众在国家大剧院小剧场欣赏陶身体剧场的演出提供一个“导赏”。

国家大剧院。在“中国舞蹈十二天”中，以先锋姿态正式带来了“数位系列”作品《2》和《4》。尽管这个被国际现代舞大师林怀民最看好的、最肯下功夫的编舞家小型团队曾多次参与中国非官方主办的各类现代艺术节，然而一直处于“墙内开花墙外香”的状况，此次“迟到”的亮相可算一个中国现代舞生态悄然变化的文化事件。

## 不是做“中国的现代舞”，而是“在中国做现代舞”

多年以来，中国舞蹈界主流的舞风常常淹没在杂糅的动作语言、寡情的技巧展现、矫情的情节设置、雷同的风情展示和难以深究的主题立意中。从舞蹈创作形态上看，模仿大于象征，再现大于表现，雷同大于原创，表面大于内省，浅显多于深刻；而且由于中国传统舞创作需要找“时代感”，提倡“创新”；而现代舞创作又需要体现以“中国特色”、“民族特色”的集体诉求，而不是基于编导个体的选择，致使传统舞不很传统，现代舞不很现代，大量作品你像我，我像你；你中有我，我中有你。随波逐流和未能深入地思考舞蹈创作文化意义的编导比比皆是。

换句话说，我们的主流舞蹈作品大多呈现为“仪式化”的厚重和“游戏感”的愉悦，缺乏“探索式”的勇气。实际上，光是“故事动人、情感真挚、风格纯正、技巧高超、舞美现代”的舞蹈作品是无法拥有真正具有国际竞争力的现代文化力的。

这种主流舞风在陶冶看来就是一种“身份”。为什么后来的创作要隐匿“身份”呢？其实这是陶冶对中国内地一直以来的创作主潮的一种“反思”。陶冶由于天生软度好走上了舞蹈生涯，在学习民族民间舞、古典舞时陶冶常常问自己，为什么要笑？为什么要这样运动自己的身体？从一开始这个问题就一直伴随他，直至今天。

一次机缘巧合，陶冶在部队文工团接触到了现代舞，他爱上了这种方式。从那时候开始，他决定退伍，离开文工团，进入现代舞团。超强的悟性和敏锐度使陶冶找到了自己的身体语言。幸运的是，像陶冶这一代年轻人已经没有上一代现代舞者碰到的一定要“民族化”的压力了，无论做什么，都可以基于自己的选择。对他而言，现代舞属于当代艺术范畴，当代艺术最大的定义，就是“没有定义”，就是“不确定”，更不会基于某种既定的、原来的“身份”。

陶冶的妻子段妮碰到的又是另一个“身份”问题。段妮是舞团最具国际性的一位舞者。她的现代舞系统教育源自于我国著名的现代舞教育家杨美琦的广东教学基地，因此在本科阶段就获得了ADF美国舞蹈节奖学金，后来还先后加盟过英国伦敦阿库·汉姆舞团和美国纽约沈伟舞团等世界性一流舞团。在陶冶看来，段妮在中国是独一无二的“个例”，他们在上海金星舞蹈团认识。2008年在陶冶成为独立舞者后不久，他们在北京重聚。此时，他们认为，两人的意识状态和身体的运动方式已经可以独当一面了。经过了世界语境的“洗礼”，历史上和现实中的杰出现代舞蹈家的身体，对“陶”而言，也都只是前辈们各自的“身份”，代表了各自身体框架的东西。

而更为关键的是，他们赶上了好时候。2008年奥运年后，世界各地的眼睛都朝向中国。如果说，10年前，沈伟选择在纽约建团是一种文化选择的话；如今，越来越多的舞者选择“回归”中国。对新一代年轻的海归舞者而言，“国际舞台”的确是不能忽视的生存空间，甚至国际演出还是当前中国现代舞和现代舞人生存的基石。然而，“文化中国”更是他们的存在空间和根基。

在旁人看来，陶身体剧场从2008年的“三人行”成长到今天，是极其不易的。不过，对他们自己而言，却是一种幸福。因为他们抱持一个坚定的信念，即不是去做“中国的现代舞”，而是“在中国做现代舞”。有这样一种精神力量做推手，使他们可以享受这个枯燥的过程，并且在这个过程中“封闭”自己、“打磨”自己，去关注身体发展的每一个细节，甚至抛弃掉那些稀奇古怪的跳跃性“灵感”。陶冶认为，大智慧需建立并实施在人的“经验”上，而“经验”的获取就是要去“经历”它。

这个过程就是他所谓的“身体万花筒”探秘，从“身体动作”出发，忽略“表情”和“情节”，甚至隐匿掉“性别”和“身份”，而只关注作为个体的“人”本身。通过启发和互动，挖掘出作为“人”可以如何运动，身体有多少可能性，对空间有多少可能性，对音乐有多少可能性，人和人之间有多少可能性……他说，我们把玩“万花筒”是用一只眼睛去看“世界”，从一个点去找，就好像我们每个人的认知永远有限，所以现在的他会通过不断的“重复”去达到某种极致。有意思的是，他们关注“人”，最后在舞台上的“人”却化生为代表生命的“能量”，或许运动本身的意义就是某种生命联系吧。

## 从“why”到“why not”

谈到身体动作的可能性，其实这一步来得并不容易。因为中国的主流舞蹈创作遵循的是现实主义的生活逻辑或情感逻辑。我在这儿给大家分享一个Why not的典故：

那是1986年杨美琦第一次在ADF学习时，在上完了贝蒂·琼斯的一堂林蒙技术课，看完旅美日本舞蹈家永子与高丽（Eiko & Koma）的演出后，她向ADF主席查尔斯提出了一个个的问题："他们为什么要倒向地面"，"这是舞蹈吗"，查尔斯想到，"难道他现在要和她解释有关现代舞的理念吗？……"查尔斯并没有这样回答杨美琦，他选择用简单但却意味深长的两个词来解答杨美琦的疑问："为什么不呢？"

"为什么不呢"实际上是一种文化态度，也就是说"一切皆可存在，皆可发生"！正是因为这样一个强有力的反问句使杨美琦的舞蹈观发生了巨大的转变，用杨美琦的话来说则是"顿悟"。"为什么不呢"使她悟到了现代舞的精髓和实质，即个体思维观念的表达以及独立的创造。

不过，一定会有人说，90年代以来，探求身体运动的"可能性"，这不是一个现代舞人老生常谈的问题吗？甚至有专业人士私下质疑陶身体剧场："他们玩现代舞的方式还是西方四十年前的模式"。并认为"沈伟、林怀民，甚至音乐界谭盾等，玩的是不同文化交融的理解，而不是继续挖掘'可能性'，沉迷于技术表层"。笔者认为，如果说，"陶"的身体语言观仍然停留在四十年前，是无法解释他们能得到世界认同这个现象的。所以我们必须深层次去寻找原因。

的确，现代舞作为当代艺术的一种，更指向了许多公共性话题和普世价值的探讨，甚至世界就是一个"跨文化"的语境。全球化时代，舞蹈家们游走于世界各地大型国际演出场所，自觉或不自觉地"混置"于不同的制度、文化、信仰空间，使他们产生了时空表达上新的舞蹈身体语言，传递着他们对"身份认同"新的身体感知，即个体的"全球在地化"。

对于"陶身体剧场"而言，"全球在地化"也是他们新的生活状态。他们的身体语言有许多跨文化的质素，陶冶并不"封闭"，他们只是更能静得下心来去执着地进行身体探求。

国际视野最终使"陶"区别于其他"地域民"编导，他们对身体的探寻，与一般现代舞者的技法追求有着本质区别，他们正在建立自己的身体观和美学观，甚至以一个哲人般的睿智将"人"的存在提升到形而上学的高度。达·芬奇所言"简单即终极的复杂"，恰印证了他们的身体观，就是在"最简单"中去反射"最复杂"。他们探讨身体的运动观就像在探讨宇宙规则一样，方圆相互依存，缺一不可。换句话说，他们放弃了过去的运动逻辑和“身份”，去开发真正适合自己身体的运动方式；而且对自己的认识也是多层次、多角度，甚至是“他者”视角的。其作品看似简单，但每一个细节都渗透着坚定的美学追求。正是这种诉求触碰到了许多世界前沿的身体美学和“身心学”探讨。

第一台作品叫《重之三部曲》，其实在创作之初，陶冶就已经不想用什么“概念化”的名字去定义它了。似乎所有的字都代表不了他们的观念性作品，最后为什么“重”突出重围呢？是因为这个字一语双关，可以是重量的重，也可以是重复的重。身体动作在不同的重复、重叠、累积中形成不同的能量，进而汇集聚合成一种能量，可以隐含他们的生命之重，态度之重、精神之重。因此，英文翻译为《Weight x 3》。

也就是从这个作品开始，他们有了研究身体运动的理念，《重》所有的运动规则是从“走路”的身体传导研究出来的。数字序列作品《2》中陶冶和段妮则像两个皮球一样在地面上反弹，通过这个作品，他们也想寻找到一种运动方式，去研究他们的身体和地心引力的关系。由于动作质感一致，造型一致，就连光头的发型也都如出一辙，到最后，观众可能会模糊掉性别，甚至分不清楚哪个是他，哪个是段妮，而这恰恰就是他们的初衷。到作品《4》时，他们做得更为彻底，舞者一直保持着一种统一、整齐的运动方式，用身体各部分关节去划“圆”。四位舞者全都涂黑了脸，彻底隐匿了表情和性别。现实中四边形是最不稳定的图形，然而《4》这个作品却给人以十分稳定的感觉，再加之音乐人小河采撷的民乐队演奏前调音合乐时的声响，真是十分奇妙的“空间和谐学”。

然而，从《重》到《2》，再到《4》和刚刚完成的《5》，这一路的创作过程充满艰辛，日复一日，年复一年，除了演出，舞者们的生活方式就是把自己关在排练厅里面，训练自己，修炼自己。陶冶认为，这个过程对于现在的年轻人来讲，太苛刻了，几乎就是苦行僧。不过对于沉浸其中的舞者而言，这无疑又是十分幸运的，就像修禅打坐一样。回归本真，宁静致远，人生才如行云流水。难怪，陶身体剧场在探讨身体在空间进行点、线、面运动时，表现出了东方演员特别的身体质感，充满“禅意”。

## 关注陶冶的“现在舞”，更期待未来的突破

在中国，“好作品”通常会被认为是“人人都看得懂”和“人人都能被感

动”的。陶冶认为，这种传统的欣赏方式实际上是在看一种既定的、外在的身份认证，而忽略掉了个体的“人”。看现代舞，不是要去看风格是否纯正，情感是否动人，动作会否好看，应该换一个角度去审美。去了解这个艺术家在做什么，并给自己带来了怎样的感受，而不是去寻求一个标准答案。

面对现代舞作，我们可以不去问Why（must）？为什么（非）要这样？而是去问Why not ？ 为什么不可以这样？我们可以不去问什么是“中国特色的现代舞”，而是去问，“某（中国）人的现代舞有什么特色”？当然创作是多样而丰富的，每个人都可以有自己的看法。拥有自己的自由，前提是尊重别人的自由。艺术家如此，普通人也如此。

这是一个面向未来的舞团，据说他们的演出已经排到了2015年，希望他们能坚持下去，也希望中国的现代舞生态能让他们坚持下去。我们拭目以待，这个国际语境的中国现代舞团将会获得更多中国观众的认知。

面对世界的阴阳关系和各种身份，现在他们选择的是隐匿、规避，不知道随着年岁的增长，未来会否变化呢？就像参禅的三重境界“参禅之初，看山是山，看水是水；禅有悟时，看山不是山，看水不是水；禅中彻悟，看山仍然山，看水仍然是水”。

作者系北京舞蹈学院舞蹈学系副教授，舞蹈学博士，硕士生导师

本文原载于《艺术评论》2013年第9期

# 谭 袒 | 莫言：不能说的

见证莫言，必须从“未见”和“不证”说起，在一个全民消费莫言的当口，当事人、直旁系亲属及其故居都已被踩踏成院子里光溜溜的萝卜地，还要赶时髦地出来见证一下，非要说自己某年某月某日在某百人大会上远远张望过莫某一眼，实在是有些滑稽。但究竟也不是没话可说。正如莫言的遭际并非和自己毫无干系。谁都可能是莫言，甚至曾经是某种程度上的莫言，将来更有可能重演莫言的故事，形形色色的，不一定那么幸运，也不一定那么倒霉，不一定那么荣耀，也不一定那么窝囊。

莫言真成了他笔下一条透明的红萝卜，在一个诺奖引发的蛙声合唱里，被贴上丰乳肥臀的欲望标签，被檀香刑般残忍地消费。偏见不合理地合着人情民情国情。一千个狂欢的人想象和塑造出一万个活灵活现的农民作家、战士作家、体制作家、官员作家、色情作家、批判作家，甚至是绥靖作家。当事者本人也被贴满了各种漫画式肖像：愚孝的好儿子、怯懦的老丈夫、文学政治的投机商、经济生活的暴发户、武力面前的投降者、生不如死的苟活者……各种小道消息挟持了信任，真相本身已经被全民用娱乐的牙齿嚼成碎片，吐出来的，既不是莫言，也不是其他什么人。

莫言，莫言，他警告自己别说话，更警告你们小心点。可他还是咕哝着嘴，重复着“莫言莫言”的口号，又小声嘀咕着胡言乱语，究竟他说了没有呢？也说了，也没说。听懂的就说了，没听懂的就算了。农民的狡黠在人情世故的打磨下嗖嗖闪着寒光，民间的写史者首先要保证自己的安全。说书的民间传承，如长满老锈的铜镜，细节虽然模糊，轮廓却坚持着真相。常说画人画皮难画骨，可你把眼睛一眯，拭去皮肉浮云，留下的恰是满脑子印象。感觉，在形象晦暗不明之际活转过来。光与影流动变化，甚至导引性灵，驰骋幻觉，一个比真实更真的世界隐约打开了一个目不能及的虫洞。老祖宗踏着山水的气脉，轻轻一侧身，隐入现世的帷幕，却在那个独特的精神空间，主宰着充分东方化的神秘气场。

莫言选择了高密，或者借高密来说话。高密，不仅是山东的一个地名，更是属于莫言的高度秘密，甚至可以过度阐释为高密度的精神场。在晨昏交接之时，莫言捂着嘴巴，惊恐地见到了光影的反射和转折，他偷偷记下来，以其质朴直白的笔触，袒露幻化的真实，或真实的镜像。这些奇异的句子和描写，足以惊呆绝大多数阅读者。而作为莫言本人，也许仅仅是勉为其难地尽到了一个记录者的责任？拿枪的手拿笔，毕竟是有点笨拙了，好在够直接，够袒露。他记录得不一定句句属实，但终是没有撒谎。莫言，通过不说而说的策略，使他成了隔世的信使，怀揣着不能说的使命。他是个不幸的现世人，每个细胞都充斥着疑问，他是个娱乐的好苗子，是汉语文化复兴的被动幻想对象，更是群众新一轮末世狂欢的幸福因子。

若调侃他一下，不如效仿宋朝的皇帝，给他起个“莫三变”的花名。一曰变形。他笔下的世界，变形而诡异。扭曲的庄稼，旋转的房屋，甚至围攻妇产科医生的蛙群，都把周遭熟悉的事物，村前屋后俯拾皆是的景象，变成了饥饿流涎、神秘怪诞的大口。山水俱在，却如精灵附体，现世报般审度着人世的荒唐。二曰变色。他在色彩方面的运用也为评论家所乐道，但还是土生土长的农村小传统的根基：白晃晃的太阳，黑压压的天空，腥红的高粱地，绿油油的面孔，也许是人类缺血状态下的正常生理反应，甚至不过是天气和心情以及肚子饥饱带来的各种短暂性神经反射，作家仅不过是描绘其眼中的真相，相信当过兵的莫言不是色盲，而我们却如同看到了色盲的画，陌生的用色使我们惊为天人，把村里绣鞋底的小媳妇、画年画的老太太膜拜成乡野的凡·高。三曰变态。其作品中充斥着各种性变态、人格变态、官权变态、财迷心窍、信仰变态、心理变态的大小人物，个个猥琐、怯懦、自私、冷酷、残忍、却又悲痛万分地苟活于世。如《檀香刑》中嗜血狂魔的沉溺，一张老实巴交的农民脸，贪婪地吮吸着桃木剑上滴落的英雄血，还模仿着贵族的姿势，跷起兰花指，剔除牙齿缝里的头发丝。在《生死疲劳》里，他甚至化身为动物，汲取其蛮劲、犟劲、野劲，冲破人类的无能，以牲畜的心理和视角打量更加变态的人性。透过驴眼、牛眼、猪眼、狗眼，以六道轮回的方式硬写人世的荒唐。

熟悉的某个瞬间，如石头般掉落的大雁，贪婪的、疯狂的、惊愕的、痛苦的、狰狞的表情，击中牛鬼蛇神们嘈杂的、凄厉的、狂喜的声音，社会中激情、暴力与娱乐的纠缠如当年一样错综复杂。虚构和事实的差距并不如想象中巨大。也许大家都是病人，仇恨和鄙视都不是救世的良方，善良和同情却只假以牲畜的口吻，在低处隐秘地呻吟。莫言啊，真的很多是不能说的。

作者系广州市文联创研部编辑，暨南大学文学院博士生
本文原载于《见证莫言：莫言获诺奖现在进行时》，
漓江出版社2012年12月出版

熊　立

# 中国电影理论的知识品质①

与西方电影理论相比较，中国传统的电影理论没有形成一套学科性的知识体系，但是在近百年的电影实践中，中国电影却有着实质性的理论形态，这种理论形态表现出独特的知识信念、知识品质。与西方电影理论分析性的知识形态不同，中国电影理论具有鲜明的"实用理性"特征，又以较为显著的感性经验拼装的形态，在"言"、"象"、"意"的基础上形成了独特的求知之路。对中国电影理论知识品质的清理与辨识，一方面是要在业已西化的电影知识体系中开辟与本土生活世界相对应的中国电影理论的逻辑空间；另一方面，在当下电影数字转型的关口，为重绘中国电影理论的知识图景提供必要的原发性支点。

## 实用理性

对于中国而言，电影是西方现代社会的产物。在中国的本土知识传统中，并没有现成的电影理论，我们有关电影的概念、原理、规则、标准等知识形态大多转借于他国。从这种意义上来说，电影一词和现代学科意义上的电影理论，是西方学术的舶来品，中国没有形成独立、系统的电影理论知识领域。但另一

① 本文系2012年度江苏省博士后科研资助基金项目"中国电影理论谱系研究"（1201020C）阶段性成果。

方面，自从电影传入中国，它就融入了中国的文化语境并和社会实践紧密地结合起来。中国电影在百年的发展历程中将道德、社会、人生、人性等关键词纳入了理论范畴中，形成了鲜明的实践性品格，这种品格不仅影响了中国电影理论的格局，也引导和促成了中国电影的民族特色。

当电影漂洋过海来到中国，就面临着与西方社会决然不同的文化语境和社会现实。国人对于电影这个舶来品的认识，并没有停留在"电影是什么"的本体层面追问，而是深入到中国的社会实践中，通过"电影能做什么"来回答。早期的电影家将电影称为"影戏"，认为"影戏为传播文明之利器。"[①]对当时的导演来说，"一位对于社会有极大贡献的好导演，他要抵得到数十百位学校的教师。"[②]同时，随着周剑云、汪煦昌合著《影戏概论》，徐卓呆译编《影戏学》，侯暇编写《影戏剧本作法》，电影界逐步建立起"影戏"的伦理教化观。"影戏"概念的产生和观念流行，反映了中国人对于电影本性独特的理解，也开启了在实践功用中认知电影特性的途径。在此之后，随着时代的发展和变迁，"影戏"观念不断得到充实和发展，"但其基本内核——社会功用性依然保持，并依然是中心。"[③]只是在不同的历史阶段，人们赋予电影承载的社会功能发生了一定的变化。"电影是'寓（作用）于娱乐'的。这'作用'就是指导大众，教育大众，促进大众向生活的新路前进。"[④]电影是"阶级意识的反映"和"阶级斗争的武器"，艺术是宣传，而电影更是"宣传的艺术"。[⑤]可见，在中国电影创作实践中，电影被视为形象直感的艺术载体，但其本身并不是目的，而是传达社会信息的渠道，是关怀民众"人文者"和道义承担的"觉醒者"，乃至是抵御外敌、进行阶级斗争的革命武器。正如著名电影学家罗艺军所说，"这些早期的电影理论文字，对电影的认识基本上停留在经验性的直观感受层次，他们都重视电影的社会教化功能。"[⑥]电影社会功能性，延续在各个时期电影创作实践中，显示出鲜明的时代性。

与此相比，西方早期电影理论中有过"影戏"这种观念，也强调过电影的

---

① 洪深：《中国影片制造股份有限公司悬金征求影戏剧本》，《申报》1922年7月9日。

② 郑正秋：《自我导演以来》，《明星半月刊》1935年第1期。

③ 王宜文：《20世纪前半期中国电影的美学观念及特征》，《北京师范大学学报（人文社会科学版）2000年第6期。

④ 小洛：《电影是什么？》，《时报》1932年8月2日。

⑤ 王尘无转引于王宜文：《20世纪前半期中国电影的美学观念及特征》，《北京师范大学学报（人文社会科学版）》2000年第6期。

⑥ 罗艺军：《中国电影理论研究》，《文艺研究》1999年第3期。

社会伦理功能，但其并没有占据主导地位。在中国，这种观念延续了七八十年之久。追根溯源，时代文化和现实社会的特点是主要因素。20世纪的中国社会，一直面临着“急迫严峻的民生与民族危机，从始至终都处在救亡图存和追赶西方的焦虑之中。因此文化上的急功近利，立竿见影的价值取向往往成为主导趋向。”[①]当时的电影家抱有一腔救国救民的热忱，试图通过电影为民众的人生指路，为社会的改良出力，因而，纯粹商业主义或“为艺术而艺术”纯学术探讨在当时的中国都没有合适的土壤生长。现实的文化生态环境对电影理论建设必然产生制约，中国电影理论偏重于功能性的论述，缺乏深入的理论探究，缺乏系统性的理论建树就显然而见了。

除此之外，中国的传统文化和特有的思维方式是影响电影理论的“看不见的手”。中国传统文化中最鲜明的特点就是实用理性。“所谓‘实用理性’就是它关注于现实社会生活，不作纯粹抽象的思辨，也不让非理性的情欲横行，事事强调‘实用’、‘实际’和‘实行’，满足于解决问题的经验论的思维水平，主张以理节情的行为模式，对人生世事采取一种既乐观进取又清醒冷静的生活态度。”[②]可见，“实用理性”强调的并不是从纯粹抽象超经验的意志出发探求知识，而是把“求是”即探求知识同现实的“实事”紧密地联系在一起，主张为“实事”而求知识，追求那种可以解决实际问题的实用的知识。这种思维模式决定了中国电影理论家在探寻电影规律时，没有像西方电影学家那样沉溺于认识论或本体论之中勘定“电影是什么”，从而形成系统性的纯电影理论学术专著，他们更多的是将精力投入到电影创作和社会生活中，通过电影的实践作用来定义和诠释电影。因此，在中国电影理论的知识格局中，电影剧作方面的理论颇为丰厚。虽然中国电影界也有关于电影的结构、视觉形象构成、画面构图、镜头运动、组织等方面的探讨，但大多停留在为剧作内容服务的实用层面上，未形成纯粹学术性的探讨和研究。

这种实用理性的精神，不仅表现在电影家对于电影本性的认识中，“在外国电影理论的引进中，也显示出一种中国文化实用性的选择：不热衷于思辨性的美学层次理论，倾向于直接作用于创作的实用技巧层次。”[③]正是在实用理性这一文化心理的影响和现实社会需求的驱动下，中国知识分子在马克思主义思想

---

① 罗艺军：《中国电影理论面对新世纪》，《北京电影学报》2002年第4期。

② 李泽厚：《中国思想史论》，安徽文艺出版社1999年版，第1148页。

③ 罗艺军：《中国电影理论研究》，《文艺研究》1999年第3期。

与西方各色的哲学理论之间，选择了前者。因为马克思主义不仅有其关于社会发展理论和未来世界的理想，并且有着鲜明的实践性。因而，中国电影理论选择了在马克思主义思想的指导下，创建电影事业、绘制理论蓝图。在对其他电影理论的引进和使用中，中国电影界同样沿袭着这一思维惯性。从30年代开始，中国陆续引进了苏联的蒙太奇电影理论，但中国电影理论更多的是从政治层次、技巧论层次接受蒙太奇，而对蒙太奇思维、蒙太奇哲学、蒙太奇美学这些作为电影观念体系的东西探讨不多。80年代初，对巴赞、克拉考尔的纪实电影美学的引进，中国电影界也未遵循纪实美学的原则忠实地再现巴赞的思想，而是按照中国文化发展的历史需要对其进行了重塑。正如戴锦华在《斜塔：重读第四代》一文所说：中国电影人对于巴赞的选择实际是在“借他人的酒杯，浇自己的块垒”，他们所选择的“与其说是巴赞的完整电影神话、现实的渐近线，毋宁说是巴赞的反题与技巧论，形式美学及长镜头和场面调度；所关注的不是物质现实的复原，而是精神现实的连续，是灵魂与自我的拯救。”[①]显然而见，中国文化的实践理性色彩制约和引导着中国电影观念的形成和流变，促成了中国电影创作及理论的特色。虽然我们能从中国电影的发展中看到“实用理性”的闪光点，看见其自发、乃至附加的影像教育和政治功用的产生，但由于片面强调“实用理性”导致的功利主义，致使中国电影理论的体系发展的不健全的事实却不容遮掩。因此，在认知和实践层次正视实用理性，是中国电影理论在新的转折点进一步发展的关键。

## 尚“意”的美学追求

从电影艺术形态来看，任何影片都是依托视听语言形成的“象与意”的统一体。单纯就电影的技术形态而言，世界各国的电影大体使用相同的机械设备，都依靠视听镜头和镜头的组合形成意义。因此，“视听语言的基本构成因素与组织法则等理论，具有普遍性、超越性，不会因国家地域、文化背景的不同而各具特色。”[②]中国电影虽然在制作设备和技术上一直在向西方引进

---

① 戴锦华：《斜塔：重读第四代》，丁亚平主编：《百年中国电影文选》，文化艺术出版社2003年版，第340页。

② 王宜文：《20世纪前半期中国电影的美学观念及特征》，《北京师范大学学报（人文社会科学版）》2000年第6期。

和学习，但中国电影的精神质素却是地道的中国文化滋养起来的。在中国民族电影的发展中，中国的电影艺术家在不断摸索中逐渐驾驭并不断丰富着电影语言，同时也将中国的传统美学精神及各种艺术种类的技法融入电影语言中，创造出一系列富有深刻意蕴的、充溢着美的形式的艺术意象，从而形成了具有东方意境美学特征和独特民族风格的电影形态。与此相应，中国电影理论在对中国电影的百年实践的总结与描述中，不断挖掘、阐释中国电影的独特魅力和价值，在世界电影理论的知识图景中绘制了具有东方美学的异质性理论形态。

作为视听合一的综合艺术，电影一出现，就凭借其天然的画面、音响等语言的优势，不仅能出色地再现客体的形貌及情节的演进，而且能够自由、极富魅力地表现人的感悟、情感和理念，为展示不同民族及社会文化、抒写艺术家主体的情怀，提供无与伦比的条件。与西方电影家不同，中国电影家在电影创作中，在对待电影的视听“语言”与在此基础上形成的“象”以及所要表达的“意”关系时，并没有专注于电影的技术层面，将电影语言工具凌驾于创作主体和创作意旨之上，而是强调主观意志的生发，追求超于“言”、“象”之外的“意”，从而以有限表现无限，达到言已尽而意无穷，从有限的“象”直达宇宙和生命的本体。可以看出，这种电影的创作思维和理论意识深受中国传统美学中“道家”思想的影响。与儒家美学不同，道家美学更多的是指向人生和宇宙的深层，追索“形而上”的意义。具体而言，道家在看待“物我”关系时，不会将“物”凌驾于“我”之上，而是对有形物象、社会现实采取的是较为超脱的心态。道家不仅仅要求“得意”而“忘言”，并且在追求上更关心是对人性、人情、心灵的触摸与感悟，是对人与世界关系的更带哲理意味的展呈。传统美学“象”与“意”的思维方式和表意策略以集体无意识的形式，影响了中国电影创作的思维模式。受此影响，中国电影中存在不少具有道家思想和追求传统美学意蕴的影片。在这些影片中，影视意象创造的主旨依然在于“立象以尽意”，至于电影本体意识的探索，诸如纯粹形式感、视听效果等都是以辅助内容的方式表达。这种意在营造“象外意”、“言外旨”的电影形态与具有实践功用特色的电影互相交融，杂陈于中国电影的历史长河中。

在电影发展的早期，中国导演就致力于将中国传统写意美学融入以再现性为特征的电影艺术中，费穆就是其中的代表。费穆曾说过：“中国旧剧——包括‘京戏’和其它乐剧——入电影，并不是一个单纯的技术问题”，“中国画是意中之画，而印象却是真实，用主观融洽与客体，神而明之，可有万变，有时满纸烟云，有时轻轻几笔，传出山水花鸟的神韵，取不斤斤于逼真，那便是中国画……我屡想在电影的构图上，构成中国画之风格”。[①]他认为“中国电影只能表现自己的民族风格”，而为了表现这种风格，不仅仅是技术的问题，必须要汲取中国传统美学的精髓。在电影中，就是要在有限的影像画面内追寻无限的“意义”。他通过影片《小城之春》的创作实践，完美地实现了“在写实与写意之间别创一种风格”[②]的美学理想。费穆的电影创作实践和思想给后代电影学者留下了丰厚的养分。他的电影美学思想虽然缺少系统性的表述，但他提出应建立与欧美电影异质的、体现东方艺术美学精神的中国电影，以民族文化的尊严和魅力自立于世界影坛的思想，成为了中国电影艺术家们不断摸索和追求的目标与动力。在五六十年代，经过了郑君里、韩尚义、徐苏灵、姜今、聂晶等人的不懈努力，“一种与西方‘纪实美学’体系截然不同的东方电影美学体系”[③]在理论轮廓上逐渐清晰，并被勾画出来。可贵的是，这些电影理论的论述大部分都是电影艺术家自己钻研出来的，其中很大一部分是来自他们一线创作实践的经验总结。虽然没有像西方理论话语具有逻辑性和系统性，但他们的影片和著述将中国传统美学与中国电影的实践紧密结合起来，形成了中国电影独特的民族风格，也给中国电影艺术的理论研究开辟了一个全新的领域。可惜的是，由于五六十年代中国社会时局的变化 ，电影美学的探索跟其他艺术形式发展的遭遇一样，陷入了泥沼之中，不能自拔。

新时期以来，电影界在追求中国电影的特色研究方面有了实质性的进展，不少创作者和理论家对中国电影的民族特色和美学经验进行了总结。一部分导演认为中国电影的优势就在于中国的民族传统美学，“我们最大限度地‘留白’……或者讲‘意境’，或者讲‘尽在不言中’。这是中国传统美学带给我们的对人生和生命的观照。”[④]而“这种‘留白’，这种‘尽在不言中’，这种‘含蓄’，就会使这部影片跟1000部西方电影不一样。”[⑤]一部分理论家认为诗意电影承传了中国传统诗歌写意的美学传统。在这些电影中对意象、意境的

① 费穆：《中国旧剧的电影化问题》，载《古中国之歌》（特刊）1941年第12期，第1页。
② 转引自梅兰芳：《我的电影生活》，中国电影出版社1962年版，第69页。
③ 陈山光：《荣与梦想：新中国影坛对于东方电影美学的探索》，《当代电影》2009年第9期。
④ 黄式宪：《以“小”搏“大”：坚守一方净土（张艺谋访谈录）》，《电影艺术》2000年第1期。
⑤ 同上。

追求，不仅是一种手段，更作为了一种最高目标。如应雄认为《小城之春》就深得中国古典艺术的滋养，以迥异于西方理性思维的“感性经验拼装”[①]形成了经典的东方美学电影。而中国当代电影对传统美学精神的继承，很多也是以创造意象美为突出特征的。如《第五代与电影意象造型》中，作者认为第五代导演不断开拓创新，创造了一种崭新的电影语言，构成了一种整体性的写意的叙事风格。可见，中国电影意象美学——这一源自中国人自身的博大精深、自成体系的古典艺术思维和创作理念，“经过海纳百川的融合，以及民族性的选择与本土化的改造，溶入富有生命力的创新性，致使中国影视意象美学范畴内重‘象’、重‘意’和重‘象’、‘意’均衡的美学形态得到全方位的发展。”[②]

在理论上，中国电影家“不是按照西方的理论框架，而是按照中国自身的文化逻辑理解中国的电影理论和美学”[③]来审视和清理中国传统电影理论和美学的遗产。香港著名电影理论家林年同在1985年的《电影艺术》中发表《中国电影理论研究中有关古典美学问题的探讨》中认为，1949年以后的中国电影，在民族艺术形式的传统探索方面，不仅继承了中国电影的美学传统并且继承了中国古典美学传统。而在《中国电影的诗意美学品格》中，作者认为在中国民族电影的发展中，形成了具有东方意境美学特征的诗意电影形态。“我们不难从电影叙事和影像创造上找出一条与中国传统诗歌的美学精神一脉相承的诗意电影的流派，在表意方式、叙事策略、镜语创新等方面有着显明的东方民族传统审美心理经验的印记，表现出了迥异于西方电影的美学品格。”[④]史可扬在《“象”、“气”、“仁”与中国电影》中认为“深入挖掘‘意象’和‘意境’等范畴对中国电影的影响，将是意义深远的。”他总结出“象”、“气”“仁”三个范畴，可以囊括世界、艺术家、作品和接受者四大艺术要素，从而为整体上把握中国美学与中国电影提供了一个较为宏观的视角。

可见，当代电影家已经有意识的挖掘传统美学资源，并进而将之作为探寻中国电影创作和理论特色的途径之一。当然，当代电影对东方电影理论的美学

---

① 应雄语。

② 潘秀通、潘源：《“意象”美学：中国影视美学体系再认识》，《上海大学学报（社会科学版）》2006年第3期。

③ 陈犀禾：《中国电影研究学术发展史纲》，《上海大学学报（社会科学版）》2010年第4期。

④ 郭望泰：《中国电影的诗意美学品格》，《山西青年管理干部学院学报》2004年第2期。

探讨既是对中国传统美学的继承和弘扬，但又与古典艺术中的“言”、“象”、“意”等概念是迥然相异的。电影是20世纪科学技术发展的产物，随着技术的不断发展，电影的视听语言将会不断地丰富，同时，随着各民族文化不断交融，电影的民族性与国际性问题将更加鲜明。因此，中国电影对视听语言的探讨，对意象与意境创造的探求，无疑将会极大地丰富电影语言，从而使这门艺术的表现功能得到不断拓展。

## 对于当下电影理论建设的意义

百年以来，中国电影在曲折中发展，理论上的薄弱是不可忽视的。从以上的分析可以看出，中国电影理论的滞后，有其深刻的历史文化根源和社会现实根源。如果说社会历史因素是人为不能阻止和改变的，它形成了中国电影理论的时代特色的同时也造成了电影理论的局限。那么，在当今社会政治条件宽松、经济发展繁荣的新时代，电影理论的发展则拥有了进行学术研究的新的平台，但也面临着层出不穷的新问题。由于全球化到来，数字技术兴起，带来电影日新月异的变化。转型之中的国际电影和理论界同我们一样面临着对电影的重新认识和定位。在新的历史条件下，如何创建新的电影理论以适应现代电影发展的需求，找到与本国电影实践相适应的逻辑空间，探寻出民族特色的电影之路，这是摆在中国电影学者面前的一个重要课题。

理论来源于实践。就中国电影理论的建设而言，应该建立在中国电影创作实践的基础之上，并结合以往电影理论的经验，扬长避短。中国电影理论有着鲜明的实用理性品格。就实用理性本身来看，它具有两面性，一方面，实践理性精神重“实践”而不重视抽象思辨和逻辑推理，这种与生俱来的功利主义性质，使它对基础理论、纯理论往往漠视甚至排斥。中国近代以来的政治本位文化更使它带有浓厚的急功近利色彩。因此，经验主义直观认识方法和强调实用性，导致了中国电影理论缺少理论思维的体系性和严密性，以及理论上的单一化和贫乏化。另一方面，实用理性的务实也有着积极的作用。在评价实用理性时，李泽厚认为，中国实用理性具有“为维护民族生存而适应环境、吸取外物的开放特征。实用理性是中国民族维护自己生存的一种精神和方法。”[①]可以说，

① 李泽厚：《漫说“西体中用”》，《孔子研究》1987年第1期。

正是因为实用理性具有兼收并蓄的包容性与开放性特征，它才是中华民族能吸收、融合各种文明，得以延续至今的重要原因。中国电影理论是与实践紧密结合的，在发展过程中，中国电影理论总是在不断汲取西方电影思想的精华以促进自身的发展。同时，中国的电影理论与电影创作联系紧密，与社会、人生紧密联系，电影理论与电影批评相伴而行，难以分离。因此，这种看似“不纯”的理论形态并不是缺陷，而恰恰是中国电影理论的民族特色之一：“从来不会像西方那样与艺术实践相脱离进行纯学术研究。”为此，陈荒煤同志特意强调：“中国电影理论不可能与人生、人性分离开来，电影最终要表现人，要回归到人性上去，电影是人学，电影理论不考虑人的问题是不行的，过去的苏联电影、中国电影不表现人性人情，就走了一条弯路，电影理论也是如此。”①

由此可见，如果我们摆脱政治的束缚和特定历史条件的制约，正确领悟实用理性的精髓。那么可以说，实用理性以往造成的局限，并不意味它毫无用处和完全终结。相反，实用理性中仍蕴含着现代发展的巨大可能性。事实上，“实用理性作为中国人文化心理活动的结构原则，并非静止的、一成不变的形式，它重视的正是变化、扩展、更新和发展。”②因此，中国传统文化和实用理性不会对现代化构成障碍。恰恰相反，在电影理论经历了“大而无当”，与实践严重脱节的“自言自语”之后，依靠实用理性务实的精神，紧密联系电影创作的发展与变化，从实践上升为理论，才是中国电影理论现代化的有效之路。

除此之外，在全球化的今天，在西方理论话语占有主导地位，中国电影理论濒临边缘，甚至有“失语”之忧的现代语境下，如何保有民族电影的一席之地，如何重构具有民族特色的现代电影理论话语和体系，是一个迫在眉睫的事情。重审中国电影百年的沧桑流变，我们不难看出，中国电影的根脉深深地扎入在中国传统文化与美学之中，形成了以“意象”为中心的影像美学体系。这种体系是一个极富生命力和潜力的精神生态系统，具有极大的开放、包容和创生的机能。它决定了中国电影在处理电影的语言、影像与意蕴的关系之间以及在对待有限与无限、有我与无我、形象与意义关系之时遵循的特殊路线，体现的特殊旨趣。它极大地影响着中国人的思维方式、审美旨趣和价值取向。这种传统美学的良性基因，一直为当今的电影所继承和发扬。在中国电影理论不断发

① 《〈中国电影理论文选〉座谈会纪要》，《当代电影》1993年第5期。

② 曾宇航：《“实用理性”思想研究述评》，《学理论》2010年第22期。

展的今天，“中国影视及其意象美学已经顺应现代科学技术整体综合化与当代人类思维朝向细分化与综合化相融合的多极方向发展趋势，开始在全球化语境中实现综合化与个性化、同一性与多样性的结合。”[①]因而在经创造性现代转化后，电影意象美学理论能成为中国电影理论体系中的一个重要的审美视角和审美思维模式，对中国电影理论的本土化构筑具有强力的支撑作用。

回顾历史，考察当下，是期望为当下中国电影理论发展建设制定出一个切实可行的发展坐标。在全球化语境下，在数字转型时期，中国电影理论的创造和体系的构建，需在借鉴与吸纳西方电影理论有益养料的同时，以中国传统文化和美学思想作为理论背景和文化支撑，从厚积的历史文化资源中开掘新的理论视角；需依托中华民族的思维模式和解读习惯，以中国的电影理论成果作为参照，以中国电影实践作为基本来源，进行基于本土立场和视域的理论阐释，从而创造性地构建本土化的电影理论形态。扭转与重绘中国当代电影理论，构筑完整自洽的电影体系之路将是一个漫长的过程，可喜的是当代的电影理论工作者们对本土理论话语的建构充满信心，正在朝着这个方向努力。

作者系广西艺术学院影视与传媒学院副教授，
南京艺术学院博士后流动站研究人员
本文原载于《文艺评论》2013年第9期

---

① 潘秀通、潘源：《“意象”美学：中国影视美学体系再认识》，《上海大学学报（社会科学版）》2006年第3期。

# 颜 榴 | 孙维世的火焰

有时候，我们不得不感叹艺术史自有公正的逻辑，它会在一段时期过后，展现一座座遗失的金矿，让后人发掘。在中国国家话剧院《国话研究》的一个课题采访中，一批话剧老艺术家对一位女导演的赞誉及追忆，使一个名字浮现出来：孙维世。世人只知孙维世是周恩来总理的养女，其身世备受关注，但鲜有人了解她在中国话剧史上的特殊贡献及意义。上世纪五六十年代，孙维世曾经担任国家话剧院的前身、即中国青年艺术剧院和中央实验话剧院两个剧院的总导演。

孙维世47年的人生极尽悲壮，也极尽辉煌。她所罹受的苦难与所散发的光芒，多与她的政治背景相关。正如许多命运多舛的艺术家一样，对孙维世的认识一直处于政治与艺术相混合的胶着状态，即便到今天，也没有彻底厘清。但是作为艺术家的孙维世，在政治的迷雾散去之后，依然被后人深沉怀念，恰恰来源于她非凡的才华。

话剧界“北焦南黄”的说法由来已久。理论家童道明说：“‘北焦南黄’之后的第三人是谁？当然是孙维世。”而北京人艺的演员和导演蓝天野在采访中如是说：“我感觉，中国话剧史上，近代有三位最杰出的导演，北京人艺的焦菊隐，青艺的孙维世，上海的黄佐临。”作为接受过焦菊隐与孙维世指导的演员，他将孙维世排在了第二位。蓝天野还说：“孙维世太好了！如果她还活着，中国话剧的面貌不是今天这个样子。”

这三位导演中，焦、黄二人年龄相仿，孙维世比他们小十五六岁，但也最早辞世。如果比较他们三人艺术创作的成熟期，不难发现孙维世最为早熟。不同于焦、黄二人执导话剧时接近中年，孙维世早年虽然作为红色儿女经历了革命的磨难，但学艺、从艺之途比较顺利，15岁参加左翼剧社，又在20岁去苏联接受了正规的戏剧教育，五年后回国马上得以施展才华。

孙维世为何得到演员们的厚爱？演员们为何认为她改变了中国话剧的面貌？翻阅国话资料室一摞摞厚重的档案，孙维世的艺术个性从中慢慢显现。单是她的爽朗笑容与真挚性情，并不能成就一位大导演；伴随着她一起浮出历史尘埃的，还有一个为大家所熟知的名字：斯坦尼。孙维世的成就与斯坦尼紧紧缠结。要谈斯坦尼体系在中国的落地与生根，孙维世的贡献不可小觑。但长期以来，孙维世作为斯坦尼在中国第一个较为全面的传人这个事实，因为政治原因被遮蔽了。

苏联著名演员、导演和戏剧理论家斯坦尼斯拉夫斯基在19世纪末创立了以他名字命名的演剧体系，20世纪初得到了世界范围的认同并广为传播。传入中国的时间，是上世纪30年代。那时的孙维世还处于少女时代，在上海的剧社里工作。不过有明确记载的，更早可能接触到这个名词的演员是蓝苹（江青）。1935年，21岁的蓝苹在《娜拉》一剧里任女主角。导演章泯第一次在排练场念了一段斯坦尼斯拉夫斯基的话："在舞台上，不可能用一套千篇一律的刻板公式、舞台脸谱和角色类型来表现先进的苏维埃式的人物。在舞台，要在角色的生活环境中和角色完全一样地、合乎逻辑地、有顺序地、像人那样地去思想、希望、企求和动作。"《娜拉》以及章泯执导的《罗密欧与朱丽叶》、《大雷雨》等剧在当时均获得成功。1937年，郑君里根据英译本译出了《演员自我修养》第一部的部分章节，书中对于"体验"的强调曾引起名演员赵丹的质疑。"如不表现，何以体验？"他不知道，斯坦尼对于"体验"的阐释恰恰在"修养"的第二部里，当时还没有翻译出来。

到了1941年10月，重庆出现了"斯坦尼体系中国化"的说法。这是基于郑君里、熊佛西等人要在中国建立现实主义的话剧演剧体系的设想；经过与"中华剧艺社"的一些骨干座谈，最后由阳翰笙正式提出。在抗战岁月里，这种提法不亚于一个意义深远的战略性口号。紧接着，阳翰笙的构想就有了可供实践操作的依据，郑君里、章泯合译的《演员自我修养》于1942年在重庆新知书店出版。这本表演理论著作对于当时重庆诸多戏剧社的剧本创作以及导、表演艺术和舞台美术起到了极大的整合作用。一个被誉为抗战后期话剧的“黄金时代”到来，《屈原》、《北京人》、《家》、《风雪夜归人》、《戏剧春秋》、《芳草天涯》等现代剧目连续上演，陈鲤庭、张骏祥、贺孟斧、郑君里、金山等多位导演都尝到了“斯坦尼”体系的甜头；而且，这个理论武器还帮助导演、演员们体会到现代戏剧的“正规化”和“职业化”的意味所在。

20世纪40年代初期到中期，中国话剧的先行者们运用斯坦尼的著作指导排戏，无疑充满了巨大的想象空间。而此时，孙维世恰好在苏联进行着科班苦学。她先后师从苏联人民艺术家米·达尔汉诺夫和功勋艺术家尼·米·戈尔卡柯夫。五年里，她在苏德战争炮火的阴影下潜心学完了表演系和导演系的全部课程，既啃读书本，也刻苦做技巧训练，参演过《仲夏夜之梦》、《三姐妹》等名剧。由此，她真正懂得斯坦尼那一套完整的演员训练和表演艺术体系如何实施，并在此后借“斯坦尼”安身立命，成就了新中国成立初期中国话剧的一段传奇。

1946年孙维世回国，开始在华北联合大学等院团中宣讲斯坦尼斯拉夫斯基演剧体系。但她已从其时的土改运动高潮中，意识到需要按“中国的现实”来改造自己的艺术理想。两年后，她排出了秧歌剧《一场虚惊》。蓝天野当时惊讶地发现，这个突击出来的活报剧居然是那么精彩，让他看得入迷。当年这出戏不仅受到山西榆次老乡们的喜爱，解放初还得到北平市民和文艺界的欢迎。1956年执教于中央戏剧学院的苏联专家库里涅夫甚至要求孙维世将这个戏的剧本和曲谱抄给他，他要回瓦赫坦戈夫剧院排演此戏。

难能可贵的是，斯坦尼的这一套真经第一次被独具慧根的中国女性获得后，马上在新中国最早建立的专业话剧院——中国青年艺术剧院得以运用，并屡创佳绩。1950年9月，由孙维世执导的苏联话剧《保尔·柯察金》轰动京城，剧中的所有演员第一次也是刻骨铭心地体会到“案头工作”的严谨，包括金山在内的话剧大明星经受了一次“斯坦尼”的“折磨”与“锤炼”。同年，焦菊隐开始排练老舍的话剧《龙须沟》，他也要求演员为角色写小传并体验生活，还尝试用斯坦尼的形体动作方法来指导演员。当然，焦菊隐依照的仍然是斯坦尼的著作，有些演员不大理解，一度称他是捏面人的“面人焦”。于是之最为反对，认为“从自我出发”根本不可能进入人物。

1952年，孙维世执导的《钦差大臣》再一次让首都观众折服。这次演出中有几位演员来自刚刚成立的北京人艺，田冲、刁光覃对孙维世导演的工作方法深感佩服，他们认为这出戏与苏联的《钦差大臣》相比也毫不逊色。同年，孙维世又带领着一群孩子接受了“斯坦尼”方式的洗礼，当时年仅13岁的史美明被导演告知，要试着从演自己的过程中变成兔子，许多演员就此找到角色感觉，儿童剧《小白兔》得到了老少观众的热烈欢迎。

1954年的秋冬，北京的青年观众被青艺的新作《万尼亚舅舅》震撼，孙维世联合来华支教的苏联专家列斯里导演的这出戏，准确地传达出契诃夫戏剧的感伤情调，成为作家王蒙、刘心武等人挥之不去的青春记忆。两年后，孙维世从《万尼亚舅舅》的文艺性忧郁中脱身出来，在喜剧领域大放光彩。她先是把一出老舍根据真实案件写成的讽刺喜剧《西望长安》搬上舞台，又翻译意大利哥尔多尼的名剧《一仆二主》，并将它排演出来。这两出戏是1956年青艺和实话备受欢迎的作品。

从50年代初到1956年，北京舞台上的话剧佳作不少出自孙维世之手，这些作品或洋或土，或古或今，或悲或喜，都各具特色。这是一个偶然吗？老演员宋戈与前民都自信地认为：“我们的《一仆二主》比苏联的电影要好！”从当时观众的热烈反响和当年老演员后来的回忆看，一位导演的这种成绩在今天也殊为难得。

孙维世在20世纪50年代前期已经初步把握了“斯坦尼”体系的精髓，成功地指导了《一仆二主》剧照（1956年）演员创造角色，并按照自己的构想达到了她舞台艺术的高峰，其后中国话剧人才开始大规模、有条件地学习斯坦尼。

回到《万尼亚舅舅》演出的1954年。苏联派戏剧专家列斯里和表演专家库里涅夫到中国来指导教学，中央戏剧学院成立了导演干部训练班和表演干部训练班，孙维世是“导训班”的班主任，兼任列斯里的翻译。这两个班的学生被要求在两年中学完苏联戏剧学院五年的课程。已经去世的表演艺术家李丁曾是导训班的学生。他回忆说，当时的课程紧张极了，是痛苦的两年，但也是幸福的两年，打下的坚实基础受用终生。

北京人艺正是在这次苏联专家的支教中得以真正亲近斯坦尼体系。1956年1月，库里涅夫接受曹禺的邀请，去北京人艺教学并排演高尔基的一出戏。应该说到了此时，一直从书本上摸索斯坦尼体系的焦菊隐，终于得到了一次系统学习苏联专家讲授斯坦尼表演教程的机会。他与郑榕、英若诚等许多演员们一起仔细聆听，做笔记，受益很大。英若诚说：“库里涅夫并不是百分之百纯斯坦尼，他更注重于外部形体及对角色的塑造，不仅仅是演员内心体验。”有趣的是，焦菊隐从库里涅夫那里学到了什么？对焦菊隐而言，库里涅夫讲授的斯坦尼让他发现了表演艺术的一种科学依据：既然中国传统戏曲中的人物在舞台上只要用心行动，就能产生内心体验，那么这种传统的表演方式难道不也有可取之处，我们不也可以通过戏曲创造出中国人自己的表演流派吗？

他决定做“民族化试验”。这种想法起先受到怀疑，但焦菊隐坚持排演了郭沫若的三个戏。1959年的《蔡文姬》体现出中国传统艺术讲求的意境之美，得到了认同。

仔细看来，焦菊隐是借斯坦尼还了民族戏剧之魂。作为一个学者型的导演，他主张中国话剧民族化的探索，具有意识形态上的正确，对于戏曲的借鉴成效明显，也贡献了一批优秀作品。但问题是，在他之后，为什么没有人继承焦氏这套具有中国民族气派的演剧理论？北京人艺为什么没有沿着这条路走下去？蓝天野等老演员为什么对现今的表演不满呢？

舞美设计家李畅年轻时先读了斯坦尼的书，后去苏联看到表演。他感慨：“为什么他们演戏演得那么像呢？那么深刻，想都想不到！”所谓“像”，就是“活人的戏剧”。他回顾解放前的话剧舞台时发现，戏曲方法解决不了话剧的实践问题，而“孙维世是第一个把斯氏体系作为一种实践的艺术介绍到中国来，给中国话剧开了一个窍，使它走到一条正确的道路上去，这条路并不那么容易走，演员要经过很长时间的磨炼和心理的锻炼”。斯氏的方法在中国究竟要如何实践呢？严格的排演流程，怎么转换成鲜活的舞台艺术形象呢？孙维世的作为究竟是什么模样，这在一些老艺术家的言语间得以印证与呈现。在新近出版的《唯有赤子心》[①]中，共有28位演员亲历了这条道路的点滴艰辛，他们在多次训练后终于超越自身，抵达角色。排戏中，孙维世很少使用教条术语，她善于根据演员特点分配角色，绝不埋没演员的才华。演员们都幸运地感到是孙维世帮他们打开了表演的大门，跟随孙导演是一件幸福的事。著名演员游本昌说：“她一直活在我的心里，一直在指导着我的行动。”

然而，斯坦尼这套经过中国艺术家的检验行之有效的方法刚刚有所成就，孙维世自己却对它提出了质疑。1956年新组建的中央实验话剧院原本是想从苏联专家的两个班级中集合优秀人才，办一个示范性的国家级剧院，来更好地实

① 中国国家话剧院编著，颜榴主编：《唯有赤子心：孙维世诞辰九十一周年纪念》，新华出版社出版2012年版。

践斯氏体系的现实主义演剧方法。一出昆剧《十五贯》的演出改变了国家领导人对于话剧发展方向的看法。周恩来说："我们的话剧总不如民族戏曲具有强烈的民族风格，话剧还没有吸收民族戏曲的特点。"孙维世随后发表文章，表示要发掘中国戏剧艺术的宝藏，走话剧学习戏曲的道路。于是这个新型剧院不再强调要"学习，实践斯氏体系"，改为"借鉴斯氏体系的科学演剧方法"。这一变更的直接影响是实验话剧院建院后孙维世排的八个戏中有六个是现代剧目，这是孙维世自愿真诚地致力于个人艺术观的改造。今天看来，这些戏已不可能再演，不少戏充满"左"的色彩，这自然是那个时代艺术为政治服务的产物。

凭孙维世的学养与见识，她当然知道排演古今中外名著的重要，制订了三年演出计划，却因被批判而未能实现。于是，孙维世在她最鼎盛的时期失去了宝贵的机会，那就是在中国话剧表演还很贫弱的基础上，尽可能多地排演经典剧目，用她所擅长的斯氏体系培养出更多的演员和导演，以供全国的话剧院团效仿（沈玲说，排《同甘共苦》时，排练场坐得满满的，全国都派人来学习）。这正是当年特殊政治背景下的文化生长的有利环境，若运用得当，也许就不会出现蓝天野所说的遗憾了吧。可惜，政治风暴的来临使得这一幕或多幕没有发生，这何尝不是中国话剧在上世纪五六十年代的重大损失呢？

1956年，中国两位掌握了斯氏体系秘笈的导演孙维世与焦菊隐，都不再坚持只实践该体系，转而认同话剧向戏曲学习。后来，焦菊隐修成焦氏民族演剧学派之正果，孙维世则将"探索群众'喜闻乐见'的话剧形式"视为己任，不幸被政治波涛所吞没。有人说："斯氏体系不是一个人完成的，而是一个开放的体系，正是很多敢于向其发起挑战的人发展了他的体系。"对中国戏剧人而言，这更像是一个美学悖论。梅耶荷德的假定性美学和布莱希特的间离效果的确发展于斯坦尼的基石，但那是基于欧洲戏剧共同的深厚传统。中国话剧既然来自西方戏剧，舞台人物的行动方式必然与中国戏曲有着本质的区别。焦氏学派成就于焦菊隐个人的深厚学养，难以具有示范性；而孙维世声称"离开"斯氏，但毕生也没有真正"离开"。

上世纪80年代之前，斯坦尼作为唯一的方法被话剧界膜拜，其后，现代主义与后现代主义的喧嚷又使这一旧时的法则有被替代之势。斯坦尼之后，多元化的我们，究竟得到了什么呢？中国戏剧人又有什么方法可供操作实践，到世界的舞台上展现中国自己的元素呢？之所以如此强调斯坦尼，是因为笔者与老艺术家一样感到，今天中国的话剧模式化与概念化仍遍地可见，如何认识、清理斯坦尼的问题一直没有解决。缺了斯坦尼而又没有找到其他支撑的戏剧表演方法，让许多话剧不忍卒观。斯坦尼是一个活生生的体系，孙维世的价值就在于她把斯坦尼变成我们可以操作与运用的方法。

对于今日从业的话剧人而言，他们尚不知晓斯坦尼的真正意趣所在，就踏上了现代主义的快行列车。其实，斯氏体系就如同具有古典意义的素描，是一个画家的造型能力，一个演员的行动方法，不管你去向何处，能力和方法总是必需的。

今天看来，对于中国戏剧真正影响的有三大家：斯坦尼，布莱希特，彼得·布鲁克。我们不能忘记，斯坦尼是这三大家中第一个来到中国，为传统戏剧、现代戏剧以及后现代戏剧指路的人。那么，我们是否回到1956年前后中国话剧的那段黄金岁月，看孙维世如何在舞台上燃起斯坦尼的熊熊火焰，“用她的火去点燃、引发演员创造的火光”（田成仁语），并继承她那未竟的事业呢?

这是一个三岔口。我们只有回到开端，在创作的火焰中知道孙维世意欲何为，才能看到当代戏剧的曙色。如果我们根本就没听清第一声脚步，第二步、第三步势必步伐零乱。要真正前行，必须听清源头的声音。美国诗人艾米丽·狄金森曾说：“如果我们不可兼得，要古老的一个。”作为“古老的一个”（相对于现代和后现代），斯坦尼与孙维世，就是那个我们向过往悉心查访的源头吧。

作者系中国国家话剧院《国话研究》主编、艺术研究中心副主任
本文原载于《读书》2013年第8期

# 潘　磊 | 打工诗歌中的中国梦

上个世纪90年代以来，随着改革开放的展开与推进，数以亿计的农民涌进广东珠三角打工，出自打工者之手的打工诗歌开始涌现，且形成了相当的规模。打工诗歌由于真实、生动地还原了进城农民谋生的历史现场，记录了打工者的生存方式与精神状态，从一个特定的角度折射出了国家、民族的变革而具有特别的价值与意义。从某种程度上来说，来自草根阶层的打工诗人正是以诗歌的形式来书写、展现着他们的中国梦：他们固然有无尽的痛苦与苦难，却并未被苦难淹没，而是积极向上、奋力拼搏，表达出要求平等、希望分享改革发展成果的正当愿望，这种积极进取、追求平等的现代人格正是我们的民族精神在急遽变革的时代的新变。

一直以来，我们较多地关注打工诗歌对单调的流水线对打工者这一弱势群体的压迫与异化的表现，但事实上，在这些诗歌中，我们同样也能看到打工者的坚韧与尊严，他们对于现实不公的抗争，他们坚守自己的人格与自尊，并且希望得到社会的理解与认同。打工诗人对劳动有着积极的认同，并且从中体会到做人的尊严，“你为这个城市的建设，搬运过3298吨钢筋”（陈忠村《城市的高度我无法测量》），“这也是我的北京/这里的繁荣，也有我的一份”（郁金《今夜的北京》）。打工诗歌张扬着有拼搏才会有未来的信念。诗人许强鼓舞打工者要坚定信念，向苦难的命运宣战：“我的兄弟姐妹只有信念才是不竭的骏马／带你脱离黑暗奔向无尽的前方／南方不相信 眼泪。那就让我们象沙漠中的／仙人掌一样长出叶刺／刺向现实这个无情的对手吧”（许强《为几千万打工者立碑》）。在南方打拼多年的罗德远在默默耕耘的蚯蚓那里找到了共鸣，将之称为自己的“兄弟”，表达了诗人面对苦难时不屈不挠的可贵精神：“你没有了脚 便试着匍匐前进／失去了手 索性用头颅耕耘”（罗德远《蚯蚓兄弟》）。他们相信只要坚持，永不放弃，就能克服困难，实现自己的梦想：“请不要鄙夷我这份执着的向往……不想让沙尘埋住的意念/使我一次次让血液沸腾/我要流向远方/远方的海洋/来表达自己对梦想的执着追求”（张连敏《一条不知疲倦的河》）。最可贵的地方还在于，打工诗歌表达出了强烈的公民意识和平等意识，在孙文涛的《“站住，把你的暂住证掏出来！”——97年的一天，首都西客站》中，当诗人受到警察的审查、盘问，并没有滋生怨恨、报复的情绪，而是以理性的态度申明自己作为中国公民的公民权：“并且，我还不得不告诉您——/我只能和必须/生在中国、活在中国、死在中国/永远居住！——/中国的每块石头/都铭刻着我本土劳动者/坚如磐石的法律地位”。

打工诗歌所呈现出的公民意识与拼搏精神让我们感动，这其实源于打工诗人在艰苦的打工生活中以自己的努力与拼搏开拓出另一种人生向度，诠释着中国梦的内涵。打工诗歌的写作者大都没有固定职业，没有固定的住所，没有体制可以依靠，与许许多多打工者一样，打工诗人承受着城乡二元对立的社会结构所带来的痛苦，迁移到城市之后却不被接纳，被当作“三无”人员备受歧视，饥饿、漂泊、流浪是他们生活的常态。但不可否认，打工诗人又是打工者群体中的知识者与思想者，他们经历了苦难，但又不愿意被苦难所击倒所同化，变成黑暗的一部分。他们将诗歌作为一种精神寄托、一种与现实环境抗争的手段，努力以诗歌的方式为打工者寻找光明，用诗歌来探寻世界的意义。诗歌对于打工诗人来说，不是获得现实人生成功的工具，而是来自心灵深处的需求，郑小琼、许强等打工诗人都在诗歌中寻找到生命的价值与意义，并自觉构建起打工诗歌的文化圈，替打工者发出声音。郑小琼在每天超过十二个小时的工作强度下仍然坚持写诗，她的诗作得到挑剔的批评家的认可，并且获得了人民文学奖，成为打工诗歌的代表性诗人。许强与几名打工诗人发起了打工者自己的诗报《打工诗人》，并且编辑出版了《2008中国打工诗歌精选》、《2009—2010中国打工诗歌精选》。可以说，打工诗人作为打工者群体中的知识者和思想者，他们普遍有着强烈的责任感和使命感，有为打工者群体代言的愿望和动力，因此他们能够超越一己之利益，将触角伸向同类，去关注农民工这一群体。

打工诗歌所张扬的打工者虽处底层但仍积极进取的拼搏精神，促使我们反思，如何深化改革，逐步打破城乡二元结构，尽快改变以城市和权力为轴心分配资源的现状，最大程度地实现社会的公平与正义，从而使每个人都能够通过自己的努力争取更美好的未来。惟有如此，我们才能实现民族富强、国家昌盛的中国梦！

作者系郑州大学文学院副教授
本文原载于2013年4月1日《中国艺术报》